A REPÚBLICA DAS ABELHAS

A REPÚBLICA DAS ABELHAS/ RODRIGO LACERDA

Companhia Das Letras

Copyright © 2013 by Rodrigo Lacerda

Grafia atualizada segundo o Acordo Ortográfico
da Língua Portuguesa de 1990,
que entrou em vigor no Brasil em 2009.

CAPA E PROJETO GRÁFICO
Raul Loureiro / Claudia Warrak
PREPARAÇÃO
Márcia Copola
REVISÃO
Ana Maria Barbosa
Angela das Neves

Os personagens e os fatos históricos desta obra existiram
e foram aqui respeitados em linhas gerais.
As situações criadas a partir do cruzamento de ambos,
entretanto, algumas vezes são puramente ficcionais,
em outras provêm de memórias e relatos de algum envolvido
em tais eventos, quase nunca condizentes com as memórias
e os relatos dos outros envolvidos.

Dados Internacionais de Catalogação na Publicação (CIP)
(Câmara Brasileira do Livro, SP, Brasil)

Lacerda, Rodrigo
A república das abelhas / Rodrigo Lacerda. — 1ª ed. —
São Paulo: Companhia das Letras, 2013.

ISBN 978-85-359-2352-0

1. Brasil — História 2. Brasil — Política e governo
3. Ficção biográfica 4. Lacerda, Carlos, 1914-1977
5. Políticos — Brasil I. Título

13-11180   CDD-869.93

Índice para catálogo sistemático
1. Ficção biográfica: Literatura brasileira 869.93

2ª reimpressão

[2014]
Todos os direitos desta edição reservados à
EDITORA SCHWARCZ S.A.
Rua Bandeira Paulista, 702, cj. 32
04532-002 — São Paulo — SP
Telefone: (11) 3707-3500
Fax: (11) 3707-3501
www.companhiadasletras.com.br
www.blogdacompanhia.com.br

Aqui a língua não dá nome às mesmas coisas nem às mesmas paixões, aqui verdade e mentira parecem tecidas em outra substância, aqui os sonhos ainda governam o mundo, quando não os pesadelos; o ouro está mais cheio de promessas e arrasta mais homens incautos à morte; nada consegue virar um costume, a surpresa é o hábito, e cada dia traz um sabor mesclado de frustração e milagre.
—WILLIAM OSPINA

Quem não tem outro orgulho além de seus ilustres antepassados parece-se com uma batata — a única parte boa está embaixo da terra.
—SIR THOMAS OVERBURY (1581-1615)

SUMÁRIO

O CÃO NEGRO

As aldeias do capitão Werneck 10
O cão negro 23
A política pode ser: 67

CAMARTELOS, CAVALOS DE CHARRETE E OUTROS DESTRUIDORES SISTEMÁTICOS

Um soco na terra 74
A primeira conspiração 89
Contra ou a favor? 103
ABC do comunismo 121
Mandado judicial 137
A revolução que poderia ter sido 177
Coração quase bárbaro 204
Burocracia revolucionária 225
Carro napolitano 242
Baudelaire decretou 261
Essa palavra estranha 269
"Eu meto bala!" 312
Anauê! 342
Bananas e matemáticas 354
A grande decepção 403
Tiro no pé 443

DEBAIXO DA TERRA

Getúlio, Clemenceau e eu 490
Lacerdinhas 505

O CÃO NEGRO

AS ALDEIAS DO CAPITÃO WERNECK

No cair da tarde, dois índios vão para o centro da aldeia, enfeitados com cocares de penas, chocalhos nos tornozelos e tocando flautas que têm mais de um metro de comprimento. Então se põem a dançar, em fila. A dança consiste em passos rápidos de marcha, executados para a direita e para a esquerda, marcados pelo som dos chocalhos e das flautas. Depois de dançarem demoradamente, dois outros índios se aproximam e recebem os instrumentos. Enquanto os primeiros entram numa maloca, esses permanecem do lado de fora, como sentinelas dançantes.

Quando saem lá de dentro, os dois guerreiros estão acompanhados cada um por uma índia, que tem a mão no ombro do parceiro e o acompanha na dança. Os dois casais e os dois índios desparelhados saem dançando em direção à próxima maloca, novamente em fila. Ao chegarem, os papéis se invertem. Entram as sentinelas, enquanto os guerreiros que já formaram casal dançam do lado de fora com as mulheres, e tocam as benditas flautas. E assim vai a coisa, passando por todas as malocas da aldeia. A quantidade de gente envolvida aumenta pouco a pouco, até formarem-se duas filas imensas de gente dançando. Todo o ritual é feito para atrair os bons espíritos, e afugentar os maus.

Outra dança indígena, bem mais conhecida, é convocada quando morre um grande chefe. Várias aldeias se juntam para elevar o recém-falecido ao panteão dos espíritos sagrados. Tudo começa com um tronco da árvore mítica, que os índios passam o dia cortando e carregando até o local previamente escolhido, evocativo do cemitério dos ancestrais. As mulheres também tomam suas providências, preparando tintas, caldos e comida. Ao nascer do sol, as aldeias põem-se a cantar e dançar. No auge da festa, em homenagem aos guerreiros do passado, os homens se enfrentam numa luta corporal, todos pintados de preto e vermelho.

Eu não sou índio, e mesmo que fosse preferiria não ser escolhido pela Dona das Almas, a Justiceira, para reencarnar em outro corpo. Sonho apenas com um lugarzinho na Terra sem Mal, para onde vão os espíritos dos homens e das mulheres que demonstraram bravura nas guerras, ou que souberam cumprir os rituais de vida e morte. Lá onde os traidores não podem entrar, onde há fartura e não sofrimento ou doença, onde os velhos viram moços, onde se chega ao fim da vida física, esse estado subnatural.

Só tem uma coisa: quero uma Terra 100% sem Mal. Não admito fazer o papel dos nativos que, durante a colonização, levados nas caravelas junto com o pau-brasil e outras riquezas, viajaram para a Europa de bom grado, felizes da vida, imaginando estar sendo levados rumo ao paraíso. Esses eram otimistas incorrigíveis.

*

Quando terminou o verão e o calor prometeu baixar, a segunda expedição de catequese partiu rumo à serra de Santana. Após três semanas margeando o leito barrento e pedregoso do Paraíba, procurando em vão as trilhas que subiam as montanhas, enfim os mateiros encontraram os rastros dos índios. A expedição embrenhou-se no trecho conhecido como Mato Dentro, ou Serra Azul.

Já era noite quando avistou, do alto do morro, os fogos de uma grande aldeia feita de palhoças rústicas, de beira de chão, dispostas em círculo. Havia umas cinquenta na baixada, de tamanho e altura variados. Pertenciam à nação dos coroados, apelido que ganharam em referência ao corte de seus cabelos, em cuia no alto da cabeça. Na língua deles, não sei que nome se davam. Aqueles índios falavam um dialeto derivado da língua tupi, porém corrompido por uma pronúncia um tanto aspirada, que lhes modificava as palavras.

Sua pele era de tom assemelhado à do mulato escuro, e possuíam estatura mediana, sendo as mulheres, como entre nós, mais baixas que os homens. Estes eram musculosos e bem delineados. Os coroados comiam frutas e caças, abatidas sem o uso de flechas, considerado um desperdício contra animais. Caçavam com lanças, objetos mais reaproveitáveis, ou iam na mão mesmo.

Segundo constava no documento, descendiam do cruzamento entre duas tribos (seria mais correto dizer "povos" ou "etnias"?, sempre fico na dúvida; "etnia" soa mais científico), os goitacases e os coropós. A fusão cultural e genética teria ocorrido após uma gigantesca batalha, resultando na absorção dos coropós pelas aldeias vencedoras. Mas isso era o que informava a tradição oral, uma reminiscência meio mitológica. A informação comprovada sobre a origem dos coroados, e bem mais recente, dizia terem eles sido expulsos do litoral pelos brancos, indo buscar refúgio ali, na parte noroeste da então capitania do Rio de Janeiro.

Antes seus pajés tivessem escolhido outro sertão para recomeçar a vida. A serra de Santana, infelizmente, colocara-os no caminho da riqueza que vinha de Minas Gerais, em direção ao maior porto do vice-reino, na sede fluminense. Segundo a crônica oficial, de início a violência dos coroados impediu a fundação de arraiais, a abertura de estradas e, por consequência, a constituição de postos alfandegários regulares. A passagem não controlada até o Rio, justamente por ser perigosa, servia apenas aos contrabandistas de ouro e diamantes, prejudicando duplamente, além-mar, o Tesouro de Sua Majestade el-rei d. Pedro III.

Para atacar o problema, o monarca distribuiu sesmarias pela região. Concedendo a seus titulares o direito de explorar as terras, esperava que, em troca, garantissem um curso seguro às tropas e mercadorias. Como era de se esperar, a criação desses latifúndios acirrou, e tornou rotineiro, o choque entre gentios e cristãos.

Cada aldeia coroada possuía um cacique, porém todas se subordinavam, em alinhamento automático, ao cacique de uma aldeia principal. Os chefes menores consultavam-no para tudo, executando suas determinações a todo o risco e pontualidade. Qualquer desobediência ou dissidência trazia para o rebelde e sua aldeia uma condenação geral. E o grande chefe, lá atrás, diante do assédio crescente dos brancos, ordenara guerra de morte contra os invasores. Estes, por sua vez, julgavam ter interesses civilizatórios e econômicos legítimos, abençoados no "santo grêmio da Igreja".

A violência explodiu na região. Sesmeiros e gentios mataram-se à vontade, uns com armas de fogo, outros portando machados, arcos e flechas ervadas. Aos poucos, sobre a tenacidade dos gentios, prevaleceu a superioridade do armamento. Mas, até isso acontecer, alguns cristãos se destacaram pela desumanidade em combate, levando o cronista a admitir que "propiciavam irrefutável exemplo dos dizeres de são Martinho, pelos quais até a mais nobre missão pode ser cruelmente executada".

Após uns dez anos de carnificina, a Declaração dos Direitos do Homem e do Cidadão começou a ser gestada na França revolucionária, e os princípios iluministas já serviam de base à recém-promulgada Constituição norte-americana. O resultado foi que a matança na serra de Santana, estimulada pela Coroa, despertou a indignação humanitária interna e externa (essas coisas já aconteciam naquela época, só demoravam um pouco mais). Pressionado, d. Luís de Vasconcelos, o vice-rei do Brasil, sediado em Salvador, julgou concluída a fase do extermínio puro e simples. As tribos sobreviventes estavam fracas e, na maioria, resignadas. Por decreto, exatamente em 1789, d. Luís ordenou a montagem da primeira força-tarefa para a catequese dos coroados. Era a única forma de protegê-los da violência dos particulares.

Como "sói acontecer" nas políticas públicas brasileiras — minha fonte para quase toda essa história, é bom lembrar, foi um relato de 1804 —, a realidade não seguiu com muita presteza a nova ordem imperial, e a guerra de extermínio continuou por mais onze anos. Ou a sociedade local não quis obedecer, ou o poder não mandou para ser obedecido, ou as duas coisas.

O sucessor de d. Luís, o conde de Resende, famoso por seu autoritarismo e temperamento explosivo, decidiu então montar uma segunda expedição de catequese. Transferiu (*et pour cause...*) ao dono da Fazenda Pau Grande, José Rodrigues da Cruz, um dos potentados da região, a tarefa de organizá-la, embrenhar-se nos sertões e, pacificamente, atrair os selvagens para núcleos de povoamento a serem criados.

Sob as ordens de José Rodrigues, entre outros bandeirantes tardios estava o capitão de ordenanças Inácio de Sousa Werneck. A expedição deve ter funcionado razoavelmente bem, tanto que uma terceira foi organizada dois anos mais tarde, em 1802. Nela, porém, o capitão Werneck comandava a própria tropa. Em sua nomeação, que tive em mãos certa vez, no Arquivo Público Estadual, lia-se mais ou menos o seguinte (eu cito de cabeça, claro):

"Toda a pessoa a quem esta ordem régia for apresentada prestará o auxílio que lhe requerer o capitão de ordenanças Inácio de Sousa Werneck para a aldeação dos índios coroados, que igualmente por ordem régia se mandou estabelecer nas margens superiores do rio Paraíba."

Era essa terceira expedição que estava agora lá no alto da serra de Santana, escondida pelo mato e pela escuridão, acompanhando os movimentos nas choças indígenas. Ainda que o poderio das tribos não fosse o mesmo de vinte anos antes, e a maioria delas estivesse esmagada pela superioridade militar dos brancos, deixando-se conduzir sem resistência pelos soldados até os aldeamentos, a aproximação deveria ser feita com cuidado.

A choça principal, grande e fortemente iluminada, resplandecia em meio à floresta. Os caciques pareciam estar em pleno ritual deliberativo, como indicava o farto consumo de bebidas fermentadas e alcoólicas, alteradoras de seus sentidos e ampliadoras de sua razão. Quando deram mostras de haver terminado, juntaram-se à beira da choça e começaram a entoar cânticos, enquanto os guerreiros tocavam uma espécie de trombeta melancólica, um som grave, de mugido órfão, que se espalhou pela floresta. Finalmente se puseram a dançar, e nisso gastaram as primeiras horas da madrugada.

Vendo os índios em festa, mas seus homens molestados pelo rigor dos caminhos e do tempo, ainda muito quente, o capitão Werneck deixou duas sentinelas em pontos estratégicos, muito bem escondidas, e fixou acampamento a uma ou duas léguas da aldeia, morro acima. Uma vez armadas as tendas, estendidas as mantas e alongados os corpos, o capitão e sua tropa cuidaram de botar o sono em dia.

Não sei dizer quando a primeira leva dessa família de portugueses com sobrenome alemão havia chegado ao Brasil. Há várias versões para a história. Um primo distante me procurou certa ocasião e, demonstrando muito mais talento para a genealogia do que eu, vendeu-me o peixe de que os Werneck descendiam de uma importante família judia, ligada ao comércio fluvial do rio Wern, por sua vez um afluente do Reno. A partícula "eck", para quem não sabe, e eu não sabia, quer dizer "curva" em alemão, e era, portanto, numa curva do rio Wern que a família tinha seu castelo. Na origem, os Werneck foram conhecidos como "barões da barcaça". Com as guerras religiosas, teriam descido até a península Ibérica e perdido tudo, menos a pose, pelo caminho. Quando veio a Inquisição espanhola, perderam até a pose, indo parar nos Açores, e alguns se arriscaram a tentar a sorte nas possessões ultramarinas.

Inácio de Sousa Werneck já havia nascido aqui, em 1742. Na freguesia de Nossa Senhora da Piedade da Borda do Campo, bispado de Mariana, Minas Gerais, onde seu pai atuava como minerador e comerciante, cumprindo com regularidade o longo trajeto do Caminho Novo, que levava ao porto do Rio.

Recomendado por um colega no comércio carioca, o velho Werneck matriculara Inácio ainda garoto no Seminário São José, no Rio de Janeiro, devotando-o aos estudos e à vida religiosa. O colégio situava-se numa grande chácara no morro do Castelo, tendo aos fundos a capela de Nossa Senhora da Ajuda, culto de especial significado para os açorianos.

Inácio Werneck era um noviço de vinte e um anos quando, em 1763, deu-se a elevação do Rio de Janeiro a capital do vice-reino. Com ela, o primeiro vice-rei sediado na cidade, d. Antônio Álvares da Cunha, precisou de novas tropas militares para reforçar a segurança. Instituiu então as primeiras companhias de artilheiros e decretou o alistamento obrigatório de quem não tivesse profissão. Criou, ainda, o batalhão de estudantes, força militar de auxílio. O conde da Cunha, como era chamado o vice-rei, fora sempre um grande crítico do número excessivo de noviços que, de modo a fugir do serviço militar, ingressavam nas ordens religiosas. Não sei se era esse o caso do capitão Werneck, mas ele foi pego na mesma rede que os demais, e acabou alistado na brigada de estudantes.

Foi durante seu progresso na carreira militar que, lá nos sertões da serra de Santana, a empresa civilizatória contra os índios coroados avançou na base do genocídio. E agora, tantos anos mais tarde, ele estava ali, já um experiente capitão (idoso para a época), dormindo ao relento na Serra Azul, com um olho aberto, responsável por acomodar o que restava do povo aniquilado e trazê-lo para o conforto da Igreja e da vida ao estilo europeu.

O peso da idade, ou a confiança excessiva na própria perícia e valentia, deve tê-lo feito subestimar a quantidade de guerreiros na aldeia que vira em festa. Pois ali o gentio se havia reunido em número suficiente para, enquanto uns se mostravam descuidados aos missionários, cantando e dançando, outros subirem o morro sobre o qual dormia o acampamento da terceira expedição, armando-se numa emboscada. Apesar da escuridão, os índios foram se juntando, vindos de todas as partes da floresta, e cercaram o grupo de tendas.

Do silêncio e do escuro, subitamente, a flecharia desabou. As setas atingiram os corpos dos soldados antes mesmo que acordassem. Quem sobreviveu à primeira carga pulou de pé e foi correndo buscar abrigo nos ressaltos do terreno. Na base do instinto, sem enxergar nada, os soldados começaram o contra-ataque. Brancos e índios, aos urros, trocaram tiros por flechas molhadas em crudelíssimas peçonhas. Era nítida a vantagem dos índios, em maior número e com a terceira expedição totalmente desorganizada.

Os primeiros tempos de Brasil Colônia já iam longe, mas

a evidente "motivação facinorosa" — nunca esqueci a expressão — daqueles nativos, a ferocidade do ataque surpresa, convenceu a todos os homens de Inácio de Sousa Werneck, instantaneamente, de que aquela era sua última noite no mundo. Os missionários mal conseguiam se defender da saraivada de dardos mortais, e muitos tiveram o crânio partido pelos golpes de tacape, ou seus braços e pernas arrancados do corpo a machadadas. Os que caíssem prisioneiros, tinham consciência disso, acabariam supliciados e comidos pelos inimigos, em nome dos velhos tempos, em meio às mais chocantes manifestações de alegria bestial.

Após algum tempo, os missionários permaneciam em larga desvantagem numérica e estratégica. Alguns, em desespero de causa, simplesmente saíram correndo morro abaixo, embrenhando-se na mata virgem. Não fosse a escuridão, teriam sido trucidados sem muito esforço.

Inácio de Sousa Werneck, segundo a minha fonte, não foi dos que saíram fugidos. Mas também não foi, nem de longe, o herói da noite. Dizia o relato que, "em meio à luta espiritual, pegada à luta física, porém oculta dentro de nós, dignificou-se com louvor o padre Manoel Gomes Leal, capelão dos gentios".

Durante os primeiros momentos do ataque, o capelão fez o que se esperava dele. Agachou-se junto aos feridos e procurou ajudá-los, oferecendo-lhes, mais que a integridade de seus corpos, uma extrema-unção em tempo recorde. A cada vez, com grande contrição, pedia perdão a Deus pelos pecados alheios.

Quando acabou de atender os moribundos, o padre Gomes Leal abandonou qualquer prudência e, sem explicação, ficou em pé, expondo-se inteiramente ao fogo cruzado. De vários pontos, partiram avisos do perigo que corria, mas ele continuou de pé. Flechas e tiros assobiavam à sua volta. Então, numa atitude completamente insensata, Gomes Leal acendeu uma candeia, fazendo de si um alvo ainda mais fácil. Com a luz iluminando seu rosto e alegria na voz, gritou aos missionários:

"Animem-se! Eu irei curar suas feridas e não os deixarei perecer desamparados!"

Vendo o capelão com a candeia acesa, e ouvindo-o perdido em delírios, os soldados tornaram a gritar para que afastasse a luz de si e do acampamento. Tal acesso de fanatismo punha em perigo a vida de todos. Nem assim o padre Gomes Leal tomou juízo. Não se acovardou, nem se acautelou. Pôs-se, isto sim, a gritar:

"À vista da luz de Deus, as trevas sempre fugiram!"

Os homens da tropa, certamente Inácio de Sousa Werneck junto com eles, deram o capelão como louco. As flechas e os tiros continuavam partindo de lado a lado, sem nenhum sinal de clemência por parte dos índios. Seus olhos esgazeados, seu discurso messiânico, tudo era insensatez.

"À vista da luz de Deus, as trevas sempre fugiram!"

E rodopiava com a candeia na mão, num transe místico e suicida.

Quando tudo parecia perdido, milagrosamente, os desvarios de fé do padre se cumpriram. Diante da pequena candeia acesa, as flechas pararam de voar, os gritos acabaram e os índios puseram-se em fuga.

Segundo o tal padre cronista, ou padre-historiador, responsável por transmitir à posteridade os eventos ocorridos na serra de Santana, ninguém na tropa duvidou: Deus os livrara da morte encarnando no capelão Gomes Leal e na luz de sua candeia.

Só um espírito cético, devidamente citado e espezinhado, para registro de sua pouca fé, ousou duvidar da interpretação geral dos fatos. Segundo ele, os índios não haviam fugido pela força da luz divina, e sim por entenderem que a candeia era um chamado aos reforços da expedição, ocultos no matagal. Tais reforços não existiam, mas teriam sido, aos olhos competentes dos guerreiros indígenas, a única explicação plausível para aquele branco maluco ficar rodopiando no meio do tiroteio com uma lanterna na mão.

*

Afora aquele último combate, espasmo retardatário de orgulho e ferocidade, os aldeamentos feitos sob as ordens do capitão Inácio de Sousa Werneck transcorreram pacificamente. Em 1803, um ano depois dos acontecimentos no alto da serra, ergueu-se a aldeia de Nossa Senhora da Glória de Valença, sobre as ruínas do principal acampamento coroado. Foi ela o primeiro grande marco na redução dos índios e na pacificação daquelas terras. Em 1812, ainda no comando de tropas civilizadoras, Inácio de Sousa Werneck abriu o importante Caminho da Aldeia, também chamado Estrada Werneck, que ligava a cidade de Iguaçu, na Baixada Fluminense, até o norte da capitania do Rio de Janeiro, na fronteira com Minas Gerais. Em seguida, estabeleceu a ligação de Valença e Santo Antônio do Rio Bonito, uma aldeia próxima, com a Estrada Real para as minas, e criou ramificações rumo a freguesias menos importantes, como a de Sacra Família do Tinguá, Azevedo e Pilar do Iguaçu. O progresso que iniciou fez surgir inúmeras aldeias por esses caminhos, que mais tarde virariam cidades.

Quando eu era criança, frequentando uma dessas cidades, achava muita graça na ideia do antepassado desbravador e seus homens, todos guerreiros rematados, varrendo o barro dos casebres com o utensílio pelo qual a batizaram: Vassouras. O nome que haviam escolhido para o arraial não combinava com a imagem viril que deixaram nos livros de história. Como imaginá-los, sem achar ridículo, fazendo o trabalho das mulheres? O capitão Werneck, em suas memórias, conta que os morros da região eram cheios de arbustos, cujos galhos, quando secos, prestavam-se lindamente a serem amarrados na ponta de um cabo de madeira e usados para limpar o chão. E isso bastava para ele.

Favorecidas as comunicações e possibilitado o abastecimento contínuo das vilas, estavam criadas as bases para o sucesso da catequese nos aldeamentos da região. Mas a Coroa, uma vez atendidos seus interesses imediatos, desinteressou-se das populações conquistadas, e os índios não receberam o tratamento prometido.

Esse pedaço não oficial da história encontrei em outro documento, o diário que o próprio capitão escreveu, já nos anos 1820, e que um braço distante da família Werneck fez publicar tempos atrás. Ele conta que os sesmeiros da região continuaram impiedosos no trato com os índios, enquanto as terras prometidas pelo vice-rei para estabelecimento dos nativos sedentários e pacificados nunca foram concedidas, exceto uma, localizada na parte do sertão conhecida como Santo Antônio do Rio Bonito. Sem terem outra reserva onde morar, os índios acotovelaram-se com os brancos nos arraiais e nas cidades que iam surgindo, mas o contato com a raça branca espalhou entre eles inúmeras doenças, sobretudo a varíola, que por sua vez trouxe grande surto de fome. Foi tamanha a epidemia na região que se calculava em trinta mil o número de indígenas mortos no espaço de meses. Entre os que escaparam, muitos se venderam como escravos nas florestas, ou foram meter-se em casa de colonos portugueses e brasileiros, pedindo que lhes pusessem ferretes. A lei não os protegia de absolutamente nada.

Não sei se foi castigo divino, ou ironia da história, mas, quando os silvícolas, exterminados, deixaram de ameaçar o transporte de riquezas entre Minas Gerais e o Rio de Janeiro, deu-se o esgotamento do ouro. Ele simplesmente acabou. Valença e Vassouras, as duas maiores cidades criadas pelo capitão Werneck e de onde viria a minha família, precisaram se reinventar. A região inteira precisou.

Inácio de Sousa Werneck morreria já aposentado, com dezenas de filhos, verdadeiro tronco genealógico, e dono de fazendas imensas. Em seu diário, escrito justamente durante a crise, fala com certa amargura da traição das autoridades aos índios e da inutilidade das muitas mortes que ajudara a promover. Talvez por isso ele tenha, depois de velho, retomado os estudos religiosos e se ordenado padre.

O esforço civilizatório do capitão foi salvo, num primeiro momento, pela migração dos mineradores desempregados. Tomando o rumo da capital, em busca de novos ofícios, eles acabavam ficando pelo caminho, atraídos pela fertilidade das terras. Com mais braços trabalhadores, a região dedicou-se ao cultivo da cana-de-açúcar. Mas a riqueza, antes passageira, amarelada e de perfil irregular, só voltaria mesmo tempos depois, sob a forma de grãos redondos e avermelhados.

O CÃO NEGRO

Quando eu fiz sessenta e três anos, uma jornalista ligou lá para casa, querendo me entrevistar. Eu estava no sítio, em Petrópolis. Ela havia conseguido meu telefone com um dos meus filhos, de quem era amiga. Chamava-se Maria Lúcia e trabalhava no *Jornal do Brasil*. Aceitando falar, expliquei-lhe o caminho (que não é complicado: você pega a antiga BR-3, atual BR-040 — a primeira estrada asfaltada do Brasil, inaugurada pelo presidente Washington Luís, contra quem meu pai, por acaso, tanto conspirou —, e, numa dada altura do trecho Petrópolis-Juiz de Fora, faz um contorno e sai da estrada à direita, quando aparece a placa para o vale do Rocio. Trinta quilômetros depois, chegou. Meu portão de ferro, bem alto, é pintado de azul). Seria uma entrevista sobre nada, porque eu não estava mais fazendo nada de importante. Pelo menos de importante para os outros.

Recebi a moça na biblioteca. Logo de saída, ela me fez uma pergunta que, pelos meus critérios, era um elogio:

"O senhor é um homem que fez de tudo na vida. Aos sessenta e três anos, o que ainda quer fazer?"

Tendo ou não vivido muito, tendo ou não sessenta e três anos, enquanto o coração está batendo e a cabeça funcionando, não havia outra resposta possível:

"Quero fazer tudo."

Ela me olhou, esperando mais. Eu emendei com a primeira coisa que me passou pela cabeça:

"Deus, ou seja lá quem for, faz a gente se preparar durante muito tempo para uma vida que dura pouco. É verdade que a média de vida das pessoas aumentou, mas e daí? Se você compara com a vida de um Leonardo da Vinci, de um Álvares de Azevedo, eles viveram muito menos, porém com muito mais intensidade. As pessoas não estão conseguindo mais aproveitar aquilo que aprendem. O excesso de informação, as demandas crescentes da vida social... e subtraia ainda o tempo que gastam olhando a tela da TV, naquela modalidade embrionária de reflexão. Hoje, está difícil você escrever um livro que não seja rasteiro, ou fazer uma filosofia que não seja o vômito de outros filósofos, ou uma economia que não seja feita de leis. Hoje, até o dogma é superficial. Então eu te respondo: depois de minha aposentadoria política forçada, não me recolhi por falta de vontade de fazer coisas. Apenas explorei minha secreta tendência a bicho do mato, como defesa para não me pulverizar no excesso."

"Mas o senhor não sente saudade da política? Afinal, daqui a pouco recuperará seus direitos."

"Não, eu não sinto, para decepção dos que gostam de me imaginar azedo, enclausurado e deprimido. Tenho dela algo mais importante, tenho uma certa raiva... do desperdício que é a vida pública no Brasil, do desperdício humano. Quando penso na economia geral da sociedade brasileira, e vejo uma pessoa preparada para determinadas tarefas públicas, ou se julgando preparada, sei que ela representa, na verdade, o esforço de muitos. Essa pessoa é, em si, uma espécie de depuração cultural, reunindo inúmeras qualidades e inúmeros defeitos de muita gente. Quantos cidadãos anônimos foram necessários, na França, para produzir um Malraux, um De Gaulle, um Clemenceau? Sem querer me comparar com nenhum deles, a verdade deve ser dita: é a isso que se deve chamar de elite, pelo menos é o único tipo de elite que valorizo. Para cada pessoa que conseguiu realizar muita coisa em benefício de todos, há muito mais gente que não conseguiu realizar nada. Quando a nossa sociedade desperdiça sujeitos que estão aptos, exatamente pelo sacrifício de muitos, ela sai perdendo. Eu até acho que consegui realizar alguma coisa, na Guanabara, mas o desperdício geral no Brasil sempre foi imenso e, depois da cassação, atingiu a mim também. Ninguém acho que me nega certa capacidade de fazer coisas, mas então, se me negaram o direito de fazê-las na política, paciência, fui fazer em outras áreas."

"Qual o espaço que o senhor preencheria hoje na política brasileira, no caso de um eventual retorno?"

"Nenhum. Rompi primeiro com a esquerda, e depois com a direita. Para todos os efeitos, o Brasil não precisa de mim. Mesmo porque, se 'cada um desce do bonde como quer', eu acrescentaria que cada um sobe no bonde como pode. Há várias maneiras de servir, e eu sirvo da maneira que me resta, fazendo empresas, trabalhando, publicando livros, escrevendo-os. O ressentimento deve sempre durar menos que o sentimento. Eu não sei o que estarei fazendo no ano que vem, não sei o que irá acontecer, mas vou dando uns empurrões para o lado em que a vida está virada."

Na época dessa entrevista, eu já produzira benefícios em proveito próprio, ou à meia dúzia de pessoas que dependiam de mim, e gostava da minha vida de político aposentado, das minhas viagens, dos meus projetos e das minhas compras, deliciosamente megalomaníacas e prejudiciais à saúde financeira das minhas empresas.

"Qual o significado do seu amor pelas rosas?"

Não sou dado a interpretações psicanalíticas, então tentei evitar esse caminho e chamei a atenção da jornalista para uma coincidência curiosa:

"Você sabia que o Prestes também gosta de rosas?"

Ela não sabia, mas não achou tanta graça quanto eu na coisa e repetiu a pergunta. Pensei em dizer: "Meu amor pelas rosas deve-se ao meu signo, Touro, caracterizado por uma forte ligação com a terra, com tudo que brota". Mas tampouco acredito em explicações zodiacais.

"Meu amor pelas rosas é apenas o derivativo de uma mania botânica irrealizada. Meu bisavô era botânico."

E gosto de rosas também porque a planta sai da terra relativamente feia, irregular e com espinhos, mas de repente dá um grito, e seu grito é incrivelmente belo.

"Olhando para trás, o senhor viveu mais coisas positivas ou negativas?"

"Mais coisas positivas", eu disse. Depois, pensando melhor, mudei a resposta: "Na verdade, vivi o bastante para entender que não faz diferença. Conheço a melancolia de me descobrir usado pelos outros, fracassado num projeto, derrotado numa causa, mas montei uma espécie de câmara de revelação fotográfica dentro de mim, um quarto escuro, de acesso controlado por uma lâmpada na porta. As tristezas, o negativo, chegam lá e eu as transformo em versões positivas de si mesmas, ou pelo menos em experiência, um treco que não é nem positivo nem negativo".

Eu não disse, mas aquilo era também uma forma de pegar o jornalista, o político, o escritor, o empresário, o plantador de rosas, o neto, o filho, o pai, o marido, o amante, e transformá-los todos numa síntese de personalidade, numa síntese de reações, graças a uma força que eu ainda sentia, que as pessoas reprovavam, mas era uma força a me sustentar. Não acho nenhuma dessas coisas incompatível com as outras. A vida para dentro e a vida para fora não têm contradições irredutíveis, têm choques, atritos inevitáveis.

"O seu temperamento explosivo não o levou a fazer muitas coisas das quais se arrepende?"

"Me arrependo de coisas que fiz com os outros e comigo também."

"Como assim?"

"Sempre achei a política uma coisa um pouco assustadora. Ao pensar nela, eu sentia o que o toureiro sente quando encara o touro. É o que fascina e aterroriza, a força que usará contra você. Mas nunca me permiti um minuto de descanso. Fui a terceira geração de uma família de políticos, e a vida nas touradas é fogo. Tanto que, depois de mim, ninguém mais se arriscou. Uma vez meu irmão me disse, referindo-se à tradição política familiar: 'Estou cansado de ser filho de toureiro, neto de toureiro, irmão de toureiro...'."

Provocando-me com um sorriso, a jornalista perguntou:

"A idade, então, arrefeceu o ânimo do agitador?"

"Arrefeceu... um pouco. Mas serviu para confirmar uma velha intuição, essa, sim, quase ideológica, talvez o último resquício de ideologia que me restou: sem inquietação não se faz nada, a agitação é necessária. Claro que toda agitação produz muito bagaço, muito excesso, muita coisa é dita que não precisaria ser, muita coisa feita que não se deveria, há muita injustiça involuntária, ou até voluntária porque necessária, mas se a cana dá bagaço, nem por isso ela deixa de dar açúcar."

"O senhor disse há pouco que foi 'usado pelos outros'? Os políticos, de certa forma, não estão sempre usando as pessoas?"

"Sem dúvida. Mas podem usá-las em benefício delas próprias, e não em seu benefício. Faz uma diferença."

"Como é sua relação com seus filhos?"

Arriscado falar disso pelos jornais, pensei, mas tudo é assunto hoje em dia...

"Admito ter defeitos muito comuns como pai; sou possessivo, autoritário e pouco humilde em relação aos meus filhos, exijo muito, o que deve pesar. Mesmo sabendo o quanto erramos, acredito que os pais devem abandonar essa postura moderna de estarem sempre pedindo desculpas por existir, por serem mais velhos, por pensarem diferente, por terem conceitos próprios sobre a vida e a sociedade. Uma das minhas implicâncias com a psicanálise atual é justamente por ela desenvolver nas pessoas um sentimento de que os pais são responsáveis pelo que têm de errado, esquecendo que os pais são responsáveis também pelo que têm de certo. Se meu filho é idealista, sonha com uma sociedade mais justa e defende a democracia, isso também é 'culpa' minha. Os piores pais deixam sempre alguma coisa para os filhos, quanto mais não seja o mau exemplo."

Tenho para mim que meus filhos, com o tempo, acabaram me entendendo, à medida que foram tendo filhos e, com eles, os mesmos problemas que eu. Uma solução dada a priori, mas que teimosamente ignoramos, em nome dessa besteira de *generation gap*, erro colossal da educação americana e disseminado pelo mundo graças à indústria cultural deles, que é muito poderosa. Por sorte, no Brasil a coisa ainda pode funcionar de outro jeito. Aqui, se as gerações derem um passo em qualquer direção, se encontram. Isso eu acho que meus filhos têm feito, e é mérito deles. Estão entendendo as impossibilidades e as fraquezas dos pais, e do país.

Por muito tempo, deixei de viver a minha vida, com eles e

com minha mulher, para viver através dos outros. Assim como um homem pode se alienar da política, ele pode se entregar a excessos por ela, pois a política tanto pode se tornar invisível aos nossos olhos quanto ofuscar tudo o mais que está à nossa frente. Talvez um certo cálculo naquilo que se faz não seja tão mau assim, tão impuro, tão condenável. Talvez previna muita bobagem. As minhas certezas me tiraram oportunidades, levaram-me ao sabor dos acontecimentos. Quando a unidade da gente é mil, fica difícil entender que a unidade é mesmo um, ou dois, ou três. Cada hora que eu "gastava" com meus filhos era uma hora que eu deixava de oferecer para uma porção de desconhecidos, a quem eu servia para conquistar.

*

Durante todo o fim de semana, testemunhei, impotente, a marcha triunfal do vírus dentro de mim. Era uma gripe expansionista, anexando um novo território. Passei dois dias mole, a cabeça e os olhos pesados. Com a baixa da resistência, no clima úmido do sítio, a artrose nas mãos também atacou. Meus dedos enrijeceram, criando verdadeiros caroços no lugar das articulações. Não consegui cuidar das minhas rosas e mal fiquei com os meus cachorros. Domingo à noite, desci a serra me arrastando. Todos lá em casa já sabiam que minhas gripes vinham sempre misturadas à depressão, uma coisa chamava a outra.

Segunda-feira, demorei a acordar, mas, graças a uma boa noite de sono, levantei da cama confiante. Os dias úteis sempre me reservaram uma carga maior de energia. Não comi pouco no café por inapetência, mal-estar ou algo assim. Se me limitei ao chá, com torradas e queijo branco, foi por estar de dieta. Precisava controlar a diabetes, e o meu peso. Nunca fui barrigudo antes e tinha só sessenta e três anos. Em tempo recorde, eu já havia perdido uns quatro quilos. Mas me alimentei direito, sim, e, ao passar no escritório, trabalhei pouco, resisti à eterna compulsão. Depois, no almoço, na companhia de um velho amigo, comi bife e salada. Ninguém pode dizer que eu estava cuidando mal da minha saúde.

A leveza da comida e da conversa me fez sentir bem mais disposto. Achei que o pior já tinha passado, que a semana voltaria para os eixos. Pensei em visitar meu novo neto e minha filha, que passara pela cesariana havia um mês e vinha tendo um pós--operatório complicado, sem poder sair de casa. Mas a sensação de melhora foi passageira e, na verdade, custou caro. Assim que pus o pé fora do restaurante, novamente me bateu um cansaço profundo, uma verdadeira prostração. Fui direto para casa e hibernei até a manhã seguinte.

Na terça-feira, além de o cansaço continuar, comecei a tossir e tive febre. Também reparei que estava com grandes e fundas olheiras. O trabalho ia acumulando, eu me sentia fraco demais para ir ao escritório. Minha mulher sugeriu que chamássemos o médico, e ficamos de fazer isso só no outro dia, caso os antigripais não dessem resultado.

Na quarta, quase não tive forças para levantar da cama. Meu médico particular, um cardiologista, passou lá em casa no final do dia. Teve a impressão de que eu estava ligeiramente anêmico, febril, e que a gripe evoluía para algo um pouco pior, uma virose inespecífica. Pediu exames de sangue, receitou analgésicos para a artrose, antitérmicos em caso de febre, e disse que iria ligar mais tarde para saber como eu estava. Precisei faltar a um lançamento importante da minha editora.

Passei muito mal na quinta. Afora os sintomas de uma gripe poderosa, incluindo as dores nas articulações, tive diarreia e, lá pelo meio da tarde, senti fortes pontadas no coração.

O médico voltou na sexta de manhã. Os exames comprovavam a anemia e a tal virose. De um dia para o outro, fiquei desidratado. Sem maiores alarmes, o doutor recomendou uma internação preventiva. Na clínica, eu passaria um ou dois dias tomando soro, com uma dieta adequada e fazendo os exames necessários para saber o tipo exato de vírus aquartelado dentro de mim. Achei um exagero.

Soro, eu podia tomar em casa. O sangue para os exames podia ser colhido ali mesmo. Cama, eu já estava nela. Ir para o hospital fazer o quê, pegar infecção? O médico argumentou que eu estava muito fraco, mas teimei. Ele disse que as dores no peito poderiam ser melhor investigadas na clínica, pois suspeitava de um sopro no coração. Teimei de novo. Onde já se viu descobrir um sopro depois dos sessenta? Minha mulher insistiu. Meus três filhos, cooptados na hora pela mãe, fizeram pressão por telefone. Não recuei. No dia seguinte era aniversário da minha filha, eu queria vê-la, e sopro no coração é coisa de bebê, de criança.

Só depois, vencido o debate familiar, olhei para a minha mulher e fiquei com pena de sua preocupação. Dei o braço a torcer. Acompanhado por um clínico geral, fui de ambulância até a clínica. Cheguei por volta do meio-dia. Me deram um quarto que eu não gostei. Pedi outro e acabei na "suíte" 201; o pessoal da recepção falava como se parar no hospital fosse a mesma coisa que dormir num hotel cinco estrelas.

Estavam comigo minha mulher e meu filho do meio. O mais velho tinha ido para sua fazenda em Paraíba do Sul, entre o Rio e Minas. Havíamos tido uma discussão de trabalho naquela semana. Uma vez no quarto, coloquei o pijama e deitei. Logo entrou um enfermeiro, que espetou meu braço e ligou o soro na veia. Devido à diabetes, soro não glicosado. Ele também colheu o sangue para identificar a virose; o resultado sairia na tarde do dia seguinte, sábado. Reclamei das agulhadas, sobretudo do cateter, que deveria permanecer espetado no braço, motivo de dor constante e um embaraço aos meus movimentos. Minha mulher me olhou com uma cara dolorida, como se pedisse para eu não dificultar as coisas. Antes de sair, o enfermeiro me fez tomar algo que ele chamou de "medicação fortificante".

Liguei para minha filha, dando-lhe um beijo pelo aniversário e dizendo que assim que saísse do hospital iria vê-la. Seu bebê tivera uma ameaça de hérnia, e eu lhe disse:

"Vê isso, querida, agora você é mãe."

Ao longo da tarde, além do clínico geral que estivera comigo na ambulância, outros arautos da medicina me visitaram. Mas foi um médico de plantão quem deu ouvidos aos meus apelos e transferiu o cateter para a minha veia cava, no peito, livrando-me os braços e poupando-os de futuras injeções.

No início da noite, meu filho do meio encontrava-se novamente na clínica, esperando comigo e com a mãe a visita do médico, que faria uma avaliação geral, a última antes do diagnóstico definitivo. Se necessário, receitaria também alguma nova medicação.

Ele chegou pouco antes das nove, me examinou, reviu os exames. Comentou a evolução positiva do quadro e pareceu sinceramente animado. Nós ficamos também. Afora a dor residual das agulhadas, eu de fato me sentia melhor. Meu filho foi para casa, ficar com sua família. Eu e minha mulher nos ajeitaríamos por uma noite na famigerada suíte 201.

Às dez horas, sem motivo aparente, piorei. Senti fortes dores no peito e precisei ser socorrido pelo plantonista e por dois residentes. Lúcido, apesar de tudo, ouvi deles que eu estava tendo um pré-infarto. Tomei a medicação de emergência, com meu coração já monitorado. Meu cardiologista foi chamado às pressas pela clínica; meu filho do meio, pela mãe.

Ele chegou antes do médico. Minha nora ficou encarregada de contatar meu filho mais velho, o que não era fácil, já que a fazenda onde ele estava não tinha telefone. O jeito foi ligar para um cidadão qualquer de Paraíba do Sul, explicar a situação e pedir-lhe que mandasse o recado. Deu certo, e com direito ao protocolo da boa política interiorana. O anônimo que recebeu o telefonema ficou tão impressionado com a gravidade da minha situação que decidiu acordar o prefeito, e este, por sua vez, botou seu melhor terno e sua melhor gravata antes de aparecer na fazenda.

Enquanto isso, na clínica, quando meu médico chegou, à uma da madrugada, eu já estava muito mal. Meu coração parecia prestes a explodir, um suor frio brotava dos pés à cabeça, a energia me faltava. Depois de quase uma hora nesse estado, sofri um infarto fulminante. Lembro que gastei minhas últimas forças tentando arrancar as sondas e as agulhas:

"Tira esses fios de mim, estão me matando! Estão me matando!"

Morri em cinco minutos, agonizando por falta de oxigenação do sangue, sem nunca perder a consciência. Meu coração parou de bater exatamente à uma e cinquenta e cinco da madrugada de sábado, dia 21 de maio de 1977. Existe a possibilidade de eu ter sido assassinado por agentes da ditadura. Afinal, dali a um ano eu recuperaria os direitos políticos. Minhas palavras parecem indicar isso, mas acho que eu estava mais delirando, com pânico de morrer, do que fazendo uma acusação formal. Excetuando-se algumas coincidências, incríveis demais para não despertar suspeitas, nunca se encontrou indício concreto de nada. Falou-se que os agentes teriam posto soro glicosado em mim, um diabético. O atestado de óbito, assinado pelo clínico geral e de número 4260, não endossava a teoria, indicando a causa mortis com muita clareza: "Infarto agudo do miocárdio, desidratação aguda por febre, diabetes melito, estado infeccioso agudo e hepatomegalia (fígado aumentado de volume)".

De fato não aparece no documento uma coisa que talvez seja a principal responsável pela falência do meu organismo, e do meu coração em particular, mas ela não tem nada a ver com o Serviço Nacional de Informações. Todos os meus sintomas — sopro, hemocultura positiva, hipertrofia do baço, ora febre, ora frieza corporal, e taquicardia com dor — reforçam a tese de que o que me matou mesmo foi a *Staphylococcus aureus*. Então, uma bactéria desconhecida. Mas ela existe, e se instala na mucosa interna que reveste o coração, provocando a lista completa de tudo que eu senti. O remédio para mim teria sido uma dose cavalar de penicilina, mas mesmo com isso, na época, minhas chances de sobrevivência seriam de apenas 50%. Esse tipo de bactéria é muito resistente a antibióticos.

*

Logo após eu ser oficialmente dado como morto, meu filho do meio começou a dar a notícia aos parentes e amigos próximos. Minha nora deu a notícia à minha filha, que foi com o marido imediatamente ao hospital, apesar da sua condição frágil e deixando seu bebê pequeno. Um sobrinho jornalista, mais meus dois antigos assessores de imprensa, avisaram os jornais e as rádios. Para proteger minha família do assédio, ficou decidido que repórteres e fotógrafos não entrariam no terreno da casa de saúde, e seria recusada toda e qualquer honraria devida a ex-chefes de governo. A Santa Casa de Misericórdia se comprometeu a mandar apenas um carro funerário e um caixão ao hospital. Foi meu sobrinho jornalista quem anunciou publicamente a decisão de que meu velório não iria para nenhum palácio do estado, nem para a Câmara de Vereadores ou para a Assembleia Legislativa. Disse isso com uma emoção desafiadora, dando a entender que era uma espécie de protesto. Como não havia capela na clínica, falou-se com o Cemitério São João Batista, onde ficava o meu jazigo de família, mas lá, num primeiro momento, todas as capelas estavam ocupadas. A solução foi fazer um velório improvisado, comigo ainda no quarto. Fiquei eu, estendido na cama, de olhos fechados, coberto até o pescoço apenas com um lençol. Meu rosto, após seis dias de doença, estava pálido, emagrecido. Enquanto a imprensa se juntava na entrada do hospital, as pessoas mais próximas foram chegando. Até o raiar do dia, mais de cem marcaram presença, a maioria disposta a permanecer ali, pelos corredores da casa de saúde, até a saída do féretro.

Por toda a madrugada, nenhuma capela vagou no cemitério, e também o carro da Santa Casa com o meu caixão não chegou. Minha mulher, meus filhos, minha nora e meu genro mal saíram do quarto, e nele só entraram os amigos de absoluta intimidade — meu querido colecionador de manuscritos e autógrafos, que nunca saía da cama antes de o sono acabar; meu compadre, tão abalado que até passou mal; e mais uns poucos. Os demais "convidados" se espalharam pelos corredores ou jardins da clínica, ex-colaboradores inclusive. Nas poucas vezes em que foi ao corredor, minha mulher, com o desinteresse da tristeza profunda, mais seu crônico problema de surdez, distribuiu olhares e agradecimentos vazios. A clínica era um lugar soturno, de corredores escuros. Meu quarto, uma luz que passou a noite acesa, era no fundo de um dos corredores.

Buscou-se lá em casa um terno para me vestir. Azul-marinho, com gravata escura, camisa branca, sapato preto. Meu filho do meio e minha mulher esvaziaram o quarto, encarregando-se da tarefa. Alguém, durante a vigília, ouviu-o comentar com um amigo sobre mim:

"Ele ocupava tanto espaço..."

Às sete da manhã, com o dia nascendo, apareceu o reitor da universidade católica, meu confessor. Ele consolou minha esposa, falou com meus filhos e logo foi embora, prometendo ir ao enterro. Finalmente meu filho mais velho chegou de viagem, chorando muito. Seu carro foi cercado pelos jornalistas no portão, mas ele conseguiu escapar assim que a cancela se ergueu, cantando os pneus pela clínica adentro.

Às oito horas ligaram do cemitério, oferecendo a capela 8, que ficava no segundo andar, mas dando a opção de esperarmos até as nove, quando a capela 1 estaria disponível. A capela 1 era no térreo do pequeno prédio tristonho, o que tornava possível, se necessária, a ocupação do espaço do hall e da entrada. Minha mulher e meus filhos preferiram esperar. O enterro foi marcado para as cinco da tarde daquele mesmo dia. Meio apressado, talvez, mas a minha família já havia passado uma primeira noite em claro, e não queria prolongar a parte pública do sofrimento.

A Kombi branca da Santa Casa, placa vz-2492, entrou no terreno da clínica só às nove horas. A essa altura, a notícia da minha morte já correra a cidade e alguém telefonara avisando meus filhos que mais de cinquenta pessoas me aguardavam na capela 1. Graças à Santa Casa, eu estava atrasado para o meu próprio velório. Pelo menos o caixão que mandaram era sólido, de madeira de lei escura e com alças prateadas muito dignas. Como eu já estava de terno e gravata, me colocar dentro dele não demorou. Não houve foi tempo de maiores preparos, decorações, arranjos de flores mais rebuscados, essas coisas. Fui eu com meu terno e uma flor na lapela.

Minha mulher, ao sairmos do hospital, foi aconselhada por nossos filhos a passar em casa antes de ir para o cemitério. Seria um dia longo, e ela precisava ter um minuto de paz, tomar um banho, ganhar forças. Às nove e dez o cortejo saiu da clínica; eu na Kombi-rabecão e, atrás de mim, os carros de quem estava no hospital. Em quinze minutos chegamos ao cemitério. A Kombi entrou por uma alameda lateral e manobrou, parando de ré junto à porta dos fundos da capela 1. Os serventes descarregaram meu caixão numa mesa também muito sólida. Logo o abriram, para que finalmente se procedesse à decoração, cobrindo-me com rosas vermelhas. Os amigos, jornalistas e curiosos já cercavam a sala.

Meu filho mais velho, desconsolado, acariciou a minha testa fria, zangando carinhosamente comigo: "Ô pai, como é que você foi fazer isso, pai?".

Logo depois, ele e o irmão se perguntaram: "Vai de óculos ou sem óculos?". Realmente, os óculos eram uma marca forte do meu rosto, da minha expressão, da imagem que as pessoas tinham de mim. Embora eu já não usasse a armação grossa e preta de antigamente, ela continuava a interferir na minha aura plácida de cadáver. Sem conseguir resolver, eles decidiram que o caixão permaneceria fechado.

Um último detalhe do meu atestado de óbito. Na área reservada às observações adicionais, lia-se: "O finado deixou três filhos maiores. Ignora se fez testamento [sic] e era eleitor".

*

Certa vez, uma historiadora amiga, pesquisando nos arquivos da Torre do Tombo, consultou um exemplar dos *Sermões* que havia pertencido ao próprio padre Antônio Vieira. O livro, de trezentos anos, tinha nas margens anotações feitas pelas mãos de seu ilustre dono. Não eram correções nas palavras mal impressas, nem melhorias estilísticas para uma próxima edição. Eram pequenas dicas que o orador dava a si mesmo, na maior intimidade do seu instrumento pessoal de trabalho. Lembretes sobre como pronunciar cada frase, como conferir a ênfase adequada num certo momento, em que ponto fazer as pausas etc. Pois bem, numa determinada passagem, com sua letra barroca, cheia de hastes para cima e para baixo da linha, o padre havia anotado: "Argumento fraco; elevar a voz".

Enquanto fui vivo, escolhi a dedo a quem contar essa pequena anedota verídica, e por motivos bem óbvios: meus detratores iriam logo enxergar na frase do padre uma descrição perfeita do meu jeito de fazer política. Afinal, sempre fiz questão de dizer bem alto os meus argumentos, mesmo quando eram fracos. E de dizê-los com o automatismo da constante prontidão. Reagindo ao balançar de uma capa vermelha, ou como um trem que invade um pomar assombreado e silencioso. Eu achava, e acho, que o Brasil é um homem que foi bêbado para a cama, dormiu pouco e mal, mas precisa acordar bem cedo pela manhã. Você tem de sacudi-lo, estapeá-lo. Se ficar fazendo festinha, ele não levanta.

Mas ninguém gosta de levar tapa na cara, e muitas vezes as barreiras na plateia que ouve um discurso não são racionais: são preconceitos automáticos. Para vencê-los, a lógica não basta. Nesses casos, por outras vias além do intelecto — entre elas o exemplo pessoal, mas também a aparência, a entonação, os gestos —, o líder político deve comunicar aquilo que apenas as palavras não conseguiriam. Ele deve encarnar o projeto maior, remendando seus pontos fracos, até aparentemente contrariando-o, mesmo quando obrigado a fazer coisas irresponsáveis ou temerárias. Não pode se dar ao luxo de agradar sempre, de acabar escravizado pela própria popularidade, e às vezes precisa impor uma solução imperfeita, mas possível, para os problemas, pois de outra forma deixa de exercer a verdadeira liderança.

O líder deve acreditar em si próprio como o padre Vieira acreditava no Evangelho, isto é, confiante em que o acerto do conjunto se sobrepõe às passagens de argumentos frágeis. Não é porque você saiu perdendo numa polêmica que vai deixar de acreditar no que diz o seu coração. Eu sei, acontece de a razão, absoluta num instante, simplesmente se desfazer no instante seguinte, vencida pela exposição à luz, ao ar, ultrapassada pela rapidez dos acontecimentos. Mas, seja o argumento bom ou mau, acho que todo líder, mais ou menos cinicamente, "eleva a voz". As figuras proeminentes no cenário político, de um jeito ou de outro, precisam apelar para algo além da pura razão, pois, no fundo, todos têm "argumentos" fracos demais para responder aos anseios de seu povo, fatalmente múltiplos e contraditórios. Todos são pequenos diante das necessidades. Você, quando acerta, acerta errando.

O falso líder é fácil de achar. Ele não erra, porque não age. É o estadista do óbvio. O líder carismático e sua versão moderna, que é uma caricatura de liderança, com esgares e objurgatórias, são ainda mais fáceis de improvisar. O falso líder não sobrevive a uma crise. O líder carismático só sabe viver dentro dela. O líder verdadeiramente democrático tem sempre má aparência, pois resulta de uma colagem de todas as posições. Líderes da linhagem faraônica erguem monumentos e cidades. Outros gravam sua voz no subconsciente coletivo do povo. Outros incensam a população para que esta, vaidosa, se deixe levar por uma ilusão de autossuficiência e se feche para a realidade dos demais povos, o grande termo de comparação para saber como vai sua vida. Essas coisas acontecem a toda hora, em todos os lugares. Eu aprendi a elevar a voz, emulando os que eram do contra, aqueles cuja autoconfiança, ou complexo de superioridade, fazia preferirem o enfrentamento, rejeitando a estabilidade como valor absoluto, o horror à controvérsia.

O problema é que a algaravia da política, podendo resultar num aceleramento da história, pode também atrasá-la, e os líderes podem crescer a ponto de engolir os projetos. Nesses casos, dói como uma humilhação pessoal o fato de o seu tempo de vida não coincidir com uma fase de avanços no país, uma da qual você possa se orgulhar.

Em vez de revoluções, fazemos análises. Tememos o contato mais vivo com a história, por não saber o que dar em troca do que recebemos; recusamos o tumulto, mas aceitamos o tormento, legítimos herdeiros da escravidão.

*

Uma cozinheira, antigamente empregada na casa de um vizinho, ouvira a notícia do meu falecimento pelo rádio. Havia saído de Bangu às seis da manhã para se despedir de mim. Tentando convencer amigos e amigas a vir junto, não encontrou ninguém tão disposto quanto ela. Foi a primeira pessoa a chegar no cemitério.

Também apareceram bem cedo três freiras dominicanas, que acompanhavam minha trajetória desde quando fui paraninfo de uma turma de formandas no Colégio Santa Rosa de Lima, onde estudavam. A cozinheira e as três irmãs se conheceram ali mesmo e começaram a conversar, enquanto me esperavam.

Outros que chegaram antes de mim foram os agentes do órgão de segurança do governo federal. Munidos de máquinas fotográficas, papel e lápis, eles ficariam o dia inteiro acompanhando o movimento, com discrição apenas relativa. Até certo ponto, queriam ser identificados, para estimular a moderação nos presentes, sobretudo nos políticos que eventualmente comparecessem.

Uma senhora desconhecida entrou a passos lentos na capela. Ao se aproximar de mim, puxou uma cartinha que eu lhe escrevera, sabe-se lá quantos anos antes, agradecendo sua mensagem de Natal, e leu minhas poucas palavras. Quando terminou, conversando com o vazio, sussurrou suas despedidas e ocupou uma cadeira por ali.

Um motorista dos tempos de governo apareceu e ficou chorando em silêncio junto a mim, à espera da "comadre", como ele chamava minha mulher, para prestar sua solidariedade. Ao lado dele estava um antigo cabo eleitoral, que trouxera rosas vermelhas, minhas favoritas, e as depositara sobre a tampa do caixão. Esse tinha o olhar meio esgazeado, falava umas frases desconexas e exibia velhos folhetos de campanha, que guardava dentro da carteira, na esperança de que eu ainda voltasse à política.

Minha mãe, de oitenta e três anos, que ainda morava em Vassouras, soube do acontecido por minha irmã e pelo meu médico particular. Com o máximo de cuidado, pois sua saúde era frágil e ela havia perdido meu irmão exatamente um ano antes. A duras penas, foi convencida a não tomar parte no funeral, poupando-se da longa viagem.

Minha viúva chegou às dez e quarenta e cinco. Em seu rosto moreno e anguloso de camponesa italiana, transplantada dos Abruzos para o Vale do Paraíba e depois para o Palácio Guanabara, ela pusera um par de óculos com lentes bem grandes e pretas, de design moderno. Logo foi cercada por nossos filhos e pelos cumprimentos de pêsames. Sentando-se próximo ao caixão, lá ficou, até a hora do enterro. O arcebispo do Rio de Janeiro, ao chegar, foi até ela e também lhe apresentou condolências. Em seguida, rezou junto ao meu corpo. Abordados pelos jornalistas, minha mulher e meus filhos deram suas declarações.

O mais velho: "O que posso dizer numa hora como essa? É ruim para mim, para minha família e para o Brasil".

O do meio: "Tínhamos diferenças de opiniões, mas acho que ele mereceu as glórias que teve. Trabalhou muito".

A caçula: "Ele foi um pai maravilhoso e um homem de imensa generosidade".

E minha adorável esposa: "Acho que ele vai trazer saudades a todos, amigos e inimigos".

Eu, impassível debaixo da tampa do caixão, tinha o rosto mais fino do que nunca, e o nariz mais reto. As pálpebras arroxeadas, as olheiras e as sobrancelhas pretas, na palidez em que eu estava, me deixavam muito parecido com meu pai. As rosas cobriam todo o resto do meu corpo.

Durante boa parte do dia, o movimento foi calmo na capela 1. Até o meio da tarde, menos de trezentas pessoas haviam aparecido. Se eu tivesse morrido dez, vinte, ou mesmo trinta anos antes, um mar de gente viria logo atrás de mim. A tal cozinheira do antigo vizinho, a primeira a assinar o livro de presença, estava indignada com a falta de comoção pública diante da minha morte, e chegou a protestar para as três amistosas freiras dominicanas:

"Nem os ricos vieram. Parece que têm medo de desagradar aos vivos."

Concordando silenciosamente, as freiras pediram licença e vieram para junto do meu caixão, pondo-se a arrumar as rosas que iam sendo deixadas sobre ele. Mais do que a falta de quórum, revoltava-as o fato de minha família ter decidido manter o ataúde fechado. Queriam a todo custo ver o meu rosto. Bem baixinho, resmungavam. Como último recurso, uma delas tirou da bolsa o retrato autografado que eu lhe enviara anos antes e pousou-o sobre o tampo escuro.

Lá pelas três horas, o cemitério começou a encher e os gestos de despedida se multiplicaram. Meus antigos aliados políticos e, em certos casos, até antigos adversários, ou seus representantes, foram aparecendo. (Enfim os agentes de segurança do governo teriam o que pôr nos relatórios.) Eram vereadores, deputados, governadores e ministros, que vinham de ambos os lados do bipartidarismo imposto ao país. Para não falar de uma generosa representação de políticos veteranos como eu, retirados da vida pública. Os ex-presidentes que enfrentei no passado estavam mortos ou exilados, e com o atual eu não me dou, mas duas ex--primeiras-damas foram lá solidarizar-se com a minha viúva. Junto com a classe política, veio gente de todo tipo: centenas de admiradores anônimos, colaboradores e funcionários, amigos dos círculos mais variados.

Na capela cada vez mais cheia, a circulação foi ficando difícil. Depois de cumprimentarem minha família, para não atravancar demais o ambiente, as pessoas se afastavam, abrindo espaço aos que continuavam chegando. Os anônimos iam para onde desse, enquanto os políticos ou voltavam para a entrada do cemitério ou deixavam a capela pela porta dos fundos, indo se posicionar na espécie de rampa de paralelepípedos, uma aleia em nível, de onde o cortejo sairia. Num lugar ou no outro, ficavam à disposição da imprensa, que passou a colher depoimentos sobre mim.

Alguns defenderam integralmente a minha memória: "jornalista imenso, orador assombroso, tribuno, intelectual, grande escritor, grande líder, grande filho do Brasil, defensor da democracia, visionário, trabalhador incomensurável, lutador, modelo de homem público, dono de espantoso poder de assimilação" etc. etc. Outros foram mais ambíguos: "personalidade multifacetada, paradoxal, homem de atitudes fortes (leia-se 'radical'), talento incompatível com a mediocridade (no caso, 'intolerante'), inteligente até o desvario, homem cujos erros eram de uma dignidade enorme, animal político capaz de voos de águia e mergulhos de martim-pescador", e por aí foi. Também não faltou o inevitável epíteto "o mais cruel adversário de si mesmo". Até o filho de um ditador recente apareceu por lá, chamando-me de "o ídolo da minha geração".

De todas as análises que fizeram sobre mim, contudo, a mais interessante veio de um antigo aliado, e antigo adversário, que não compareceu ao velório. Ela chegou só com os jornais do dia seguinte. A primeira parte, sem dúvida, é para rir: "Homem cujo intelecto brilhante lutava com outros elementos igualmente fortes de sua personalidade, e não raro perdia". Mas a segunda parte, essa ele fez para machucar: "Nunca foi o que quis ser: um político, o líder que tem sempre a oferecer, ao companheiro de partido, a palavra exata no momento devido, o conselho providencial, o exemplo que inspira e abre caminhos. Faltava-lhe a paciência nos momentos mais difíceis e, com uma palavra ou um simples gesto, era capaz de destruir o longo caminho, obstinadamente construído com vicissitudes e traumatismo, em busca de um ideal".

Natural que ele dissesse algo parecido, considerando que atrapalhei os seus projetos políticos ainda mais do que ele atrapalhou os meus. Admito que possa existir algum fundo de verdade nisso tudo. Havia mesmo três tipos de político que eu não conseguia suportar: os que tinham boas soluções mas não atuavam com a urgência necessária; os que resolviam tudo de um jeito rápido e precário; e os que pensavam a curto e longo prazo, apenas em proveito próprio. Mas, tirando esses, com os outros sempre me dei muito bem.

*

Mais de cinquenta coroas de flores se espalhavam pela capela, pelo hall e pela entrada do cemitério. O presidente de uma certa Academia de Brasilidade surgiu, munido de folhetos sobre a instituição, que passou a distribuir com a maior naturalidade entre os presentes. O atual prefeito, um antigo colaborador no meu governo, chegou às três e quarenta e cinco. Ele havia decretado três dias de luto oficial na cidade, gesto que, nas circunstâncias, exigia alguma coragem. Foi a única honraria oficial que recebi. Seu assessor de comunicação distribuiu aos jornalistas um depoimento sobre mim, gravado numa fita cassete.

Aqui e ali, o silêncio do governo federal era comentado discretamente. Em Brasília, o secretário de Imprensa da Presidência da República havia se limitado a dizer: "Não tenho comentários. O presidente está no Riacho Fundo e não estive com ele hoje". O governo do estado, por sua vez, também não se manifestara oficialmente. O titular do cargo estava fora do país e sua esposa não passou no velório mais de alguns minutos.

Mesmo assim, a partir das quatro horas o afluxo de gente tornou-se problemático. Das trezentas pessoas que haviam passado pelo cemitério até o meio da tarde, em pouco mais de uma hora a taxa de comparecimento havia atingido duas mil. A superlotação obrigava as pessoas a entrar em fila pela porta principal da capela 1 e, sendo empurradas pela massa que vinha atrás, elas eram expulsas pela porta dos fundos. Mal dava para respirar em volta do meu caixão, e o calor ficou insuportável.

As autoridades recém-chegadas foram para a rampa de onde sairia o cortejo, o local menos movimentado em todo o prédio, e o mais fresco. Uma vez lá fora, o prefeito ficou ao lado de um ex-ministro, que conversava em voz baixa com um deputado e interrompia sua fala sempre que alguém se aproximava. Ao repórter de uma emissora de televisão, que teve de insistir muito para conseguir a entrevista, o ex-ministro disse estar ali para "prestar homenagem a um amigo muito querido".

Por motivos diferentes, minha família, os agentes de segurança e os políticos presentes não contribuíam para imprimir ao meu velório um caráter de protesto. É bem verdade que, enquanto um antigo correligionário, ex-governador da Paraíba, dava ao rádio um elogioso depoimento sobre mim, um ex-vereador carioca, perto demais para não ser ouvido, começou a interpelá-lo: "Não adianta elogiar agora! Por que ficou calado quando ele precisava de apoio?". Mas foi um caso isolado.

Às quatro e quinze, o reitor do Colégio São Bento, que me casou e de quem recebi a primeira comunhão aos trinta e quatro anos (coisas de ex-comunista), começou a celebrar a missa de corpo presente. Juntaram-se a ele o meu confessor, que cumprira a promessa feita anteriormente de voltar para o enterro, e dois dominicanos que eu não conhecia. Minha mulher, meus filhos e meus netos escutaram a pregação de cabeça baixa, com as mãos dadas. Foi o único momento em que autorizaram a abertura do caixão.

"Abri-lhe, Senhor, a porta do paraíso, para que volte àquela pátria onde não há morte, mas eterna alegria."

A realização da missa, no entanto, interrompeu o fluxo de gente que atravessava a sala, pois as pessoas que iam chegando queriam ficar para assistir, e como nenhum esquema de circulação alternativo fora organizado, o caos tomou conta. A impaciência dos que não conseguiam se aproximar do caixão logo virou coisa pior. Começaram a chegar gritos vindos de fora, lá da entrada do cemitério, e, na porta da sala, a fila virou um bolo de gente. As pessoas passaram a empurrar os que estavam na sua frente, que sem ter como avançar empurraram de volta. Uns espertinhos ainda resolveram piorar a bagunça, contornando o edifício e entrando na capela pela porta de saída. Aí a confusão ficou realmente perigosa. O presidente da Associação Brasileira de Imprensa quase foi esmagado; uma freirinha perdeu a touca e ameaçou desmaiar; meus netos, ainda pequenos, se assustaram e começaram a chorar; dois homens trocaram um chega pra lá mais vigoroso. Tentando conter os ânimos, surgiram gritos de "Olha o morto!", "Respeito ao morto!".

Alguns dos meus parentes, que esperavam na rampa de saída, pediram calma à multidão. Vendo a aflição deles, o Azeitona, um negro alto e forte, ex-policial militar e meu empregado de confiança nos tempos do governo, tentou salvar a situação, passando a funcionar como leão de chácara na porta dos fundos, para evitar que continuassem bagunçando o fluxo de gente. Só as pessoas da família ficaram autorizadas a chegar na capela por ali.

Na porta da frente, porém, o tumulto correu solto, até fugir ao controle de vez. Uma mulher, no meio da fila, gritou que a estavam machucando. Outra desmaiou. Um homem baixo, de blusão azul, começou a empurrar as pessoas que se acotovelavam na sala, em volta do caixão. Outro gritou: "Vamos sair, vamos sair que tem gente morrendo lá atrás". Pedidos de socorro, ouvidos no alto da rampa, alarmaram a todos e provocaram o choro nervoso de algumas senhoras.

Ao perceber que a tragédia era iminente, o monge beneditino que rezava a missa decidiu abreviá-la. Foi a melhor coisa que fez. A massa de gente voltou a andar, ou melhor, a se descomprimir lenta e dolorosamente. O nível de tensão no ar diminuiu. Mesmo assim, o velório, como a missa, foi encerrado abruptamente, para a segurança de todos. Meu filho mais velho mandou fecharem de novo o caixão, apesar das reclamações das pessoas que ainda não tinham conseguido me ver. Não fui coberto com a bandeira do estado e nem com a do país.

Nessa hora, justo quando a normalidade parecia voltar ao ambiente, uma mulher histérica, com uma rosa na mão, rompeu capela adentro. Ela se jogou aos meus pés e começou a gritar:

"Abram o caixão! Pelo amor de Deus! Eu trouxe essa flor para ele!"

Mal recuperada do susto provocado, minutos antes, pelo empurra-empurra, minha família se entreolhou, de novo espantada com a falta que eu fazia, até que alguém teve a gentileza de acompanhar aquela senhora para longe dali.

Tendo saído da capela, o reitor do Colégio São Bento viu-se rodeado por repórteres, e foi a vez de a Igreja dar o seu "juízo final" sobre mim:

"Se me perguntarem se ele foi um cristão, direi que um cristão disciplinado ele não foi. Se pensarmos, porém, num cristão à semelhança do que foi dito ao profeta Daniel, homem de desejo, homem de aspirações, homem colocado sequioso e suplicante diante da eternidade, homem de fome e de sede de justiça, isso ele foi."

As palavras "fome" e "sede de justiça" seriam consideradas, no dia seguinte, uma alfinetada elegante no governo federal, mas na hora, em pleno tumulto, nem sequer foram notadas.

Às quatro e meia, meia hora antes do programado, o féretro deixou a capela 1. Meu caixão saiu carregado por meu filho mais velho, minha filha e por quatro amigos, enquanto meu filho do meio amparava a mãe, à frente da procissão. Devido ao abatimento e ao cansaço, a viúva nem conseguiu protestar com muita ênfase contra a pressa em acabar logo com o enterro.

*

Quase como um desvio da norma, resolvi colecionar palavras. Eu as colecionava como outros colecionam medalhas. Medalhas ou palavras, assim como fotografias e documentos, são peças do mesmo jogo de armar.

Confesso o meu desprezo pelos que afetam não gostar de ouvir discursos. Não me refiro ao discurso empolado, mas ao discurso como meio de comunicação. Uma greve geral de silêncio faria os ouvintes reclamarem a volta dos discursos e debates políticos, nos quais ninguém aprende senão uma grande verdade: a de que há um fundo de confusão em todas as mais claras noções, mas que essa confusão é melhor do que qualquer outra opção. Demagogos de todo o mundo, uni-vos!

Eu preferia mil vezes, por exemplo, fazer discurso, ouvir discurso, a falar no telefone, que considero um meio detestável de comunicação. É a comunicação que perdeu a impressão precisa dos sentimentos que as cartas ofereciam, com as palavras pensadas, no papel, e perdeu também o gesto e a intenção que ele sublinha. A voz no telefone é como a conversa do cego, e entre uma e outra eu prefiro a linguagem dos surdos-mudos, com seus gestos tão expressivos, às vezes até poéticos. *"Une phrase vous met sur la route du geste."* Conheci Helen Keller, quando ela esteve no Brasil, e aprendi alguns sinais. O amanhecer, por exemplo, é representado com a mão direita a fugir, com dedos corredios, sobre o dorso da outra mão cerrada, como um bando de aves batendo as asas e as patas sobre o espelho de um lago imenso, até pegar embalo e partir em revoada, rumo ao sol que se ergue por trás da montanha. Os surdos-mudos vivem uma espécie de sinestesia, ouvindo o nome da rosa pelo roçar dos dedos em suas pétalas, usando a memória tátil para se comunicar. Os gestos lhes saem muito mais eloquentes do que uma voz eletrificada que chega pelo fio.

As crianças aprendem logo a falar a linguagem de quem as rodeia, mas poucas habituam seu repertório verbal a continuar se expandindo depois de terem adquirido os dotes mínimos de comunicação. Em nenhum setor da maturidade cognitiva uma pessoa interrompe o processo de desenvolvimento mais comumente do que no da fala. Sua ruptura é tão comum que as pessoas nem percebem, tomando-a como natural. Falar bem é um meio de pensar bem. A eloquência é a causa e a consequência do bom discurso, uma arte, um efeito de mágica, manifestando-se das maneiras mais inesperadas. Ao Jonjoca Reis, um velho amigo, irmão do sambista Mário Reis, bastava dizer:

"Não gosto do fulano porque é muito nhe-nhe-nhem... Gosto do sicrano, que é mais tá-tá-tá..."

E todos imediatamente concordavam com ele! Eis o milagre da eloquência.

Nas campanhas políticas, depois que virei uma espécie de carro-chefe dos comícios, deixavam-me para falar sempre por último. Os oradores se sucediam. Quando chegava a minha vez, não era só a minha cabeça que estava cansada, mas também os meus pés, e o mesmo acontecia à plateia. Então eu usava qualquer recurso para tirar a todos nós do torpor. Mais tarde, já em casa, minha mulher perguntava:

"Como é que foi o comício?"

E eu respondia, exausto e desinteressado:

"Nem lembro direito, mas descemos a lenha."

Havia truques clássicos, que aprendíamos desde a política estudantil, e que alguns de nós aperfeiçoavam com o tempo. Por exemplo: se o público está perdendo o foco, você fala uma coisa que faz todo mundo rir, e quando riem todos voltam a prestar atenção. Justo nesse momento você diz a coisa séria. Ou quando o público fica sério demais, você também o faz rir. Acabei desenvolvendo uma qualidade histriônica, vamos dizer, um pouco circense.

Os comícios eram uma espécie de concurso de oratória, e esses concursos, por sua vez, eram uma espécie de ginástica de comunicação. Mas não quero dizer com isso que não acreditava no que estava dizendo. Qualquer que seja o condimento da fala, ela não é chuchu, quarto estado da água, que toma o gosto dos seus molhos. As cordas vocais não são como cordas de harpa, são anéis através dos quais passa, ou se estrangula, sendo modulado, o ar que expiramos. A nossa voz está guardada na garganta como um carretel de gravador, em estado de concentração. Estou com os antigos, quando dizem que a eloquência não se confunde com a retórica, que a retórica é um instrumento a serviço da eloquência, e esta, uma arte que se destina a convencer, de preferência daquilo que estamos sinceramente convencidos, o maior número possível de pessoas que ainda não estejam informadas ou ainda não se tenham conscientizado. Não é fácil. Qualquer pessoa já deve ter percebido que a eloquência, na maioria dos casos, só convence os que já concordam com o que lhes dizemos.

Afora poucas aulas de voz, não posso me gabar de ter tido uma técnica especial de falar em público. Eu tinha o preconceito estúpido de que não deveria decorar ou repetir minhas falas. O Jânio, por exemplo, não via problema nenhum nisso. Nem o Churchill ou o De Gaulle, aliás. Faziam o mesmo discurso quatrocentas vezes, em quatrocentos lugares diferentes. A mesma imagem, a mesma comparação, o mesmo fato; mas, artistas consumados, até pareciam estar improvisando.

Um líder udenista histórico, presidente do partido, nem decorava nem improvisava. Lia o texto, interpretando. Dava uma lidinha, tirava os óculos assim para o lado e começava a falar o que havia lido. Quando precisava ler o trecho seguinte, recolocava os óculos, lia e começava de novo. Nas horas de atacar o governo pra valer, tirava os óculos com um gesto mais enérgico e jogava-o de lado como se estivesse jogando um ente desprezível no chão. Era a eloquência baiana encarnada. Dominava a palavra com verve, com sonoridade. Você tinha a impressão de estar ouvindo o maior discurso do mundo, depois ia ler e era apenas um amontoado de ideias batidas, nada de tão importante. Importante era sua figura, os sacrifícios que fizera etc.

Eu — talvez por deficiência de memória e porque as coisas me vinham assim, na hora, dependendo basicamente do tipo do público e da situação — nunca aprendi a fazer nada parecido com esse teatro ensaiado. Às vezes meu improviso era extremamente feliz, mas às vezes era péssimo, e nada que eu dizia dava certo, nada colava, me deixando impaciente e irritado.

O treinamento pode fazer muito por um orador, mas há fatores incontornáveis no seu desempenho. O seu tipo de voz, por exemplo. As aveludadas e as de violão, em vez de acordar os sentimentos, botam-lhes para dormir. As vozes roucas, de lixa, suscitam emoções desvanecedoras. As metálicas, como a minha, inspiram confrontos. E a voz determina, em parte, a psicologia de quem fala. Existem muitos tipos de orador. Há o que pede desculpas, aquele a quem se deve pedir desculpas, e há o indesculpável. Há oradores elegantes demais, ou exigentes demais na construção de suas metáforas, em geral pouco eficazes. Ao dar entrevistas, os políticos mais ardilosos são os que falam sozinhos. O falecido Stálin tornou célebre essa técnica. Ele mesmo perguntava, ele mesmo respondia. Dizia ter aprendido com Marx, mas provavelmente essa retórica ele aprendeu foi mesmo no seminário dos jesuítas, ainda criança. A "dialética de funcionamento automático" tem a vantagem, realmente inestimável em certos casos, de suprimir o interlocutor. Orador bom mesmo é aquele que dá tempo ao seu ouvinte de pensar no que ele está dizendo. Isto é, que usa os silêncios como ênfase. Pouquíssimos sabem acabar um discurso.

A vaidade é um atributo que, nos políticos, transcende qualquer filiação ideológica. Para evitar nomes e identificações constrangedoras, recorramos ao pavão, sim, à ave da beleza por excelência, em cuja cauda olhos arregalados se derramam, excessivos e falsos. Convenceram-no de que era a mais bela de todas as aves, dona de um lindo corpo cintilante. Satisfeito consigo mesmo, deixou-se prender na estupidez, e ainda desrespeitou o sábio conselho: "Sê belo e cala-te". O grito do pavão é, sem meias palavras, medonho.

Muitos oradores, ao improvisar, dão gafes estrondosas, como Benedito Valadares, governador de Minas, num comício em 1936. Na época, o golpe do Estado Novo só esperava um pretexto para acontecer. O candidato a presidente, José Américo de Almeida, falara antes e prometera atender a principal reivindicação mineira, a siderurgia. Benedito foi agradecer de improviso e disse:

"O nosso grande candidato, ministro José Américo, promete a Minas o aço. O aço com que se fazem locomotivas, o aço com que se erguem edifícios e pontes. O aço para fundir nossos canhões!"

Ao ser pronunciada, no plural, em praça pública e naquelas circunstâncias políticas, a palavra "canhão" provocou um escândalo instantâneo. Minas queria canhões! Falar aquilo num grande comício equivalia a chamar o golpe para dentro de casa. O Benedito, quando se deu conta, pegou a primeira tangente que apareceu:

"Canhões, sim, mas não para matar!"

Muitos oradores, muitos mesmo, vencem a plateia pelo cansaço. Mussolini era um que fazia discursos longuíssimos, de seis, sete horas, e o Fidel também é mestre nisso. Quando acabou meu mandato na Guanabara, fiz um balanço de governo pelo rádio que durou doze horas, das seis da tarde às seis da manhã.

Em 1946, indo a Roma logo depois da Segunda Guerra, peguei uma charrete daquelas bem de turista, com direito até a condutor fantasiado de lacaio do século XVIII. Ao passarmos diante do Palazzo Venezia, o charreteiro apontou um certo balcão e disse, malicioso:

"Dali, por horas a fio, *Il Duce* nos garantia: 'Estamos fortes em terra, no mar e no ar'."

Achando graça do tom em que disse aquilo, brinquei de volta:

"E você acreditou?"

Sem se virar, com um movimento de desalento nos ombros, o homem respondeu:

"Que jeito..."

Nada, porém, me comove mais do que ouvir um orador remanescente da velha escola. Um daqueles que cresci ouvindo. Como as músicas são capazes de fazer para a maioria das pessoas, eu me sinto recuperando uma época. A coisa fica ainda mais tocante quando o orador veterano não se apercebe do fato de estar ultrapassado, e elabora frases retumbantes e rebuscadas. Há que se admirar, em vez de rir, dos que conseguem construir um discurso e não se contentam em morar no assunto.

*

O céu estava azul, limpo e sereno. Mas, no Cemitério São João Batista, meu enterro continuava agitado. Ao longo do percurso de quinhentos metros entre a capela 1 e o jazigo da minha família — lote 4218, quadra 39 —, a multidão encheu as aleias estreitas e improvisava desvios por entre os túmulos. A maré que afogara a capela agora transbordava em canais de granito. Embora nenhum cartaz ou faixa com palavras de ordem tenham se erguido, e um vago protesto fosse visível apenas no rosto das pessoas, lá na frente, nas imediações do jazigo, ao receber a notícia de que o caixão estava a caminho, uma segunda multidão se agitou. Eram pessoas que, sem ter conseguido se espremer para dentro do velório, haviam se dirigido antecipadamente ao local do enterro. Agora se acotovelavam entre os túmulos, ou mesmo subiam neles, no intuito de garantir uma boa visão do ritual.

"Só Deus pôde contigo!", gritou uma voz no meio da confusão.

Com o tampo coberto de flores, o caixão foi avançando e abrindo um clarão na massa de gente. Mas a multidão era tanta, e estava tão compacta, que a partir de um certo ponto aqueles que o carregavam simplesmente não puderam continuar. O jeito foi transportá-lo por sobre a cabeça dos presentes, passando-o de mão em mão. Só faltava me deixarem cair. Separei-me dos meus filhos, e mesmo esse transporte precário só foi possível porque, à passagem do caixão, o empurra-empurra cessava momentaneamente. Flutuando sobre o mar de braços e mãos, levei ao todo vinte e seis minutos para chegar à beira do túmulo, o que aconteceu exatamente às quatro e cinquenta e cinco. Entre gritos e empurrões, muitas mulheres desmaiaram ao longo do trajeto. Os homens suavam e alguns continuaram a se estranhar. O aperto e o desconforto eram totais. Se alguma coisa fizesse a multidão se abrir subitamente, muita gente sairia machucada.

Minha família se espremia para seguir em frente. Sem reconhecê-los no meio de tanta gente, o povo demorava a lhes dar passagem, reivindicando para si os melhores lugares para acompanhar o ritual. Os que já estavam no lote 4218 gritavam para os que vinham da capela: "A gente está aqui desde as quatro horas. Quem chegou depois que veja de longe!". Finalmente dois dos meus filhos conseguiram despontar da aglomeração, seguidos pelo terceiro, que vinha com a mãe. Meus netos, ainda crianças, viam aquilo tudo amplificado, de baixo para cima, com os olhos arregalados, mal conseguindo respirar. Reconheci neles o medo que senti quando meu pai, após ser preso e torturado pelo governo, mostrou-me suas radiografias, nas quais se podiam ver, nitidamente, os dois pedaços de agulha propositalmente deixados no seu corpo para que morresse de septicemia. Ou o medo que vi no rosto dos meus filhos quando sofri um atentado a tiros na porta de casa e cheguei sangrando, ou quando cheguei em casa novamente arrebentado, depois de levar uma surra de dois capangas de um político adversário.

Com rosas nas mãos, algumas mulheres pediram licença para subir num túmulo vizinho, já inteiramente tomado por fotógrafos. A informação de que a laje estava cedendo, provavelmente mentirosa, fez com que desistissem.

A muito custo, o reitor do Colégio de São Bento e algumas autoridades conseguiram se aproximar da minha família. Quatro cestas com pétalas de rosas vermelhas foram depositadas à beira do túmulo. Em torno da sepultura e sobre os túmulos adjacentes, o vozerio e a disputa por melhores lugares finalmente cessaram. Os serviços iriam começar.

O arcebispo debruçou-se sobre o caixão, para me dar a última bênção. Em seguida, pediu que os presentes rezassem um pai-nosso. Quando todos disseram amém, quatro funcionários da Santa Casa começaram a me baixar lentamente.

A multidão, entretanto, intuía que a maior homenagem a mim devida seria um belo e inflamado discurso. Quantos iriam falar à beira do meu túmulo? Quem se encarregaria de transformar o meu enterro num ato cívico? Isso era o que todos se perguntavam, mas ninguém conhecia o cerimonial, a sequência de pronunciamentos, nada. E havia um motivo muito simples para tanta indefinição: ninguém havia sido escalado como orador, pois ninguém havia se oferecido. Nenhum dos políticos presentes tivera esse gesto, nem para uma fala bem curta, o que, sabendo como são os políticos, é uma circunstância inesperada. A presença do serviço de inteligência certamente tinha muito a ver com isso, mas não era o único motivo. Eu, pessoalmente, não me surpreendi. Estava pagando pelos meus erros e pelos meus acertos. Muito decepcionado, um senhor anônimo comentou:

"É uma tristeza ver um homem público baixar à terra e nenhum outro homem público tomar a palavra."

Após instantes de hesitação, com as pessoas trocando olhares ora tímidos ora desconfiados, surgiram, do nada, primeiro em tom baixo, depois com mais vozes e maior intensidade, os versos do Hino Nacional. Logo todos estavam cantando. Quando terminaram, houve uma longa salva de palmas. Uma chuva de pétalas caiu sobre mim. Lenços brancos foram agitados.

Duas senhoras, à esquerda do meu jazigo, comentaram a "calma e resignação" de minha viúva. Mas logo silenciaram, ao ouvir um novo coro:

"Brasil! Brasil! Brasil!"

Enquanto isso, os fotógrafos trabalhavam, colhendo ângulos, procurando faces angustiadas, capazes de revelar o sentimento de frustração e desespero de alguns dos presentes. Ou então, quem sabe, a indiferença de outros. Mas o povo mesmo, este só queria emoções fortes, gestos simbólicos, e novamente começou a cantar; agora, um hino local:

Cidade Maravilhosa,
Cheia de encantos mil,
Cidade Maravilhosa,
Coração do meu Brasil!

De pé, de cima de outro túmulo, um homem gritou, raivoso, pedindo o impossível: "Enterra o Brasil com ele! Enterra o Brasil com ele!".

Quando meu caixão baixou completamente, o tal presidente da Academia de Brasilidade, sobraçando seus famigerados folhetos promocionais, tomou a palavra. Não era ninguém importante, mas pelo menos era presidente de alguma coisa, e falava minimamente bem. Uma dada hora, comparou a revolução a uma entidade mitológica, que devorava os próprios filhos. Até aí, nada de original, eu sei; também já li essa comparação em algum clássico da ciência política — Edmund Burke, salvo engano. Mas o sujeito completou a ideia com um golpe retórico interessante, dizendo que a última revolução fora mais longe, devorando um de seus pais. Para um amador, líder de uma agremiação com apenas um membro, ele próprio, até que o sujeito se saiu bem. Havia de fato muita "brasilidade" naquele discurso.

Subiu no túmulo, de repente, um ex-funcionário do meu governo, agora aposentado, que falou daquela época como a de uma "revolução sem sangue". Lembrou as grandes obras que mudaram a vida da população, as grandes conquistas no ensino público, a mentalidade administrativa moderna que implantamos, e terminou em altos brados, exortando as pessoas:

"Queremos o Brasil que ele queria para os nossos filhos! Será que o ideal vai morrer com ele?"

Minha família, meus amigos, os políticos presentes, fossem aliados ou adversários, olhavam tudo aquilo com um certo constrangimento. Preferiam uma cerimônia destituída de qualquer conteúdo político, que dirá de palavras explícitas de protesto. Mas a plateia ainda queria mais, e quem estava criando caso não era de nenhum partido específico, não tinha cargo, nem tinha ficha na polícia política. Era o povo carioca, num revezamento imprevisto, um tanto canhestro, explicitando de forma constrangedora a omissão dos oradores profissionais. Que calassem a boca, uma vez na vida, para escutar. Eu havia calado a minha.

Um terceiro orador, com a voz embargada, discursou como se conversasse comigo:

"Eles te cassaram, mas o povo não te cassou!"

Deplorando o "estado de coisas" no país, pediu que os presentes fizessem uma oração a são Francisco de Assis. Terminada a oração, outro sujeito apareceu, sugerindo que a multidão deixasse o cemitério de mãos dadas, cantando de novo "Cidade Maravilhosa". As mulheres disputavam papel e caneta, para anotar o número da minha sepultura. Uma delas me disse:

"Adeus. Descansa em paz, e olha por esse nosso Brasil."

Finalmente os coveiros começaram a botar a primeira laje sobre a minha sepultura. Para se despedir de mim, e deles, a multidão tornou a cantar:

Ouviram do Ipiranga as margens plácidas
Do povo heroico o brado retumbante...

Já anoitecia quando minha família foi para casa. Lentamente, o cemitério foi esvaziando. Cerca de cento e cinquenta pessoas ainda ficaram por ali, vendo os funcionários da Santa Casa trazerem as coroas de flores que estavam na capela, e aproveitando para me dizer suas últimas palavras.

Uma senhora desconhecida, que se ajoelhou na beira do túmulo, me fez a seguinte pergunta:

"Lembra daquele tempo? De quando estávamos todos com você, nas praças, nos comícios...?"

*

Um antiquário meu amigo, com loja na Galeria São Pedro, ali perto do túnel de Copacabana, costumava me procurar em duas ocasiões: quando aparecia algum Castagneto, pois sabia que eu gostava das suas marinhas, e quando recebia mensagens que os grandes políticos do passado me encaminhavam por seu intermédio. Kennedy, Roosevelt, Martin Luther King, De Gaulle, Gandhi, todos o usavam de mensageiro para falar comigo. O sujeito era espírita, mas não era bobo. Nunca me trouxe nada do Lênin, Stálin, Trótski, Bakunin...

Dos Castagnetos eu gostava mais. A baía de Guanabara tocara o imigrante italiano a ponto de ele ter seu ateliê num barco, e eu também amava aquela baía. Com o pincel acostumado ao balanço das águas, Castagneto captava a parte instável da paisagem do Rio de Janeiro, onde nós, humanos, nos movimentamos com a lentidão e a urgência de um pesadelo, mas os cardumes se movem com agilidade imprevisível, em movimentos súbitos, compactos, que materializam numa fração de segundo qualquer conceito de espírito coletivo. Ele registrava também, com muita habilidade, as pedras incríveis da baía, que provam de uma vez por todas que há, sim, beleza na deformidade. Castagneto entendia como poucos o habitat do carioca e, por consequência, o carioca propriamente dito. Sempre achei que o habitante do Rio, além de gente, é meio peixe. Em bando, não se pode apanhá-lo sem grandes redes predatórias. Individualmente, é inapreensível. Quando você pensa que o pegou, ele se debate, escorrega da sua mão e volta para dentro d'água.

As mensagens políticas eu escutava com uma atenção divertida, mas sem dar muita importância. Martin Luther King, certa vez, se pronunciou sobre a suposta democracia racial brasileira. Gandhi elogiou a índole pacífica do nosso povo. Kennedy me garantiu que o Brasil ainda iria dar certo. Talvez a falta de uma rede telefônica decente na cidade tenha estimulado o meu amigo antiquário a se comunicar com as almas do outro mundo (na época da minha morte, as linhas de telefone eram um patrimônio valioso, arrolado no imposto de renda de cada habitante do município, ou no testamento...).

Se conhecemos apenas 30% das nossas funções cerebrais, como dizem, não parece natural que a neurologia, lá na frente, encontre explicações perfeitamente biológicas para eventos hoje tidos como paranormais e parapsicológicos? Combine-se a neurologia avançada com mais uma ou duas descobertas da física — referentes à transmissão de ondas eletromagnéticas, quem sabe? —, e a chance de explicar a paranormalidade aumenta.

Por sorte, nossos correspondentes não eram os políticos brasileiros. Estando cassado, uma das compensações foi justamente me afastar dos homens que exerciam a política entre nós. Com as devidas ressalvas, eu sempre disse que o político brasileiro é muito ignorante. Sua conversa é chata, mesquinha, inculta, tudo de ruim. Nos meus momentos de ócio, eu tinha muito mais conversa do que eles, e amigos muito mais interessantes (de todo tipo: artistas, verdadeiros empreendedores, advogados, médicos etc.). Quando estava trabalhando, administrando a coisa pública, aí não tinha tempo a perder com sua falta de interesse pelos verdadeiros problemas. Às vezes, como numa doença intermitente, capaz de provocar autênticos acessos, o político brasileiro até luta contra a inteligência. E não venham me falar de esquerda ou direita.

Um dia, meu amigo da Galeria São Pedro apareceu no escritório dizendo ter uma nova mensagem para mim. Vinha, nada mais nada menos, de Winston Churchill. Eu precisava tomar cuidado com o cão negro. O sujeito fez uma cara muito séria ao dizer isso, quase soturna, e acrescentou: "É um alerta".

Espero que o meu amigo antiquário não venha mais me incomodar com essas mensagens. Dele, agora que estou no outro plano, gostaria de receber apenas os Castagnetos.

*

Nos comícios de antigamente, era quase obrigatório haver uma meninada diante do palanque. Mais agitadas que o orador, as crianças faziam barulho, perturbavam a atenção da plateia, porém funcionavam como anjinhos da guarda do evento. Também serviam de tema à peroração dos políticos que não haviam tido tempo de se preparar e os pegavam para dissertar sobre o tema, sempre bem-visto, da responsabilidade dos homens do presente pelo futuro dos homens do amanhã etc. etc. Terminado o falatório, os pais e responsáveis compravam uma bala ou um picolé para os homens do amanhã, dando como concluída a sua tarefa, e voltavam todos para casa felizes e contentes.

Para rebater as ideias feitas, o discurso pronto e os compromissos vazios, ninguém era melhor que os bêbados de praça, simplesmente incontroláveis. Vi um deles, certa vez, que, a cada promessa que o orador ia fazendo, perguntava bem alto, com ar de deboche, prolongando e abrindo bem a boca na hora de disparar a última vogal: "Seráááá...?".

O orador dizia:

"Eu vou pôr água na torneira de todas as casas!"

E o bêbado:

"Seráááá...?"

"Eu vou dar escola para o povo!"

"Seráááá...?"

Outro que vi em ação, ainda mais profano, demolia a seriedade de cada promessa gritando: "Aleluia!".

"Eu vou acabar com a corrupção!"

"Aleluia!"

Você nunca sabe, essa é a verdade, como alguém vai reagir ao seu discurso. Certa vez, em 1937, quando aos vinte e três anos desci o rio São Francisco fazendo comícios por onde passava, após a minha peroração antifascista (ou comunista disfarçada, como vocês preferirem), uma professorinha resolveu gastar o verbo e me cumprimentou com palavras, na intenção, consagradoras:

"O senhor é um perfeito demagogo!"

Claro que estava errada, e por um motivo muito simples: o demagogo perfeito, o ideal, não existe. A demagogia toma sempre muitas formas, não há um modelo rigoroso, como exigem as perfeições. O que dizer daquele sujeito que, em aniversários, bodas e batizados, começa dizendo que não irá discursar? Ele é o demagogo em seu estado mais retumbante. Quando começa assim, a você, se não gosta de ouvir discursos, e desses ninguém gosta, só restam duas alternativas: a revolução ou a submissão completa, flertar com a cunhada ou puxar logo uma cadeira.

*

No mesmo fim de semana em que fui entrevistado pela amiga de meu filho, já sentindo que iria ficar doente, encontrei o pavão morto no viveiro de pássaros. De repente, sem explicação. Interpelei rispidamente o caseiro, por via das dúvidas, mas depois me arrependi, ao vê-lo todo tristonho, consolando suas crianças. Elas eram amicíssimas do animal, a quem chamavam de Clóvis, que vinha de Clóvis Bornay, na época o maior campeão dos concursos de fantasia de Carnaval. O dia transcorreu em clima de velório. Chegada a noite, só nos restou ir dormir, acabrunhados.

Era já plena madrugada quando os cachorros começaram a latir no canil. Eu tinha ao todo sete deles, que dormiam a meia distância entre a casa do caseiro e a minha. Um casal de collies, um de pastores-alemães e três pointers. Latiram todos ao mesmo tempo, fazendo uma barulheira que tomou conta do sítio.

Levantei da cama assustado. Vesti uma calça e um chinelo. Peguei a lanterna e enfiei uma arma na cintura. Não acendi nenhuma luz, mas, enquanto andava pela casa, fui verificando as chapas de aço sobre as vidraças, postas num tempo em que eu ainda recebia ameaças de morte. Todas estavam no lugar. Com a mão na coronha do revólver, abri uma fresta da porta de entrada. Uma grossa e pesada porta de madeira. Senti o ar que veio do jardim, gelado e úmido, mas não vi nada. Apontei a lanterna para a varanda e, sem detectar nenhuma ameaça, dei um passo para fora da casa. Mas continuei de porta aberta, pronto a correr de volta se fosse preciso. O frio me deixou arrepiado e ligeiramente trêmulo. Tentei ouvir alguma coisa além dos latidos e do barulho que os cachorros faziam enquanto balançavam as telas de arame, jogando contra elas suas patas fortes e todo o peso dos seus corpos.

Acendi as luzes da varanda. Nenhuma sombra se mexeu.

Devagar, olhando em volta e com a lanterna abrindo caminho, fui até o canil. Encontrei por lá o Jairo, meu caseiro, um típico alemão de Petrópolis, de rosto largo, cabelo castanho liso, olho azul-claro, pele muito branca e cheia de vincos. Ele acendeu as luzes, fazendo seu rosto brilhar como uma louça rachada. Embora estivesse do meu lado, tamanha era a barulheira no canil que mal escutei sua voz quando perguntou:

"O doutor sabe o que deu neles?"

Balancei a cabeça negativamente. Eram todos cachorros grandes e saudáveis, mas em geral mansos, ou pelo menos maduros, bastante habituados à convivência do grupo. Os pastores eram os únicos, de vez em quando, a encrencar, sobretudo com os collies, mas eles não estavam brigando entre si. Eu nunca tinha visto um ataque de fúria igual.

O canil era dividido em baias, que podiam ou não se comunicar. Cada baia para um cachorro e, no fundo de cada baia, a tigela de água, a de comida, e uma grande casa de madeira, forrada com trapos e restos de cobertores e travesseiros. Examinei todo o ambiente: o piso e as muretas de cimento, as portas e os pontos de circulação interna, as telas, com seus dois metros de altura. Não havia nada lá dentro. Do lado de fora, também não encontrei nenhum buraco suspeito no arame, nenhum gambá, gato de rua, morcego ou ratazana cercando o espaço. Muito menos movimentação de gente. Vi apenas a mulher do caseiro, Fátima, na janela de sua casa, nos dando retaguarda à distância.

Um sopro de vento frio arrepiou novamente o meu corpo. No limiar da escuridão, reparei que as plantas do jardim balançavam, mas foi como uma cena de cinema mudo. Não era possível ouvir nada além das ressonâncias guturais que nasciam na garganta dos cachorros e explodiam na madrugada, ou o ruído áspero das telas do canil sendo sacudidas.

Até os pointers, os cães mais doces que podem existir, estavam transtornados. Latiam sem parar, e seus olhares fulminavam, fixos e ardentes, como se uma ameaça muito próxima rondasse o canil. Os collies, também latindo com força, agitavam seus fartos colares brancos de pelo e arreganhavam o focinho esguio, mostrando dentes pontudos e de uma ferocidade incompatível com sua elegância aristocrática.

Um dos pastores-alemães, nesse momento, meteu os caninos entre os gomos da tela, travou o maxilar e sacudiu a cabeça com tanta força que eu achei que iria conseguir arrancar a grossa trama metálica dos canos onde estava presa. Por sorte, o arame resistiu. Quando o pastor soltou a mordida, sua gengiva estava toda ensanguentada.

*

Os lobos, os cães selvagens, não latem, ou quase não latem. Já os cães latem repetidamente, para tudo e para todos, e em circunstâncias nas quais os lobos nunca latiriam. O lobo irá latir quando avistar algo e não estiver muito certo de como reagir a essa presença. Desafiar prematuramente, rosnando, ou render-se prematuramente, ganindo, não são boas estratégias. Então, na dúvida, ele dá um latido. É uma maneira de informar a quem quer que esteja se aproximando de que foi avistado, ao mesmo tempo anunciando a própria presença, sem se comprometer. Seu latido é solitário e seguido de longas pausas. Entre cachorros, o latido é a principal forma de comunicação, a ponto de essa aptidão "verbal" tornar-se indissociável de seu comportamento, inclusive entre eles mesmos. Os filhotes desenvolveram um instinto natural para fazer barulho quando querem atenção. Ainda pequenos, quando estão sozinhos, cansados ou perdidos, depois de saírem desbravando o espaço ao redor do ninho, grunhem ou choramingam um latido, querendo que a mãe os leve de volta.

Mas a gama de significados dos latidos caninos, reduzida entre eles, é muito maior entre eles e os humanos, e todas as pesquisas indicam que o latido é resultado direto da convivência com os homens, uma aptidão desenvolvida para se relacionarem, primordialmente, conosco. Os que latem são melhores cães de guarda, ajudam mais na proteção do território, e podem ser encontrados pelos caçadores mais facilmente, no fundo de um buraco escuro, ao lado de sua presa. Quando as raças começaram a ser desenvolvidas para propósitos específicos, houve uma preferência direta por cães que latiam. Quanto mais doméstico, aliás, mais o cão se excede nos latidos. Não por acaso os poodles das madames, criaturas desprezíveis de tanta urbanidade e sofisticação (eles, os poodles), são sempre inferninhos de eletricidade.

Os donos, principalmente os iniciantes, ficam fascinados com essa forma de comunicação e respondem aos latidos conversando com o animal ou fazendo as vontades dele. Ele late e o dono abre a porta, ele late e o dono joga a bolinha, ele late e o dono dá um pedacinho do sanduíche que está comendo, ele late e o dono interrompe o que está fazendo para dar atenção ao cachorro... Assim, acaba resolvendo os latidos naquele momento, porém inadvertidamente treina o cachorro para latir cada vez mais. O dono precisa ser sensível para as várias maneiras que um cachorro tem de se comunicar e escolher uma para atender, dando ao cão o que ele deseja, sem estimular um comportamento inadequado. No Brasil, atualmente, certos donos preguiçosos submetem os animais a coleiras antilatidos. A cada vez que o cão late, elas emitem uma reprimenda sonora, inofensiva, mas incômoda, para o animal. Donos igualmente preguiçosos, e ainda mais severos, apelam para a cordectomia, a remoção cirúrgica das cordas vocais de seus cachorros.

Como normalmente utilizam os latidos para novas situações, os cães acabam se convencendo de que o latido faz todo tipo de milagre. Eles são criaturas extremamente supersticiosas. É como se pensassem: "Vamos ver o que acontece se eu...". Com isso, criam conexões muitas vezes arbitrárias entre o que fazem e o que acontece logo após. Se você passar muito tempo latindo, muitas coisas irão acontecer enquanto você late, mas não necessariamente numa relação de causa e consequência.

No fundo, apesar de todo o seu progresso evolutivo, a maioria dos comportamentos dos cães de hoje decorre de estratégias dos lobos para sua sobrevivência em estado natural, milhares de anos atrás. A comunicação é uma casca. Fundamental, mas superficial. Da mesma forma, quem quiser estudar o homem primitivo não precisa necessariamente ir procurá-lo no Parque do Xingu, nos aborígenes da Austrália ou nos pigmeus da África. Pode encontrá-lo em seus contemporâneos, ou em si próprio.

Por isso talvez a voz humana sempre tenha me parecido uma espécie de bicho enjaulado, que a gente acua e força a sair, como urro, ou como gemido, ou articulando sons que somente nós, os de uma espécie determinada, entendemos completamente (mesmo os cachorros, que nos entendem, não entendem nossas palavras). A confissão do sujeito torturado na delegacia não comove os ratos e as baratas.

*

O pastor-alemão tentou pela segunda vez arrancar a grade com uma mordida. Com a boca toda cortada, o sangue começou a molhar o seu pescoço, escorrendo até pingar no chão.

Se algum bicho aparecera desavisadamente, perambulando em busca de comida no meio da noite, com certeza já estaria bem longe dali. Não era normal que os latidos continuassem, até aumentassem, como se houvesse a iminência de algum confronto. Os cachorros agiam como se eu e o Jairo não houvéssemos aparecido, como se não soubessem que os protegeríamos dali em diante. Eram lobos do outro lado da tela, regredidos à condição de seus antepassados selvagens, sem a sofisticação semântica e intelectual dos animais domésticos. Impossível entrar no canil para acalmá-los.

Um surto de raiva? Salivando muito eles estavam, e tinham o comportamento alterado, certamente. Mas o Jairo negou qualquer mudança em seus hábitos alimentares, e não víamos neles nenhum sinal de dificuldade para engolir, de espumação na boca ou de paralisia das patas traseiras. Pelo contrário, a maneira como se portavam naquele acesso de fúria demonstrava um vigor físico absoluto.

Precisávamos fazer alguma coisa. Ergui a voz e pedi ao Jairo que fosse à cozinha pegar a carne do churrasco do dia seguinte. Ele me olhou surpreso.

"Amanhã a gente compra mais", eu disse.

Momentos depois, o caseiro reapareceu com a carne e um facão, tudo numa grande bacia de plástico. Agradeci e, sem pensar, disse-lhe que podia ir embora. Eu não tinha nenhuma certeza de que alimentar os cachorros resolveria o problema, mas quis tentar sozinho. O Jairo ainda perguntou, novamente falando perto do meu ouvido:

"O senhor não quer que eu faça isso?"

"Não, deixa que eu faço."

Debaixo de latidos, como se estivesse sendo expulso dali, ele tomou o rumo de casa. Foi caminhando lentamente entre as roseiras. Pareceu uma eternidade, até que as cortinas se fecharam e a luz se apagou.

*

Ajoelhado diante do canil, senti nas mãos o toque, a textura e a consistência das carnes cruas — uma picanha, uma costela bem gorda e duas peças de maminha, além de três cordas de linguiça caseira. Em meio ao barulho infernal dos latidos, fui cortando os nacos de carne com o facão, que rasgava sem dificuldade nervos, gorduras, fibras e feixes de músculos.

Joguei os primeiros pedaços por cima da tela, na maior expectativa, mas todos os cachorros continuaram latindo com a mesma intensidade, e nem quiseram saber de comida. Tentei falar com eles, mas foi pura perda de tempo. Joguei novos pedaços por cima das telas, e os pointers, graças a Deus, silenciaram, começando a cheirar a comida e, em seguida, a efetivamente comer. Ainda em guarda, assustados até consigo mesmos, e me pedindo ajuda com os olhos. Mais carne voou, e foi a vez de os collies fazerem aquela pausa aflita. Entre os pastores-alemães, a fêmea olhou para as baias ao lado e ficou em dúvida, porém acabou aceitando a comida. Em poucos minutos, dos sete cachorros, apenas o que estava machucado não comia nada. Mas havia parado de latir. Ele me encarou, porém, com raiva nos olhos, e se pôs a rosnar em minha direção.

E se tudo aquilo fosse um pedido de socorro? A boca sangrenta do meu pastor-alemão, talvez só o medo imediato da morte explicasse. O que poderia estar escondido lá dentro? Se estivesse esperando uma chance para matar um ou mais dentre eles, jogar a carne por cima da grade, fazendo-os parar de latir, seria um favor ao inimigo. De um lado, atiçava seu apetite; de outro, amolecia a defesa das vítimas. Apontei de novo a lanterna para os vãos mais escuros das baias, entre as casas dos cachorros e a parede dos fundos do canil. Não vi nada. Cravei o foco de luz dentro das casas. Tudo o que consegui ver foram trapos fedorentos. Até senti o cheiro deles. Um cheiro que, se aos humanos como eu podia parecer sempre igual, simplesmente "cheiro de cachorro", para cada um daqueles animais era parte importante da sua identidade e tinha diferentes significados em sua comunicação com os outros. Se eu soubesse diferenciar esses cheiros, se eu desenvolvesse minha percepção a ponto de entender seus sentimentos pelo olfato, talvez entendesse do que tinham medo, do que precisavam, e pudesse atuar.

O rosnado do pastor ganhou corpo no meio da noite, se alastrando, tornando-se mais profundo e mais constante. Virou uma respiração cava, horrível, um aviso sinistro que me deixou de cabelos em pé. Aquele rosnado, porém, sugeria um cachorro ainda maior do que ele. Imenso e negro. Eu, como fariam um lobo e um cão, deduzia o tamanho do bicho pelo tom grave de seu aparelho vocal, atento àquela macabra subunidade do rosnar. Olhei para os seis outros cachorros, a tempo de vê-los se encolhendo no fundo das baias, com as orelhas baixas e o rabo entre as pernas. O pastor-alemão, ainda com a boca pingando sangue, era o único que permanecia junto à tela. Ao encará-lo novamente, percebi que não era mais dele o rosnado que eu ouvia. Ele, na verdade, olhava através de mim.

A POLÍTICA PODE SER:

— surreal: quando o contragolpe preventivo vem combater um golpe que não existia antes de a luta começar;

— pitoresca: um belo dia ser preso e os soldados, ao encontrarem um mapa do Nordeste na sua mesa de trabalho, imaginarem um grande deslocamento de tropas revolucionárias, quando você, na verdade, estava apenas escrevendo uma peça baseada em *Os sertões*;

— esdrúxula: quando você, num discurso, diz uma coisa certa e ela atrai apoios e aplausos que você despreza, a ponto de se perguntar: "Qual foi a besteira que eu acabei de dizer?";

— futriqueira: a ponto de sua própria esposa dizer que os políticos são mais fofoqueiros que as mulheres;

— irônica: como para o sambista famoso, e também famoso comunista, que acaba obrigado a ouvir, atrás das grades, os sambinhas do carcereiro seu fã;

— descarada: se um presidente de sindicato patronal, supondo-se intocável, usa o caos tributário para justificar, diante do próprio ministro da Fazenda, a prática do suborno de fiscais;

— inflexível: se o ministro, ao ouvir esse presidente de sindicato, sem hesitação pede à secretária que ligue para a Receita Federal e avise que o sujeito tem uma denúncia a fazer;

— sem saída: quando você conclui que o status quo parlamentar jamais fará a reforma política tão necessária, e que você, se propuser alguma coisa contra a embromação, qualquer coisa, acabará com fama de golpista;

— cruel: na hora em que o político, ao se eleger governador, obriga sua própria mãe, há trinta anos professora primária do estado, a se desligar do serviço público e dar o exemplo contra o nepotismo;

— desnaturada: um ditador visitante ter de voltar às pressas para casa, pois seu próprio filho acabou de derrubá-lo com um golpe de Estado;

— humilhante: para o embaixador influente que, a fim de manter tal influência, faz vista grossa para o caso entre sua esposa e o presidente do Senado, assim como para o empreiteiro que escolta a esposa até o escritório do amante dela, o presidente da República;

— contraditória: se você, sendo ex-jornalista, polemista, um dia censura a imprensa;

— dolorosa: se a mãe de um ex-amigo convertido em adversário, ouvindo você no rádio atacar o filho, pergunta para ele: "Por que o fulano está dizendo essas coisas horríveis de você?";

— deprimente: assistindo, do Congresso, ao gato e o rato entre o presidente semi-infartado que esconde a doença e seu vice (de outro partido e desprovido de qualquer afinidade programática), que está louco para configurar a vacância do cargo e tomar posse por alguns dias;

— generosa: no sorteio de uma casa própria para alguém cuja vida será transformada após aquela cerimônia no entanto sempre meio eleitoreira;

— triste: na lembrança dos que morrem ou enlouquecem por ela;

— realizadora: graças às obras que melhoram a vida das pessoas;

— exigente: para quem se entrega de corpo e alma ao exercício do poder;

— abominável: se um esquadrão da morte se forma dentro do seu governo;

— amorosa: para um candidato a presidente que, mesmo com a vitória garantida, desiste da eleição porque a mulher está com câncer;

— irritante: ao se enfrentar o espírito inercial da burocracia, a vocação dos líderes para a mistificação, a politização superficial da maior parte da população;

— ilusória: nos comícios, quando se é visto e não se vê, quando se fala muito e quase não se é ouvido;

— escapista: para fugir do cão negro.

E a política também pode não ser nada, ou quase nada. A angústia das novas gerações parece grande demais para que um comício a aplaque, um voto a satisfaça ou um simples mandato eleitoral dê vazão aos seus impulsos.

*

Sempre fui impaciente, para tudo. Até nos gestos mais banais eu manifestava uma pressa essencial. Quando chegava em casa, por exemplo, invariavelmente tendo perdido a chave, que todos os dias evaporava do meu bolso, eu desandava a tocar a campainha, sem descanso, com toques curtos e agudos, estourando os tímpanos de quem estava do lado de dentro, até abrirem a porta.

Na política, também aprendi que, com a minha estridência, aceleraria o tempo das coisas. O país em que eu cresci funcionava à base de golpes, contragolpes, revoluções, atentados etc. E o nosso sistema precisava mesmo, nítida e urgentemente, ser aprimorado. Meu avô e meu pai tomaram parte em várias crises, eu também, com muito orgulho, pois era nessas horas que as coisas aconteciam, que o país escapava momentaneamente de suas amarras históricas. Nas rupturas políticas, o destino da nação passava na porta da nossa casa, para em seguida invadir a nossa vida. A política que eu conheci desde criança era feita sob o risco de vida. A gente morria por ela, e se matava por ela. Pouco importa de que lado você estava, era assim com todo mundo. Autodestrutiva que fosse para o país, havia uma grandeza nessa política de ideais levados às últimas consequências.

*

A palavra "revolução", para os homens da Idade Média e do Alto Renascimento, era um termo ligado mais à astronomia que à política. Para eles, as estrelas eram cápsulas transparentes, com fachos de fogo girando dentro delas, isto é, "fazendo revoluções" no espaço. Logo, as revoluções celestes desse pessoal, como todo giro, começavam e acabavam no mesmo ponto. O conceito político de revolução, com todas as implicações de ruptura que ganhou, veio bem mais tarde.

Se algum dia o nosso povo se tornar avesso a revoluções, não irei elogiá-lo por uma fidelidade à lei e à ordem, que aliás no fundo não existe. Não irei louvar seu temperamento contemporizador, nem me referir a seu apego à propriedade privada. Muito menos irei chamá-lo de covarde. Apenas constatarei que ele e sua classe política, desde sempre, gostam de enaltecer as revoluções, mas não de realmente se deixarem transformar. Estamos acostumados a abusar do termo no palanque, raramente aplicando-o na administração.

*

Muitos me acusaram de ser incoerente, mas sempre achei que era uma virtude mudar de ideia toda vez que tinha uma ideia melhor. A política nos confronta com dilemas que nunca imaginamos existir, que dirá ter de enfrentar. Não sei se é possível, não sei nem mesmo se é desejável, "entender de política". Essa expressão, para mim, sempre soou mal, como se anunciasse um infinito repertório de subterfúgios, de adiamentos, de posicionamentos complacentes com os problemas do país.

Depois de alguns anos acompanhando a política de longe, seu poder de me arrebatar acabou. Não vi mais sentido em ficar freneticamente tocando a campainha. Acabei engolido por um mistério ainda maior, só meu, que a antecedia na minha vida e que voltou para me buscar.

Se eu pudesse oferecer ao cidadão brasileiro um único conselho (e o cacófato aí, proposital, reflete o valor que a essa altura dou para os conselhos), seria o seguinte: nunca acredite no político que só te dá boas notícias.

*

Um belo dia, de passagem por São Paulo, marquei de me encontrar com certo colega jornalista, numa velha cantina italiana. Cheguei primeiro, peguei uma mesa, pedi o couvert e o vinho. Minutos depois, chegou ele. Como todo mundo de redação na época, não se pode dizer que ele fosse especializado em algum assunto, tratava de tudo, mas ganhara destaque em coberturas de política internacional. Então, após os cumprimentos, fui logo perguntando:

"E aí, fulano, o que aconteceu de importante no mundo hoje?"

"Quer saber mesmo?"

E ele me olhou com uma cara desconsolada:

"Meu carro quebrou..."

CAMARTELOS, CAVALOS DE CHARRETE E OUTROS DESTRUIDORES SISTEMÁTICOS

UM SOCO NA TERRA

Tudo está bem mais calmo agora, sem ninguém por perto. Calmo e doce. Em minha primeira noite debaixo da terra, não me sinto nem um pouco vulnerável. Não temo o frio, a umidade, a escuridão ou os animais. As flores, amontoadas sobre meu túmulo, me protegem com seu perfume intenso e suas pétalas, folhas, talos e espinhos. Tenho ainda o sarcófago de granito, a laje de massa, as paredes do caixão e a lã grossa do terno. Na última retaguarda, fechando meu corpo, tenho a rigidez fria das enzimas.

O jazigo da minha família fica alguns planos acima do nível da rua, subindo as encostas do morro São João Batista. Perto de onde, num plano ainda mais alto, após três lances de escada, chega-se à antiga capela. Na parte baixa do terreno, o portão monumental do cemitério já foi fechado por hoje.

Do velório improvisado no quarto de hospital, passando pelo traslado para o cemitério, até a iminência da tragédia, eu vi tudo. De olhos fechados. E meu olfato adivinhou tudo, dos perfumes nas mulheres até os produtos de limpeza no assoalho, o verniz do caixão, os cigarros tragados compungidamente, onde muita gente respirava ao mesmo tempo. Sem o barulho da minha própria respiração, ouvi passos que vinham da rua à entrada do cemitério, ouvi tecidos de roupas se raspando em abraços, as xícaras de cafezinho nos lábios, saltos de sapatos nos paralelepípedos, botões de gravadores apertados para entrevistas, cliques de máquinas fotográficas, soluços abafados, burburinho, gritos de desespero, e um antigo assessor de imprensa coçando a barba do outro lado da capela.

Meu jazigo é de um mármore discreto, cor de pele, quase sem veios coloridos, afora algumas estrias pretas. Na cabeceira do sarcófago, há quatro colunetas, que compõem uma pequena torre vazada pelos quatro lados. No alto, como arremate, fica um adereço floral esculpido e, sobre ele, a cruz.

Dentro da torre, com pouco mais de um metro de altura, há uma estátua de Jesus, talhada em pedra cinza, na boa tradição da arte tumular brasileira. A cabeça pende ligeiramente para um lado; o rosto, para baixo, de olhos fechados. O artista conferiu o máximo de realismo aos cabelos ondulados e compridos, às dobras do manto e à expressão sofrida. A pedra chega a exalar dor e resignação. Sua mão esquerda se fecha junto ao peito, próxima ao relevo de um coração flamejante, enquanto a direita se estende para baixo e se abre, espalmada.

Sobre o tampo do sarcófago, nas laterais, algumas placas mortuárias, pequenos retângulos de pedra, estão afixadas na pedra maior. Trazem os nomes, as datas de nascimento e de morte dos parentes que estão aqui comigo, todos por parte de pai.

A primeira a chegar, em 1898, foi minha avó Maria da Glória, ou Pequetita, que morreu muito jovem, quando meu pai era criança. Dezesseis anos depois veio o pai dela, meu bisavô Sílvio, conhecido em sua época por ser um dos poucos fazendeiros abolicionistas da região de Vassouras. Na família, esse bisavô ficou famoso pela mania de escrever cartas sobre assuntos políticos para os jornais, assinando apenas "Um lavrador". Em 1925, chegou meu avô Sebastião, também abolicionista e republicano, viúvo precoce de Pequetita. Seguiu-se um longo intervalo geracional, até que, em 57, veio para cá tio Fernando, irmão de meu pai; em 59, o próprio, Maurício; e, em 67, tio Paulo, o caçula dos três. Em algumas dessas caixinhas de metal, enfileiradas numa reentrância da câmara mortuária, estão os restos mortais deles todos. O que sabem de mim, hoje?

Na placa mortuária que ganhei estão gravadas as informações essenciais de sempre, mais as despedidas da minha mulher e dos meus três filhos:

Carlos Frederico Werneck de Lacerda
30/4/1914-21/5/1977
Saudades de Letícia,
Sérgio, Sebastião e Maria Cristina.

O que não tive foi tempo de pensar em meu epitáfio. De bate-pronto, o que me vem à cabeça é:

"O rio é um amigo, e o único."

Não, não estou afetando ares clássicos. Não é uma referência ao Letes, o rio grego dos mortos, embora fosse bom, já que estou aqui, receber de suas águas o dom de esquecer os sofrimentos. Também não se trata de nenhuma alusão a rios bíblicos, ou à profecia de algum evangelista. O autor dessa frase, ainda que também se chame Lucas, não é o padroeiro dos pintores e dos médicos, nem de longe foi canonizado e suas palavras estão inscritas numa obra bem mais modesta que o Novo Testamento. Ele é, no máximo, um sábio sem estudo, que inventei para encarnar a voz ribeirinha, ambulante e mendicante. Lucas é uma espécie de demente da vila, com lampejos de sabedoria.

Em minha primeira peça de teatro, o enredo é composto por episódios algo descosturados, menos encenados que narrados, focalizando cada hora um habitante diferente, mais ou menos miserável, da beira do rio Paraíba do Sul, e Lucas é o único a tomar parte em todos os episódios. Figura quase sempre secundária, mas uma espécie de coro, de voz da consciência coletiva, de vaga amarração narrativa para o espetáculo. Entre os demais personagens há um tuberculoso, libertado após catorze anos de penitenciária, um ex-escravo alcoólatra, um mascate de ervas falastrão, e Idalina, a protagonista, se é que se pode falar de protagonista numa peça estruturada desse jeito. Ela tentara afogar o próprio filho no rio, mas o rio não o matou, transformando-a em mãe amantíssima.

Muito antes de mim, o primeiro cadáver que deu entrada neste cemitério foi o de uma menina de três anos. Quase um bebê, e caixão pequeno é uma das coisas mais tristes de se ver. Ela se chamava Rosaura, a que deve ser guardada no fundo do peito, como diz a música, ou embaixo da terra, o que talvez dê no mesmo. Já o cemitério deve ter sido batizado seguindo o nome do morro que fica logo aqui atrás, cujas encostas são usadas para abrigar, em gavetas, uma quantidade considerável de hóspedes silenciosos.

Do outro lado das grades, a rua General Polidoro ainda era na época rua Berquó. À esquerda fica a rua Real Grandeza e o túnel homônimo, cuja construção terminou no iniciozinho da República. Por que um nascente governo republicano manteria no túnel o nome de Real Grandeza? Mistérios da política brasileira... Até os imprevistos têm seu papel na política, e pobre do historiador que não os levar em conta.

Certo dia, durante o meu governo, puseram na minha agenda a inauguração da Escola Anne Frank, em homenagem à famosa dona do famoso diário. Ao começar meu discurso, olho para o outro lado da rua, na reta do palanque, e vejo a bandeira tricolor da Alemanha no alto de um mastro, tremulando placidamente no gramado defronte a um palacete. Após um segundo de perplexidade, percebo estar diante da embaixada alemã! Fomos em frente, porque não dava para mudar tudo ali, na hora. Mais tarde, o secretário da pasta tirou o caso a limpo, concluindo que o nome fora escolhido numa reunião de técnicos, entre quatro paredes, como tantos e tantos outros nomes de escola. Ninguém se deu conta de que o endereço era na cara dos alemães. Se os envolvidos na obra atinaram, ninguém falou nada. Não tínhamos como aferir o dolo. Melhor acreditar no seguinte: cometemos uma gafe colossal.

Talvez os republicanos tenham mantido a homenagem ao imperador por presciência, adivinhando que, com o passar dos anos, o grande feito da engenharia na virada do século acabaria desrespeitosamente conhecido como Túnel Velho. Hoje, do lado de lá, existe a ladeira dos Tabajaras, cercada de prédios degradados e com uma baita favela no lombo.

Nesse corpo, logo um balão de gás, ganhei várias marcas ao longo de sessenta e três anos. Incisões cirúrgicas ou ferimentos acidentais e provocados por terceiros, mas sempre rasgos na pele, às vezes acompanhados de fraturas nos ossos, perda de sangue e focos inflamatórios; nunca é agradável lembrá-los. Em todo caso, as marcas ou desapareceram ou se instalaram definitivamente, deixando de incomodar. Meus tecidos lesados, autolimpantes, liberaram substâncias inflamatórias, ressecáveis, formadoras de uma crosta, que contém a hemorragia e protege a carne de contaminações. A inflamação cedeu, aplacando o inchaço e permitindo que a pele se retraísse, diminuindo a área do ferimento e ativando a chamada "substância fundamental", que preencheu aos poucos o rasgo ou o buraco, enquanto nervos e vasos sanguíneos se reconstituíam. Como o betume no terraço da casa do meu avô, para acabar com as goteiras, preenchendo as rachaduras entre as placas de cimento.

Eu sempre disse que, se brigava pelo interesse público, podia perfeitamente fazer as pazes pelo interesse público. Mas "nunca ninguém esquece nada!", dizia meu pai, com sabedoria de mafioso de filme. Talvez por certos ferimentos afetarem a vida de muitas pessoas.

Do meu caixão, embaixo da terra, vejo a lua, forma ovalada, para lá das sombras, das folhas e dos galhos, junto à claridade pulverizada da galáxia, o agrupamento de infinitas partículas de luz. Do alto, o Cemitério São João Batista, com todo o respeito, tem o perfil de uma cabeça de porco virada ao contrário, e com a boca aberta. Dentro dos limites desse estranho formato, cada milímetro do espaço é ocupado por um padrão irregular de losangos, verticais e horizontais, e dentro deles pequenos traços de cor uniforme, túmulos, jazigos e mausoléus, afora algumas árvores mais frondosas e outros pontos verdes.

Do portão sai a avenida principal, que corta o terreno verticalmente por uns quatrocentos metros, até chegar ao morro. De lado a lado também existe a avenida transversal. Dessas grandes artérias saem os caminhos muitas vezes labirínticos dos acessos secundários e terciários. O mau estado de conservação dessas aleias menores é evidente. Na área das gavetas então, mais perto do morro, o abandono é total; umas estão quebradas, outras estão pretas, infiltradas, cobertas de ervas daninhas e de musgo. O acúmulo de cadaverina, a mesma molécula responsável pelo cheiro do esperma, produz aqui um vapor pestilento.

Os africanos animistas acreditam ter seus passos governados também pelos mortos e pelos que ainda não nasceram. Todos os espíritos, mortos, vivos ou ainda por existir, se juntariam no esforço pela promoção da liberdade e da prosperidade. Da fusão entre passado, presente e futuro nasceria uma consciência coletiva e sobrenatural. Espero que os africanos estejam errados. Não quero mais essa obrigação. Nada é tão difícil quanto tentar entender o destino histórico do povo brasileiro. E as forças do atraso, de um jeito ou de outro, são muito resistentes à penicilina (vide 37, 50 e 65).

O necrochorume polui o subsolo de 75% dos cemitérios do país? Cemitérios estes que, por sua vez, foram cercados pela cidade por todos os lados, aumentando os riscos de poliomielite e hepatite? Que pena... E que se dane se o responsável pela atualização constante da planta do cemitério não estiver cumprindo o seu dever, ou se o administrador da Santa Casa fizer algum tipo de ilícito nos contratos, ou se o sujeito que emite os atestados de óbito falseia as informações.

Por onde olho, à direita e à esquerda, as esculturas funerárias parecem soprar alguma coisa na noite. Estou como elas. O rigor mortis ainda levará algumas horas até arrefecer.

*

Acabo de ouvir sons inconfundíveis da minha infância: um súbito rumor de folhas, o pressentimento da queda em alta velocidade e, de repente, um soco na terra, um punho verde que se arrebenta contra o chão, expondo sua carne amarela.

Meu avô, quando criança, certamente ouviu isso um trilhão de vezes. Foi sua mãe quem primeiro sonhou em plantar árvores frutíferas na chácara, vendendo a produção nos armazéns da cidade, na nova estação de trem, e assim completar o orçamento da família. Quando surgiu um escravo meio maluco, adotado enquanto mendigava, após ter sido expulso da fazenda vizinha pelo antigo dono, minha bisavó recuperou as partes pantanosas do que era antes um sítio de café. Em poucos anos, estava produzindo abacate, limão, pitanga, laranja, tangerina, goiaba, mamão, jaca-pau e jaca-manteiga (duas frutas diferentes, alegam os especialistas), a exótica lichia, mangas, jabuticabas, romãs, que alguns chamavam de maçã-chinesa, o ananás (espécie de abacaxi silvestre) e a carambola estrelada, entre outras.

Nas proximidades das fontes e do rio cresciam as jabuticabeiras. Com seus troncos baixos, descascados em tons de branco e castanho, de folhas pequenas e quebradiças, tomavam conta de amplos pedaços da terra. Viviam tão famintas por luz que, num determinado trecho, à beira do Paraíba, cresceram encurvadas em direção ao leito das águas, formando um longo túnel de sombra, onde a família passeava e promovia piqueniques.

Não fossem as árvores, o sol do verão seria insuportável. Era tão forte que parecia vibrar sobre as folhas. Ao cair da tarde, escorregava pelos troncos, liquefeito, viscoso e vermelho. Debaixo das mangueiras e jabuticabeiras, porém, eram sempre frescas as alamedas, da casa até a porteira, da casa até o lago, da casa até o depósito de frutas, do depósito de frutas até o Quadrado, um amplo perímetro de pedras, aterrado e suspenso, que ao proprietário anterior servia como terreiro de café. Por todo o muro viam-se as argolas em que os escravos eram acorrentados.

Mais do que todas as outras, as mangueiras eram as árvores da terra. Cresceram junto com meu avô e se multiplicaram, espalhando-se pelos pastos, à beira dos aluviões, no morro atrás da casa e até na frente, a ponto de um belo dia bloquearem a vista para o rio. Mudas brotavam por todos os lados; manga espada e da Índia, as mais comuns, manga-rosa, de pele avermelhada, manga coração-de-boi, maior que o de um homem, a augusta, belíssima porém dura e quase sem caldo, ou espadinha, ubá, espadão e carlotinha. Isso que eu me lembre. Meu avô e os irmãos, depois meu pai e meus tios, e depois eu, meus irmãos e meus primos, nos fartamos, não só da fruta em si, mas também de seus doces e sucos. As poucas vacas que tínhamos ruminavam mangas, até os porcos eram engordados com as mangas recolhidas do chão.

As que iam para o comércio, depois de catadas eram postas em tabuleiros e separadas por tipo. As vendidas no varejo, na estação de trem da cidade, eram postas em cestas de palha, com as mangas-rosa, mais bonitas, por cima. As vendidas no atacado, que iam para os armazéns locais ou viajavam até o Rio, para enfeitar as vitrines de casas sofisticadas, eram postas sobre folhas de bananeira seca, em caixotes de madeira. Enquanto não eram embarcadas, ficavam num depósito cujo telhado precisava estar sempre coberto de tela grossa, porque na época da safra os bólidos despencavam com toda a força.

Quando a festa de São João ia chegando, as machadinhas das turmas abriam feridas nos troncos das mangueiras, para retirar o excesso de seiva, que dá muita folha e pouca fruta. Até uns dois metros do chão, o tronco ficava cheio de cortes horizontais, de onde brotava uma resina alaranjada. Das chagas mais fundas, ela chegava a escorrer, depois endurecendo e escurecendo. Agora dizem que essa técnica não passa de superstição rural, com efeito nulo sobre o sucesso da colheita. Pode ser, mas a sangria de inverno nunca deixou de ser feita naquela propriedade, e por três gerações a abundância das mangas nos meses quentes foi garantida. Agora é meu filho do meio que usa a chácara, que, com sua mulher e seus filhos, ainda come dessas mangas (só não sei se faz a sangria).

Meu avô Sebastião era o filho do parente empobrecido e recém-chegado ao Brasil de uma antiga aristocracia dos Açores, casado com outra imigrante, da ilha da Madeira, mas cuja família viera muito antes, estabelecendo-se e prosperando em Vassouras. O pai trabalhava como balconista no comércio de Barra do Piraí, a mãe descendia de um dos sesmeiros originais da região e tinha dois irmãos professores na Faculdade de Direito, em São Paulo.

Após o casamento, em 1867, o casal saiu de Vassouras e mudou-se para o distrito de Comércio. Mas só depois de alguns anos conseguiu comprar a casa própria, o que dá para desconfiar: ou os pais de minha bisavó estipularam um dote mixuruca, por não aprovarem o noivo, ou então não eram tão bem de vida assim e a crônica familiar já desfigurou toda a realidade.

Mesmo quando conseguiram comprar a chácara, a casa não passava de um chalezinho bem modesto. O que a tornava agradável era o fato de situar-se junto a um morro de malacacheta, onde o barro e o mato se agarravam, e por isso estar perto do topo das árvores, com vista para o rio. Enquanto o café fez a prosperidade da região, acreditava-se que a terra fosse ruim para o gado, devido justamente ao relevo que embelezava a casa e às seções pantanosas do terreno, próximas ao rio.

Lá meu bisavô abriu sua padaria, ou confeitaria, dependendo de quem me contava a história, e construiu o forno no Quadrado. Meus bisavós, até onde sei, não possuíam outros escravos além do maluco, mas suponho que se privassem desse luxo não por inclinações abolicionistas, simplesmente era muito caro.

Cinquenta anos antes, Comércio era apenas um pouso, provavelmente escolhido pela beleza do lugar, num dos pontos mais largos do rio. A cavalo, ficava a duas ou três horas de Vassouras. Nasceu com esse nome por estar à beira de uma ligação com a Estrada Real do Comércio, naturalmente dividida entre as duas margens. Depois, cresceu. Em 1866 inaugurou sua estação de trem, com direito à presença do imperador d. Pedro II. Sua Alteza, quero crer, há de ter sido levado ao engano pelos chefes políticos locais, pois só um ano mais tarde o prolongamento ferroviário ficou efetivamente pronto (como num espelho distante).

O pai do meu avô, que deixou fama de bonachão e conversador, brincava dizendo que os nomes das estações ferroviárias na região acompanhavam o panorama político local. A primeira, Desengano, aludia a um antigo conflito ocorrido entre os barões do café; a segunda, Concórdia, às pazes que haviam celebrado; as três seguintes, erguidas no apogeu da lavoura cafeeira, remetiam ao aprofundamento da união: Comércio, Aliança e Casal.

*

Meu avô Sebastião cresceu como uma pedra sob o sol. Um jovem nervoso, arredio e que fumava muito. Impassível, mas acumulando calor. Quando foi estudar direito em São Paulo, sua química pessoal agregou dois novos atributos: o abolicionismo e o republicanismo. Perdeu, assim, a proteção do tio Justino, professor na faculdade, que lhe pagava os estudos e o presenteara com uma biblioteca jurídica completa. Este irmão da mãe, mais velho, era monarquista convicto e sua relação com a família nunca mais foi a mesma.

Consta que meu avô se formou em 1882, mas, fazendo as contas, isso significa dizer que colou grau com apenas dezoito anos. Será possível? De qualquer modo, ele foi o primeiro advogado da família, e o primeiro a desacreditar as leis no Brasil. Foi o primeiro a perceber que, se elas não eram tortas na origem, entortavam-se ao contato com a realidade. Mas não desistiu do direito por causa disso. Uma vez formado, retornou a Vassouras e abriu escritório. Seu temperamento introspectivo certamente contribuiu para a decisão de não ir morar no Rio de Janeiro, o que seria mais lógico.

Ainda na década de 1880, ajudou a fundar o Partido Republicano do município, obrigando-se à exposição e ao contato com os outros. Por quê? Acredito que fosse para ele um sacrifício tomar parte nessas mobilizações. Não o fazia por querer, muito menos por vocação, mas sim obrigado pelas circunstâncias. Seu diploma tornara-o um membro da elite intelectual da cidade, para quem certas polêmicas eram inevitáveis. Não se posicionar, às vezes, chama ainda mais atenção.

Suas esperanças nos princípios jurídicos republicanos não esqueciam que, para fazê-los funcionar, sua geração precisaria remover o entulho monárquico e o conjunto de leis mais distorcidas de todas: o código eleitoral. Do alistamento até a hora da votação — passando pelos critérios de habilitação do eleitor, pela confecção e distribuição das cédulas, o precário sigilo do voto, o voto por procuração, a identificação mambembe dos eleitores —, tudo favorecia manipulações e equívocos, ou, sem meias palavras, a mais deslavada roubalheira.

Uma das falhas pitorescas do processo era o célebre "fósforo", isto é, o sujeito que votava mais de uma vez. A melhor explicação para o apelido, suponho, está mesmo na ironia, pois, tanto nas áreas rurais quanto nas grandes cidades, esse outro tipo de fósforo podia ser riscado, isto é, votar, várias vezes. Se os cabalistas da eleição sabiam que determinado eleitor estava doente e não poderia comparecer à votação, um fósforo era mandado em seu lugar. O mesmo acontecia se o cidadão previamente alistado, por inconsciência cívica, cometesse a desfeita de morrer antes do pleito. De quando em quando, tanto conservadores quanto liberais mandavam um fósforo aproveitar a brecha, fazendo os impostores se encontrarem no local da votação, ambos atestando ser o mesmo cadáver ambulante.

Volta e meia, tentava-se tornar a composição do Congresso mais justa, dando à minoria, enfim, o direito de existir. Mas quando alguma reforma, empurrada goela abaixo dos conservadores, se propunha a descentralizar o poder, ampliando as bases eleitorais, o efeito colateral era a pulverização dos partidos e o surgimento de líderes exclusivamente locais, despreparados para lidar com grandes temas, ou simplesmente demagogos, que comprometiam o bom funcionamento do Legislativo. Aí vinham as contrarreformas, reunificando o poder nas mãos de sempre.

Em tese, uma base livre e expandida de votantes aumentaria as chances da oposição. Mas o Brasil tem artimanhas espontâneas. Em 1881, um ano após a lei do voto direto em todos os níveis entrar em vigor, quando meu avô tinha dezessete anos, o eleitorado inscrito para votar, na verdade, encolheu. Meros cento e quarenta e dois mil eleitores em todo o país! Os índices de comparecimento das últimas eleições do Império foi ridículo: 1% em 1881, 1% em 1885 e estonteantes 9% em 1886. E ainda há gente que acredita no caráter constitucional da nossa monarquia.

Os problemas nas normas eleitorais eram, às vezes, enfrentados na letra da lei, mas em seguida, na prática, voltavam a aflorar, ainda que se manifestando de outra forma. Diagnosticavam-se os problemas, mas não se tinha nem real vontade política nem a competência necessárias para resguardar a lisura das eleições. O sistema representativo era mantido, mas roubavam-lhe a substância e deixavam-lhe apenas a casca.

Se no Legislativo era difícil a oposição entrar, no Executivo simplesmente não havia a menor chance. Durante aqueles anos finais do Império, quando ainda era jovem, o grande modelo político do meu avô era Silva Jardim. Assistiu a vários discursos do famoso orador, que, em campanha, ia sempre a Vassouras e às cidades vizinhas. Sabia de cor algumas passagens. Para quem não conhece, Silva Jardim era o republicano mais ardoroso de todos, tão ardoroso que morreu caindo, ou se jogando — há controvérsias —, na cratera ativa do Vesúvio.

Coincidindo com a iniciação de meu avô na vida profissional e na política, a ferrovia que passava por Comércio decidiu mudar o traçado, movendo suas horríveis paralelas de metal para bem defronte à casa da chácara. Sebastião, o jovem advogado na família, tentou evitar a calamidade. Usou todos os recursos jurídicos que conhecia, além de improvisar alguns outros. Foi inútil. Ele e os pais acabaram perdendo a causa na Justiça e o trem veio quase para sua porta, dividindo a propriedade em três: a parte baixa, entre o rio e a ferrovia; a média, entre a ferrovia e a casa; e a alta, dos fundos da casa até o morro. E o trem está lá até hoje. Já matou muitos cavalos e muitas vacas que rompem cerca e vão dar nos trilhos. Muitos cachorros também. Outro dia mesmo matou a pointer do meu neto, uma perdigueira de manchas pretas e cabeça bem desenhada, além de ótima parideira. Chamava-se Ira.

Quem vai na chácara pela primeira vez não acredita ser possível conviver, várias vezes ao dia, com o avanço daquele urro metálico ensurdecedor, que solta guinchos e desloca em velocidade uma massa brutal de ferro, fazendo o chão tremer. Incrivelmente, no espaço de poucas horas, o esmagamento momentâneo dos sons da natureza torna-se habitual e perde a capacidade de nos incomodar.

O mundo dá uma paradinha, apenas. Passado o trem, os sons reaparecem e tudo volta a andar. Você dorme como um bebê.

Paul Delvaux, o pintor surrealista belga, era obcecado por trens. Embebeu-se da ficção científica de Júlio Verne e da metafísica de Giorgio de Chirico para combinar, em cenas noturnas, elementos surrealistas e mitológicos. Além dos trens, tem preferência por ruínas arquitetônicas, esqueletos vivos, jovens fantasmagóricas nuas, homens de terno, gravata e chapéu, cientistas com microscópios e jaleco branco, todos muito esguios, de rosto fino e parecidos com meu avô. Nessas composições, a claridade do luar e a luz artificial iluminam os detalhes das figuras da mesma forma alucinatória. Seus quadros têm os espaços vazios, o movimento frio das estações ferroviárias à noite, e nisso as cidades do interior são iguais no Brasil, na Bélgica, na Índia, em qualquer país do mundo.

*

Quem conhece as propriedades do asfódelo? Devo avisar que, apesar do nome, elas nada têm de pornográficas. E não são muitas, para falar a verdade. O asfódelo é, por excelência, a flor dos mortos. Numa tradição que começa na Grécia antiga e vem parar aqui em Botafogo, na rua General Polidoro, os cemitérios estão sempre cheios de asfódelos. O tipo mais comum é o do campo, uma flor pequena, branca, de seis pétalas esguias, atravessadas por uma nervura marrom-clara, muito reta e sutil. Como aqueles ali, nos canteiros dos lotes 15 e 16, e lá na beira das gavetas.

Nós, os mortos, quando estamos com fome, comemos as raízes dos asfódelos. Estamos no "deserto de asfódelos", como Homero se referiu ao mundo subterrâneo. E porque os comemos, no outono eles ficam sem flores, parecendo um exército de hastes retorcidas, secas, cercadas de tufos de palha quebradiça, exalando um cheiro desagradável e uma atmosfera lúgubre. Parecem-se com muita coisa que já fui obrigado a comer. Será que ajudam no combate à diabetes?

Os animais não comem asfódelos, pois evitam a aspereza da planta em sua boca. Mas é possível cozinhá-los, para ocasiões especiais. Eu os comi uma vez, enquanto vivo, numa ilhotinha grega remota. Cheguei de turista, numa lancha fretada, e a aldeia toda velava um ancião, que disseram ter mais de cem anos. No banquete fúnebre, para o qual nosso grupo foi convidado, serviram-se raízes de asfódelos assadas com figos, com um molhinho doce, muito bom, que certamente fez minha taxa de glicose rebolar de alegria.

Com a vantagem comparativa de não servir de pasto aos animais e não fazer parte da dieta cotidiana dos homens, essa planta invade os terrenos e, onde entra, domina a vegetação original. Em Atenas, até hoje, se você vai ao monte dos Lobos, o ponto mais alto da cidade, vê tufos de asfódelos por ali.

A PRIMEIRA CONSPIRAÇÃO

A década de 1890 poderia ter sido a mais feliz na vida do velho Sebastião, seu momento de fazer as pazes com o mundo. No plano pessoal, casara-se com a mulher perfeita, a única capaz de domar sua alma de fera acuada, a divina Pequetita, que só conheci de fotografia. Minha avó jovem e bela, dona de grandes olhos sonhadores, que, diziam, tocava violino muito bem. Era a filha do mais rico fazendeiro abolicionista da região, homem de alguma influência e grande modelo de meu avô. Em poucos anos, nasceram-lhes três filhos homens: meu pai, Maurício, em 1888; tio Fernando, em 1891; e tio Paulo, em 1894.

No plano político, também tudo ia dando certo. Em 1888, meu avô elegeu-se vereador de Vassouras, logo as duas grandes causas de sua geração acabaram vitoriosas: a escravidão terminou de vez naquele mesmo ano, e a República foi proclamada no ano seguinte. Em 1890, ele ainda tomaria posse como intendente municipal. Depois virou primeiro-presidente da Câmara da cidade. Se foi candidato a coronel ou oligarca, e até era aparentado a vários fazendeiros ricos, guardava algumas diferenças em relação ao modelo típico. Possuía formação universitária, vivia como profissional liberal e não se encaixava na categoria "senhor de terras". A chácara, com todas as suas frutas, não poderia jamais ser caracterizada como grande unidade produtora, muito menos dos itens importantes na pauta nacional. Manga e jabuticaba não são leite, charque, açúcar ou café.

Firmando-se o novo regime, os ex-colegas de meu avô na Faculdade de Direito tornaram-se líderes políticos mais ou menos importantes e foram tirá-lo do conforto interiorano para atuar em nível nacional, ajudando na reconstrução do país. Aquela era a chance histórica de transformar o enquadramento jurídico e, com ele, a vida da população. Com o novo século chamando de cá, e minha avó Pequetita empurrando de lá, ele conseguiu vencer o temperamento esquivo e saiu do casulo. Em 1892, acumulou os cargos municipais com uma candidatura à Assembleia Constituinte, sem se eleger, e outra à Assembleia do estado do Rio de Janeiro, onde entrou. Daí, foi secretário de Agricultura no governo Porciúncula.

Em 1894, finalmente, elegeu-se deputado federal. Em 1896, foi secretário do Interior e Justiça do estado. Em 1897, ministro da Viação e Obras Públicas no governo Prudente de Moraes.

É verdade que um traço menos auspicioso ia lentamente marcando sua trajetória. Nos cargos não eletivos, a permanência de meu avô era quase sempre muito breve. Logo batia de frente com alguém, ou com a realidade da política, e renunciava. Era como se a misantropia, no âmbito público, ganhasse a forma de uma observância extrema dos protocolos. Seus opositores, seus colegas de partido, e mesmo os superiores hierárquicos tinham de enfrentar sua intransigência, enquanto adotavam condutas mais flexíveis no trato dos assuntos e dos adversários.

Uma coisa era não usar o carro oficial, preferindo ir ao ministério de bonde; um belo exemplo, mas nada extraordinário. Já outras histórias parecem até idealizadas demais, e se de fato aconteceram, ele só podia estar agindo de caso pensado, para marcar posição e construir meticulosamente sua reputação de homem honestíssimo.

Numa delas, ainda ministro, ele chega à estação central certo dia e, aproximando-se do vagão reservado às autoridades, é contido por um funcionário que não o reconhece:

"Aqui o senhor não pode entrar!"

"Mas..."

"Já disse: aqui não pode entrar."

Então, incapaz de dizer "Sabe com quem você está falando?", e sem perder a calma, meu avô teria se ajeitado num banco e esperado até um diretor da estação aparecer:

"Ministro, o senhor aqui? Por que não entrou?"

O funcionário primeiro arregalou os olhos, depois os cravou no chão e começou a suar frio, enquanto ouvia meu avô explicar, com a maior naturalidade:

"O rapaz aqui não me deixou..."

"Não? Pois vou puni-lo!", prometeu o diretor puxa-saco.

Meu avô, fazendo questão de dar o exemplo, indignou-se:

"O senhor irá é incluí-lo na próxima lista de promoções."

Outro episódio de seu curioso comportamento político, ocorrido também durante o tempo no ministério, deu-se por ocasião de uma visita oficial a Comércio. Ao chegar a sua cidade de origem, foi recebido por outro diretor da Central, que, vindo do Rio, levou-o a passear nas linhas da rede ferroviária, num vagão especial. Quando passaram defronte à casa da chácara, o diretor teria dito:

"Foi um custo cortar esta chácara para meter os trilhos, senhor ministro. Havia aqui um galego duro de roer e uma galega maluca. Mandaram contra nós um advogado tinhoso... Afinal conseguimos, mas foi por pouco... e custou caro."

Meu avô não reagiu às ofensas, apenas sorriu. Com o dinheiro da indenização, abrira seu escritório e começara a vida profissional.

Para cada uma dessas histórias existe sempre mais de uma versão. Segundo uma das fontes, esse diretor da Central era o futuro prefeito do Rio de Janeiro, Pereira Passos, que ficaria famoso por suas reformas urbanas. Delas todas, a única que eu garanto ser verdadeira, porque vi a reportagem e acreditei nela, conta que, ao vê-lo renunciar ao ministério, indisposto com os empresários do setor e com alguns colegas de governo, o presidente Prudente de Moraes declarou aos jornalistas:

"Dos meus ministros, era o menos político. A sua intransigência sistemática no trato da coisa pública, que aliás sempre apoiei, trouxe-me não pequenos tropeços."

Com a prosperidade financeira que a carreira de funcionário público destacado e político lhe proporcionava, e para atender às exigências de ambas, meu avô adquiriu uma segunda casa, no Rio de Janeiro, para onde ia toda semana de trem. Ficava em Laranjeiras, na rua do Leão, 25, que tinha esse nome graças a um leão de pedra, em posição de esfinge, cimentado justamente ao nosso muro. A família de minha avó Pequetita — a mãe e as irmãs, pois o pai estava sempre cuidando das fazendas — morava ali do lado, na rua Alice.

Mas o destino sempre cobrou caro cada alegria que deu a meu avô. No mesmo ano em que a República foi proclamada, morreu-

-lhe a mãe, e no ano seguinte, o pai. No intervalo do nascimento de seus três filhos, todos meninos saudáveis, ele enfileirou cargos de distinção na carreira política. Em compensação, nesse mesmo período, testemunhou o colapso da economia cafeeira fluminense.

No miolo do século, a cota da região de Vassouras na pauta exportadora nacional chegara a ser quatro vezes a soma da paulista com a mineira. Em 1890, representava somente 20% das exportações. A civilização dos barões sobrevivia apenas graças ao bom preço internacional. Cinco anos mais tarde, quando as cotações no exterior desabaram, foi impossível fechar os olhos para a tragédia social que devorou todas as cidades do Vale do Paraíba. As fazendas foram perdidas para o Banco do Brasil, em pagamento de hipotecas. Os nobres e os grandes produtores, sem outra opção, deixaram suas terras, desgastadas, mal exploradas, e aventuraram-se na capital, em busca da fortuna e do status perdidos. Uns foram para o comércio, outros se aboletaram em cargos públicos, ou no conselho das grandes empresas, estatais e estrangeiras. Deixaram para trás o desastre, no qual uma população inteira empobreceu. Para meu avô, certamente foi um desgosto profundo ver a República, a mesma que ele ajudara a triunfar, assistindo, impotente, ao descalabro, quando não desinteressada.

Em 1898, a sucessão de calamidades atingiu-o em seu ponto mais doloroso e crucial. Minha avó Pequetita, aos vinte e nove anos de idade, morreu de repente. Sebastião de Lacerda ficou viúvo e com três filhos para criar. Maurício, o primogênito, tinha dez anos, Fernando, sete, e Paulo, seis.

A viuvez precoce deixou meu avô novamente sozinho diante de seu temperamento, e ele se jogou de cabeça na misantropia. Encarnando o duelo entre a explosão e a implosão, lutou para se arrebentar apenas por dentro e assim esconder o descontrole. A lembrança da esposa instaurava uma contradição insuportável em sua vida, que o fez fugir dos parentes compungidos, da chácara e até dos filhos. Todos os três cresceram sentindo-se incapazes de realegrá-lo, insuficientes em seu amor pelo pai.

Diante daquela tragédia tão pessoal, todo o edifício jurídico da civilização ocidental perdeu-se temporariamente numa feroz inutilidade. Sebastião deixou a advocacia e retirou-se da vida pública. Nos primeiros tempos, buscando o isolamento total, meteu-se a administrar uma das fazendas do sogro, próxima à Ubá fluminense, não a mineira. Mas não levava nenhum jeito para a coisa, e acabou voltando, mesmo sem abrir mão de sofrer em paz. Quanto mais procurava se isolar, porém, mais populada ficava sua vida, nas duas casas. A mera existência dos meninos deixava seu isolamento vulnerável sobretudo às mulheres — tias, babás, vizinhas, primas —, que se multiplicavam, todas substituindo a única realmente necessária. Elas iam e vinham, tocando a vida à sua volta, tratadas por ele com toda a polidez e o mínimo de palavras, pois meu avô se resguardava da insensatez, dos imprevistos e caprichos. Positivamente, não lhes dava muita autoridade na sua presença, e muito menos trela. Não queria saber como resolviam os problemas domésticos, mas dependia da ajuda como de ar para os pulmões.

A dada altura, pôs os filhos num colégio interno. Meses depois, numa viagem de tílburi até o centro da cidade, seguindo pela avenida do Mangue, flagrou, incrédulo, o filho mais velho, Maurício, andando sozinho com uma vara no ombro e uma trouxa na ponta da vara. O estereótipo dos órfãos de mãe. Devidamente recolhido ao tílburi, meu futuro pai admitiu estar fugindo do internato e tomou a bronca do século.

Aos que lhe recomendavam novas núpcias, meu avô respondia: "Pequetita era insubstituível. Casar-me outra vez e ficar pensando nela não seria justo com a noiva."

No espaço de vinte anos, Sebastião envelheceu o equivalente a quarenta, e sua dolorosa vocação para viúvo ganhou a imagem ideal. Nunca mais abandonaria o luto. Usava botinas pretas de elástico (pois odiava as de cordão, que desamarravam na rua), calça, sobrecasaca e colete pretos, com apenas o colarinho aparecendo, branco e duro, e a corrente dourada do cebolão. Raramente, muito raramente, admitia usar um terno de linho, cinza. Seu rosto, por natureza fino e comprido, tornou-se ainda mais longo graças ao cavanhaque embranquecido, em forma de pera, e à calvície circundada de fios grisalhos. Ficou igualzinho a um Trótski de luto, ou um judeu estudioso. Nasceu-lhe então o quisto no alto da testa, parecido com um caroço de manga, uma das causas de nunca ser visto sem o chapéu-coco, também preto.

Se, entre a dor e a fúria, preferia expressar publicamente apenas a dor, ele reservava o lado colérico para aqueles cuja compreensão era garantida: a família. Na intimidade, ficou famoso pelos acessos de fúria. Quando não estourava, muitas vezes emitia ondas de ódio reprimido, que se propagavam pelo espaço. Era comum ele, estando em silêncio, com as mãos atrás das costas, de uma hora para outra, sem motivo aparente, romper em brados, praguejando, reclamando, pontificando, com sua voz áspera e crispada de velho. Os empregados o temiam, as mulheres o temiam, as crianças o temiam.

*

"Poder Executivo!", ele exclamou, fazendo uma ligeira pausa de arranque. "Onde existe ele num país em que o chefe do Estado nomeia e demite livremente os seus ministros? Qual vontade representam esses ministros? A da nação? Eles representam unicamente a vontade do imperador, e quando lhe desagradam, são demitidos. O imperador sequer é obrigado a escolhê-los no Parlamento, dentre os eleitos do povo. Poderá, se quiser, nomear um ministro mentecapto, um louco, o que não seria muito estranhável."

Sem muito jeito para crianças, meu avô sentava os três filhos no sofá e lia-lhes seus trechos preferidos dos discursos de Silva Jardim, recortados dos jornais e guardados num caderno. Promovia tais sessões semanalmente, ou no mínimo uma vez por mês. Era, a bem dizer, seu momento com os filhos, daí não admitir nenhuma outra plateia. Declamava com a habilidade do orador de dentro de casa, do cantor de chuveiro, que nunca deve ser subestimada.

Dos três garotos sentados em fileira, Maurício, o mais velho, era o único que já sabia mais ou menos o significado daquelas palavras. Fernando, com nove anos, tentava sem sucesso adivinhá-lo, enquanto Paulo, com oito, só ficava ali por temer as broncas do pai, e porque não desgrudava nunca dos irmãos. Meu pai era ainda um pré-adolescente, por volta dos doze anos, mas muito de seu estilo oratório, de seu estilo político, de suas atitudes perante a vida, decorria do sentimento que havia experimentado ouvindo aquela retórica. Ele sabia quando rir, quando bater palmas, quando ficar indignado e fazer silêncio. A entonação do pai marcava as deixas, assinalando as emoções que deveria experimentar, ou pelo menos demonstrar. E ele, se ria, gritava de volta ou aplaudia, era imitado pelos irmãos menores:

"Muito bem! Muito bem!"

Fernando e Paulo bateram palmas atrás dele, sobretudo o caçula ficou contente de poder participar. Cessando os aplausos, meu avô retomou a encenação:

"Poder Judiciário! Onde se o viu, num país em que, ao lado do direito de nomeação que tem o imperador acerca de todos os cargos da magistratura propriamente dita, cabe-lhe a atribuição de dispensar a própria lei, de revogar a própria legislação criminal?

"Vós vos reunis, cidadãos, em tribunal de júri; julgais com a máxima retidão um homem, conheceis o fato, dais a vossa sentença. É a expressão da justiça. Nem uma linha mais, nem uma linha menos. Pois bem, o imperador pode destruir a vossa vontade, perdoando o criminoso ou minorando-lhe o castigo."

Esses discursos haviam sido escritos ainda no Segundo Império, mas, uma geração depois, em plena República, continuavam atuais. Pelo menos a indignação de que estavam imbuídos continuava compatível com as mazelas políticas do país. E era essa indignação que começava a mexer com as fantasias juvenis de meu pai.

"Poder Legislativo! Onde existe Poder Legislativo, senhores, num país em que, além de intervir o governo em todos os pleitos eleitorais, tem o chefe de Estado, pela Carta Constitucional, o direito de dissolver as câmaras, sempre que o julgar pelo bem do Estado?

"Fazei quantas eleições quiserdes, mesmo com plena liberdade íntima e exterior do voto, escolhendo retamente os vossos eleitos, que, se o chefe supremo da nação, árbitro único de sua felicidade, julgar por bem dissolver a reunião dos vossos representantes, poderá fazê-lo sem exorbitar da lei, baseado na Carta de nosso país. Quem, pois, é o legislador, senão aquele de quem todos os legisladores dependem?"

*

Outro ídolo político de meu avô, e que por ter carreira longa o foi também de meu pai, foi o francês Georges Clemenceau. Deputado e senador de vários mandatos, opositor corajoso do Império Alemão, republicano incômodo até para outros republicanos mais moderados, anticlerical extremado, responsável pela publicação do J'Accuse, de Zola, duas vezes primeiro-ministro, uma delas durante a Primeira Guerra Mundial, derrubador de seis governos e provocador da demissão de um presidente da República, o Tigre, como era conhecido, ao morrer pediu para ser enterrado de pé, ou melhor, na vertical. Seu túmulo fica em Mouchamps, perto da antiga casa de sua família, conhecida como Le Colombier, "o pombal". Está enterrado próximo ao pai, Benjamin, à sombra de uma "árvore da liberdade", que o próprio Benjamin plantou em 1848, ano das grandes revoluções liberais. Sobre o túmulo de Clemenceau há uma estela, na qual Minerva, a deusa da sabedoria, aparece em relevo, inclinada sobre uma lança.

Três anos após sua morte, em 1932, o presidente francês inaugurou uma estátua em homenagem ao chamado Pai da Vitória na Primeira Guerra Mundial, na interseção entre o Petit Palais e o Champs-Elysées (para quem vai de metrô, a estação é, obviamente, a Champs-Elysées/Clemenceau). Todos os anos, no dia 11 de novembro, Dia do Armistício, o presidente francês acende a chama no Túmulo do Soldado Desconhecido e deposita uma coroa de louros aos pés da estátua de Clemenceau, o homem que abalava a República, o maior ídolo de meu pai, autor de frases imortais: "A guerra é uma coisa grave demais para ser confiada aos militares"; "Manejar o silêncio é mais difícil do que manejar as palavras"; "A guerra é uma série de desastres que resultam num vencedor".

*

Dez anos depois de perder a mãe, já estudante de direito, como fora meu avô, e voluntário de manobras do Exército, onde fizera amizade na tropa e junto aos oficiais, sob a égide do sobrenome importante, meu pai participou de sua primeira conspiração. Foi em 1909, quando tinha vinte e um anos. O convite partiu de Manuel Carneiro da Fontoura, um coronel proveniente de Vassouras. A conspiração, nascida entre os soldados, visava derrubar o presidente Afonso Pena, velho chefe político mineiro que, aos olhos da tropa, fazia muito pouco para melhorar a situação dos soldados e efetivamente desenvolver o país.

Diante da maneira como se davam as eleições, os conspiradores não viam o respeito às urnas como um obstáculo. A República, apesar de suas intrínsecas melhorias institucionais, experimentara as mesmas dificuldades que o Império para administrar um país tão grande quanto o Brasil. Além da dispersão territorial, a própria ausência do poder absolutista provocou afrouxamentos graves da unidade administrativa em algumas regiões. Para equilibrar novamente a pátria, e aproveitando-se dela, as elites estaduais se reorganizaram. Garantindo maioria eleitoral em todos os níveis, passaram a controlar o Legislativo e, através dele, o próprio presidente da República, a quem elegem de acordo com negociações que faziam entre si. Além disso, nas eleições das quatro primeiras décadas republicanas, o comparecimento da população foi baixíssimo. A única eleição presidencial cuja taxa de comparecimento chegou a 5% foi a última, de Washington Luís, logo antes da Revolução de 30. Em geral a taxa era menor. Quando da estreia de meu pai como conspirador, não passava de 3%.

Os planos do coronel Fontoura, no entanto, deram em nada. O presidente da República não colaborou, morrendo antes de o movimento eclodir, vítima de súbita enfermidade. E assim privou Maurício e os colegas da chance de heroísmo.

Meu avô, claro, só depois soube do envolvimento do filho. Mas percebia nele a inquietação excessiva, a força do temperamento, e preocupava-se com elas. Os dois não podiam ser mais diferentes. Sebastião era sofrido e ponderado, com alma de jurista; Maurício era explosivo e fazia discursos inflamados. Sebastião era magro, de aparência frágil e introvertido; Maurício era muito mais bonito e, embora não fosse alto, disfarçava a estatura relativamente baixa com uma incrível presença, que vinha da combinação entre o discurso arisco, a rapidez de raciocínio e a voz grave, muito sonora.

Sebastião, afastado da política desde a morte da esposa, havia perdido muito terreno. Embora conservasse a fama de político impoluto, embora a família fosse conhecida na região de Vassouras, tendo alguns de seus galhos, no correr dos anos, cruzado com famílias realmente poderosas, para se recolocar no jogo político regional dependia de um arejamento no sistema. Suas grandes batalhas idealistas eram do tempo do Império, já tinham se concretizado e perdido o brilho.

Maurício, por sua vez, estava disposto a fazer a história do país andar tão rápido quanto as ideias em sua cabeça. Sobrava-lhe entusiasmo, arrebatado por um século que começava a ampliar o cardápio de modelos de organização social. Meu pai abraçou naturalmente a causa militar, prototenentista, que favorecia um poder central mais forte, mais técnico, capaz de se impor às elites estaduais.

Quando o vice-presidente Nilo Peçanha tomou posse, para terminar o mandato do falecido Afonso Pena, o Brasil estava às vésperas das eleições municipais e estaduais, e se aproximavam as eleições presidenciais de 1910, a serem decididas entre Hermes da Fonseca, Rui Barbosa e Venceslau Brás. O que fez meu avô voltar à política, dez anos depois? Nunca alguém me deu uma explicação conclusiva, nem ele.

Certamente a dor da viuvez não passara. Talvez tenha sido um efeito retardado dos discursos de Silva Jardim, ou o desejo de alavancar a carreira política do primogênito, de "fazer o sucessor" na família. Fato é que, nas eleições de 1909, os dois saíram candidatos pelo PR. Sebastião, a vereador de Vassouras; Maurício, a deputado estadual. Meu avô pôs-se em campanha, em discursos e caminhadas pela cidade. Meu pai começou a colaborar no jornal O Vassourense, antigo porta-voz dos barões escravagistas, agora convertido à República e a um duvidoso liberalismo. Ele assinou então seus primeiros artigos e fazia campanha para meu avô, para si próprio e para o marechal Hermes.

Quem não gostou muito dessa ação conjunta foi o dono da política em Vassouras, o "coronel" Henrique Borges Monteiro. Meu avô tentava roubar-lhe os votos da cidade, para quem o coronel tinha candidatos próprios. Já meu pai precisava que a cidade funcionasse como polo difusor de sua candidatura por toda a região noroeste do estado, e Borges Monteiro era um deputado federal que cuidava com carinho de suas bases eleitorais.

Imediatamente, os favorecimentos da burocracia local se manifestaram pelo testa de ferro do atual governo, personagem obscuro cujo nome esqueci há décadas. Fora da máquina pública, a pressão era ainda maior. Os homens da família Borges Monteiro foram para as ruas de Vassouras e percorreram seus distritos fazendo campanha. Quando o convencimento não bastava, coagiam. Instalou-se o clima de faroeste. No entanto, por mais que tudo fosse bastante explícito, não havia muito que fazer sem homens e armas para enfrentar os "cabos eleitorais" do adversário.

Meu pai então concebeu um contra-ataque, para o qual deve ter arrancado a autorização de meu avô legalista. Ele acionou seus contatos nas tropas, através do amigo Carneiro da Fontoura, e buscou apoio no Exército para os interesses políticos da família, isto é, para fazer vingar seu republicanismo radical, pelo menos em tese moralizador do regime e ampliador das bases da democracia.

À revelia do alto-comando, o coronel arregimentou uma companhia de voluntários (da qual meu pai fez parte, naturalmente), armou-a com rifles e revólveres, sob o comando de um sargento, e despachou-a para Vassouras, com a tarefa de garantir a lisura das eleições. Uma vez chegada à cidade, a companhia atuou como uma espécie de policiamento ostensivo. Houve enfrentamentos aqui e ali entre soldados e jagunços, porém mais nos moldes do western psicológico, com muita cara feia e muito cuspe no chão. Há registro de apenas um tiroteio, que meu pai, claro, não hesitava em chamar de combate, mas talvez fosse mais bem definido como escaramuça.

Do nosso ponto de vista, o Exército garantiu a realização de um pleito minimamente justo e livre. Mostrou que podia, sim, enfrentar os coronéis. E, como dizem os livros de história, do coronelismo às oligarquias a diferença é a escala. Do ponto de vista da situação derrotada, meu pai invadiu a cidade e garroteou as eleições.

As vitórias do meu avô e do meu pai mostram que as tropas prejudicaram mesmo o funcionamento da máquina política local. Maurício de Lacerda ainda chegaria a ser denunciado e processado no Parlamento, mas ocupou sua cadeira na Câmara Estadual, e a ação penal contra ele acabou prescrevendo. Faltava agora meu avô e meu pai se acertarem para o pleito presidencial. As diferenças entre eles se manifestavam desde a análise das candidaturas.

No entender do filho, o marechal Hermes, por ser do Partido Republicano e sobrinho do marechal Deodoro, fundador da República, soava mais convincente quando prometia colocar o Exército a serviço de uma ampla reforma, de uma restauração dos ideais de 1889. Rui, por sua vez, político baiano, liberal e civilista, teria seus movimentos restringidos pelo conservadorismo dos grandes proprietários rurais e capitães da indústria, sobretudo de São Paulo, que não admitiam perder sua relativa liberdade de movimento. Já o pai, por sua índole legalista, e por ter algum juízo, inclinava-se a votar em Rui, advogado como ele, civil como ele, reformista como ele. Sebastião e Maurício tinham apenas uma certeza comum: a de que Venceslau era o candidato do atraso.

A campanha ficava mais quente a cada semana, com meu pai trabalhando entusiasmado pelo marechal. Quanto a meu avô, nunca soube de nenhuma declaração inequívoca de sua parte apoiando esse ou aquele candidato. Suponho que tenha se deixado contagiar pelas esperanças do filho, ou privilegiado a união no jogo político da família, pois acabou apoiando o candidato eleito, Hermes da Fonseca. Ao menos é o que parecem indicar os fatos subsequentes.

Depois que entrou na Câmara Municipal, Sebastião teve uma carreira meteórica: foi eleito presidente da casa logo no início da legislatura, e em dois anos se tornaria deputado estadual e presidente da Assembleia. Foi secretário de Justiça do estado do Rio (ou secretário-geral do governo do estado, dependendo da nomenclatura), tinha chances reais de se eleger governador no pleito seguinte, mas outra chapa surgiu no interior do Partido Republicano, que o levou a retirar-se da disputa, aceitando um candidato de conciliação. Difícil imaginar escalada tão macia se houvesse marcado posição contra o marechal. Finalmente, em novembro de 1912, o novo presidente da República convidou-o a exercer outra vez o cargo de ministro da Viação. Tendo recebido um não como resposta, nomeou-o ministro do Supremo Tribunal Federal, na época um cargo que, além do prestígio, era vitalício e pagava bem.

CONTRA OU A FAVOR?

Glenn Gould, o pianista, acreditava ter virado um músico extraordinário porque sua mãe, uma violoncelista, continuara tocando durante toda a gravidez. Naturalmente, a barriga cresceu em direção ao instrumento, até finalmente colar-se à sua caixa de ressonância, bem na altura do embrião, depois do feto e, com o passar dos meses, do bebê Gould. Essa onda sonora, que transformava a placenta numa bolha de melodias, teria se tornado tão constitutiva para ele quanto os nutrientes que lhe chegavam pelo cordão umbilical, pegando-o em cheio, propagando-se no meio líquido com uma força muito maior, e provocando nele reações tão fortes quanto a de um peixe no aquário, ao mais leve toque de nossas unhas no vidro. Com isso, o micro-futuro-gênio teria ganho, antes mesmo de nascer, a percepção de ritmos, pausas, entonações e frequências. Nos momentos de ataque do arco, das grandes fúrias graves, o feto esticava a coluna, aprumando-se dentro da barriga da mãe. Nos momentos de calma gravidade, ele balançava o corpo, indo em direção aos sons.

Quem conhece a figura sabe que o pianista canadense, além de intérprete magistral e cabeça brilhante, era nitidamente excêntrico, para não dizer perturbado. Mas, supondo que esteja com a razão, poderia a mesma coisa acontecer na hora da morte? Se na entrada do mundo contrabandeamos uma certa "bagagem sonora", é natural supor que a alfândega da saída também esteja sujeita a falhas.

O fenômeno pode não durar para sempre, ou ser apenas um momento de adaptação aos sons do além, ou mesmo ao silêncio absoluto dos materialistas. Assim como nossos cabelos e unhas continuam crescendo por um bom tempo depois que morremos... Os maestros desceriam ao túmulo ainda escutando grandes sinfonias; os operários da construção civil, barulhos de serras e britadeiras; políticos e homens públicos, discursos, aplausos e vaias.

Mas nossa bagagem sonora é mesmo 90% um amálgama caótico de sons e vozes, não importa quem sejamos. Talvez esse prolongamento auditivo nem aconteça a todo mundo, seja um resíduo acidental de vida, função neurológica involuntária, quando o último neurônio de um sujeito demora mais a se apagar.

*

Maurício de Lacerda, em recompensa pelos serviços prestados durante a vitoriosa campanha do marechal Hermes, foi convidado a ser oficial de gabinete do presidente. E aceitou, abrindo mão do mandato como deputado estadual para tornar-se, na prática, pouco mais que um jovem assistente. Aos vinte e dois anos, ele não resistiu à atração do poder central.

Ainda em 1910, as tias que o haviam criado, vizinhas em Laranjeiras, fizeram amizade com a família do número 41 da rua Alice, toda nascida na região de Valença, como a sua. A figura central dessa família tinha sido o famoso botânico monarquista Joaquim Monteiro Caminhoá, antigo preceptor das filhas de d. Pedro II, médico da Marinha na Guerra do Paraguai e pesquisador de ponta, autor de vários volumes de botânica popular e de um dicionário de plantas que prometia atestar, quando terminado, as propriedades curativas do mofo. Se o dicionário ele não conseguiu concluir, suas hipóteses quanto ao mofo acabaram comprovadas pela descoberta da penicilina, em 1928. Nacionalista exacerbado, o velho cientista defendera a extinção de todos os sobrenomes lusitanos, tendo trocado o dele próprio, logo após a Guerra da Independência, para Caminhoá, tirado de um riacho na Bahia.

Esse patriarca tivera um filho, Quinzinho, e duas filhas, Delmira e Laura. Laura casara-se com outro cientista importante, também monarquista, Eduardo Chapôt-Prévost. Ele era médico-cirurgião, tendo no currículo a primeira separação de xifópagos no Brasil, considerada um sucesso apesar da morte de uma das meninas. Quanto a Delmira, para arrematar com honra e louvor o cruzamento de sobrenomes importantes, casara-se com um membro de uma das famílias mais influentes do estado, e descendente dos barões do café, Inácio de Avelar Werneck, cujas raízes genealógicas desciam até o famoso capitão Werneck, fundador de Vassouras e Valença.

Até a virada do século, tudo correra bem para os Caminhoá, mas de repente os homens da família começaram a morrer. Liderou a fila o patriarca, em 1896, depois morreu seu filho, que não deixou herdeiros, depois os dois genros e, por fim, os cinco netos, Eduardinho Chapôt-Prévost e os outros quatro filhos de Delmira. Uma tragédia que eliminou todos os provedores e futuros provedores da casa. O clã tornou-se um matriarcado por absoluta necessidade, com a velha d. Yayá, viúva do patriarca, administrando com disciplina férrea as economias restantes e o aluguel de duas casas no Centro.

Nem o pedigree do genro Werneck garantiu a ela, suas filhas e netas alguma segurança. Na verdade, fora ele sempre o mais pobre de todos. Isso porque Inácio era um republicano convicto, e se os monarquistas da família Caminhoá o receberam de braços abertos, o mesmo não havia acontecido em sua própria família. Aristocráticos, monarquistas e bem mais intolerantes, os Werneck deserdaram o parente republicano, adepto da ditadura esclarecida do marechal Floriano, antes mesmo de ele se casar com Delmira. Inácio tinha fama de homem gentil, pacato, verdadeiro espalhador de afetos, e teve duas filhas com a esposa: Delmirinha, ou simplesmente Mimira, a mais velha, e Olga, a caçula.

Quando meu pai foi apresentado pelas tias à mais moça, apaixonou-se rapidamente. Tudo era propício ao casamento: a origem comum das famílias, a convivência em Laranjeiras, as amizades cruzadas e até os interesses materiais. Um bom casamento para a filha de Inácio e Delmira era uma ótima forma de a família Werneck-Caminhoá recuperar algum trunfo social e financeiro. O jovem Maurício de Lacerda, em ascensão no jornalismo e na política, empregado no gabinete presidencial, se prestava maravilhosamente ao papel de novo provedor. Seu pai, Sebastião de Lacerda, era um nome ainda mais importante. E a família de Olga também não era sem atrativos, culturais, sociais e inclusive políticos. Meu pai e minha mãe casaram-se em 1910. Dois anos depois, o prestígio dos Lacerda ainda aumentou: o sogro foi nomeado ministro do Supremo Tribunal Federal, e o marido elegeu-se deputado federal. Olga e Maurício tiveram três filhos: Mauricinho, em 1911, Vera, em 1912, e eu, em 1914.

Com a eleição a deputado, meu pai se deu ao luxo de pedir dispensa do gabinete da Presidência, para afinal ocupar um cargo com brilho próprio. Tal decisão, em parte, deveu-se também a seu descontentamento com os rumos que o governo Hermes ia tomando. O presidente se mostrava incapaz de implementar as reformas prometidas. Então meu pai aproveitou para, diplomaticamente, sair do governo sem romper ligações com o marechal. Uma vez no exercício de seu mandato, porém, em poucos meses acabaria formalizando a ruptura, num artigo em que se dizia cansado de esperar. Enquanto o marechal, dentro do governo, era sabotado pela resistência das oligarquias, o jovem ex-aliado progressista tratou de atacá-lo pelos jornais. Um gesto de ingratidão, ou de sinceridade excessiva, talvez. Contudo, anos depois, o próprio Hermes admitiria não ter realizado sua plataforma, afirmando que "amigos meus o eram mais dos oligarcas".

Minha mãe não apoiou a guinada oposicionista do marido, tão prejudicial à vida doméstica e à prosperidade familiar. Infelizmente, aquele era um traço que se revelaria decisivo nas opções ideológicas e na personalidade de Maurício, sobretudo à medida que ele se descolava politicamente do pai. Daí em diante, para a tristeza, o desespero e, finalmente, o desânimo de minha mãe, Maurício faria oposição a todos os presidentes que vieram até 1930 — Venceslau Brás, Rodrigues Alves, Delfim Moreira, Epitácio Pessoa, Artur Bernardes e Washington Luís. Quando Olga se casou, o noivo era uma liderança promissora do Partido Republicano, herdeiro político de um liberal "puro-sangue". Quando eu nasci, quatro anos depois, meu pai já me batizou de Carlos Frederico Werneck de Lacerda, em homenagem a *Karl* Marx e *Friedrich* Engels.

Engendrando essa transformação havia uma mistura de destino, cálculo e convicção. O primeiro censo industrial, feito na época, relacionara três mil duzentos e cinquenta e oito estabelecimentos e algo em torno de cento e cinquenta mil operários no Brasil. Mas o setor industrial continuava precisando de trabalhadores, de preferência treinados, e também no setor agrícola crescera a demanda por novos contingentes de mão de obra, graças ao fim da escravidão. Somava-se a tudo isso o imperativo de povoar o país. Em vez de treinar e reabsorver a mão de obra disponível, proveniente inclusive da abolição da escravatura, os governos do período, tanto o federal quanto os estaduais, resolveram os problemas da maneira mais fácil: aceitaram os maiores fluxos migratórios da história. Chegaram aqui italianos, espanhóis, alemães, japoneses, americanos, húngaros etc.

As principais indústrias, de longe, eram a têxtil e a de alimentação. O país, definitivamente, ia deixando de ser dividido entre os grandes proprietários rurais e a rapa, embora a nova força política ainda estivesse muito concentrada em algumas, poucas, grandes cidades, e portanto incapaz de prevalecer nas eleições majoritárias. Entre os operários europeus que vieram, muitos eram politizados, e alguns chegavam exilados de seus respectivos países, justamente por fazerem reivindicações com um alegado excesso de ênfase. Ao aportarem aqui, encontraram as condições de trabalho deploráveis que se sabem: carga horária excessiva, baixa remuneração, nenhum tipo de amparo social, trabalho infantil, maus-tratos etc. Claro que não demoraram a se mobilizar.

Logo as principais vertentes da política operária foram ficando nítidas. Tomou forma um socialismo reformista, democrático; um sindicalismo que hoje chamaríamos "de resultado", isto é, tendendo à luta por reivindicações imediatas, como aumento de salários, limitação da jornada de trabalho, salubridade e alguns outros itens de médio prazo, como o reconhecimento dos sindicatos pelos patrões e pelo Estado; havia o anarquismo, embora menos forte no Rio do que em São Paulo, para o qual os sindicatos seriam a base de uma sociedade sem Estado, coletivista, organizada em cooperativas, associações e federações de trabalhadores livres; por fim, havia o comunismo revolucionário.

Acontece que muitas dessas discussões ainda ficavam restritas aos imigrantes, ou a uma pequeníssima fração do operariado brasileiro. E os imigrantes, por lei, estavam barrados dos cargos eletivos e da própria atividade política. Se, na defesa de seus interesses, criassem caso demais, acabavam presos e devolvidos ao país de origem. As demandas desses trabalhadores, para chegarem ao menos a compor uma minoria legislativa, precisavam de políticos que, de dentro do establishment, se dispusessem à tarefa. Maurício de Lacerda, como deputado, foi aos poucos ocupando esse espaço e nele se destacando, a ponto de ganhar o epíteto de Tribuno do Povo.

Tornou-se por algum tempo o cruzamento ambulante de três tendências políticas. O republicanismo "puro-sangue", herdado do velho Sebastião. Além de um corpo de princípios essenciais, a condição de deputado do PR dava-lhe as imunidades e proteções legais necessárias para expressar com mais liberdade sua oposição às oligarquias. Em seguida, o republicanismo menos idealista dos militares — centralizador, nacionalista e antiliberal —, que desconfiava dos políticos e acreditava apenas no Exército para reorganizar o regime. Embora tivesse abandonado a farda e a condição de soldado voluntário, meu pai continuava com ligações e amigos no meio militar, e acreditando na força progressista da corporação. Por fim, a pauta dos trabalhadores, o novo eleitorado, ainda meio órfão. Ele ampliava seus contatos junto às lideranças dos trabalhadores imigrantes, e fazia suas primeiras aparições na imprensa operária.

Em 1915, ainda jovem, elegeu-se prefeito de Vassouras. Mas não sei como podia exercer o cargo, pois reelegeu-se também deputado federal, e seu envolvimento com a política do Rio de Janeiro era total. A lei eleitoral da época permitia tal acumulação de cargos; privilégio de um tempo em que aconteciam menos coisas, talvez. Mas não com meu pai.

Nesse mesmo ano envolveu-se na Revolta dos Sargentos. Segundo ele, uma comissão de sargentos do Exército o teria convidado a liderar a facção civil numa revolta contra o sucessor de Hermes, o presidente Venceslau Brás, eleito um ano antes. Fora escolhido para o posto porque, pouco antes, apresentara no Congresso o chamado Projeto Melhoria, uma tentativa de rever a situação extremamente desfavorável dos militares de baixo escalão. No jornal A Época, publicara a tabela de aumento que propunha para as remunerações da categoria e uma lista de direitos e salvaguardas. Rejeitado o projeto pela maioria governista, viera o convite para a revolta.

Sobre o episódio, afora as memórias políticas de meu pai, a fonte mais detalhada que encontrei afirma o contrário. Esse outro relato era assinado por um historiador de Itajubá, cidade onde o presidente Venceslau Brás viria a falecer, cinquenta e um anos depois dos acontecimentos. Nele, o movimento teria sido uma tentativa de políticos da oposição, meu pai inclusive, de manobrar o baixo oficialato, oferecendo-lhes o paraíso em troca de seu apoio, numa aventura na qual os políticos ganhariam prestígio de qualquer jeito, enquanto os militares fatalmente destruiriam suas carreiras.

A julgar pela trajetória posterior dos parlamentares envolvidos na revolta, a preocupação com os setores menos favorecidos da sociedade, sobretudo urbanos, não era tão leviana assim. Mas é verdade que, em dado momento da conspiração, as simples reivindicações dos sargentos foram suplantadas por um objetivo muito mais ambicioso, quase suspeito de tão improvável: a instauração de uma República parlamentarista.

As reuniões secretas ocorreram em diversos locais, entre eles a chácara do meu avô. Eram presididas por meu pai e outro político da época, Agripino Nazaré, que atuava então na fronteira entre o anarquismo e o socialismo revolucionário. Numa dessas reuniões, os sargentos, entusiasmados com a força retórica do tribuno Lacerda, chegaram a aclamá-lo futuro ministro da Guerra, caso a revolta tivesse sucesso. Até onde ficou registrado, meu pai, na hora, reservou-se o direito de escolher a melhor forma de servir à causa...

Lá por meados de dezembro de 1915, enquanto a conspiração fermentava, conquistando adesões nos quartéis, os jornais anunciaram uma reunião de generais e comandantes de unidades do Exército para tratar de manobras militares. Os conspiradores tomaram isso como um aviso de que seu plano fora descoberto. Agora, se demorassem a agir, a repressão estaria pronta quando tudo começasse. Marcaram então uma última reunião, para decidir se iam em frente ou cancelavam a revolta.

Essa reunião aconteceu em plena baía de Guanabara, na barca Rio-Niterói da uma da tarde. Dá para imaginar a cena, os políticos de terno, gravata e chapéu de palha, os soldados também possivelmente em trajes civis, para disfarçar. Todos flutuando num absoluto cartão-postal, com as montanhas e as ilhas e o mar à sua volta. Ao que parece, meu pai fez um discurso para lá de incisivo, do qual o historiador de Itajubá, econômico e severo, reproduziu apenas duas frases. A primeira:

"A República dos Estados Unidos do Brasil foi lançada por oficiais do Exército, a República Parlamentar do Brasil deve ser lançada por sargentos, ajudados por deputados, sendo este ato a salvação do Brasil!"

E a segunda:

"Rapaziada, não podemos perder tempo!"

Agripino Nazaré, nessa mesma reunião *al mare*, anunciou que a revolta ficava marcada para a meia-noite do dia 24 daquele mês, durante a missa do galo. E pediu a cada representante de unidade para procurá-lo em sua casa, às sete horas da noite, quando receberia os planos de combate. Adiantou apenas:

"As unidades da Vila Militar devem descer para o Centro, e cada fortaleza fará então três disparos."

O plano completo previa o levante de vários quartéis — do Exército, claro, mas também das brigadas policiais, do corpo de bombeiros e da Marinha — e o apoio de funcionários públicos da Light, dos estivadores e operários, categorias beneficiadas por uma versão ampliada do malfadado Projeto Melhoria. Uma parte dos revoltosos tomaria o Palácio do Catete e prenderia Venceslau Brás, obrigando-o a telegrafar aos demais estados e comunicar sua deposição. Outra prenderia os ministros e ocuparia o Arsenal da Marinha e os Correios. Em caso de resistência, o arsenal seria bombardeado pelas fortalezas rebeldes. Uma terceira força conduziria Maurício de Lacerda ao Campo de Santana, onde seria aclamado ministro da Guerra.

Acontece que o governo, àquela altura, já estava sabendo de tudo. As prisões começaram seis dias antes de a revolta estourar. Abriu-se um inquérito e nele foram implicados duzentos e cinquenta e seis sargentos, a esmagadora maioria pertencente ao Exército. Condenados, deveriam cumprir trinta dias de prisão em diferentes guarnições, no sul, norte e nordeste do país, e depois ser expulsos da corporação. Nada aconteceu com os políticos envolvidos. O inquérito afirma que os revoltosos pretendiam executar os generais, os ministros e o próprio Venceslau. Porém, se algo assim estivesse provado sem margem para dúvidas, teria a Câmara dos Deputados negado licença para que os parlamentares envolvidos fossem processados?

Nos nossos fabulosos anos 70, estranhamos essa relativa identificação dos setores médios da sociedade, no pequeno comércio e no funcionalismo público, por exemplo, com as demandas das baixas patentes militares. Hoje o que vemos é o Exército num canto do ringue e as demandas do trabalhador urbano no canto oposto. O fato é que ela existia, muito embora difusa, desde os tempos do marechal Floriano, o mais incisivo formulador do projeto militar.

O clima, é óbvio, continuou tenso entre Maurício de Lacerda e o governo Venceslau. Em fevereiro de 1916, quando os sargentos e soldados exilados começaram a voltar ao Rio, eles novamente se aproximaram de meu pai e Agripino Nazaré. Duas outras vezes gestões foram feitas almejando derrubar o presidente, porém tiveram resultados ainda mais modestos.

Em 1917, das escadarias do Teatro Municipal do Rio, meu pai, nos mais duros termos, exigiu que Venceslau declarasse guerra à Alemanha, pelo torpedeamento de dois navios brasileiros e em defesa da causa aliada na Primeira Guerra Mundial. Nunca obtive cópia desse discurso, nem encontrei relato que o transcrevesse, então não sei o que exatamente ele falou de tão grave. Sei apenas que, em represália, mas sem acusação formal, acabou preso. Eu, na época, tinha apenas três anos de idade. Se tivesse tido um pouco mais de calma, talvez não precisasse correr tantos riscos. Com um habeas corpus, saiu dias depois, a tempo de ver a declaração de guerra sendo feita.

*

Pouco antes de eu morrer, cientistas americanos já estavam investigando a possível ligação entre certos determinismos biológicos e a opção política de um grupo de voluntários. As cobaias humanas passaram pelo seguinte teste: com eletrodos pregados em várias partes de suas respectivas cabeças, deveriam olhar para slides de cenas agradáveis — pessoas brincando na praia, ou fotos glorificantes de líderes do seu partido — e desagradáveis — feridas abertas, ou um banheiro sujo. Então a reação emocional e cognitiva de cada um era avaliada.

No final do trabalho, os pesquisadores alegavam ter descoberto que a atividade cerebral dos conservadores reage com mais intensidade às imagens desagradáveis; o afluxo do sangue no cérebro indicaria isso, e seus olhares se tornavam mais fixos e demorados. Já os politicamente liberais, ao contrário, concentraram muito mais atenção nas cenas agradáveis. Da mesma forma, quando fotos de líderes democratas eram mostradas às cobaias republicanas, suas reações negativas eram bem maiores. Os democratas, por sua vez, reagiam com mais força à imagem de seus próprios líderes.

Segundo esse estudo, a natureza conservadora é mais sensível aos problemas e tende a confrontá-los com maior intensidade do que os naturalmente liberais. Daí querer sempre proteger a sociedade do que percebe como ameaça, propondo intervenções mais duras. O medo, em última instância, estaria na raiz da alma conservadora. É um sentimento útil, evolutivamente falando, em situações de risco real, e que as naturezas inclinadas à mudança tendem a desenvolver menos. Em excesso, porém, pode enrijecer uma sociedade e sua evolução histórica.

O único problema da pesquisa é que ela só funciona bem onde há o bipartidarismo, como nos Estados Unidos e no Brasil atual. Onde o sistema for pluripartidário, fica mais difícil identificar quem é quem.

*

Vocacionado para a condição de viúvo, a autoridade moral de juiz do STF também caiu perfeitamente bem em meu avô. Para defender sua intimidade, e aproveitando a fase próspera da família, o velho Sebastião decidiu reformar sua chácara em Comércio. Transformou o antigo chalé numa casa enorme, em forma de caixote, com três andares e um amplo terraço no alto. Foi essa que eu conheci.

Na ilharga da edificação, ele construiu uma grande varanda com telhado de zinco, que retinia com o sol e fazia um barulho tremendo na hora da chuva. Ali eram penduradas as gaiolas dos canários, durante o dia. À noite, por proteção, eram recolhidas para junto da cozinha. Na sala de jantar, além da mobília de praxe, havia um armário imenso, de madeira escura, e um aparador muito leve... uma leiteira branca, um açucareiro de metal prateado, uma fruteira de louça, em bicos, que nunca se esvaziava; xícaras penduradas em ganchos sob as prateleiras do armário.

Todas as portas e janelas eram pintadas de branco, mas, por um capricho, meu avô fez com que na bandeira delas todas fosse usado um vidro retangular vermelho, pelo qual o sol, ao passar, projetava um laivo rubro no chão de tábuas estreitas e lisas, sempre muito varridas.

Fez ainda uma sala de visitas, um vestíbulo e seu gabinete de trabalho, onde estantes enormes guardavam a biblioteca jurídica que herdara do tio monarquista, além de todas as coleções por ele iniciadas. Meu avô era um colecionador fundamental, gostava de juntar coisas. Montara uma espécie de museu absurdo, caótico, tal era a multiplicidade de bibelôs. Pequenas peças de vidro veneziano, pesos de papel, esculturinhas de louça com cenas do século XVIII, caixinhas de música, bustos variados de grandes políticos e artistas, em gesso ou metal, penas de escrever, canetas-tinteiro e demais apetrechos de escritório. Ali era sua sala das maravilhas.

O quarto onde dormia, como lhe convinha, ficava no último andar e tinha as vidraças protegidas por um papel gelatinoso, com desenhos geométricos de cores variadas. Após a reforma de 1914, seu quarto no alto da casa recuperou a vista para o rio, prejudicada pelas mangueiras e durante a passagem dos trens. Para chegar até ele, havia uma escada de balaústre, que dava para uma cancela rangente, a qual se abria num vestíbulo muito escuro. O rangido da cancela, na minha imaginação e na dos meus irmãos, abria um verdadeiro ninho de fantasmas. Ficávamos longe do quarto de meu avô. Um dia, ainda criança, improvisei uma candeia para iluminar o caminho, porém a luz produzida parecia sobrenatural, e o medo cresceu em vez de diminuir.

A casa serviu bem ao velho Sebastião. Apenas o terraço, sempre no verão, quando o sol e a chuva eram mais fortes, provou-se ao longo dos anos vítima irrecuperável das goteiras. O sol estalava o cimento depositado sobre os arcos de ferro, e a chuva entrava nas frinchas, provocando sempre o mesmo coro de queixas, a mesma cacofonia nos baldes e urinóis esparramados pelo chão. Quando o tempo melhorava, subia ao terraço o pedreiro, preenchendo as cicatrizes de infiltração com betume e mais cimento. Durante alguns meses, a pingueira cessava, depois o sol dava início ao processo novamente.

O velho juiz tinha por hábito ler os votos, arrazoados e acórdãos que redigia para um dos administradores da chácara, o Zé

Português. Fazia-o com a mesmíssima gravidade que, naquela semana, usaria no tribunal, lendo por quase uma hora, às vezes mais. Ao terminar, primeiro ficava esperando um comentário que nunca vinha, depois se exasperava com a pergunta, invariavelmente a mesma:

"Mas afinal, senhor ministro, o senhor está votando contra ou a favor?"

*

Ele agora está aqui do meu lado, quietinho, e hoje posso rir da história, da imprevisibilidade e da violência de seus acessos.

"Que vaca foi essa que vocês mataram?"

Era meu avô, na mesa de jantar da chácara, quando nos sentamos para comer um despretensioso assado com arroz e batatas. Pela entonação de sua voz, eu e meus irmãos, ainda crianças, nos encolhemos nas cadeiras.

Meu tio Fernando e minha mãe pararam, com o garfo no ar, olhos fixos na comida. Ela foi a primeira a dizer alguma coisa:

"Ninguém matou. A vaca foi sacrificada."

"Sem minha ordem?"

"Ela quebrou a pata."

"Sem minha ordem!"

Minha mãe baixou o rosto, não adiantava responder.

"Pois é revoltante!", exclamou o velho. "Nunca poderia ter acontecido, d. Olga. Nunca. E diga logo: qual vaca era?"

"Chamava-se Estrela."

Ao ouvir o nome do animal, meu avô levantou-se de repente, empurrando a cadeira com força para trás. Sem mais nem menos, foi tomado por uma eloquência furiosa:

"Corações de pedra! Assassinos da memória alheia!"

Sem que jamais houvesse demonstrado especial apego pela vaca sacrificada, tão ossuda e de carne tão dura quanto todas as outras que viviam subindo as pirambeiras da chácara, desfiou vários argumentos que provavam, por A mais B, que justamente ela era quase sua ama de leite, sua segunda mãe, tamanho o afeto que lhe tinha. Todos nos sentimos cúmplices de um crime hediondo. Dando um tapa estalado na mesa, meu avô rosnou:

"Eu exijo o nome do nostalgicida. Quem deu a ordem de sacrificá-la?"

Depois dos gritos, ia recompondo a solenidade habitual, mas o corpo magro tremia de indignação enquanto esperava o culpado se apresentar. Meu tio Fernando, sempre achei que por cavalheirismo, assumiu a responsabilidade. Tememos pela sorte do tio. Meu avô encarou-o muito sério e rígido. Então, serviu-se de arroz e batata, ostensivamente deixando de lado a carne, e sentou-se de volta na cadeira. Dali em diante, até o fim da refeição, impôs a todos um silêncio opressor.

*

Para certas etnias africanas, um verdadeiro tabu impede o contato direto dos homens com as flores. Eles não devem tocar o indefinível: os perfumes, matizes e recortes ondulantes das pétalas. As flores de que cuidaram, ao desabrochar, irão matá-los, como se tivessem o poder de sugar sua energia, roubando-lhe, ao se abrir, até a última faísca vital.

Eis uma ótima desculpa antropológica para, entre eles, o trabalho na terra ficar relegado às mulheres. Há quem diga que, para azar nosso, muitos dos negros vindos ao Brasil trouxeram com eles o desprezo masculino, disfarce do medo, pelo cultivo das plantas e das flores. E esta seria uma explicação para a ignorância botânica do brasileiro em geral.

Meu avô Sebastião contrariava a norma. Juntamente com a chácara de Comércio, herdou da mãe o gosto pelas plantas. Dizia ter sempre mexido na terra e, como eu, sentia especial amor pelas rosas. Para tê-las por perto, derrubou algumas árvores junto da casa e semeou os mais diversos tipos. Aprendi os nomes ouvindo-

-o comentar o estado de caules, a qualidade de espinhos, a textura das pétalas, o formato das folhas, ou passando instruções aos empregados, noras e cunhadas. Ele me ensinou que as rosas vermelhas simbolizam o amor, a paixão, a traiçoeira intensidade; as brancas, a pureza; as cor-de-rosa, um agradecimento importante, ou a ausência de maldade, a confiabilidade; as amarelas demonstram satisfação e alegria, podendo, entretanto, ganhar segundas intenções se oferecidas por pessoa não muito próxima; as laranja, simples entusiasmo por um projeto comum; as bordô, beleza inconsciente; azuis, reserva, harmonia e afeto; cinza, desconsolo e velhice; e as rosas verdes, o inescapável lugar-comum da esperança, que é a última que morre (mas acaba finalmente morrendo, ouvi dizer, e meu avô concordaria, embora segurasse todas as flores com igual delicadeza, como se a uma taça de vinho caro).

O austero juiz não teve todas essas cores em seu roseiral, mas chegou a cultivar dez ou doze espécies ao mesmo tempo, entre as quais a bela portuguesa, famosa pela fecundidade, e a rosa-chá, as duas chegadas ao Brasil no século XVIII; a rosa-canina, de poderes medicinais, grande combatedora, sob a forma de chá, das gripes, resfriados e anemias; a Fausto Cardoso, a primeira rosa brasileira; e a rosa virginiana, conhecida também como rosa lúcida. Uma única vez, conseguiu fazer florir a príncipe negro, rosa soturna, essa, sim, com cara de cachorro. Seu vermelho é tão intenso que as pétalas, aveludadas, largas e curvadas sobre si mesmas, grandes almofadões redondos, vão escurecendo à medida que se aproximam do talo, até se tornarem quase pretas, e ficam grossas, como dobras de pele na cara de um imenso cão negro.

*

Meu avô gostava de alimentar pessoalmente os cães de sua chácara. Um deles, o Jicky, fox terrier misturado, pertencera a um poeta que desembarcou em Comércio para se tratar de tuberculose e nunca mais foi embora. Pelas esquinas, à noite, a gente ouvia o poeta chamando: "Jicky! Jicky!". Quando ele morreu, meu avô adotou o cachorro.

Havia também a Minerva, fêmea perdigueiro da maior elegância, manchada de marrom-escuro e salpicada com o que, na minha percepção de criança, pareciam gotas de chocolate no pelo branco. O Júpiter, seu marido, tinha o pelo da mesma cor, porém era mais alto. Com sua caixa torácica parruda e cintura fina, tinha um certo ar de valentão de Copacabana. Faziam o clássico par dama e vagabundo. Morreram tragicamente, devido ao péssimo hábito de roer sobre os dormentes do trem os ossos que ganhavam.

Quando eu era criança, Poli, um cachorrinho que tive, ficou cego caindo por uma fresta do balaústre da varanda. Depois do acidente, com olhos mortos, ele andava pela sala até bater com a cabeça no rodapé. Dava meia-volta e ia bater no rodapé do lado oposto.

Mignon, um vira-lata adorável, todo preto, como se estivesse de luto feito o dono, afora a bengala e eu, o neto preferido, foi o outro apoio para a velhice de meu avô. Tinha o imenso privilégio de dormir no quarto do juiz, lá dispondo de uma casinhola própria. Na verdade, um mero disfarce para a ternura do velho pelo animal, e para sua própria carência de afeto, pois todos sabiam que o dono o levava para dormir na cama todas as noites. Mignon também gostava de flertar com a morte, roendo ossos nos trilhos da ferrovia, mas sobreviveu ao mau hábito.

Quando o meu cachorro cego morreu, enterrei-o com minhas próprias mãos, embaixo do tamarineiro. Após os funerais, voltei tristonho para casa, cercado pela tarde silenciosa. Os adultos pareciam ter evaporado. Fui chegando perto do quarto do meu avô, cuja porta estava entreaberta. Vi a luz, escutei a cadeira de balanço rangendo. Decidi lhe fazer o pedido, o único capaz de me consolar. Surgi na fresta da porta. Meu avô percebeu minha presença, mas ficou esperando que eu entrasse, ou dissesse alguma coisa. Ele sabia como eu devia estar me sentindo, mas respeitava a dor alheia. Não tive coragem de aparecer. Então, escondido pela porta entreaberta, sussurrei:

"O senhor dá o Mignon para mim?"

Meu coração doía enquanto a resposta não vinha. Meu avô, respirando fundo, deu outra ideia:

"Ele será de nós dois, não é melhor?"

Não, não era melhor, e se fosse outra pessoa me negando o pedido, eu talvez protestasse. Mas sabendo o quanto ele também dependia do carinho incondicional daquele cachorro, fiquei encabulado e desci para o terreiro.

*

Temperatura e rigidez são os dois elementos fundamentais para se estimar há quanto tempo uma pessoa morreu. Quando o corpo está quente e não rijo, morreu há menos de três horas. Quente e rijo, entre três e oito horas. Rijo e frio, como eu agora, morreu entre oito e trinta e seis horas.

Encontro-me naquilo que se convencionou chamar de "estado fresco", a primeira fase do processo de decomposição. Ele vai do momento da morte até o segundo dia, quando começa o inchaço no corpo. Considerando que são onze e meia da noite do dia do meu enterro, e que morri justamente por volta da meia-noite anterior, então ainda tenho os últimos minutos do primeiro dia e um segundo dia inteiro pela frente até chegar à próxima fase. Por enquanto estou bem. Melhor do que se estivesse vivo.

ABC DO COMUNISMO

Maurício de Lacerda estimulou e apoiou quase todas as greves ocorridas no Rio de Janeiro e em São Paulo na segunda metade dos anos 1910, especializando-se em denunciar a violência das forças públicas contra os operários. Tornara-se leitor de Proudhon, Saint-Simon, Fourier e, claro, Marx. Uma variação local do socialista utópico europeu, logo passou a pressionar o governo pela criação de um Ministério do Trabalho e de um código trabalhista, que humanizasse a relação entre patrões e empregados. Em outubro de 1917, apoiou publicamente a Revolução Bolchevique (embora valorizando a tradição democrática da Europa Ocidental, e, claro, seu próprio mandato parlamentar, nunca negou que, para resolver os problemas do Brasil, só via uma saída: a luta armada).

Ainda em 1917, apresentou na Câmara Federal o projeto da Carta Nacional do Trabalho, uma legislação na qual estava previsto um Departamento Nacional do Trabalho, para dirimir todos os assuntos referentes ao setor e à Previdência Social. O projeto estabelecia a obrigatoriedade do expediente de oito horas, a criação de juntas de conciliação e arbitragem; fixava as condições de trabalho para as mulheres nas fábricas, concedendo licença às grávidas e determinando a instalação de creches; instituía a idade de catorze anos como mínima para admissão nas indústrias e oficinas; regulamentava os contratos de aprendizado etc. O projeto, nem é preciso dizer, foi fragorosamente derrotado pela maioria governista.

No ano seguinte, meu pai foi à Europa, com o intuito de se informar sobre as questões sociais então em debate e os desafios colocados pelo término recente do conflito mundial. O cartaz das democracias liberais estava em frangalhos. As repúblicas burguesas haviam conduzido a humanidade ao maior genocídio da história. Novas formas de organização social e política, que vinham sendo gestadas havia anos nas franjas do sistema, ansiavam por serem postas em prática. A marca desse período da história, que vai desde o fim dos anos 10 até o fim dos anos 30, inspiradora e assustadora ao mesmo tempo, foi a percepção global de que o mundo estava aberto a novas experiências. Se o laboratório comunista pudera se instalar na Rússia, por que não aqui? E por que não o regime fascista, ou o anarquista? Ou ainda alguma das opções locais, o integralista e o tenentismo? Um deles podia dar certo. Para compreender a mentalidade da época, é preciso ver essas ideologias sem a carga trágica, ou melancólica, ou patética, que adquiriram ao longo do século. O que todos tinham era um plano, e nele tudo funcionava bem.

Quando meu pai ainda estava nos primeiros dias de Paris, recebeu um telegrama de casa:

Carlos e Vera com gripe espanhola. Voltar imediatamente. Olga.

Eu tinha então quatro anos, e minha irmã, seis. Na época, ter a gripe era quase uma sentença, com milhões de pessoas morrendo na pandemia. Esperamos dois dias pela resposta de meu pai, que não veio. Logo meu avô despachou outro telegrama, bem mais enfático, cobrando seu retorno urgente. Meu pai respondeu, afinal, dizendo que voltaria, sem falta, dali a um mês. Passei oito dias ardendo em febre, minha irmã dez, e quando ele chegou, já estávamos curados.

Após a temporada europeia, as ligações de Maurício com os círculos tradicionais republicanos se esgarçaram na mesma proporção em que aumentaram suas conexões no meio sindical. Ele ainda se reelegeu deputado federal pelo PR uma terceira vez, em 1918, mas passou a contribuir com parte do salário de deputado para o jornal *A Voz do Povo*, de tendências anarquistas. Conheceu então o escritor Lima Barreto, também chegado ao anarquismo. Parece-me que a rixa entre anarquistas e socialistas, motivo por trás da extinção da i Internacional na Europa, era um pouco menos aguda por aqui. Talvez a repressão muito mais violenta do Estado, o estágio ainda inicial de conscientização das massas trabalhadoras, os obrigassem a atuar juntos; discordando, mas juntos.

Além das doações voluntárias, o custo pesado do jornal era bancado pela Federação Operária, com a cooperação de grandes uniões, dos Trabalhadores de Tecidos, da Construção Civil, dos

Transportes Terrestres e Marítimos, de Culinários, Padeiros, Metalúrgicos e outras. Ele contava com oficinas e gráficas próprias, e corpo de redação do mais alto nível entre os militantes do movimento operário. Era o único veículo a protestar com ênfase contra os abusos policiais — prisões arbitrárias, forja de atentados anarquistas, deportações, espancamentos, confissões obtidas sob coação etc. Como jornal operário, tinha baixa circulação e pouca repercussão, mas alguns parlamentares garantiam que as denúncias chegassem ao Congresso.

No final de 1918, contudo, os anarquistas brasileiros sofreram um golpe duríssimo, que aleijou irrecuperavelmente o movimento. Muito à frente do seu tempo, talvez, e sem dúvida muito otimistas em relação à natureza humana, deram um passo em falso e tentaram uma insurreição. O levante, do qual meu pai não tomou parte (que eu saiba, embora seja difícil imaginá-lo ficando de fora), girava em torno de uma greve conjunta dos operários das indústrias têxtil, metalúrgica e da construção civil. A revolta foi esmagada pelo 58º Batalhão de Caçadores do Exército, com uma violência surpreendente até mesmo para o nosso regime oligárquico. Nem de longe os anarquistas conseguiram, como planejado, a ocupação do quartel-general do Exército, e muito menos a queda do sistema. Durante a batalha, a violência dos militares foi tanta que o próprio 58º rachou, e muitos de seus soldados passaram a proteger os anarquistas dos colegas mais sanguinários. O castigo não parou por aí: inúmeras organizações anarquistas foram dissolvidas, os três sindicatos envolvidos foram fechados, e até a União Geral dos Trabalhadores. Desgastados perante os operários, tendo em vista o tamanho do retrocesso que provocaram, os anarquistas começaram a perder sua proeminência, e em breve cederiam aos comunistas a liderança dos trabalhadores brasileiros.

Na corrida presidencial de 1919, meu pai trabalhou pela segunda tentativa de Rui Barbosa. O velho Sebastião, dessa vez, apoiou Epitácio Pessoa. O fosso político entre o pai e o filho aumentara consideravelmente.

Epitácio tivera seu nome lançado pelo PR enquanto representava o Brasil na Conferência de Versalhes, em Paris. Nem precisou voltar para fazer campanha. Passou todo o tempo na França, e continuava por lá quando ganhou as eleições, chegando aqui apenas dois meses mais tarde. Paraibano, sua eleição resultava de um compromisso entre Minas Gerais e São Paulo, após mais uma crise no revezamento que faziam do poder. Ele devia ocupar o posto até que um dos lados vencesse a queda de braço.

Até aquele momento, embora próximo das tendências operárias, meu pai ainda militava de dentro do Partido Republicano. Em 1919, porém, no discurso que fez durante uma greve na Estrada de Ferro da Leopoldina, acusou o novo presidente de desrespeitar as condições de trabalho recomendadas em Versalhes, coassinadas inclusive por ele próprio. Furioso, Epitácio exigiu do PR sua expulsão, e mais.

Existia, no Parlamento, o artifício regimental da "degola". Uma comissão interna da Câmara Federal, a Comissão Verificadora de Poderes, tinha a função explícita de referendar, ou não, a posse dos deputados eleitos e de cassar os mandatos dos inconvenientes. Graças a ela, meu pai perdeu seu mandato e, castigo maior, foi substituído pelo mesmo coronel Borges Monteiro, cujo domínio político em Vassouras, quase onze anos antes, ele pegara em armas para derrotar.

Desde então, o casamento com minha mãe desmoronou. Ela era essencialmente conservadora, não propriamente no sentido político do termo, numa dimensão mais prosaica e cotidiana. Não queria que nada abalasse ou prejudicasse o ambiente em que criava seus filhos, e tentava, com muito pouco sucesso, construir uma vida estável ao lado do marido. Mas meu pai, a partir de um determinado momento, tornara-se completamente ausente da nossa vida, só aparecendo em casa para trocar de roupa. Eu e meus irmãos mal o víamos. Minha irmã, certa vez, comparou-o a um capitão de longo curso, que ressurgia de tempos em tempos, com histórias incríveis sobre um vasto mundo desconhecido. Minha mãe sofria com sua vida desregrada e seu envolvimento com "os canalhas da política", como dizia. Reclamava, brigava, instava meu avô a dar jeito no filho. Puro desperdício. No fim, a intensa atividade jornalística, a atuação junto aos sindicatos, a vida parlamentar e os eventos da política — assembleias, comícios, manifestações — sempre o tiravam de nós.

Quando meu pai aparecia, falava de livros, descrevia cenas incríveis, e as palavras que escolhia me pareciam sempre ter uma visão curiosa das coisas. Além de coragem, ele tinha o gosto pelos seres humanos, e sabia transmiti-lo. Eu e meus irmãos o idolatrávamos.

*

Você pode recompor a história com documentos políticos e administrativos, como os historiadores do século XIX, positivistas. Pode partir de diários, costumes, memórias, entrevistas, ou usar objetos, roupas etc. História política, história econômica, nova história, história do imaginário, meta-história, história oral. Já vi até livros de um ramo futurológico da história, que se dedica a pensar o rumo dos acontecimentos caso coisas que aconteceram de fato não tivessem acontecido, e vice-versa. O que seria do Brasil se d. João VI não tivesse fugido de Napoleão e transferido a sede do Império para o Rio? O que aconteceria com a humanidade se os alemães tivessem concluído a bomba atômica antes dos Estados Unidos?

Quando você viveu algum fato histórico de perto, o que você tem é a sua versão dos acontecimentos. Na sua leitura dos fatos, um olhar, um gesto que só você viu, uma entonação que você escutou, podem pesar mais do que todas as evidências históricas do mundo. Mesmo de uma reunião a portas fechadas, entre aliados, as versões posteriores podem conter diferenças cruciais. A nossa impressão pessoal é uma prisão inevitável. Para piorar, muitas vezes você nem sabe que está diante do momento histórico.

Claro que se pode, e se deve, enriquecer, expandir, a visão pessoal dos fatos históricos, mas poucas pessoas gostam de conviver com perguntas não respondidas. Eu fiquei viciado no contraditório. Mas jamais deixei que ele me paralisasse. Na dúvida, saía fazendo alguma coisa. Preferia pecar pela ação.

Para complicar, ainda existem os boatos, as histórias loucas que se espalham e grudam no imaginário popular. Há quem diga, por exemplo, que os dezoito do Forte eram na verdade onze. Se nem uma coisa tão simples passa para a história com um mínimo de garantia...!

Ou quando ouvi de um cometa da região do São Francisco, que é como eles chamam os caixeiros-viajantes por lá:

"Aquelas são as terras de Maurício de Lacerda. Quando a política não dá, é disso que a gente dele vive."

Estávamos junto à amurada do navio no qual subíamos o rio. Enquanto falava, o desconhecido apontou para uma cadeia de montanhas à distância. Ele não sabia quem eu era, e eu não disse nada. Infelizmente, meu pai nunca foi latifundiário na Bahia. Jamais eu soube de onde o homem havia tirado aquela história.

*

Enquanto estivera em Paris, Maurício de Lacerda tinha contatado um grupo de intelectuais chamado Clarté. O grupo surgira durante a mobilização contra a Primeira Guerra Mundial, e preconizava a união internacional dos intelectuais numa associação pacifista e politicamente independente. Desde o início, aceitava revolucionários internacionalistas, economistas, advogados, escritores etc. Em março de 1918, o grupo havia lançado um primeiro manifesto. Em julho de 1919, lançaria o segundo, assinado, entre outros, por Máximo Górki, na Rússia, Rabindranath Tagore, na Índia, Romain Rolland, na França, e Upton Sinclair, nos Estados Unidos. Em outubro, publicou o primeiro número de uma revista, igualmente chamada *Clarté*. Seguiram-se as versões italiana, grega e inglesa, do grupo e da revista.

Os historiadores brasileiros não se entendem muito sobre a relação entre o nosso grupo Clarté e a fundação do Partido Comunista Brasileiro. Muitos já apontaram os clartistas como pioneiros do processo. De fato, havia marxistas revolucionários em seu meio. E realmente o PC brasileiro foi fundado pouco depois de a publicação ser interrompida, como se uma coisa desaguasse na outra. Meu pai achava que havia mesmo uma ligação entre elas. Mas eu duvido, e não estou sozinho. Para provar a regra segundo a qual, entre especialistas de qualquer assunto, sempre são obtidas opiniões diametralmente opostas, outros estudiosos concordam comigo.

Certo é que, por volta de 1920, *A Voz do Povo* elogiou a organização Clarté e publicou os estatutos do grupo na França. O artigo não estava assinado, e nenhum dos livros que consultei dizia quem o escrevera, ou se foi escrito coletivamente. Nunca descobri qual a exata participação de meu pai nessa fase do processo.

Também é certo que, no ano seguinte, os dois maiores líderes do movimento francês, os escritores Henri Barbusse e Anatole France, publicaram um apelo aos intelectuais latino-americanos, "falange magnífica de homens de letras, artistas e estudantes", dispostos a "renovar os valores morais e estéticos dos povos jovens", para que se pusessem ao trabalho. Atendendo a esse apelo, o Uruguai deu à revista *Clarté* bons momentos, e ela teve, na Argentina, sua versão mais duradoura, entre 1921 e 1941.

No Brasil, a coisa começou meio trôpega. Um grupo de intelectuais publicou nos jornais uma resposta ao apelo francês, mas afastou-se do projeto em seguida. Não havia nenhum deles entre os fundadores consignados em ata. Um novo grupo tomara a frente, cujo articulador mais empenhado foi um advogado, Nicanor Nascimento, deputado federal eleito sucessivamente desde 1911.

As opções no cardápio ideológico repetiam-se nos grupos clartistas do mundo todo, e manifestaram-se também no brasileiro. Nicanor, desde 1917, vinha atuando em relação às questões do trabalho — também denunciando as deportações e toda sorte de violação dos direitos operários, especialmente durante a repressão às greves —, mas não se arrogava a condição de representante da classe proletária, e tinha posições bastante moderadas no geral. Mesmo assim, fora degolado na mesma época que meu pai.

Meu pai, o segundo membro mais importante do círculo, já sem partido, começava uma trajetória independente, personalista e solitária, na qual combinaria atuação parlamentar, em defesa de reformas do Estado e da sociedade, com discursos favoráveis à greve geral revolucionária e à ditadura do proletariado. Em ambas as linhas, claro, seu projeto incluía a adesão das baixas patentes militares.

Seu antigo colega na Revolta dos Sargentos, Agripino Nazaré, também integrava o grupo Clarté. Evaristo de Moraes, um quarto membro importante, era advogado criminal, de tendência socialista reformista, e defendia nos tribunais muitos operários acusados de atividade revolucionária. Por fim, estava lá Everardo Dias, contador e tipógrafo de origem espanhola, naturalizado brasileiro desde criança, que escrevia na imprensa operária com posturas anticlericais e havia sido deportado em 1919, numa violação gritante dos seus direitos, e só voltara ao país, em 1920, graças a uma campanha liderada por meu pai, Nicanor e Moraes. Foi grande amigo de Maurício de Lacerda, e a ele dedicou sua excelente *História das lutas sociais no Brasil*.

Os estatutos do nosso Clarté, lidos nos dias de hoje, parecem bastante moderados em suas propostas, para não dizer ambíguos. Não sei se por causa da salada de tendências, ou se para preservar a independência, ou pelo fato de a revista ser bancada pela Liga Socialista, na qual o reformismo tinha apoios importantes. Não é muito fácil entender seu grau de adesão aos projetos nitidamente comunistas e revolucionários da II Internacional, porém o anarquismo, em geral, é combatido pelas matérias da revista.

O manifesto clartista afirmava que as classes e os indivíduos, depois da Revolução Russa, "se organizaram para repetir o grande feito", e saudava o Estado como "a concentração de forças sociais para o bem comum". Ressalvava, contudo, que em 1789 o Estado caíra sob o domínio da burguesia, e denunciava os governos "chamados democráticos" por repetidamente violarem os princípios e as garantias dos cidadãos, inclusive no Brasil. A essa altura, citava explicitamente o fato de meu pai e Nicanor terem sido expulsos do Parlamento.

A revista acreditava no caráter social do capital, apesar de sua apropriação individual temporária. Propunha reformas estatizantes profundas, embora não revolucionárias, nos sentidos marxista e militar do termo. Não via nos sindicatos a base para a sociedade futura, embora condenasse a repressão. A revista parece endossar um Estado corporativista, um federalismo controlado, com a representação proporcional das entidades produtivas no Legislativo e todos os níveis da administração pública ocupados por técnicos, livres dos políticos profissionais. Na economia, sobretudo, a faceta socialista reformista de sua plataforma torna-se evidente. Ela preconizava uma posse gradativa dos grandes meios de produção pelos produtores tecnicamente organizados. Na política externa, denunciava o imperialismo e prometia "solidariedade moral" para com a Rússia. Mas, nos padrões da imprensa sindical da época, e do ponto de vista programático, dizer isso soava um compromisso meio frouxo, numa questão central. Os clartistas privilegiavam sua função intelectual e filosófica:

> À sombra oporemos a luz. À mentira degradante dos propagandistas da ilusão, combateremos com a informação exata e documentada, com a verdade meridiana, nem burguesa nem sovietista, sirva ela a quem servir. Procuraremos principalmente os fatos do mundo, do Brasil, para sobre eles construir o que for preciso pelo bem dos homens e da nossa terra.

Mas isso é do estatuto, e uma coisa é estatuto, manifesto, outra coisa é o dia a dia nas matérias publicadas na revista. Se entre os dirigentes clartistas brasileiros as diferenças eram óbvias, dentro do corpo de colaboradores eram maiores ainda. O desacordo interno com os comunistas reproduziu o acontecido na França, e talvez por ter insistido em sua independência ideológica a versão brasileira de *Clarté* tenha tido vida bem curta. Entre meados de 1921 e janeiro de 1922, foram reles seis, sete meses, com apenas dois mil exemplares de tiragem para cada número.

Algo me diz que o PC ao mesmo tempo é e não é consequência do grupo Clarté. É, no plano da constituição de um círculo influente e da articulação necessária para a fundação do partido. Mas não é, se pensarmos no crescente desânimo dos comunistas diante das ambiguidades programáticas.

Embora houvesse sincero entusiasmo pela experiência russa, creio, e pelas promessas de tomada do Estado por forças revolucionárias, aquele grupo era pragmático o suficiente para saber que, na hora do vamos ver, a guerra não seria vencida, pelo menos não por enquanto, com a mobilização e a conscientização do operariado brasileiro. Esse trabalho de base era ainda embrionário, concentrado em poucos centros do imenso país. Para piorar, a ferocidade da repressão afugentava muitos apoiadores potenciais. Em resumo: entre intelectuais e operários, representantes e representados, ainda não havia a união necessária.

*

Quem era comunista na década de 1960, ou é ainda hoje, não sabe como era melhor, muito melhor, no sentido de intelectualmente mais fácil, ser comunista antes dos anos 1950, que dirá antes dos anos 1930, ou na fase áurea dos anos 1910 e 1920. O capitalismo era mais selvagem, totalmente impermeável aos pleitos dos trabalhadores, e poderoso o bastante para sê-lo, graças ao suporte estatal. A ideia de expropriá-lo e relegá-lo ao ostracismo político tinha muito mais razão de ser. E o comunismo ainda não havia rasgado a própria fantasia, como fez desde os anos 1930, mas sobretudo depois que Khruschóv denunciou os crimes stalinistas, em 1956. A coisa fluía que era uma beleza.

Os dois filhos mais jovens do velho Sebastião de Lacerda, irmãos de Maurício, meus tios Fernando e Paulo, foram arrebatados pela onda comunista que varreu o mundo após 1917. Suas entradas na militância, no entanto, ocorreram em momentos diferentes e foram bastante acidentadas, cada uma a seu modo.

Tio Fernando, até os trinta e cinco anos de idade, jamais quis saber de política. Na juventude, era um espírito parnasiano, ávido anotador de palavras preciosas, colhidas em volumes de Camilo Castelo Branco e Coelho Neto, pérolas da língua a cujo brilho exagerado seus olhos não resistiam. Formou-se em medicina. Era também casto, puritano e espírita.

Tio Paulo, o caçula dos três, que tinha apenas vinte e três anos no ano da derrocada czarista, nunca ligou para os estudos e, de início, também não parecia inclinado para a política. A expressão boêmia intelectual, com ênfase na boêmia, designa bem sua primeira vocação. O irmão Fernando, um tanto ridiculamente, prometia ao pai que estava endireitando o mais moço. Mentira, Paulo a muito custo se formou advogado.

Quando nem o diploma pareceu capaz de colocá-lo nos eixos, tio Paulo surpreendeu a todos ao ficar noivo de Judith, rica herdeira da fábrica de chocolates Bhering. Um ótimo casamento poderia ser a salvação. Mas ele não se emendou sem recaídas. Durante o noivado, meu avô trabalhou até altas horas certa noite, alimentado como sempre por muitos cigarros e café. Quando enfim tomou o rumo do quarto, deu-se conta de que o filho não dormia em casa. Pela manhã, investigou se passara a noite na residência da noiva. Informaram-lhe que não. Meu avô não teve dúvida, foi à casa dos Bhering e chamou a mãe, d. Maria. Com a maior gravidade, contou o ocorrido. No final, com pesar, anunciou:

"Só me resta desmanchar o noivado."

Judith, a noiva, que ouvia atrás da porta, entrou na sala de supetão e ergueu a voz:

"Dr. Sebastião, não faça isso!"

"Oh, Senhor!", exclamou o velho, irritado. "Ponha-se daqui para fora, menina! Estou com o coração dilacerado, cumprindo um dever, por justiça e pensando na sua própria felicidade, e você..."

A jovem saiu da sala, aos prantos, e coube à d. Maria convencê--lo a perdoar o deslize do filho.

Para ajudar Paulo a virar um chefe de família respeitável, os pais da noiva e meu avô arranjaram-lhe um emprego de escritório na polícia de uma cidade do interior, e lá se foi o casal. Por algum tempo, o caçula da família tornou-se um católico desenfreado, e passou a condenar, nas cartas que escrevia a meu avô, o espiritismo do irmão Fernando.

Não sei se foi por isso, mas o fato é que tio Fernando se converteu também ao catolicismo e, bem ao estilo dos Lacerda, tornou-se um fiel *enragé*. Os dois irmãos enfim prometiam concordar em alguma coisa, encerrando os anos de brigas, mas Paulo novamente pegou a todos de surpresa. Renegou o catolicismo e aderiu ao comunismo. Sua esposa, a herdeira rica de um industrial, não deve ter entendido muita coisa.

Meu pai e tio Paulo, unidos pela ideia de transformação social, começaram a dar trabalho. Não tinham mandato, nem emprego fixo, nem dinheiro, e ainda eram presos com alguma frequência. O velho Sebastião, republicano liberal, tinha horror aos comunistas, e julgava nítida a corrupção do caráter de seus filhos em contato com eles. A vida de ambos, antes homens de família e promissores, agora desandava. Fernando, o irmão do meio, o único solteiro e novamente na condição que tanto lhe agradava, a do filho bom moço, agia para compensar o pai pelas preocupações e decepções que os irmãos lhe traziam. Reclamava sobretudo de Maurício, o mais velho, "em sua duvidosíssima faina de querer endireitar os politiqueiros do Brasil", numa frase rebuscada que ficou famosa na família. Até onde ouvi falar, meu tio Fernando apenas uma única vez, nessa primeira fase da vida, cogitou fazer algo extraordinário: em 1914, quis se juntar às forças armadas francesas na Primeira Guerra, como médico. Mas bastou meu avô objetar, ele desistiu da ideia.

O velho Sebastião e tio Fernando, em geral, diziam-se céticos, em relação à política e aos políticos, pregando uma superioridade olímpica ao regateio violento de interesses em que se resumiam, na prática, os belos ideais. Como era, juntamente com o pai, um dos provedores da casa, tio Fernando vivia resmungando algo quanto a ser muito fácil reformar o mundo pondo de lado o conforto e o sustento da família. A veia oposicionista de Paulo enfureceu a rica herdeira dos chocolates, como a de Maurício já fazia com minha mãe, porém as duas mulheres não conseguiram muita coisa.

Entre os homens da família, as discussões, não raro, acabavam em briga. Eles revezavam posições num amor de opostos, uma forma contagiosa e aliciante de solidão.

*

Aos sete anos, vi meu pai chegar na chácara do meu avô com a cabeça coberta de panos brancos ensanguentados, atingido por uma pedrada. Na campanha presidencial de 1922, para tentar evitar a vitória do governador de Minas Gerais, o chefe oligárquico Artur Bernardes, Maurício de Lacerda aliou-se novamente ao marechal Hermes da Fonseca. Juntos eles apoiaram a candidatura de Nilo Peçanha à Presidência, com base no movimento Reação Republicana, que defendia a renovação do sistema em vigor. Então, durante a campanha, mensageiros de Artur Bernardes procuraram meu pai, convidando-o a realizar dez palestras, regiamente pagas mas de conteúdo preestabelecido, sobre a questão social e a candidatura Bernardes. As conferências ocorreriam em várias capitais do Brasil, sendo que a primeira, obrigatoriamente, deveria ser Belo Horizonte. A audácia de convidarem-no a se humilhar daquele jeito enfureceu-o e, para devolver a desfeita, ele chamou um comício pró-Nilo na base eleitoral de Bernardes, Juiz de Fora. Mal o evento começara, bernardistas dissolveram-no à base de socos, pontapés, tiros para o alto e, justamente, pedradas.

Meu pai chegou à estação de Comércio pelo trem, com a cabeça enrolada em gazes brancas. Sob um chapéu palheta, via-

-se a mancha de sangue. Vinha acompanhado por seus amigos da política, homens que eu nunca vira antes, falando seu nome de boca cheia:

"Cuidado com o Maurício!"

"Olha o Maurício!"

Instalaram-se na chácara, e ao longo do dia mais alguns vieram do Rio. Camas e quartos foram improvisados. Depois do jantar, muito bem acomodado, com um copo de licor na mão e cercado por seus admiradores, meu pai, orgulhoso, contou:

"Logo que a pedra bateu, passei a mão no alto da cabeça e senti o sangue quente. Voltei-me para o Elias Johanny e disse: 'Já podemos ir embora'. O Elias, sem entender, me perguntou: 'E o discurso, Maurício?'. Então eu passei de novo a mão no ferimento — 'O discurso...?' — e, mostrando a ele o sangue na palma da mão, disse: 'Está feito!'."

Todos riram. Eu, confesso, não entendi muito bem qual a graça, por isso mesmo achei tudo lindo, realmente heroico. Logo depois, surpreendi minha mãe e uma tia cochichando que, na verdade, o ferimento era bem pequeno e já estava quase fechado. Achei aquilo despeito, pura inveja.

De tão cheia a casa, até meu quarto foi invadido pela oposição ao regime oligárquico. Eu e minha babá fomos obrigados a dormir no chão do escritório, forrado de jornais, perto da mesa de trabalho e das duas únicas estantes fechadas da casa, onde meu avô guardava suas edições raras.

No meio da noite, acordei com o rumor quente das vozes, que continuava na sala de visitas. Os adultos falavam alto e davam gargalhadas. O silvo do gás da iluminação, velho conhecido, me tranquilizava um pouco, mas vozes cavas, outras agudas, e o cheiro azedo de muitos cigarros chegavam até o chão em que eu dormia. Decidi ir para junto de meu pai e seus amigos, e vaguei por entre eles como um objeto sem gravidade. Aqui e ali, era identificado pela curiosidade dos homens, que me olhavam como a um bicho raro, o filho do mártir, produto vivo do político que todos os jornais de oposição, e mesmo alguns pró-governo, chamavam de "ardoroso tribuno fluminense".

No dia seguinte, antes mesmo do café eu já estava desperto e cercando meu pai. Quando minha mãe passou com esparadrapos e um rolo de gaze, pronta para fazer o curativo em sua testa, fui olhar. Desenrolou-se muito pano branco até finalmente a cabeça de meu pai surgir. Em vez de um buraco lancinante, sanguinolento, vi uma feridinha mínima, já cicatrizando.

"O discurso...? Está feito!"

MANDADO JUDICIAL

Quando as abelhas apareceram, eu, quieto aqui no meu caixão, não podia imaginar que, sem querer, iria descobri-las animais democráticos. Nunca soube disso. As abelhas têm opiniões individuais e, havendo discordâncias, são capazes de construir consenso. Embora tenham rainha, decidem em conjunto seu destino. As abelhas são adeptas da monarquia constitucional.

Ao ver as primeiras operárias sobrevoando meu jazigo, supus que estivessem apenas se alimentando ou fazendo os trabalhos comunitários de sempre: recolhendo a matéria-prima de sua civilização e ajudando, mesmo que involuntariamente, na incrível cópula à distância das flores, ao transportarem os últimos grãos espermáticos das rosas, lírios e trombetas que me cobriam. Depois, de repente, entendi que não era nada disso.

Esse é um grupo especialmente qualificado de operárias, e sua responsabilidade perante o bem coletivo transcendia a tarefa de simplesmente levar comida para casa, ou de multiplicar as fontes de néctar. Naquele exato momento, outros grupos iguais estão espalhados em outros pontos do cemitério ou no alto do morro. Aquelas operárias acabaram de abandonar sua colmeia de origem, e uma jovem rainha as aguarda nas redondezas. Fazem o reconhecimento da área, à procura do lugar ideal para fundar uma nova colônia. O destino de todas depende de uma boa escolha.

As primeiras expedições de reconhecimento terminaram. A rainha, cercada de súditas, está no alto de um tronco, atrás da capela. Eu a vejo daqui. As batedoras, retornadas de sua missão de reconhecimento, colocam-se diante dela e começam uma espécie de dança. Ora caminham rebolando em linha reta, ora, numa curva sem rebolado, voltam para onde haviam começado a rebolar.

O percurso que fazem rebolando indica a distância até o local proposto: quanto mais longo, maior ela é. O ângulo da curva indica a direção em que elas têm de voar para chegar ao local. Já o número de vezes que elas dançam reflete o nível de seu entusiasmo com o local que recomendam. Como sei tudo isso? Confesso que é difícil explicar. Depois de morto, eu simplesmente sinto as coisas.

Diante da manifestação das lideranças, não houve consenso. Abelhas de um escalão abaixo decolam para visitar os dois lugares possíveis. Voltam com suas próprias conclusões, e iniciam a mesma dança para as outras. Enquanto fazem propaganda do lugar que escolheram, multiplicam a "base social" para a proposta que defendem.

Essas aqui estão divididas. Surgiram dois partidos. Um primeiro grupo preferiu certa pitangueira no alto do morro; o outro, pobre iludido, deixou-se levar pela fugaz fartura de néctar aqui sobre o meu túmulo.

Fico muito honrado com a preferência, mas, embora não tenha influído em sua escolha, sinto uma ponta de culpa. Amanhã, no máximo depois de amanhã, algum faxineiro do cemitério vai passar e, mecanicamente, se desfazer do monte de lixo vegetal.

Enquanto uma abelha do primeiro grupo dança, várias do segundo dão cabeçadas nela, demonstrando seu desacordo. Depois elas trocam de posição. Dependendo do número de cabeçadas que leva, uma abelha pode interromper sua dança, sentindo seu poder de convencimento fraco, e acabar apoiando a proposta do partido adversário. Como ele cresce, as que apoiam a tese mais "sólida" têm mais chance de dançar sem levar cabeçadas, assim como conseguem dar mais cabeçadas nas defensoras da proposta adversária. É engraçado assistir daqui ao processo.

Aos poucos, por um mecanismo de repetição que qualquer bom modelo matemático pode comprovar, mas sem que a natureza precise de algo assim, uma maioria está se constituindo. No caso, para o bem: as partidárias da pitangueira estão vencendo.

Sinto inveja das abelhas agora. Há, num primeiro momento, a superação de uma tese íntegra por outra tese íntegra. Em seguida, à medida que as minorias vão sendo superadas, há uma adesão sincera de suas integrantes à tese vencedora, uma união de forças no trabalho de construção da colmeia. Não existe falsificação da maioria, nem questionamento possível sobre a maneira como foi constituída. A partir de um ponto, do intenso debate resulta a máxima coesão social. Em nossas tão humanas democracias, a sina oposicionista é muitas vezes ver essa adesão ao projeto vencedor ser propalada como sincera, mas ser feita por conchavos, interesses mesquinhos ou mesmo ilegais. Pessoas do seu grupo mais íntimo optam por ela, acredite, e agradeça aos céus quando ela não permanecer fundamentalmente intolerável para o seu próprio senso crítico. Não é uma boa solução, quando, apesar da intensa troca de cabeçadas, permanecemos aferrados às convicções da minoria e a um esforço desesperado de desviar o curso dos acontecimentos.

*

Artur Bernardes venceu as eleições de março de 1922, que novamente foram bastante corruptas. Em julho desse mesmo ano, antes que o presidente eleito tomasse posse, meu pai, o antigo líder civil dos sargentos, foi convidado a participar do primeiro levante de tenentes contra o governo federal. O plano previa a adesão de todos os fortes da cidade do Rio de Janeiro.

Meu pai decidiu não participar, argumentando que as aspirações operárias não estavam devidamente representadas na pauta do movimento, excessivamente restrito a interesses militares. Talvez também não acreditasse muito nas chances de sucesso da empreitada, e por isso não quisesse arriscar sua própria candidatura a vereador de Vassouras, cujas eleições estavam chegando. Ele deixara a prefeitura da cidade em 1920, mas ela ainda lhe servia como base de votação. Tendo sido expulso do poderoso PR, já perdera força eleitoral, e se fosse preso no meio da campanha, podia acabar sem mandato nenhum.

Eu tinha oito anos, e fiz um caderno sobre os acontecimentos do dia 5 de julho. Aquele caderno tornou-se meu panteão particular, altar para os soldados que eu idolatrava, os primeiros heróis políticos que tive fora de casa. Em meio a textos variados — reportagens, reproduções de discursos, perfis biográficos etc. —, tirados de jornais e revistas, eu colava fotos e passava horas olhando retratos dos protagonistas no episódio, perguntando-me se a coragem estava indicada em algum traço físico em particular (um queixo, uma testa, uma boca, os cabelos). Na minha imaginação, a história dos Dezoito do Forte, com seus lances de coragem e seu final trágico, mas enobrecedor, se combinava aos filmes de aventura do cinema. Quando, nas fotografias, os líderes tenentistas apareciam de corpo inteiro, eu me apropriava de suas poses e do figurino cívico, reparando no corte da jaqueta e da calça de sua farda, nos botões, no quepe, nas marcas de patente, nas botas etc. Um menino de agora talvez projete mais nos super-heróis, esses das histórias em quadrinhos, suas fantasias de autoafirmação e sua crença inata na justiça.

Eu sabia de cor, no detalhe, toda a cadeia de acontecimentos: o tiro de canhão que partiu de Copacabana, convocando as outras guarnições da cidade, ainda na madrugada; o silêncio aterrador, quando nenhum dos outros fortes da baía respondeu; a decisão do tenente Siqueira Campos e do capitão Hermes da Fonseca, filho do ex-presidente, de voltar seus canhões contra o quartel--general do Exército, e depois contra o almirantado, o depósito naval e o Forte do Leme; os dois líderes revoltosos debatendo na madrugada quanto a atacar também o Forte de São João, na Urca, e a Fortaleza de Santa Cruz da Barra, em Niterói; o canhoneio que veio justamente de Niterói, castigando-os durante todo o dia.

Na manhã seguinte, um telegrama do ministro da Guerra chegou ao forte, exigindo a rendição incondicional dos amotinados. Dos trezentos e dez homens da guarnição, uns duzentos e setenta obedeceram na hora. Dois encouraçados e um destróier posicionaram-se ao largo da ilha de Cotunduba, em frente à praia do Leme, aumentando a intensidade do bombardeio. Hermes da Fonseca, convidado a parlamentar com o ministro da Guerra, deixou-se atrair ao palácio do governo e, tocaiado, acabou preso. Um novo ultimato do governo foi expedido, ameaçando de morte todos que resistissem.

Alguns cadetes da Vila Militar, na zona oeste da cidade, haviam aderido ao ato revolucionário. Foram contidos e presos com o mesmo rigor. Em Copacabana, porém, os revoltosos nem ficaram sabendo. E não faria diferença.

O Siqueira Campos, num típico gesto de herói suicida, simplesmente deixou o Posto 6, marchando à frente dos outros homens, e foi em direção ao Palácio do Catete, para libertar seu capitão e derrubar o governo. Claro que era muito mais provável morrerem todos na tentativa. Antes de sair, cheio de grandeza cívica, ele retalhou uma bandeira do Brasil e distribuiu os pedaços entre seus vinte e tantos homens, guardando um para entregar ao seu capitão aprisionado, na improvável hipótese de cumprir sua missão de resgate.

A orla de Copacabana assistiu, ensolarada e estupefata, à marcha dos soldados na beira do mar, carregados de rifles e cartucheiras, com as ondas batendo-lhes nas botas. Em certo ponto da marcha, deixaram a beira d'água e desguiaram para o Centro. A partir daí, enfrentaram inúmeros tiroteios de menor importância, mas suficientes para fazer alguns revoltosos debandarem e outros se renderem. Sobravam apenas dezessete quando surgiu a única adesão civil, de um amigo do Siqueira Campos, fechando o time de dezoito. Logo, contudo, sob o fogo das tropas governistas, apenas dez ainda viviam. Na altura da antiga rua Barroso, um contingente de três mil homens os cercou e, durante trinta minutos, fuzilou-os sem piedade. Quando a fumaça baixou, o que se viu foi um cenário de chacina, e quatro homens, milagrosamente ainda vivos, foram presos: dois soldados feridos, que acabaram morrendo desses ferimentos, e dois tenentes, também feridos, Eduardo Gomes, na virilha, e Siqueira Campos, no abdômen.

Para mim, fã instantâneo dos tenentes, foi difícil conviver com o refugo de meu pai. Mas logo a repressão me fez o favor de prendê-lo, mesmo sem ter participado do levante, e fiz as pazes com a imagem idealizada que tinha dele. Vieram buscá-lo dois dias antes da eleição para a Câmara Municipal de Vassouras, obviamente com a intenção de prejudicar sua candidatura. Não estava em casa, como sempre. Horas depois, recebemos a notícia de que fora preso na rua. Um ou dois dias mais tarde, Maurício de Lacerda elegeu-se vereador de dentro da cadeia, porém foi novamente degolado e perdeu um segundo mandato.

A política, e sobretudo a política de oposição, ia deteriorando nossa vida em família. A prosperidade que meu pai tivera nos tempos de deputado federal pelo PR, e de noivado, havia desaparecido. Agora ele precisava enfrentar, sem salvaguardas, o preço de suas opiniões, e um deles era vivermos todos na dependência de meu avô, acompanhando-o pelas duas casas que tinha. A fonte de renda de meu pai seria, em tese, a imprensa, mas os jornais da situação não o publicavam, e a imprensa oposicionista, para a qual continuava escrevendo, ou não pagava ou pagava muito mal. Sem dinheiro, as diferenças entre Maurício e Olga ficaram mais evidentes. Ela não se conformava:

"O infeliz sabe tudo o que vai acontecer de ruim a partir de seus atos, e, no entanto, vai adiante mesmo assim. Não faz sentido!"

Com as brigas se repetindo, meu pai aparecia ainda menos lá em casa, e quem minha mãe tinha para reclamar éramos nós, os filhos:

"O pai de vocês, onde está? Quanto me deu esse mês?"

Isso quando não perdia a cabeça e acabava nos dizendo coisas horríveis:

"Esse pai de vocês, sabe o que ele é? Um perdido! Um sujeito completamente perdido!"

A política não justificava por completo essa frase, mas eu e meus irmãos desconhecíamos seu verdadeiro alcance. Os acontecimentos políticos que nos cercavam, sobretudo a nós, crianças, que mal os entendíamos, traziam consigo uma dose de violência assustadora, pois era evidente que nem mesmo os adultos os controlavam. Eu idolatrava os tenentes, e tinha um secreto frisson, um tremor de orgulho, pelo simples motivo de estar vivendo fatos históricos de perto, mas via a política destruindo minha família, roubando meu pai de mim.

Quem diz que o episódio dos Dezoito do Forte foi uma resistência inútil e pueril à roubalheira das eleições presidenciais, um risco desnecessário para a cidade, não percebe que aquele gesto, largamente romântico, amplamente derrotado, mudou o rumo da história do Brasil, na medida em que marcou uma decisão e deu início a uma fase de subversão da rotina entronizada.

Nas teses acadêmicas que li antes de morrer, o tenentismo era classificado como "uma expressão dos interesses da classe média". Até hoje não concordo inteiramente com essa análise "classista" do movimento, embora admita a analogia entre os setores intermediários do Exército e os da sociedade, o desejo comum por mais direitos e maior representação. No entanto, se você for pegar na ponta do lápis, quase nenhum dos líderes tenentistas pertencia à população urbana do Rio ou de São Paulo. Vinham sobretudo de famílias militares ou de ramos empobrecidos das elites nordestinas. Uns eram movidos por simples conveniência, para recuperar o poder de sua antiga classe, ainda que em novos termos, outros aderiram por convicção mesmo, não por determinismo social. Eu, aos oito anos de idade, enxerguei no episódio um relato heroico, de efeito pedagógico e grande valor moral. O meu caderno de recortes, nesse sentido, era um gesto político precoce.

Às vezes, os cientistas políticos olham para trás e analisam fatos que mudaram a história do país como os lepidopterólogos olham para as borboletas que capturaram e alfinetaram no isopor, para enfim emoldurá-las e pendurá-las na parede, acima de uma etiqueta de catalogação e um número de tombo. No estudo das sociedades, esse distanciamento se constrói sob a capa de uma racionalidade adquirida, uma certa ilusão de superioridade, como se todos aqueles impasses antigos estivessem distantes demais, completamente superados, e como se todas as pessoas envolvidas fossem tipos já descritos pela literatura, incapazes de nos surpreender.

Embora originalmente voltado para a defesa dos militares subalternos — melhores salários, estrutura de carreira mais democrática, recuperação de seus direitos civis, inclusive do voto, restritos em nome da profissionalização do dispositivo armado —, o tenentismo se tornaria flexível o bastante para abrigar gente muito diversa em suas fileiras, articulando-se com setores civis médios e proletários. Sua pauta de reivindicações acabou necessariamente vaga, ainda que nunca tão ampla quanto seu leque de subgrupos: um Estado central forte, nacionalista, que pensasse o país como um todo, promovendo a educação, impondo normas administrativas mais técnicas e menos clientelistas. Contudo, não havia acordo quanto às reformas necessárias na economia, muitas vezes as carências sociais ficavam em segundo plano, e as eleições diretas e o sufrágio universal nem sempre eram vistos com bons olhos.

Todo esse ideário meio difuso, contraditório, mas de índole progressista, dera seu primeiro grito em 1922, com Siqueira Campos, Eduardo Gomes e companhia, e daria o segundo na Revolução de 24, também uma iniciativa nascida dentro do Exército. Ela estourou propositalmente no dia em que o episódio dos Dezoito do Forte completava seu segundo aniversário, por isso chamado "o novo Cinco de Julho".

Maurício de Lacerda inicialmente aderiu à conspiração, dedicando-se a ampliar seu projeto político e social, para além de um protesto da classe armada. Com esse intuito, atuou nas articulações entre militares, políticos progressistas e lideranças operárias. Havia resistências, sobretudo de alguns tenentes que não viam grande utilidade, depois de vitoriosa a revolução, nos políticos, nos partidos e, em última instância, no Parlamento. Mas algum avanço meu pai e outros adeptos de sua linha de pensamento conseguiram, pois a Revolução de 24 não é um gesto militar isolado, tem uma densidade inexistente em 1922.

Quando ela estava prestes a começar, aconteceu o imprevisto: uma mudança de planos levou Maurício a romper com suas lideranças. Estava acertado que o comando militar da insurreição ficaria no

Rio de Janeiro, onde ela teria início. Na última hora, os militares paulistas obtiveram essa prerrogativa e meu pai, como sempre pelos jornais, criticou as forças do que chamou de "progresso curupira", que anda para trás. Segundo ele, os tenentes paulistas e seus aliados civis não estavam tão dispostos quanto os cariocas a atender as demandas sociais na construção do novo Brasil, restringindo mais uma vez a pauta revolucionária, agora para o lado liberal conservador.

A despeito dessa ruptura pública, meu pai foi preso assim que a revolução eclodiu, como em 1922. Ele e tio Paulo. O presidente Artur Bernardes estava tomando todas as precauções para se manter no poder. Essa passagem de meu pai pela prisão está narrada no primeiro volume de suas memórias políticas, intitulado *História de uma covardia*.

Conta ele que, ao chegar na Casa de Detenção, a primeira de várias instituições onde o mantiveram prisioneiro, foi recebido pelo diretor do lugar ainda no pátio externo às muralhas. O homem estendeu-lhe a mão, "pata asquerosa de pulgão da ditadura", dizendo:

"Sinto muito conhecê-lo nessas circunstâncias, pois tenho grande admiração pelo senhor."

Meu pai fez questão de ser desagradável:

"Pois esteja certo de que eu sinto muito mais", e não retribuiu o cumprimento. Por fim, emendou a grosseria com uma pergunta:

"De que estou sendo acusado?"

"Falaremos disso depois."

"Eu quero falar agora. Estou publicamente afastado da revolução, não tive conhecimento de quando ela começaria. A rigor, nem mesmo tenho certeza de estar aqui por causa dela."

Era talvez uma boa estratégia de defesa, ainda que não muito verdadeira. Ele conhecia muito bem as implicações simbólicas de um novo Cinco de Julho, e devia saber que a data escolhida seria essa. Além disso, romper com a cúpula do movimento não significava romper com todos os envolvidos, muito menos torcer pelo seu fracasso.

"Qual a acusação contra mim?", ele repetiu a pergunta.

Antes que o diretor respondesse qualquer coisa, um funcionário do presídio aproximou-se e, em voz alta, sem se preocupar com a presença de meu pai, comunicou-lhe que um interno acabara de morrer na enfermaria da prisão.

"Ele tinha nome?", perguntou o diretor.

"O interno chamava-se Maurício, senhor."

Meu pai encarou seu anfitrião, como se tivesse recebido uma ameaça. O homem devolveu-lhe um olhar parado, inexpressivo, e nem sinal de responder à sua pergunta.

"Chega", disse meu pai, irritado. "Minha vaga agora está aberta, nominalmente. Vamos logo com isso."

Na mesma manhã em que ele foi detido, antes de ir para o colégio, escondi na botina uma cópia do manifesto revolucionário dos tenentes paulistas. Eu tinha dez anos. De repente, interrompendo a aula, fiquei em pé na cadeira e comecei a ler em voz alta, item por item, convocando meus colegas de ginásio à revolta. Eles se entreolharam perplexos. A professora, complacente, teve paciência e esperou eu terminar. Fiquei satisfeitíssimo com a impressão que havia causado, mas levei uma bronca terrível em casa.

Tio Fernando, radical antipolítico, ressentido pela bravura dos irmãos, esbravejou contra sua atividade subversiva:

"Dois irresponsáveis! Fingem que pensam no povo, mas só pensam neles próprios! Deu no que deu!"

Minha mãe, claro, fez coro. Mas todos estavam preocupados, inclusive porque, àquela altura, os dois irmãos tinham problemas crônicos de saúde, fatalmente estariam mal atendidos numa penitenciária. Meu pai sofria de problemas hepáticos, tio Paulo contraíra sífilis. Todos menos o nosso vizinho na rua do Leão, o seu Daudt, ex-amigo da família, que se tornara um bernardista e adorava me lançar provocações. Era ele me ver passando na rua que já gritava:

"Grande homem é o Bernardes!"

Eu em geral rebatia com um deboche qualquer sobre o presidente da República, para a diversão de minha bisavó materna, que ria daquela indignação infantil. Um belo dia, contudo, vociferei alguns palavrões.

O vizinho escarnecia da dor de um menino, mas quem minha mãe acabou repreendendo fui eu, por dirigir-me daquele jeito a uma pessoa mais velha:

"Moleque desaforado! Não se meta com política! Não vá ficar igual ao seu pai!"

Assim, por mais arrebatado e precoce que eu fosse, com minha paixão pelos tenentes e minha admiração de filho, a política se tornou uma atividade misteriosa, capaz de realçar as melhores e as piores características das pessoas. Um território desconhecido e perigoso, cujo efeito sobre a pessoa é imprevisível. Junto com o fascínio que inspirava, havia uma carga negativa imensa, havia o medo de perder o controle sobre o próprio destino e de, involuntariamente, prejudicar quem estivesse ao lado. Tão grande era a pressão lá em casa que, certa vez, prometi a minha mãe, por escrito:

"Hei de ser engenheiro-agrônomo. Não me meterei na política. Não defenderei, mas também não atacarei. Sei que ela te desgosta, porque foi com esta maldita política que meu pai se perdeu."

*

Tio Paulo, comunista de carteirinha e portanto mais perigoso que o irmão Maurício, pelo menos aos olhos do governo, desapareceu em prisões mais remotas. Meu pai, político de maior visibilidade, uma vez admitido na Casa de Detenção, foi posto numa sala com outros oposicionistas. O ambiente era tenso e a expectativa por notícias de São Paulo, imensa. Cigarros queimavam uns atrás dos outros, mas pouco se falava. Uma bela hora, um dos prisioneiros comentou:

"Se vier o estado de sítio, ficaremos aqui até feder rato. Serão alguns anos de guerra civil."

Foi uma pequena aula de previsão política. O sítio veio, acabaram-se as chances de os prisioneiros recobrarem a liberdade facilmente. Uma tarde, quinze dias depois, meu pai começou a sentir fortes dores de cabeça. Na mesma noite, temendo alguma coisa grave, pediu ao carcereiro atendimento médico. Este lhe foi negado. Por sorte, num dos cubículos vizinhos à sala, havia um preso com formação em medicina. À distância, tendo como olhos e mãos os companheiros de meu pai, ele o examinou e instruiu os colegas a lhe fazer um sangramento. Sua pressão estava incrivelmente alta, a circulação falhava e ele tinha um início de íctus cerebral. Deitaram-no na cama, onde ficou os dias seguintes, vendo o mal se agravar. O atendimento médico lhe foi negado uma segunda vez.

Oficialmente, estava proibido de mandar ou receber cartas. Desde o primeiro dia o carcereiro deixara isso muito claro, e não abria exceções. Por sorte, lá pelo décimo dia de detenção, um preso comum, negro e cuja idade meu pai estimou em uns trinta anos, ao passar sob as janelas da sala dos presos políticos, jogara lá dentro um papel amassado numa pedra. Quando abriram a mensagem, viram que se dirigia a Maurício de Lacerda. O desconhecido dizia-se condenado a trinta anos de cadeia, mas, mesmo sofrendo, admitia merecer o castigo e a separação da família, pois matara uma pessoa. No entanto, podia imaginar o que deveriam estar sentindo meu pai e sobretudo meu avô, "juiz e homem de honra", a quem costumava avistar na estação de trem de Comércio. Em apreço ao velho Sebastião, oferecia-se o tal detento a, por meios secretos, de que dispunha dia sim, dia não, fazer chegar a meu avô cartas com notícias de meu pai. Agora, na iminência do íctus cerebral, chegara o momento de aceitar a oferta.

Através daquele sujeito meu avô ficou sabendo da doença do filho mais velho. Acionando o médico da família, pediu permissão às autoridades para examinar o prisioneiro. O ministro da Justiça, que vinha a ser paciente do mesmo médico, ao deduzir que alguma comunicação irregular havia acontecido entre o prisioneiro e a família, não autorizou sua entrada na cadeia. Mas providenciou outro médico, escolhido pelo governo.

Meu pai foi levado à enfermaria. Esta possuía paredes de pedra, sem janelas e com portas de ferro. A luz natural vinha apenas por uma abertura circular no teto, sobre a qual o sol incidia por frações, como se estivesse marcando as horas. Todos os cubículos onde ficavam as camas dos doentes se voltavam para essa abertura, com seus banheiros minúsculos, de latrina sem tampa. Em torno desse único raio de sol, alguns dos pacientes andavam, num trajeto circular, como loucos num manicômio.

O doutor tirou-lhe a pressão, ainda muito alta, mas não receitou nenhum remédio, sequer efetuou novo sangramento. Ao encerrar a visita, entre sussurros, que meu pai jurava ter ouvido nitidamente, recomendou ao carcereiro que lhe desse cigarros. Maurício deduziu que sua verdadeira intenção era justamente aumentar a pressão sanguínea do paciente, e não abaixá-la. Nos dias seguintes, embora o mal-estar se agravasse, o doutor desapareceu, não atendendo a vários chamados.

De tanto insistir, o médico da família finalmente conseguiu permissão para ir ter com meu pai. Vendo o seu estado, fez-lhe um segundo sangramento, recomendou a aplicação de bolsas de gelo na cabeça, que doía constantemente, e solicitou às autoridades que o prisioneiro fosse transferido sem demora ao Hospital Militar. Quando a transferência foi autorizada, comemoramos lá em casa, julgando que o tratamento de meu pai, cujo íctus cerebral começara oito dias antes, estava enfim garantido.

Chegando ao hospital, ele foi posto num quarto, sempre com uma sentinela na porta e tendo como abertura apenas uma janela, com vista para um despenhadeiro, sem poder receber visitas. Desnutrido, sem a dieta adequada, foi-lhe prescrita a aplicação regular de injeções de óleo canforado, estimulante do sistema circulatório e, portanto, inibidor da pressão.

Quando enviava notícias, ou as recebia, as cartas eram abertas, lidas e censuradas. Minha mãe, vencendo seus rancores, enviou um pedido diretamente ao ministro da Justiça, para que os filhos pudessem visitar o prisioneiro. Recebeu de volta uma negativa curta e grossa:

"Quando eles conspiram, não pensam na família e nos filhos."

O quarto onde colocaram meu pai era imundo, com móveis cobertos de pó e colchões e travesseiros de palha velha, ressecada, escapando pelas costuras. O tratamento prescrito por nosso médico de confiança, tendo em vista as péssimas condições higiênicas que predominavam nas tais injeções, trazia em si alguns riscos. Apesar dos protestos regulares de nosso médico, seringas mal esterilizadas, agulhas usadas e a utilização de restos de óleo em ampolas já abertas eram a praxe, fossem as aplicações feitas pelo médico do lugar ou pelo cabo-enfermeiro. Certo dia, esse cabo-enfermeiro, extremamente inábil com uma agulha na mão, criou uma escara no braço direito de meu pai. As injeções passaram então a ser ministradas no esquerdo.

Dias mais tarde, tendo passado a hora da sua injeção, e estando as dores de cabeça fortíssimas, o prisioneiro pediu a um servente que chamasse alguém capaz de aplicar-lhe a injeção de óleo canforado. O homem disse que não havia mais ninguém disponível e se ofereceu para fazê-lo, alegando ser aprendiz de enfermeiro. No momento da retirada da agulha, porém, deixou que ela se partisse dentro do seu braço.

Meu pai pediu então que chamassem o médico da família, para fazer a extração da agulha. Horas se passaram e o pessoal da prisão alegou que o doutor não fora encontrado. Finalmente apareceu um médico do Hospital Militar mesmo, de bisturi em punho e com um vidro de álcool para a assepsia. Segundo ele, o álcool ardia mais do que o iodo; em compensação, não encobriria o ponto de sangue indicativo da posição da agulha.

O prisioneiro estendeu-lhe o braço. Logo na primeira incisão, a dor que sentiu e a resistência de sua pele demonstraram que o bisturi estava cego, jamais conseguiria penetrar sua carne e alcançar a agulha. Para piorar, o servente responsável pela quebra da agulha dava ao médico indicações desencontradas quanto à altura do braço em que deveria procurá-la. Meu pai protestava, claro, reorientando a busca, mas era solenemente ignorado.

Um novo bisturi foi fervido e trazido às pressas. Com este, o doutor alargou a ferida, sem dar ao prisioneiro nenhuma espécie de anestésico. Apesar da longa sessão de esfaqueamento científico, novamente não encontrou a agulha. Fez então com que meu pai, a essa altura "um autêntico palheiro de músculos e sangue", fosse andando até a sala de curativos, onde fariam uma última tentativa.

Lá, o médico deitou-o e aplicou-lhe a primeira injeção anestésica da noite. Mesmo assim, dois ou três enfermeiros foram chamados e instruídos a segurar o paciente, para que não se debatesse com a dor. O médico então abriu ainda mais e escavou o ferimento. Remexendo a carne com a ponta dos dedos, sem luva e sem nunca ter sido visto lavando as mãos.

Meu pai contava que ainda pediu uma segunda injeção anestésica, sendo atendido, mas já nada parecia surtir efeito. Os outros enfermos na sala de curativos, em camisolão, começaram a ser atraídos pelo mórbido espetáculo, cercando a cama de meu pai. O médico, enfim, desistiu de encontrar o que procurava. Pediu agulha, linha e tesoura. Após a sessão de horrores, iria costurar a ferida. Meu pai pediu uma vacina antitetânica, mas o médico julgou-a desnecessária. Ao terminar, deu ordem para que o prisioneiro fosse reconduzido ao quarto, amparado pelo servente, autor da imperícia original.

Só então a entrada do nosso médico foi autorizada. Não havia, porém, muito que fazer, senão rezar para que a agulha não infeccionasse lá dentro.

"Mas tenho novidades que talvez o alegrem, Maurício."

"De Paulo...?"

"Não", respondeu o doutor, baixando o rosto. "Dele ainda não temos notícia. Seu pai está procurando."

"O que é, então?"

"O presidente Artur Bernardes deu posse ao Conselho do Trabalho que você concebeu anos atrás, sancionando e regulamentando a sua legislação."

Meu pai esboçou um sorriso:

"É uma concessão aparente. Passada a crise, só respeitará o Conselho quando lhe convier."

"Quem sabe?"

"Quer apostar?"

"Muita gente está acreditando, e falando de você."

Com um olhar, meu pai agradeceu o estímulo:

"As multinacionais irão desobedecer à legislação com a anuência disfarçada do governo. E como têm o monopólio dos serviços públicos — as ferrovias, os transportes coletivos, a eletricidade, o fornecimento de gás, as minas, a metalurgia, os frigoríficos —, mais fatias estratégicas do setor industrial..."

"Mas, na letra da lei, é um progresso importante."

"Será?"

"Claro. Mas agora descanse. Se aparecer qualquer sintoma de infecção, mande me chamar."

Meu pai ardeu em febre naquela mesma noite. Às dores de cabeça provocadas pelo íctus somaram-se as pontadas no braço, rasgado de alto a baixo e onde o pus começava a se formar. No dia seguinte, chamou nosso médico, que, entretanto, voltou a ter sua entrada proibida pelo governo. Ao longo de um mês, a infecção progrediu, o pulso do prisioneiro disparou, uma esteira de erisipela cresceu-lhe no peito e, com a febre alta, seus rins trancaram-se completamente. Era a septicemia.

Do lado de fora, a gente sofria sem ter a quem apelar. Meu avô e nosso médico de confiança faziam de tudo para salvá-lo. Um usava a autoridade de ministro do Supremo, o outro ameaçava denunciar o caso à Academia de Medicina. Reivindicavam a transferência do prisioneiro, às custas de meu avô, para uma casa de saúde, onde, embora ainda como preso-paciente, pudesse receber tratamento adequado.

Paralelamente, apurou-se que tio Paulo estava numa fortaleza da Marinha situada na ilha Rasa, a dez quilômetros do litoral. Totalmente incomunicável e com a sífilis mal tratada. Dias depois, soubemos que jornais de outros estados traziam a notícia da morte de meu pai. Seria perfeitamente possível que a notícia estivesse censurada no Distrito Federal, mas tivesse vazado para redações menos vigiadas. Por alguns dias, nem mesmo nós tivemos certeza. Muito provavelmente, se não tivesse apenas trinta e seis anos, e sem o socorro parcial das visitas de nosso médico, meu pai teria morrido.

Prostrado, com o braço esquerdo inchado e inerme, a respiração ofegante, estendido sobre a cama, meu pai estava entregue. Após insistentes chamados, finalmente conseguiu que o diretor do presídio fosse ao seu quarto. Já quase sem forças, arquejante, tentou comprometê-lo diretamente em sua morte, lembrando-lhe que o cadáver de um preso, por lei, pertence à família para necropsiar. A necrópsia pelo Estado só se justifica se houver suspeita de crime. A ameaça velada, entretanto, não lhe modificou o tratamento, e o diretor foi embora desassombrado.

Um dos enfermeiros, prevendo o desenlace, perguntou:

"Você conhece o pai-nosso?"

Meu pai não era católico praticante, dizia ser um "homem do século", ou pelo menos um agnóstico. Mas piscou os olhos e balbuciou, com a voz muito fraca:

"Faz tempo..."

Então rezaram. Minutos depois, a porta da carceragem se abriu e o médico de nossa família entrou no quarto. Aproximando-se da cama, tomado de forte emoção, ele se inclinou para beijar o doente na testa:

"Maurício, o governo acaba de ordenar a sua remoção imediata para a Casa de Saúde São Sebastião. Lá poderemos cuidar de você. Você vai viver, Maurício. Você vai viver."

Naquelas circunstâncias políticas, e nas circunstâncias físicas em que meu pai se encontrava, o gesto humanitário de Artur Bernardes era um verdadeiro milagre, ou um delírio, mas um delírio tão real e regenerador que mais parecia um sinal de Deus. E o milagre, causador de sério abalo nas convicções materialistas do político socialista, pareceu ainda maior nesse ano de 1924, quando ele, que seguia preso, porém com a saúde reequilibrada, elegeu-se vereador no Distrito Federal.

*

Meu avô hipnotizava as crianças com sua maleta de remédios. Eu e meus irmãos disputávamos a honra de carregá-la, indo ou voltando da estação de trem. A base dessa farmácia portátil ficava na chácara, junto à sua cama, num armarinho suspenso sobre a cômoda, onde repousavam a bacia de louça e o cálice azul que usava para lavar os olhos e aliviar a pressão arterial. Lá ele guardava remédios coloridos e pozinhos misteriosos, em envelopes de papel grosso ou em pratinhos de porcelana, além de seringas, espátulas pequenas, funis do tamanho de um besouro e sua fantástica balança em miniatura. Todos nós sabíamos que, se mexêssemos ali, se perdêssemos um dos pesinhos de sua balança, estaríamos cometendo um crime inafiançável. Apenas uma vez ele me deixou brincar com tudo aquilo, e me lembro de usar os pesos e a balança para medir uma quantidade de açúcar que, em seguida, coloquei em cápsulas vazias e engoli, sentindo o gosto desagradável da celuloide.

De nós, crianças, e mesmo assim só dos que tinham letra boa, meu avô exigia que copiássemos em cadernos de capa dura as notícias de jornal. Por que não simplesmente recortar a matéria que interessava? Nunca vou entender... Quando não encontrava nenhuma criança para fazer essas cópias manuscritas, fazia-as ele mesmo, com sua letra quase ilegível de tão pequena. Fechado no escritório, copiava textos sobre a guerra na Polônia, notas de coluna social, um novo processo de plantar café e as eleições em Alagoas. Com sua alma de legalista irremediável e teimosia de viúvo orgulhoso, apenas rejeitava inteiramente as reportagens sobre "os horrores bolcheviques".

Durante os serões da chácara, sentado numa poltrona de palha do escritório, com a roupa formal do luto, o chapéu-coco mesmo dentro de casa e a bengala apoiada no braço, meu avô recebia seus convidados preferidos, cercado por suas coleções. Como lhe convinha, esses amigos não tinham corpo, não o invadiam. Eram tão somente vozes em dramas imaginários, vozes que cantavam para nós na soirée desenxabida. A de Antonio Scotti, firme, sem oscilações, arredondada e precisa na articulação dos ornamentos vocais; a de Nellie Melba, soprano coloratura perfeita, cujas cordas vocais e laringe, por sua excelência anatômica, foram objeto de estudo quando estava no auge, nos anos 1920; a de Geraldine Farrar, charmosa como sua personalidade, de toque deliciosamente infantil, mas rica e flexível, indo do gentil lirismo ao drama descabelado.

De todas as vozes que o gramofone fazia brotar na sala das maravilhas, aquela que nunca deixei de escutar foi a de Tito Ruffo, o barítono fabuloso. Meu avô gostava de ouvi-lo cantar a "Barcarola", canção sobre uma jovem que, já morta, percorre suavemente os canais venezianos. Enquanto Tito Ruffo ocupava a sala, meu avô projetava a falecida Pequetita na "*piccola fanciulla*" da música, e eu me punha a esfregar em sua cabeça um estimulante para o crescimento de cabelos. Absolutamente convicto de que renasceriam, cheguei a vê-los um dia. Quando anunciei a descoberta, ele fez uma cara de cumplicidade contente. Aquelas sessões de estimulante pilogênico eram outra maneira discreta de ter quem lhe fizesse companhia, e cafuné, sem a pieguice dos afagos declarados.

A ária que inicia o quarto ato do *Don Carlo*, de Verdi, outra das preferidas do velho Sebastião, é na verdade a que mais me faz lembrar dele. Ouvia sempre o canto negro do todo-poderoso Felipe II, cujo retrato eu conhecera nos livros de colégio, e cuja semelhança com meu avô me surpreendera, ambos magros, de rosto fino, calvos e usando o mesmo cavanhaque em pera, grisalho. Os dois sempre de luto, austeros, muito religiosos, responsáveis pela manutenção da ordem e, paradoxalmente, pais das maiores ameaças contra ela.

Meu avô mantinha a fama de incorruptível, de rigoroso no cumprimento da lei, mas agora se tornava conhecido também por ser o pai de um comunista-leninista e de um socialista inflamado e revolucionário. Como conciliar isso na rotina do STF, e dentro dele próprio? Tinha fortes motivos para defender a ordem jurídica vigente, mas não era cego, nem burro. Seus filhos brigavam todos contra todos, e ele, para evitar a desagregação familiar completa, democratizava seu amor pelos filhos na mesma medida em que desenvolvia a compreensão das marcas que a política deixa na biografia de cada um. Depois de velho, o misantropo desejava acima de tudo ter por perto os filhos dos quais sempre mantivera distância. Eles, por sua vez, o amavam ainda, mas haviam seguido caminhos incompatíveis com qualquer sonho de estabilidade familiar. Os quatro, então, viviam se cobrando e nunca se encontrando.

À primeira vista, parece improvável que um homem como Sebastião de Lacerda sentisse qualquer especial afinidade por um neto como eu, irrequieto, perguntador e desobediente, que se metia em tudo e dava sobre tudo opiniões incisivas demais, com o que os adultos se divertiam e se assustavam ao mesmo tempo. Mas a minha vida, desde pequeno, preparou-me para entendê-lo. Quando eu tinha onze anos, percebi que meu avô, como eu, não gostava de ficar na beira da plataforma dos trens, ou de chegar muito perto do rio, ou de se debruçar sobre as grades que cercavam o terraço da chácara. Não dissemos nada um para o outro, mas, embora eu fosse criança e ele um velho, tínhamos a mesma tentação de acabar com uma certa energia descontrolada dentro de nós, com a sensação de desperdício de tempo e afeto que jamais nos abandonava.

Certa vez, ele me chamou para ouvir os discos novos que trouxera do Rio. Não eram discos de ópera, e sim algumas experiências sonoras daqueles primeiros anos da tecnologia de gravação. No primeiro, um escocês desandou a falar coisas incompreensíveis para mim, mas — que espanto! — fez meu avô rir, gargalhar, numa hilaridade contagiante. Do segundo, brotou a voz de um português (filho de portugueses e parente de padres, meu avô adorava anedotas de padres e portugueses). O tal português tomara um purgante e descrevia minuciosamente os efeitos do remédio. Enquanto isso, recursos de sonoplastia reproduziam, com incrível fidelidade, os gritos e sussurros de sua epopeia intestinal. Hesitei, mal podendo acreditar que meu avô fosse achar graça também. Conforme o disco girava na vitrola, as piadas tornavam-se cada vez mais grossas. O severo juiz ria feito um menino.

Apesar de sua determinação em se envolver o mínimo possível com a política brasileira, refugiando-se na Constituição e no STF, meu avô acabou sugado pelo redemoinho tenentista. Entre julho de 1924 e abril de 1925, alguns episódios o isolaram de seus pares no tribunal, esmagadoramente fiéis ao Poder Executivo, e estranharam-no com o ministro da Justiça e o presidente.

Eu era incapaz de entender, mas todos lá em casa, sem desmerecer os sacrifícios pessoais de Maurício e Paulo, na luta contra o governo, percebiam haver um segundo plano de luta, na qual os dois filhos eram reles coadjuvantes. O presidente Artur Bernardes corria então sério risco de perder o controle sobre o país. Longe do Distrito Federal, as tropas revolucionárias tenentistas, derrotadas em São Paulo logo nos primeiros dias de agosto de 24, agora se dividiam em colunas guerrilheiras que perambulavam pelo interior do país, assumindo a responsabilidade de despertar para a política as populações mais carentes. Bernardes precisava, a todo custo, eliminar do STF qualquer resistência a seus instrumentos de repressão. Assim como o alto escalão do Exército era indispensável para sufocar os oficiais rebeldes, o Supremo deveria servir como instância legitimadora de sua política de força, e não como um poder independente. Meu avô, portanto, era um empecilho político talvez ainda mais perigoso que os filhos. De dentro da cadeia, Maurício, Paulo e muitos outros presos políticos tentavam obter no Supremo os habeas corpus de que precisavam para recuperar a liberdade e retomar suas atividades subversivas.

O embate que o velho juiz travou com o governo e os colegas de magistratura ocorreu em paralelo à decadência de sua saúde. Sexagenário, as restrições alimentares o haviam emagrecido excessivamente, o pulso continuava duro e hipertenso. A aorta e o coração apresentavam um volume aumentado, e sobretudo este último sofria com extrassístoles ventriculares e dores na região central do tórax. Em várias zonas do pulmão sua respiração encontrava-se diminuída, com raros sibilos e roncos, mas apresentando estertores. Nem por isso ele parou de fumar. A ureia do sangue estava aumentada, a densidade da urina, diminuída, com a presença de albumina, na única vez em que foi dosada.

Ainda durante a crise de meu pai na cadeia, a família recebera uma proposta aberta do Ministério da Justiça: se meu avô renunciasse ao Supremo Tribunal Federal, meu pai e tio Paulo seriam libertados. A comunicação com o Hospital Militar fora permitida durante alguns dias, sob censura, para que dois dos envolvidos pudessem deliberar. Do terceiro, tio Paulo, continuávamos sem notícias. Maurício instou o pai a recusar a proposta. Aqui, é preciso que se diga, além da questão política, havia uma questão de sobrevivência familiar, pois o salário de ministro do Supremo era, àquela altura, o esteio financeiro de todos. Apesar de censurada, a carta do prisioneiro foi entregue. Após alguns dias, chegou à prisão uma de tio Fernando, que, em nome do patriarca, rechaçava o acordo.

Outro episódio de atrito frontal entre Sebastião de Lacerda e Artur Bernardes ocorreu seis meses após o estouro da Revolução de 24, quando foi votado o habeas corpus do diretor de um jornal opositor. Como meu pai, o homem continuava preso sem acusação formal.

Antes da votação no Supremo, o chefe de polícia apareceu na rua do Leão, prometendo que, caso meu avô se abstivesse de votar, meu pai e meu tio seriam soltos. Novamente obrigado à negociação indigesta, com o delegado e consigo mesmo, o velho jurista saiu-se alegando que seu voto pouca diferença faria, visto já se saber que os demais ministros votariam em peso conforme o desejo do governo. Ele então se absteve. Mas a contrapartida não veio, e seus filhos continuaram presos.

Um terceiro confronto ocorreu no início de 1925, quando apareceram na chácara alguns conspiradores pedindo a meu tio que os escondesse. Era uma turma de rapazes de Vassouras, todos conhecidos, que haviam assaltado a coletoria local, tomado de sequestro o trem pagador e desembarcado de surpresa em Barra do Piraí, numa série de ações na prática desarticuladas da marcha revolucionária que atravessava o interior do país, porém a ela ligadas em espírito.

Da família, estávamos na casa eu, Mauricinho, meu irmão, Olga, minha mãe, meu avô, doente, e tio Fernando, na condição de médico e filho, licenciado da Assistência Pública para zelar pela saúde do pai. Estava também Rosalinda, a ex-xifópaga. A outra menina morrera pouco depois da cirurgia, e sendo seus pais muito pobres, e ela precisando de cuidados especiais, sua criação havia sido confiada à família do médico que a salvara, e estava conosco desde então.

Em solidariedade aos irmãos presos, e enfurecido com as chantagens do governo, o apolítico tio Fernando — quem diria! — abrigou os revoltosos e apresentou-os a meu avô como se fossem amigos em visita de cortesia. Os rapazes acomodaram-se nos quartos disponíveis e, quando estes acabaram, nas construções adjacentes à casa. As armas, o mais discretamente possível, para que meu avô não desconfiasse, enterraram no galinheiro.

Haviam escolhido a chácara como esconderijo por julgarem poder contar com a solidariedade de nossa família, mas também, e sobretudo, por imaginarem que a residência de um ministro do STF jamais seria suspeita. Meu tio deve ter feito o mesmo cálculo.

Certa manhã, enquanto passava o primeiro café, Rosalinda viu pela veneziana soldados de farda cáqui cavando trincheiras no terreno da frente. Sua primeira providência foi avisar minha mãe. Eu e Mauricinho, ouvindo a novidade, ficamos numa excitação completa e fomos logo até a janela observar os "inimigos". Nos últimos dias, servíramos de estafeta aos conspiradores, levando e trazendo mensagens trocadas com uma fazenda vizinha, e por isso nos sentíamos revolucionários também. Imaginávamos estar, de alguma forma, ajudando nosso pai encarcerado. Minha mãe avisou tio Fernando, e ele, por sua vez, acordou os revolucionários com a má notícia: a casa estava cercada.

Logo todo mundo se reuniu na cozinha, na maior expectativa. Teriam as tropas coragem de profanar a residência de um ministro do Supremo? Ou se contentariam em erguer um cerco? A presença de uma ambulância no comboio invasor sugeria que tudo era possível. Nós, crianças, sorvemos a aventura política como o café com leite na xícara, com ovos estalados, torradas, queijo fresco e geleia de jabuticaba.

O oficial que comandava as tropas então subiu a escada da varanda, procurou a porta principal da casa, que entre nós pouco era usada, pois entrávamos sempre pela cozinha, e apertou a campainha no batente, um botão branco num disco de madeira amarela. O toque ressoou na copa, onde ficava o quadro de campainhas, num complexo sistema de cordinhas. Foi-lhe pedido que esperasse.

Meu avô estava justamente descendo para tomar seu café, e meu tio e os líderes conspiradores foram obrigados a colocá-lo a par da real situação. Assisti à conversa e não vi um músculo de meu avô se mexendo. No máximo, o caroço de manga que tinha no alto da testa pareceu inchar, mas deve ter sido impressão minha. Disse apenas:

"Eu cuido disso."

Embora detestasse falar no telefone, ligou para o chefe de polícia no Rio de Janeiro, protestando contra o envio de tropas à sua propriedade.

"O senhor me desculpe muito, ministro. Estou apenas cumprindo ordens."

Indignado, meu avô se exaltou:

"Vossa Excelência é uma autoridade e sabe muito bem que uma autoridade não cumpre ordens ilegais. Tenha a hombridade de pedir demissão!"

E bateu o telefone com força. Ato contínuo, ligou para o Supremo Tribunal Federal e chamou o presidente.

"O presidente está em sessão, ministro."

"Pois que ele passe a Presidência e venha falar comigo!", explodiu novamente meu avô.

Deu certo.

"Presidente", começou meu avô, com a voz emocionada, "mesmo por questões de saúde, esta é a primeira vez em minha vida que falto a uma sessão. Peço a Vossa Excelência que me considere presente, pois estou em minha casa, defendendo a honra do tribunal. A polícia ameaça invadir meu lar e desejo apenas comunicar-lhe que o fará somente passando sobre a minha toga ensanguentada."

E bateu o telefone de novo. Então subiu até o quarto em silêncio, deixando a todos na cozinha. Ao despontar na escada outra vez, vimos que pusera sobre a roupa a longa toga preta de juiz. E assim, vestido a caráter, foi finalmente atender o comandante das tropas. Abriu a porta pela metade, bloqueando a passagem com o corpo:

"Que deseja?"

"Tenho ordens de revistar a casa."

"Onde está o mandado judicial?"

"Não trouxe. Mas tenho ordens superiores."

"Superiores de quem?"

"Do ministro da Justiça."

Meu avô parou por um instante, impassível. Então disparou:

"Não há nada superior a um mandado judicial."

O capitão levou um susto ao perceber que meu avô não estava dizendo isso apenas para impedi-lo de entrar na casa, e sim porque realmente acreditava. Meu avô aproveitou sua hesitação e emendou:

"Sem mandado de juiz o senhor não entra. Primeiro terá de me matar."

O oficial tentou chamá-lo à razão:

"Aconselho-o a não resistir. Não desejo invadir sua casa, ministro, e sei de sua popularidade. Mas não cogito voltar ao Rio sem cumprir minha missão."

Meu avô o escutava com sua melhor expressão de pera seca. A situação era quase cômica: um guerreiro armado, jovem e forte, com ordens superiores e reforços, contra um velho doente, cercado de crianças, mulheres e meia dúzia de rebeldes sem treinamento. Alguns de nossos hóspedes, pressentindo o final da conversa, decidiram fugir pelos fundos e galgaram o morro atrás da casa. Não demorou até sua movimentação ser avistada por um destacamento de soldados, que subiu o morro atrás deles, aos gritos, atirando para o alto e, finalmente, prendendo-os.

Ainda na porta da varanda, meu avô e o oficial não poderiam ter deixado de ouvir a barulheira, mas continuaram as negociações sem saber exatamente o que estava acontecendo. Terminando de escutar os apelos do oficial para que evitassem o derramamento de sangue, o velho Sebastião não recuou um milímetro:

"Busca na residência de um ministro do Supremo? Nunca!"

Por fim, os conspiradores que restavam na casa decidiram se apresentar pacificamente. A tropa desfez as trincheiras e partiu, levando seus prisioneiros, mas não entrou em nossa casa. Daquela turma de conspiradores, nos anos seguintes, uns virariam integralistas, uns, comunistas, e outros continuariam modestamente liberais.

Realmente meu avô só foi informado da identidade de nossos hóspedes após a chegada das tropas, porém é difícil acreditar que os tenha recebido em casa, mesmo doente como estava, sem desconfiar nem um pouquinho. Mais provável que tivesse percebido quem eram aqueles "amigos" do tio Fernando, e nesse caso também ele subestimou a eficiência e a audácia da repressão.

Também é notável no episódio o comportamento corajoso e engajado de tio Fernando, abrigando os rebeldes. O pacato, desiludido político e extremamente católico irmão do meio ia lentamente tomando gosto pelos enfrentamentos em nome do país. Essa transformação era causada, sem dúvida, pelo abuso de poder sofrido pela família, mas também contribuía para ela, e muito, seu recente casamento com Genny Gleiser, a filha de um sindicalista romeno que imigrara para o Brasil após o suicídio da esposa, um gesto de desespero ante as péssimas condições de vida. Nas mãos de Genny, enquanto ela ia virando uma comunista relativamente conhecida, o católico tio Fernando também passou pelo processo de conversão à causa operária, aprendendo na própria pele que as mulheres podem ser muito mais convincentes que os discursos e a propaganda partidária.

Enquanto isso, nos sertões de São Paulo, Paraná e Rio Grande do Sul, as colunas revolucionárias continuavam se fundindo na chamada Coluna Prestes. Hoje em dia, alguns historiadores diminuem a liderança do Prestes no episódio, dizendo que seu comando foi acidental e militarmente medíocre. O fato, porém, é que, no fim de tudo, em 1927 ele estava vivo e no comando, o que em si já é um feito, depois de dois anos e cinco meses percorrendo vinte e cinco mil quilômetros. De uma linha inicial de mil e quinhentos homens, a coluna terminou com apenas metade. Poucos morreram em combate, é verdade, tendo sido a cólera uma causa muito mais frequente para tantas baixas, mesmo assim o heroísmo não é nada desprezível. Também acusam as colunas de amedrontar as populações rurais tanto quanto os jagunços de Lampião, e pelos mesmos motivos, isto é, o assalto às propriedades e o estupro das mulheres. Mas na época a gente não ouvia falar de nada disso, ou se ouvia julgava que era difamação promovida pelo governo. Para mim, eram heróis.

Pouco depois do episódio na chácara, pela última vez meu avô foi tragado pelas circunstâncias. Estavam para ser julgados os cadetes da Vila Militar que, três anos antes, em 1922, haviam aderido ao Cinco de Julho, os únicos além dos Dezoito do Forte. Expulsos da academia, juntamente com seus professores, agora desejavam ser reintegrados, e o assunto seria votado no Supremo. Preocupado com o voto de meu avô, o governo ameaçou aposentá-lo compulsoriamente do cargo vitalício no tribunal, alegando seus problemas de saúde, numa arbitrariedade inédita. Indignado, o velho Sebastião aí mesmo fez questão de participar. Desrespeitando as ordens de tio Fernando e seus outros médicos, deixou o repouso na chácara e foi se preparar para o julgamento em Laranjeiras.

Enquanto estudava o processo, os cadetes apareceram na rua do Leão, defendendo seu pleito e pedindo um voto favorável ao ilustre ministro. Todos sabiam que o Judiciário havia perdido qualquer resquício de independência frente ao Executivo, mas, embora condenada à derrota, sua palavra teria ao menos um valor simbólico. Lembro de meu avô aceitando a causa perdida, magro, pálido e desencantado.

Minha família foi em peso ao tribunal, no centro do Rio. Era 25 de junho de 1925, dia da última sessão na qual Sebastião de Lacerda tomaria parte. Na verdade, a ocasião seria melhor descrita como um espetáculo de subserviência. Todos os juízes votaram com o governo, menos meu avô. Em seu voto, deu todos os recados, aos colegas, ao Executivo e aos médicos que haviam tentado impedi-lo de estar ali:

"Que importa se amanhã eu recair ao leito? Que vale me retirar, talvez para não mais pôr os pés nesta casa? Comparecerei sereno, perante a justiça de Deus, por não ter querido deixar, na terra, a justiça dos homens como uma palavra vã e sem sentido."

Voto vencido, terminada a sessão, fomos ao encontro dele, que preferiu não sair pela porta da frente, onde estavam a imprensa e os demais juízes. Escolheu uma alternativa lateral, longe dos curiosos. Ainda no prédio, tirou a toga e ficou só de terno.

Mal saímos na rua, sentimos um vento frio e úmido batendo forte. Tio Fernando, zeloso, recomendou:

"Melhor vestir a toga, pai."

"Humpf! Ela está mais doente do que eu."

*

Hitchcock conheceu o medo, a sensação da fronteira entre a vida e a morte, quando ainda criança. Foi numa noite de domingo, algo fácil de lembrar, segundo ele, porque "era a única hora da semana em que meus pais não estavam trabalhando". O sr. e a sra. Hitchcock o haviam posto para dormir em torno das sete e, uma vez o menino ferrado no sono, decidiram dar uma volta no Hyde Park. Na época, o parque ficava a noventa minutos da casa onde moravam, numa viagem que incluía uma perna de bonde e uma de trem. Nem tão longe, mas não muito perto. Como o filho costumava dormir sem interrupções a noite toda, os pais apostaram que não acordaria na sua ausência. Mas o pequeno Hitchcock, em torno das onze, abriu os olhos de repente. Chamou a mãe, chamou o pai. Ninguém apareceu. Chamou a mãe outra vez. Ninguém. Nunca ficara tão sozinho e desprotegido. Com a respiração aflita, os braços e as pernas tremendo, ele empurrou as cobertas e deixou sua cama. A casa sem uma luz sequer. Caminhou lentamente, arrastando os pés no assoalho. Saindo do quarto, vagou pelo corredor vazio e apagado. De quando em quando, gemia baixinho:

"Paaaaai... Mããããe..."

Mas a casa continuava em silêncio, na mais absoluta escuridão. Chegando à cozinha, o menino abriu uma gaveta de facas e viu legumes empilhados numa cesta rasa, além de duas maçãs velhas na bancada da pia. Nada daquilo lhe pareceu familiar. O caráter de tudo que o cercava havia se transformado. Então abriu a porta da geladeira, e uma luz estranha se acendeu.

Lá dentro, sobre um prato, sob a luz, chamou sua atenção um pedaço de carne fria. Era um rosbife malpassado. Era a morte, era o nojo, era o medo, tudo junto num rosbife, que, entretanto, deveria ser guardado e preservado, para assim alimentar a vida. Então, dizia, ele entendeu como o mundo funcionava. Com a coragem dos resignados, pegou o rosbife na geladeira, o prato no armário, garfo e faca na gaveta, e sentou-se à mesa da cozinha. Quando cortou o primeiro pedaço de carne gelada e o encostou em sua língua, e seus dentes começaram a mastigá-la, ele começou a chorar. Mastigou cada pedaço um milhão de vezes, enquanto as lágrimas escorriam. Um gosto inédito, uma consistência diferente de todas as outras. E ficou assim até os pais chegarem: enxugando suas lágrimas de abandonado e mastigando a carne fria, meio crua.

Comigo também aconteceu quando eu era criança. Mas a minha carne crua foi a tia Cota, e a sensação de abandono depois que minha mãe e minha babá saíram certa noite, para ir ao teatro, deixando-me sozinho em casa com aquela mulher. Minha mãe sair à noite era mais comum, porém não ter a babá comigo foi, em si, um choque. A tia Cota, além de muito feia, era inclinada ao sadismo, ainda mais contra os sobrinhos, e todo mundo sabia...

Minhas babás, todas irmãs, nasceram em algum lugar do Espírito Santo. Maria Freitas, a primeira, viera cuidar de mim quando nasci. Mas teve um amor, depois um filho, e me deixou com meses de idade. A segunda, Aldina Freitas, era costureira e tinha um pé paralítico, que a fazia usar muleta, e era religiosa fanática (já adulto, formado em medicina, meu irmão Mauricinho lhe receitava comprimidos e ela só os engolia com água benta, acreditando mais nos poderes curativos da água que nos comprimidos). Quando deixou de trabalhar conosco, eu ainda era pequeno. As duas continuariam frequentando nossa casa, se mais não fosse pela presença de Clara Freitas, a terceira irmã a cuidar de mim. Era uma preta cor de café, que teve também um amor, mas não teve filhos, e ficou comigo até que cortei os cabelos e comecei a fumar, lá pelos doze anos.

Era ela quem dormia no meu quarto, era ela quem me dava banho e espalhava pomada mercurial no meu corpo todo, algo que hoje em dia soa muito safado mas na época se fazia, devido ao pânico da sífilis. Clara também supervisionava minhas aulas de violino, dando-me com o arco nas mãos quando eu errava. Esse violino era um luxo e uma tortura, que perdi quando meu avô morreu e o salário de ministro do STF parou de pingar. A babá acreditava no castigo físico. Muito séria, sofria junto comigo enquanto me fazia sentir dor, com tapas e beliscões terríveis, ou lascando minha cabeça com os nós de seus dedos.

Só a vi seminua uma única vez, com a medalha de Nossa Senhora da Conceição virada para baixo... O mundo da babá era rígido, repressor e reprimido. Certo era tudo aquilo que se tinha de fazer. Errado, tudo aquilo que por instinto se sabia que não se devia fazer. Os erros, contudo, dividiam-se em dois tipos: os inadmissíveis e os permitidos. Inadmissíveis eram os que violavam as regras da convivência. Permitidos, os que davam alegria à gente sem levar tristeza aos outros. Tudo muito simples, como para um camponês de Tolstói. Era um mundo, apesar da rigidez, no qual uma criança sentia-se bem protegida.

Tia Cota, aproveitando-se da excepcionalíssima ausência da babá, e fingindo me entreter, trancou-se comigo no quarto escuro, sentou-me na pequena cama de palhinha trançada, com rosas lavradas na madeira, que pertencera a meu pai pequeno, e passou a noite apavorando um pobre menino de seis anos. Leu histórias e mais histórias de terror, como se tomada por alguma força infernal, invocando um exército de assombrações para dentro do quarto, fazendo vozes macabras, criando fantasmagorias com um lençol e uma vela, ou pondo uma almofada nas costas, sob a roupa, para se transformar num ogro corcunda, cujo rosto mal precisava fazer careta para evocar. Eu simplesmente fiquei ali, entregue à sua perversidade, conhecendo e aceitando o medo.

Quando a babá entrou e flagrou a cena, imediatamente pulou até mim e me tomou em seus braços. Eu estava pálido, de olhos arregalados e suando frio. Como se tivesse febre. Ela nunca mais saiu à noite, nem em seu breve noivado com o motorista de um empresário da noite. Mas o mal estava feito.

*

Recuperado da septicemia, meu pai voltou para a Casa de Detenção. Meses depois, esteve outra vez mal de saúde e novamente foi internado no hospital penitenciário. Graças à ajuda de um médico, eu, minha mãe e meus irmãos soubemos o momento em que seria internado e nos escondemos atrás de uma árvore, para tentar vê-lo nem que fosse de longe. Ele foi tirado de maca da ambulância e, num tropeço do enfermeiro, ouvimos seu gemido de dor. Nessa oportunidade, o motivo da internação era o agravamento de problemas hepáticos. Mas, segundo um boato que circulou na época, captado por nossas antenas de criança a despeito dos esforços dos adultos, o presidente fora obrigado a trancar meu pai no hospital para curá-lo do vício dos tóxicos. Havia na família quem afirmasse que ele, de fato, ficara viciado em morfina, desde que a usara como analgésico para as dores que sentia no braço escavucado pelo governo.

À medida que as colunas revolucionárias eram gradativamente empurradas para fora do país pelo exército legalista, desanuviando o céu em torno do Palácio do Catete, o regime de isolamento total em que eram mantidos os oposicionistas civis foi relaxado. No hospital, a visita dos familiares foi autorizada, e passamos a visitar nosso pai regularmente, em dias e horários previamente combinados. De costume, íamos todos juntos, minha mãe, eu e meus irmãos. Certo dia, porém, ao sair do colégio, decidi ir vê-lo sozinho. Apresentei-me na recepção com a timidez natural para um menino de doze anos num ambiente daqueles, e fui atendido por um enfermeiro:

"Maurício de Lacerda?"

"Sim."

"Ele é seu pai?"

"Isso mesmo."

"Então pode entrar. Sua mãe e seu irmão já estão aí."

Como era possível? Fui sozinho até a enfermaria, caminhando pelos corredores do hospital com a estranha sensação de que não devia estar ali. Ao chegar, pela janela da porta, avistei-o deitado na cama e, junto a ele, uma mulher desconhecida, de mãos dadas com um menino de uns quatro anos. Hesitei em entrar imediatamente, assistindo à cena de longe, sem revelar minha presença. A mulher afagava seus cabelos ralos, muito afetuosamente, e deu-lhe um beijo na boca. Em seguida, pegou o menino no colo para que ele também pudesse beijar meu pai.

Quando abri a porta, olhamo-nos assustados, todos inclusive meu pai. Ele pareceu não saber o que dizer. A mulher, tentando disfarçar o embaraço, olhou para mim com simpatia e perguntou:

"Você é o Carlos?"

Sem responder, muito sério, confirmei com a cabeça. Como continuei em silêncio, ela mesma se apresentou:

"Muito prazer. Meu nome é Aglaiss, e esse é Maurício."

O menino me encarou intensamente, e percebi que, até aquele momento, eu também não existia para ele. Devia estar na cara desde sempre, mas foi um choque descobrir quais os outros motivos de minha mãe, além das aventuras políticas, para considerar meu pai um "perdido".

"Bem, já estávamos de saída", disse Aglaiss. "Adeus, Carlos."

Fiquei sozinho com meu pai, os dois tão desconfortáveis com a situação que, após alguns minutos, também me despedi e fui embora. Chegando em casa, não contei para ninguém o que havia acontecido.

Tempos depois, soube que Aglaiss, a responsável pela miséria de minha mãe, era, de sobrenome, Caminha, vindo a ser filha do escritor Adolfo Caminha, o naturalista cuja obra estava cheia de assuntos pecaminosos. Classificá-la como amante de meu pai é, na verdade, uma injustiça, pois, na prática — agora estava evidente —, ele se separara de minha mãe e sua ausência lá de casa devia-se ao tempo que passava com sua outra família.

A primeira esposa, entre a humilhação cotidiana, mas privada, e a vergonha pública de uma separação, optara pela humilhação cotidiana. Tinha os filhos para criar e dependia do sogro para isso. Podia ter tentado reconstruir sua vida, procurado um emprego, mas não era isso que a maioria das mulheres da época fariam na sua situação. Ela cuidou de nós sob o peso do orgulho ferido, precisando da hipocrisia para não desabar de vez. Quem sabe ainda amasse meu pai? Ou soubesse que jamais arrumaria outro igual?

*

No último aniversário de meu avô, 18 de maio de 1925, fizemos uma procissão na chácara, na qual ajudei a carregar um estandarte de santo até a capela construída em 1889, por ocasião da morte de sua mãe, a plantadora de frutas, e então recém-reformada. Depois da missa, almoçamos todos em mesas enormes, na verdade pranchas de madeira sobre cavaletes, armadas debaixo das árvores.

Sem se permitir retrocessos monarquistas, meu avô não podia evitar a constatação do fracasso de seu ideal republicano, e o descaso com que a República tratava a região cujo esplendor ele conhecera e gozara. Não encontrando um substituto à altura para a economia cafeeira escravagista, seu querido Vale do Paraíba fora abandonado à própria sorte. Os vários governos republicanos e seus respectivos líderes se enfrentavam no primeiro plano e, ao fundo, como se não merecessem maior atenção, amontoavam-se os resquícios da civilização que meu avô havia ajudado a matar, para, no minuto seguinte, descobrir-se amando profundamente.

A República brasileira fora uma semente nobre, que degenerara ao contato com a terra. O estado de sítio era o retrato de sua descrença no regime, e na própria noção de justiça. O mesmo valia para a vida doméstica. Onde tudo começara tão promissoramente, agora a família encontrava-se conflagrada por brigas políticas, internas e externas, e dois de seus filhos, ambos impetuosos demais, ou temerários, estavam presos e doentes... Sentia-se o responsável pelo descontrole dos acontecimentos, em certas horas, em outras sentia-se uma vítima preferencial do destino, especialista em castigá-lo sem motivo. A tristeza, claro, terminou por comprometer-lhe a saúde. A doença pulmonar se agravou, a hipertensão e os males cardíacos também. Sua morte tornou-se iminente em julho de 1925. Como último pedido, meu avô obteve do governo uma permissão especial para que meu pai e meu tio fossem visitá-lo. Seus filhos estavam presos havia exatos trezentos e sessenta e cinco dias.

Enquanto não chegavam, a casa da rua do Leão foi tomada por tios, primos, parentes distantes, vizinhos, amigos da família, admiradores de Sebastião ou do filho Maurício, e jornalistas, muitos jornalistas, ávidos por registrar o reencontro daquela trinca sui generis de opositores. Até emissários do governo apareceram por lá, decerto para confirmar a abertura da vaga no Supremo.

As mulheres da família quiseram providenciar-lhe a extrema-unção, mas nenhuma tinha coragem de propor ao velho juiz a presença do padre. Minha babá, sempre muito religiosa, encontrou a solução. Aproximando-se do leito de meu avô, perguntou:

"Dr. Sebastião, eu e todas as minhas colegas, Filhas de Maria, vamos confessar e comungar pelo retorno de sua saúde. Não gostaria de nos ajudar, confessando e comungando também?"

Meu avô a encarou por um instante, com o olhar vago dos moribundos. Ela então foi mais explícita:

"Posso trazer o padre aqui?"

Ele aceitou, de olhos marejados. O padre veio ao quarto e começou a trabalhar. De repente, recebemos a notícia de que meu pai havia chegado, com uma escolta policial. Contive-me e não fui recebê-lo. Não queria correr o risco de sair do quarto e depois não ser admitido de volta. Ao entrar, com olhos encovados e úmidos, mais fundos que o normal, e grossas olheiras pretas, ele próprio tinha um aspecto cadavérico. Sobrevivera às torturas dos primeiros meses, quando efetivamente correra risco de vida, mas continuava com a saúde debilitada, pulando de prisão em prisão. O Tribuno do Povo costumava ser explosivo, ou mesmo tonitruante, palavra que não uso faz séculos mas que a ele se adéqua bem. Conseguiria recuperar a antiga força?

Maurício sentou na cama. Sebastião estava permanentemente com a boca aberta, como um peixe sem oxigênio. Pai e filho deram-se as mãos.

"Tenho sofrido muito. Nós temos...", balbuciou o velho.

Maurício respondeu baixando os olhos.

"... o consolo é que sofremos por ser dignos."

Após doze meses de prisão e sofrimento, essas palavras foram suficientes para deixar um revolucionário engasgado.

"Tudo vai dar certo", foi o que meu pai conseguiu responder.

"Eu agradeço a Deus por ter feito meus filhos tão unidos e tão dignos."

Por um momento, todos temeram que o velho estivesse delirando. Seus filhos viviam às turras.

"Que dia é hoje?", ele perguntou.

A resposta de meu pai veio acompanhada de um sorriso melancólico:

"Cinco de julho."

Percebendo a coincidência, meu avô arregalou ligeiramente os olhos:

"Se eu estivesse com saúde, teria suportado todos esses males com mais coragem... Consegui, quando muito, manter a aparência de dignidade."

"Isso não é pouco."

"No íntimo, contudo, fraquejei."

"Não diga isso."

"Quando soube de sua doença, fui ao Rio, e aquela noite, e muitas outras depois, passei entre vômitos e cólicas..."

Maurício deixou uma lágrima escapar, enquanto o pai falava:

"Prometa-me duas coisas..."

Meu pai balançou a cabeça afirmativamente, e ficou esperando.

"Não me enterre com a toga de juiz. Promete?"

"Prometo."

"E proteja seus irmãos. É preciso que vocês protejam uns aos outros."

Meu pai repetiu o juramento:

"Eu prometo."

"Maurício, meu filho estremecido...", lamentou-se meu avô, usando esse adjetivo num sentido que mesmo hoje, depois de morto, me soa ambíguo. "Estremecido" no sentido de "abalado", "maltratado"? No sentido de "distante", "de relações estremecidas"? Ou no sentido de "corajoso", "destemido"?

Então, a um sinal de meu avô, seu filho mais velho inclinou-se para beijá-lo e se levantou, cedendo espaço ao lado da cama para Paulo, o caçula, também posto em liberdade excepcional, que acabara de chegar ao quarto.

Tio Paulo se aproximou da cama. Meu avô e ele se deram as mãos também.

"Paulo... você está bem?"

"Estou, pai, não se preocupe comigo."

"Não faço outra coisa... Só me preocupo com vocês."

O militante comunista hesitou, mas finalmente respondeu:

"Quando o Brasil mudar, todo o sacrifício terá valido a pena."

"Mudar?", repetiu meu avô, com uma careta. "A revolução está dentro de você, meu filho, só dentro de você."

"O senhor verá."

O velho juiz balançou a cabeça negativamente, depois se largou nos travesseiros com um suspiro. Tio Paulo beijou a mão do pai e levantou, dando vez a uma pequena fila de noras e netos. Eu me aproximei devagar, pressentindo seu corpo raquítico embaixo dos lençóis. Um homem de sessenta e um anos — dois anos a menos do que eu quando morri —, ele parecia ter setenta e cinco ou mais. Olhei para o seu rosto, impotente e assustado.

Sem que nenhum adulto mandasse, senti-me na obrigação de também beijar sua mão. Ao pegá-la, e aproximando meus lábios, senti-a inchada. Vi que estava muito branca e com os poros do dorso abertos, enormes, o que a deixava com a aparência de um queijo fresco. Estava repugnante, em suma, e esse mínimo gesto de carinho exigiu um grande esforço.

"Não posso decepcioná-lo", pensei.

Assaltado pelo nojo e pela tristeza, senti, sobretudo, medo. Como se o meu pobre paraíso da infância, cheio de remorsos, solidões mal juntadas, sonhos comprimidos, só se mantivesse inteiro graças à presença austera daquele avô. Ao encostar meus lábios em sua mão, tive uma vontade instantânea de cuspir, mas não a coragem de fazê-lo. Pensei que estaria cuspindo em sua bênção.

Então, terminando o beijo, disparei para fora do quarto, passei voando pelo portão e fui para a casa da rua Alice, onde morava a família de minha mãe.

*

Certos fatos curiosos, à luz de todos esses acontecimentos:

— O mesmo homem que forneceu armas e soldados a meu pai em 1909, ajudando-o a combater o coronel de Vassouras, e que, em 1910, foi o padrinho de seu casamento com minha mãe, viria a ser o chefe de polícia que o encarcerou em 24, que fez vista grossa, no mínimo, à tortura por ele sofrida na prisão, que chantageou meu avô no episódio do julgamento do diretor de jornal e que mandou sitiar a chácara em 25;

— Epitácio Pessoa, o mesmo presidente que meu pai combateu e que forçou sua expulsão do Partido Republicano, era tio do João Pessoa, que meu pai elevaria a mártir da Revolução de 30;

— O Artur Bernardes, o mesmo presidente em cujas prisões meu pai e meu tio quase morreram, e que isolou meu avô na magistratura, amargurando-lhe os últimos anos, na Revolução de 30 passaria para o lado revolucionário, o nosso lado, e depois de um curto exílio, por ter sido favorável à Revolução de 32, viria um aliado contra o Getúlio, a quem combatíamos por motivos diferentes, e finalmente, em 45, ingressaria no meu próprio partido;

— O túmulo do Artur Bernardes pai, morto em 1955, não fica longe do meu. Sua base é em granito cinza, muito elegante, com seu nome em bronze sobre o tampo e uma cabeceira ornada com um medalhão de mármore branco, do qual, em relevo, brota uma cabeça de Cristo durante o martírio;

— Quando me exilei nos Estados Unidos, em dezembro de 1955, traduzindo legendas de filmes de caubói para sobreviver e recebendo doações de correligionários vindas do Brasil, um senador brasileiro, viajando de férias, levou-me um bilhete do meu pai acompanhado de um cheque salvador de setecentos e cinquenta dólares. O bilhete dizia: "Para o seu Natal, com a sua mulher e os seus filhos — os meus netinhos. Seu pai e amigo". O nome desse mensageiro era Artur Bernardes Filho;

— O Artur Bernardes Filho está enterrado aqui também, perto de mim e do pai, num túmulo mais luxuoso, dúplex, na quadra Jardim 1, sepultura número 1963 F.

A REVOLUÇÃO QUE PODERIA TER SIDO

Foi no verão de 1962. Eu estava numa ilha, no meio da baía de Guanabara, em pleno arquipélago de Paquetá. Ali, em Brocoió, cem anos antes, existira um presídio para indígenas rebeldes, e agora existia um casarão bizarro, cercado de mar e floresta por todos os lados. Me pergunto se o termo "multicultural" já existe em 1977, mas, se não existe, logo existirá, porque coisas multiculturais já existem e já existiam há quinze anos e há quinze mil anos. Uma delas era exatamente aquele palácio, que misturava arquitetura normanda com pavilhão envidraçado, telhas de ardósia com chão de pedras rosa, ferragens rebuscadas, banheiras de mármore, torneiras douradas, um órgão!, vitrais esverdeados e portas muito, muito altas.

Um pesadelo arquitetônico, falando assim. Sem contar o chiqueirinho do terreno baldio, nos fundos da casa, onde morria o lixo trazido pelos riachos a caminho do mar, e os anúncios da especulação imobiliária e da poluição. Mas, na frente da casa, a vista que se tinha para a baía de Guanabara — aquela onde, como diziam nos meus tempos de colégio, "caberiam todas as esquadras do mundo" — era simplesmente maravilhosa, e redimia tudo, absorvia todas as contradições.

Aquela casa maluca era uma residência oficial do estado da Guanabara, mantida pelos cofres públicos para que o governador também pudesse pegar uma prainha. Como a casa não me pertencia, eu a frequentei durante cinco anos de mandato sem nunca me apegar especialmente a nenhum ambiente, móvel ou objeto, vivendo a estranha sensação de que, a qualquer momento, o verdadeiro dono poderia aparecer e me expulsar de lá. Minha mulher era quem mais aproveitava nossos fins de semana, mexendo nas plantas, tomando sol, livre de obrigações domésticas. Como eu me recusara a viver no palácio estadual, ela continuou tendo de ser dona de casa, cuidar do almoço, do jantar, da rotina de nossa filha caçula etc. Então, em Brocoió, aproveitava alguma coisa do fato de ser primeira-dama. Um pouco para me provocar, mas sendo sincera, dizia que, do meu tempo de governador, só tinha saudades de Brocoió.

Um dia, muito cedo, antes da hora em que eu levantava normalmente, sonhei uma coisa estranha. Alguém, sem rosto, sexo ou idade, estava numa sala, ou num quarto, de muitas janelas, e pedia minha ajuda, se debatendo, muito aflito. Sobre sua cabeça, eu vi uma mancha vermelha, flutuante, e era esse vulto vermelho o motivo de seu desespero. Era um ser, mas não humano, e me veio a imagem de um pássaro, ou melhor, um passarinho. Acordei assustado.

Levantei meio sonâmbulo, de olhos baixos e descalço. Reapertei o cordão do pijama em torno da cintura e deixei o quarto. Eu obedecia a um pós-sonho. Desci as escadas e percorri todos os ambientes do estranho casarão, até chegar na última saleta. De um lado, a varanda; de outro, o grande terraço sobre o mar. Vi então minha filha, ansiosa, inquieta, desamparada, tentando fechar as portas, muito altas para qualquer adulto e ainda mais para uma garotinha de dez anos.

Ela era a outra da família que adorava Brocoió. Nadava e corria, quando não tomava nos braços o puçá nos currais de pesca, sob a supervisão dos empregados. Estava ali, engasgada de tanta afobação:

"Vem, pai, vem! Me ajuda! Ele está se machucando!"

Enquanto gritava, minha filha apontou para o alto, mostrando um passarinho sem fôlego, cansado de se debater entre paredes e vidraças, numa saleta que invadira sem querer. A imagem concebida longe dali, quando eu dormia, surgiu diante dos meus olhos — sonogenia, existe isso?

Um tiê-sangue. Onde quer que estivesse, fora da cidade grande, eu os procurava. Seu corpo inteiro é vermelho-vivo, cor de sangue iluminado, com detalhes em preto na borda das asas, na cauda, no bico e nos pequenos pontos por onde enxerga, que são ainda circundados por um anel vermelho, da cor de sua plumagem, e depois arrematados por um último anel preto, como um lápis de maquiagem, desenhando a circunferência externa dos olhos. Minha especial estima pela espécie não era patriotismo. O seu nome científico, *Ramphocelus bresilius*, não me enganava. Onde *rampho* é igual a "bico", e *celus* igual a "mancha de cor diferente", *bresilius* não se refere ao Brasil, o país, e sim à madeira cor de brasa que nossos colonizadores transformaram num lucrativo item em sua pauta de importações. Meu negócio com os tiês-sangue só podia ser outro, que nem eu consigo explicar muito bem.

Eu e minha filha tínhamos o projeto comum de povoar a ilha com casais de passarinhos. Então ajudei-a a fechar todas as portas e venezianas, obrigando nossos olhos a se acostumar com o lusco-fusco. O animal sumiu por instantes; ficamos até na dúvida se havia escapado. Finalmente reapareceu no alto de uma estante, examinando o ambiente. Mantinha a atenção aflita e elétrica dos passarinhos, os rápidos movimentos em miniatura.

"E se a gente deixasse ele sair?"

"A gente precisa arrumar uma namorada pra ele!"

Convenci minha filha, pelo menos, a não assustá-lo mais. Ficamos quietos, na penumbra alguns minutos, sentados no chão e encostados numa das paredes, enquanto o petardo vermelho rodopiava no vão entre as portas e as janelas da sala, dando testadas nas vidraças. Finalmente, com suas penas já despenteadas, ele pareceu cansar. Num voo murcho, pousou no alto de uma das portas. Sem nenhuma energia, tentou a última investida contra uma vidraça, e acabou mergulhando num canto do assoalho. Então demos água ao pobre passarinho, rimos muito no processo, e o pusemos no grande viveiro ao lado da casa. Ele se recuperou inteiramente. Comprei uma fêmea, tempos depois, e eu e Cristina os soltamos para que povoassem o ambiente.

Naquela manhã em Brocoió, enquanto esperávamos no escuro, perguntei à minha filha:

"Você estava me chamando antes de eu chegar aqui?"

Ela respondeu que não, mas que mentalmente desejou a minha presença, e disse isso com tanta naturalidade, tão inconsciente do extraordinário, que também não pensei duas vezes.

*

Apesar de toda a movimentação oposicionista, as eleições presidenciais de 1926 foram vencidas pela situação. Mas pelo menos Artur Bernardes, o algoz de minha família, seria substituído por Washington Luís, que, embora representasse o continuísmo, foi recebido pelo país como alguém capaz de eliminar o estado de sítio e trazer um mínimo de normalidade à vida nacional. O novo presidente, no entender de muitos, era um homem de qualidades importantes, entre as quais constavam a probidade, o caráter retilíneo e o patriotismo. Como secretário de Segurança de São Paulo, modernizara as forças públicas na cidade, trouxera paz às ferrovias nas regiões pioneiras do Oeste Paulista, que em pleno século XX continuavam sofrendo ataques indígenas; como prefeito da capital paulista enfrentara os famosos 3 GS — a Guerra (a primeira mundial), a Gripe (a espanhola) e a Greve (as de 1917); como governador do estado, foi disparado o maior construtor de estradas, aproximando os centros produtores dos centros consumidores e desenvolvendo muitas regiões. Chegando ao Palácio do Catete, de fato não renovou o sítio, permitindo assim, em novembro daquele ano, que meu pai e meu tio finalmente fossem libertados.

Tio Paulo, nessa passagem pela prisão, sofreu os primeiros episódios de tortura, acompanhados dos primeiros cancros sifilíticos. Ao voltar para casa, a doença, tratada, regrediu, mas ele então recebeu um ultimato conjugal. Sua esposa, a rica herdeira dos chocolates, cansara da vida de mulher de comunista e decretou: ou ela ou "aquela escória do comunismo". Meu tio Paulo, sem pensar duas vezes, abraçou uma pilha de panfletos revolucionários e saiu porta afora.

Já a esposa de tio Fernando, Genny, comunista convicta, finalmente terminara de convertê-lo à causa. Nesse processo, haviam tido três crianças. Meu avô, se estivesse vivo, sentiria um profundo desânimo ao ver o último dos filhos, e logo o obediente, o médico e cidadão apartidário, sugado para o campo mais áspero da política, o da clandestinidade e do risco à própria vida.

Meu pai se apressou a exercer o que restava do mandato de vereador do Distrito Federal. Eu, que tinha uns doze anos, matei muita aula para vê-lo discursando na Câmara Municipal, no centro da cidade. Enquanto o escutava, absorvia as palavras e imagens novas, que tornavam a realidade uma arte e o futuro um estilo, admirando sua voz escura e seus firmes gestos de ataque ou de defesa às práticas da política brasileira, com ênfase no ataque. Ele em pouco tempo recuperou inteiramente a saúde, a disposição e a insolência.

Na tribuna, a cada sessão, antes de tomarem seus lugares, os vereadores tinham de fazer um juramento, e Maurício obedecia à norma, quase como todo mundo. O oficial lia:

"Na condição de vereador deste distrito, defenderei as leis federais que nos regem. Diga: 'Eu juro'."

E meu pai, com a palma da mão direita levantada, respondia: "Eu juro, com restrições."

Mas ele também teve surpresas ruins ao sair da cadeia. O jornal *A Nação*, no qual entrara de sócio pouco antes de ser preso, fora editorialmente ocupado pelos comunistas. Ele reagiu contra a nova orientação, enfurecendo o Bloco Operário e o PCB. Incapaz de submetê-lo às suas diretrizes, parte dos comunistas rotulou-o internamente de adversário, possivelmente útil porém dado ao personalismo, incapaz de se guiar por uma lógica partidária.

Não era o único político de oposição a dizer que os progressos dificilmente viriam por dentro do sistema. A Primeira República era forte e impermeável demais. Pronta para manipular as eleições, abusava da repressão, com ou sem estado de sítio. Apoiado no revezamento entre Minas e São Paulo, as duas maiores potências econômicas, e no acordo com o Rio Grande do Sul, cuja economia forte o habilitava à condição de terceiro ponto de apoio, o regime possuía, entretanto, uma natureza centrífuga, que apontava para um tipo de federalismo selvagem, desequilibrava o desenvolvimento nacional e inviabilizava reformas que dependeriam de um poder central forte para acontecer.

Enquanto isso, um novo herói tenentista, Luís Carlos Prestes, comandava a última coluna rebelde, brincando de gato e rato com o Exército pelo sertão. Mais de dois anos depois da derrota em 24, sua liderança militar era incontestável entre as forças oposicionistas, o que o tornava um fortíssimo candidato a chefe de qualquer outro movimento revolucionário que se tentasse. Finalmente, em 1927, Prestes foi obrigado a interromper a marcha de sua famosa coluna, exilando-se na fronteira sul do país, entre Argentina, Bolívia e Uruguai. Mesmo assim, seu prestígio cresceria sem parar nos dois anos seguintes, graças aos esforços propagandísticos e de articulação política dos tenentes, com algum destaque para Siqueira Campos.

À medida que mergulhara no Brasil profundo, Prestes havia transcendido o puro ideário tenentista, restrito ao âmbito militar, e levantara bandeiras sociais mais amplas, aproximando-se, portanto, de socialistas, como Maurício de Lacerda, e comunistas, como meus tios Paulo e Fernando. Até alguns liberais exaltados procuraram aproximar-se dele.

Todas as forças de oposição passaram a disputá-lo, de olho nas tropas que lhe eram fiéis e no sucesso que fazia junto à população. E assim, mais uma vez, minha família reproduziu em casa as diferentes posições, e os mesmos conflitos, que existiam no plano nacional. Meu pai, uma vez solto, novamente se empenhou em aproximar o meio operário do meio militar, agora incorporando Prestes ao projeto. Nos seus planos ideais, ele, representando os trabalhadores, e Prestes, as tropas, ambos socialistas revolucionários, poderiam encarnar o pacto transformador que tomaria a dianteira na reconstrução do país. Já no início de 1927, candidatando-se ao Congresso Federal, Maurício pegou a todos de surpresa quando lançou também a candidatura de Prestes, à revelia do líder exilado. Era, possivelmente, uma tentativa de afastá-lo dos comunistas, mantendo-o mais próximo da zona de influência tenentista, que permitia maior margem de independência, até por sua indefinição essencial.

Meu tio Paulo, remando na direção contrária, foi ao exílio de Prestes na tentativa de atraí-lo para o PCB. E esse filho caçula dos Lacerda já não era um comunista qualquer. Depois de sair da prisão, fora eleito secretário-geral do partido, e foi nessa condição que fez a viagem. Num gesto que dentro da família foi entendido como de repugnante submissão à ideologia comunista, meu tio Paulo não hesitou em atacar o irmão mais velho pelos jornais, acusando-o de traidor da causa operária. Era uma campanha para desmoralizá-lo aos olhos de Prestes e dos trabalhadores. Durante seu mandato como secretário-geral, a luta de meu pai com os comunistas se acirrou, levando-o a romper relações com os dois irmãos, pois a essa altura Fernando, embora menos graduado, já estava firme na obediência ao Comitê Central do partido.

Se com alguma unidade já era difícil a um socialista independente se eleger para o Congresso Federal, sendo combatido publicamente pelo irmão, em nome dos comunistas, e disputando o voto do operariado urbano contra uma força coletiva muito mais organizada, meu pai, é claro, acabou não obtendo os votos necessários. Só em 1928 conseguiria voltar à atividade parlamentar, mas como vereador. Não fosse a importância relativa muito maior do Distrito Federal, seria um prêmio de consolação bem mesquinho.

Ele então apresentou à Frente Unida das Esquerdas sua proposta para um governo revolucionário. Defendia o controle estatal do comércio interno e externo, visando sempre o interesse social e exigindo que as firmas estrangeiras e nacionais declarassem seus estoques em artigos de primeira necessidade. O Estado interviria nas importações e exportações — café, açúcar, algodão, couros, minérios, gasolina, carvão mineral —, por meio de comissões especializadas. A remessa de fundos para o exterior seria permitida somente com autorização do Ministério da Fazenda e do Banco do Brasil. As multinacionais, concessionárias dos serviços públicos, ficariam proibidas, sob qualquer pretexto, de paralisar os serviços à população, mas seriam liquidadas; para tanto, por motivos de segurança estratégica, seriam nomeados interventores militares, assessorados por técnicos de reconhecida idoneidade e competência.

As pequenas propriedades rurais seriam protegidas das dívidas hipotecárias, que seriam suspensas. Todas as fazendas hipotecadas ao Banco do Brasil, cujos prazos já se encontrassem vencidos, seriam expropriadas, subdivididas e vendidas em lotes menores, a um preço razoável, aos agricultores que desejassem adquiri-las para o cultivo. Assim o Estado visava garantir a subsistência da população. Enquanto esse processo não se completasse, ele deveria criar condições para que a obrigatoriedade legal do trabalho fosse cumprida (até hoje se pode ir preso por vadiagem) e para a organização da economia nacional. Caberia ao Estado providenciar vestuário e alimento aos necessitados. A instrução primária, secundária e técnica, em todos os estados, deveria ser melhorada e ampliada.

Impostos sobre o trigo e os demais produtos alimentícios indispensáveis seriam suprimidos. Ficaria proibida a importação de produtos supérfluos — sedas, automóveis, bebidas, perfumes etc. —, quando pudessem ser substituídos pelos similares nacionais.

Um Ministério da Saúde Pública seria criado. E, claro, a causa mais antiga de meu pai, um Ministério do Trabalho, também, para garantir a aplicação das leis trabalhistas, entre outras medidas que se tornassem necessárias ao amparo do trabalhador das cidades e dos campos. Por exemplo, o direito de greve pacífica, assegurado pelo Estado, e a cessão de um edifício em cada estado para o funcionamento dos sindicatos.

A propriedade teria uma finalidade social, e poderia ser exercida em vista do interesse comum. Seria decretado um imposto maior na transmissão de fortunas, sem exceção, o aumento progressivo do imposto de renda e a expropriação dos depósitos em moeda estrangeira (ouro, prata e papel).

A produção industrial seria organizada e fomentada. A socialização do crédito seria ampliada incessante e progressivamente, com a criação de Cooperativas de Consumo, Produção e Mistas, em todos os estados e municípios.

O Congresso seria dissolvido, bem como as Câmaras Legislativas estaduais e municipais, pois todas essas instâncias precisavam ser legitimadas por eleições livres e limpas. Seria organizada uma comissão de legisladores especializados para preparar a Assembleia Constituinte. Todos os serviços públicos e municipais deveriam ser reorganizados, com revisão dos soldos, pensões e aposentadorias. Também estava prevista a reorganização, seleção e redução das forças armadas estaduais; o perdão a todos os soldados e marinheiros condenados por insurreição; a reorganização da administração da Justiça, criando-se um Tribunal de Sanções, para o julgamento de delitos contra a economia nacional; e a reorganização do serviço diplomático, que seria adaptado às necessidades do comércio exterior. Nessa área, aliás, sua proposta especificava um item importante: o reconhecimento diplomático da União Soviética.

Se essa era a plataforma de governo do meu pai, que se julgava um socialista democrático, dá para imaginar a dos meus tios comunistas... Mesmo se as eleições de 1929 tivessem transcorrido com lisura, o que não aconteceu, ou mesmo para um governo revolucionário, disposto a certas arbitrariedades para implantar seu novo projeto de país, tal plataforma seria de dificílima execução. Faltaria a força política, a pujança financeira e a logística administrativa para se tentar algo sequer semelhante. Isso se houvesse respaldo popular, e sem falar das vulnerabilidades externas, financeiras e militares. O conceito de autodeterminação dos povos ainda não era propriamente uma unanimidade junto às grandes potências. Os países de origem das concessionárias não aceitariam de braços cruzados essa interferência brutal em seus negócios.

*

Aos oito anos fui para o colégio. Quando matava aula, dava incertas numa agência de turismo, onde ganhava folhetos sobre países distantes, os quais acrescentava a outro caderno de recortes que eu mantinha, além daquele sobre os Dezoito do Forte. Eu era teimoso e vivia determinado a conseguir fazer com que meus primos e irmãos brincassem do que eu queria. Muitas vezes até os adultos me obedeciam, apenas para se verem livres de mim. Quando eu extrapolava, a babá era chamada e me aplicava um corretivo. Quando uma tia resolveu arrumar os armários onde eu guardava meus cadernos de recortes, e acabou jogando tudo fora, minha vingança foi revirar a mobília da sala, deixando as cadeiras de pernas para cima, puxando a toalha de mesa e tombando o sofá, a peça principal do ambiente. Achei graça no sofrimento dos móveis, que nunca me pareceram tão inertes. Apanhei muito.

No final dos anos 1920, minha vida escolar ia bem em história, línguas e literatura, mal em matemática. Li Machado de Assis pela primeira vez. Tive bem cedo minha experiência com *Os sertões* do Euclides da Cunha. Li também romances e poemas em espanhol e francês, com a ajuda de dicionários (o espanhol-francês, aliás, foi meu grande desafio de erudição). E eu adorava o teatro.

Na fazenda de meu bisavô, a Forquilha, onde passava as férias, eu montava espetáculos com meus primos de atores. Eu escrevia, dirigia, concebia os cenários, os figurinos, e sentava os parentes e empregados na plateia. Numa sátira intitulada *A flor do caixote*, um menino alto saía do caixote vestido de flor, enquanto outro, com as ligas das meias aparecendo, dançava com uma flor entre os dentes, como a Carmen de Bizet. Em outra produção, a *Danse macabre*, fiz um cenário todo vermelho, em volta de um caixão e castiçais, usando todos os cobertores vermelhos da casa. Já para *Um mercado persa*, compus uma letra de música e vesti meus primos de xeiques árabes, usando lençóis brancos e faixas amarradas na cabeça. Para o *Lago dos cisnes*, colhi os lírios que nasciam nas áreas encharcadas na beira do rio Paraíba. Minha estrela-bailarina era a prima Leia.

Com um desses primos, criei o jornalzinho *O Forquilhense*, para o qual eu escrevia, desenhava e tirava fotografias. Quando adultos e crianças, depois do almoço, paravam para descansar, eu ia escrever meus "contos-relâmpago", um conto para cada pessoa diferente todos os dias. Dormir, no meu entender, era absoluta perda de tempo.

Na família e no colégio, minha hiperatividade era uma marca conhecida, muitas vezes vista como um problema. O fato de meu pai ser ausente e ter outra família, sem dúvida, gerava o sentimento de desamor e, assim, despertava em mim uma gigantesca inquietação, alguma revolta e certo ânimo persecutório.

O mundo deu uma volta e eu, quando tinha treze anos, tive o mesmo ato de rebeldia que meu pai, o qual, no caso dele, terminou flagrado na avenida do Mangue. Fugi do colégio interno onde minha mãe me enfiara, por influência de um primo que eu odiava. "Aqui temos o pão do espírito", dizia a frase inscrita sobre o portão do lugar, mas não me convenceu.

Um belo dia, olhei pela janela do dormitório e os telhados de São Cristóvão, debaixo dos quais as pessoas livres dormiam, me convenceram à fuga. Caminhei pelo pátio, esperando o porteiro se distrair, e, quando a oportunidade surgiu, simplesmente deixei o lugar para trás. Desci a rua, entrei no bonde, saltei no centro da cidade, repleto de vendedores ambulantes e lojas frenéticas, comprei um cachimbo e uma navalha, embora não fumasse e fosse imberbe, e fui até a casa de um amigo que morava com a mãe modista. Pegando com ele um dinheiro emprestado, parti para a chácara do meu avô.

Meu pai e minha mãe ficaram em pânico quando o colégio avisou que eu havia desaparecido. Procuraram-me na casa de todos os parentes, até nos hospitais e necrotérios da cidade. Dias depois, o episódio acabou com o Belo, o administrador da chácara, me escoltando de volta ao Rio de Janeiro.

Quando cheguei à rua do Leão, meu pai estava esperando. Ele se trancou comigo na sala de jantar, os dois em volta da mesa, e começou a gritar. Logo eu estava gritando também. Acusei-o de haver nos abandonado por causa da política e de sua outra família, e questionei sua autoridade, pois não era ele quem pagava os meus estudos. Quando ameaçou me pôr sob a custódia de um juiz de menores, eu assustei, mas percebi que, estranhamente, meu pai se assustou também. Teria ficado com medo dos meus gritos? Então lembrei do episódio na avenida do Mangue e entendi que se espantara com a repetição do passado em mim. Joguei-lhe, então, o episódio na cara. O tribuno tonteou.

Podia ter me abraçado, e rido. Mas eu era seu filho. Logo recuperou a autoridade e continuou a raspança.

*

O Brasil, como de costume, estava com as finanças no buraco, mesmo antes do crack de 1929. O cenário político se movimentava rapidamente, em direções contraditórias.

Seguindo o revezamento político tradicional, depois de Washington Luís seria a vez de um novo mineiro ocupar o Palácio do Catete. O presidente, porém, como se sabe, apesar de nascido em Macaé, era o mais paulistófilo dos cariocas, e contrariou essa ordem. Recusou a candidatura do governador de Minas, Antônio Carlos, impondo o presidente de São Paulo, Júlio Prestes, como candidato da situação. Dos vinte estados brasileiros, logo de cara, dezessete se submeteram à decisão federal. Apenas Minas Gerais, o gigante ludibriado, o Rio Grande do Sul, o mais forte candidato a novo polo de poder, e a Paraíba, a força política inesperada, decidiram resistir à hegemonia paulista. Sua estratégia tinha três frentes: forçar Washington Luís a rever sua posição, articular uma candidatura alternativa, e de alguma forma compor com as forças revolucionárias.

A Coluna Prestes, embora não houvesse conseguido sublevar os sertões, nos grandes centros era um fenômeno de popularidade. Àquela altura, caçada para fora do Brasil, refugiara-se na fronteira sul, deixando para trás a percepção de que o impulso revolucionário era indestrutível. Derrotado em 22 e 24, ressurgiria até vencer. Entre os tenentes e os políticos defensores da solução armada, ninguém mais acreditava que o país avançasse institucionalmente pela via eleitoral. A manipulação do processo era grande demais. Apenas um terceiro Cinco de Julho, decisivo, que desalojasse do Catete e dos governos estaduais a máquina política montada, salvaria o país. Meu pai, destemido e furibundo, era um dos que seguiam essa linha, defendendo-a em palestras, comícios e até nos discursos que fazia na Câmara do Distrito Federal, com ou sem juramento de fidelidade às leis.

Quando Washington Luís se provou irredutível e não abriu mão do candidato paulista, Minas superou suas hesitações e começou a discutir uma candidatura de oposição com o Rio Grande e a Paraíba. Nos três estados, uma nova geração de políticos surgia. Sobretudo em Minas, ela combatia a Primeira República por princípio, enquanto os aliados mais velhos a combatiam por se verem preteridos no arranjo político. Getúlio Vargas, então governador gaúcho, tinha como principal articulador um político e amigo de absoluta confiança, Osvaldo Aranha, dez anos mais moço. Antônio Carlos, governador de Minas, tinha nessa função o filho de uma das mais importantes famílias do estado, Virgílio de Melo Franco, vinte e sete anos mais jovem e a quem julgava excessivamente audacioso. Ambos os chefes tentavam evitar a solução armada, mas seus articuladores trabalhavam ao mesmo tempo a via eleitoral e a revolucionária, fazendo a conspiração militar fermentar longe dos holofotes, como convém.

A candidatura de Antônio Carlos ressurgiu. Os partidos e as forças mais radicais de oposição, inclusive tenentistas, socialistas e comunistas, eram aliados potenciais, que iam negociando suas condições para formar uma frente de oposição. No amplo arco de entendimentos, conquanto fosse Minas ainda a entidade dominante, e a mais rica, era o Rio Grande o estado em verdadeira ascendência.

Ex-ministro da Fazenda do próprio Washington Luís, Getúlio Vargas reformara o câmbio e a moeda, propiciando alguma sobrevida à economia brasileira, e deixara o governo central apenas para vencer as eleições de governador em 1927. Tinha bom trânsito entre os políticos tradicionais. Além disso, era mais jovem que Antônio Carlos, tinha muito mais chance de obter o voto popular, ansioso por mudanças, que o aliado mineiro, típico representante oligárquico, cuja tradição política na família recuava até a Independência do Brasil. Natural, portanto, que a candidatura do gaúcho acabasse prevalecendo sobre a do mineiro. Para completar a chapa, a Vice-Presidência foi oferecida, na ordem, ao Rio de Janeiro, à Bahia e à Paraíba, que finalmente aceitou o convite. O próprio governador João Pessoa apresentou-se como candidato.

Preparando as forças da oposição para pelo menos fazer bonito na disputa, foi gestada a Aliança Liberal, um daqueles sacos de gatos políticos que, incrivelmente, tanto ajudam o Brasil a andar. Havia de tudo dentro dela, mas basicamente a metade legalista, e rica, cobiçava o apoio público e a mobilização da parte revolucionária e pobre, para ganhar o voto da população mais descontente. Já a metade pobre, descrente do processo eleitoral, queria a influência e o dinheiro dos políticos dissidentes, para comprar armas e tocar fogo no país outra vez.

Maurício de Lacerda era dos que já miravam no que viria após as eleições. Entre eles, mesmo Getúlio era visto como um homem essencialmente conservador. Quando a candidatura oposicionista estivesse derrotada, e não tinham dúvidas de que ela o seria, os opositores legalistas deveriam ser levados a patrociná-los na terceira revolução. Para isso era preciso que as forças revolucionárias e progressistas tivessem o máximo de força na Aliança Liberal. Meu pai, então, concebeu para si mesmo o papel de homem-chave nessa arquitetura política. Quanto mais apoios conseguisse atrair, mais peso teria no rumo dos acontecimentos. Tinha mesmo bons requisitos para a tarefa. Era um civil com fortes ligações militares e, mesmo sem ser do PCB, era socialista, tinha boa penetração no meio operário, inclusive entre anarquistas sobreviventes de 1918 e comunistas menos sectários. Com os mais sectários, pretendia esquecer as diferenças em nome do objetivo comum. Já no campo tenentista, o apoio mais valioso, sem dúvida, era o de Luís Carlos Prestes. Em tudo isso, Maurício não estava pensando só no bem do país, claro. Seu plano passava ainda por uma candidatura a deputado do Distrito Federal, e a derrota no pleito para o Congresso, em 1927, mostrara-lhe que não contar com eleitores anarquistas e comunistas era fatal para suas pretensões.

Um empecilho para o sucesso de seu plano era a política ditada por Moscou para todos os PCS do mundo: não se imiscuir com forças burguesas no processo da tomada de poder. Isso valia para a Europa, e valia para a periferia também. Os comunistas julgavam a frente das oposições corrompida pela presença dos "carcomidos". E um problema gerou o outro, quando os comunistas também identificaram no tenentismo mais radical, ou seja, em Prestes, o único aliado aceitável. Entre maio e junho de 1929, uma delegação do PCB, chefiada por meu tio Paulo, ainda secretário-geral, foi a Buenos Aires participar da I Conferência Latino-Americana dos Partidos Comunistas e, de passagem, ofereceu apoio a uma candidatura de Prestes à Presidência da República, desde que sem as forças retrógradas da Aliança. Pela segunda vez, os dois irmãos Lacerda disputavam o apoio do líder exilado.

Prestes pediu aos comunistas um programa de governo. O que lhe foi apresentado incluía: a nacionalização da terra e a partilha dos latifúndios, a nacionalização das empresas industriais e bancárias imperialistas, o calote da dívida externa, a liberdade de organização e de imprensa, o direito de greve, a legalidade para o PCB, a jornada de trabalho de oito horas, a lei de férias, o aumento dos salários e outras melhorias para os trabalhadores.

O líder tenentista considerou o programa muito radical, inaceitável para a maioria da população e dos tenentes, e recusou o convite do PCB. Embora, por insistência de Paulo e outras lideranças partidárias, as negociações continuassem, ele formulou um programa próprio, em que defendia o voto secreto, a alfabetização, a liberdade de imprensa e de organização, e melhorias nas condições de trabalho dos operários.

Segundo muitos historiadores, a não concretização da aliança entre o PCB e Prestes determinou o início do "prestismo", quando muitos comunistas abandonaram o partido para seguir sua liderança, e outros fizeram de sua entrada na sigla uma bandeira em si.

Os trotskistas, organizados no Grupo Comunista Lênin, que se opunham à direção do PCB, de orientação stalinista, ficaram impressionados com o manifesto de Prestes. Então, além de aliancistas e comunistas, ele abriu uma terceira frente de namoro. Tal era seu prestígio político na época.

Fica fácil, agora, dizer que o Prestes estava a caminho de se tornar comunista, mas isso não era coisa tão previsível, muito menos certa. Até porque, mesmo interessados, como todo mundo, no potencial militar e político do jovem tenente gaúcho, muitos comunistas hesitavam em aceitá-lo no partido, pois viam-no como um personalista incapaz de real fidelidade ao Politburo. Ele, de sua parte, queria manter a porta vermelha aberta, mas sem se comprometer já. A revolução que desejava comandar precisava de financiamento, e não era do seu interesse dispensar precipitadamente o apoio dos liberais exaltados, melhores financiadores do que um partido ilegal.

Em setembro de 1929, com medo de perder o principal nome revolucionário para comunistas de ambas as estirpes, Maurício de Lacerda resolveu encerrar a fase de aproximação à distância e se encontrar cara a cara com Prestes, ou "Luís Prestes", como ele o chamava. Para tanto, embarcou no navio *Cap Arcona*, com parada prevista em Montevidéu e destino final em Buenos Aires. A passagem foi paga por um correligionário e, para ter algum dinheiro na mão, meu pai fez um empréstimo às vésperas da partida. Após um trajeto monótono, o *Cap Arcona* não pôde atracar em Montevidéu, pois restrições sanitárias haviam sido impostas devido a um surto de febre amarela no Brasil. Ao chegarem a Buenos Aires, às dez horas da noite, os passageiros do navio foram notificados de que teriam de comparecer, dali a três dias, a uma Junta de Saúde, onde seus papéis ficariam retidos. Prestes não estava lá para recepcionar o possível aliado, apenas Siqueira Campos e dois outros tenentes exilados.

Ele e Siqueira eram bastante próximos. O tenente passara várias vezes pela chácara de Comércio, a caminho de reuniões políticas em São Paulo, e em todas elas deixara a propriedade com o banco de trás do carro forrado de mangas e frutas diversas para comer durante a viagem.

"Bem-vindo, Bichão", foi como ele se dirigiu a meu pai aquela noite no porto. Então explicou que Prestes, para se manter e ajudar a custear sua atividade política durante o exílio, empregara-se como engenheiro na construtora de outro brasileiro, cuidando de obras em Libres e Santa Fé. O recém-chegado devia aguardar uma palavra do "capitão", chamando-o ao seu encontro numa dessas cidades. Siqueira disse ainda que, após uma larga conferência entre os oficiais, definiu-se que meu pai não ficaria num hotel, tendo a honra de ocupar um leito no armazém onde eles próprios estavam instalados. Antes, porém, era necessário preveni-lo do desconforto em que viviam. Apesar disso, meu pai aceitou o convite.

Enquanto caminhavam rumo ao armazém, lembrou ao tenente seu último encontro, junto à lagoa Rodrigo de Freitas, quando lhe anunciara a decisão de aderir à Aliança Liberal. Naquela oportunidade, concluíra que mineiros e paulistas da oposição, ricos eles mesmos ou com acesso às fontes de financiamento, nacionais e estrangeiras, jamais dariam a revolucionários de fora da Aliança os recursos indispensáveis à revolução. Quem não estivesse antes disposto a trabalhar eleitoralmente por Getúlio não levaria um centavo.

"Pois eu parto amanhã mesmo para São Paulo, com ordens de Prestes, a fim de interpelar os liberais sobre os recursos", comentou o tenente. "Eles nos prometeram trezentos contos, mas até agora recebemos apenas setenta, e em parcelas. Daí a nossa penúria. Estamos dependendo até de doações."

Chegando ao armazém, meu pai entregou cartas que trazia do Brasil para o líder revolucionário. Outro oficial as levaria para Prestes na manhã seguinte. Em seguida, foi conduzido ao quarto. Os leitos eram em número insuficiente, com muitos homens contentando-se em dormir sobre sacos de café e esteiras de palha. Suas camas eram de campanha, e não havia lençóis ou travesseiros para todos. Mesmo alguns comandantes dormiam enrolados em cobertores. Os próprios oficiais zelavam pelo asseio do armazém, varrendo o chão e limpando os banheiros. Também eles, em pagamento ao proprietário do armazém, estivavam o café e o descarregavam das carroças.

Igual a todos os visitantes, meu pai deveria, ao partir, deixar para trás roupas, toalhas, sapatos sobressalentes e artigos de higiene pessoal. Ao dizerem isso, os oficiais mostraram-lhe, rindo, um terno completo, doado por certo visitante anterior, sem dúvida algum emissário político das alas mais conservadoras da oposição, também em busca do apoio de Prestes. Um bom exemplo do tipo de revolução que, se não tomassem cuidado, acabaria saindo da Aliança Liberal: elegantíssima em terno e gravata.

Durante alguns dias, vendo a situação difícil dos militares e contagiado pelo clima de camaradagem, meu pai gastou o dinheiro antes reservado para as diárias de hotel pagando-lhes almoços e jantares num restaurante italiano próximo do armazém. Finalmente, um despacho de Prestes convocou-o à Santa Fé. Numa caminhonete caindo aos pedaços, foi levado à estação ferroviária. Lá entrou num vagão imundo e, picado por mosquitos e outros insetos, fez a viagem durante a noite, em companhia de Siqueira Campos e mais um oficial.

Chegaram a Santa Fé no início da manhã. A cidade estava parcialmente inundada pelo degelo dos Andes. Mais uma vez, decepcionou a meu pai a constatação de que Prestes não o aguardava na plataforma. Tomaram então o caminho do hotel onde o líder tenentista se hospedava. Uns vinte minutos depois, ao chegarem, foram informados de que ele já saíra para trabalhar. Por sorte, no hotel, encontraram o empreiteiro seu patrão, que os levou até a avenida Beira-Rio, então sendo construída pelo herói de 24.

Maurício divisou Prestes ao lado de um monte de areia, à margem do rio, examinando uma das máquinas escavadeiras em ação. Uma figura morena, esguia, de rosto com maçãs angulosas, nariz fino e queixo másculo, feito o de um galã compenetrado, e uma quantidade exagerada de carisma, que se desprendia naturalmente dele, sobretudo aos olhos de quem conhecia seus feitos de bravura.

O visitante foi até o capitão. Este, mesmo depois de vê-lo, limitou-se a esperar sua aproximação. Quando se abraçaram, sua frieza ficou ainda mais evidente. O que não o impediu de dizer:

"Gostaria de ter ido recebê-lo na estação, mas perdi a caminhonete que sai do hotel pelas manhãs."

"Pouco importa", respondeu meu pai, com um gesto de mão. "Não sou homem de formalidades."

Outros oficiais, seus amigos ou admiradores, aproximaram-se para cumprimentá-lo. Após minutos de conversa, o líder dos tenentes tomou meu pai pelo braço, pedindo licença aos colegas, e conduziu-o a seu quarto. Sentaram cada um em uma cama, de frente um para o outro.

Segunda República, o segundo volume das memórias políticas de Maurício, que vai de 1927 até 1931, descreve esse encontro em detalhes. A primeira edição traz ainda um desenho muito esquisito de meu pai, feito por Alvarus, o famoso caricaturista. Nele, o Tribuno do Povo parece um homem forte, cujo terno revela ombros largos e pernas musculosas. Tem uma das mãos no bolso, a outra solta ao lado do corpo, e as pernas, distantes uma da outra, conferem movimento à figura. Uma das coisas estranhas é que a padronagem do terno, um tweed preto e branco, não acompanha o movimento do tecido e do corpo. Como se uma superfície gráfica rígida estivesse aplicada no interior do boneco. A cabeça de meu pai também está muito maior do que o corpo, mas isso nem é tão incomum em caricaturas. O segundo motivo maior de estranhamento é que meu pai tem a boca aberta, como se discursasse, mas ao mesmo tempo seu olhar é esbugalhado, nada enérgico, com roxos profundos em cima e embaixo dos olhos, dando-lhe antes um ar vampiresco e doentio.

Em seu testemunho pessoal, e parcial, dos acontecimentos, Maurício conta que, de início, Prestes limitou-se a encará-lo, sem dizer uma palavra. Então, constrangido, ele começou a explicar sua presença ali:

"As eleições são inevitáveis, capitão", disse, tomando o cuidado de tratar o líder dos tenentes com a mesma deferência dos seus seguidores. "Aderi ao projeto de uma aliança das oposições, mas com espírito crítico. Reunindo revolucionários e legalistas, tenentistas e liberais, oligarcas ultrapassados, comunistas e fascistas, a Aliança Liberal será o que se conseguir fazer dela."

Prestes olhou-o, impassível, e disse apenas:

"Continue."

Estranhando tamanha hostilidade, meu pai continuou:

"Como tantos outros que já vieram até aqui, sou um mensageiro da Aliança, convidando-o a se juntar a nós."

"Então o senhor acha que devo abandonar a bandeira revolucionária?"

"Não."

Prestes mantinha um ar superior:

"Como não? A Aliança não prega a solução eleitoral?"

"Por enquanto, sim. Mas não para sempre. Concordo que substituir o governo corrupto não basta. É preciso reformar as regras eleitorais, conferir independência ao Poder Judiciário, acabar com o compadrio, arejar o sistema por completo."

Prestes ficou em silêncio. Depois repetiu:

"Continue."

"Essas seriam as medidas tomadas numa primeira fase do

processo. Em seguida, porém, seria preciso atender aos imperativos sociais da revolução: instituir os direitos dos trabalhadores, impor a democratização da política e da riqueza no país."

Prestes terminou de ouvi-lo, deixou passar alguns instantes e disparou:

"Não penso que as forças da Aliança estejam dispostas a nada disso."

"Como eu disse, se as eleições tornaram-se inevitáveis, precisamos fazer com que a revolução depois delas também o seja. Após uma nova derrota nas urnas, após uma nova manipulação eleitoral por parte do regime, as articulações necessárias para deslanchar e comandar a revolução irão se concretizar. Minas e o Rio Grande estarão no ponto para aderir. As forças revolucionárias, afirmando-se no interior da Aliança, podem garantir que a revolução aconteça, assim atendendo as questões sociais e não permitindo a simples substituição de uns conservadores por outros. Precisamos do dinheiro e do apoio dos dissidentes do regime, mas eles precisam do senhor, de sua liderança, de seu carisma e popularidade. Após as eleições, fatalmente nos encontraremos."

"O senhor acha mesmo?"

"Se estou aqui, é para lhe dar o testemunho do que vejo e ouço. A meu ver, só de dentro da Aliança conseguiremos tomar a frente da revolução no devido momento. Muitos dissidentes, uma vez derrotados nas urnas, tenderão a reconstruir suas pontes com o poder. As tendências internas da Aliança irão se enfrentar, mas é desse elenco de contendores que sairá o líder, e não de outro lugar. Precisamos, desde já, impor a tese de que a derrota nas urnas, roubada como fatalmente será, nos obriga a pegar em armas. Se o senhor entrar na Aliança com esse discurso, afirmando a necessidade da revolução, quando chegar a hora estará suficientemente próximo dos políticos para evitar que se acomodem antes de derrubar o regime, e depois, para evitar que façam uma reconstrução pela metade."

"Concordo, em parte."

"De qual parte o senhor discorda?"

"Creio ser possível obter o que queremos sem nos comprometer."

"Estou convencido que não, capitão. Quem não entrar na Aliança agora nunca receberá o dinheiro que precisa. Nem de Minas, nem do Rio Grande e nem de São Paulo. O que o senhor recebeu mal dá para sustentar seus homens."

"Muito bem", disse Prestes, secamente. "Mais alguma coisa?"

Maurício reagiu àquele tom áspero, mas apenas com o olhar. Sua voz saiu controlada:

"Muitos mensageiros da Aliança vieram ter com o senhor. Mas não somos todos iguais. Sua entrada na Aliança será lida de acordo com o intermediário que escolher. Se o senhor entrar pela mão dos dissidentes mineiros, do Partido Democrático, estará comprometendo-se com o atraso. Se entrar pela mão dos líderes gaúchos, estará amarrando-se a uma versão disfarçada de conservadorismo. Creio, então, trazer-lhe a melhor opção."

"Entrar pelas suas mãos..."

"Humildemente, capitão, ofereço-me como seu ponto de apoio dentro da Aliança. Todos os meus recursos estarão à sua disposição: meu prestígio como político, minha história como defensor do operariado, minha dose de carisma, meu destemor. E me comprometo, desde já, a seguir suas orientações, sacrificando minha independência, o trunfo político mais precioso que tenho. Tudo isso para fazer do senhor o comandante supremo da revolução."

"Qual o preço de todo esse apoio?"

"Não é barato, capitão..."

Prestes, apesar da fleuma absoluta que demonstrara até ali, arregalou discretamente os olhos.

"E qual seria?"

"Construir um novo Brasil, nada menos do que isso. Dar ao Brasil eleições limpas, uma nova Constituição, um Parlamento forte, uma nova compreensão dos direitos dos trabalhadores e, não menos importante, um espírito em busca de soluções nacionais para os problemas nacionais, sem recorrer a ideologias prontas e estrangeiras."

Prestes o encarou longamente.

"Então suas diferenças com o pcb ainda persistem?"

"Se estivermos juntos, capitão, acredito que os comunistas virão atrás de nós."

Prestes levantou-se da cama e, numa escrivaninha, colheu uma cópia de seu último manifesto.

"Leia isto. Enviei-o diretamente ao Brasil, sem passar por Buenos Aires."

Lendo o documento, Maurício teve um choque.

"O senhor me perdoe a franqueza, capitão, mas creio que fez muito mal em distribuir esse manifesto. Ele não me parece o pronunciamento de um líder revolucionário."

"Trata-se de uma questão estratégica. Não agrido os oposicionistas mineiros, porque eles, fustigados pelos seus ataques, virão naturalmente até mim, com os recursos de que preciso."

"Como já disse, capitão, estou convencido de que nem mineiros e nem paulistas lhe darão dinheiro antes das eleições. Tais promessas visam justamente mantê-lo fora da Aliança e, assim, colocá-lo à margem do processo que ela, queiramos ou não, irá liderar."

"Se o senhor é meu soldado, deve-me obediência."

"Sou seu soldado na acepção civil do termo, isto é, de companheiro, de aliado que renuncia a muitas iniciativas para o senhor, em primeiro lugar, se engrandecer perante a opinião pública. Mas assim não atingiremos nosso objetivo. O ponto de partida deve ser sua entrada na Aliança."

"Esse manifesto, sob certos pontos de vista, deve ser lido nas entrelinhas."

"Com todo o respeito, um líder na sua posição ou não fala ou fala sem entrelinhas. O senhor assim desgasta seu prestígio. A candidatura de Vargas, embora possua inclinações conservadoras, talvez até fascistas, é no momento mais progressista que a de Antônio Carlos, por trás de quem estão as forças mais atrasadas, até mesmo Artur Bernardes. E entre os tenentes gaúchos o peso da sua palavra é muito maior do que em Minas. A revolução de que o senhor fala, além de precoce, quando isolada perde substância. Com Vargas, temos muito mais penetração para, num segundo momento, tomar a liderança do movimento."

Prestes fechou a cara:

"O senhor sabia que, em 1924, Vargas foi favorável ao envio de tropas gaúchas contrarrevolucionárias para lutar em São Paulo?"

"Sim, eu sei..."

"Vargas era deputado federal e ridicularizou os combates e seus mortos, dizendo que não passavam de 'motins de quartéis e empreitadas caudilhescas'."

"Capitão..."

"E mesmo assim, acha que devo apoiá-lo nas próximas eleições?"

Maurício não respondeu. Prestes continuou:

"Então, para liderar a revolução, antes eu devo apoiar uma candidatura antirrevolucionária? Uma aliança dos tenentes com os carcomidos?"

"Capitão, a derrota na eleição é certa, o senhor conhece o arremedo de democracia que temos. Getúlio não será eleito, e sim Júlio Prestes. Não há perigo de ele chegar ao poder pela via eleitoral."

"E minha honra?"

"Se o senhor se afastar da via eleitoral agora, corre o risco de ficar à margem da revolução quando ela estourar."

"A revolução no Brasil não dependerá de Getúlio Vargas."

"O senhor leu a correspondência que eu lhe trouxe?", perguntou meu pai, aflito, pressentindo que haviam chegado a um impasse. "Eu a entreguei a seu oficial, algumas noites atrás. O que dizem seus camaradas? Será possível que só eu veja as coisas dessa forma?"

"Não li ainda."

A essa altura da conversa, foram interrompidos para o almoço. Antes de saírem do quarto, Prestes pediu a meu pai que nada comentasse com ninguém. Após o almoço, ele fez a sesta e voltou para o trabalho, dizendo:

"Porei-me bonito, para, mais tarde, irmos tomar um aperitivo na melhor confeitaria de Santa Fé."

No fim do dia, reapareceu, acompanhado do patrão, e saíram os três rumo à confeitaria. Aproveitando que o chefe se adiantara na caminhada por um instante, Prestes disse a Maurício:

"Li a correspondência que me trouxe e entendo agora a situação. Precisamos conversar."

Meu pai não conteve o entusiasmo:

"Estou à sua disposição, general."

Prestes olhou em seus olhos:

"Não me chame de general, ou de capitão. Pode me chamar de você."

Durante o aperitivo, já sentados, os três conversaram despreocupadamente sobre a construção da avenida Beira-Rio e outros projetos urbanísticos necessários à cidade. Num determinado momento, o assunto resvalou na situação política brasileira. Antes que Maurício, como todo destemido, demonstrasse ser também boquirroto, ele sentiu o toque de uma bota em sua canela. Uma, duas vezes. Por alguns instantes, gaguejou sem reação. Bastou um relance no rosto de Prestes para entender que não estava imaginando coisas. Era um sinal para que não esquecesse o acordo de discrição absoluta.

Retornaram ao hotel por volta das sete da noite. Maurício propôs que jantassem, pois pretendia tomar o trem das dez para Buenos Aires. Jantaram então, os três agora conversando sobre amenidades brasileiras, e um pouco sobre a política na Argentina e no Uruguai. Terminada a refeição, meu pai e Prestes saíram para o jardim, a pretexto de fumar, e sentaram-se num banco cercado de árvores e moitas.

"Foi um erro distribuir o manifesto que lhe mostrei hoje cedo", o líder dos tenentes teria admitido, logo de saída. "Contudo, não seria conveniente deixarmos a impressão de que me reposicionei única e exclusivamente por sua influência."

Após uma pausa, ele continuou:

"A revolução tem um dilema: se terá caráter civil ou militar."

"A revolução será as duas coisas, mas liderada pelos militares. A grande pergunta, se militar ou civil, aplica-se não tanto à revolução em si, mas à democracia que virá depois. Ou, ainda", completou Maurício, "se haverá democracia."

"E o que você acha? Você confia nos políticos?"

"Nós dois juntos podemos evitar que as causas dos trabalhadores sejam usurpadas pelos reacionários, civis ou militares."

Após mais alguns instantes de conversa, que, entretanto, não resultaram numa adesão formal de Prestes à Aliança Liberal, meu pai subiu para o quarto e terminou de fazer a mala. Dessa vez, o comandante exilado acompanhou-o à estação de trem. Subiu junto com ele no vagão, a pretexto de inspecionar a qualidade das suas acomodações, e somente lá, na última hora, teria lhe dito algo mais consistente:

"Você talvez tenha sido um precursor sacrificado, porque reconheço que os mineiros nos abandonarão. Sofra, pelo momento, os ataques dos conservadores dentro da Aliança, mas continue a golpeá-los. Definitivamente, não podemos fazer a revolução que desejariam aqueles de quem estamos dependendo."

CORAÇÃO QUASE BÁRBARO

Meu pai não foi o único a tentar uma aproximação entre Prestes e Getúlio. Osvaldo Aranha, o principal articulador gaúcho, chegou a promover um encontro entre os dois, em novembro de 1929, quatro meses antes da eleição. O líder da vanguarda tenentista, ainda exilado, entrou incógnito no Brasil e foi recebido à meia-noite no Palácio Piratini, sede do governo estadual. Segundo os relatos que existem desse encontro, ele teria explicado que não estava ali para dar apoio à candidatura de Getúlio, e sim, antes, para discutir seu projeto de governo:

"Compareci a este encontro porque meus companheiros me disseram que o senhor lideraria uma verdadeira revolução anti-imperialista e agrária."

Ao que o Getúlio respondeu com uma frase de arrepiar, considerando tudo que aconteceria depois:

"Fique tranquilo, você não vai se decepcionar comigo."

Mas foi inútil. Prestes teimou em ficar de fora da campanha. Jamais admitiu a candidatura de Getúlio e sua nova persona de líder das oposições. A plataforma da Aliança, em si, pareceu-lhe tímida. A seu ver, "uma simples mudança de homem no poder, o voto secreto, promessas de liberdade eleitoral, honestidade administrativa, respeito à Constituição, moeda estável e outras panaceias nada resolvem, nem podem de maneira alguma interessar à grande maioria de nossa população, sem apoio da qual qualquer revolução que se faça terá o caráter de uma simples luta entre as oligarquias dominantes".

Prestes tampouco se juntou aos comunistas, pelo menos por enquanto. Até onde se pode deduzir, ele desejava organizar uma força política e revolucionária, com uma plataforma radical, tornada irresistível graças a sua popularidade pessoal, e capaz de aliar-se como força independente aos conservadores alijados do poder, de quem tiraria o dinheiro, e ao PCB, com quem contava para pressionar por reformas.

Ao chegar de Santa Fé, Maurício de Lacerda entrou em ação junto aos comunistas, apresentando-se como representante do líder tenentista e instando-os a aderir à candidatura de Getúlio. As negociações, entretanto, eram difíceis. O PCB não acreditava numa revolução cujo comando estivesse na mão da pequena burguesia tenentista, e não do proletariado, isto é, deles mesmos.

O que já estava difícil complicou ainda mais quando Prestes, um mês depois, e supostamente para a surpresa de Maurício, desautorizou suas embaixadas e negou publicamente lhe ter dado, no encontro da Argentina, qualquer permissão para se apresentar como seu representante junto aos comunistas. Foi um abalo na autoestima e na imagem de meu pai, que passou por embusteiro. Ele nunca admitiu ter avançado o sinal e nunca perdoou o antigo líder:

"Fui atacado pelo homem que mais admirei, mais servi e melhor acompanhei nesse país."

No seu entender, e no de muita gente, a independência de Prestes originava-se num dos seguintes fatores, nenhum deles positivo: falta de tirocínio político, reles oportunismo, desejo de extinguir o jogo político-partidário após a vitória. Como resultado do fiasco nesses entendimentos, os comunistas decidiram apresentar um candidato próprio e voltaram-se definitivamente contra meu pai. O sintoma mais eloquente disso foi a escolha do tio Paulo como candidato a deputado federal do PCB. Ele e o irmão mais velho concorreriam no pleito, disputando o mesmo eleitorado.

Tanto a situação quanto a oposição chegaram divididas às eleições de 1º de março de 1930. Se nesse quesito houve empate, as máquinas políticas regionais, ainda presas ao governo federal, continuaram sendo decisivas. As eleições foram aquela beleza que se conhece, com todo tipo de baixaria a favor do candidato oficial. Abertas as urnas, Getúlio e o candidato comunista a presidente perderam. O candidato da situação, Júlio Prestes, estava eleito. O outro Prestes, Luís Carlos, não se candidatou a nada e perdeu parte da amplitude de sua liderança. Paulo de Lacerda, candidato a deputado federal, levou uma surra das forças de repressão, no sentido mais concreto do termo. Só meu pai ganhou, e fácil, elegendo-se deputado federal. Tudo o mais deu errado.

Imediatamente, como previsto, a conspiração revolucionária ocupou o centro do debate na Aliança Liberal, e uma nova rodada de negociações começou. O apoio dos conservadores dissidentes à revolução foi sendo conquistado aos poucos, e jamais deixou de ser frágil e sujeito a recuos. Getúlio recuou em uma oportunidade, Antônio Carlos, em várias. Mas os articuladores gaúchos e mineiros, aproveitando-se com muita habilidade do clima no país, conseguiram sempre fazê-los retornar ao trilho revolucionário.

Como Maurício também previra, foi de dentro da Aliança que saiu a liderança militar do movimento: o tenente-coronel Pedro Aurélio de Góis Monteiro, por escolha de Osvaldo Aranha e Getúlio. Tido como uma das mais brilhantes inteligências do Exército, beirava os quarenta anos, e não despertava suspeitas porque participara da repressão ao movimento de 1924. De seu comando, em São Luís das Missões, ele conspirou e preparou a logística militar no Sul-Sudeste, enquanto o tenente Juarez Távora ficava encarregado do Norte-Nordeste. Góis Monteiro passou meses aconselhando seus superiores legalistas a tomar medidas e movimentar as tropas de maneira favorável aos planos secretos dos revolucionários.

Os comunistas nunca aderiram à revolução. Além de suas diferenças com as lideranças, a ordem que vinha de Moscou para o PCB, e para os PCs de todo o mundo, continuava sendo a de não se misturarem com forças reacionárias. Eles então deram prosseguimento às negociações de amor e ódio com Prestes, a quem reprovavam a pretensão à liderança do movimento, mas aprovavam a "distância sanitária" que soubera manter dos conservadores.

Prestes, por sua vez, corria o risco de se tornar um líder militar sem exército, pois os tenentes estavam aderindo em peso ao projeto revolucionário. Mesmo assim, e contrariando todas as expectativas, em 10 de maio de 1930 ele de novo decepcionou a maioria de seus colegas militares: não tomaria parte na revolução. Em Buenos Aires, os tenentistas Siqueira Campos, João Alberto e Miguel Costa, todos ex-colegas de coluna, tentaram durante um dia inteiro convencê-lo a repensar o caso. Dizem que a discussão chegou a ficar tão feia que o Siqueira Campos, sentindo-se usado e traído, lhe teria dado um tapa na cara. Na condição de principal mensageiro e propagandista, fazendo pelos tenentes o que Osvaldo Aranha fazia pelos gaúchos e Virgílio de Melo Franco pelos mineiros, até seria compreensível tamanha revolta. Com ou sem tapa na cara, não lhe restou outra alternativa a não ser resignar-se à ordem de Prestes, mesmo sabendo da irreparável perda de identidade entre ele e seus comandados que tal ordem provocaria. Obteve do chefe, pelo menos, uma concessão: retardar por quinze dias, para depois da eclosão do movimento, o anúncio de sua decisão:

"Isso me dará tempo para explicar aos antigos companheiros da coluna."

Naquela madrugada, em maio de 1930, Siqueira Campos e João Alberto tomaram o avião de volta para o Brasil. Por volta das três e meia da manhã, a aeronave despencou nas águas do rio da Prata, matando Siqueira. Seu corpo foi trasladado para o Cemitério Central de Montevidéu e Prestes encabeçou o cortejo fúnebre. Cumprido o prazo estipulado, num manifesto datado de 29 de maio, a decisão do líder tenentista foi afinal tornada pública pelo *Diário Nacional*, um jornal de São Paulo. E caiu como uma bomba nos meios revolucionários. Prestes bem poderia escudar suas decisões numa grande frase do desafortunado auxiliar, que dizia:

"À pátria tudo se deve dar, sem nada exigir em troca, nem mesmo a compreensão."

Ainda antes da posse do presidente eleito, a revolução foi se organizando em vários estados, secretamente, e o alto-comando militar, sem saber, foi perdendo controle sobre os oficiais de baixa patente. Por outro lado, os comícios da oposição eram sempre dispersados pela polícia, o povo ia se acomodando à repressão. No meio político, cresceu a beligerância entre os partidários da legalidade, que desejavam fazer valer os resultados da eleição, e os opositores.

Afora uma vaga comunhão de ideais, o que em última instância uniu as várias tendências da oposição foi um motivo muito simples: as armas. Rifles, pistolas, canhões, e muita munição; só os tenentes tinham acesso a tudo isso. Todos os projetos revolucionários na época (e até hoje, na maioria dos casos) tinham em comum a dependência da adesão militar, apesar das divergências entre liberais, fascistas, integralistas, tenentistas, comunistas e anarquistas. A base moral, acreditava cada um, estava com a sua própria ideologia; mas com o Exército estava a chamada "base física do poder". Sem o seu envolvimento, qualquer revolução era automaticamente rebaixada à categoria de simples conspiração. Muitos, a maioria, iam além, acreditando que o Exército era, na verdade, um elemento constitutivo da República brasileira. Ela nascera do Exército e se fortalecia em grande parte graças a ele. Deodoro fora militar, Floriano também, a política brasileira continuava coalhada de militares.

Apesar de tudo, por fatores logísticos menores, a eclosão do movimento continuava sendo adiada. Ele estava pronto, mas carecia de um fato detonador, o dado novo que criaria o espírito propício na população. Foi aí que, no dia 26 de julho, houve o assassinato de João Pessoa, o governador da Paraíba, companheiro de chapa de Getúlio.

Há quem diga que os gaúchos oposicionistas — Getúlio, Osvaldo Aranha, Flores da Cunha, Lindolfo Collor etc. — estavam num almoço quando a notícia chegou, se recriminando por terem acreditado na vitória eleitoral. Lamentavam ainda mais as oportunidades perdidas de catalisar as emoções, colocá-las em marcha, fazendo com que as lideranças infiltradas nos quartéis e os políticos descontentes jogassem a Velha República no chão. Não sei se esse almoço realmente existiu, mas, logo que se soube da tragédia, seu potencial simbólico foi explorado por todos da oposição, inclusive pelos líderes gaúchos e por Maurício de Lacerda.

João Pessoa, mesmo derrotado na eleição presidencial, tinha fama de estar fazendo ótima administração. Enfrentava o coronelismo no seu estado, embora descendesse de uma típica família oligárquica, e, numa tentativa de sanear as contas públicas, encarara a classe dos proprietários rurais e taxara o comércio entre o interior e a capital, provocando um levante armado de coronéis contra sua administração.

As circunstâncias do assassinato de João Pessoa misturam de forma trágica questões políticas, nacionais e regionais, com fatores de ordem pessoal. Tudo começou quando a polícia do governador, reagindo com firmeza à revolta dos coronéis, invadiu suas casas e as de seus aliados na capital do estado, em busca de armas e material politicamente comprometedor. Ao invadir a garçonnière de um advogado aliado dos revoltosos, João Duarte Dantas, a polícia apreendeu cartas de amor trocadas entre o sujeito e sua namorada (ou amante ou noiva, variando conforme quem conta a história). A moça, Anayde Beiriz, uma professora órfã, era também solteira, fumante e defensora da igualdade entre os sexos, o que, na sociedade da época, era sinônimo de devassidão. Daí a hipótese de a polícia não ter chegado por acaso àquele material, mas instigada pelo mau juízo que se fazia da jovem. De fato, o conteúdo das cartas era altamente comprometedor, com direito a confidências de alcova e poemas eróticos. Logo depois, a invasão de privacidade ganhou requintes cruéis, quando as cartas apareceram publicadas no jornal oficial. Estava aniquilada a reputação dos amantes.

João Pessoa, maior beneficiado de todo o episódio, estava em Recife quando morreu, cercado de correligionários na Confeitaria Glória. Segundo algumas testemunhas, naquele instante mesmo se gabava do golpe baixo, e ria dos detalhes íntimos que vieram à tona. Embora tudo leve a crer que o governo agiu de má-fé, oficialmente o governador sempre negou qualquer responsabilidade no vazamento das cartas. Seja como for, o advogado exposto ao ridículo apareceu de repente na confeitaria, ele e um cunhado, os dois armados. Já chegaram atirando, e deram tantos tiros que não se sabe quem efetivamente matou o governador.

Tempos depois, os assassinos acabariam se suicidando na prisão, cortando o próprio pescoço a golpes de bisturi, numa história muito mal contada. A professora, moralmente destruída, tomaria veneno de cobra e seria enterrada como indigente. Àquela altura, porém, só quem estava morto era João Pessoa, e tal precedência ofuscava eventuais abusos de sua parte.

O corpo do governador, após o velório na capital paraibana, viajou de navio para o Rio de Janeiro, com escalas em Salvador e Vitória. A decisão de enterrá-lo no Distrito Federal visava provocar o governo, pois Washington Luís era acusado de dar força aos coronéis paraibanos. Entre 26 de julho e 18 de agosto, à medida que o cadáver ia se aproximando da capital, o clima de ansiedade e exaltação foi tomando conta.

Pouco antes do crime, João Pessoa pedira permissão ao governo federal para adquirir armamentos, alegadamente necessários no combate aos coronéis revoltosos. Washington Luís recusara-lhe tal autorização, menos em solidariedade aos oligarcas paraibanos, talvez, e mais por medo de que as armas depois fossem usadas contra ele próprio, como provavelmente seriam. Após o assassinato, contudo, sua recusa passou a ser vista como uma medida deliberada para deixar o governador oposicionista vulnerável, sem proteção. O governo federal não apanhou quieto, claro, denunciando de volta o intuito revolucionário das acusações que sofria.

Por onde passavam os despojos, a multidão afluía e protestava contra Washington Luís e contra o presidente que lhe sucederia, eleito mas ainda não empossado. No Rio de Janeiro, as câmaras estadual e federal receberam discursos inflamados. Maurício, como de costume, foi um dos destaques no pelotão de incendiários legislativos, acusando o governo de proteger os assassinos na prisão e de censurar o serviço de telégrafos, bloqueando a chegada de informações às demais unidades federativas. Os donos dos jornais da capital federal foram, efetivamente, convocados à sede da polícia, para receber instruções explícitas quanto ao "tratamento das informações".

Meu pai, em plena crise política, nem aparecia lá em casa. Mas líamos sobre seus discursos nos jornais, orgulhosos de seu prestígio entre as lideranças civis da revolução e junto ao povo. Quando as rádios anunciaram que a multidão estava se aglomerando no porto, para receber o corpo do governador assassinado, deduzi que o Tribuno do Povo discursaria em algum momento dos funerais, e me mandei para lá.

Quando cheguei em frente à Caixa de Estabilização, uma espécie de Caixa Econômica Federal da época, uma praça, num ponto do cais, já estava lotada de gente. E de policiais, a pé e a cavalo, pesadamente armados. Precisei me embrenhar na massa até um ponto de onde eu visse a escada do navio. Do convés, com forte escolta, o governador do Rio de Janeiro, aliado do presidente, fazia um discurso conciliador, tentando desarmar os espíritos e alertando contra o risco de uma guerra civil. Não estava conseguindo muita coisa, porém, e decidiu acenar com a repressão iminente:

"Ninguém lhes impedirá de velar o governador. Mas lembrem-se que as forças policiais têm obrigação de manter a ordem pública."

Era como se dissesse: "Vai doer mais em mim do que em vocês". Foi vaiado, claro.

Quando baixou do navio, num primeiro momento o caixão pairou acima do aperto generalizado, suspenso nas mãos do povo, para em seguida ser entregue aos líderes da oposição. A tal praça onde estávamos tinha três saídas, e os políticos encaminharam-se para a que ia em direção à avenida Rio Branco, puxando a multidão consigo. Percorrer a principal rua do Centro era uma honraria reservada a poucos cortejos, mas justificada naquele ambiente de grande comoção popular.

Então, para surpresa geral, os soldados da cavalaria e da infantaria fecharam justamente aquela passagem. A multidão ficou atônita. Uma vez erguida a barreira humana, o delegado e os chefes de polícia puseram-se a deliberar se deveriam ou não permitir aquela última homenagem ao governador ilustre. A cada minuto que demoravam, a indignação ia aumentando. Não sei se houve alguma consulta ao palácio presidencial, mas finalmente um delegado apanhou um megafone e anunciou a decisão das autoridades:

"O cortejo não poderá passar pela avenida Rio Branco. Pedimos a todos, encarecidamente, que saiam pelo outro lado da praça. E lembrem-se: qualquer resistência poderá provocar inúmeras vítimas."

Novamente ecoou na praça uma vaia estrepitosa. Cabia às lideranças políticas presentes reagir à decisão das autoridades. Iriam acatá-la ou desafiá-la? Subi em cima de um automóvel e vi o caixão de João Pessoa numa carreta, cercada pelos parentes e por alguns aliados oposicionistas. Os irmãos do falecido governador estavam justamente ajudando um aliado a subir na carreta com o caixão. Era meu pai que iria discursar.

"Silêncio!", gritaram perto de mim.

Não me lembro, claro, do discurso inteiro, pois lá se vão quarenta e sete anos. Eu tinha uma cópia datilografada em algum lugar da biblioteca, em Petrópolis. Era, com certeza, de altíssima voltagem revolucionária:

"João Pessoa, Deus tornou-te imortal, o mártir da nossa liberdade, o pendão vermelho da nossa revolta!"

Esse era o "homem do século", novamente piscando o olho para as fórmulas religiosas. E a multidão, claro, gostou e aplaudiu.

"João Pessoa, meus amigos, sintetizava em si mesmo a coragem do nordestino civilizado, enquanto a fereza do assassino é a mais abjeta expressão da bravura malsã do sertanejo. A morte que viemos chorar é, portanto, o triste resultado do encontro de duas civilizações: a do nordestino que o litoral já abençoou com o bálsamo da cultura europeia, guiada no dorso do oceano até seus olhos, seus ouvidos, para ilustrá-lo, escamá-lo, poli-lo, e a do nordestino ainda rude, retardatário, jagunço da semisselva de seu coração quase bárbaro."

A multidão, emocionada, rebentou em aplausos:

"Muito bem! Muito bem!"

"Viva Maurício!"

Após uma pausa medida, ele retomou:

"Entre essas duas civilizações, o cadáver do líder paraibano é o marco divisório, a fronteira entre as duas correntes do Brasil. A da cultura que dirige; a da incultura, que fermenta. Mais grave ainda, cidadãos, é ver a supercultura social, o governo, colocando-se por trás do sertão jagunço, atiçando as armas bárbaras contra a lei!"

"Apoiado!"

E novas palmas ecoaram, contidas apenas a um gesto do próprio orador:

"Singular destino o desse herói! Ele, que relutou em conspirar, que desejava apenas a justiça, foi encurralado pelo bloqueio federal e dos estados vizinhos, sem armas capazes de resistir à jagunçada que o presidente da República mandou se rebelar contra ele!"

Meu orgulho ao assistir àquilo, embora fácil de entender, é bastante difícil de explicar. Apesar de todas as mágoas, o carisma de meu pai incidia sobre mim, irresistível e indelével. Mas, aquele dia no cais, não só eu me rendi à sua oratória inflamada:

"A democracia não pode ser apenas uma palavra. Seus mecanismos fundamentais têm de estar em ação para ela existir! Ajoelhem-se, cidadãos, e deixem passar o cadáver deste Cristo do civismo. Mas ergam-se depois, para ajustar contas com os judas que o traíram. Morrei por este homem que por vós morreu!"

Mais uma vez incitava o povo à revolução, agora nas barbas da polícia:

"Vós, gaúchos e mineiros, vinde cumprir a vossa promessa! A oligarquia nacional roda no eixo conservador paulista! O povo está disposto a morrer pela liberdade! Do que o povo, do que os proletários precisam é de ouvir e ver, com sinceridade, uma realidade que já vai surgindo em contornos definitivos. A modernização das leis repressivas e do autoritarismo, iniciada por Bernardes, garantida e garantia de Washington Luís, continuará com Júlio Prestes. Não importa que tenham mudado a máscara do Catete, uma vez que a consciência de grupo e de classe ali continua, em seu nome e no da banca internacional, a obra de adiamento, cerceamento e sufocamento dos direitos e dos ideais de toda uma geração!"

A multidão se agitou no porto, chiando feito uma gigantesca cigarra. Bem nessa hora, um sujeito imenso parou na minha frente, tapando toda a cena. Esgueirei-me, pisando no pé de um vizinho e dando uma cotovelada involuntária em outro. O discurso não demorou a prosseguir:

"No Brasil, oprimido, a questão social está tão viva e é tão real que mesmo a revolução, quando vitoriosa, mal poderá conter suas imposições: a instituição de leis que protejam o trabalhador, os direitos do cidadão mais carente e o fim da mentalidade policial dos governantes!"

"Muito bem!", ecoou a multidão, com aplausos frenéticos.

"A revolução deve evoluir racionalmente, do tipo das revoluções meramente políticas para o grande tipo das revoluções sociais. Washington Luís preside o epílogo do movimento político e abrirá o prefácio do movimento social no Brasil. O duelo entre a nação e os políticos profissionais prosseguirá cada vez mais rude até lá."

A multidão ressoava, com um rumor profundo, de algo muito grande, ao mesmo tempo em movimento e estático, somatório de aplausos, gritos, assobios, comentários, palavras de ordem, punhos erguidos, palmas, passos, sussurros, chapéus voando, vento batendo, ultimatos e desafios. Do meio da massa, surgiu apenas uma voz dissonante, de um delegado auxiliar, que aos berros procurou conter os ânimos:

"Senhores! Senhores! Somos todos brasileiros! Como brasileiro, peço que obedeçam às autoridades."

Uma vaia colossal abafou-o imediatamente. Maurício fulminou o intrometido com total descaso, e partiu de onde estava:

"A morte de João Pessoa não é um crime comum, é um crime a serviço de um mandatário. Mas façamos com que ela seja também o polo que nos falta para a sublevação e a insurreição nacional! A República de 1889 precisa acabar para que surja outra, mais própria à liberdade, à democracia e à justiça social!"

A multidão, eletrizada, subitamente tomou a dianteira do cortejo e deu um passo em direção à avenida Rio Branco. Na carreta, Maurício sorriu, de braços abertos. Os soldados que barravam aquela passagem, muito compenetrados, tentaram demonstrar frieza, mas até seus cavalos sentiram o avanço da massa, relinchando e tentando desobedecer à formação da tropa. Como que do nada, nas costas do povo, surgiram mais soldados, e as outras duas saídas da praça foram fechadas. Uma corneta soou, com as ordens de "sentido" e "preparar" silenciando o cais. Ninguém podia acreditar. Os policiais montados desembainharam as espadas, a infantaria engatilhou as armas e apontou-as contra a multidão. Esta continuou paralisada, ouvindo a respiração forte dos cavalos. Assustado, usei o capô de um automóvel para me proteger.

Meu pai, em pé sobre a carreta, evidentemente subestimara a determinação das autoridades. Insuflara a multidão e agora estava a um passo de provocar uma chacina, cuja lista de vítimas ele próprio tinha muitas chances de integrar. Pensando rápido, ele se ajoelhou perante o esquife de João Pessoa e pediu, com sua voz escura:

"População carioca, enterremos em paz este herói!"

Recebeu como resposta um grito de apoio, mas o grito veio tão forte que denunciou o quanto estava desencaixado da intenção. O orador precisava recuperar o controle sobre a multidão, e rápido. Meu pai desandou a falar, numa tentativa meio desesperada de encaixar um golpe de retórica capaz de acalmá-la:

"Precisamos aguardar melhor oportunidade para a desforra!"

"O Exército virá em socorro do povo, e vencerá em seu nome!"

"Ainda não estamos preparados para a revolução! Precipitar as coisas é favorecer ao regime dos oligarcas!"

A multidão, entretanto, continuava recolhendo pedaços de pau, correntes e pedras. Se ela decidisse mesmo forçar passagem até a avenida Rio Branco, enfrentando as tropas, fatalmente os políticos presentes e os familiares de João Pessoa teriam de segui-la, pois qual o valor simbólico de um líder enterrado sem multidão? Maurício, pressionado, tentou mais uma vez impedir o confronto:

"Companheiros, estes soldados apenas cumprem ordens. Estão sujeitos aos castigos das autoridades tanto quanto nós!"

E mais uma:

"É apenas uma questão de tempo! Por hoje, cidadãos, enterremos o herói em paz!"

Nada parecia funcionar. Então, num arriscado lance de gênio, ele trocou de interlocutor, pegando a todos de surpresa:

"Soldados da pátria, estejam conosco no dia em que nos revoltarmos contra a política que matou João Pessoa!"

A multidão, de repente, estourou em aplausos, risos e urros de patriotismo. Deu até vivas aos soldados, que ficaram atônitos por um instante, mas depois também esboçaram um sorriso. Fica difícil fuzilar uma multidão enquanto ela está te aplaudindo. Não recuaram um milímetro, mas pararam de avançar contra o povo, cuja prontidão para a violência diminuiu.

Tendo conseguido o improvável, Maurício vislumbrou a chance de conseguir o que até minutos antes seria impossível:

"Façamos o cortejo permitido pelas autoridades, como bons brasileiros, mas que ao nosso lado marchem as forças públicas da nação. Não para nos vigiar, não para tolher nossas homenagens, mas cumprindo o trajeto para servir ao eminente governador como sua guarda de honra. As espadas, antes desembainhadas contra o povo, reluzirão agora, como escoltas do seu herói!"

"Viva Maurício de Lacerda!", gritaram de todos os lados.

O cerco policial se abriu na direção pretendida pelas autoridades. Para lá se encaminhou a multidão, lenta e pacificamente. A carreta voltou a rodar, levando meu pai e o cadáver de João Pessoa em triunfo, sem confrontos, sem derramamento de sangue, e com escolta policial, até chegar aqui no Cemitério São João Batista.

*

A partir dali, todos os quartéis da capital federal entraram em prontidão. O quartel-general do Exército foi guarnecido com grande número de sentinelas. Em vários pontos da cidade, montaram-se piquetes de cavalaria. A vigilância tomou a Central do Brasil, onde policiais fiscalizavam a entrada e a saída de cada um. Eu havia crescido ouvindo os adultos à minha volta discutirem a revolução, e assistira-os destruindo a própria vida em seu nome. Dessa vez ela parecia realmente ter chances de vencer.

Na imagem muito comum da época, e imortalizada pela biógrafa de um dos líderes civis do movimento, os revolucionários dividiam-se em dois grandes rios: o que nascia no Rio Grande do Sul e subia em direção a São Paulo, e o que, já dono da Paraíba, avançava por todo o norte e nordeste do país. A guerra civil começara no dia 3 de outubro, em Porto Alegre, e estourou em Recife com um dia de atraso, provavelmente por falha de comunicação entre os revoltosos. As duas cidades foram tomadas em pouco mais de vinte e quatro horas de combate. Em relação a Minas Gerais e ao Rio de Janeiro, a ordem do comandante Góis Monteiro era esperar, pois em ambos os estados o governo fortificara suas posições. Em Minas, apesar da pouca penetração militar, o governador e o establishment político eram a favor da revolução, e de certa forma, como dissidentes do regime anterior, davam legitimidade ao levante. No Distrito Federal, o caso era mais delicado, já que, além de concentrar forças militares, as forças políticas eram ali ferrenhamente contrárias à queda do regime oligárquico.

Pelo Brasil afora, seguiram-se vinte e um dias de combates, expectativas e apreensões. Com uma força surpreendente, embora muito anunciada, os tenentes foram rebelando quartéis em todo o país, mobilizando efetivos cada vez maiores, desautorizando cada vez mais comandantes do alto escalão, ganhando apoios e controle sobre as capitais e o território de vários estados, entre eles Santa Catarina, Paraná, Pernambuco, Bahia e Espírito Santo.

Muitos povos mediriam apenas em litros de sangue o heroísmo da empreitada, mas nós, brasileiros, por sorte, não somos tão literais. Os combates mesmo, não sei se foram tantos, ou tão sangrentos. Nossos conflitos armados costumam ser decididos um pouco por contagem de pontos. De um lado e de outro, os militares fazem o chamado "exame de situação", perguntando aos adversários: "Quantos tanques você tem? Quantas balas e quantas horas de munição você tem?". Quem tiver mais, já ganhou! Alguém pode achar que isso é uma leviandade dos nossos generais, mas estará equivocado, pois os três principais objetivos do Exército são, sempre: evitar a guerra civil, manter a própria unidade e, por fim, morrer e matar na dose estritamente necessária. Um conflito prolongado inviabilizaria tudo isso.

No Rio de Janeiro, durante essas três semanas, enquanto o resto do país virava de cabeça para baixo, a força quase esmagadora do cotidiano ainda criou uma ilusão de normalidade, para quem quisesse acreditar. Contida pelo governo a propaganda subversiva, posta a vigilância nas ruas, as casas de diversão tiveram frequência normal, os cafés e lugares públicos funcionaram como sempre, até mais alegres do que o habitual. Algumas fisionomias sobressaltadas, alguns comentários receosos, mas nada que evidenciasse tamanho solavanco na história nacional. Lá em casa, com nosso pai escondido em algum bunker rebelde, acompanhávamos as notícias com volúpia, torcendo por ele e pela vitória, que coroaria vinte anos de atividade político-revolucionária.

Finalmente o exército tenentista chegou às bordas do Distrito Federal. O presidente agora ou partia para o combate, na esperança de um verdadeiro milagre militar, ou renunciava ao cargo de uma vez. Se não fizesse nem uma coisa nem outra, acabaria derrubado por seus próprios comandantes militares. Dentro do Palácio do Catete, Washington Luís, em reunião com seu Estado-Maior, exigiu que se contra-atacasse a coluna rebelde com força total. Para qualquer despesa que se fizesse necessária, obteve uma garantia de crédito no Banco do Brasil, de mil contos de réis. Os comandantes decidiram entregar a tarefa ao 1º Regimento de Cavalaria, apoiado pelo 1º Grupo de Artilharia Pesada e pelo 1º Regimento de São Cristóvão. Mas, exatamente por fazerem o "exame de situação", muitos militares de alta patente, do Exército e da Marinha, a despeito da determinação presidencial e do Estado-Maior, iniciaram um esforço para evitar a sangria inútil. Aumentou a pressão pela renúncia do presidente, e começaram as defecções.

Boatos correram a cidade, e a multidão se juntou fora do palácio, esperando a queda do regime. A parte da população que o defendia ficou quieta. A vigília se estendeu por toda a noite. O suspense acabou às sete horas da manhã do dia 24 de outubro: Washington Luís estava deposto. Quando a notícia chegou lá em casa, vesti o uniforme do Colégio Pio Americano, a coisa mais próxima de um uniforme militar que eu tinha à mão, arranjei um talabarte, para fingir que carregava uma espada, e saí às ruas, disfarçado de tenente.

Encontrei uma festa da qual tomavam parte homens, mulheres, senhoras idosas, gente que nunca tinha se ocupado com política na vida, até criancinhas de colo! Tremulava por todos os lados a bandeira nacional, e também os lenços vermelhos, símbolo da revolução. Havia música, as pessoas gritavam, cantavam hinos patrióticos, sopravam cornetas, batiam panelas, disparavam sirenes. Vi passar um grande boneco de papelão com a cara do presidente deposto, e ajudando a carregá-lo estava um amigo de colégio. Ele descendia de alemães radicados numa colônia próxima a São Borja, cidade natal de Getúlio. Seu pai, portanto, defendera ardorosamente a candidatura do governador gaúcho à Presidência da República, assim como agora apoiava sua liderança revolucionária. Trocamos um abraço efusivo, e ele me perguntou, quase aos gritos:

"Quer vir com a gente?"

"Mas para onde vocês estão indo?"

"Para a avenida Atlântica, está a maior festa lá! Washington Luís ficará detido no Forte de Copacabana, até partir para o exílio, e a multidão está se juntando para vê-lo chegar."

A multidão nos empurrava para a frente. Pegamos carona num caminhão, com boneco e tudo. Durante o percurso até a praia, vi o povo inebriado de felicidade. O que ninguém na multidão sabia, eu tampouco, era que não havia sido o alto-comando revolucionário a derrubar o presidente. Quem o derrubou foi uma junta militar independente, formada por dois generais e um almirante, a autointitulada Junta Pacificadora. O povão nem ficou sabendo que o alto-comando revolucionário e a Junta passariam os nove dias seguintes negociando os termos da passagem de poder ao Getúlio. Ele assumiria o Governo Provisório, com plenos poderes, somente no dia 3 de novembro.

Quando chegamos a Copacabana, a apoteose era total. Os aviões iam e vinham no céu, fazendo vibrar o patriotismo que desfilava a pé na avenida Atlântica. Aqui e ali, muito aplaudidos, passavam retratos de Getúlio, carregados pelos transeuntes. Mulheres distribuíam rosas vermelhas, lenços vermelhos, bandeiras vermelhas. À passagem de carros e caminhões militares, conduzindo praças revolucionários, todos com um laço também vermelho no fuzil ou na farda, o povo explodia de entusiasmo:

"Viva o Brasil! Viva a revolução! Viva João Pessoa! Viva Getúlio!"

Civis e militares viviam um momento da mais completa confraternização. Desde a Proclamação da República, nunca voltara tão forte aquele sentimento de identificação entre o Exército e o espírito de mudança nacional, nem mesmo em 22 ou 24. Quando finalmente vencemos a multidão e nos aproximamos do Forte de Copacabana, para onde todos convergiam, eu e meus amigos sentimos um movimento geral de curiosidade à nossa volta. O povo calou-se por instantes.

"É Maurício!", alguém gritou perto de mim.

Quando olhei, era meu pai chegando, em pé no banco de trás de um conversível. Sua fisionomia estava alegre, mas via-se, por trás do sorriso, o cansaço e o abatimento físico. A massa abriu passagem, com alegria:

"Viva Maurício!"

O automóvel estacionou próximo aos portões do forte. O povo pediu, em altos brados, que discursasse o Tribuno do Povo. Meu pai, entretanto, limitou-se a sorrir, enquanto dirigia um cumprimento às pessoas e acenava com as mãos. Como toda a multidão, aguardaria a chegada de Washington Luís. Eu me despedi do meu amigo, dos outros rapazes, e fui em sua direção. Quando brotei diante do automóvel, saindo do meio da confusão, ele me deu um sorriso e abriu a porta. Agarrando minha nuca com as duas mãos, puxou-me para um abraço:

"Vencemos! Vencemos!"

A alguns metros de nós, o povo se agitou novamente, aos gritos:

"Viva a revolução!"

Centenas de braços se levantaram, agitando retalhos de pano vermelho contra o céu azul. Achamos que fosse o presidente derrubado, em seu primeiro passo rumo ao ostracismo. Logo a causa da turbulência se revelou outra. No interior de uma baratinha conversível, que rodava lentamente cercada pela multidão, dirigida por um homem de cabelos gomalinados, vinha em pé, no banco do passageiro, uma vênus revolucionária, de belo sorriso e corpo escultural, distribuindo entre os homens retalhos de seu vestido vermelho, àquela altura já no alto das coxas.

Da entrada do forte, fazendo-se ouvir graças a um megafone, um sargento pediu silêncio. Os comandantes da Junta Pacificadora haviam ordenado que o povo conhecesse a sequência dos acontecimentos que culminaram com a derrubada do governo constitucional. Claro que a versão por eles fornecida, sem ser mentirosa, não mencionava as dúvidas quanto aos seus objetivos, que, entretanto, ainda inquietavam o alto escalão revolucionário. A multidão se calou e ouviu o sargento com atenção:

"Na madrugada de hoje, por volta das cinco e meia, os generais do Rio que haviam aderido à revolução, no comando de alguns dos mais importantes contingentes militares na região, e ainda dizendo-se apoiados pelo 1º Regimento de São Cristóvão, enviaram um ultimato ao Estado-Maior, exigindo a deposição das armas legalistas. Recebido o documento, um coronel da Intendência da Guerra foi destacado para confirmar com o 1º de São Cristóvão seu apoio ao ultimato. A adesão foi confirmada.

"Trancado em seu palácio, ainda assim o presidente Washington Luís decidiu lutar até o fim. Mas, sem o apoio de São Cristóvão, o Regimento de Cavalaria e o Grupo de Artilharia Pesada estavam derrotados antes mesmo de a luta começar. O comando revolucionário emitiu então o segundo ultimato. Nele, argumentava que a nação já vivia a guerra civil, em armas de norte a sul, cabendo ao governo dar o sinal para que cessasse a luta, voltasse a paz e, por fim, para libertar as energias necessárias à urgente reconstrução institucional. Washington Luís e as forças legalistas estavam obrigados, por espírito cívico e até mesmo por suas reputações pessoais, a entregar os destinos do país aos generais revoltosos e ao povo."

A plateia apoiou ruidosamente os termos do manifesto:

"Viva a revolução!"

"Momentos depois", continuou o oficial, gritando apesar do megafone, "as altas patentes da 1ª Região anunciaram o fim da resistência. Em seguida, o presidente renunciou. Os revolucionários formaram um Conselho de Administração, para tomar conta dos dinheiros públicos. Enquanto isso, nos quartéis, as cores revolucionárias já podiam ser hasteadas, lado a lado com o pavilhão nacional."

No fim do relato, a multidão explodiu em aplausos e gritos:

"Viva a República! Viva o Brasil!"

Após quase uma hora de espera, Washington Luís despontou no fim da rua. O povo recebeu-o com uma vaia terrível. Enquanto o carro ia passando, muitos o xingavam, a um metro de distância do seu rosto. Eu, fantasiado de tenente, fiz como todo mundo, acrescentando aos xingamentos um gesto obsceno.

*

Em 27 de janeiro de 1931, após quarenta e tantos anos de decadência vertiginosa, e seis anos após a morte de seu cidadão mais ilustre, o distrito de Comércio foi rebatizado com o nome de Sebastião de Lacerda. Na prática, desconfio, a homenagem dirigia-se sobretudo ao filho mais velho do juiz, Maurício, vitorioso na revolução e, àquela altura, muito cotado para ocupar algum cargo no Governo Provisório.

As únicas imagens que existem de meu avô na chácara foram feitas pelo "seu" Kent, um fotógrafo húngaro residente em Vassouras. Sua máquina era imensa, com um fole e um pano preto, debaixo do qual ficava machucando uma pera de borracha.

Meu avô aparece nuns bancos de cimento armado feitos para a festa de casamento de meu tio Fernando. Esses bancos, ou lorotas, como os chamávamos na época, imitavam a textura de troncos, galhos e tábuas, da maneira mais tosca. Meu avô, no entanto, divertia-se com eles. Numa das imagens, vestido de preto, faz uma pose hierática, com o rosto sério, o tronco ereto, o pescoço erguido e as mãos apoiadas no castão da bengala. Apenas de olhar a imagem, ninguém iria supor que ele estivesse se divertindo ao afetar tanta formalidade sentado sobre aqueles monstrengos do paisagismo matrimonial.

Atrás das lentes, assistindo à cena, Mignon, eu e dois empregados da casa, o Zé Coelho e o Altino, este último um beberrão que volta e meia ia para o hospício em Vargem Alegre, mas depois voltava, subia nas mangueiras mais altas e pegava as mangas mais maduras, levando as crianças ao delírio. O olhar do cachorro para o meu avô era de devoção, e me ocorre que talvez por uma lembrança reprimida disso eu tenha dado cachorrinhos sempre negros para a minha filha, enquanto ela era criança.

Desde a época das fotografias, a vila onde fica nossa chácara pode ser identificada simplesmente como Lacerda. Os moradores da região dizem coisas como "Eu moro em Lacerda", "Aqui é Lacerda", "Eu vou para Lacerda" etc.

BUROCRACIA REVOLUCIONÁRIA

Getúlio Vargas, a pedra de toque na conciliação nacional, relutou em ocupar seu lugar no Catete. Dizia que só desejava o poder se fosse pela via eleitoral. Acontece que fora roubado nas eleições uma vez, e mesmo que vencesse as seguintes, pela Constituição em vigor todo eleito tinha a posse aceita ou não pelo Congresso, o qual era dominado pela máquina política decaída. Fazer uma eleição antes de mudar as leis, antes de um novo equilíbrio institucional, era um contrassenso. Claro que, esperto como era, Getúlio provavelmente estava apenas negaceando, enquanto nos bastidores seus representantes trabalhavam para a aclamação de seu nome, que finalmente aconteceu.

Como regra, pode-se dizer que Michelet tinha razão quando dizia que o monumento da revolução é o vazio. Segundo ele, cada regime tem o seu monumento: o império tinha o Arco do Triunfo, a monarquia tinha o Louvre, a Idade Média tinha Notre-Dame, e a revolução tinha o Campo de Marte, isto é, o espaço aberto. Em 30, não só no primeiro escalão criou-se temporariamente um vácuo de poder. Meu pai, no dia seguinte à vitória, recebeu um recado dizendo-lhe que deveria ir tomar posse do Ministério da Viação. Embora tocado pela ideia de ocupar o mesmo cargo que meu avô ocupara trinta e três anos antes, ele não conseguiu superar a estranheza de virar ministro num simples recado. Decidiu não se mexer até que alguém oficialmente investido do direito de nomear ministros fizesse contato. Leu sobre a data marcada para a posse e a organização da cerimônia nos jornais, mas simplesmente não apareceu.

No dia seguinte, um homem procurou-o em sua casa, com uma pilha de processos administrativos nos braços. Era, por acaso, um velho companheiro da Revolta dos Sargentos, havia muito desligado do serviço militar.

"Mas então você trouxe essa papelada aqui para despachar comigo?"

"Pois é, Maurício, na condição de diretor dos Correios, cabe a mim informá-lo e pedir-lhe orientações sobre o trabalho."

"Acontece, meu amigo, que não me considero ministro de coisa nenhuma."

"Como não?"

"Simplesmente não. Ninguém me convidou oficialmente, e ministério é coisa oficial. Sem convite, não há ministro."

O sujeito ficou pasmo:

"Você está mesmo recusando o ministério por tão reles formalidade?"

A situação era um tanto surreal. Meu pai, tentando entender como as coisas haviam chegado àquele ponto, perguntou ao sujeito:

"Mas quem o nomeou diretor dos Correios? Eu, que supostamente sou o ministro da Viação, é que não fui."

Ouviu uma resposta singela:

"Ninguém me nomeou. Eu já era funcionário do escritório central e, no 25 de outubro, corri de lá com os legalistas. Tomei posse e estou administrando apoiado pelos colegas."

Meu pai lavou as mãos:

"Então o senhor é mais diretor dos Correios do que eu ministro, porque eu não tomei posse."

O homem foi embora extremamente decepcionado.

Ainda naquele início do Governo Provisório, Maurício foi procurado pelos representantes de Getúlio, Osvaldo Aranha e Lindolfo Collor, para conversar sobre a possibilidade de vir a ocupar o ministério recém-criado, o do Trabalho, Comércio e Indústria. Antigo defensor de um ministério semelhante, meu pai certamente ficou tentado. Mas ao longo da reunião percebeu que suas ideias socialistas não eram compatíveis com os planos de Vargas para a pasta. Ele, então, mais uma vez declinou do convite. Era, em parte, um gesto de grandeza, mas, em parte, fazia-o também pelo desejo de continuar independente e ativo nos debates, não se tornando apenas mais um subordinado do novo governo.

Um terceiro convite, entretanto, ele aceitou. Afrânio de Melo Franco, o novo ministro das Relações Exteriores, pediu a Maurício que integrasse a comitiva de representantes brasileiros nas festas do IV Centenário de Descobrimento do Uruguai. O chanceler se aproximava do fim de uma gloriosa carreira. Fora deputado federal inúmeras vezes, presidira a Comissão de Constituição e Justiça no Parlamento e servira como embaixador do Brasil na Liga das Nações. Homem da Velha República por excelência, foi um dos primeiros chefes políticos de Minas a reagir contra o paulistocentrismo de Washington Luís, tornando-se um oligarca esclarecido, dirigente da Aliança Liberal. E era pai de Virgílio, o jovem e talentoso articulador mineiro. A missão no Uruguai levaria apenas algumas semanas, um mês no máximo, e sua tarefa consistiria em iniciar o exame de tratados e dar explicações sobre a revolução e sobre o regime que começava. Na opinião do chanceler, os propósitos revolucionários estavam sendo mal compreendidos no país vizinho.

Um quadro importante e prestigiado no contexto revolucionário, também em nossa família a figura de meu pai ganhara respeitabilidade. Era uma espécie de consenso; ao deixar de ser oposição, ele fatalmente se reaproximaria de nossa mãe. Para alguns parentes, porque iria se acalmar, ter uma vida mais normal; para outros, mais experientes, ou mais cínicos, por saberem que todo político, por pior que esteja o casamento, quando fica muito em evidência, precisa da esposa a seu lado. Se agora Maurício de Lacerda circulava no mundo oficial, era Olga Werneck de Lacerda sua esposa oficial, e éramos nós, Mauricinho, eu e Vera, seus filhos oficiais. E de fato ele convidou a nós, e não à sua outra família, para acompanhá-lo na viagem ao Uruguai. Durante a viagem, meus pais passearam juntos no tombadilho, almoçaram e jantaram juntos na mesa do capitão, dormiram em cabines contíguas.

Meu pai deu a sua versão para os acontecimentos políticos ocorridos naquela embaixada, no mesmo *Segunda República*. No dia da chegada a Montevidéu, quando o navio encostou no cais cedo pela manhã, já estavam ali os anfitriões do governo, a imprensa, os curiosos e os socialistas uruguaios com quem meu pai tinha contato. Ele conta que, do convés, viu um grupo curioso no meio da multidão, composto por uns dez sujeitos de boné e um de chapéu mole e terno azul-marinho. Entre eles, duas jovens com buquês de rosas nas mãos. Julgou que fossem trabalhadores habituais do porto. Mais tarde, vendo as fotografias tiradas por minha irmã, pudemos enxergar melhor as feições de cada um. Um deles olhava atentamente para o alto do vapor, em cujo portaló já surgíamos, saudando as pessoas e os representantes oficiais.

Quando meu pai era criança, um ocultista de nome persa, Sana Khan, lendo-lhe a mão, profetizara dois atentados contra sua vida. Um deles sem arma de ferro ou fogo, menos grave, cujo instrumento misterioso só se revelou anos depois, com a pedrada na cabeça em Juiz de Fora. Já do segundo Maurício sairia gravemente ferido, escapando por um milagre. Com o episódio das agulhas infectadas em seu braço, todos nós demos o assunto por encerrado. Mas as profecias têm o hábito de ser ambíguas.

Um dos homens de boné galgou as escadas, junto com nossos anfitriões oficiais. Dirigindo-se a meu pai, entregou-lhe um boletim em espanhol, no qual estavam reproduzidas as acusações feitas a Maurício, aqui no Brasil, pelos veículos comunistas *A Nação* e *Classe Operária* — de demagogo, personalista, traidor dos operários etc. Eram o rescaldo do período anterior à revolução, marcado pela disputa a Prestes e por sua adesão à Aliança Liberal. No final do panfleto, o texto incitava os presentes a receber Maurício de Lacerda "como ele merecia".

O mensageiro desembarcou e tornou a se juntar ao seu grupo. Maurício, após cumprimentar autoridades e amigos, resolveu descer e parlamentar com o grupo. Pediu à nossa mãe que o esperasse no convés e tomasse conta de nós. Foi sozinho. Enquanto descia as escadas, surgiram assobios de vaia entre os homens de boné. E o sujeito de terno azul começou a xingá-lo em voz alta:

"Vendido! Fascista!"

Só então meu pai viu que aquele pessoal estava distribuindo boletins idênticos ao que lhe fora entregue. Ao mesmo tempo, fazia a segurança do líder. Maurício, agora mais disposto a vencê-

-los num debate, caminhou pelo cais em direção ao grupo. Ao se aproximar, contudo, os homens o rodearam com um ímpeto maior do que esperava. Foi xingado e empurrado:

"Traidor! Mercenário! Canalha!"

Vendo aquilo do convés, todos nos assustamos. Ele estava cercado e em franca minoria. Minha irmã, a única menina entre os filhos, começou a chorar e agarrou-se à minha mãe.

Furioso, meu pai xingou-os de volta e empurrou-os também, mas, consciente de que estava em perigo, ficou procurando um jeito de se desvencilhar. Enquanto media forças com os manifestantes comunistas, as duas vendedoras de flores acercaram-se dele, estendendo-lhe seus maços de rosas. Por um instante, meu pai se desarmou psicologicamente. Então uma delas, num golpe rápido, esbofeteou-o com o buquê. Os espinhos feriram seu rosto, salpicando-o com pequenos pontos de sangue.

Na fração de segundo que a moça levou para atacá-lo, meu pai teve a sensação de ver, entre as ramagens, um brilho metálico. Numa reação instintiva, agarrou o braço da jovem e, ao mesmo tempo que o empurrava para longe, o torcia e apertava. Apertou-o até que ela soltasse as rosas no chão. Quando o buquê caiu e as flores se espalharam, viu-se que não havia arma nenhuma, e os homens de boné reagiram como se o agressor fosse ele. Agarraram-no e imobilizaram-no, continuando a ofendê-lo verbalmente, aos gritos. As floristas fugiram, escoltadas por alguns dos agitadores. Dois diplomatas uruguaios desceram correndo as escadas do vapor, um deles em seu socorro, o outro no rastro das jovens. Ambos, no entanto, foram imobilizados também. O grupo de comunistas era grande e nem mesmo o trilado da polícia, chegando apressada instantes depois, amedrontou os remanescentes. Eles cumpriram à risca a ordem de se entregar à polícia.

O inquérito, segundo o chanceler uruguaio, apurou que tais indivíduos haviam sido pagos para desacatar meu pai. Não eram, portanto, operários autênticos, nem mesmo comunistas autênticos. De quem teria partido a ordem? De Prestes, da direção do

PCB ou do dono de um dos jornais comunistas? Nunca se soube com certeza. Prestes chegou a mandar um recado a meu pai, dizendo que lamentava muito o episódio.

Ao sair do cais aquele dia, meu pai caminhou, em silêncio, acompanhado por um diplomata do governo uruguaio e por nós, da família. Um fio de sangue escorria-lhe da testa, mas sem nenhuma gravidade. Quando íamos chegando no automóvel, um marinheiro debochado, ao ver meu pai, gritou-lhe uma provocação:

"*Ho, ho! Una buena bala!*"

Com sua prontidão para a fúria, meu pai reagiu:

"E por que não dispara uma você?"

O marinheiro olhou-o com um sorriso irônico e, encolhendo os ombros, respondeu:

"*Todavía yo la he olvidado...*"

Era evidente que Sana Khan, o ocultista, economizara nas profecias, e a viagem começou com o brilho já embaçado. Mas meu pai se tornou o centro das atenções. Como um gesto de desagravo, foi marcado para dali a duas noites um grande baile e banquete em sua homenagem. Todo o governo uruguaio estaria presente, e também militares, políticos, a imprensa, empresários e autoridades culturais. Nossa mãe ficou num transe de felicidade e orgulho.

No dia do baile, a pedido de meu pai, minha mãe, eu e meus irmãos não o acompanhamos ao seu outro compromisso, um almoço com os vinte e dois uruguaios contemporâneos de uma viagem sua ao país em 1908, como líder estudantil.

"Será aborrecido para vocês", ele disse.

À noite, porém, fomos juntos ao grande baile, num carro oficial. Percebemos que ele estava um pouco impaciente ao nosso lado, ou pelo menos inquieto. A todo momento precisava se ausentar, chamado por uma ou outra autoridade, e nossa mãe, como não falava espanhol, embora tivesse começado a viagem fazendo força para vencer a barreira da língua, àquela altura já desistira de impor sua presença nas rodas, e ficava a maior parte do tempo conosco. A frase que mais ouvíamos era:

"Fique aqui com os meninos, eu já volto."

Num desses momentos em que ficamos sozinhos com ela, uma senhora uruguaia, cheia de joias na cabeça, nas orelhas e no pescoço, aproximou-se de nós e a cumprimentou:

"Sra. Lacerda…"

Minha mãe fez uma cortesia e respondeu:

"Muito prazer."

"Meus parabéns, seus quatro filhos são adoráveis."

"Obrigada. Mas tenho apenas esses três."

"Como? Pois se encontrei seu marido hoje no cais do porto, recepcionando o último rapaz e a senhora sua irmã."

Aterrada, minha mãe deixou a senhora uruguaia falando sozinha, nos puxou pela mão e arrastou pelo salão até flagrar e ver, com os próprios olhos, meu pai e Aglaiss conversando animadamente com um grupo de uruguaios, numa das mesas da varanda. Junto deles, enfarpelado num blazer marinho, meu meio-irmão Maurício Caminha de Lacerda. Aglaiss falava um espanhol impecável.

*

Todas as culturas — entre centenas, entre milhares, de um jeito ou de outro — aceitam a ideia de vida após a morte. Pode ser que tamanha unanimidade não prove nada, mas é uma baita coincidência.

No Brasil, segundo pesquisas recentes, 85% da população acredita em alguma forma de sobre-existência. Alguns já experimentaram a morte e voltaram para contar como foi. A quantidade de depoimentos sobre EQMS, ou Experiências de Quase Morte, não para de crescer. Uns dizem ter flutuado acima do próprio corpo, outros avançam por um túnel ou encontram parentes e amigos no além, outros ainda repassam a vida inteira num segundo. Mas todos concordam que há uma experiência no além.

Enquanto isso, para a classe científica mais conservadora, que é a maioria, tamanha propensão à espiritualidade tem causas biológicas. Quais, exatamente, não se sabe. Os sentimentos religiosos e místicos podem, por exemplo, compartilhar o gene responsável pelo fluxo das substâncias que regulam nosso humor. Investigando outra hipótese, certa vez, os cientistas monitoraram o cérebro de monges e freiras enquanto rezavam, até descobrirem um determinado circuito neural sendo ativado pela imersão religiosa. Detalhe: não se conhece até hoje nenhuma outra situação capaz de ativar aquele naco de massa cinzenta.

Todos os famosos "sintomas" das Experiências de Quase Morte são explicados por essa turma. Antes de morrer, a percepção espacial da pessoa ficaria alterada, dando-lhe a sensação de abandonar o próprio corpo. A falta de oxigênio — comum nas paradas cardíacas, uma das situações em que há maior ocorrência de EQMS — afetaria primeiro suas células da visão periférica, deixando a visão central predominar, o que explica a imagem do túnel. A luta do cérebro por compensar a diminuição de oxigênio o faz revirar os próprios arquivos em busca da salvação, produzindo uma fugaz retrospectiva da vida.

*

Se Prestes não tivesse se recusado a liderar o movimento militar que, como meu pai havia previsto, nasceu de dentro da Aliança Liberal, se tivesse aceitado a dobradinha com o influente líder político dos operários, talvez o futuro do Brasil tivesse caminhado rumo ao socialismo, ou mesmo ao comunismo. Tudo é possível, pois, como registrou meu pai em suas memórias, "a Revolução de 30, da qual havia de sair a nova cultura política, era uma nebulosa, uma nuvem de gás ao sabor dos ventos em luta".

Em parte pelo refugo do líder, em parte por defeito constitutivo, o tenentismo se dividiu em quatro: uns seguiram Prestes e viriam a entrar no PCB, grupo minoritário porém de grande coesão ideológica, que privilegiava as causas sociais; a facção extremada não comunista, que também pregava a subordinação, ou a eliminação, dos quadros políticos em nome de um governo central forte e militarizado; a corrente democrática e de centro, ou liberal, que desejava enquadrar a revolução nos seus programas moderados contra o regime oligárquico; e a geneticamente reacionária, que visava restaurar a politicalha, apenas temperando-a com um vago liberalismo. Nenhuma delas venceria inteiramente, nem perderia por completo. A nação, recém-saída do inferno da Primeira República, caiu no purgatório do novo regime, enquanto as finanças nacionais continuavam em péssimo estado.

Mesmo após recusar dois ministérios, Maurício de Lacerda continuou sendo atraído para dentro do Governo Provisório, e foi cogitado para interventor no estado do Rio de Janeiro. Mais uma vez declinou, dizendo que preferia contribuir do Parlamento para o sucesso da administração revolucionária. Em seu livro, explica que considerava o cargo morte certa para qualquer homem público, e só em caso de extrema necessidade pública o aceitaria, pois, crivado de dívidas como o Rio estava, a governança autônoma era impossível. E ele ainda arremata a passagem fazendo bonito:

"Entrei no movimento pelo direito dos oprimidos, e não pelos postos dos opressores."

Naqueles dias, os jornais noticiaram que seus dois irmãos, então figuras importantes do PCB, haviam sido presos. O mandato de Paulo como secretário-geral chegara ao fim, mas Fernando fazia parte da troica que lhe sucedera. Como o rompimento ideológico entre meu pai e o comunismo era, por extensão, um rompimento dele com os irmãos, não é de estranhar que soubéssemos do acontecido pela imprensa. Enquanto meu avô viveu, sua presença, suas casas e o salário do STF garantiram a convivência familiar, pelo menos entre as mulheres e os netos. Depois, os três irmãos só não perdiam contato justamente porque se enfrentavam na arena política.

Apesar disso, Maurício sentiu-se obrigado a fazer alguma coisa. Prometera ao pai que cuidaria dos irmãos comunistas, mais vulneráveis à repressão. Procurou Genny, a esposa, e soube que

Fernando fora preso justo quando ela sentia as primeiras dores do parto. Depois o marido foi levado pelos agentes, e o médico da família, também presente, removeu-a desacordada a um hospital.

O chefe de polícia no Rio era Batista Luzardo, um gaúcho próximo dos Lacerda. Escutara a pregação revolucionária de Maurício no Rio Grande do Sul, em 1923, e apoiara o movimento de 24. Conhecera Fernando durante o estado de sítio, em 25, antes que ele virasse comunista, e nessa época foi inúmeras vezes presenteado com as mangas da chácara da família. Mais tarde, Maurício, Luzardo e outros deputados federais assumiram a opção revolucionária no Parlamento Nacional.

Apesar de toda a familiaridade entre os dois, e de ambos os seus projetos políticos passarem pela revolução, daí em diante não concordavam em muita coisa. E a situação não ajudava. O encontro foi tenso. Luzardo, muito diplomático, começou dando suas razões:

"Fernando assinou um boletim de propaganda que convocava os desempregados para uma 'Passeata da Fome'."

"E Paulo?"

"Estava distribuindo o boletim."

Maurício fechou a cara por um instante, pensando no que fazer.

"Muito bem, eles convocaram uma passeata. E daí? Não foi também para isso que fizemos a revolução?"

"Claro, mas o governo recém-instalado não está em condições de suportar esse tipo de movimentação. Você, decerto, concorda comigo."

"Não sou do governo. Não posso saber."

"Eu sou, e acredite, estou dizendo a verdade."

Maurício não disse nada, limitando-se a perguntar:

"O que acontece agora?"

"A prisão, em si, é apenas preventiva, visto que a tal passeata não chegou a acontecer."

"Mas..."

"Não tenho boas notícias."

"Onde eles estão?", perguntou Maurício, num sobressalto.

"Estão bem. Paulo está preso em São Paulo..."

"E Fernando?"

"Na Casa de Detenção."

Maurício não pôde evitar um arrepio, ao pensar que o governo que ele ajudara a erguer agora mantinha seu irmão encarcerado no mesmo lugar onde a Velha República tentara assassiná-lo. Lembrando-se das condições em que ficavam os detentos, ele pediu ao chefe de polícia que Fernando recebesse ao menos um colchão, para ter onde dormir.

"Eu providenciarei."

"Então quais são as más notícias? Por quanto tempo ficarão detidos?"

"Infelizmente, Maurício, eles serão mandados para o degredo."

"O quê?!"

"Acalme-se."

"Mas como? Isso é um absurdo."

"Não podemos abrir exceções só porque eles são seus irmãos. Fizemos a revolução exatamente para acabar com os favorecimentos na coisa pública."

"Mas essa prisão, em si, é injusta."

"Toda revolução recorre a medidas extraordinárias para se impor."

"Luzardo, meus dois irmãos têm sífilis. Em 1926, Paulo voltou com sintomas adiantados da prisão na ilha Rasa, já sofrendo as oscilações da doença. Mais uma longa temporada sem tratamento, e até mesmo sua saúde mental pode ficar comprometida."

"Realmente, Maurício, não há nada que eu possa fazer."

Meu pai decidiu recorrer a outro gaúcho, também velho conhecido da política, e ainda mais alto na hierarquia do governo: o ministro da Justiça, Osvaldo Aranha. Era ele quem, desde a vitória, vinha repetidamente convidando meu pai a entrar no governo e participar da reconstrução institucional do país. Mas isso não quer dizer que fosse uma pessoa próxima. Além de sua incrível capacidade de articulação, era o herdeiro de uma forte tradição política, vista com desconfiança por Maurício de Lacerda. Filho de um coronel da fronteira, fizera sua vida política lutando contra as revoluções tenentistas. Fora ferido no pulmão durante a heroica resistência ao cerco de Alegrete; enfrentara o tenente Siqueira Campos em Itaqui; derrotara novo ataque ao governador todo-poderoso Borges de Medeiros; quase perdera o pé direito ao enfrentar a Coluna Relâmpago, novamente derrotando os tenentes. Só fora empurrado para o campo revolucionário pela intransigência de Washington Luís, e apenas então ele e Maurício se aproximaram no tabuleiro político. No entanto, Osvaldo Aranha era um realizador determinado. Intendente de Alegrete, introduziu modernizações na cidade, foi um dos promotores da paz entre as oligarquias gaúchas, deputado federal e secretário do Interior do estado, tornando-se o homem de confiança de Getúlio e peça-chave no Governo Provisório.

Chegando ao ministério, meu pai foi recebido por um oficial de gabinete e levado a uma grande mesa de reuniões, numa sala vazia:

"O ministro está a caminho."

Quando Osvaldo Aranha entrou, Maurício sentiu sua presença. Ele era muito alto, dono de uma distinção natural, evidente em cada gesto e no seu próprio jeito de andar, muito embora usasse sapatos especiais no pé direito, em consequência do antigo ferimento. Além disso, possuía uma simpatia natural, um sorriso quase irresistível, e encarnava, para muitos, uma autêntica volúpia da amizade.

"O que posso fazer por você, Maurício?"

"Ministro, meus dois irmãos estão presos por organizar uma passeata. Pois bem, eu não pedi à revolução nem propinas nem cargos, e o senhor sabe disso. Tampouco lhe forcei os cofres. Peço dela apenas que seja coerente com suas promessas e não penalize quem defende os trabalhadores."

Osvaldo Aranha ofereceu-lhe um cigarro, que meu pai recusou, e acendeu um para si mesmo. Então, com um toque sutil de espanto:

"Achei que você estivesse rompido com seus irmãos..."

"Isso não faz diferença, ministro. E fui ainda informado de que eles serão degredados, o que ultrapassa muito a gravidade do que fizeram. Afinal, têm direitos."

"Contra a revolução", disse Osvaldo Aranha muito sério, "não há direitos adquiridos."

"Permita-me discordar, ministro."

"O momento não é para fomentar dissensões. É preciso que as forças progressistas deixem o novo governo trabalhar."

Osvaldo Aranha acrescentou:

"E você deve ter em mente que, se soltarmos seus irmãos, muitos irão acusá-lo de buscar privilégios, de proteção indevida. Isso será um desgaste para você e para nós."

"Estou ciente disso. Mas trabalharei na imprensa pela soltura não apenas dos chefes, entre os quais meus irmãos, mas também dos 'pequenos' operários, comprometidos com a passeata que jamais se realizou."

Osvaldo Aranha, enquanto fumava, mesmo conhecendo meu pai, deve tê-lo achado um caso raro. Então vinha pedir um favor ao governo e, ao mesmo tempo, comunicava-lhe tranquilamente que iria criar um problema maior? Para evitar maiores desgastes, o ministro cogitou uma solução:

"Minha ordem de degredo referia-se àqueles que fossem presos na passeata. Para a sorte de seus irmãos, a polícia se precipitou e prejudicou a diligência, agindo antes de ela acontecer. Dê-me alguns dias, vou resolver o problema."

A reunião terminou de maneira amistosa. Nada aconteceu, no entanto, e os comunistas continuaram presos. Voltou à liberdade apenas um cunhado de Fernando, preso junto com ele enquanto acompanhava o parto da irmã. Maurício, além de protestar na imprensa, por três vezes protocolou pedidos de habeas corpus para os irmãos, sendo que dois caíram na justiça comum e apenas o terceiro logrou chegar ao Tribunal Revolucionário, onde o caso continuou sendo protelado. A resistência à soltura de meus tios foi maior do que meu pai previra. O próprio Osvaldo Aranha pareceu ficar surpreso. A autoridade revolucionária estava sendo questionada pelos seus próprios escalões inferiores. O chefe de polícia ameaçou publicamente pedir demissão caso fosse obrigado a abrir uma exceção, libertando os irmãos Lacerda. Falava em nome de seus delegados, anticomunistas por definição, conhecedores de longa data das atividades de Paulo e Fernando, apoiado por uma ampla gama de jornalistas conservadores. Maurício, do outro lado, seguia pressionando pelos jornais. Enquanto isso, os informes recebidos da prisão eram preocupantes, relatando a degradação da saúde de meus tios. Uma crise começou a se instalar.

Finalmente, o chefe de polícia foi dobrado, e anunciou a soltura de todos os envolvidos na passeata:

"Embora precipitadamente ameaçados de degredo, nada se apurou contra eles."

Fernando logo reapareceu, para conhecer mais um de seus filhos com Genny. Em seguida veio a notícia de que Paulo fora solto. No entanto, como alguns dias se passaram e o caçula continuou desaparecido, Maurício desconfiou que fora novamente preso, agora no Rio de Janeiro. Para soltá-lo, caso o encontrasse em alguma delegacia, obteve telegramas da própria Secretaria de Segurança e da polícia paulistas confirmando a ordem de soltura, e transmitiu-os à polícia carioca, que não se pronunciou a respeito.

Nesse episódio, meu pai pode ser visto quebrando um dos pilares do discurso revolucionário sobre o trato da coisa pública: o fim dos favorecimentos. A outros, parece defender os comunistas e, por extensão, outras vertentes ligadas à política operária. Nas duas hipóteses, o fato lhe rendeu, para sempre, a desconfiança das forças mais conservadoras dentro do governo. Já entre os comunistas, por mais que tivesse ajudado na soltura de seus líderes, não fizera nada por fidelidade à causa. O PCB não mudou sua posição sobre ele.

*

Nossa mente, dizem, foi desenhada pelas forças evolutivas para extrair sentido de tudo o que acontece, e está permanentemente procurando padrões, modelos, estruturas, tentando encontrar ordem e lógica à sua volta. Claro que erra às vezes, porém acerta com mais frequência, como prova o sucesso evolutivo da espécie. Ela nos dá a ilusão de ver as nuvens tomando formas conhecidas; se escuta palavras soltas e desorganizadas, instintivamente as recombina para extrair um sentido; se está morrendo, sem compreender sua própria inexistência — pois o nada, a ausência de alguma resposta, por mais precária, não lhe é concebível —, ela, obedecendo a uma força constitutiva, se projeta no além.

Nas universidades abertas à especulação, estudos mais ousados começam a surgir. Para essa outra família de cientistas, não se deveria falar de vida após a morte, apenas de consciência após a morte. Dizem eles que o materialismo radical, a ideia de que a "realidade" possui sempre um lastro físico, pode não explicar o fato de a consciência existir. Fazem-se, portanto, a seguinte pergunta: e se o elemento constitutivo básico do universo não for a matéria, e sim a própria consciência? Nesse caso, a vida funcionaria na direção contrária. A consciência não seria um produto, mas a origem, a essência, mais impalpável que as descargas elétricas e reações químicas dos neurocientistas; pequeno milagre ainda inexplicado.

Nesse caso, as Experiências de Quase Morte não seriam o momento em que o indivíduo avança rumo à fronteira desconhecida da morte da matéria, e sim aquele em que retorna ao aconchego cósmico da consciência universal, de onde saiu para começo de conversa.

A descoberta de que a matéria pode ter, ao mesmo tempo, uma forma física e outra ondulatória é a comprovação possível dessa teoria. Ela sugere que a consciência individual pode funcionar como um campo e, de maneira semelhante à das leis do magnetismo, pode ser afetada por outros campos. Ou seja: é perfeitamente possível a consciência de uma pessoa ter contato direto com a de outra, sem a mediação de corpos sólidos. Os mortos e os vivos poderiam mesmo, nesse caso, se comunicar, e se você reza pelo bem de uma pessoa querida — seu marido, seu filho, sua esposa —, isso realmente irá beneficiá-la.

Numa entrevista, quando perguntados que experimento poderia ser usado para convencer os céticos, os cientistas mais avançados responderam:

"Vamos colocar cartas acima da cabeça dos pacientes, sem que eles vejam quais são, e que só poderão ser vistas de cima, exatamente de onde as pessoas que passam por Experiências de Quase Morte, ao flutuarem, alegam ter visto seu próprio corpo. Quando voltarem à vida, vamos ver se conseguem dizer qual era a carta que tinham na testa."

"Mas se eles acertarem, isso irá convencer os céticos?"

"Não, claro que não. Mas é assim que a ciência progride."

CARRO NAPOLITANO

"Os amigos que ficaram, estes são verdadeiros, embora eu nunca tenha tido qualquer preconceito contra amigos novos. Uma coisa que me irrita muito, e meus amigos ficam bravos quando digo, é que o brasileiro tem uma tendência a ter amizades cobradoras, e amizade não deve ter conta-corrente. Quem gosta de fazer visita tem de se conformar em não fazer uma porção de coisas muito mais importantes."

Maria Lúcia me ouvia, estranhando aquela conversa, enquanto o frio da serra de Petrópolis e a umidade do sítio iam apertando. Eram seis da tarde, e a entrevista se encaminhava para o fim. Mas eu não parava de falar:

"Minha mãe, que morava em Vassouras, já velhinha, quando queria me ver, pedia. Eu mandava o motorista ir buscá-la para que viesse me visitar. Eu tinha tão pouco tempo para ler, aprender e usar o que aprendia, que se eu começasse a ter uma vida social muito intensa, eu me sentiria fazendo uma opção errada, embora mais agradável e leve. Adorava meus amigos, mas muitas vezes deixei de vê-los porque isso significava deixar de fazer coisa mais importante."

Ao morrer, pelo menos passei a ter consciência da minha doença, talvez congênita, de querer demais. É um avanço, meio tardio, mas um avanço. Dizer que me desinteressei da vida dos outros seria mentir, mas a morte me libertou, nesse sentido.

"Como o senhor carrega a carga de todo homem público, especialmente verdadeira no seu caso, de ser adorado por umas pessoas e odiado por outras?"

Não tinha controle sobre aquilo, simplesmente as pessoas não conseguiam ser neutras em relação a mim. E disse isso, mas a jornalista me confrontou:

"O senhor também nunca foi neutro."

"É verdade. As pessoas devem estar me pagando na mesma moeda."

Eu apenas acrescentaria agora que somos julgados pelo que projetamos de nós, o que nem sempre é a nossa realidade. Fui raivoso, para consumo externo, mas sempre me senti uma pessoa melancólica, que recorria à raiva para fugir da melancolia. Eu era do tipo que encenava a fúria, simplesmente porque funciona, as coisas acontecem, as pessoas se mexem. Nunca fui jovial, nem sequer expansivo, mas também nunca fui triste no sentido de alguém descontente com a vida, desconfiado em relação à vida. A vida para mim era uma coisa para ser vivida tão intensamente que sempre considerei a velhice uma doença, e por isso eu não gostava de envelhecer, e por isso, enquanto a vida me aturasse, eu resistia a me deixar envelhecer por ela.

"O senhor está sendo chamado de guru da Revolução Portuguesa. O que tem a dizer?"

"Que não é verdade, embora simpatize com a ideia de participar da história de um país de que eu gosto muito, de vê-lo voltar à normalidade política."

"E por que Portugal não cede a independência a suas colônias africanas?"

"Onde já se viu? Enquanto Lisboa não se definia no sentido da liberdade, a guerrilha fazia sentido. Agora, não mais. A manifestação pelas armas só merece ser apoiada, quando merece, e então é até mesmo indispensável fazê-lo, se o povo não pode votar ou se manifestar politicamente. Eu fui à África, e não é verdade que todos aqueles povos estejam querendo a solução pelas armas. Existem forças políticas e homens de Estado na África que estão ansiosos por uma solução pacífica, perfeitamente possível se Portugal tiver o sentimento de sua responsabilidade perante os outros povos, e esses tiverem o sentimento de sua responsabilidade perante si mesmos.

"Citam o exemplo do De Gaulle na Argélia, mas de novo é uma deformação da informação, porque o De Gaulle não entregou a Argélia de bandeja. Teve muita guerra, muitas lutas, e ele precisou primeiro afirmar seu poder dentro da França, para depois ter o gesto de coragem e conceder a independência da Argélia. Quantos governos quebraram a cara tentando resolver o problema da Argélia até que o De Gaulle pudesse ter esse gesto?

"Estive com o Amílcar Cabral quando fui ao Senegal, e lembro de ele me dizer que preferia continuar sua relação com Portugal, embora com um governo autônomo, do que virar um súdito, vassalo e satélite dos Estados Unidos ou da Rússia. É muito melhor para os angolanos ou moçambicanos estarem ligados ao mundo junto com Portugal, do que se transformarem em pequenos satélites das grandes potências. E para nós, para o Brasil, quanto menos satélites houver, melhor, porque acelera o caminho do país para ser uma grande potência sem satélite. É preciso um esforço de compreensão do Brasil para não se deixar tentar pelo simplismo das formas políticas prontas. A independência de Angola e Moçambique pode ser muito melhor que a nossa, pois ficamos esses anos todos para nos afirmar como país. Eles podem se afirmar mais cedo, se encontrarem uma fórmula, por exemplo, como a Índia encontrou. A Índia vive na comunidade britânica. A Austrália e o Canadá também, eles deixam de ser países por causa disso? Deixam de ter autonomia por viver numa comunidade de nações, ou porque a rainha da Inglaterra existe? Dentro da comunidade britânica há países que reconhecem a rainha, outros que não, mas os seus interesses e a sua política estão ligados à política da Inglaterra, e a ideia de que a independência só é possível se cada país for hostil ao outro é uma ideia superada."

Eu gosto de Portugal, sempre gostei. Meu pai comprava com a mesma voracidade livros portugueses e brasileiros. E cito de cabeça:

Chamavas o teu filho. Ouviu-te e veio.
Ó mãe! Abre-me a vida do teu seio.
Sombra! Mostra-me o fogo que te abrasa.

São versos do poeta panteísta português Antônio Correa de Oliveira, na página 41 de um livro de meu pai, que ganhei pouco tempo antes de morrer, presente de sua viúva Aglaiss Caminha. Maurício rabiscava tudo que lia, hábito que contraí, e que minha filha Cristina contraiu de mim. Ao lado desses versos, ele anotou a lápis: "Lido até aqui este livro à espera de nascer meu filho, o qual veio ao mundo às 12 horas e 3 minutos. 29 e 30 de abril de 1914".

O *Jornal do Brasil* publicou a entrevista que dei em meu sítio no dia 1º de maio de 1977, dia seguinte ao meu aniversário e feriado do Dia do Trabalho, data que se presta a amplificar muitas mensagens políticas. Com certeza foi um adiamento estratégico em relação à data do meu aniversário, para ver se a entrevista ganhava um peso adicional, provocando discretamente a ditadura. Sem dúvida que eu conhecia esse truque.

*

Poucos meses depois da soltura dos irmãos Fernando e Paulo, Maurício de Lacerda solicitou novo contato com Osvaldo Aranha. Ele vinha guardando suas críticas ao Governo Provisório, evitando pôr-se definitivamente na oposição, mas estava difícil. Os intermediários de seu pedido foram o ministro das Relações Exteriores, Afrânio de Melo Franco, e o filho, Virgílio, que também vieram a ser os anfitriões do encontro.

A casa dos Melo Franco era uma das mais antigas de Copacabana. Era a típica residência brasileira do século XIX, de um andar só, com o porão reservado à biblioteca do chanceler e aos quartos dos filhos homens. Ao nível do chão, uma fileira de portas comunicando a sala de jantar com uma bela varanda lateral, e do lado de fora alamedas largas e cheias de sol. As recomendações arquitetônicas, porém, não explicavam o fato de aquela residência ser um ponto de romaria na cidade, e sim outros dois atrativos: a habilidade política do pai e do filho, à qual recorriam políticos de todas as colorações, e um imenso viveiro de pássaros, com espécies de todo o Brasil, objeto de encanto dos leigos e de pesquisa para especialistas.

Naquele encontro, a plumagem variada da política brasileira se manifestou de forma exemplar. No aspecto regional, reunindo dois mineiros, um fluminense e um gaúcho. No político, reunindo um liberal de tradição, o chanceler; dois progressistas com diferentes graus de apego aos moldes institucionais da democracia, Osvaldo e Virgílio; e um socialista queixo-duro, meu pai. No quesito geracional, o chanceler era o mais velho de todos, com sessenta e um anos. Aquele seria seu último cargo público de importância. Em seguida vinha Maurício, com quarenta e três anos, já um líder experiente e respeitado, porém esbanjador de oportunidades políticas. Depois vinha Osvaldo Aranha, com trinta e sete, amigo de Virgílio desde os tempos da Faculdade de Direito no Rio de Janeiro, seu colega na articulação revolucionária e braço direito do chefe de governo. Virgílio era o caçula do grupo, com trinta e quatro anos. Quando jovem havia sido boêmio e apostador no jóquei, mas um belo dia lançara-se à política com entusiasmo, e também já provara talento. Àquela altura, vinha recusando postos menores no governo, pois aparecia como candidato natural para a interventoria em Minas Gerais, pelos serviços que prestara e por predestinação genealógica. Filho de família rica, modelo do que de melhor o regime oligárquico poderia produzir, por influência do pai apoiara o governo Artur Bernardes, e também juntos se afastaram de Washington Luís.

"Ministro", começou Maurício, com voz escura e ar grave, respaldada por fundas olheiras, "o que tenho a lhe dizer é muito grave."

Mal acabando de sentar-se, os dois mineiros e o gaúcho se entreolharam. Osvaldo Aranha deu um sorriso, enquanto se ajeitava na poltrona, tentando desanuviar aquele início de conversa.

"O que há de tão grave, Maurício?"

"A revolução torna-se impopular a cada dia."

Osvaldo Aranha deu um tempo, esperando mais. Sorrindo, perguntou:

"É só isso?"

"O senhor acha pouco?"

Osvaldo Aranha deu uma gargalhada, com simpatia, surpresa e alívio:

"Não, Maurício. Mas, convenhamos..."

Meu pai conta que fechou a cara:

"Não sei como interpretar sua reação, ministro. Ou o senhor

acredita que eu disse o óbvio, e nesse caso não entendo por que o governo insiste no erro, ou ao governo pouco importa a opinião do povo, o que seria a morte da revolução."

Osvaldo Aranha se recompôs, e ponderou:

"Todos nós sabemos que agradar ao povo, num momento de grandes reformas, é difícil. Em geral, ele prefere o problema conhecido à solução desconhecida. Depois entende e apoia."

"Acredito que não seja tão simples."

"Por que não seria?"

"O Brasil é imenso, e atuar em todos os estados simultaneamente, reestruturando o corpo político inteiro, não pode ser feito sem problemas regionais ocorrerem. Entendo isso."

"Que bom."

A ironia foi registrada. Osvaldo Aranha gostaria de não ter sido tão explícito, mas era tarde. Meu pai endureceu o tom:

"Mas as várias tendências nas Forças Armadas, com medo umas das outras, e o Governo Provisório, com forte necessidade de afirmação, resgataram o estado de sítio, que deveriam abolir. Agora, em vez de novas soluções, temos censura nas correspondências, nos jornais e até mesmo nas conversas de rua. Prisões estão sendo efetuadas por simples suspeita."

Osvaldo Aranha acendeu um cigarro, lentamente, procurando conter os ânimos:

"Sabe, Maurício, quando o convidamos para integrar o governo, foi justamente para evitar que diferentes perspectivas se colocassem entre nós. Quem está do lado de dentro vê as coisas de outra maneira. É fatal."

"E o que eu, do lado de fora, não estou vendo?"

"A vitória da nossa revolução, tão recente, comprovou que um movimento revolucionário pode, sim, construir um novo Brasil. Essa vitória libertou o país, mas teve um efeito colateral: atiçou o apetite dos comunistas. Para os seus irmãos e todos os seguidores do bolchevismo, a próxima revolução a tomar o poder será a deles."

"Se o problema é afastar os operários do comunismo, precisamos justamente lhes dar a única coisa que os comunistas não podem: a liberdade. No entanto, eles continuam impedidos de se manifestar, ameaçados por detenções arbitrárias e pelo degredo nas prisões do país, ou simplesmente sendo extraditados. E na verdade, ministro, o único desafio que os trabalhadores lançam ao governo é o de continuar sua tarefa, de cumprir suas urgentes promessas sociais."

Osvaldo Aranha aceitou as críticas com um gracejo:

"Se algum dia a luta de classes deixar de existir, vocês, comunistas, vão morrer de tédio!"

Afrânio e Virgílio sorriram, sem graça, meu pai ficou sério e mudo.

"O Governo Provisório prometeu ao povo uma nova Constituição", retomou Maurício. "Cumprida a promessa, a força dos comunistas diminuirá."

Entre cigarradas potentes, Osvaldo Aranha concedeu:

"A Assembleia Constituinte virá."

"Quando? Até agora, o excesso de prepotência do antigo governo foi substituído pela falta de embaraço do novo, que, com seus ministros, também executa, julga e legisla."

Os Melo Franco fixaram-se no rosto de Osvaldo Aranha. Muitos brasileiros, dentro e fora do governo, vinham se fazendo essa pergunta.

"Em seis meses ela estará aí", respondeu o ministro com firmeza.

Para Maurício, contudo, o automatismo da resposta soou como um improviso.

"Aí como, ministro? Convocada? Eleita? Reunida?"

Osvaldo encarou-o com fleuma:

"Isso veremos."

Meu pai conseguira encurralá-lo, e aproveitou para bater mais forte:

"Chega de alçapões mentais, ministro. A Constituição não pode vir por decreto."

O tom da conversa se deteriorara, e Osvaldo Aranha tentou reverter a situação:

"O prazo para a Constituição estar concluída é de dois anos. Temos tempo. Se preciso, prorrogaremos um pouco o prazo."

O rosto do chanceler perdeu, por instantes, a expressão severa, evoluindo para um quase sorriso. Virgílio olhou para meu pai, curioso por ver sua reação.

"Osvaldo", recomeçou ele, frisando a mudança de tratamento, "tenho grande respeito por você. Mas cuidado com negociações sobre temas, por princípio, inegociáveis. Qualquer extensão no prazo da nova Constituição será vista como uma estratégia para o Governo Provisório se eternizar no poder. Então, a impopularidade plantada hoje com o estado de sítio irá explodir. Os comunistas não serão os únicos a se levantar. Ninguém aceitará um trono democrático, sob o dossel vermelho da revolução."

Osvaldo Aranha soltou outra gargalhada:

"Maurício, você é ótimo!"

"Não devo ser, se você ri quando meu desejo é preocupá-lo."

"Com todo o respeito", impacientou-se Osvaldo Aranha, "o que ninguém aceitaria é a plataforma da Frente das Esquerdas, a sua plataforma. Ela, sim, é impraticável, se não por deficiências internas, pela composição das forças revolucionárias à sua volta."

"Pode ser. Que então o meu projeto seja derrubado numa Assembleia Constituinte. Os projetos para o Brasil são muitos e é exatamente nosso medo de confrontá-los que torna uma ditadura militar tão possível e tão perigosa."

Osvaldo Aranha acendeu outro cigarro, novamente diminuindo o ritmo da conversa. Abordou o assunto por um novo ângulo:

"As experiências de governo bem-sucedidas na Europa, hoje em dia, não estão baseadas na filosofia política desagregadora do comunismo; 1917 já ficou para trás."

Da primeira vez que Osvaldo Aranha o chamara de comunista, meu pai havia deixado passar, mas o equívoco tornava a ocorrer, e ele reagiu:

"Eu não sou comunista, ministro, coisa que só os chefes de polícia do Distrito Federal parecem não saber."

Osvaldo Aranha continuou o raciocínio:

"A Itália, quando a Guerra Mundial acabou, parecia muito o Brasil de hoje: pobreza, recessão, diferenças regionais terríveis e inquietação social. Os partidos, em luta constante, impediam qualquer estabilidade parlamentar. Desde 1919, com a reorganização da política e da economia em corporações, o medo e a insegurança desapareceram. O Estado se tornou, como deve ser, a encarnação da vontade nacional, acima das pendengas políticas. Assim os italianos conseguiram calma para trabalhar."

"Se você acha que ter um sistema de governo baseado no partido único é pairar acima das pendengas políticas, eu não acho. O Governo Provisório deve, sim, adiantar certas reformas indispensáveis na administração pública, em defesa dos interesses nacionais. Mas também deve estar comprometido com o estímulo e a organização dos diferentes grupos políticos."

"A União Soviética também está organizada na base do partido único", insistiu Osvaldo Aranha. "A diferença..."

"Eu já disse que não sou comunista."

"... é que na Rússia o partido único defende apenas os interesses do proletariado, enquanto na Itália ele representa o conjunto da sociedade. A nova organização econômica aboliu a luta de classes. As corporações italianas admitem a propriedade privada, organizam o mundo industrial, permitem as representações de proprietários e trabalhadores, mas subordinam tudo isso aos interesses do governo, ou seja, ao interesse coletivo."

"E em nome disso todos os sindicatos foram suprimidos e a voz autônoma dos operários foi silenciada."

"O sistema vem funcionando melhor do que as democracias tradicionais. A Itália se recuperou, o capitalismo parece condenado. Mal refeito da guerra, já quebrou outra vez."

"Não sou capitalista tampouco. A meu ver, as corporações italianas subordinam a mão de obra nacional ao Estado, e apesar do regulamento de preços e salários, e da assistência social, a *Carta del Lavoro* é, mais que tudo, um instrumento de pressão sobre o trabalhador. Acredito nela tanto quanto o senhor acredita no Manifesto Comunista."

"A Alemanha está indo pelo mesmo caminho que a Itália, Maurício. E você vai ver, logo a Espanha irá também."

"O povo brasileiro jamais aceitará o fascismo."

"Vamos ver..."

"É uma cultura política completamente estranha à nossa. Como o governo imagina difundi-la?"

"De várias formas."

"Por exemplo?"

"Uma das propostas é a organização de legiões de jovens, organizações civis, não militares, embora uniformizadas e treinadas para difundir os princípios da nova República."

"Osvaldo, o povo brasileiro só admite um tipo de carnaval: o verdadeiro."

Dessa vez foi o ministro quem não gostou da piada. A postura de meu pai lhe pareceu um traço incorrigível, meio juvenil e muito irritante:

"A verdade, Maurício, é que lhe faria bem, uma vez na vida, trabalhar em grupo. Não se pode querer sempre impor as próprias opiniões. Não é assim que o país avança."

Meu pai fingiu ignorá-lo, e continuou:

"As legiões cairão no ridículo. Ou, pior, em pouco tempo estarão militarizadas. A educação política do país só virá com a reorganização de um Poder Legislativo autêntico e independente."

A essa altura, o chanceler interveio, com a voz pausada dos velhos chefes:

"Osvaldo, talvez Maurício tenha alguma razão. O esforço constitucional não precisa ser apressado, mas precisa ser iniciado. Os instrumentos jurídicos típicos dos períodos revolucionários devem acabar o quanto antes."

Antes que tais palavras assentassem, meu pai endureceu de novo:

"Ou, na condição de ministro da Justiça, você correrá o risco de ser o maior responsável pelo fracasso moral da revolução, o maior culpado pela instalação da ditadura militar."

Finalmente, conta ele em suas memórias, uma sombra instalou-se no rosto de Osvaldo Aranha. Contudo, pelo olhar desconfiado que recebeu de volta, pôde deduzir que sua frase fora entendida como uma ameaça pessoal. Ameaça à qual o ministro reagiu:

"Quem anda dizendo semelhante ultraje?"

"Ninguém. Mas acabarão dizendo, se a repressão continuar."

O ministro da Justiça, dali em diante, voltou a baixar o tom. Poucos minutos depois, no entanto, invocando outros compromissos, foi embora. Despedindo-se do chanceler e seu filho, travou do braço de Maurício e pediu-lhe que o acompanhasse até o portão.

"Seguiremos juntos, Maurício", disse enquanto andavam, "apesar das divergências. Transmitirei suas preocupações ao próprio Getúlio, e voltamos a falar."

O portão bateu, deixando Maurício sozinho no jardim, pensativo. Foi abordado então pelo mais jovem dos Melo Franco. Com um ar desanimado, comentou:

"Sei que vocês são amigos, mas temo pelo Osvaldo."

"Vamos deixar as palavras surtirem efeito. Eu o conheço bem. É inteligente demais para incorrer no mesmo erro muito tempo."

Maurício não respondeu. Meu pai tinha sentimentos divididos em relação a Virgílio. Aos olhos de um ferrabrás como ele, a presença sempre discreta do jovem mineiro, sua voz clara, as maneiras lentas, pareciam sóbrias demais, quase subalternas. O rosto imberbe e glacial, com ar de cansaço, o cabelo preto escorrido, uma máscara excessivamente plácida diante da realidade.

Poucos dias depois, ignorando o conselho de Virgílio, meu pai não deu tempo para que os efeitos da conversa amadurecessem e publicou um primeiro artigo atacando o governo. Nele, denunciava as deportações de líderes trabalhadores, imigrantes anarquistas, comunistas e socialistas, as quais chamava de "perversa herança do Antigo Regime". Na mesma semana, escreveu mais dois, ambos ataques frontais à ideia das legiões. Também pelos jornais, Osvaldo Aranha defendeu o projeto.

Semanas após a polêmica pública, Virgílio convidou Maurício para um almoço no Jockey Club, onde encontrariam também o chanceler. O encontro ficou marcado para o dia seguinte. O jovem mineiro era um habitué do lugar; turfista apaixonado, fundador e membro da diretoria da entidade, era amigo e aparentado do presidente, cujos puros-sangues, aliás, usava livremente, embora seu pai possuísse lá uma cocheira. Virgílio teria, ele próprio, alguns animais, como a égua Sapho e o famoso Stud Vero, comprado em sociedade com amigos, entre os quais Osvaldo Aranha.

Ao entrar no salão do restaurante, escreve meu pai, subitamente ficou claro para ele por que a revolução começava a ser conhecida como a "revolução dos ricos". O ambiente elegante, ponto de encontro da elite política nacional, era cercado por altas janelas envidraçadas e cortinas aristocráticas, enquanto circulavam por entre as mesas garçons impecavelmente uniformizados e de luvas, com bandejas repletas de drinques e pratos finos. Lugares como aquele não eram habituais na vida dos líderes operários. Meu pai, sem emprego fixo, com duas famílias "oficiais" para sustentar, desde a volta do Uruguai, vivia cronicamente sem dinheiro.

Avistando o pai e o filho no fundo do salão, Maurício foi até eles. Os dois Melo Franco, conhecendo sua brutal sinceridade, não demoraram a explicitar o motivo do encontro:

"Concordamos quanto ao caráter preocupante da situação. Mas seus artigos nos jornais nos parecem excessivamente duros e, sobretudo, contraproducentes", disse Virgílio.

"E o que seria mais eficaz?"

"Parar com os ataques frontais e vir nos ajudar de dentro do governo. Aproximar-se novamente de nós."

"Mais uma vez sou obrigado a repetir", disse meu pai. "Não fiz a revolução em nome de cargos. Reaproximo-me do governo se ele se reaproximar do verdadeiro projeto revolucionário."

Pai e filho se entreolharam. O velho Afrânio, nitidamente,

irritava-se com o jeito intratável do líder socialista. Virgílio se adiantou, argumentando com gestos e tom de voz tão lentos, tão brandos, que pareciam estudados:

"Nem nós nos satisfazemos com sinecuras, Maurício. Ninguém aqui é homem de vender a consciência. Eu era o mais cotado para a interventoria de Minas, mas Getúlio preferiu não nomear ninguém e deixou o governador que já estava. Isso não fez de mim um opositor sistemático ao governo."

"Pois talvez devesse, não pela perda do cargo, mas pela inconveniência das escolhas do governo, nessa e em outras interventorias. São Paulo é outro caso. Os revolucionários paulistas resistem ao indicado do governo, e ele, por reação automática, joga-se nos braços dos reacionários. Ninguém sabe como isso irá terminar."

"Um problema de cada vez, meu filho", pontuou o chanceler.

Virgílio, ligeiramente embaraçado pela condescendência na voz do pai, baixou os olhos. Maurício se conteve:

"A verdade, chanceler, é que na vida do trabalhador os problemas não respeitam a fila."

Virgílio, contendo um sorriso, disse:

"Sozinho, Maurício, você queimará seu capital político e não ajudará as próprias causas que defende. Você é uma das vozes mais corajosas da oposição, um dos líderes mais lúcidos da esquerda. Mas a luta é absolutamente desigual. Trabalhe conosco e teremos mais força para reconduzir o país na direção da democracia."

Pela primeira vez, meu pai sentiu a energia escondida, porém imensa, de Virgílio.

"Francamente, a revolução parece-me condenada", disse ele. "A agenda social da revolução morreu quando Prestes alijou a si próprio do movimento, deixando-o para ser dominado por seus elementos mais conservadores. Sinto-me absolutamente distante da mentalidade fascista que vai se infiltrando no governo, graças aos militares e aos integralistas. Ela é católica fervorosa e periga virar antissemita, enquanto eu sou laico. Ela nega a luta de classes, eu vejo a sociedade dividida, e pior, sem ter uma arena onde resolver seus conflitos, enquanto a responsabilidade de resolvê-los lhe é usurpada por aparatos públicos feitos sob medida. Tais problemas não são facilmente superáveis."

Virgílio não respondeu a princípio. O chanceler pigarreou, empurrando o filho a dizer alguma coisa. Antes, porém, Maurício fez uma confidência:

"Quanto ao nosso encontro com Osvaldo Aranha, devo dizer que considero um insulto o tom de galhofa do ministro diante das minhas advertências. Se, mais que desacordo, provoco no governo um desprezo irônico, pouco me resta a fazer senão voltar para a oposição."

O chanceler, com firmeza, tomou a palavra:

"Admito que Osvaldo não se portou de maneira adequada lá em casa. Mas o tom de galhofa era aparente, isso eu garanto. No fim, ele entendeu."

"Ainda não é hora de romper com o governo", reforçou Virgílio.

O próprio Virgílio me contou, anos depois, o quanto ele e o pai gastaram de lábia para convencer Maurício de Lacerda a ingressar no governo, ou pelo menos a não lhe fazer uma oposição sistemática. Mas ele enfileirava críticas, dos fundamentos ideológicos do novo regime até seus mais prosaicos arranjos administrativos. O festival de arestas culminou com uma pergunta singela, que os dois mineiros não souberam responder:

"A Segunda República vai se deformando num regime de força, com tintas fascistas. Quando será a hora de romper com o governo? Quando a deformação já estiver completa?"

Em contrapartida, os Melo Franco também tocaram num ponto sensível:

"Maurício, você não estaria cometendo o mesmo erro que Prestes, em outro contexto?"

Nesse exato instante, os três viram entrar no restaurante ninguém menos que Osvaldo Aranha e o ministro do Trabalho, Lindolfo Collor, acompanhados de um jornalista e do novo chefe de polícia, agora encarregado, portanto, dos degredos de comunistas e operários politizados. Luzardo renunciara ao cargo. Avistando a mesa do chanceler, os recém-chegados vieram cumprimentar a todos e acabaram sentando-se em cadeiras extras que os garçons prontamente materializaram.

O desconforto era geral. Como era inevitável, a conversa entre meu pai e Osvaldo Aranha logo recaiu na polêmica que haviam travado pelos jornais:

"Você acha que valeu a pena?", perguntou o ministro da Justiça.

No relato que meu pai escreveu desse encontro, é evidente sua irritação ao sentir em Osvaldo Aranha, novamente, um certo tom de galhofa, ou de displicência, em relação a suas posições. E, para falar a verdade, não apenas da parte dele. Todos questionaram a utilidade também de outro artigo que publicara recentemente, sobre a expulsão de trabalhadores estrangeiros e a prisão de nacionais. Virgílio e Afrânio recostaram-se nas cadeiras, resignados ao confronto inevitável.

"Se valeu?", reagiu Maurício. "Acho que não. Ontem mesmo, no Pará, um líder sindical, revolucionário de outubro como nós, foi expulso do país pela companhia estrangeira para a qual trabalhava, juntamente com sua esposa e filhas."

"Esse incidente na Justiça do Pará foi um excesso local, que vamos resolver facilmente", argumentou Lindolfo Collor.

"Espero que sim, ministro. No entanto, não adianta muita coisa nacionalizar o trabalhador sem fazer o mesmo às companhias. Mas os senhores terão a oportunidade de entender melhor meus argumentos em outro artigo, que publicarei em breve."

"O senhor e seus artigos provocadores", comentou o novo chefe de polícia.

"Provocador, meu caro, é o Governo Provisório, que a tudo e a todos provoca e no fundo não atende a nada e a ninguém."

"O senhor é muito impaciente", retrucou o delegado.

"Eu? Não... É o Brasil que está cansado de esperar."

Meu pai escrevia como falava, falava como discursava, e nessas horas, depois de uma frase muito sintética e forte, alternava sempre com uma de suas imagens rebuscadas:

"O governo parece um balão, muito empinado, muito gordo, muito alto, mas que irá lentamente murchar. O alfinete da crítica já lhe furou, e os senhores só sentiram ainda a picada leve, mas por esse furinho desprezível sairá o seu gás."

Todos riram, menos Virgílio e o pai chanceler, arrependidos da malfadada tentativa de acomodar o político socialista no governo.

"Oh, Maurício, não seja assim", pediu Osvaldo Aranha. "Ninguém aqui lhe quer mal, e muito menos queremos mal ao Brasil. Mas não se reconstrói o país em um dia. Você acha que foi fácil garantir que a Junta Pacificadora, instalada após a vitória de outubro, devolvesse o poder aos civis? Você acha que Góis Monteiro não tentará ainda tomar o poder para si, se abrirmos a menor brecha? As legiões, Maurício, com as quais você tanto implica, teriam exatamente a função de consolidar a militância civil, politizar o povo, educá-lo para cuidar dos interesses nacionais, para que junto com o governo resista às imposições do Exército."

"Para mim, na melhor das hipóteses, a revolução se atrapalha em hesitações administrativas e desordem mental. Getúlio é um algodão entre cristais, tentando evitar que se estilhacem os elementos revolucionários. Ele se defende pelo mimetismo. A sociedade está dividida e uma ditadura militar se fará tristemente indispensável."

"Então por que, com sua penetração nos meios operários, não cuida, por exemplo, de afastar a ameaça comunista? Não vê a grande ajuda que daria, tirando esse argumento dos que desejam a ditadura?"

"Porque a revolução continuou perseguindo os trabalhadores e expurgando os militares solidários às suas causas. Ao fazê-lo, empurra-os para a clandestinidade. O governo abusa do epíteto comunista, com o qual até eu venho sendo acusado. Com a perseguição, vocês fazem metade do caminho que os comunistas levariam anos para percorrer se livres e tolerados. Acabarão dando a Prestes fileiras coesas e aguerridas. Com essa ajuda, mais o expansionismo russo, logo, logo teremos fabricado contra nós mesmos o perigo que tanto queremos evitar."

Lindolfo Collor o interrompeu:

"Nosso plano de governo prevê grandes transformações na vida dos trabalhadores, Maurício. A sindicalização, a nacionalização das empresas concessionárias dos serviços públicos e de vários outros setores econômicos, a construção de vilas operárias, a pensão à velhice, serviços sociais, enfim, toda uma pauta de melhorias."

"Folgo em sabê-lo. Mas, por enquanto, essas são nossas promessas não cumpridas, e ser operário continua tão perigoso quanto era no regime anterior. O presidente deposto, tomando champanhe no exílio, deve estar rindo às gargalhadas dos decretos do Governo Provisório."

"E é então, diante de tantos desafios", replicou Osvaldo Aranha, "que você simplesmente prefere abandonar o barco? Acha realmente que ajuda ao país afastando-se de nós, seus companheiros de luta, e do governo que ajudou a implantar?"

"A Constituinte", respondeu Maurício, "seria a única forma aceitável de união em torno de um objetivo."

"Pois deixe-me lhe dizer uma coisa", falou o ministro da Justiça, irritado. "Existe a coragem de partir e a coragem de ficar. Esse seu estilo, incapaz de colaborar sem antes impor suas ideias, essa mania de se colocar na função de camartelo, destruindo sempre, só lhe trará solidão e ostracismo."

"Será?"

"Pode ter certeza", enfatizou Osvaldo Aranha, acrescentando em seguida: "Você parece um cavalo de charrete, que sempre anda sozinho, em vez de harmonizar o passo com os outros".

Meu pai, orgulhoso de si mesmo, contava que não sabia de onde lhe tinha vindo, na hora, a resposta perfeita:

"Confesso, meu caro Osvaldo, que prefiro atrelar-me a um carro napolitano."

Todos ficaram meio perplexos. Ninguém fazia ideia do que ele estava falando.

"Carro napolitano?", perguntou afinal o jornalista, com ar de piada. "E como funciona?"

Com um sorriso de triunfo, meu pai explicou:

"O carro napolitano é puxado por três animais: um boi, um cavalo e um burro. O boi puxa, o cavalo corre e o burro escora. Eles nunca emparelham um com o outro."

BAUDELAIRE DECRETOU

Baudelaire decretou: "O romantismo é uma nova maneira de sentir". Concordo com ele. A predominância do sentimento e da fantasia sobre a razão é o atributo romântico essencial. Daí o movimento ter favorecido as ideias novas, ainda que vagas, sobre as ideias antigas, ainda que certas. Daí, também, a força desestabilizadora que demonstrou ter nas sociedades em que se desenvolveu, abrindo um fosso entre as gerações. As palavras "contestação" e "oposição", depois do romantismo, passaram a ter novos significados. Na raiz desse afastamento entre pais e filhos, que perdura até hoje, encontra-se a dificuldade de a cautela compreender o arrojo, de a omissão compreender a onipotência. O orgulho de uns se tornou o objeto de desprezo dos outros, e vice-versa.

Para obter semelhante impacto transgressor, o romantismo desenvolveu uma retórica especializada, não conformista, de exaltação da individualidade. O romântico se preocupa, antes de mais nada, com a própria imagem, e só escapa do egotismo, atingindo sua grandeza, quando conecta a preocupação individual com o drama social. Porque o indivíduo é abstração, necessária ao estudo social, como o princípio da inércia ao estudo dos corpos. A realidade é a humanidade, pois jamais se viu nem se verá alguém tão mísero dela que esteja verdadeiramente isolado. De saída deslocado, sofredor, e explicitando seu caráter atormentado, o romântico então se convence de que está no mundo para reverberar os problemas que afligem seus contemporâneos, num impulso generoso, ainda que, como já disse, vago. Assim, ao calor das transformações imprevisíveis, o romantismo político transformou-se numa concepção libertária.

A primeira geração romântica tomou parte em todas as revoluções liberais na Europa, e saiu derrotada em quase todas. Já começando a morrer, percebeu que sua pregação, mais do que o retorno a um passado ideal, deveria concentrar-se na construção do futuro. Desde então, os adeptos do movimento descobriram-se vocacionados para a vitória póstuma não apenas no plano artístico, mas também no político.

Aqui, tivemos o movimento literário mais organizado e palpável. Na política, vejo pessoas, fatos e façanhas isolados, porém menos articulação. Silva Jardim foi um romântico exemplar. Mais recentemente, Virgílio de Melo Franco, que embora fosse duplamente abençoado com as virtudes da esperteza e da astúcia, por ser um autêntico político mineiro e pelo hábito de bom caçador, era dos maiores idealistas de sua geração. Não por acaso Osvaldo Aranha o chamou Ariel da Revolução, personagem alado, sutil, diligente, devotado e idealista. Depois, sua obsessão de interessar o povo em política, de estimulá-lo a pensar com a própria cabeça, sem mistificações, era, nas circunstâncias, a própria encarnação do supremo ideal. Eduardo Gomes também. Meu avô, eu não diria. Era amargo demais para embarcar na política romântica. Guardava seu romantismo para as óperas que ouvia na chácara. Mas meu pai, Maurício, e meus tios Fernando e Paulo também se embeberam nessa grandeza generosa e desastrada do romantismo.

Reproduzindo a dinâmica característica do romantismo, as derrotas dos meus heróis particulares me davam a imagem do futuro. Perdiam tudo, em sucessivas prisões e sessões de tortura. Morriam insatisfeitos com os rumos do país. Silva Jardim foi excluído dos primeiros governos republicanos, logo ele. Virgílio, vitorioso em 1930, jamais conseguiu ser interventor em Minas Gerais, uma ingratidão e injustiça que o feriu na asa, para sempre.

Mas todo homem, idealista que seja, tem seus momentos de pragmatismo, de cálculo, de premeditação, de barganha com os ideais. A diferença entre os grandes homens públicos de inspiração romântica e os realistas fundamentais é que esses, muito embora sejam melhores estrategistas, em nenhum momento têm a franqueza de alma dos outros. Graças à pregação e aos sacrifícios de homens idealistas, muitos realistas tomam o poder.

O espírito romântico primeiro encarnou no liberalismo e depois, sem nenhuma contradição, no socialismo utópico e no comunismo. O que não impede, segundo variações de temperamento e formação pessoal, que se encontrem românticos e realistas em todos os quadrantes do pensamento político. Mesmo no Brasil. A mentalidade romântica passava de uma ideologia à outra, conferindo paixão e espírito de sacrifício às ideias; humanizando-as, enfim.

O inconformismo da juventude atual, expresso em gestos de aparente gratuidade, não é senão um novo capítulo do movimento romântico. São heróis barbudos como Victor Hugo em Londres, afirmando o sentimento sobre a razão, o protesto sobre a rotina, numa subversão propositiva, ainda que vagamente definida, do não conformismo contra uma aceitação morna da iniquidade. Dizem que, no fim da adolescência, a região cerebral responsável pela capacidade de se identificar com os outros cresce mais e mais velozmente que outras, daí a disposição revolucionária dessa fase da vida. De qualquer modo, sobre os sacrifícios dessa juventude romântica de agora, os realistas irão, mais uma vez, chegar ao poder. Quer apostar?

Nunca desejei, porém, limitar-me a historiar o sopro romântico, apontando-lhe as falhas e as contradições. Queria vivê-lo, sem reservas. Todos os meus heróis, no Brasil, foram historicamente derrotados, mas implantaram em mim um desejo alucinado de fazer coisas pelo país. Quando a derrota é uma vitória moral, você não tem muito que perder.

Depois de cassado e posto fora da política, levei uns bons anos até começar a pintar, a conseguir dar concretude às cores e formas que eu via no mundo, colocando-as na tela. Claro, pintar bem é outra questão. Há muitos modos de pintar bem. Um só, de pintar mal.

*

Existe a crença de que o marxismo nega ao indivíduo um papel de destaque. Que para ele a história dos grandes homens é uma noção ultrapassada. Não é correta, e nem tão clara, a oposição entre a concepção materialista da história e uma visão mais romântica, heroica. Assim como Napoleão para os românticos, os comunistas reconhecem Lênin e Stálin como personagens históricos excepcionais.

O marxismo aceita perfeitamente bem o papel desempenhado por homens extraordinários, bem como a noção de que a história seja feita por pessoas. A luta de classes, embora uma força histórica superior, recebe tal influxo. São as pessoas que fazem a história. Mas elas não a fazem de acordo com sua imaginação, ou porque um capricho as possuiu. Toda nova geração encontra condições definidas e preexistentes, já prontas quando esta geração nasceu. E o valor das pessoas está na medida em que são capazes de entender corretamente tais condições e alterá-las. Se falharem na compreensão que têm delas e se desejarem impor-lhes alterações de acordo com sua imaginação, terminarão mal. Assim, pelo menos, é como os bolchevistas russos e seus aliados entendem Marx. E estudam Marx há uns bons anos.

*

Quando meu avô lia, de pincenê espetado na cara, ninguém ousava interrompê-lo, só eu. Aparecendo na porta do escritório, eu provocava:

"Vovô carecááá..."

Ele ria, fechava o livro e saíamos para passear. Descíamos as escadas de madeira das varandas, acompanhados da fidelidade negra de Mignon, e tomávamos o rumo da criação de cobaias, os atuais porquinhos-da-índia, montada para os netos na beira do rio. Ao lado daquelas águas marrons, acompanhado de meu avô, era nítida a força da natureza, dentro e fora de mim. Acho que ele a sentia também, embora jamais o admitisse. Outras vezes, nesses passeios, seguíamos a figura maciça e imponente do carro de boi. O Canário, de pelo marrom bem claro, quase amarelo, era o chamado boi de coice, de arrasto firme, que puxa o carro à frente; o Beija-Flor, marrom-escuro com manchas brancas, era o boi de cambão, o de freio, que dá peso e estabilidade. Procurávamos Belo, o administrador, que saíra montado no Júpiter, um tordilho castrado mas muito apegado a seus valores, a ponto de manter, sabe-se lá como, a vontade e a destreza do cavalo inteiro. Ou ainda visitávamos o Jerônimo, um preto rotundo — cabeça redonda, olhos redondos, nariz redondo, corpo, mãos, pés etc. —, carpinteiro com voz de baixo verista, a quem encontrávamos sempre num macacão de brim surrado, consertando algum móvel para a casa, ou fazendo novos que meu avô encomendara — bancos, cercas de planta, canteiros, cadeiras, esquadrias e prateleiras.

Quando nada específico nos atraía, e estávamos saindo simplesmente para ficar juntos, sentindo a luz do dia, deixávamos que as mangas derrubadas à noite pelo vento nos guiassem. Recolhíamos as frutas do chão numa cesta que eu mal conseguia carregar, e que meu avô me impunha como prêmio, quando na verdade era sacrifício. Até uma bela hora eu me cansar, passar-lhe a cesta, ou depositá-la no chão. Ou então a esquecia em algum lugar e me punha a rondar os enormes olhos no dorso das asas das borboletas, e a perseguir o clarão azul-fosforescente quando se abriam num voo incerto. Minha crônica falta de contenção espantava-as, irritando meu avô. Minha inquietação agravava a dele. Nessas horas, ele pegava em meu rosto como se faz a um potro assustado, que é preciso amansar.

Estávamos um dia de mãos dadas, andando ao ritmo dele, vagarosamente, ao longo dos trilhos do trem, na estreita vereda à esquerda das paralelas de aço. Ele com seu chapéu de feltro amassado e negro, o capote largo e o terno de viúvo. Eu de camisa de mangas curtas e de calças também curtas, cáqui, com um borzeguim sem meia nos pés. Então meu avô começou a falar sozinho, para eu ouvir:

> *Eu, que a pobreza dos meus pobres cantos*
> *Dei aos heróis — aos miseráveis grandes,*
> *Eu, que sou cego — mas só peço luzes...*
> *Que sou pequeno — mas só fito os Andes...*

Fiquei espantado: meu avô estava recitando poesia? Além de discursos furibundos, também sabia versos?

Canto nesta hora como o bardo antigo
Das priscas eras, que bem longe vão
O grande NADA dos heróis que dormem
Do vasto pampa no funéreo chão...

O sol ia caindo do outro lado dos morros. Ele fazia um recitativo compenetrado, lento, sem relevos ou cores fortes. Lembrei da vez em que, num rompante, meu avô abrira a porta das gaiolas e soltara todos os passarinhos da chácara. Lembrei dos "rebuçados de Lisboa" que distribuía para os meninos da rua do Leão, todo dia ao voltar do trabalho. Mas não me distraí do poema, e ouvia-o com atenção, embora não entendesse algumas palavras. O que era "priscas"? O que queria dizer tudo aquilo? A beleza pomposa dos versos elevava-se como a fumaça dos trens e o calor da tarde, subindo para compor as nuvens da noite. Na testa de meu avô, uma veia saltou, uma gota de suor escorreu por aquele súbito relevo na pele.

Do vasto pampa no funéreo chão...

A tarde caía lentamente. Sua voz não se alteava, mas aqui e ali tomava impulso:

Do vasto pampa no funéreo chão...

O poema vinha com a dose exata de melancolia, como apenas um solitário orgulhoso seria capaz de recitá-lo:

Há duas cousas neste mundo santas:
O rir do infante, o descansar do morto...
O berço é a barca, que encalhou na vida,
A cova é a barca do sidéreo porto...

Como eu amava aquele avô! Como eu amava suas palavras estranhas! "Sidéreo"!

Sem me conter, por nada, num mero agradecimento, pulei desajeitado sobre ele, ao mesmo tempo dando-lhe um beijo no rosto ossudo e derrubando-lhe da cabeça o chapéu de feltro.

*

Estou ainda frio e duro, mas o estado de inchaço está chegando ao fim, dias depois de ter se iniciado. A putrefação propriamente dita vai começar, os agentes do processo estão a postos. Os gases foram produzidos pelo meu corpo mesmo, embora morto, graças às atividades metabólicas de milhares de bactérias. Eles o inflaram até que ficasse como um balão cheio, prestes a arrebentar. Meu cadáver já cheira mal. Enquanto isso, enzimas no pâncreas estão fazendo com que este órgão se dissolva sozinho, os pulmões soltam seus fluidos, que escorrem pela minha boca e pelo meu nariz, moscas adultas e larvas brotam de mim, atraídas e criadas por esse líquido, e mais um outro, verdoengo, secretado pelos meus tecidos em decomposição. Os bichos vêm do nada, mas dependem do oxigênio para viver e do alimento oferecido pelo corpo humano, também um ótimo lugar para depositarem seus ovos. Uma mosca pode se alimentar bem de um cadáver e depois liberar até trezentos ovos sobre ele, dando à luz toda uma nova geração em apenas um dia.

Os gusanos, como se chamam as larvas que nascem desses ovos, são extremamente eficientes e carnívoros. Uns fiapinhos brancos, vivos, corcoveando na superfície da pele. Começam a comer pelas bordas, pela parte externa do corpo, onde nascem, e têm ganchos na boca para sugar os fluidos que escorrem de mim. Amanhã essas larvas atingirão o segundo estágio de sua vida, e irão me cavar por dentro. Movendo-se em grupo, irão se alimentar da minha carne e soltarão enzimas que ajudarão meu corpo a se tornar uma substância pegajosa. Elas respiram pela extremidade oposta à da boca, o que permite que comam e respirem simultaneamente, sem interrupção do trabalho. Normalmente, levam até sete dias para devorar algo em torno de 60% de alguém.

ESSA PALAVRA ESTRANHA

O Komintern, a chamada III Internacional, uma extensão do governo comunista criada por Lênin em 1919, para funcionar como o centro difusor da ideologia comunista, mudou depois da chegada de Stálin ao poder, em 1924. Ampliando seu campo de atuação, transformou-se no "exército internacional do comunismo". O Komintern, na época, combinava o romantismo da defesa universal dos direitos humanos com o mistério fascinante das ordens secretas. Pelo menos era assim que meu tio Fernando via as coisas. Agentes-treinadores começaram a ser enviados para os quatro cantos do globo, com a tarefa de "profissionalizar" as ações clandestinas — ensinando os filiados a se infiltrar, a atirar, a cuidar da segurança interna, a fazer bombas, organizar fugas etc. Da mesma forma, alunos de muitos países viajavam para Moscou para receber treinamento na própria sede da organização. Essa mudança provocou uma guinada na mentalidade comunista internacional, que atingiu também o PC brasileiro. Aqui, como costuma ocorrer, as mudanças demoraram um pouco mais a se configurar inteiramente, mas na primeira metade dos anos 30 elas já eram um fato consumado.

Tio Fernando acompanhou todo o processo muito de perto, primeiro no Brasil e, depois, em Moscou. Tio Paulo, até onde sabíamos, não teve a mesma sorte. Depois de encarcerado pelo Governo Provisório, nunca reapareceu ou deu notícias. Disseram-nos que fora solto, mas a informação não se confirmava. Se estava mesmo em liberdade, podia ter sumido para não retomar o contato com meu pai, traidor do comunismo (embora, uma vez fora da cadeia, fatalmente teria ficado sabendo de sua defesa dos presos políticos, o que em tese os aproximaria). Meu pai, isso é indiscutível, procurou-o em todas as prisões a que teve acesso, mas os anos se passaram e Paulo continuou desaparecido.

A mudança no plano internacional abriu caminho para a ascensão de um novo tipo de comunista no PCB. Tio Paulo, por exemplo, pertencia a uma primeira safra de líderes brasileiros, a dos intelectuais do comunismo, vamos dizer assim, que eram amigos dos imigrantes politizados, que liam a literatura marxista em espanhol e francês, depois reescreviam aquilo tudo em português para os camaradas e trabalhadores monoglotas ou analfabetos. Era a velha guarda formada pelos idealistas da fase leninista. Paulo e a maioria dos fundadores do partido eram representantes dos operários, mas nunca haviam sido propriamente operários (embora, no caso de Paulo, seu padrão de vida com certeza tivesse despencado desde que optara pela vida de comunista, sobretudo após perder o apoio financeiro da mulher rica e do pai ministro do STF).

O Komintern, com alguma razão, avaliava mal a performance de nossas primeiras lideranças. Elas teriam sido incapazes de estruturar eficientemente o PCB, blindando-o contra os agentes infiltrados e expandindo "as fronteiras ideológicas da sociedade civil", como se falava na época, querendo dizer que não lograram controlar efetivamente nenhuma organização social, trabalhista ou militar. Por fim, tinham falhado em angariar o apoio dos quartéis. Com a reprovação russa, os líderes pioneiros perderam o prestígio e a função nos planos da Internacional para o Brasil. Ainda podiam ajudar na propaganda, no entanto mesmo para isso não eram mais a melhor opção. Muito manjados pela polícia, haviam se tornado fáceis de vigiar.

Em detrimento desses primeiros "intelectuais", ganharam prestígio os camaradas de perfil "obreirista", isto é, aqueles que eram operários de fato, e não apenas seus representantes. Conforme a nova mentalidade, a vivência do cotidiano proletário tinha um valor em si, complementava a formação da legítima alma revolucionária.

"De preferência, os obreiristas eram sujos, malvestidos e falavam errado", escreveu meu tio Fernando, que, entretanto, subiu no partido junto com eles, mesmo não sendo operário e vindo de uma família importante. Talvez por ter entrado no partido mais tarde que o irmão Paulo, pegando a nova onda; ou por não ter sequer o verniz de erudição marxista do caçula; ou por levar uma vidinha para lá de modesta, exercendo mal e mal a medicina, nesse sentido já bem próximo da vida proletária; ou sei lá por quê. Que pertenceu ao time obreirista, não há dúvida. Mas fica em aberto saber o quanto apoiou, ou provocou, dentro do partido, a destruição sistemática das lideranças anteriores, e até de sua memória. Jamais consegui descobrir.

Uma suposta falta de empenho do partido em localizar Paulo, avaliam algumas fontes, já seria um sinal dos tempos. Outros historiadores juram ter sido seu desprestígio tão grande no PCB que ele teria sido expulso à revelia, ainda numa cadeia desconhecida. Mas não acredito muito nessa hipótese. Mais provavelmente, sua expulsão definitiva nunca se consumou, e por um problema crônico: a falta de quadros. Por força da clandestinidade, do isolacionismo político que praticava, do medo de admitir um alcagueta no partido e acabar castigado pela polícia brasileira ou pelos instrutores russos, o PCB era muitíssimo exigente ao avaliar os candidatos a membros, funcionando com um núcleo pequeno de pessoas testadas e aprovadas, que dirigiam uma segunda camada, essa, sim, muito maior, de simpatizantes. Segundo tio Fernando, a cúpula era tão restrita que um camarada, certa vez, vendo outro ser convocado a uma reunião, estranhou e perguntou a um terceiro:

"Mas ele não tinha sido expulso?"

"Foi temporariamente afastado. Não podemos nos dar ao luxo de expulsar ninguém."

Em 1931, ao raiar da nova fase partidária, o miserê organizacional estava ficando para trás e o futuro sorria ao comunismo no Brasil. Aplicando aqui a teoria marxista clássica, chegava-se à conclusão de que o país, em 30, fizera sua revolução burguesa. Logo, inapelavelmente, o próximo passo seria a revolução comunista. O fato de o regime oligárquico ter sido derrubado pelas armas demonstrava que o PCB e o Komintern, juntos, implementando as novas diretrizes, também podiam conseguir. Só lhes faltavam dois elementos cruciais para que os russos escolhessem priorizar o Brasil em seus planos: uma liderança indiscutível e dinheiro.

Luís Carlos Prestes, pela desgastante hesitação entre o tenentismo e o comunismo, e depois por ter ficado de fora da revolução vitoriosa, perdera muito de sua influência sobre a tropa. Se em

1928 e 29 havia sido uma liderança incontestável, três anos depois, em larga medida, era um comandante sem exército. Àquela altura, planejava entrar no PCB e, com seu imenso carisma, reconquistar prestígio político, dominar o aparato partidário e tornar-se líder do próximo movimento armado. No quesito liderança, portanto, seus planos coincidiam com os do Komintern.

Mas e o dinheiro? Por um milagre, também isso não era problema. Prestes estava certo e meu pai errado naquele encontro em Santa Fé. Pouco antes da revolução, em segredo e contrariando todas as expectativas, dissidentes do regime oligárquico, mais especificamente Getúlio e Osvaldo Aranha, tinham mesmo depositado uma soma em nome de Prestes, num banco da Argentina. Sabe-se hoje que foram oitocentos contos de réis, uma pequena fortuna. Ainda que o líder da esquerda tenentista não estivesse alinhado, suponho que os dois gaúchos desejassem chacoalhar a Velha República por todos os lados, mesmo correndo o risco de produzir um problema para depois. Mas como nem assim o Cavaleiro da Esperança se dignou a participar do movimento, o dinheiro havia ficado na sua conta.

Dificultando a aproximação entre Prestes e o Komintern, restava apenas um grupo, de tendência obreirista, que dividia o PCB com a metade prestista e atrapalhava seus planos. Formado por ideólogos ferrenhos, esse grupo recusava-se até mesmo a aceitar Prestes no partido, que dirá na condição de líder. Como justificativa, invocavam o fato de ele não ser operário, e sim um "intelectual pequeno-burguês", cujo passado tenentista indicava "desvios ideológicos", "tendências centristas", e cujo presente revelava "total inexperiência" na vida clandestina. Pois bem, o líder dessa resistência era meu tio Fernando.

Quem conta a história é ele mesmo, numa curiosa autobiografia, escrita ao chegar a Moscou pela segunda vez, como relatório ao Departamento de Quadros, a seção do Komintern que guardava as fichas do pessoal estrangeiro baseado lá. O documento foi copiado por meu tio (irregularmente, suponho), e trazido de volta para o

Brasil em 1942, e assim o encontrei publicado. Além de autobiografia, esses *spravkas* eram um confessionário, no qual comunistas estrangeiros enumeravam suas faltas contra a linha partidária e faziam promessas de eterno arrependimento. Em anexo, continham o currículo de cada um e a lista de serviços prestados. Por fim, eram uma perigosa lavação de roupa suja, em que disputas internas dos pcs de cada país eram expostas aos superiores russos.

Em 1931, o acordo entre Prestes e o Komintern tornou-se iminente. Enquanto ele aderia publicamente ao comunismo, secretamente o dinheiro vindo de Getúlio era repassado para uma conta em Moscou, o chamado Fundo Prestes, a ser controlado pelo Komintern, gerente financeiro da nova revolução. O ex-líder tenentista garantia para si a liderança do movimento, pelo menos perante os chefões russos, enquanto o Komintern conseguia o prodígio de bancar uma revolução usando dinheiro do próprio governante a ser derrubado.

Prestes, que levava uma vida humilde no exílio, quase monástica (dizem até que ainda era virgem), foi convidado a morar em Moscou, onde, trabalhando como engenheiro na empresa estatal de construção, conheceria a experiência soviética, receberia treinamento e estudaria marxismo. Era uma fase indispensável de preparação, e ele partiu em novembro, com a mãe e as irmãs. Enquanto isso, o Komintern trataria de forçar a direção obreirista do pcb a aceitá-lo, não apenas como membro, mas uma espécie de líder honorário.

A briga dentro do partido seria longa e acirrada. Ainda em 31, enquanto Prestes embarcava para ser treinado longe daqui, tio Fernando tornou-se o segundo Lacerda a chegar ao cargo de secretário-geral do pcb. E foi também a Moscou, lá ficando por algumas semanas. Durante a viagem, certamente trabalhou para minar a relação de Prestes com os dirigentes do Komintern.

A única foto que vi de meu tio nessa época estava numa ficha policial, que encontrei na Biblioteca Nacional quando fui governador. Ele tinha o rosto comprido, como meu avô, com a testa alta, meio careca, e o queixo protuberante. A diferença é que, por ser menos magro que o pai, suas feições eram mais largas e, em vez do cavanhaque em pera, tinha o bigodinho bem fino de antigamente, logo acima do lábio, que o deixava com uma cara de mulherengo de novela, não de revolucionário perigoso.

A chegada de meu tio à direção do PCB deve ter sido um acidente político, ou uma manobra bem armada por ele e alguns gatos-pingados. O próprio tio Fernando, em seu relatório-biografia, admitia que não gozava de grande popularidade entre os camaradas. Ao que parece, sua observância da disciplina ideológica, de tão rígida, dava a impressão de ser ele incapaz de justificar, com argumentos próprios, as diretrizes recebidas, apenas aceitando mecanicamente tudo o que vinha de instâncias superiores em Moscou (tudo menos o Prestes, claro). Um comunista contemporâneo o descreveu assim:

"Leu Marx sem compreendê-lo, resultando daí seu oportunismo estratégico e o sectarismo obreirista."

Sua origem social e suas relações familiares também serviam de argumentos contra ele. Embora tivesse nesse período uma vida difícil, entrando e saindo de prisões, muitos de seus parentes Werneck e Lacerda eram fazendeiros no Vale do Paraíba, enquanto outros eram burgueses do alto comércio do Rio. Para piorar, seu irmão era Maurício de Lacerda, o traidor do comunismo, ou, na melhor das hipóteses, seu concorrente ao voto dos trabalhadores. Na biografia de outro comunista da época, li que meu tio, num ritual de autoflagelação, para purgar o pecado original de não ter nascido proletário, dormia todas as noites no assoalho, e não na cama. A sífilis, por fim, já abalara sua saúde e seu juízo. Os sintomas retornavam com força a cada temporada sem tratamento. Parece que sofria de tremores, desequilíbrios emocionais e até mudanças de personalidade, admitindo ter pouca resistência para o trabalho e falando constantemente em morrer.

Por duas vezes, foi preso em situações quase cômicas. No começo de 1931, estava doente, recuperando-se numa casa de campo cujo endereço havia dado a várias pessoas. Era a casa de uma tia "burguesa", proprietária de prédios, que o estimava como a um filho, sem nada compreender de política. Um dia a polícia veio e meu tio abriu a porta inocentemente, pois esperava a visita de alguns companheiros. Ao deparar-se com policiais — é ele mesmo quem conta —, saiu correndo e gritando pela tia. Acabou preso e, em seu bolso, a polícia apreendeu uma caderneta contendo endereços de todos os principais dirigentes do PCB. Na segunda vez, em janeiro de 32, desencadeava-se espontaneamente uma greve em certa oficina ferroviária. Dirigente máximo do partido, meu tio assumiu a tarefa de estabelecer ligações com os grevistas durante um comício anunciado para o largo da Lapa. Ele transcreveu a história mais ou menos nos seguintes termos:

"Ali cheguei, fatigadíssimo e tonto. Os líderes grevistas discursavam para os companheiros de fábrica. Vendo dois tipos numa esquina, interessados na greve, pareceu-me reconhecer num deles certo camarada. Dirigi-me ao sujeito com palavras amistosas. Os dois, aproveitando-se de meu engano, e para me inspirarem mais confiança, falaram a princípio como se fossem mesmo camaradas e estivessem a par de nossas atividades. Referiram-se inclusive ao encontro de alguns membros da cúpula partidária, acontecido recentemente. Minutos depois, um deles perguntou o meu nome. Então realizei meu triste engano, e o perigo que corria. Para evitar a prisão, nada deixei transparecer, continuando a tratar os dois policiais feito companheiros, até aceitando seu convite para uma cerveja. Decerto pretendiam embriagar-me e arrancar mais coisas de mim. Sempre fingindo, palestrei algum tempo, dando-lhes informações falsas e procurando parecer ainda um militante inexperiente. Por fim, despedi-me e, para despistá-los, dei várias voltas pelo bairro. Mas me atrapalhei e saí de novo no mesmo bar onde estávamos. Fui imediatamente reconhecido pelos dois policiais e agarrado por seus colegas."

A inaptidão de meu tio ao posto máximo dentro do PCB parece evidente. A sífilis, entretanto, era apenas a explicação mais corriqueira para tamanha falibilidade de raciocínio, ou para as súbitas alterações de humor e o envelhecimento precoce. Um trauma particular, sofrido naqueles anos, pode ter sido a causa principal de seu fracasso como líder. Após uma temporada na cadeia, tio Fernando ouviu de Genny que ela decidira unir-se a outro homem, um comunista americano em viagem à América Latina, e estava saindo de casa, deixando-o com os três filhos para cuidar.

As fontes divergem sobre como tio Fernando enfrentou a situação. Algumas dizem que aceitou o golpe com muita coragem e coerência, honrando a igualdade entre os sexos que a etiqueta revolucionária preconizava. Muito embora aquele abandono significasse viver, como pai, a mesma triste situação que vivera como filho. Outras, porém, atribuem todos os seus achaques ao fim do casamento. Meu tio, em sua autobiografia, escrita anos depois da separação, dava uma terceira versão: dizia que cortara relações com a esposa por estar certo de que ela traíra a causa, levando a polícia até a casa de sua irmã, onde estavam escondidos dois membros do partido.

De todas as hipóteses, a última é a menos plausível. A importância de Genny no partido não era tão grande quanto propalou o Governo Provisório, em 1935, para justificar sua prisão e deportação. Mas o fato de ser muito jovem, as circunstâncias trágicas que sua família vivera na Romênia, a militância enquanto esteve aqui e a crueldade do governo a tornaram um símbolo momentâneo da causa. Isso não teria acontecido se fosse uma traidora. Ou teria?

Em 1933, os russos enviaram um novo instrutor ao Brasil, Jan Jolles. Ele havia atuado na Argentina, mas em abril daquele ano fora deportado para a Alemanha, onde Hitler já chegara ao poder. Passara alguns meses tentando salvar o que ainda restava do Partido Comunista por lá, massacrado pela Gestapo e pela tropa de proteção e choque do Partido Nazista, a SA, ou simplesmente Sturmabteilung.

Quando chegou aqui, o enviado do Komintern inspirou confiança em todos, inclusive em Fernando de Lacerda. Mas o secretário-geral foi o primeiro a cair na mira do instrutor. Diante de suas esquisitices recorrentes, Jolles solicitou a dois médicos simpatizantes que examinassem meu tio. O diagnóstico foi arrasador: arteriosclerose cerebral de origem sifilítica. Jolles propôs-

-lhe um tratamento médico em Moscou, levando os três filhos, e meu tio aceitou, em 1934. Para só voltar nove anos depois. Um de meus livros sobre o comunismo no Brasil, entretanto, dizia que o resultado dos exames de Fernando era uma falsificação agenciada por Jolles e os dois médicos. Não sei se é verdade.

Aqui no Brasil, assumiu o secretariado-geral do PCB um homem humilde, de autêntico perfil proletário, chamado Antônio Maciel Bonfim, codinome Miranda. Apesar das disputas e dos ciúmes que se perpetuariam entre Prestes e Miranda, o caminho ficava bem mais livre para o prestismo em geral. Em 1934, o ex-tenentista finalmente é aceito nos quadros do partido e volta ao Brasil, ainda clandestino. Em seu relatório de chegada a Moscou, meu tio corre a se desculpar com os russos por sua resistência ao líder ungido:

"Deixei-me levar pelas tendências semianarquistas que a revolta havia feito nascer em minha mentalidade não proletária e pouco formada no marxismo-leninismo."

Mas o Komintern não o levara até Moscou para condená-lo a um ostracismo completo, tampouco a uma aposentadoria dourada. Doente ou não, semianarquista ou não, a organização tinha planos importantes para ele (ainda que pouco nobres).

*

Minhas ligações com os comunistas cresceram naturalmente. Em 1926, quando eu tinha doze anos, tio Paulo me deu de presente um exemplar do *ABC do comunismo*, de Bukharin. Mas foi somente a partir de 1931, com mais ou menos dezessete anos, quando comecei a trabalhar no jornalismo, ingressei na Faculdade de Direito, tornei-me anticatólico e, como todo jovem universitário que se preze, vivi sem um tostão furado, que completei os pré-requisitos para me apaixonar pelo comunismo. A influência dos antecedentes familiares pesou apenas indiretamente, pois meus tios Paulo e Fernando, estivessem presos, clandestinos ou apenas brigados com meu pai, havia muito não estavam por perto.

Depois das aulas, eu e meus colegas nos encontrávamos na casa de dois professores marxistas, para beber, conversar e ouvi-los discorrer sobre todos os assuntos, entre os quais a política nacional. Um deles, Castro Rebelo, de tão comunista tinha o apelido de Castrof Rebelovitch. Rapidamente nos inebriamos de ideologia, e só conseguiu escapar quem ficava bêbado de cerveja ainda mais rápido.

Hoje é difícil imaginar, no Brasil, o comunismo e o pensamento militar como sendo próximos. Mas começar tenentista (no meu caso, um mascote) e depois virar comunista foi algo que aconteceu com muito mais gente, e não apenas comigo e com o Prestes. Em parte, fui influenciado por ele próprio, pois apesar de suas brigas com meu pai eu não havia deixado de admirá-lo.

Em 32 estourou a Revolução Constitucionalista em São Paulo. Meu pai, que eu me lembre, não tomou parte nessa. Muito menos eu. Claro que defendíamos a promulgação de uma nova Carta Constitucional, mas, entre o Governo Provisório, por pior que fosse, e o que nos parecia um *revival* do liberalismo ao velho estilo paulistocêntrico, ainda preferíamos o Governo Provisório. Nesse mesmo ano, Maurício de Lacerda foi nomeado procurador do Distrito Federal, cargo recebido como humilhação, migalha imposta pelo núcleo getulista, mas que, olhando agora, combinava com o traço mais visível de seu temperamento.

Já um simpatizante do PCB, estreei na fase das provas de admissão. Minha primeira vítima foi Pedro Álvares Cabral, na Glória. Fui com ordem de pichar no monumento: "Abaixo o imperialismo, a guerra e o fascismo". Bernardelli que me perdoe, mas sacrifiquei-lhe a escultura em nome da causa. Dessa primeira missão, saí ileso. Na segunda, em 33, instalei um comício de trabalhadores bem na porta de uma companhia marítima inglesa. Fui preso pela primeira vez na vida. Logo saí, sem interrogatório. Quiseram só marcar a minha cara.

O PCB continuava com uma postura politicamente isolacionista, que preferia não se misturar às demais forças políticas, burguesas ou totalitárias de direita. Essa era a diretriz que vigorava em todos os países. Cresceu em mim, portanto, a convicção de que os comunistas detinham as respostas para todos os problemas do mundo. Uma demonstração muito concreta do nosso sectarismo aconteceu durante o concurso que um professor católico fez lá na faculdade, para a cadeira de Introdução à Ciência do Direito. A banca formada contra ele reunia um marxista teórico, um marxista "puro-sangue", um marxista comunista, um socialista e um marxista manso. Este, justamente, a cada frase mal colocada pelo candidato, a cada sílaba de latim mal decorada, desandou a corrigi-lo em plena aula expositiva. Nós, da plateia, começamos a gargalhar com escândalo proposital. O candidato católico foi se desestabilizando. Então, das últimas fileiras da plateia, veio um coro:

No céu, no céu,
Com sua mãe estarei...

Novas gargalhadas, e o candidato se atrapalhou ainda mais. Então rolos de papel higiênico voaram em direção ao tablado, símbolos de nosso conceito sobre seu catolicismo, serpenteando em câmera lenta pelo ar, até baterem no quadro-negro e caírem a seus pés. Claro que o coitado não entrou na faculdade, e livramos o curso de sua interferência nociva.

Um belo dia, surgiu minha primeira oportunidade de ser efetivamente aceito na ala jovem do PCB. Para isso, eu teria de passar na mesma prova de fidelidade imposta ao meu tio Paulo muitos anos antes. Eu precisava publicar um artigo no jornal dos comunistas, assinado, atacando meu pai.

Eu topei.

Em parte, por entusiasmo ideológico. Em parte, confesso, porque meu pai assumia cada vez mais sua segunda família, e agora ameaçava engrossar no processo de separação de minha mãe. Ela, apesar de humilhada na intimidade, e de haver perdido suas melhores esperanças após os incidentes em Montevidéu, ainda se negava a formalizar o fim do casamento. Isso permitiria a meu pai oficializar a relação com Aglaiss, transformando minha mãe na "outra". Eu e meus irmãos cada vez mais tomávamos o seu partido.

Sentei diante da minha máquina de escrever e comecei a redigir o artigo, com os dois dedos indicadores espetando nervosamente as teclas. Talvez um pouco nervosamente demais, pois acabei quebrando as delicadas engrenagens. Sem máquina, fui até Vera, minha irmã, e pedi-lhe que me emprestasse a dela.

"O que você vai escrever?"

Quando respondi, Vera foi taxativa:

"Na minha máquina você não escreve isso!"

Meu ingresso na ala jovem do PCB, assim, ficou adiado. Enquanto não vinha, trabalhei na comissão dirigente do Congresso da Juventude Comunista e no Comitê contra a Guerra e o Fascismo.

O movimento revolucionário de 32, derrotado nas armas, efetivamente tirou o Governo Provisório da sua letargia constitucional. A Assembleia Constituinte foi convocada no ano seguinte. Mas os ideais tenentistas de outrora pareciam haver naufragado. O movimento, após a vitória da revolução, fracassara em dominar o Estado e criar uma base social mais ampla. Perdera forças inclusive dentro do Exército, pois trazia no DNA uma ameaça à hierarquia. Assim, obteve péssimos resultados na eleição para a Constituinte.

A nova Carta, promulgada em 1934, devolveu ao país uma certa normalidade política. Marcando eleições presidenciais para 38, ela dava a impressão de que Getúlio e o Congresso haviam se entendido. Foi redigida, segundo o preâmbulo, "para organizar um regime democrático, que assegure à Nação a unidade, a liberdade, a justiça e o bem-estar social e econômico". Getúlio ganhava mais quatro anos de mandato, em contrapartida muitas bandeiras sociais defendidas pela vanguarda parlamentar, onde meu pai era uma das estrelas, finalmente apareciam sob a forma de lei. Criou-se a Justiça do Trabalho, obrigaram-se as empresas estrangeiras a manter pelo menos dois terços de empregados brasileiros, foi proibido o trabalho infantil, imposta a jornada de trabalho de oito horas, com repouso semanal, foram criadas as férias remuneradas, previstas as indenizações trabalhistas para os demitidos sem justa causa, a assistência médica e dentária, a licença remunerada às trabalhadoras grávidas, além de ficar proibida a diferença de salário para um mesmo trabalho, por motivo de idade, sexo, nacionalidade ou estado civil. Também as relações de trabalho no campo, enfim, eram transformadas.

Apesar de todos esses avanços, o Komintern e, por extensão, o PCB classificaram a Constituição de reacionária e opressora. O próprio Getúlio, hoje tido como grande defensor dos trabalhadores, também não gostou. Foi, de todas, a Constituição que menos durou: apenas três anos oficialmente, e em vigor apenas um ano.

Enquanto eu estava nesse namoro com a Juventude Comunista, chegou ao Brasil uma nova diretriz de Moscou, que renegava o isolamento político como estratégia de chegada ao poder e reorientava nossa militância. O fator decisivo para tamanha reviravolta, no entanto, não tinha nada a ver com o Brasil, e sim com a Alemanha, onde a recusa a uma aliança com os sociais-democratas havia deixado o caminho livre para os nazistas vencerem as eleições de 1933. Acendera-se um alerta no Komintern, contra o totalitarismo de direita, fascista, nazista ou variantes, e as alianças tornaram-se recomendáveis, desde que manobrando os aliados e usando-os como instrumentos na mobilização da sociedade contra o establishment político, e como apoios para a liderança comunista do futuro governo revolucionário.

Assim surgiu, no mundo todo, a ideia das frentes populares. Era uma forma de abrir o partido, desistindo de seu formato nuclear e criando uma série de organizações concêntricas, de frente das oposições. Em alguns lugares, deu certo. Na França, uma Frente Popular formou-se em 35 e ganhou a eleição em 36. Na Espanha, a mesma coisa.

Para isso funcionar no Brasil, muita negociação precisaria acontecer. Mas enquanto nós costurávamos daqui, o Getúlio costurava de lá, reformulando a conformação da sua, digamos assim, base aliada, e permitindo que ela ganhasse cada vez mais um viés fascista. O breve tempo de existência da nova Constituição já era adivinhado por muita gente, e a tentação do regime de se perpetuar no poder era nítida. Se o objetivo do Komintern era conter a expansão do fascismo na face da Terra, aqui no Brasil a hora de agir estava chegando.

Eu larguei a Faculdade de Direito em 1934. Não vi mais nenhum motivo para continuar me especializando num sistema jurídico que eu considerava retrógrado e essencialmente injusto. Já ganhava alguma coisa como jornalista e, enquanto continuava me esforçando para merecer a confiança dos comunistas, no meu tempo livre desenvolvia arduamente uma fórmula matemática da formação do capital, baseada na teoria de Marx e Engels. E, como Prestes, estudava a literatura marxista, lendo com afinco os clássicos de minha nova ideologia e os técnicos da insurreição armada:

"As armas com que a burguesia abateu o feudalismo voltam-se agora contra ela."

Meu pai, depois de se afastar do Governo Provisório e voltar à oposição, elegera-se prefeito de Vassouras novamente em 1932. Deve ter se licenciado do cargo de procurador, espero. Ocuparia a prefeitura até 35, mas renunciaria ao último ano de mandato em protesto contra a falta de autonomia dos municípios e a orientação política do interventor federal no estado do Rio. Exerceu então um novo mandato de deputado federal, mas em muitos momentos esteve censurado pelo governo, sem poder trabalhar nos jornais não clandestinos e, portanto, sem ter como engordar os rendimentos de que precisava para sustentar duas famílias.

Meu tio Fernando continuava em Moscou. Quanto a tio Paulo, descobrimos que, depois de solto em São Paulo, estivera preso no Rio de Janeiro e no Rio Grande do Sul. Mas novamente perdemos sua pista. Entre 34 e 36, continuamos sem sinal dele.

Em 1935, surgiu a versão tupiniquim das grandes frentes populares, a Aliança Nacional Libertadora, que reunia comunistas e simpatizantes (como eu), socialistas (como meu pai), liberais prejudicados pelo governo intervencionista, anti-integralistas e democratas de matizes variados. A Juventude Comunista foi dissolvida na Juventude Popular, e então foi essa onda que eu peguei.

O governo, em resposta, obteve do Congresso uma nova Lei de Segurança Nacional, por meio da qual suspendia a Constituição e controlaria o movimento operário e as entidades que lutavam por mudanças na condução do país. Em bom português, uma lei que lhe permitiria prender as lideranças da oposição sem muita cerimônia. Enquanto isso, como num truque de mágica — "agora está aqui, agora não" —, Getúlio ora acenava com as eleições presidenciais de 38, previstas pela Constituição de 34, ora ameaçava cancelá-las.

Por mais que a orientação de Moscou tivesse mudado, o sectarismo estava na genética do PCB. Ele dominou a ANL (com a minha modesta ajuda, diga-se), as entidades congêneres e, mesmo clandestino, nunca permitiu o real congraçamento das oposições.

No lançamento da Aliança, no Teatro João Caetano, de repente, no meio da cerimônia, um major, antigo veterano de lutas tenentistas, casado com uma irmã de companheiros do Prestes na coluna, todos agora comunistas, me chamou num canto e disse:

"Você está incumbido de falar pelos estudantes."

"Sim, senhor."

Então ele me olhou muito sério:

"Caberá a você lançar o nome do Prestes para presidente de honra da ANL."

Foi uma surpresa total. Para começar, a presidência de honra nem estava prevista nos estatutos da ANL. Como um estudante era escalado para algo tão importante? E mais: eu era o orador oficial apenas dos estudantes fluminenses, havia um nacional. Seria aquele convite um indício de que a minha entrada no partido estava próxima?

Lá fui eu. Todo orgulhoso, encaixei o nome do Prestes no discurso e lancei-o para presidente. Eu tremia, e tinha dificuldade para disfarçar, sabendo que a plateia ficaria mais surpresa do que eu. A proposta foi respondida com palmas e assobios de aprovação, me deixando experimentar um primeiro momento de importância política.

A plateia, embora receptiva, não me pareceu surpresa, e eu fiquei me perguntando o que dera errado — a escolha das palavras, a elocução, o gestual? De repente, das galerias do teatro, foram desfraldadas dezenas de banners, nos quais se lia "Prestes — Presidente de Honra da Aliança". Em seguida, muito ensaiadamente, outros correligionários, espalhados pelo teatro, sacaram flâmulas com o nome de Prestes e as letras ANL. Num segundo, o circuito se fechou na minha cabeça. Todos os comunistas sabiam de antemão daquela candidatura, e considerando que o governo vigiava todos os passos da Aliança, ser escolhido para lançar o inimigo número um do regime à presidência de honra, em vez de algo prestigioso, era na verdade o partido me usando de isca, de inocente útil. Ao ser o porta-voz da proposta, eu me tornava um alvo obrigatório para a repressão.

Pela primeira vez me senti usado e desconfiei do lado ruim de colocar as forças sociais e históricas acima de qualquer consideração pelo indivíduo. Mas eu ainda relevaria dessa vez, e várias outras, porque realmente acreditava. Além do quê, na prática, as consequências do meu ato foram as melhores possíveis. Não fui preso e o nome de Prestes se mostrou decisivo no crescimento da ANL, que fez caravanas pelo Norte e Nordeste, penetrou nos sindicatos, atraiu as populações urbanas e criou diretórios nos quatro cantos do país.

No Brasil, portanto, o plano do Komintern para uma revolução já estava sendo posto em prática. A liderança de Prestes continuava se fortalecendo, os membros do partido iam sendo treinados, os aliados se prestavam às manobras e os dissidentes de simpatias trotskistas eram simplesmente expurgados.

Tio Fernando, aqui dado como senil, na Rússia foi incorporado aos quadros do comitê executivo do Komintern. Não tinha acesso aos documentos oficiais da organização, só participava das reuniões quando era chamado e, na verdade, não decidia nada. Sua função era receber jornais, artigos, relatórios e panfletos que chegavam do Brasil, e analisá-los para os diretores, permitindo-

-lhes avaliar a evolução do quadro político, a inclinação psicológica da população, e escolher o melhor momento de dar a ordem para Prestes começar a insurreição. Os russos precisavam também ter absoluta certeza da seriedade das pessoas com que estavam se associando, pois aquilo poderia resultar num fiasco internacional. Meu tio, aos olhos dos chefões, era, portanto, um utilíssimo informante. Conhecia bem os personagens da revolução brasileira, e sabia quais as tensões ainda existentes no interior do secretariado-geral. A cada vez que um líder comunista brasileiro ia a Moscou, deixava lá o seu informe, ou prontuário, como o que o próprio tio Fernando havia feito. Ele se tornou um especialista em dissecar *spravkas*, lendo para o Komintern o que não estava escrito.

Se algum espião da polícia se infiltrasse na célula central do PCB, os russos queriam pelo menos ter alguma chance de neutralizá-lo antes de verem seus enviados destruídos. Num caso, o novo chefe Miranda admitiu como secretária uma escritora da época. Acontece que ela e o marido, anos antes, haviam sido expulsos do partido, acusados de "trotskistas", "sectários" e, pior, de ter entregado alguns dirigentes para a polícia. Foi meu tio quem alertou o Komintern. Mesmo antes de Prestes retornar de Moscou, e depois que ele estava de volta e a insurreição se armava para valer, com os demais agentes envolvidos já em plena ação — o responsável pela parte financeira, o responsável pela segurança do líder, o responsável pelos armamentos e explosivos etc. —, meu tio ficou em Moscou ajudando os generais russos a entender o movimento complexo do Brasil.

Cabia a meu tio não apenas produzir os seus relatórios, mas analisar os relatórios que dirigentes no Brasil enviavam ao Komintern. A Internacional esperava informes regulares sobre todas as atividades do PCB. Mesmo o Prestes tinha de andar na linha. E muitas vezes não era fácil para os chefões saber quem estava falando a verdade.

O fato de ele ser um antigo adversário interno de Prestes, antes de atrapalhar, recomendava-o ainda mais para a função. Se os agentes enviados ao Brasil, Prestes inclusive, falseassem as reais condições político-sociais do país, exagerando a oportunidade de se deslanchar uma revolução, por erro de cálculo ou simples excesso de entusiasmo, os russos queriam saber antes, e não só depois que a tentativa de tomar o poder tivesse fracassado.

Os relatórios do tio Fernando eram longuíssimos, parece, e suponho que muito maçantes, pois ele próprio registra nos documentos que sobraram a insistência dos chefes russos em recomendar-lhe sempre maior concisão. Num deles, ao comentar o aparato de apoio à revolução, meu tio questionou a logística financeira. O dinheiro do Fundo Prestes, controlado pelos russos, era remetido de Moscou ao Brasil. Mas não vinha direto. Para não despertar suspeitas, passava por um agente intermediário em Paris, brasileiro também. Acontece que esse intermediário, alertou tio Fernando no relatório, ganhara um tipo de visto a ser renovado todo mês. Isso punha em risco o fluxo do dinheiro, e podia significar que o dono do passaporte já estava sob a suspeita das autoridades.

Como sua tarefa era falar sem freios tudo o que achava e sabia, meu tio não hesitava em detratar seus desafetos no partido, como fez com outro líder importante na época, de codinome Brandão. O caso aqui era que Brandão, talvez por força do hábito, vinha torcendo o nariz para a política de alianças com as outras tendências de oposição. Numa de suas peças, o informante Fernando de Lacerda aproveitava a deixa e descrevia Brandão como "um dirigente que não compreendeu os erros do passado e agora não entende se está correta a linha do Komintern no momento atual".

Os relatórios do tio Fernando serviam ainda para os russos avaliarem a própria liderança do Prestes e sua capacidade em unificar o partido. Numa determinada passagem, aparentemente convencido, Fernando analisava a maneira como Prestes era visto internamente, dizendo mais ou menos o seguinte: "Não nego que o partido perceba nele os modos de comandante, de Cavaleiro da Esperança, mas a maioria o considera um camarada".

*

Está nos jornais de hoje: o presidente acaba de permitir que os ministros do Planejamento e da Economia compareçam à Câmara dos Deputados para se explicar, ou melhor, para explicar a situação do país. Um sinal de enfraquecimento do governo? Ou de relaxamento intencional? Fala-se de anistia para breve... Ou ainda, embora menos provável, um sinal de força, para rebater em plenário todos os ataques à condução dada aos assuntos nacionais? O Congresso, de tão dócil, talvez não merecesse a deferência.

Um líder oposicionista de São Paulo acaba de ser acusado de improbidade administrativa. Sendo culpado, desmoralizará ainda mais a bandeira da luta contra a corrupção. Outro expoente da oposição promete defender uma nova Assembleia Constituinte, para, num trabalho de formiguinha, pacificamente reconquistar a democracia. Na verdade, esse pacifismo todo fará com que só recebamos o país de volta quando o abacaxi já tiver crescido tanto que os militares ficarão aliviados de achar os otários dispostos a descascá-lo.

Afora a política, a inflação é o grande problema do governo, que, entretanto, por estar endividado, é quem mais ganha e quem mais depende dela. O Brasil arrasta essa crise desde o Império e me pergunto se algum dia irá resolvê-la. O superávit primário do ano passado, obtido sabe-se lá como, em vez de ser usado para investimentos, ou para o pagamento das dívidas públicas, vai para aplicações financeiras. A economia, em geral, é tão refém da ditadura quanto a política, como se as burrices se atraíssem.

A Petrobras logo completará vinte e quatro anos sem ter encontrado o petróleo necessário para atender nem ao menos 20% da demanda nacional. Mantém-se fechada a qualquer contrato de risco com empresas estrangeiras, muito mais "expertas", como diriam os portugueses, na extração do dito-cujo. Mesmo assim, restrita a si mesma, num círculo férreo e impenetrável, é a mais rica e poderosa empresa nacional, dominando inúmeros setores básicos da economia. Alguém pode me explicar qual a lógica disso?

As empresas brasileiras têm seu endividamento aumentado pela política anti-inflacionária, e seu rendimento alavancado por esse endividamento; o ministro da Fazenda rege a golpes de canetada os preços dos bens e serviços, tocando uma orquestra de nariz entupido; o Índice de Preços ao Consumidor cresce a taxas de 18% no primeiro quadrimestre do ano; uma safra de doze milhões de sacas de café revela-se insuficiente para abastecer o mercado interno e, ao mesmo tempo, dar continuidade à política de exportação. Enquanto isso, o INPS reduz as consultas, pois não consegue custear todos os benefícios e a assistência médica com as altas despesas administrativas que o põem funcionando, e mesmo que tivesse dinheiro, segundo o próprio secretário-geral do Ministério da Saúde, não teria ainda a infraestrutura necessária para acompanhar o crescimento populacional.

Nossos vizinhos também se lambuzam na miséria. No Chile, pela primeira vez, escuta-se de um membro da Junta Militar a previsão do fim da ditadura para daqui a três anos, num processo controlado de devolução da política aos civis. Enquanto isso, Paraguai, Argentina e Brasil trocam cotoveladas ditatoriais em relação à Usina de Itaipu, que vai sendo construída, ou "viabilizada".

Na Europa, os países do Mercado Comum se reúnem em Londres para discutir a admissão de novos membros: Grécia, Portugal e Espanha. Somos todos a favor, mas vai dar bobagem. Enquanto isso, no País Basco, o ETA retoma a luta armada, o terrorismo separatista, e sequestra o ex-prefeito de Bilbao. Na França, atolada em inflação e desemprego, as centrais sindicais, manobradas por comunistas e socialistas, promovem uma greve geral contra o governo, depois de dez anos sem conseguir mobilização semelhante. Até o Sindicato dos Jornalistas entrou nessa. Como sempre acontece por lá, a recessão encoraja também os xenófobos e os racistas.

Os Estados Unidos e a União Soviética negociam em Genebra um segundo acordo de limitação dos arsenais estratégicos. Mas o primeiro foi assinado há mais de cinco anos, e nesse ritmo a Guerra Fria ainda continuará por muito tempo. A Iugoslávia é disputada pelos dois; na Tchecoslováquia um dramaturgo foi libertado e um visto de viagem sem volta foi concedido ao ex-secretário do PC nacional, que se tornou dissidente e busca asilo na Áustria, antes de ser asfixiado (metaforicamente falando?) pela polícia política.

Na África, mais especificamente em Maputo, acabou uma conferência promovida pelas Nações Unidas. As potências ocidentais e as nações africanas diretamente envolvidas na crise, embora em tese estejam do mesmo lado, contra a África do Sul racista e imperialista, não se entendem. As nações africanas exigem o fim imediato do tráfico de armas para o regime sul-africano e a promoção dos direitos civis, enquanto as potências ocidentais geram contra si próprias acusações de estar, e eu cito de cabeça, "alentando os regimes racistas por meio da colaboração econômica e militar".

Na Turquia, a pedra angular do poder da Otan no Mediterrâneo Oriental, começa a campanha para as eleições gerais.

Entre Israel e seus vizinhos árabes, preciso dizer o que está acontecendo?

*

Eu e meu pai discursamos várias vezes juntos durante a campanha da Aliança Nacional Libertadora. Do meu lado, a nova diretriz de Moscou foi a deixa para o resgate temporário de nossa amizade. Já ele adotou uma postura essencialmente antifascista e anti-imperialista, que passou a veicular, com estardalhaço, no órgão oficioso da entidade, o jornal *A Manhã*.

Ele gostava do meu estilo de oratória, talvez justamente por ser muito parecido com o seu, vibrante e indignado. Um amigo me ouviu certa vez, com meu pai ao lado, na plateia de um cinema em Barra do Piraí, cidade vizinha a Vassouras. Segundo ele, enquanto eu me esmerava no tablado, provoquei o seguinte comentário:

"Não é possível! Ouça, Ivan, fui eu mesmo que gerei este milagre?"

Em outra ocasião, depois de um comício — fizemos mais de cem —, eu e meu pai viajamos para Vassouras, onde fomos recebidos com pancadaria pelos membros da Ação Integralista Brasileira, uma espécie de órgão oficial do fascismo nacional. Ideologicamente muito mais coesos que nós da ANL, aquela noite eles também foram mais fortes. Acabada a briga, contamos os hematomas, os arranhões e, como resposta, passamos a noite na tipografia do jornal da cidade, preparando uma edição sobre o tumulto.

A sede nacional da ANL ficava na rua Almirante Barroso, no Centro. Em 5 de julho de 1935, fariam aniversário as revoluções de 22 e 24, e para comemorá-lo foi marcado um grande evento por lá. Nossos festejos deveriam evocar o espírito tenentista mais puro, democrático, numa provocação frontal ao tenentismo cooptado. Na véspera, um major comunista, envolvido no comitê organizador do evento, me procurou e disse:

"Olha, amanhã você vai ler o manifesto do Prestes."

Eu me espantei:

"E tem manifesto do Prestes?"

"Tem, ele mandou de Barcelona."

De novo fiquei honradíssimo. Àquela altura, eu era um líder estudantil que não cursava faculdade alguma, e continuava mero aspirante a comunista. Uma parte da diretoria da ANL, temendo as consequências da leitura, foi contra aquela provocação, mas nós, comunistas e socialistas revolucionários, tínhamos nossa própria agenda. No dia seguinte, então, subi na mesa e comecei a ler o tal manifesto. Meu momento de relativa glória acabou outra vez temperado pela decepção. O texto era muito longo, e chatíssimo. Era, sobretudo, imprudente e desligado da realidade. Fazia apelos não só a trabalhadores e soldados, o que seria o normal, mas conclamava também os índios a pegar em armas em prol da Revolução Bolchevique. Os índios!?!? Outro aliado potencial das classes operárias, segundo Prestes, era o cangaço tipo Lampião, capaz de fornecer tropas já em constante deslocamento para a tomada do nordeste do país. Totalmente ignorante das reais possibilidades da ANL, talvez pelos anos de exílio no Sul e depois em Moscou, nosso líder conclamava todos a formar um governo popular nacional revolucionário, lançava ao vento exortações tão românticas que até aos outros românticos na plateia faziam corar, e desafiava forças muito maiores com ameaças tonitruantes e vazias. Se os relatórios que os chefões russos recebiam do Brasil apresentavam aquele tipo de análise da conjuntura — e parece que apresentavam —, então tio Fernando deve ter tido muito trabalho.

Durante a leitura, um certo mal-estar foi tomando conta de mim, por sentir que a maior parte da plateia, formada por comunistas fiéis, sim, mas também por políticos de outras tendências, achava aquilo tudo meio despropositado, meio absurdo, e estava se desligando do que eu dizia. Na época, essa minha crítica era muito íntima, até inconsciente, pois eu não imaginava outra ideologia capaz de mudar o Brasil, nem desejava outro grupo de companheiros. Finalmente chegou a hora de mandar ver, em alto e bom som, nos bordões de sempre:

"Abaixo o odioso governo Vargas! Por um governo popular nacional e revolucionário! Todo o poder à Aliança Nacional Libertadora!"

O manifesto se tornou público, sendo lido até na Câmara dos Deputados. Enquanto repercutia, a ANL continuou crescendo e ganhando musculatura, e amadurecia o novo impulso revolucionário, dessa vez com a marca dos comunistas.

O Prestes, àquela altura, não estava em Barcelona coisa nenhuma, e sim no Méier, clandestino, cercado por uma equipe altamente qualificada de agentes revolucionários, vindos mais ou menos junto com ele de Moscou. Hierarquicamente, essa equipe estava acima da direção do partido, respondendo somente ao Komintern. Isso, claro, desagradava muitíssimo ao secretário-geral brasileiro, o Miranda, e a toda a cúpula de dirigentes nacionais. Mas o Prestes era o líder geral, e atrás dele estava a máquina política de Stálin, o Marechal de Ferro.

O governo fechou a ANL uma semana depois da leitura do manifesto. Devia estar careca de saber das manobras comunistas para controlar a frente das oposições. Colocando-a na clandestinidade, tentava bloquear num só golpe a movimentação de revolucionários e conservadores dissidentes. O ambiente político degringolou outra vez, com prisões arbitrárias de um lado e protestos inúteis se sucedendo do outro. Também fui parar na cadeia, por haver colado cartazes de propaganda oposicionista. Enquanto as tensões políticas aumentavam, e a expectativa por uma revolução comunista crescia junto com elas, fui convocado para o serviço militar. Horrorizado pela ideia de gastar dias preciosos no quartel, ou, pior, de eventualmente ser obrigado a combater uma revolução que eu apoiava, tomei coragem e não compareci no dia do alistamento, virando desertor.

Ainda naqueles meados dos anos 1930, integrei o conselho editorial da revista *A marcha*, um semanário de orientação marxista, no qual também estavam Di Cavalcanti, Rubem Braga e Caio Prado Jr. Durou um mês e pouco, se tanto.

Uma vez na vida, tentei me suicidar. Nem eu mesmo sei dizer, hoje, as razões exatas, as circunstâncias precisas, que me levaram a isso. Com certeza estava muito bêbado. Acho que fui suicida em vários outros momentos, mas atentar contra a própria vida é diferente de ser temerário ao extremo. O motivo de fundo era o de sempre, minha angústia visceral, o tormento negro da impaciência contra a impotência, o latido feroz do excesso de vontade contra as resistências e contra minhas próprias limitações. Meu tormento que nascia muito além da política, da vida profissional indefinida, da vida de estudante fracassada, da dívida militar com o país, embora abarcasse tudo isso.

Entre os líderes civis e não comunistas da ANL, a percepção geral era que uma nova revolução, por enquanto, não tinha nenhuma chance de dar certo. Mesmo assim, vários deles, entre os quais meu pai, vinham trocando cartas secretas com Prestes desde julho, atraídos pela movimentação e nela tentando influir.

Também eram empurrados a isso pelos choques ocorridos em todos os estados, entre as organizações aliancistas — cujos emissários percorriam o país, ajustando ligações, planejando a resistência e estimulando protestos contra a fascistização nacional — e as milícias do integralismo, açuladas pelo governo e a polícia. O aniquilamento da ANL era uma condição indispensável para integralistas e fascistas lato sensu terminarem de se apossar da máquina governamental.

Em novembro de 35, com a ANL tornada ilegal, surgiu dentro dela uma subdivisão de perfil socialista, a Frente Popular pelas Liberdades, também chamada Pão, Terra e Liberdade. Designado presidente pelos companheiros, Maurício de Lacerda escreveu a Prestes — ainda incógnito no Méier — prometendo fazer todo o possível para "impulsionar as forças congregadas em torno de seu nome". No fim, ainda acrescentava uma nota pessoal: "A nossa passada separação encontra, agora, para o bem do Brasil, um ponto de conciliação. Aperto-lhe a mão".

Antes que o ano terminasse, estourou a Revolta Vermelha, mais comumente chamada de Intentona Comunista. Foi também, de certa forma, o novo sopro tenentista, a essa altura um movimento dividido em três: os que fechavam com Getúlio no poder; os que lhe faziam oposição branda nos estados, dos quais alguns poucos aderiram ao levante; e os militares comunistas, guiados por Prestes, seus protagonistas solitários.

Do lado tenentista, o movimento de 35 foi contra o autoritarismo do governo e a manutenção do sistema oligárquico, agora camuflados sob o novo poder centralista; do lado comunista, atacava o imperialismo americano e o capitalismo internacional, defendendo o calote da dívida externa, a nacionalização das empresas estrangeiras, uma reforma agrária baseada nas pequenas propriedades, distribuídas pelo Estado, e um incremento salarial generalizado. As duas paralelas se encontravam na luta por um novo plano de carreira militar (soldos maiores, promoções sem favorecimentos etc.) e pela ampliação das liberdades públicas, com a dissolução das milícias fascistas e o estabelecimento de um governo popular. A palavra de ordem era, como se sabe: "Todo poder à ANL! Por pão, terra e liberdade!".

Em agosto de 35, Fernando de Lacerda atuou como delegado brasileiro no VII Congresso do Komintern. Meu tio, nos relatórios ao Komintern, às vésperas do levante, além de mencionar disputas dentro da ANL com tendências não comunistas, ainda dividia o PCB nos seguintes grupos: o das pessoas confiáveis (ele próprio, Prestes, Miranda, e mais uns poucos); o dos duvidosos e agentes infiltrados da polícia (maior do que se desejaria); e o dos sectários, oportunistas e vacilantes (todo mundo que alguma vez o tivesse vencido na política do partido, entre eles o instrutor enviado pelos russos, Jan Jolles).

A coisa estourou em Natal, no dia 23 de novembro. A ordem partiu do chamado Comitê Revolucionário do Nordeste, precipitando os planos de Prestes. O Comitê, formado exclusivamente por comunistas, agia sob o guarda-chuva da ANL, mas acima e à margem da direção aliancista. O motivo da precipitação, olhando-se em retrospectiva, foi uma questiúncula sobre a política de reengajamentos nas tropas. Devido à diferença de fuso horário, em Moscou já era fim da tarde quando chegaram os primeiros telegramas com a notícia de que algo estava acontecendo no Nordeste. Dois dias depois, o movimento começou no Recife. E o Komintern, com toda a sua expertise revolucionária, ainda estava correndo atrás dos fatos.

Em Natal, mesmo às turras, comunistas e aliancistas foram vitoriosos e instauraram um novo governo. Mas a eclosão não simultânea e precipitada das insurreições permitiu que o governo federal, bem informado por seus espiões, batesse por partes cada uma delas. Primeiro endureceu no Recife, fazendo os revoltosos se renderem. Dia 26 de novembro, Natal foi perdida.

Por incrível que pareça, ninguém no Komintern tinha conhecimento de que a insurreição estava marcada para começar também no Rio de Janeiro. Pelo menos é o que contam os documentos russos e confirmava tio Fernando. O nível de veracidade nos relatórios dos dirigentes brasileiros mantinha-se baixo, fosse para preservar uma relativa autonomia, por medo de vazamentos, ou medo de que os russos os reprovassem e cortassem o fluxo de dinheiro, ou por um ofuscante entusiasmo, que lhes distorcia a análise da situação. Em Moscou, nessa hora crucial, o camarada Fernando de Lacerda fracassou em alertar os chefões russos. Eles foram ultrapassados pelos acontecimentos, enquanto no Brasil a ordem de insurreição saía do Nordeste para chegar até o Rio Grande do Sul, região com grande concentração de tropas e berço político-militar de Prestes. Lá, contudo, nenhum episódio entraria para a história.

Na véspera do levante carioca, um desconhecido me abordou para avisar que em breve eu receberia instruções sobre onde pegar armas. Aquela noite, por precaução, não fui dormir em casa, pedindo abrigo a um casal de amigos mais velhos, Álvaro e Eugênia Moreira, donos de uma companhia de teatro. Sua casa era um grande centro de reuniões intelectuais e políticas, e para mim era até mais do que isso. Álvaro me tratava como a um filho, e Eugênia, com sua franja, com seus lábios pintados de cores extravagantes, unhas compridas, bolsas exageradas e charutos, sim, charutos, era a encarnação do elo entre as artes e o comunismo libertário.

Para Prestes e seus auxiliares diretos, se tudo desse certo, o plano era o seguinte: tropas em todos os quartéis seguiriam sua liderança; o setor de fabricação de bombas entraria em ação, graças ao treinamento russo; outro setor deflagraria tantas greves quanto possível, açulando estivadores a hostilizar o Batalhão Naval, para onde se deslocaria um destacamento revoltoso; uma ala de metalúrgicos tomaria de assalto o Arsenal de Guerra, armando os trabalhadores têxteis, enquanto outra neutralizaria a Polícia Militar, ou receberia sua adesão, pois o prefeito do Rio de Janeiro dera a entender que aderira ao movimento, e essa ala reforçada então marcharia contra o quartel da Polícia Especial; uma brigada da antiga Juventude Comunista, comigo no meio, atacaria a Casa de

Detenção e libertaria prisioneiros; uma força de combate dominaria as delegacias de polícia e os escritórios integralistas; outro grupo ocuparia uma rádio importante, para transmitir a versão dos amotinados ao restante do país; uma ala da construção civil ocuparia os túneis, garantindo a paralisação da Central do Brasil; e finalmente um último batalhão cercaria o Palácio do Catete.

De todos os testemunhos do evento, afora as transmissões de rádio que todo mundo ouviu no dia, o melhor, mais bem escrito e verossímil é o de Agildo Barata. Em seu livro *Vida de um revolucionário*, publicado quase trinta anos depois dos eventos, ele conta que era ainda um capitão de apenas trinta anos, mas já uma liderança aliancista conhecida e muito próxima aos comunistas. Por isso mesmo, encontrava-se preso no 3º Regimento de Infantaria, localizado na praia Vermelha, na Urca, onde o episódio mais dramático do levante aconteceu. "Preso" talvez seja uma palavra meio forte, estava mais era de castigo, inativo, cumprindo sua "pena" não numa cela, mas no cassino dos oficiais.

Na tarde do dia 26 de novembro, um estafeta levara ao 3º RI os planos revolucionários de Prestes e, com eles, a ordem de iniciar o movimento na mesma noite. O mensageiro tinha documentos idênticos para levar a duas outras guarnições militares da cidade. No entanto, ele surpreendeu o responsável político do PCB dentro do batalhão ao dizer, encolhendo os ombros:

"Eu paro por aqui. Se puder, que os leve você, ou os faça chegar a quem de direito. Se não puder, problema seu, pois essas duas unidades não poderão acompanhá-los no levante."

Uma grande covardia, sem dúvida, ou um grande erro de quem o escolhera para a tarefa, mas também é verdade que ela se tornara muito mais arriscada depois da precipitação dos acontecimentos de Natal e Recife. O alto-comando, obviamente, implantara um alerta máximo em todas as unidades militares do país, sobretudo nas do Distrito Federal. A entrada e a saída dos quartéis estavam rigidamente controladas, assim como os telefonemas e as correspondências. Ainda assim, o líder da insurreição — ou o próprio Agildo Barata, não lembro — tentou contatar alguém de fora, que, pretextando qualquer bobagem, lá pudesse ir buscar as cópias dos planos. Ninguém se candidatou.

Para a ação revolucionária dentro do 3º RI, fora concebido um plano que dependia basicamente de duas coisas: mais soldados e o elemento surpresa. Nenhuma delas se verificava na realidade. Do efetivo de mil e setecentos praças e trezentos oficiais, o PCB conquistara a adesão de doze ou treze homens; dois oficiais, um cabo e o restante de soldados. Somando-se estes aos aliancistas, chegava a trinta o número de revoltosos. O fator surpresa, pelos motivos já citados, deixara de existir.

Cercado pela pedra da Babilônia de um lado, pela pedra da Urca de outro, com as costas dando para a praia, de areias avermelhadas, e a frente para a praça larga onde termina a avenida Pasteur, ampla e única rota capaz de comportar tropas em movimento, o 3º RI possuía instalações de uma lógica férrea. O longo pavilhão principal, de dois andares, colocava-se na transversal da avenida, correndo paralelo à praia e a uns duzentos metros do mar, com uma distância de vinte a trinta metros entre ele e as escarpas de ambos os lados. Nos fundos desse pavilhão, abria-se um pátio interno, todo plano e de forma mais ou menos quadrangular, com cerca de trezentos metros cada lado. Entre esse pátio e o morro da Urca, portanto à esquerda de quem chega pela avenida Pasteur, havia um segundo pavilhão, também de dois andares, onde se alojava a mais poderosa subunidade do 3º RI, a Companhia de Metralhadoras Pesadas, a temida CMP. No fundo do pátio, construíra-se um aterro de três metros de altura, separando o forte da praia, sobre o qual se erguera ainda uma pequena muralha, com mais ou menos seis metros de largura, para que os soldados pudessem, dali de cima, vigiar a fortificação por dentro e por fora, de um morro a outro.

Como prova de que estava muito bem informado sobre a data da insurreição, o comandante do quartel posicionou um pelotão no centro do pátio, de arma na mão e pronto para tudo; outro na galeria central do pavilhão fronteiro, com ordem de morrer por ela; proibiu a circulação das tropas e a formação de grupos, mesmo de oficiais, em qualquer área do regimento; pôs os aliancistas e suspeitos de comunismo sob estrita vigilância; ordenou à companhia de metralhadoras do 2º Batalhão que se posicionasse na muralha, de modo a poder abrir fogo sobre a Companhia de Metralhadoras Pesadas caso ela aderisse ao levante; colocou um terceiro pelotão pronto para atirar em todas as saídas de alojamento; e enviou à avenida Pasteur um grupo de combate, para controlar a frente do quartel.

Assistindo a tais precauções, Agildo Barata conta ter improvisado um novo plano de ação, para reverter as circunstâncias. Antes de tudo, se o início estava marcado para as três horas da manhã, deveria ser antecipado para as duas e meia, a fim de recuperar algo do elemento surpresa. Nessa exata hora, em cada unidade, o "encarregado de levante" deveria, pela força das armas, impedir seus oficiais legalistas de entrar em contato com a tropa, prendendo-os e conduzindo-os para o cassino dos oficiais, onde o próprio Agildo estava confinado. Como nem todas as unidades tinham um conspirador infiltrado, os mesmos homens deveriam neutralizar mais de uma unidade. Os revolucionários então incitariam a soldadesca ao motim. Por causa do alerta já em vigor, o novo plano teve de ser retransmitido muito discretamente, em encontros apressados, olhares e sussurros.

Desde cedo, a maior parte da tropa, armada e municiada, com seus respectivos comandantes à frente, fora recolhida nos alojamentos. Depois, à noite, receberam ordens de não sair de suas camas, cujas fileiras demarcavam estreitos corredores, percorridos por oficiais de pistola na mão. Entre os conspiradores, e mesmo entre os legalistas, parece que apenas um homem conseguiu efetivamente pegar no sono, dormindo feito uma criança até a hora marcada. Se bem me lembro, um tenente chamado Tourinho.

Às duas e meia da madrugada, pontualmente, todos ouviram rajadas de metralhadora, seguidas por um grito:

"Viva a revolução!"

Era o tenente Leivas Otero, no ponto estratégico da balaustrada do quartel, de onde podia atirar em todas as direções e que ocupava por ordem do próprio comandante do 3º RI. O tenente era irmão de um secretário de Getúlio Vargas, e graças a isso conquistara a confiança do superior.

Imediatamente, as tropas legalistas que tomavam o pátio deram combate, e o tiroteio lá fora começou. Junto com ele, a confusão no interior dos alojamentos. As unidades comandadas por conspiradores puseram-se em ação, ajudando outros rebeldes a tomar o poder em suas respectivas unidades. Bom exemplo foi o já citado tenente Tourinho, que ao acordar, com serena bravura, aprisionou seu comandante e os oficiais legalistas de sua companhia, assumiu-lhe o comando e ainda ajudou a reverter a situação em duas outras unidades. Uma dessas forças revolucionárias dirigiu-se ao salão nobre do cassino e ajudou Agildo Barata a prender os oficiais que lá se encontravam, jogando e conversando enquanto esperavam a encrenca para dali a meia hora.

Além da adesão do tenente Otero, a outra grande sorte dos revolucionários foi o aparecimento de uma inesperada ajuda externa. Dois tenentes aliancistas que haviam servido no 3º RI, sendo transferidos pouco antes, sabiam dos planos e voltaram para ajudar. Sabe-se lá Deus como passaram pelas tropas que vigiavam a avenida, lograram fazer contato com uma liderança rebelde e, no improviso, ocuparam com alguns reforços nada menos que a galeria principal do grande pavilhão, ligada ao eixo da avenida Pasteur e exatamente embaixo do posto de comando legalista, que ficou encurralado no andar de cima da galeria, com as ligações cortadas e seus estafetas e aqueles que vinham buscar instruções sendo presos como numa ratoeira.

No cassino, os rebeldes chegaram a juntar mais de sessenta oficiais prisioneiros. Os comandantes ficaram num grande sofá, carrancudos, enquanto Agildo, apoiado numa mesinha de centro, atendia às mensagens enviadas pelos legalistas lá de fora e tentava convencer os dali de dentro a virar de lado. Na mão direita, um Smith & Wesson calibre .32. Aos poucos, alguns foram cedendo e escrevendo de próprio punho mensagens de rendição, a serem lidas aos soldados. Ocupada a rádio do quartel, foram transmitidos apelos para que outras lideranças, civis e militares, aderissem ao levante. Assim ficou sabendo que duas unidades da Vila Militar haviam se levantado, e na escola de aviação do Campo dos Afonsos alguns revoltosos tentavam se apoderar de aeronaves, a fim de bombardear pontos estratégicos da cidade.

Com manobras rápidas e surpreendentes, o comando do 3º RI foi tomado pelos revolucionários, algo totalmente improvável do ponto de vista da lógica militar. Como ilustração ao fato de que as situações podem sempre ter desfechos altamente improváveis, Agildo Barata dá como exemplo a história do engenheiro aeronáutico que, ao observar um pesado e cascudo besouro voando, filosofou:

"Do ponto de vista aerodinâmico, é impossível a um besouro voar; no entanto, voa, e voa não só muito bem, como é capaz de realizar os mais caprichosos e incríveis deslocamentos."

Conscientes de que insurreição parada é insurreição derrotada, por volta das quatro horas da madrugada, embora ainda estivesse escuro, os rebeldes fizeram três tentativas de abrir caminho para a rua. Se permanecessem no 3º RI, sua posição relativamente segura, entre dois morros e com a praia aos fundos, poderia se tornar uma ratoeira.

As precauções do comando legalista, que falharam do lado de dentro, funcionaram muito bem do lado de fora. Um pelotão de metralhadoras fora postado em frente ao quartel, e atirava incessantemente em direção às três saídas do pavilhão principal, barrando a saída por ali. Os soldados rebeldes tentaram abrir caminho pelos morros, aproveitando-se da escuridão, mas as metralhadoras varriam também o mato, mesmo sem alvo certo, e ali as balas tornavam-se duplamente perigosas devido aos ricochetes nas escarpas de granito. Os soldados fiéis ao governo ocuparam ainda várias janelas dos edifícios fronteiros ao quartel, nelas assestando mais armas automáticas. Os revolucionários tentavam cobrir o avanço dos seus companheiros disparando rajadas de metralhadora pelas janelas frontais do quartel, contra a avenida Pasteur vazia, mas sem sucesso. O comandante da 1ª Região Militar, o general Eurico Gaspar Dutra, chefiava pessoalmente as ações legalistas e dispunha de efetivos muito maiores, com reforços vindos de São Cristóvão, da Vila Militar, do batalhão da PM em Botafogo, das guarnições de dois outros fortes, e do 1º Grupo de Obuses. No entanto, não podia utilizá-los inteiramente, pois seus movimentos também eram prejudicados pela geografia afunilada do local e pela implantação do forte, que tornavam a avenida Pasteur a única rota de entrada ou saída.

Atirando das janelas do pavilhão principal, os revoltosos protegiam-se com os colchões em que dormiam, infestados de percevejos (o que explica melhor do que muita teoria político-econômica por que os quartéis vinham se levantando desde os anos 1920), e usavam os peitoris como escudo. Acontece que mesmo as paredes do pavilhão, feitas de estuque, eram vulneráveis ao armamento pesado que vinha de fora.

Ainda no coração da madrugada, as tropas atacantes tocaram o cessar-fogo e ouviram-se os toques curtos de corneta, que acompanham o envio de um parlamentar. Manda o código de guerra que, a esse toque, devem cessar as operações de ambos os lados. Agildo Barata e os demais líderes revoltos receberam então um sargento legalista, com o ultimato do general Dutra:

> Senhor comandante revolucionário do 3º RI, o general comandante da 1ª RM — vosso comandante — vos concita a depor imediatamente as armas e render-vos; vossa situação é insustentável e é aconselhável evitar inúteis sacrifícios.

Embora ciente da insustentabilidade do levante, o comando revolucionário ainda tinha esperança de que seus apelos aos outros quartéis da cidade fossem atendidos, e que reforços aparecessem. Esperavam, sobretudo, que a facção rebelde da Força Aérea aparecesse, mudando a sorte da batalha. Recusaram-se, portanto, a depor as armas. Apesar do tiroteio pesado, o moral das tropas continuava elevado, graças aos discursos de seus líderes e à força da imagem de Prestes.

Ao clarear do dia 27, veio a tréplica do general: os dois morros foram ocupados por armas automáticas, que passaram a bater extensas zonas do pátio interno, e o Grupo de Obuses entrou em ação, disparando contra o quartel granadas de tempo, que explodiam calculadamente sobre o alvo, espalhando uma chuva de balins inflamáveis, como "gotas de um mortífero chuveiro". O 3º RI, em poucos minutos, apresentou focos de incêndio. Salvo engano, foi do fabuloso tenente Tourinho, novamente demonstrando incrível naturalidade diante do perigo, o comentário mais engraçado:

"Com todo esse fogaréu, quero ver algum percevejo miserável escapar!"

Enquanto isso, ainda bem cedo pela manhã, eu, Álvaro e Eugênia Moreira estávamos em volta do rádio, acompanhando os boletins de notícias. Iam ficando evidentes as dificuldades do levante. Pela retaguarda do quartel chegaram duas embarcações da Marinha de Guerra, que passaram a metralhá-lo a algumas centenas de metros da praia. O incêndio no pavilhão principal acabou forçando os rebeldes a abandonar muitas posições de tiro no piso superior, e os desabamentos tornaram a permanência no piso inferior arriscadíssima.

Finalmente, depois das onze horas da manhã, a grande incógnita da batalha sobrevoou a praia Vermelha, sob a forma de uma pequena esquadrilha, fazendo com que todos, rebeldes e legalistas, olhassem para o alto cheios de esperança. O que estaria por trás das graciosas curvas daqueles engenhos de guerra, o golpe de misericórdia dos legalistas ou a salvação dos rebeldes? Deu a primeira opção. Os três aviões picaram e despejaram suas bombas sobre o quartel, tornando inviável e inútil a resistência.

Claro que tudo isso é uma lembrança bastante resumida. O relato de Agildo recuperava com riqueza muito maior a pororoca de biografias que um evento desse porte contém: um oficial legalista foi ridiculamente ferido nas nádegas; o médico do quartel, que estava em outro prédio, recusou-se a atravessar o pátio, com medo do tiroteio; outro oficial feriu a si próprio, por acidente, com um tiro no olho; e um oficial legalista, numa dada altura, conseguiu surpreender Agildo no cassino, encostando-lhe uma arma nas costelas, para depois ser dominado outra vez, num lance de filme.

Certas acusações recíprocas de deslealdade militar surgiram na época. O inquérito feito pela polícia do Getúlio acusava os comunistas de, logo no início da ação, terem assassinado muitos homens em pleno sono, sem lhes dar nenhuma chance. Agildo Barata refuta isso. A meu ver, nem deveria ter se dado o trabalho. Guerra é guerra, você não diz:

"Acorda aí, porque eu vou te matar."

Já os comunistas acusam o general Dutra de pelo menos dois crimes de guerra. Primeiro, o uso de armas químicas, isto é, de bombas de gás. Do ponto de vista da ética militar, vejam que coisa, usá-las contra a população civil é aceitável, mas contra um exército inimigo é considerado crime. Claro que o gás não era venenoso, mas os comunistas batem muito nessa tecla. De qualquer modo, embora tóxico, o gás era mais pesado que o ar, e assim, depois de alguns instantes, fazia apenas uma nuvem perto do chão, na altura das canelas rebeldes.

O outro crime teria ocorrido na rendição. Os insurretos tocaram o cessar-fogo, o aviso parlamentar e enviaram mensageiros. Agildo pretendia negociar a inculpabilidade dos praças e sargentos que tinham aderido ao levante, alegando sua obrigação hierárquica de obedecer aos oficiais rebeldes, mais graduados, que haviam tomado o comando nas diversas unidades. Dutra então teria mandado soldados atacar, desarmar e prender os parlamentares rebeldes, o que configura uma verdadeira indecência ética.

Naquela manhã do dia 27, desacorçoados em volta do rádio,

entendemos que a revolução comunista fracassara e soubemos do início da repressão. Já na Rússia, a notícia chegou só no dia seguinte. O Comitê Central do Komintern discutiu a situação brasileira, e meu tio Fernando de Lacerda era o único compatriota naquela reunião. Ninguém sabia detalhe de coisa nenhuma, mas sabiam o principal: Prestes havia falhado.

O Congresso, por aqui, declarou rapidinho o estado de sítio, e restava a mim e a meus amigos apenas esperar a divulgação das prisões realizadas até o momento, e a das decretadas mas ainda não cumpridas. Temíamos pelos comunistas "oficiais" e pelo nosso amplo batalhão de amigos simpatizantes. Eu próprio tinha o que temer: filho de um revolucionário contumaz, sobrinho de dois comunistas decaídos porém de alta estirpe, era um líder estudantil que gravitava em torno do PC, identificado com o prestismo. Finalmente a lista começou a ser lida no rádio, e de repente, num lance meio surreal, ouvi meu nome:

"Carlos Lacerda — preso."

Por um instante, afora o alívio óbvio de saber que a polícia estava enganada, senti o fascínio de ganhar uma segunda personalidade. Mas passou rápido. Logo depois de o locutor dizer meu nome, o Álvaro Moreira virou-se para mim e colocou a situação com clareza:

"Meu neguinho, ainda está em tempo de você dar o fora."

*

Por que a revolução comunista nunca conseguiu realmente conquistar o coração e o braço forte do brasileiro? Boa pergunta. Acho que o espírito de autossacrifício não encaixa muito na índole do nosso povo. Para o bem e para o mal. Para o mal, porque todo país progride muito mais devagar quando esse espírito não existe. Para o bem, porque o totalitarismo, o apagamento total do indivíduo pelo Estado, o autossacrifício supremo, acaba não colando.

Mais difícil é entender por que nunca houve uma revolução comunista na Alemanha. Afinal, tudo começou lá, era lá que se reuniam os comunistas exilados pelo regime czarista, era lá a terra de Marx e Engels. Stálin respondia a essa pergunta com uma anedota que ouvira em 1907, enquanto passava dois ou três meses em Berlim, entre bolcheviques russos e locais.

Numa dada ocasião, na capital alemã, fixou-se dia e hora para uma manifestação, à qual deveriam comparecer os membros de todas as organizações operárias e comunistas, inclusive as localizadas nos subúrbios. Pois bem: centenas de homens, vindos desses pontos mais afastados, chegaram pontualmente à estação ferroviária central, carregando suas faixas, cartazes, placas e bandeiras pintadas com palavras de ordem. Na época, todo passageiro, ao desembarcar do trem, deveria entregar seu bilhete usado aos coletores, que ficavam na saída das plataformas. Naquele dia, os coletores de bilhetes tinham faltado, ou foram dispensados de propósito, e não havia ninguém para liberar os passageiros, conforme a regra. Os manifestantes então passaram duas horas na estação, esperando um encarregado aparecer. Finalmente cansaram de esperar, rasgaram seus bilhetes e foram ao local marcado para a passeata. Claro que, a essa altura, ela já se desmanchara por falta de quórum.

*

A palavra estranha, "intentona", é cheia de significados, ainda mais quando se refere aos acontecimentos de Natal, Recife e Rio de Janeiro. Originalmente, significa "conluio", "motim", "revolta", coisas não necessariamente más. Depois do levante de novembro de 1935, ganhou um significado pejorativo na linguagem popular, de "projeto insensato". Isso porque a operação foi, militar e politicamente, mal planejada, e acabou tão rápido que nem deu tempo de participar. Só não peguei em armas porque nunca soube aonde ir buscá-las. Não havia mobilização popular nenhuma, pois a articulação política era mínima, e o Prestes priorizou, pelo menos na primeira fase, as alianças militares, que deram em pouca coisa. Dois ou três quartéis rebelados, um efêmero governo em Natal, alguns heróis, alguns covardes, mas nada capaz de pôr abaixo o Governo Provisório.

Se desde logo ficou evidente que não apenas dentro do 3º RI a conspiração era conhecida pelo alto-comando, e que o próprio Getúlio conhecia os planos comunistas, só décadas depois os historiadores descobriram a extensão do vazamento. O serviço secreto britânico captara as transferências de dinheiro da Europa para o Brasil, originárias do Fundo Prestes, vinha espionando o intermediário em Paris e colocava o governo brasileiro a par de tudo por lá, mantendo-o mais bem informado até que os russos e seu poderoso Komintern. Enquanto isso, no Brasil, os agentes infiltrados da polícia política também foram de uma eficiência exemplar. E o prefeito do Rio de Janeiro revelou-se um espião. O governo federal, quando quis, saiu prendendo um por um dos envolvidos. Prendeu até sem acusação formal, obtendo confissões na base da tortura. Para culminar, invadiu o Congresso e prendeu os deputados que ousavam enfrentá-lo.

A Intentona ainda alertou o Exército para a necessidade de cerrar suas fileiras ideológicas e expurgar "influências exógenas" no interior da oficialidade. Tal esforço de "purificação ideológica" ficaria evidente nas disputas políticas dentro do Clube Militar nos anos 1950, no movimento dos sargentos em 1960, e na revolução de 64, após a qual todo traço de comunismo foi eliminado das casernas. Uma boa coisa, pena que junto se foi o espírito progressista demonstrado pelo Exército em outros momentos. Não precisava ter sido assim.

Em vez de impedir a ditadura getulista, a Intentona acelerou sua implantação, dando-lhe o pretexto que precisava. Foi o melhor serviço que a esquerda nacional prestou ao fascismo. Os trotskistas brasileiros, os únicos a quem os stalinistas odiavam mais do que aos burgueses e integralistas, ainda tripudiaram, chamando a ação de Putsch, isto é, de golpe, o maior xingamento que se pode fazer a uma revolução.

Eu, aquela manhã na casa dos Moreira, fui posto na cadeia e na clandestinidade ao mesmo tempo. Logo no começo de 1936, o Prestes e a Olga Benário foram presos, e junto com eles caíram, que eu me lembre, todos os homens que realmente comandavam o PCB. Um foi morto, ou suicidou-se, atirando-se de uma sacada do prédio da polícia, outros foram barbaramente torturados, e apenas um foi solto e acampanado, para levar a polícia aos companheiros, porém revelou-se mais esperto e desapareceu do mapa e da história.

No esconderijo de Prestes, a polícia encontrou uma fartíssima documentação sobre o levante e sobre os contatos mantidos com diversos segmentos da esquerda brasileira, civis e militares. Um dos meus antigos professores de direito, comunista convicto, diante da formidável incompetência de seu líder, que guardara tanto material comprometedor, exclamou:

"Isso não é um partido clandestino, é o sindicato dos arquivistas!"

E assim criou-se a suspeita de que o Prestes havia propositalmente guardado os documentos, queimando um monte de gente, para a repressão ter com quem se ocupar. Eu não acreditava nisso, e meu pai também custava a crer que ele deliberadamente tivesse comprometido amplos setores da oposição. Deve mesmo ter sido apenas mais um dos erros gigantescos da Intentona.

No conjunto da documentação, havia pelo menos uma carta comprometedora de meu pai. Nela, Maurício de Lacerda e Luís Carlos Prestes divergiam em quase tudo — oportunidade, estratégia, análises de conjuntura —, mas ainda assim o governo deitou e rolou, usando-a para prender meu pai, exonerá-lo do cargo de procurador do Distrito Federal e mover contra ele um processo do qual demoraria anos até se livrar. A opinião do velho Maurício sobre o Cavaleiro da Esperança, que já não era das melhores, pioraria bastante, a ponto de ele me dizer, desiludido:

"A tragédia é que o Prestes, sendo o nosso maior líder carismático, não tem nada além disso. Ele é puro carisma, e só carisma."

*

Com a polícia à minha procura, o apartamento em Copacabana onde eu morava com minha mãe e meus irmãos foi revirado. Meu primeiro esconderijo foi na casa de um amigo da Faculdade de Direito, cuja família, embora fosse anticomunista, aceitou me abrigar por um tempo. Adotei o nome de Pedro e fiquei algumas semanas. Depois fui recebido por um primo de minha mãe, integralista e morador de Santa Teresa. Com meu pai preso e tio Paulo desaparecido havia anos, dos políticos da família só meu tio Fernando estava a salvo, em Moscou. Sem ter com que passar o tempo, fiz uma tradução do livro *Caractères*, de La Bruyère, que apesar de muito malfeita consegui publicar no ano seguinte, sob pseudônimo por causa da clandestinidade. Quando precisei sair de Santa Teresa, não quis voltar para o apartamento de minha mãe. Corri então para o de uma tia-avó, também em Copacabana, mais precisamente na rua Hilário de Gouveia. Mal podia sair do quarto, pois havia sempre visitas, e minha única janela dava justamente para a delegacia, que existe até hoje, onde muitos conhecidos estavam presos.

Durante seis meses fiquei ali, sozinho, angustiado, com a sensação de que tinha muito a dizer mas só era escutado pelas cadeiras, a cama, o armário, a mesinha e as estrelas que eu contava no teto. Tive a nítida percepção que, em nome da política, eu me esquecia de viver. Das celas da delegacia, à noite, chegavam-me os gritos mais terríveis, obviamente provocados pelas sessões de tortura. Quando aparecia alguma visita para mim, coisa rara, eu massacrava a pessoa, falando sem parar. Minha mãe, enquanto isso, fazia campanha para eu retomar a faculdade, dando-lhe o orgulho que lhe dera meu irmão Mauricinho, já formado em medicina.

Meu pai então foi solto e, para surpresa geral, finalmente surgiu uma notícia sobre meu tio Paulo. Estava vivo, internado num sanatório de indigentes na fronteira entre Brasil e Uruguai, com a saúde frágil e prejudicado da cabeça, bebendo demais sempre que uma crise mental se aproximava. Meu pai providenciou sua remoção para a chácara da família.

Após o longo período no quarto vizinho à delegacia, decidi fugir do Rio de Janeiro. Fui levado até a chácara na mala do carro de um contrabandista de café, amigo de um primo. Desde que meu avô morrera, dez anos antes, eu raramente havia posto os pés por lá. Quem respondia pelas terras ainda era o Belo, o administrador que me devolvera ao meu pai quando fugi do colégio, e da casa cuidava Rosalinda, a ex-xifópaga agregada da família.

Eu havia sido alertado de que tio Paulo não era o mesmo homem, e supunha estar preparado para encontrá-lo muito doente. Mas os estragos nele provocados pela política e pela doença iam além. O homem que reencontrei era uma carcaça pálida, envelhecida e grisalha, com pernas fracas demais para andar, mãos trêmulas, ar abatido e raciocínio perturbado. Um de seus olhos, perdido em alguma sessão de tortura, ganhara uma cor branco-amarelada, afligindo quem se dispusesse a encará-lo. Ele passava dias quase inteiros na varanda, sentado, tendo no colo o indefectível cobertor dos doentes. Quando falava, parecia fazê-lo a esmo, como se as palavras fossem curtos-circuitos cerebrais escapando-lhe pela boca. Dizia algo totalmente sem sentido, depois se calava, disperso, alheio a tudo por muitas horas. Seu único passatempo era arrancar arpejos ensandecidos de um violão que meu pai lhe comprara, uma guitarra de fundo de quintal. Ele não sabia tocar música alguma, mas pedira que o irmão lhe comprasse o instrumento mesmo assim.

"Branco, sombra e vermelho; vermelho, sombra e branco."
"O que foi, tio?"
"Girando, girando. Eu não era de lá. Eu sou daqui."
"O que ele está dizendo, Rosalinda?"
"E eu sei lá, Carlos!"

Uma lenda familiar, verdadeira gesta dostoievskiana, dizia que tio Paulo enlouquecera diante de um pelotão de fuzilamento, após a ordem de disparar ter sido suspensa no último instante.

Na verdade, sua demência fora provocada pelas sessões de tortura e pelo efeito progressivo da sífilis. Os anos enclausurado não lhe permitiram adotar os tratamentos existentes com a regularidade necessária. O PCB já não podia fazer nada por ele, e não faria se pudesse. Como ouvi certa vez um político dizer, diante do avanço da história, as tragédias individuais, o sofrimento, as mortes, as infâncias sacrificadas, eram apenas "a espuma do processo" (só não conto se o autor dessa frase era comunista, fascista ou liberal; façam suas apostas...).

"O gemido, à noite, girando, girando no escuro."

"Do que você está falando, tio?"

Ele não respondeu. Depois continuou falando sozinho:

"Branco, sombra e vermelho; vermelho, sombra e branco."

Vê-lo naquele estado, e sendo eu mesmo perseguido pela repressão, foi um choque, forte a ponto de me dar a ideia para *O rio*, e para Lucas, espécie de alter ego de tio Paulo. Para compor o personagem, preenchi um caderno anotando as frases que ele dizia em sua demência, tentando absorver seu tom de voz, seu jeito de se mexer, de andar, de comer.

Com a boca retorcida, tio Paulo certa vez olhou para mim e disse:

"Eu viajei até a estratosfera. Fui muuuuuito longe..."

"EU METO BALA!"

Ela se chamava Letícia Abruzzini. Conheci-a durante a primeira temporada de clandestinidade na chácara, graças a um primo Werneck, que me levou à fazenda de minha avó, a Forquilha, para conhecer as duas novas professoras dos filhos dos colonos. Era bonita, de cabelos e olhos castanhos bem escuros, quase pretos, e de pele morena clara. Esguia embora não fosse alta, com traços finos, o nariz e o queixo pronunciados, sua simpatia cativava as pessoas, seus lábios cantavam quando sorria. Tinha um ar esperto, o raciocínio rápido, a malícia interiorana aliada a um apetite mental digno de uma jovem de cidade. Logo no primeiro encontro, a atração que senti veio acompanhada de um forte sentimento de afinidade.

Seu pai, um agrimensor italiano que viera ao Brasil para trabalhar numa companhia ferroviária, falecera dezoito anos antes, deixando quatro filhos. Letícia tinha dois anos quando isso aconteceu. A viúva d. Henriqueta, ou Mãe Quêta, viveu muitos anos de pouco dinheiro enquanto os filhos terminavam de crescer, dependendo da ajuda dos parentes, até casar-se outra vez, com um simpático funcionário público chamado Juca, mas conhecido como Bá. Letícia contava que ela e uma das irmãs, quando não tinham dinheiro para sequer comprar sapatos, dividiam o mesmo par, indo para a escola cada uma com um pé calçado e o outro com bandagens, para que parecessem machucados. A falta de dinheiro, no entanto, não era o pior. Por volta dos seus cinco anos, Letícia ficara com a audição prejudicada para sempre devido a uma inflamação mal tratada no ouvido. E ainda tem mais. Dos quatro irmãos Abruzzini, Letícia era a única morena como a mãe, quando tudo o que mais precisava para sentir-se integrada ao grupo idolatrado dos irmãos mais velhos era se parecer com eles. As desgraças de sua infância culminavam num pequeno defeito de nascença no seu pé direito, um sexto dedo, disforme, espalhado e apenas semi-vertebrado, com um ossinho que pulava e a matava de vergonha e de repulsa. Letícia tinha horror ao próprio pé (até eu morrer, se tirava os sapatos, mesmo em família, ela inventava uma posição na qual, com seu pé esquerdo, cobria o dedo defeituoso).

Desde criança, à procura de consolo, tornara-se leitora de romances açucarados. Fugia dos trabalhos domésticos subindo nas árvores para ler em paz, longe de todos. Nessas horas, a mãe e os irmãos, mais velhos e protetores, faziam por ela as tarefas que deixava para trás.

Eu e meu primo visitamos com frequência as duas professoras nos meses seguintes. Seus alunos, claro, adoravam os recreios prolongados. Sentávamos os quatro debaixo das árvores para conversar, fazíamos piqueniques e namorávamos. Letícia não era especialmente culta, mas tinha todos esses segredos para eu descobrir.

Autoapelidado de Carneosso, eu era então um jovem muito magro e comprido, moreno e de grandes olhos castanhos, tão claros que no sol ficavam quase amarelos, saltados das órbitas.

*

Para ganhar algum dinheiro, apesar da clandestinidade, continuei publicando críticas literárias e artigos na *Revista Acadêmica*, fundada por um amigo quando ainda estávamos na faculdade. Os textos, assinados com vários pseudônimos, eram levados ao Rio pelos parentes e amigos que apareciam na chácara.

Em junho de 1937, o estado de guerra foi temporariamente revogado. Meu entusiasmo por Letícia não impediu que, a repressão diminuindo e minha primeira peça ficando pronta, eu decidisse voltar para a capital. Álvaro e Eugênia Moreira, donos da Companhia de Arte Dramática, estavam ensaiando a primeira e única montagem de *O rio*. Eu e Letícia juramos continuar o namoro por carta. Por trás de seu sorriso caloroso, ela conhecia a solidão até mais do que eu. Com promessas de um breve reencontro, fiz um intervalo em meu romance campestre e fui tomar parte nos ensaios. A estreia foi no Teatro Boa Vista, em São Paulo, em julho daquele ano.

Meus amigos faziam os papéis principais, o de Lucas e Idalina, a mulher que fracassa ao afogar o próprio filho. O pintor

Santa Rosa, ainda não consagrado, e Oswald de Andrade Filho assinavam a cenografia. As críticas foram divididas. Houve quem elogiasse não apenas as interpretações, mas o talento e o brilho da dramaturgia de um dos "irrequietos espíritos da moderna geração brasileira" — uma dessas frases feitas do jornalismo cultural para as quais hoje não tenho paciência mas que na época aqueceram meu coração. Parte da imprensa paulistana, contudo, bombardeou a montagem, pois desejava fechar o circuito da cidade para a companhia dos meus amigos, vista como uma concorrência amadora e subsidiada. Até aí, tudo bem. Foi quando estreamos no Rio, no Teatro Regina, que tomei o grande pau: Graciliano Ramos, àquela altura já um nome importante, autor de *Caetés*, *São Bernardo* e *Angústia*, condenou minha "peça sem enredo", na qual, para ele, os personagens apareciam sempre na sombra. Graciliano afirmava, peremptoriamente, que "sem unidade narrativa o drama não se constitui, e portanto ele inexiste nesses retalhos de vida incongruentes". E arrematava: "Não sei se é teatro". Doeu, claro, mas quem conhece minimamente o meio cultural sabe que a crítica arrasadora de um Graciliano vale muito mais do que o elogio entusiasmado de um desconhecido. E eu pergunto: a falta de unidade não é, em si, uma característica do homem contemporâneo? E o drama deixou de existir por causa disso?

O Brasil vivia então as vésperas da eleição presidencial de 1938. Os candidatos disponíveis representavam muito nitidamente três tendências bastante diversas. Armando de Salles Oliveira, na avaliação da conjuntura que nós, comunistas e simpatizantes, fazíamos, representava a volta ao poder dos oligarcas de São Paulo, os liberais de antes de 30. Décadas depois, convencido por amigos paulistas, admiti o quanto seu liberalismo estava modernizado, e que ele poderia mesmo ter sido a melhor opção para o país. Eram dele os melhores discursos, os mais lúcidos, os mais propositivos. Mas eu nunca diria isso na época.

Plínio Salgado, o segundo candidato, nós malhávamos porque era integralista, o que àquela altura já significava algo muito mais grave do que em 1930-31. Os camisas-verdes mobilizavam sentimentos que nos pareciam altamente conservadores, baseados em valores como a família, a tradição nacional, um nacionalismo xenófobo, o antissemitismo, a fé católica, obediência à Igreja etc. Nós comunistas, autointitulados a vanguarda da humanidade, buscávamos a emancipação nacional por meio da luta de classes, da resistência contra o imperialismo, e fazíamos a crítica às religiões como forma de dominação. Afora o coeficiente totalitário comum, tínhamos ideias políticas completamente diferentes das dos integralistas. Depois da nossa estripulia em 35, o integralismo crescera bastante, e nos tornáramos inimigos mortais.

José Américo de Almeida, o terceiro nome na disputa, embora fosse um herói das lutas revolucionárias no Nordeste em 1930, aos nossos olhos, a bem da verdade, deixava a desejar. Representava o tenentismo amolecido pelo getulismo. Ocupara no governo um dos cargos que meu pai recusara, o de ministro da Viação e Obras Públicas, afastando-se de Getúlio apenas em 34. Além disso, o presidente parecia apoiar a candidatura de seu antigo aliado, o que soava mal junto à oposição. Tal apoio fazia com que os discursos do José Américo oposicionista não pegassem, porque no fundo sabíamos que era uma estratégia, soprada pelo próprio Getúlio, para disfarçar sua condição de candidato da situação. Nós, comunistas e simpatizantes, o apoiávamos por falta de melhor opção.

Independentemente das virtudes ou defeitos de cada candidato, a verdade é que, para os melhores analistas da situação política, já estava meio evidente que não haveria eleição coisa nenhuma. Depois de sete anos no poder, o Governo Provisório só esperava um pretexto para dar o golpe e ficar de vez. Enquanto isso não acontecia, a gente fazia oposição pisando em ovos.

Eu passei a integrar algo que se chamou a União Democrática Estudantil. Minha primeira missão foi viajar para Belo Horizonte sob o pretexto de fazer propaganda da candidatura de José Américo. Na verdade, queríamos era fazer a campanha mais anti-integralista e mais pró-comunista que as circunstâncias permitissem. Éramos cinco enviados, eu e mais três simpatizantes, mais ou menos liderados por um comunista oficial.

Minas Gerais era então território político de Benedito Valadares, o homem que derrotara Virgílio de Melo Franco em sua segunda corrida pela interventoria do estado. O Benedito, sempre fiel ao Getúlio, também estimulava a candidatura de José Américo.

Após alguns comícios, pensamos em estender nossa campanha ao sertão do rio São Francisco, mas nenhum de nós tinha dinheiro. Eu dispunha de apenas quatrocentos réis no bolso, umas trocas de roupa, uma escova de dentes, meu caderninho de anotações e uma pequena sacola de livros. O único legítimo membro do PCB entre nós, contudo, tinha recursos inesperados: revelou-se amigo de um oficial de gabinete do governo estadual, e esse sujeito arranjou para todos passagens da Companhia Mineira de Navegação, e até mais do que isso. Ganhamos ainda a bênção do governador, a garantia de salvo-conduto junto aos chefes políticos das cidades onde promoveríamos comícios pró-José Américo. E lá fomos nós, agitar no sertão mineiro, com patrocínio governamental, nos achando muito espertos por termos enganado a maior raposa da política local, quando a verdade era que ninguém estava muito preocupado com o que iríamos fazer naquele fim de mundo.

*

A movimentação no porto era grande. Os vendedores de água circulavam com seus jumentos carregados de pipotes; outros, de mercadorias variadas, traziam-nas de longe em surrões de couro ou de esteira de carnaúba. E pelo rio, em sofridas legiões, chegava a mão de obra nordestina, indo resignadamente fazer a sua parte na fortuna de outros estados. Dali embarcavam na linha férrea, que trazia e levava gente e cargas até o Distrito Federal. Tendo embarcado em Belo Horizonte, nós mesmos havíamos chegado nesse trem, e tomaríamos um barco para descer o São Francisco até a Bahia.

Entre o dia de nossa chegada e o do embarque, dormimos duas noites na Pensão Corinto, e aproveitei para conhecer a cidade e tomar notas. Meu plano em cada local que visitássemos era fazer levantamentos para uma futura reportagem. Antiga vila de pescadores, Pirapora transformara-se, graças ao terminal ferroviário, num grande centro regional, ainda que essa afirmação seja muito relativa. A cidade tinha quarenta mil habitantes aproximadamente, porém não arrecadava mais de duzentos e cinquenta contos por ano e possuía apenas seis médicos, cinco advogados e um jornal. O jornal eu conheci, e me espantei ao vê-lo saindo de um arcaico prelo de madeira. Os donos eram filhos de um francês dado à impressão de propaganda política, que fabricara pessoalmente aquele prelo depois que os chefes locais lhe haviam quebrado o de ferro. O comércio existia, mas tão subdesenvolvido quanto a vegetação em torno. Os aparelhos de rádio não passavam de cento e cinquenta no total. Uma ponte, construída para o prolongamento da estrada de ferro até Belém, era atravessada por pessoas a pé, puxando jegues e trafegando com parcos meios de sobrevivência. Os trilhos da extensão prometida se estragavam a dois quilômetros da ponte, havia mais de dez anos. Alguns automóveis e um cinema eram as únicas coisas a reconciliar aquela ponta do rio com a modernidade.

Alargava-se ao redor da cidade um longo planalto, abandonado e seco, coberto por árvores ralas, arbustos rígidos e esgalhados. A terra boa para cultivo talvez mal passasse de 10% do município. Desde o trem, gafanhotos verdes apareciam na barra de nossas calças, ou em nossos braços, feito lembretes de uma praga bíblica.

No dia de nosso embarque, constatamos que o navio era um daqueles vapores do tempo do Império, de chaminé barulhenta e caldeira faminta, com duas rodas-d'água, uma de cada lado do casco, que o deixavam parecido com as barcaças do Mississippi e me deram a sensação de ser uma espécie de Tom Sawyer comunista. Ele nos levaria até Juazeiro. Preparando-se para partir, a tripulação fazia sua estiva. Carregadores, taifeiros, cozinheiros, carvoeiros, foguistas, moços de convés e marinheiros embarcavam mantimentos, produtos de limpeza, artigos de higiene pessoal e uma imensa quantidade de lenha cortada.

Éramos ao todo cento e cinquenta passageiros, para uns vinte e cinco tripulantes. O dormitório da segunda classe, onde eu fiquei, não passava de um emaranhado de redes, mais próximo à popa. As cabines da primeira classe ficavam nas laterais. Havia ainda um único refeitório, e poucos banheiros.

Tendo ocupado nossas redes, fomos para a proa acompanhar de lá o embarque. Na beira do rio, enfileiravam-se pensões de imigrantes, verdadeiras tocas enfurnadas nas sombras. Enxames de crianças rolavam na areia, dois navios encalhados apodreciam à distância. Conversando com alguns dos passageiros, encontramos as figuras mais inesperadas: um aviador alemão da Primeira Guerra, então leitor de cartas e mãos, arte aprendida, segundo ele, com a mãe, "grande doutora em ciências ocultas"; dois artistas do teatro burlesco, cuja dupla respondia pelo nome artístico de Os Garotos, que haviam deixado os cassinos cariocas e agora brilhavam nas paradas dos navios; um feitor com chapéu de abas largas, roupa surrada, botas e uma açoiteira pesada na mão, perfeito tipo colonial.

Finalmente a chaminé apitou, os últimos passageiros subiram a bordo e as pessoas que não desceriam o rio foram evacuando aos poucos o convés. Quando as amarras se soltaram, senti o balanço do casco e a flutuação na correnteza. O rio, na vazante, era o maior ribeirão do mundo, com águas límpidas de pedra em pedra e a terra gretada por baixo. Nas franjas de Pirapora, em meio à vegetação ressequida, sem folhagem, enferrujavam imensos alambiques de cobre, atirados nos destroços de uma vasta construção.

Algumas horas depois da partida, o convés já esvaziara consideravelmente. Meus amigos haviam se recolhido. Após mais ou menos trinta quilômetros de viagem, passamos por um vilarejo acanhado, no qual se destacava ao longe uma pequena capela, parecendo inacabada.

"Que cidade é aquela?", perguntei a um dos tripulantes que passava.

"Guaicuí."

"É boa de se morar?"

Ele se assustou com minha ingenuidade e disse, balançando a cabeça:

"Lugar de gente mais feiticeira..."

Achei a resposta divertida e apontei uma capela:

"E aquilo?"

"O túmulo de Fernão Dias Pais."

"O bandeirante?"

"Ele procurou esmeralda nisso aqui tudo, desde a serra do Sabarabuçu."

Lancei um olhar panorâmico à paisagem. Uma coisa é ler nos livros o que os bandeirantes fizeram, outra, muito diferente, é perceber, às portas do sertão mais que histórico, quase mítico, onde a civilização se originara da combinação de ganância, violência e fé religiosa, o quanto havia sido heroico o duelo contra a natureza. Nesse quesito, a história chapa-branca das entradas e bandeiras até que era justa, e não simples propaganda nacionalista.

Passando a barra do Paracatu, chegamos a São Romão, um município em tempos melhores conhecido como Vila Risonha, mas em 1937 já devastado pela seca. Lá o navio parou, e coletei novas informações. Localizei apenas um aparelho de rádio, um dentista, nenhum telégrafo e nenhum clínico geral. A decadência era completa, tão inexplicável quanto o surgimento daquele povoado sertanejo no meio do nada.

A parada seguinte foi São Francisco, a duzentos e trinta quilômetros de Pirapora. Após uma rápida visita ao centro, eu e meus amigos ouvimos este resumo da situação, feito por um dos três advogados residentes:

"Não temos colonização nem imigração, nem iniciativa privada nem apoio do governo. O contato com os grandes centros é precário, e não temos saneamento ou açudagem. A fartura de água é, portanto, uma ilusão. Nossa agricultura não dispõe de crédito, nossa indústria não existe. Vivemos de algodão, mamona, milho, mandioca, feijão, arroz, cana e frutas, como os índios. As pestes matam 5% do nosso gado todo ano. A força elétrica é a vapor, à custa de lenha, como na grande maioria das cidades ribeirinhas, o que desmatou a região. Para culminar, as jagunçadas e os distúrbios entre as famílias dos grandes fazendeiros atravancam qualquer chance de progresso."

Eu me sentia reencontrando o Brasil do século xix, até do xviii. Bruto, intacto, um mundo isolado e na mão das famílias poderosas, como se a Revolução de 30 não tivesse existido. No Congresso Nacional, a criação de uma província do São Francisco, capaz de trazer algum desenvolvimento para a região, mofava, bloqueada, como até hoje, eternamente subordinando os interesses locais aos dos grandes centros, em Minas, na Bahia e, claro, no Rio de Janeiro.

Uma parada depois, em Pedras de Maria da Cruz, conheci a história da matriarca cujo nome a cidade tomara emprestado. Uma velha fazendeira que, em 1736 (e portanto cinquenta e três anos antes da Inconfidência Mineira), liderou uma revolta contra o apetite da Coroa portuguesa pelo ouro e pelos diamantes da região, e contra os obstáculos que a própria Coroa criava a qualquer desenvolvimento, em sua ânsia por evitar que a mínima parte da riqueza se desviasse dos cofres reais.

Em seguida conhecemos Januária, a cidade do artesanato, dos caldeireiros, ferreiros e cuteleiros, dos tecelões e fiandeiras, que extraíam anilina da braúna, do jatobá, do pau-ferro, do açafrão e da aroeira, e, em teares artesanais, aproveitavam a cor amarelo-escura do algodão-macaco, usada nos panos com que se vestiam sessenta mil habitantes. Verdadeiro empório do São Francisco, Januária abastecia os municípios ribeirinhos de rapadura, aguardente, arreios, móveis, sabão e tijolos, num regime de escambo. Na lavoura e nas fábricas que visitamos, trabalhavam crianças de cinco anos. No centro, casas de madeira, barro, taipa, cobertas do bagaço de cana compactado, e alguns casarões coloniais, umas e outros mal iluminados na época das secas, por mau aproveitamento das quedas-

-d'água para fins energéticos. As ruas eram calçadas de grandes lajes, corredores de pedra entre paredes. Encontrei apenas uma escola normal, oitenta rádios ligavam aquela gente ao mundo. Ali, três partidos enfrentavam-se furiosamente, embora os três apoiassem o governador Benedito Valadares...

Como tínhamos o salvo-conduto do governador, os prefeitos dessas cidades eram hospitaleiros. Dávamos o nosso recado nos comícios, alguns bem montados, outros completamente mambembes. Defendíamos com pouca ênfase a candidatura de José Américo, e saudávamos com entusiasmo os ideais da Revolução de 30, mas não podíamos falar do quanto a sentíamos traída pelo governo central, por Vargas, nem amaldiçoar o estado de sítio que vinha se prolongando fazia anos. Muito menos podíamos exaltar os ideais revolucionários comunistas. O chefe de polícia do Distrito Federal, Filinto Müller, estava longe, mas se soubesse de algo parecido, trataria de coibir o apoio do governo estadual, alcançando-nos até naquele fim de mundo. Armando de Salles Oliveira era praticamente desconhecido na região. Contudo, o integralismo de Plínio Salgado havia encontrado, naquelas comunidades tão áridas e distantes, um solo surpreendentemente receptivo.

*

Naqueles meses de separação, eu e Letícia nos correspondemos. Inclinada para a alegria, ela era também muito esperta e maliciosa, e tinha motivos para duvidar da minha fidelidade. A estreia de *O rio*, por exemplo, já me levara a São Paulo, onde tive mesmo um caso com uma mulher mais velha, amiga dos meus amigos. Quando anunciei a viagem à Bahia, Letícia não gostou nem um pouco. Prometi estar de volta em alguns dias, porém no fundo sabia que a coisa ia ser mais demorada.

Na primeira noite em Januária, à luz de lampião, com meus colegas já dormindo, reli, deitado numa rede no convés, a última carta que havia recebido de Letícia antes de partir:

Não queria mais escrever para você. Parece que o Carlos que está no Rio, em São Paulo, em Minas, na Bahia, não é o mesmo que conheci na Forquilha. Você está preocupado com a sua vida.

Eu tinha mesmo uma vida da qual não abria mão. Mas também, por intermédio de uns primos, soubera que Letícia vinha sendo cortejada (uma expressão de época, hoje) por outro rapaz da região. Decidi escrever-lhe e colocar minha resposta no primeiro correio que encontrasse. A carta era longa, cheia de declarações de amor bastante verdadeiras, mas com uma demonstração de ciúme ainda mais verdadeira:

Estou rodando pelos quatro cantos, recolhendo a vida para que um dia possa dividi-la contigo. Você sabe tudo que acontece comigo. De você eu nada sei, a não ser que a tua afeição parece ter diminuído, e que muita gente procura assumir o meu lugar a teu lado.

Acabando de escrever a Letícia, tomei meu caderninho e repassei as anotações nele contidas. Numa das páginas, revi minha malsucedida fórmula sobre a formação do capital. Procurei energia para mais uma tentativa, porém o calor e o desconforto ao longo do dia me haviam exaurido, e preferi deixar a cabeça livre, anotando pensamentos soltos.

Acordei com meu braço amassando o caderno, e o lápis desaparecido sob meu corpo. O navio ia descendo/subindo o rio. Faltava pouco para as seis da manhã, e um sol ainda fraco iluminava sem aquecer.

Chegamos a Manga, um momento especial da viagem, graças à empresa beneficiadora de algodão ali fundada, com capital local de sessenta e cinco sócios e maquinário brasileiro comprado em São Paulo. Ela retirava energia da água do rio e prensava os fardos, teimosamente mostrando que o progresso na região era possível. Dali para a frente entraríamos na Bahia. Mais uma vez revelou-se extremamente útil o oficial de gabinete mineiro. Graças a ele, os assessores do governador baiano Juraci Magalhães — que tinha fama de ser tolerante com os comunistas e também costurava a candidatura de José Américo de Almeida — conseguiram estender nosso salvo-conduto à nova etapa da viagem. Cruzar a fronteira mudou pouco a paisagem. Lá e cá, vimos a mesma terra mal explorada, de estrutura fundiária, alicerçada em grandes latifúndios e controlada por coronéis. Quando a cidade seguinte tomou forma na beira do rio, uns duzentos metros à nossa frente, na segunda semana de viagem, um caixeiro-viajante com quem eu conversava no convés me disse, apontando o dolorido ajuntamento de casas:

"Ali é Cariranha. Lá João Duque é tudo, até selo."

*

Não tendo a transformação necessária ocorrido pelo processo democrático do voto, foi então feita pelo processo antidemocrático da revolução. E assim abriu-se o ciclo, longo, doloroso e afinal decepcionante, das missões e dos messias. Tudo isto com a violência se generalizando à medida que aumenta o sentimento de impotência.

O comunismo não priva ninguém do poder de se apropriar dos produtos da sociedade; o que faz é privá-lo do poder de subjugar o trabalho alheio com essa apropriação.

É mais fácil um revolucionário tornar-se um reacionário que um reacionário tornar-se um revolucionário, porque tudo o que um revolucionário tem de fazer para tornar-se um reacionário é parar de agir como um revolucionário.

Minha ambição é ser completamente. Contraditório. Numeroso. Curioso. Abrangente. Quero tudo. Quero conhecer todos os mundos possíveis. Com bilhete de volta, se possível.

Antigamente, o símbolo da autoridade era o pelourinho, uma pilastra de quatro lados, feita de pedra ou de tijolo. Tinha uma ponta de ferro em cima e argolas de metal nos lados. Não servia para amarrar a égua do fazendeiro nem a mula sem cabeça do padre.

Galileu se enganou: o mundo é e se torna cada vez mais chato. Aliás, anda chatíssimo.

O desenvolvimento não é apenas um motor, é um maquinismo complexo, integrado por muitas partes. E seu combustível é a libertação dos oprimidos.

O abuso da liberdade pode ser nocivo, mas o não uso dela ainda é mais. O abuso põe a perder o trabalho de alguns, o não uso destrói o esforço de todos.

O Brasil, de contrastes espantosos, de gente que vai da pedra lascada à pilha, que espécie de material humano ele contém?

Ser capitalista é uma posição pessoal na sociedade. Marx, porém, já dizia que o capital não deve permanecer apenas uma força pessoal, e sim tornar-se uma força social. Isso não é suprimir a individualidade de ninguém.

O problema na região do São Francisco não é um problema de irrigação, ou de organização da propriedade territorial, ou de saneamento, ou de produção. É tudo isso ao mesmo tempo.

O indivíduo não é apenas o burguês.

Os fracos são geralmente os maiores adeptos da violência. Só os fortes são tranquilos de coração e, sem prejuízo do entusiasmo e da paixão que os anima, capazes de generosidade, porque levam a paz dentro de si. Só os generosos entusiasmam para as obras positivas, que realmente constroem uma nação. Os mesquinhos podem até fazer a guerra, e mal; mas não conseguem a paz, isto é, a abominam.

Declaro a vida uma incessante procura do seu próprio sentido, esforço penoso mas essencialmente insensato; se é preciso procurar a razão de existir, é porque a simples existência, por si só, não basta.

*

Desembarcamos em Cariranha por volta do meio-dia. Numa repetição do que vinha acontecendo em todas as cidades, maiores ou menores, mais uma vez as autoridades, no caso o farmacêutico, o vigário e um juiz, nos cobriram de gentilezas. Fomos então encaminhados à casa de João Duque, um autêntico "senhor do rio". O preço a pagar pela proteção política do governo estadual era prestar nossos respeitos em nome do governador Juraci Magalhães. Após alguns minutos de caminhada, avistamos a residência nada suntuosa do mandatário local. Basicamente um grande telheiro, sobre uma construção quadrada e sólida. Chegamos ao alpendre, onde estavam postados quatro jagunços, os típicos chapéus de couro, armados e impassíveis. O juiz se aproximou e falou com um deles:
"Avise ao coronel que chegamos."
"Ele mandou o doutor entrar."
Com um gesto, o jagunço introduziu-nos naquele simulacro agreste de mansão. A planta da casa obedecia aos antigos preceitos coloniais, com uma sala na frente, os quartos nas laterais, cozinha nos fundos. As paredes eram ornadas com ganchos para chapéus e chicotes, uma ou outra imagem religiosa e, num canto, uma fotografia pendurada. Suas divisórias internas não chegavam ao teto, sem dúvida uma forma de refrescar o interior e manter o ar úmido circulando. Os móveis eram parcos; duas cadeiras de lona, algumas outras de madeira, desarmáveis, uma mesa tosca e um aparador. Mais além, num banco comprido encostado na parede, seis meninos cabeceavam de sono. Eram os filhos do co-

ronel. A luz elétrica no ambiente, vinda de um gerador a gasolina, era muito melhor que as demais iluminações que encontráramos até ali, de carbureto, obtidas na reação do mineral com a água, resistente à umidade porém precária, mais adequada ao uso em minas e cavernas, até por cheirar muito mal.

Ouvimos um pigarro grosso chegando pelo corredor. Era João Duque cruzando o umbral da sala, um homem gordo, de rosto redondo, pouco cabelo, papada suarenta e mancando de uma perna. Sua camisa estava aberta até o alto da barriga, as calças eram surradas e o couro das botas esfolado, na parte que raspava nos estribos dos cavalos. O coronel tinha sessenta e quatro anos de idade, era dono do maior rebanho do lugar, fazendo o rio São Francisco honrar a velha fama de "rio do couro". Virara o grande chefe político da região uns vinte anos antes. Após as apresentações, o coronel, sentando-se numa das cadeiras de lona, apontou-nos as outras, mais rudes, de pau. As demais autoridades permaneceram em pé.

"A casa é de pobre, mas fiquem à vontade e não reparem."

"Nós é que agradecemos a hospitalidade, coronel."

João Duque sorriu com uma simpática expressão de enfado, como se a troca de duas frases amáveis fosse o máximo de conversa fiada que ele era capaz de suportar.

"Pois então os estudantes desejam fazer um comício aqui na cidade?"

"Sim, senhor."

"Pela candidatura de José Américo, o paraibano?"

Ficamos ligeiramente desconfortáveis com o seu jeito de falar, e enquanto meus companheiros não se recuperavam, tomei a palavra, tirando o peso do que dizia mas também sem fugir do assunto:

"O senhor tem alguma coisa contra os paraibanos, coronel?"

"Nada contra. Aqui ninguém me põe medo, não, senhor."

"Nós sabemos. Disseram que sua autoridade é tanta que o senhor em Cariranha é até selo."

João Duque gostou da bajulação:

"Quando acabam as estampilhas, já ouviu, e até chegar mais, eu próprio assino todos os documentos de quem precisa."

"Não deve ter sido fácil chegar aonde o senhor chegou..."

João Duque me encarou, sabendo muito bem aonde *eu* queria chegar:

"O senhor deseja conhecer minha vida?", ele disse, saboreando. "Pois é verdade, não foi fácil, não, senhor. Tenho uma bala aqui", e ele apontou para a perna, "e nas costas tive outra que fui tirar no Rio de Janeiro."

"E como foi isso, coronel?"

"Em 1919 roubaram minhas propriedades, quase duas mil reses. Fui ao governo do estado, pedindo providências, mas Belo Horizonte não quis tomar partido. Então, que jeito: meti bala."

Troquei olhares com meus colegas, dando um meio sorriso.

"Depois tornei à capital para pedir garantias", continuou o coronel, "e dessa vez me deram. Mas, na volta, encontrei meus amigos perseguidos por um sargento da Força Pública, já ouviu? A pior raça que há no mundo!"

"E o que o senhor fez?"

"Meti bala. Tive de sair da cidade. Pelejei mais de dezoito meses. Nesse tempo, acampei em Lapa."

"E o prefeito de lá deixou?"

"Tomei a cidade. Bom Jesus da Lapa ficou bem aqui...", e mostrou-nos a palma de sua mão direita.

"E como acabou o assunto com o tal sargento?"

João Duque deu um sorriso malicioso:

"O jovem quer mesmo saber?"

"O senhor meteu bala?"

João Duque reagiu na hora à minha mal disfarçada ironia, ganhando um ar mais sério de repente:

"Vamos dizer que pus ordem na cidade, e nunca a desamparei."

Eu insisti:

"Como o senhor fez isso, coronel?"

João Duque me encarou com ares de grande pensador:

"Ocorre, meu filho, que em política não há assassinato. O que há é remoção de obstáculo."

Uma cozinheira velha apareceu, brotando dos fundos, e perguntou se podia tirar o almoço.

"Ora, se pode...? Tire logo que os rapazes estão chegando de viagem."

Estávamos famintos, é verdade, e a comida detestável do navio era um dos motivos que transformavam as paradas naqueles vilarejos imundos em situações prazerosas. Enquanto elogiávamos os confortos de João Duque — "A carne está uma delícia, coronel", "Que luz boa", "Como o ar aqui é fresco" —, ele continuamente denegria seu padrão de vida, como uma deixa para que elogiássemos tudo novamente.

"Amanhã, antes do comício, os jovens precisam conhecer a minha prefeitura. Hoje, quero lhes mostrar a minha noiva."

"O senhor vai se casar?"

"Pois então, enviuvei semana passada."

Ele chamou alguém lá dentro. Apareceu uma menina, de não mais que dezesseis anos.

"Essa é a noiva. Ô minha filha, dê boas-vindas aos moços do Rio."

A menina fez uma cortesia.

"Agora pode ir", despediu-a o coronel.

Quando ela saiu, o coronel disse, com ar de segredo:

"É boazinha, mas a falecida, essa era uma grande companheira. Também muito atuante na política, já ouviu?"

"Sua esposa gostava de política, coronel?"

"Ela comandava o serviço de assinaturas desenhadas, à frente de algumas senhoras da cidade. Aqui em Cariranha, analfabeto vota, sim, senhor. Analfabeto também é humano. O problema é que muita gente ignorante esquece o desenho do próprio nome de uma eleição para outra, então não podemos deixar de oferecer essa ajuda. Mais um motivo para eu casar outra vez."

"Mas sua senhora dava aulas?"

"Quadro-negro não basta para esse pessoal. Era tratamento um a um. Sem falar do serviço de vestimenta, que ela também cuidava. Muitos eleitores só comparecem às urnas para ganhar os adereços de necessidade e decoro na cabine de votação; uma botina decente, um paletó, uma dentadura nova, esses assim."

"E sua esposa supervisionava tudo isso?"

"Claro, ela e eu. Entrego aos eleitores, pessoalmente, as cédulas com os nomes dos candidatos já marcados dentro dos envelopes. Quem troca de envelope sem eu saber, murcha no castigo. Ou então, quando o voto é comprado a dinheiro, rasgo a nota no meio e fico com uma metade para só entregar depois. Quem quer que a coisa saia direito, tem de botar o olho."

Com o jeito mais casual, quase simplório, o homem confessava barbaridades:

"Na minha prefeitura, quem não é parente é amigo."

*

Dormimos aquela noite numa pensão acanhada, todos no mesmo quarto. Para conciliar o sono, antes bebemos litros de cerveja num dos bares locais. Dentro dele, como nos bares das demais cidades ribeirinhas, o ar era abafado, a penumbra e o atraso dominavam o ambiente. Ficamos nós, cinco jovens da cidade, puxando assunto com aquelas pessoas a cujos destinos o nosso estava ligado, por força da nacionalidade, mas que eram, ao mesmo tempo, de outro planeta. Nossas soluções revolucionárias para seus problemas eram infalíveis, e, no entanto, a realidade resistia a elas.

Frequentavam esses bares, em geral, os autênticos vaqueiros do sertão, estejam suas atividades ligadas ao rio ou aos pastos. Hospitaleiros, porém nada risonhos, esses homens têm um semblante sempre grave, e são contidos, muito contidos, quando reagem ao que lhes é dito. Ou então, em nosso caso, estavam desinteressados no que tínhamos a dizer, não se admirando com nenhuma notícia que lhes trazíamos do Distrito Federal. Não se importavam muito com o que acontecia tão longe. Um menino de oito anos, com quem puxei assunto, simplesmente não sabia o que era "Brasil".

Outro espanto era ver o quanto superestimavam a riqueza local. A fartura de água, por exemplo, era um mito que sobrevivia a todas as dificuldades impostas pela vizinhança com o rio, de cheias recorrentes, que tornavam penoso o cultivo na terra boa das margens e espalhavam febres pela população. Suas casas e roupas de cores vivas, na realidade, eram sua única defesa contra a luz ofuscante do sol. Alguns acreditavam até que a água do São Francisco, ao contrário das outras, jamais se deteriorava. Talvez fosse a maneira possível de conviver com a falta de esgoto e encanamento. A iminência de se descobrir ouro também era invocada aqui e ali por onde passávamos, embora devesse ter morrido ainda no século XIX, quando as minas da região se esgotaram.

Ao meu lado, um homem, de pele escura, rosto fechado e rude, com fundas rugas na testa, tirou do bolso um rolo de esparadrapo e pediu ao dono do bar um pedaço de toucinho quente. Então abriu a camisa, lentamente, e vi em seu peito uma ferida arredondada, em carne viva, pouco menor que uma laranja. O dono do bar chegou com o pedaço de bacon, fumegando espetado num garfo, e manteve-o no ar, enquanto o homem rasgou duas tiras de esparadrapo com os dentes e colou-as na borda do balcão de madeira. Tirando do garfo o naco vermelho e gorduroso, apoiou-o sobre a ferida que tinha no peito e o prendeu com as duas tiras de esparadrapo.

"O que foi isso?", perguntei.

"Eu sou barqueiro do rio São Francisco, com muito orgulho."

Ele imaginou ter respondido à pergunta, mas, pela minha cara, logo percebeu que não.

"O varejão...", ele disse, imitando o movimento que os barqueiros fazem com suas varas ao navegar. Eles fincam a vara no fundo do rio, encaixam-na no peito e se debruçam sobre ela, fazendo-a descer. Muitas vezes as embarcações avançam apenas graças a eles, que as empurram para a frente com a força dos braços e o peso do corpo.

"Todo barqueiro tem a ferida", ele explicou. "O toucinho faz os calos, a pele fica preta e resistente. Mas depois o calo racha e fica assim, a carne viva. E aí começa de novo."

"Você nunca pensou em mudar de profissão?"

"Eu? Não, senhor. Eu gosto do rio. Não vivo longe dele. E gosto da comida que o rio dá."

"De que peixes você mais gosta?"

"Surubi e dourado são os melhores. Mas eu como com gosto até cascudo, até cauda de jacaré."

Ele pediu uma dose de cachaça ao velho do balcão.

"E do que mais você gosta na vida de barqueiro?"

Ele pensou um pouco antes de responder.

"Eu gosto de viver no meio das entidades do rio."

Olhei para ele por um instante, tentando confirmar se o havia entendido corretamente.

"Que entidades são essas?"

Recebendo sua bebida, ele encostou o copo nos lábios e sorveu a pinga ruidosamente. Depois de estalar a língua, voltou a falar:

"Tem a mãe-d'água, que mora no fundo."

"Como ela é?"

"É bonita, metade mulher, metade peixe de cauda dourada, com a cabeleira cor de arco-íris..."

Eu estava lá para convencer aquele pessoal de que a religião católica era o ópio do povo, de que a Igreja oficial ajudava os exploradores de sua miséria, mas não sabia por onde começar a combater aquele misticismo difuso, enraizado e cotidiano, sem instituição nenhuma por trás. Enquanto o barqueiro falava, puxei o livro de notas e o lápis do bolso. Mostrei-os, perguntando se o incomodava. O sujeito balançou a cabeça, me deixando à vontade. Minhas anotações progrediam rapidamente, pois eu gostava de perguntar e os sertanejos deixavam-se inquirir, respondendo francamente e sem temores.

"Você já viu a mãe-d'água?"

"Já ouvi. Quando ela gosta das oferendas, ela canta nas margens."

"E que outras entidades existem no rio?"

"Tem o caboclo-d'água."

"Como ele é?"

"Também é metade peixe, metade gente, só que homem, forte, com uns dentes grandes e muito brancos. Ele ajuda nas pescarias e manda os rios pros roçados."

"Esse você já viu?"

"Não vi. Mas já me ajudou a pegar muito peixe."

"Alguma dessas criaturas o senhor já viu com seus próprios olhos?"

"Uma vez, eu vi a cachorrinha-d'água."

"Viu mesmo?"

"Ô... Ela nadou um pouco e depois mergulhou, bem na frente do barco."

"E como ela é?"

"Tem o pelo clarinho e uma estrela de ouro aqui na testa. Quem vê a cachorrinha ganha dinheiro e amor."

"E o senhor já ganhou isso tudo?"

"Ainda não", ele disse, enquanto abotoava novamente a camisa. Depois, sorrindo, completou: "Deve estar pra acontecer".

*

Na manhã seguinte, após o café, perambulamos por Cariranha. Almoçamos num restaurante canhestro, de calor sufocante. Não comi muito e não bebi, pois o comício seria dali a pouco.

Aproximadamente às três da tarde, fomos à prefeitura, onde tínhamos marcado de nos encontrar com o dinossauro político João Duque e seu estranho primeiro escalão de governo. Era uma construção humilde, térrea, com a fachada cor de gema de ovo, ofuscantemente amarela durante o dia e quase fosforescente à noite. Um funcionário levou-nos à sala de reuniões, com uma longa mesa de madeira e pelo menos dez cadeiras. Imaginei João Duque reunido com seus aliados políticos, e tive pena do Brasil. Numa das paredes, o afresco de algum pintor local, naïf sem saber, representava uma paisagem de largas proporções. Uma senhora em uniforme de empregada doméstica trouxe uma bandeja de prata e porcelana, com uma jarra de vidro jateado e copos. Era o suco de alguma fruta não identificada, terrivelmente doce, até enjoativa, ainda mais naquele calor.

Ficamos esperando o coronel, alguns sentados ao redor da mesa, eu em pé, examinando a paisagem na parede. Nela, à esquerda, uma fazenda imensa surgia no alto de uma colina, aparentemente próspera, com plantações à sua volta e tropas de mercadorias entrando e saindo pelo grande portão. A sede e as construções adjacentes eram o núcleo de progresso num vale fértil, cultivado por homens satisfeitos e banhado por um rio largo e calmo. À direita, na mesma paisagem, aparecia outra fazenda, onde tudo era o negativo da primeira. Mais escura, mais suja, mais pobre, sem a circulação ou a produção de riquezas, era habitada por homens tristes e magros.

Muitos anos depois, em viagem à Itália e passando por Siena, vi no palácio ducal os famosos afrescos de Lorenzetti, a *Alegoria do bom e do mau governo*, e reconheci a matriz daquela reprodução tosca que eu vira em Cariranha, bem como a matriz ideológica da organização social de todo o Vale do São Francisco. O imaginário medieval estava no interior da Toscana assim como na sala de governo de João Duque. Tudo naquela fronteira do sertão continuava exatamente como era havia pelo menos uns trezentos anos, a que se somavam mais uns duzentos de atraso em relação à Europa. Então as datas batiam. Os ideais tenentistas de uma nova ordem política eram devaneios de cidade grande, e até a Proclamação da República parecia uma frágil novidade.

Ouvimos passos do lado de fora. O coronel surgiu, vestindo uma camisa de listras, abotoada até o alto e muito bem passada. Na cabeça, trazia um belo chapéu de palha. Apenas a calça amarfanhada era a mesma da véspera, e a bota velha. Vinha acompanhado do juiz de paz e de outro homem, que nos foi apresentado como o chefe de polícia. Pela forma gélida com que nos cumprimentou, tínhamos problemas. João Duque sentou na cabeceira da mesa, com seus olhos sobre nós, tirou o chapéu, depositou-o à sua frente. Eu me sentei em seguida. Ninguém ousou dar um pio.

"Recebemos dois telegramas a respeito de vocês...", o coronel começou a falar. "O primeiro, há uns quinze dias, vindo do gabinete do governador Juraci", e ao dizer isso João Duque apontou para o juiz, que puxou um papel do bolso e leu:

"Recebam aí jovens estudantes fazendo propaganda do nosso candidato, José Américo. Promovam comícios."

Quando acabou de ler, João Duque retomou:

"Mas hoje veio um segundo telegrama, da chefatura de polícia do Rio de Janeiro, assinado pelo próprio sr. Filinto Müller."

João Duque fez o mesmo sinal ao juiz, que leu outra vez:

"Chega aí caravana de estudantes comunistas. Se necessário, prenda-os."

Ninguém falou nada. A simples presença do coronel, ao contrário da figura bonachona e boquirrota da véspera, exalava agora um grande potencial para a violência.

"Vocês vejam que estão me criando problema."

Todos continuamos em silêncio.

"Eu não gosto de comunista", anunciou João Duque. "Mas não quero fazer desfeita ao governador. E o meu povo precisa se divertir de vez em quando. A banda está ensaiada, os vendedores de cuscuz e rapadura já estão na lida, e tem gente no largo da matriz que chegou cedo, pegando lugar bem junto do palanque. Não vou cancelar comício nenhum. Mas eu quero discurso de gente, e não de moleque, já ouviu?"

Naquele instante, o estranho vício de linguagem do coronel, aquele bordão do "já ouviu", ora mais interrogativo, ora mais afirmativo, transformou-se no melhor veículo possível de sua mensagem autoritária. Respondemos em coro:

"Sim, senhor."

"O assunto é José Américo, está compreendido?"

"Sim, senhor."

João Duque e seu braço direito nos encararam por algum tempo, esperando sua ameaça velada assentar. Em seguida, o prefeito apanhou o chapéu na mesa com um gesto decidido:

"Pois então vamos logo acabar com isso."

Saímos da prefeitura a pé, em comitiva; nós, as autoridades e os jagunços de João Duque. Em poucos minutos chegamos à praça, onde fomos recebidos pelo vigário. Subimos todos no palanque. A banda municipal tocou o hino do Brasil, ou pelo menos algo que se parecia com ele. A plateia saudou o início dos discursos. O coronel abriu o comício, enaltecendo Cariranha como uma terra de democracia, louvando seu governo por manter a ordem, e a si próprio por fazer o possível para ajudar a população. Recebeu palmas entusiasmadas. O juiz-substituto, mestre de cerimônias, tomou a palavra e nos apresentou:

"Está aqui uma caravana de jovens estudantes do Rio de Janeiro, propagando a candidatura à Presidência da República do eminente candidato, herói da última revolução, apoiado pelo digníssimo senhor governador Juraci Magalhães, o sr. José Américo de Sousa."

O coronel não mexeu um músculo, mas, homem por natureza atento aos detalhes, soprou para o juiz:

"De Almeida, e não Sousa."

O juiz, ao ar livre, com o barulho inercial do povo reunido na praça central, somado às vozes que vinham da fila do gargarejo e das crianças brincando sob o palanque, entendeu que precisava se corrigir, mas ouviu errado a correção a fazer:

"O eminente candidato do coronel Juraci Magalhães, e do povo brasileiro, o ministro José Américo de Oliveira."

João Duque dessa vez fechou a cara, ficou vermelho de raiva e com os olhos chispando. Então, virando-se para mim, falou baixo, mas novamente em tom de ameaça:

"O senhor trate de desfazer essa lambança."

*

Cheguei a Juazeiro, o ponto final da viagem de barco, no dia 15 de setembro de 1937. Estávamos quase mortos, de tanta falta de conforto, de tanto calor, de tanta comida ruim. Fomos recebidos por comunistas também ligados à tal União Democrática Estudantil. Todos tínhamos passagens de trem para Salvador, oferecidas pelo governador Juraci Magalhães. Numa das paradas, em Serrinha, vi que a falta de água era extrema, e que a única escola da cidade fora construída e era mantida pelos integralistas. Nas regiões pobres como aquela, onde a mínima benfeitoria transformava a vida das pessoas, e em associação com a Igreja, a versão brasileira do fascismo encontrava ótima receptividade.

Após quinze dias de puro deslumbramento com Salvador, veio o Plano Cohen, que precipitou o golpe tão esperado. Uma gigantesca tramoia, ainda que não se saiba exatamente quem armou para quem. Para uns, o plano foi escrito por um capitão do Exército, Olímpio Mourão, simpatizante do integralismo, simulando cenários de uma nova revolução comunista, e semita, no Brasil, para fins de estudo e de segurança nacional. O documento previa a mobilização dos trabalhadores, o incêndio de prédios públicos e, bem de acordo com a visão catastrófica dos integralistas, o estupro das donzelas e a destruição dos templos do Senhor. O Mourão o teria entregado ao chefe do Estado-Maior, o chefe revolucionário de 30, Góis Monteiro, avisando-o de que se tratava de simples simulação, e não de um documento real. E dali, respaldado pelo Góis Monteiro, pelo Dutra, já ministro da Guerra, e pelo próprio Getúlio, o texto foi parar no rádio, em plena *Hora do Brasil*, como um plano autêntico, recém-descoberto pelo governo, feito por ordem do Komintern pelo líder comunista húngaro Bela Kuhn, que aportuguesado nos critérios da época virou Bela Cohen. Segundo essa versão dos acontecimentos, o governo, na ausência de novos pretextos para endurecer o regime às vésperas das eleições, simplesmente decidira fabricar um e enganar o país.

Outra versão do episódio é ainda mais incrível. O capitão Mourão — agora não um simpatizante integralista assumido, mas um agente secreto —, visando jogar a repressão em cima dos comunistas (ainda mais), falsificou de propósito planos de uma nova revolução comunista no Brasil. Aprovando-os junto aos líderes integralistas, entre eles o candidato à Presidência da República Plínio Salgado, entregou-os a um general menos importante, como se fosse autêntico. E o falso documento foi circulando dentro do Exército, enganando todo mundo, e chegou ao Estado-Maior, ao ministério, ao presidente, sempre tido como verdadeiro, e daí foi parar nas rádios como ameaça real. Getúlio, Dutra e Góis Monteiro, portanto, em vez de seus mentores, seriam vítimas da falsificação.

Uma terceira explicação diria que integralistas e a cúpula do governo atuaram juntos e em comum acordo. A última hipótese para explicar a fabricação do plano, de todas a mais plausível, para mim e muita gente, é que os integralistas tenham de fato tentado enganar o governo, jogando-o contra os comunistas. Mas não enganaram, apenas o ajudaram a se fazer de enganado, e assim enganar o país. A dúvida sobre a autenticidade do plano resistiu até 1945, quando Góis Monteiro admitiu publicamente tratar-se de uma falsificação. Mas o trajeto do documento até as rádios continua em debate.

Alarmada a população contra o "perigo vermelho" — algo conveniente a getulistas e integralistas —, o governo deu um primeiro passo para acabar com as eleições do ano seguinte. No dia 30 de setembro, decretou o estado de guerra por noventa dias, suspendendo os direitos constitucionais.

Eu e meus colegas tratamos de nos esconder. Um professor da universidade de Salvador e um irmão do governador conseguiram para mim uma casa na ilha de Itaparica. Lá fui eu, ficar clandestino no paraíso, com o sol e o mar estourando na praia e o vento batendo nas palmeiras. Muito melhor do que ficar trancado num cubículo em Copacabana. Como o dono da casa era um médico, professor da universidade, que morava na capital e estava viajando com a família, criamos para mim o disfarce de estudante de medicina. Parecia uma ótima ideia, apenas não sabíamos que o dono da casa era uma espécie de médico comunitário na ilha. Fui pego completamente desprevenido quando os pescadores, suas mulheres e filhos começaram a me procurar para consultas, com dores e achaques reais. Para preservar minimamente o meu disfarce, tive de me virar, receitando doses cavalares de aspirina, muito chá de hortelã, e encaminhando quase todos a médicos de Salvador.

Minha correspondência com Letícia foi intensa durante aquelas semanas. Ela, acabrunhada com a minha ausência, ficava cada vez mais pessimista em relação a nós, a si própria, ao mundo. Eu, pelo contrário:

> Não é possível que você não possa acreditar em nada e em ninguém. Ao menos em você, tem de acreditar. Poucas criaturas serão tão dignas de ser amadas quanto você. Conserve a espontaneidade e junte a ela um pouco mais de confiança; aí começará a compreender como é injusta a permanente vigilância contra a esperança. Só te peço para entender que a vida não é só duas pessoas se gostarem e nada mais fazerem do que se gostar.
>
> Eu sou o mesmo que você conheceu. E digo mais: não tenho pena de você, pena por quê? Você é amada como deve ser.

Enquanto o namoro sofria com a ausência compulsória, eu escrevia uma peça de teatro baseada em *Os sertões*, do Euclides da Cunha. Para isso tinha em casa um grande mapa do Brasil, ao lado de uma máquina de escrever emprestada e do lampião de querosene que me permitia trabalhar também à noite. No mapa, na altura da Bahia, eu havia traçado o movimento das tropas do Exército e apontado a localização dos assentamentos sertanejos. Um belo dia, quando voltava da praia, a cozinheira da casa veio me avisar que dois agentes da polícia me aguardavam. Meu esconderijo caíra e eu estava preso. Naqueles dias de tensão política total, em que documentos falsos eram confundidos e difundidos como verdadeiros pelo próprio presidente da República, meu inofensivo mapa pareceu aos policiais um perigosíssimo plano revolucionário, com os deslocamentos das tropas revoltosas pelo sertão já totalmente programados, e não houve Cristo que os convencesse do contrário. Interrogado em Salvador, no quartel da guarda civil, fui depois transferido para a Casa de Detenção, no Rio de Janeiro. Minha mãe me viu nos jornais, numa fotografia tirada quando "o extremista Carlos Lacerda" desembarcava na cidade. Foi logo atrás de mim e, interpelando o próprio Filinto Müller, perguntou quais eram as acusações. Afinal, eu nem sequer participara do levante de 35, que dirá dos confrontos posteriores com o Governo Provisório.

"Ele é muito inteligente e pode causar sérios aborrecimentos ao governo", respondeu o chefe de polícia do Distrito Federal.

Enquanto isso, o governo aprovou, em 15 de outubro, a intervenção nas forças públicas estaduais, manietando os estados que se recusavam a aderir ao golpe em andamento. O integralismo, àquela altura, estendia sua influência por todos os setores da sociedade. Com a dissolução do tenentismo e os expurgos dos militares comunistas, o espaço ficara livre para ele prosperar no meio militar e transbordar para o meio civil, apropriando-se das milícias paramilitares, as famosas legiões. Seus modelos, o fascismo e o nazismo, estavam com tudo na Europa. Já haviam transformado seus preconceitos étnicos e religiosos em política de Estado, mas ainda não haviam extrapolado no horror, e capitaneavam economias pujantes, com povos coesos em torno do partido único e seu líder. Os integralistas se gabavam de ter seiscentos mil simpatizantes no Brasil, o que era um fenômeno de mobilização e uma grande força de combate potencial, sobretudo numa época em que o debate político não alcançava contingentes imensos da população.

Em 1º de novembro, os integralistas realizaram uma manifestação diante do Palácio do Catete, demonstrando sua solidariedade a Vargas. Cem mil milicianos, ladeados por duas colunas de fuzileiros navais, desfilaram como uma bem treinada corporação militar. O que propunham ao governo era dar o apoio de seus militantes ao golpe em troca de um superministério para Plínio Salgado, com a Ação Integralista Brasileira atuando como partido político, dona de um naco do poder.

    Eu ainda estava preso quando o Governo Provisório, em 10 de novembro, cancelou as eleições do ano seguinte, fechou o Congresso e promulgou a nova Constituição, que já estava pronta havia um ano, guardadinha na gaveta.

ANAUÊ!

Em junho de 1937, meu pai fora absolvido do processo que o governo movia contra ele. O fim momentâneo do estado de guerra e um novo ministro da Justiça haviam permitido o cancelamento da ordem de prisão contra ele, mesmo com o desacordo do chefe de polícia. Maurício de Lacerda recuperara seu inexpressivo cargo na burocracia jurídica do Distrito Federal. Depois do golpe de novembro, contudo, voltou a ser visado e perdeu novamente o cargo de procurador. Embora falasse muito sobre como fazer, nunca teve chance de fazer muito. Entre os líderes de sua geração, parecia fadado a não se realizar, inviabilizado politicamente em todos os grupos. Ao aderir à Revolução de 30, desobedecera à esquerda; ao combater o Governo Provisório, desagradara a direita, sendo posto para escanteio pela própria revolução que ajudara a acontecer. Agora os dois lados procuravam anulá-lo politicamente. Continuava uma referência para a oposição estadual não comunista, porém de caráter mais simbólico que atuante. O espaço que ocupara no meio sindical estava sensivelmente diminuído.

Eu fiquei na prisão até o finzinho de 1937, quando Filinto Müller me liberou. A condição era que eu passasse apenas alguns dias no Rio, o tempo de participar da ceia de Natal, e depois seguisse imediatamente para a chácara em Lacerda, numa espécie de prisão domiciliar.

Engasgado de indignação, comi o peru com abacaxi, a farofa e as rabanadas. A promissora carreira de dramaturgo e crítico literário, nessas horas, ficava totalmente em segundo plano. Na chácara, reencontrei meu pai, sem Olga ou Aglaiss por perto, e fizemos as pazes. De certa forma, ele também estava exilado. Ia tentando se manter com a venda das frutas que a chácara produzia havia quase setenta anos, além de suas verduras, frangos e lenha. Reencontrei também meu tio Paulo, ainda mais debilitado do que em minha última passagem por lá. Instalado no quarto e na cama de meu avô, cego de um olho, ele continuava com a cabeça presa às lembranças do farol da ilha Rasa, onde ficara preso.

Voltar era, por outro lado, uma oportunidade de reencontrar Letícia. Embora não tivéssemos deixado de nos corresponder nos últimos seis ou sete meses, o namoro ia mal. Minha vida de intelectual revolucionário desagradava a sua família e, por me obrigar a ausências prolongadas, desgostava a ela própria. Durante a minha ausência, nosso amor fora posto em risco, e ao mesmo tempo salvo, pelas cartas que eu lhe escrevera. Acontece que ela as guardava debaixo do colchão, mas seu esconderijo foi descoberto pela mãe. Ao tomar conhecimento de que a sobrinha namorava um comunista, perseguido pela polícia, seus tios pressionaram a mãe a impedi-la de se envolver comigo. Como ela era órfã de pai, a palavra dos tios homens ganhava força:

"Ainda mais um sujeito amalucado e sem trabalho."

Mãe Quêta decidiu ler minuciosamente todas as cartas íntimas da filha, para então dar a palavra final. Trancou-se sozinha no quarto e, terminada a leitura, enfrentou os irmãos:

"Um homem que escreve cartas tão bonitas não pode ser ruim."

Se alguém neste cemitério estiver ouvindo estas reminiscências, talvez não concorde com um veredito tão generoso. Mas e daí?

Uma vez na chácara, procurei-a imediatamente. Com medo de ser preso se fosse a Valença, onde Letícia morava, escrevi-lhe uma carta e marcamos um encontro na fazenda da Forquilha. Quando Letícia me contou essa história, com um olhar apaixonado, fiquei orgulhoso de mim mesmo. Lá, no dia 11 de janeiro, eu disse:

"Você é minha."

Eu a pedi em casamento e, pedido aceito, conforme a praxe da época meu pai foi formalizar tudo com a mãe de Letícia. Fizemos planos de morar na chácara e, por um momento, com a ditadura instalada, pensei em deixar a política de lado.

Fui conhecer sua família: a mãe, os famigerados tios, as duas irmãs — Vitória, assim batizada por causa da vitória italiana na Primeira Guerra Mundial, e Itália, em homenagem ao país de origem —, pois o único menino havia morrido, além de outros parentes mais ou menos próximos. Em meio àquela saraivada de nomes e rostos, descubro que Letícia, ou Ziloca, tinha vergonha de seu primeiro nome, Brasilina, uma homenagem ao país que recebera a família, e até proibia os parentes de usá-lo. Mas vinha dele o apelido pelo qual era chamada por todos, Ziloca, o qual eu também não conhecia. As irmãs e os primos, claro, caçoaram dela na minha frente.

Em seguida, foi a vez de ela conhecer minha família. Num belo dia de verão, levei-a até a chácara. Há um retrato dela nesse dia, sentada num banco da varanda, abraçando os joelhos, com uma camisa branca, de mangas curtas, calça de pano bege, de boca alta e estreita, e sandálias baixas de couro. Seus cabelos, bem pretos, sua pele morena e seu corpo longilíneo deixavam-na com a cara de uma jovem estrela do cinema italiano. A ex-xifópaga Rosalinda veio nos receber na entrada da casa e elogiou a beleza de Letícia. Perguntei onde estava meu pai.

"Olhando a horta."

Indo até lá, encontramos meu pai todo paramentado de fazendeiro, usando botas e protegendo a calva do sol com um inesperado chapéu de palha. Naquele momento, lamentei vê-lo transformado numa variação bastante doméstica de Napoleão no exílio. Mas ele ficou encantado com a nora, isso era mais importante. Arrebatado como eu estava com a presença de Letícia e a recepção que vinha tendo, decidi apresentá-la também ao tio Paulo. Letícia hesitou, sabia de sua loucura. Insisti:

"Ele é inofensivo."

Subimos as escadas até o quarto e bati levemente na porta. Meu tio estava acordado. Eu entrei, puxando Letícia pela mão. Aproximando-me da cabeceira da cama, curvei ligeiramente o corpo para falar bem junto a tio Paulo:

"Essa é Letícia, a minha italiana."

Ele a examinou com o olho bom por alguns instantes, sem dizer nada, parecendo muito alheio. Ela apertou minha mão discretamente.

"Você parece uma zíngara, minha filha."

De fato, Letícia parecia uma jovem beleza cigana. Ela deu um sorriso de moça simples, aliviada ao sentir-se aceita por todos na família do namorado, cheia de políticos, juízes e revolucionários conhecidos.

Despedimo-nos de meu tio, e já tomávamos a direção da porta quando ouvimos:

Uma folha tomba do plátano,
Um frêmito sacode o imo do cipreste;
És tu que me chamas.

Eu e Letícia nos voltamos e encaramos tio Paulo, surpresos. Ele havia dito aquilo?

Olhos invisíveis sulcam a sombra,
Penetram-me como, à parede, os pregos;
És tu que me fitas.

Sem nos olhar, ele falava conosco:

Mãos invisíveis nos ombros me tocam,
Para as águas dormentes do lago me atraem;
És tu que me queres.

O poema brotou na sua cabeça, como os troncos e galhos que afloram de repente nas águas barrentas do Paraíba. Não dizem que, no fundo de nossos rios, há cidades e populações purgando seu destino, e que de vez em quando seus gritos atravessam as águas e chegam até nós?

De sob as vértebras, com pálidos toques ligeiros,
A loucura sai para o cérebro;
És tu que me penetras.

Aproximei-me de tio Paulo e vi Lucas se mexendo diante de mim. Mas e os versos? Levei anos até descobrir de quem eram. Das profundezas daquele homem subia a memória do amor, segundo Ada Negri, poeta socialista italiana:

Não mais os pés pousam na terra,
Não mais pesa o corpo nos ares,
Transporta-o a vertigem
Obscura;

És tu que me atravessas, tu.

*

Meu pai me ajudou a acelerar os papéis e me deu duzentos mil-réis como presente de casamento, com os quais comprei um aparelho de barba e um pedaço de sabão. Escrevi à minha mãe que, até as coisas melhorarem, ficaríamos morando na chácara. Prometi-lhe que Letícia seria uma ótima aquisição para nossa família e o casamento, a solução para grande parte dos meus problemas, assentando minha vida em bases mais sólidas. Casei em março de 1938, na casa de um cunhado de Letícia, reclamando das formalidades chatas e feliz, pela primeira vez. Descobri haver outra forma de aplacar minha angústia além da atividade desenfreada, a pressa na criação artística, a entrega ao jornalismo e à política. Minha mãe tomou parte na cerimônia, levando minha irmã, embora estivesse de relações cortadas com meu pai. Letícia, plenamente informada do impasse familiar, comprometeu-se a conquistar a amizade da sogra.

Passamos os meses seguintes na chácara, recebendo a visita de muitos amigos, os quais eu apresentava a Letícia como se fizesse a fusão de mundos antes separados. Até meu meio-irmão, o Maurício filho de Aglaiss, indo visitar nosso pai na chácara, aproximou-se pela primeira vez. Meu primo e colega jornalista

Moacir Werneck de Castro, responsável por eu tê-la conhecido, o amigo e futuro jurista Evandro Lins e Silva, o escritor Rubem Braga e sua irmã Yeda, que seria a melhor amiga de Letícia dali em diante, e, mais raramente, o amigo jornalista Samuel Wainer. Éramos todos comunistas ou simpatizantes, ainda muito jovens e esperançosos. O jornalista e escritor Jorge Amado, certa ocasião, apareceu com um amigo, também baiano, músico recém-chegado ao Rio, era Dorival Caymmi. Quando entraram na casa, deram de cara com Letícia, vestida num roupão branco felpudo. Eu e os dois baianos fizemos uma música chamada "Beijos pela noite", de uma melancolia um tanto falsa, pelo menos para mim, naquele idílio amoroso. Se havia alguma melancolia real em minha vida, era porque todas essas visitas não eliminavam a solidão e o isolamento do sítio. Não era, no fundo, aquela a vida que eu queria para mim e Letícia. Ficou mais fácil convencê-la a morar na capital diante da rapidez com que engravidou de nosso primeiro filho, Sérgio. Eu precisava arrumar um emprego. Mudamos para o Rio três meses depois de casados, aproveitando um dos raros momentos em que o alvo principal da repressão não éramos nós, comunistas.

Já vínhamos sendo perseguidos desde 1931, e sobretudo desde 1935. Portanto, claro que sonhávamos com Getúlio fora do Catete, mas não éramos os únicos. Várias outras vertentes políticas sonhavam igual. Sonhar é fácil. Por exemplo, os candidatos a presidente e seus apoiadores, muito diferentes entre si mas unidos na frustração com o cancelamento das eleições; ou os poucos governadores que, em seus estados, continham as perseguições políticas exigidas pelo governo federal. Qualquer súbita alteração do quadro político, derrubando o Estado Novo, era vista com algum interesse por toda essa gente. Quem rejeitava tanto Getúlio quanto Plínio Salgado torcia para uma luta autofágica entre o fascismo diluído e o fascismo exacerbado. Naquele momento, contudo, só o integralismo tinha a musculatura — armas e homens dispostos a usá-las — para efetivamente tentar alguma coisa.

Depois de inaugurar o Estado Novo, Getúlio não retribuiu o apoio dos integralistas conforme o combinado. Não só o líder dos camisas-verdes não ganhou o superministério, como não teve ministério algum, nem ele nem qualquer outro companheiro. Para piorar, a Ação Integralista Brasileira, que aspirava se tornar um partido político oficial, foi enquadrada por lei na mesma categoria que todos os outros grupos do gênero, isto é, a de simples associação civil. Um mês depois, foi posta na clandestinidade, tão sujeita às sanções extremamente duras das novas leis, que instituíam a pena de morte para os crimes contra o Estado e a ordem pública, quanto todas as forças de oposição ao golpe. Percebendo que haviam se deixado enganar, os integralistas partiram para o ataque.

Em segredo, marcaram um levante para a madrugada do dia 11 de maio de 1938. Um comboio de três caminhões, repletos de milicianos disfarçados de fuzileiros navais, despontaria em frente aos portões do Palácio Guanabara, então a residência oficial do presidente da República. Liderando o comboio, um tenente do Exército, também devidamente disfarçado. Infiltrado na guarda noturna, outro tenente integralista, este da Marinha, autorizaria a entrada dos rebeldes. Uma vez lá dentro, eles se espalhariam pelo terreno e cercariam o palácio. Enquanto não dominassem a situação, um franco-atirador, do alto de uma árvore, procuraria atingir o presidente pelas janelas de seu quarto. As comunicações com o exterior seriam cortadas e, numa ação coordenada, a chefatura de polícia seria invadida, Filinto Müller preso e vários ministros também, em suas respectivas residências, inclusive o da Guerra e o chefe da Escola Militar. Todos os prisioneiros seriam executados sumariamente.

Uma versão dos acontecimentos, que circula até hoje, diz terem começado mal as coisas para os integralistas. Uma patrulha, antes da meia-noite do dia 10, teria estranhado a movimentação dos três caminhões nas vizinhanças do palácio. Quando ordenou que um deles parasse, para sua surpresa o motorista, em vez de obedecer, fugiu em disparada. O incidente despertou suspeitas, motivando o trancamento dos portões, o principal e o lateral, além de um aviso à chefatura de polícia.

Outra versão, que li em algum lugar, confirma que o início foi complicado. Diz que dois caminhões de fuzileiros, não três, como só se apresentaram aos portões do palácio depois da meia-noite, já os encontraram trancados, conforme mandava a rotina da segurança. Escolheram entrar pelo portão principal, que dava acesso à ala residencial, e deram ordem para que fosse aberto. Naquela guarita — apelidada de "dondoca" exatamente por delimitar a entrada social —, estava um tal de Josafá, vigia civil, que teria estranhado a chegada das tropas no meio da noite. O homem então se recusou a dar passagem aos caminhões.

Os mesmos dois caminhões se apresentaram no outro portão, para uma segunda tentativa. Lá enfim teriam sido admitidos pelo agente na guarda, ganhando acesso aos jardins.

Todas as testemunhas e os historiadores concordam num dado quase insólito. Um tiro foi disparado acidentalmente pelos invasores, chamando a atenção das pessoas que estavam no interior do palácio: Getúlio e d. Darci, suas duas filhas, Jandira e Alzira, seus dois filhos, Manuel e Getúlio Filho, alguns empregados da família e outros funcionários da residência presidencial. Lá dentro, por alguns instantes, ainda reinou a calmaria, todos supondo que o tiro tivesse vindo de alguma sentinela distraída, ou sonolenta, jamais de um integralista desastrado. Um segundo tiro ecoou, no entanto, e de repente a janela do quarto de Jandira foi alvejada inúmeras vezes.

Pelas janelas do palácio, Getúlio e a família podiam ver, apesar da escuridão, dezenas de homens correndo pelos jardins, dando tiros contra o edifício e jogando bombas de fumaça no chão, para dificultar o trabalho dos seguranças presidenciais. Em poucos minutos, o Guanabara estava cercado. Dentro da casa da guarda, os que resistiram foram aprisionados, feridos ou mortos. No palácio, a resistência ainda se organizava. Getúlio apareceu no corredor com um revólver nas mãos, assim como o filho mais velho, Maneco. Os oficiais presentes também surgiram armados, e um investigador de plantão, ainda de pijamas, foi trancar uma grade externa empunhando uma metralhadora. Até os empregados receberam armas para ajudar na defesa do prédio.

As diferentes versões do levante integralista concordam também que as linhas telefônicas regulares do palácio foram efetivamente cortadas, mas que os invasores, por ignorância, incompetência ou impotência, deixaram ativa a rede telefônica oficial, exclusiva, cuja central ficava no Palácio do Catete. Para cortar totalmente a comunicação, teria sido necessário invadir os dois palácios ao mesmo tempo. O apartamento do general Dutra, ainda o ministro da Guerra, possuía outro aparelho ligado à rede oficial. Alzira Vargas deu início a uma troca aflita de telefonemas, entre o Guanabara, o Catete, o Dutra e o Filinto Müller, e só então, dizem, tropas para defender o palácio residencial puderam ser solicitadas ao Forte de Copacabana, ao Forte Duque de Caxias e à chefatura de polícia, que graças a essas ligações escapou de ser invadida.

O Dutra foi socorrido primeiro, e uma vez rechaçado o ataque a seu apartamento, dirigiu-se às pressas ao ministério. Lá, outros comandantes improvisavam um plano para conter a rebelião no palácio, levantar o cerco à família Vargas e controlar os cruzadores da Marinha que haviam aderido ao levante.

No Guanabara, uma hora depois do primeiro telefonema para o chefe de polícia, nenhum socorro havia chegado. Todos se perguntavam se Filinto Müller tinha aderido ao golpe, e em que medida os integralistas estavam infiltrados nas Forças Armadas. Por outro lado, o medo de os sitiados saírem feridos talvez explique a hesitação das forças militares e policiais. Todos se perguntavam, também, quando os agressores tomariam a decisão de invadir o palácio. O que estavam esperando?

De repente, um carro com três homens arrombou os portões do Guanabara e entrou no jardim sob rajadas de metralhadora. Era Benjamim Vargas, irmão de Getúlio, com dois amigos. Ele ganhou acesso ao palácio, enquanto seus companheiros, levando informações, saíram em disparada. Mas ainda nem sinal dos reforços prometidos.

As tropas enviadas pelo chefe de polícia finalmente se reuniram com alguns destacamentos do Exército no campo do Fluminense Futebol Clube, vizinho do palácio. Estavam, contudo, apenas em semiprontidão, esperando armamentos mais pesados. Só então escolheriam o momento de invadir o terreno e tomar a casa da guarda. Até lá, Getúlio e sua família continuariam desguarnecidos. A situação de afasia estratégica chegou ao ponto de o ministro da Guerra decidir resgatar pessoalmente o presidente e sua família. Ele foi ao encontro das tropas no Fluminense, juntou um destacamento de doze soldados e abriu caminho à bala, entrando pela dondoca. Atravessou os jardins, chegou ao palácio e deu às forças de defesa a solidez necessária para pelo menos empatar o combate e dificultar a invasão do palácio. Os integralistas, por motivos até hoje inexplicados, haviam deixado passar seu melhor momento. No Fluminense, o restante das tropas de Filinto Müller continuava adiando, com uma série de pretextos, a contrainvasão definitiva. Longe dali, os focos de revolta na Marinha eram sufocados pelo Ministério da Guerra.

O impasse nos jardins do palácio prolongou-se por cinco horas, quando então parte dos revoltosos, percebendo que a sorte mudara, começou a desertar. Entre eles, o comandante e o agente infiltrado que abrira os portões. Ao amanhecer, as tropas enviadas pela chefatura de polícia entraram nos jardins e dominaram a situação. Os invasores remanescentes, quase imberbes, já tinham despido os uniformes de fuzileiros navais e estavam à paisana, todos com um lenço branco no pescoço, onde estava escrito "Anauê", uma saudação afetiva em tupi, que significa "Você é meu irmão". Depois desse episódio, Getúlio determinou ao irmão Benjamim que organizasse uma guarda pessoal, constituída apenas de gaúchos, de fidelidade inquebrantável, armada e bem remunerada. Bejo Vargas desincumbiu-se lindamente da tarefa.

Aquele foi o primeiro grande revés histórico do fascismo no Brasil. Eles chegaram mais perto de derrubar o Getúlio do que nós, comunistas, havíamos conseguido em 1935. Claro que muitos integralistas condenaram uma ação tão violenta, tão radical, e racharam o movimento, tirando força de Plínio Salgado. Para esses, por sorte, apesar do trauma, havia um substrato comum entre as ideias integralistas e o Estado concebido pela trinca Getúlio-Dutra-Góis.

BANANAS E MATEMÁTICAS

"Logo nos primeiros dias do casamento dos meus pais, minha mãe tinha feito um desses doces gostosíssimos, que eram tradição da minha família fazer bem. Chegou a hora do doce, mamãe toda orgulhosa da sua perícia. E o papai, com o olhar meio perdido, examinou em torno e disse que preferia aquelas bananas que estavam lá no último andar da étagère, perdidas. Pediu, levou, mas depois minha mãe foi chorar escondida. E, no entanto, aquele homem, capaz de tamanha obtusidade, chegou às maiores sutilezas das matemáticas, que adorava e estudou sozinho, absolutamente sozinho."

Era Mário de Andrade contando essa história, desenvolvendo um raciocínio que nenhum de nós entendia muito bem:

"E daí?"

"E daí nada. Não tiro conclusões. Apenas me sinto melancólico diante do infinito que é a condição humana, e receio a padronização da humanidade. Vocês podem achar que é um grã-finismo safado isso que vou dizer, mas não quero viver num mundo em que não haja um bom copo de champanhe, ultra-dry e ultragelada, belos e macios lençóis de linho, ou poemas sutilíssimos como os de Rilke."

"Nada disso deve deixar de existir", respondi. "Apenas a champanhe, o lençol de linho e os poemas sutilíssimos precisam ser para todos."

"É verdade, sr. Carlos Lacerda, mas continuarão existindo não por obra do comunismo, e sim graças à virtude misteriosa dos seres, pela qual uns preferem matemáticas com bananas — preferem não, exigem! —, e outros preferem a análise harmoniosa de uma cena de teatro e um copo de champanhe."

Eu e meus colegas de *Revista Acadêmica* havíamos estabelecido contato com Mário de Andrade ao fundarmos a publicação, em 1934. Ele era o grande ídolo modernista, nosso e de todo mundo. Em 37, o Estado Novo exonerara-o da direção do Departamento de Cultura da prefeitura de São Paulo, e ele, amargurado, procurando novos ares, foi morar no Rio de Janeiro no ano seguinte, onde ficaria até 41. Durante esses poucos anos, o tom mais descontraído da sociabilidade carioca lhe fez bem. Apesar de ser vinte anos mais velho que nós, o Mário gostava de conviver com os mais jovens, então eu e meus colegas de certa forma o adotamos, ou fomos adotados por ele.

"O que o Rio me deu foram as companheiragens, as conversas de bar, o espetáculo estranhíssimo das vidas de vocês...", ele me escreveu, já no fim da vida.

De fato, todos tínhamos vidas estranhíssimas, mas eu era um caso à parte, e meu temperamento o intrigava. Em primeiro lugar porque, apesar da admiração que sentia por ele, eu o enfrentava. Entre 35 e 41, tivemos algumas discussões que, bem ao meu feitio, tratei de tornar bastante ríspidas. Lembro-me de censurá-lo com veemência, abusada e equivocadamente, quando embarcou no projeto do Departamento de Cultura de São Paulo. Achei que iria sacrificar sua produção artística e não conseguiria fazer nada. Ele acabou fazendo muito, e bem. Depois foi o Mário quem brigou comigo, cobrando coerência ideológica, logo ele... E ainda brigamos uma terceira vez, a mais feia. Eu o acusei de coisas terríveis, ele admitiu o erro, pediu desculpas, e fizemos as pazes. O momento do país e do mundo nos apresentava tantas contradições, tantos imperativos éticos, políticos e individuais, que só os idiotas e os canalhas viviam sem atritos.

Naquele fim dos anos 1930, os exemplos desse debate constante se multiplicavam na minha vida. Um caso: além de colaborar na *Revista Acadêmica*, eu escrevia para a *Diretrizes*, fundada e dirigida pelo Samuel Wainer, então meu grande amigo e colega de simpatias comunistas. Pois bem, graças a seus contatos e charme pessoal, e muito embora refletisse bastante explicitamente sua vinculação ideológica ao PCB, a *Diretrizes* era patrocinada pela Light, a multinacional inglesa monopolista de serviços públicos. Outro: mesmo sendo comunista por convicção, por absoluta necessidade financeira eu colaborava numa imitação da revista *Fortune*, chamada *Observador Econômico e Financeiro*, totalmente capitalista. Eu me consolava mal e mal, repetindo o mantra:

"Tenho um filho para criar, estou combatendo o sistema por dentro."

As contradições, no entanto, não paravam por aí. O *Observador* fora criado dois anos antes por um companheiro de golfe do Getúlio! Ou seja, eu trabalhava para um amigo íntimo do ditador que ordenara a minha prisão, aleijara a carreira política de meu pai e meus tios. Eu assinava sempre com algum pseudônimo, pois oficialmente ainda era procurado, mas todo mundo, inclusive meu patrão no *Observador*, estava careca de saber quem eu era. Também não fui o único que oscilou entre apoiar ou não o Estado Novo durante o novo conflito mundial, como uma espécie de "esforço de guerra". Tampouco fui o único artista da geração a balançar entre uma arte engajada e outra, menos comprometida com questões políticas e sociais.

Aquela noite da conversa sobre matemáticas e bananas, no verão de 38, foi registrada numa crônica de Murilo Miranda, o editor-chefe da *Revista Acadêmica*, que capta muito bem o ambiente do botequim, onde bebíamos cervejas em meio a engradados e caixotes.

Lembro que, após uma pausa, o Mário me olhou e perguntou, com uma pompa divertida:

"Onde está a felicidade, sr. Carlos Lacerda?"

Eu levei a sério:

"Está na justiça entre os homens."

"Mas onde está a justiça? A justiça é uma velha ceguinha, que inscreve na sua militaríssima ordem do dia: 'Hoje todos terão de gostar de matemáticas com bananas'. A arbitrariedade de qualquer noção de justiça humana é fatal, estou convencido de que é fatal."

"Então as sociedades devem desistir de buscar a justiça? Você acha mesmo, Mário?"

"Deus me livre! Claro que não. Essa busca também é fatal."

"Então o que você quer?"

Com olhos inteligentes atrás dos óculos, e gotas de suor na testa alta, ele sorriu:

"O que eu quero, o que eu amo, o que eu não renego, é a sublime safadeza da inteligência humana. O despudor, a mentira, o pragmatismo da arte. Ao supremo blefe, a justiça, não será apenas melhor o jardinzinho de cada um, aquilo em que somos um: o indivíduo?"

"Isso iria acabar com o papel social da arte. Ela teria tanta importância quanto uma laranja podre na feira."

"Não me interessa o laranjismo da arte, mas a humanidade da arte. Aquilo em que ela não é nem Rilke nem matemáticas, não é champanhe nem bananas, mas simplesmente tudo isso. Um direito, um exercício de todos nós."

"Claro que a arte é um direito!"

"Sim, mas não no sentido político. A arte é simplesmente humana. Respirar é uma necessidade, como o exercício cotidiano da arte. É uma harmonia do ser. Não importa que os outros fiquem sendo os Camões e os Shakespeares. Ninguém deixa de respirar só porque não tem tromba de elefante."

"Qualquer arte falsificada é um atentado à consciência da humanidade!"

Mário deu uma gargalhada:

"Carlos, que você trabalhe num empreguinho qualquer, que sonhe com a justiça absoluta, tudo bem. Mas não me venha com essa oratória de manual. Isso não pode te satisfazer."

"Se a arte abrir mão das exigências do momento, de onde virá a eternidade da cultura?"

Mário estava enchendo o copo de cerveja:

"O seu mal, Carlos, nem é você tomar como padrão Shakespeare ou Camões, o pior é esta ambição orgulhosa e feroz de querer ficar Shakespeare e Camões somados. Daí esse seu jeito irregular, inquieto, desigual, desarmonioso."

Não gostei de ouvir isso, claro, mas eu estava muito convicto para sentir a dor na hora. E defendi minha posição:

"Não se constrói uma história da arte com essa tolerância estética absoluta. O papel do artista é justamente acabar com a mediocridade, varrê-la da vida do povo. O problema é que, nos dias de hoje, se botamos no papel nossas 'bananas e matemáticas', vem um meganha e leva todo mundo pra cadeia, é isso que acontece."

"Tudo tem seu tempo", ele disse, "e o tempo de agora, ou a justiça de agora, ou que nome tenha, não impedirá nunca a supremacia da inteligência, o seu dom sub-reptício de veneno e deturpação."

Continuei incomodado por aquela atitude quase metafísica, mas não soube o que responder, e caí num silêncio quente. Mário, vendo isso, fez um gesto de aproximação:

"O que a gente pode fazer com essa minha indelicada maneira de confrontar você com a realidade? Não sei."

Eu continuei quieto. Ele tentou de novo:

"No mínimo, dá um bonito título de estudo crítico: *A capacidade do veneno do professor*. E o professor, meu jovem amigo, infelizmente, *c'est moi*."

Meus colegas, assistindo calados à discussão, abriram um sorriso. Com aquela frase, o Mário descontraía de vez o ambiente:

"Carlos, nunca esqueça as palavras do nosso bom e velho Machado de Assis: 'A ferocidade é o grotesco levado a sério'."

O pessoal riu outra vez. Senti como se rissem de mim, pessoalmente, e reagi no ato:

"Isso é uma leviandade típica do Machado", eu disse, e acrescentei, "um escritor de segunda comparado ao Eça. Mais pobre no estilo e destituído de crítica social."

Todos ficaram sérios de repente, pegos de surpresa por aquele meu rompante iconoclasta. Muita gente naquela época favorecia o Eça de Queirós na comparação com o Machado, mas já não pegava bem dizer isso em público. Meus colegas arregalaram os olhos. Mário coçou o cotovelo, calmamente. Depois, com uma paciência firme, disse:

"Você sabe o que penso do Machado, mas não queira vencer a discussão sem ter razão. Esse é o problema com esse seu brilho tão fácil, com esse seu gênero sempre afirmativo, essa alma de preto no branco, essa facilidade leal, clara, mas estonteante, de julgar firme. Você usa as palavras com uma verdade verbal de escritor que já nasceu feito, e com esse brilho todo, ruibarbosamente, se mete a defender causas perdidas, ou inexistentes."

"Inexistentes para você."

"Você de repente esculhamba um sujeito, um livro, uma ideia, sem a menor dose de motivo intelectual legítimo. Aí que eu digo, Carlos..."

"Diz o quê?"

"Não brilha, não! Te segura, companheiro!"

Numa das últimas cartas que me escreveu, já em 44, Mário fazia um balanço histórico daquele período, a partir da confecção de seu poema "O Carro da Miséria". Manuel Bandeira enxergava nesse poema alguns dos versos mais bonitos que o Mário fez na vida. Mas, ao autor, o poema parecia importante sobretudo por sua densidade biográfica e psicológica:

"O 'Carro da Miséria' é coisa graúda", dizia.

O poema veio-lhe em três momentos. O primeiro, em dezembro de 1930, ocorrera quando o governo revolucionário começava a testar seus limites, e a família de Mário havia sofrido o diabo com o conflito. Seu irmão foi preso, a mãe caiu em desespero, a presença da morte se instalou em sua casa, em sua vida. "Dei pra estourar comigo mesmo", ele me escreveu. Contou que, certa madrugada, chegando em casa numa bebedeira-mãe, de "vinho branco portuga", e pesado de um banquete de camarões, atirou-se na cama e dormiu.

Uma hora e meia mais tarde, quando muito, acordou angustiado e num estado de agitação horrível, não lúcido, ainda alcoolizado, mas com um vulcão na cabeça. Foi para a mesa de trabalho, começando a escrever "uma coisa parecida com verso". Assim varou a madrugada. Tendo esgotado o primeiro jorro de ideias, chamou-o de: "O Carro da Miséria". Segundo ele, o título viera embolado no acesso quase mediúnico de inspiração.

Dois anos depois, o poema passaria por uma nova escovada forte, na prática uma reconfecção. Agora motivada pela Revolução de 32 e pelo surto separatista em São Paulo, que o levaram a nova arrebentação etílica e existencial. Duas datas pós-revolução, duas bebedeiras, duas motivações psicológicas idênticas e, ele dizia, "um final de inteligência lógica, sem lógica, mas de motivação consciente e intelectual".

Em seu desespero, lembrava de quando a independência de São Paulo foi vista como o remédio para todos os males. "Teve ditadura, separa do Brasil. Ficou sem cigarros, separa. Deu uma topada, e prageja: 'Só separando mesmo!'." Sua identificação com os separatistas permaneceu num ponto essencial: não bastavam mudanças de homens, só uma mudança drástica de ideologia daria conta. Em parte, viera daí o seu momento comunista. No desabafo, porém, ele admitia que sua adesão ao comunismo não passara de uma mentira. Uma mentira desesperada, que, em 34 ou 35 — anos antes de nossa conversa sobre bananas e matemáticas —, levara-o a publicar um artigo se dizendo comunista. Naquele período de insolubilidade política sufocante, os dilemas brasileiros fizeram-no encarar, com medo, a possibilidade do suicídio, "apesar do meu soi-disant espiritualismo", o qual, segundo ele, foi a única coisa que o impediu de se matar. Então o comunismo lhe servira, sobretudo, como um descarrego, um remédio para todos os males, um avanço que era a capitulação do senso crítico, ou, como ele mesmo escreveu, "um me atirar num abismo, pra pelo menos já estar no abismo e não na indecisão". A criação do Departamento de Cultura o salvara. Tantos anos depois de eu ir contra sua inserção no serviço público, ele ainda justificou o fato de ter aceitado o cargo: "Havia, Carlos, uma verdade profunda, embora não consciente, um jeito de me reequilibrar". Como não achava possível saber até que ponto a obsessão do suicídio vingaria se não tivesse virado diretor, continuava acreditando que, em todo caso, fora sua salvação.

A terceira e última escovada no poema ocorrera já em 1943. Limitara-se a intervenções pontuais e meramente cosméticas. Ele dizia que tanto o final do "Carro da Miséria" quanto suas motivações, que faziam o assunto mesmo do poema, eram mentira, uma "mentira sinceríssima, subconsciente, sem intenção de enganar", mas uma mentira completa, com a qual se enganava, enganava os outros e fugia do drama que estava passando e que era, este sim, o verdadeiro assunto — psicológico — do poema. Assunto que no momento da criação não pudera perceber, e só na releitura de 1943 se tornara claríssimo. Esse assunto esclarecia o sentido do conjunto e de numerosos versos e mesmo partes inteiras dele.

Ele destacava a ideia-refrão:

Ora vengam los zabumbas.

No início, recusando:

Mas eu não quero estes zabumbas

Depois, nas próprias palavras, "acerta a mão":

Estes zabumbas que eu quero!

Mas qual o sentido desses bumbos, ou "zabumbas"? A explicação, conforme dizia, era facílima: a entrega à percussão era o signo da "constância coreográfico-dionisíaca" que atravessava aquele poema e toda a sua poesia, e podia estar tanto na taça de champanhe ultra-dry ou nas matemáticas, quanto numa ópera ou numa dança popular. Em quase todos os grandes momentos extasiantes, afirmou, na dor ou na alegria, "eu me dissolvo em dança":

Destino pulha, alma que bem cantaste,
Maxixa agora, samba o coco
E te emlambusa na miséria nacionar!

O "Carro da Miséria" expressava subterraneamente, segundo a carta, a "luta do burguês gostosão", do cidadão satisfeito das suas regalias, "filho-da-putamente encastoado nas prerrogativas da classe", uma luta para abandonar todos os preconceitos e prazeres burgueses em proveito de uma sociedade ideal. Uma perfeição a que sua inteligência já tinha chegado por dedução lógica e estudo, e que sua ética humanista aprovava e consentia, mas à qual tudo o mais nele recusava e contestava. Simplesmente porque era gostoso empanturrar-se de camarões e tomar um bom vinho português.

Em seguida, a carta fazia um esclarecimento: dizia que tanto a motivação das duas revoluções como o "final socialistizante" eram também mentiras, por mais honestas que fossem, e que se fazia necessário distinguir uma mentira da outra. A motivação podia ser falsa, mas a conclusão do poema era uma mentira honesta, era até mesmo uma "mentira-verdade". Era uma antecipação. Sua "mentirosa" opção comunista era legítima porque, internamente, ele se tranquilizava por acreditar nela como uma verdade futura, uma convicção a que fatalmente chegaria, pela inteligência raciocinante, pelo senso moral, pelo sufocamento definitivo do gene burguês dentro dele. E de fato chegou, a uma consciência muito "sentida", muito "vivida", de que "não só um socialismo, meu Deus! O comunismo tem de ser a próxima forma social do homem". Em nome dessa nova sociedade ele deveria combater, dentro de si mesmo e fora, modestamente, sem nenhuma vanglória e sem nenhuma esperança de benefício pessoal; mesmo errando, mesmo dando por paus e por pedras, mesmo cinquentão e desajeitado, mesmo com paupérrimas possibilidades.

A culpa de classe o perseguia, e por isso evitava pleitear posições futuras, gesto que, no seu entender, era o mais desgraçado ranço em alguém do seu jeito e idade, quando dá para ser simpatizante de alguma coisa.

"Sempre tive um horror físico aos simpatizantes", escreveu. "Acho que, no fundo, ser simpatizante é um jeito muito sensato de se salvaguardar no gostoso. Mas isso deve ser porque nunca fui sujeito de meias medidas."

Ele me dizendo isso... O Mário dizia que essa fase explosiva da vida, entre 1929 e 1935, fora complementada por uma arrebentação ainda mais trágica, o "Grã cão do outubro", que é de 1933.

De maneira que as datas do seu despimento dos prazeres e prerrogativas de burguês seriam: 1930, "O Carro da Miséria"; 1932, a segunda versão; 1933, o "Grã cão do outubro"; e nos fins de 1934, o artigo se confessando comunista.

Depois dessa fase purgatória, teria vindo a fase de reconstrução. Quando escreveu sua "Oração de paraninfo", da qual eu sempre gostei, e ele também, embora achasse meio palavrosa, e que foi a abertura da série de escritos que compreende "O Movimento Modernista" e "Atualidade de Chopin". Como se ele tivesse voltado a se pacificar. Não mais comunista no sentido de se atirar no abismo, mas no de uma busca incessante por justiça social e por uma nova espécie, mais profunda, de ética.

Vivia esse momento, na noite da conversa sobre bananas e matemáticas. Não fosse essa fase de reconstrução, segundo ele próprio, nunca teria chegado à compreensão do "Carro da Miséria". Anos depois, em 1944, data da carta, pouco antes de morrer, o assunto verdadeiro e profundo do poema já lhe parecia claríssimo, todo o poema por imagens e palavras diretas só dizendo uma coisa, que até sentia vergonha por não tê-lo escutado antes:

"Friamente e cá pra nós apenas: você não imagina, Carlos, como hoje eu *entendo* o 'Carro da Miséria'. Antes, eu não deixava que eu percebesse."

Em 1938, ele já tinha escrito "O Carro da Miséria", mas ainda não o publicara. Eu estava encharcado de comunismo, ele estava além das ideologias. Mas me entendia muito bem, e dedicou o poema, e o livro, a mim. Quando me escreveu, seis anos depois, eu também já havia rompido com o comunismo, e ele parecia me alertar para que isso não significasse o fim do sonho, apenas outra forma de acreditar:

"Evidentemente", escreveu, "como sensibilidade, eu não creio que possa, que ninguém possa, superar a marca da sua classe e de toda a sua vida, a vida que fez em menino e na mocidade. Ou melhor: superar, pode, porque a superação é sempre um valor nascido da consciência e realizado na vontade. Mas não pode mudar."

*

Meu primeiro artigo para o *Observador Econômico e Financeiro* foi sobre uma proposta um tanto bizarra do governo, que criaria um Instituto Nacional do Doce. Temia-se que a falta de regulamentação do setor provocasse uma superprodução de doces no Brasil. É sério. No texto, arrasei com a ideia, até porque não existia risco algum de superprodução. Depois passei doze dias em Santos, colhendo material para uma matéria sobre o cais do porto; entrevistei o ministro da Educação, que inventava estatísticas na minha cara, como se eu não estivesse percebendo, comprovando a máxima maravilhosa de um economista nada maravilhoso, que dizia serem as estatísticas "que nem biquíni em mulher bonita, mostram tudo menos o essencial"; fui a Santa Catarina e escrevi um artigo sobre a colonização alemã e a adaptação daquelas pessoas ao Brasil (assunto que já não me era totalmente estranho, porque fora meu pai quem havia proposto a revisão legal obrigando as companhias colonizadoras a ensinar português nas escolas para os imigrantes), sem deixar de mencionar uma infiltração pró-Hitler promovida por um dos líderes da colônia. Não pude assinar nenhum desses artigos, mas eles me ajudaram a ganhar o cargo de secretário da revista.

Então peguei minhas anotações da viagem pelo rio São Francisco e complementei-as com pesquisas na Biblioteca Nacional. Ampliei o que já havia publicado sob a forma de pequenos artigos e republiquei no *Observador*, em partes maiores, que depois ainda reuni em livro.

Quando o Estado Novo ia completando um ano, ele próprio se preparou uma festinha para comemorar a data. Numa exposição institucional, cada ministério contribuiria com a súmula de suas realizações. O organizador do evento era o Departamento de Imprensa e Propaganda, o famigerado DIP, aquecendo os motores para a cooptação em massa que promoveria nos anos seguintes. Chamado a participar, o Ministério da Justiça elegeu a caça aos comunistas como sua principal contribuição ao progresso da sociedade brasileira. Num imenso pavilhão, fotos de personalidades comunistas seriam exibidas em vitrines, inclusive a minha, lendo o manifesto de Prestes em 1935. Um inquietante privilégio, que, entretanto, me deixou muito vaidoso. Então, dada a proximidade entre Getúlio e o meu patrão, o DIP encomendou ao *Observador Econômico* artigos sobre os ministérios, que reproduzissem o conteúdo da exposição. De novo, portanto, quando chegou a hora do Ministério da Justiça, o tema principal era a luta contra o comunismo.

"Tenho um trabalho importante e bem pago", me disse o diretor da revista, olhando para mim de um jeito esquisito. "Mas não sei se você vai poder aceitar, porque você é comuna mesmo e não vai querer fazer."

"O que é?"

"O DIP encomendou uma história do comunismo no Brasil com base na exposição comemorativa. O tom é o de sempre, 'o inimigo externo', 'a ameaça vermelha', essas coisas..."

Àquela altura, talvez já houvesse algumas rachaduras em meu dogmatismo marxista, mas eu ainda não as percebia claramente. Num nível consciente, eu continuava simpatizante e, se não estava mais tão empenhado em me filiar oficialmente, era porque agora tinha família para sustentar. Meu círculo de relações, como o de todo bom sectário, compunha-se quase exclusivamente de pessoas que pensavam igual a mim. No meio jornalístico, e até na família. Não havia realmente a menor chance de eu assinar uma matéria daquelas.

"É, para mim não dá. Arranja outro."

"Tudo bem. Mas, você recusando, vou pegar alguém do próprio DIP. Só aviso para você não ser pego de surpresa."

Aí me bateu a dúvida: para o comunismo, para o partido, para a causa trabalhadora, seria melhor que eu aceitasse a encomenda? Se a matéria fosse escrita por um anticomunista autêntico, ele poderia instigar a opinião pública e a repressão contra nós, enquanto eu poderia minimizar o tom, encontrar um caminho menos prejudicial de agradar ao DIP. A dúvida, agora, pode parecer meio forçada, e um bocado calculista, mas agir na clandestinidade nos deixa com maus hábitos, e ela era bastante razoável nas circunstâncias. Tanto que levei o assunto para o pessoal da *Diretrizes*:

"Ou alguém do DIP fará dessa história do comunismo uma forma de instigar a repressão, mostrando que os comunistas continuam aí, que são perigosos etc., ou eu aceito a tarefa e, aproveitando para contar um pouco do passado e da importância do PCB, digo que graças à ação do Estado Novo o perigo comunista acabou no Brasil. Assim pelo menos evitamos mais repressão. O que vocês preferem?"

Ninguém teve certeza. Um dos colegas, mais chegado aos altos círculos do PCB, ficou de consultar os dirigentes:

"Não temos poder para decidir isso."

Três ou quatro dias depois, o pessoal da revista chamou uma reunião e ouvimos a resposta dos dirigentes:

"O Comitê Central preferiu a segunda alternativa, porque acha que ela é inofensiva; não cria problema, não incentiva a reação contra o partido. Nós achamos que você deve aceitar a pauta e seguir a linha que sugeriu, usando o artigo para demonstrar que o comunismo não ameaça mais o povo e que, portanto, as medidas repressivas são desnecessárias."

Embora eu mesmo tivesse cogitado aquela solução, na hora ameacei refugar:

"Eles têm certeza? Para mim é muito difícil escrever um negócio desses."

"Só um sujeito que nos inspire confiança pode escrever, porque um outro qualquer vai escrever o oposto."

Fui ao diretor de redação e disse que aceitava a tarefa. Ele ficou espantadíssimo. Meu artigo chamou-se, justamente, "A exposição anticomunista". Nele, eu dizia que conhecer a história do comunismo era necessário para aqueles que desejavam combatê-

-lo e citava algumas fontes, numa propaganda disfarçada da literatura marxista. A Aliança Nacional Libertadora, eu continuava, reunião oposicionista incubadora do movimento revolucionário de 35, havia sido criada segundo as orientações do comunismo soviético. Mas acrescentei que a legislação trabalhista do governo afastara os operários da causa comunista. Precisei, contudo, dizer minimamente quem eram os líderes comunistas, então falei do Prestes, que já estava preso, e dos agentes estrangeiros da Internacional no Brasil. Propositalmente, não expus ninguém que pudesse correr algum risco. Lá pelo final, dizia que o PCB optara pela união nacional, abandonando as atividades insurrecionais, e tanto isso era verdade, eu argumentava, que os trotskistas brasileiros acusavam o partido de ter virado pequeno-burguês.

Antes de entregar o artigo na revista, submeti uma cópia ao colega de *Diretrizes*, para que obtivesse a aprovação de alguém da cúpula. Ele disse que o fez, junto a um ex-líder, sem dizer o nome, e me congratulou por haver trabalhado na linha desejada. O texto saiu em janeiro de 1939, não assinado, claro, e com fotos cedidas pelo Ministério da Justiça. Fora um pouco editado, mas isso, para mim, estava evidente que em alguma medida iria acontecer. Expressões como "o gênio de Lênin" haviam sido mudadas para "o gênio degenerado de Lênin"; uma referência ao partido tornara-se ao "terrível partido", essas coisas. O governo, satisfeito com o material, imprimiu cópias extras para serem distribuídas no pavilhão da exposição.

Mais ou menos um mês depois, numa segunda-feira de Carnaval, eu estava no Amarelinho, na Cinelândia, quando um primo me transmitiu o recado de certo mensageiro do PCB. Eu deveria ir a uma leiteria de Madureira, encontrar esse conhecido membro do comitê carioca, cujo codinome era Baby Face.

"Numa segunda-feira de Carnaval?!"

Eu esperneei, mas tinha de ir. Chegando ao endereço, encontrei o Baby. Não me lembro o nome dele, mas ganhara o apelido porque tinha, de fato, uma carinha de criança.

"Ô Baby Face, o que é que você quer?"

"Estou incumbido pelo Comitê Central de saber o seguinte: você realmente chegou a ser membro do Partido Comunista?"

"Não. Se a Juventude Comunista não tivesse se dispersado, certamente teria entrado nela anos atrás. Membro efetivo nunca fui."

Baby Face pareceu aliviado, mas havia algum problema.

"Você escreveu aquele negócio todo, Carlos?"

"Sim", respondi, explicando a ele em que condições.

"Nós sabemos. Eu até participei das deliberações. Mesmo assim, o comitê está furioso com o artigo."

"Não é possível, foram eles que me disseram para escrever."

"É, mas você exagerou. Quem lê fica com a impressão de que o PCB não tem mais nenhuma importância e que o nosso apoio não é mais importante aos setores burgueses da oposição. Além disso, ao citar fontes para a história do partido, você cita documentos antigos, de 1930, época em que a diretoria atacava o Prestes, e isso não deveria mais vir à tona."

Eu fiquei paralisado.

"Você vai precisar escrever uma declaração", ele acrescentou, "e explicar por que escreveu aquilo."

Tentei pensar friamente.

"Baby, se essa declaração cai em mãos erradas, eu e qualquer um mencionado nela estamos fritos."

"Essa é a ordem dos dirigentes."

"Lamento, mas não vai dar. Não posso ir preso agora."

Despedimo-nos cordialmente.

"Bom, Carlos, vamos ver como tudo se resolve", ele disse.

Pouco mais de uma semana depois dessa conversa, o Samuel Wainer e meu primo Moacir Werneck de Castro, também colega de *Diretrizes*, chegaram lá em casa com um aspecto funéreo. Eu e minha família morávamos em Copacabana, em cima do cinema Roxy.

"Carlos, você já viu um boletim que está circulando por aí?"

"Que boletim?"

Eles me estenderam um panfleto mimeografado. Era o anúncio de minha expulsão do PCB, acusando-me de ser agente fascista, trotskista e imperialista, traidor da causa proletária, informante da polícia e responsável pela morte de vários camaradas. Eu gelei e, em seguida, caí no desespero. Os dois amigos me tiraram de casa, aquela noite eu bebi até cair, espetacularmente, na casa do Samuel. Ele conta por aí que eu ficava gritando maluquices — "Mataram minha mãe! Fiquei órfão!" —, e não estou em condições de negar, pois sinceramente não lembro de muita coisa. É possível.

A *Revista Proletária* publicou uma ordem oficial de expulsão. Chamava-me de "reles aventureiro", que "por algum tempo conseguiu ludibriar a boa-fé dos meios revolucionários e democráticos", e dizia ser um verdadeiro "despudor" da minha parte alegar que a diretoria partidária havia sido consultada sobre a redação do artigo. A coisa ia ao ponto de me acusar de defensor dos "trotskistas agentes da Gestapo". E o pior, o golpe mais cruel, prevenia a "todos os amigos e simpatizantes do PCB — sobretudo aos intelectuais — para que se afastassem desse perigoso agente provocador a serviço do pior inimigo do povo e do Brasil: o fascismo!".

Eu fiquei quase como agora, meio morto por dentro, como num pesadelo. Dias depois, era noite quando dois policiais apareceram lá em casa com uma intimação: eu deveria comparecer à delegacia na manhã seguinte. Aproveitando a viagem, deram uma busca geral no apartamento, com suas "patas asquerosas de pulgões da ditadura". Revistaram cada canto, olharam até no berço do meu filho, acordando o bebê, ainda com menos de um ano. Encontraram ampla bibliografia comunista, em meio a ela os livros que herdara dos meus tios. Por uma coincidência maluca, um dos policiais havia sido meu colega de faculdade. Ele, como eu, não completara o curso. Não soube me dizer do que estava sendo acusado.

No dia seguinte, apresentei-me perante as autoridades, sendo conduzido ao delegado da Ordem Social. Ele se chamava Serafim;

era um sujeito baixo, gordo, bexigoso, mas surpreendentemente gentil. Fiquei preso alguns dias, misturado a liberais de oposição, integralistas, trotskistas e stalinistas. Tinha de tudo ali. Alguns estavam sendo torturados, eu não fui.

Uma semana depois, o delegado me chamou e disse:

"Você pode ir para casa."

Eu ainda não desistira de entender como fora parar ali, e aquela podia ser a minha última chance:

"Delegado, eu gostaria de saber por que fui preso. O senhor sabe que eu não sou do PCB."

"Recebemos uma denúncia de que você estava distribuindo manifestos na praça Floriano."

A acusação era muito estranha:

"Dr. Serafim, com todo o respeito, já passou meu tempo de distribuir manifestos dos outros. Estou entrando na idade de redigir meus próprios manifestos."

"Pode ser, mas tive, de boa fonte, informações de que você virou trotskista, ou pelo menos antistalinista."

"Todo mundo sabe que eu nunca fui trotskista."

Depois que disse isso, parei e pensei bem no que estava acontecendo. Então tirei a única conclusão possível:

"O senhor sabe também que foram os comunistas que me denunciaram."

Ele me olhou com um misto de frieza e ironia, e disse:

"É provável."

Quando voltei a circular, já encontrei disseminada a lenda de que o meu artigo ajudara a polícia a prender muitos comunistas, mesmo eu só mencionando o Prestes, que já estava preso havia quinhentos anos! A máquina de propaganda do partido, eficientíssima apesar da clandestinidade, ou por causa dela, usou a velha tática de repetir a mentira tantas vezes que ela se tornou verdade. Assim como vinham expulsando meu pai do meio operário, assim como apagariam a memória dos meus tios, aos vinte e cinco anos eu estava desonrado, perdido na vida, sem rumo político, queimado no círculo a que mais queria pertencer, inimizado por minha própria ideologia. Para piorar, por força do famoso artigo 13 dos estatutos do PCB, todo filiado era proibido de conversar com os inimigos do proletariado e os traidores do partido. Então os meus melhores amigos, amigos de infância, de confidência, dos tempos de namoro, e meus colegas mais próximos, aqueles com quem eu me encontrava cotidianamente, e com quem eu saía para tomar cerveja (naquele tempo a gente não tinha dinheiro para uísque), começaram a me virar a cara. Eu chegava nas redações e nunca recebia trabalho. Uns me expulsaram de suas casas. Outros me negavam até aperto de mão. Uma nuvem passou a me acompanhar. Virei um leproso.

Dentro da *Diretrizes*, a essa altura uma publicação semanal, cuja seção literária eu dirigia, surgiu quem quisesse me expulsar. O Samuel ainda me segurou por um tempo, mas não demorou dois meses e os companheiros de redação exigiram meu desligamento. Em outro caso, o advogado de minha mãe no processo de separação, que vinha a ser nosso primo, telefonou:

"Olga, tenho um assunto muito desagradável. Daqui para a frente, não posso mais falar com o Carlos, de maneira que não posso mais ir na sua casa."

"Que bobagem é essa, primo?"

"O partido me proibiu de falar com ele."

Minha mãe ainda tentou minimizar o problema:

"Ora, homem, nesse negócio de política vocês brigam todos os dias e fazem as pazes no dia seguinte. Você pensa que eu vou levar a sério?"

Mas o fato é que esse primo nunca mais falou comigo, e nunca mais me livrei da pecha de traidor dos comunistas. A maneira como o episódio atingiu minha vida privada, social e familiar, foi uma demonstração completa do que o adjetivo "totalitário" significa. Cada mínimo gesto seu é um fato político, devendo obediência à causa coletiva. O contrário da ditadura, que expulsa você do plano político, embora ambos sejam autoritários e antidemocráticos.

Fiquei órfão por alguns anos. O comunismo, por despertar os sentimentos mais nobres da alma humana, era insubstituível. Quem não quer defender os fracos e oprimidos, promover a justiça social, construir uma sociedade na qual até os mais pobres tenham uma vida decente? Quem não quer lutar contra interesses mesquinhos, derrubar tiranos, promover o desenvolvimento, transformar economias retrógradas em potências industriais? Ser comunista exigia aguentar a clandestinidade e a polícia descendo o porrete, prendendo, torturando e, quando possível, deportando, mas fazia você se sentir bem consigo mesmo e ser imediatamente admitido numa categoria especial de gente. Não éramos como esses cantores de protesto de hoje, que são considerados muito corajosos por subirem num palco, entre nuvens de maconha e caminhões de dinheiro, para defender a paz, o amor, a liberdade e outras "audácias" contra as quais ninguém admitiria ser.

Havia ainda o comodismo intelectual de rever minhas ideias, e, pior, o medo terrível, quase físico, de ter que enfrentar justamente o boicote, a patrulha ideológica, o lado amargo do sectarismo. O que explica, apesar de tudo, minhas várias tentativas de me reaproximar do PCB. Mas, com o tempo, aquela forma de ditadura provou-se ainda pior que as outras aos meus olhos, pois muito mais entranhada, muito mais organizada, e portanto mais difícil de derrubar. Por isso eu entendo muita gente, até hoje, às portas da década de 1980, com a União Soviética e seus aliados já de língua de fora no plano internacional, e mesmo tendo superado o esquerdismo juvenil no seu íntimo, não anunciar em público a transformação de suas ideias políticas. Logo não terão mais opção, pois o muro comunista irá desabar, é questão de tempo, "é fatal", mas por enquanto insistem em negar.

Agora, morto e enterrado, vejo que o sectarismo do partido não era apenas autoproteção, uma consequência de sua condição perante a lei; ou uma forma de testar suas articulações e saber o quanto conseguiria influir nos assuntos à sua volta, apesar da clandestinidade; ou mesmo uma vacina política, uma barreira psicológica perfeita, para a ideologia comunista ser implantada aqui em seu estado mais puro, sem o contágio das demais tendências. No meu caso, e creio que não só no meu, o sectarismo era ainda uma fonte generosa de autoestima. Quando você é sectário, os outros são sempre menores que você, piores que você, e dá um orgulho muito grande sentir-se parte de um grupo de pessoas mais avançadas, conscientes, generosas, críticas e corajosas que a maioria.

As incongruências do PCB no episódio tornavam tudo mais difícil de aceitar. Eu me oferecia a eles como um quadro jovem e promissor, ativo militante, bem relacionado no meio cultural, amigo de toda uma nova safra de artistas, jornalistas e intelectuais simpatizantes ou efetivamente filiados, e um dramaturgo engajado em temas sociais. O que o partido ganhava me queimando daquela forma, usando uma falsa traição como pretexto para me destruir? As edições que o texto sofrera sempre me pareceram um motivo por demais simplório, porque previsíveis. A matéria repercutira além do previsto e a cúpula, embora tivesse me autorizado a escrevê-la, sentiu-se na obrigação de me castigar? Mas porque rachou mesmo ou para dar uma satisfação à militância? Eu não soube o que pensar, e até hoje não tenho certeza.

Mesmo os historiadores que se deram o trabalho de duvidar da versão oficial do PCB (não foram muitos), jamais especularam que a decisão de me queimar tivesse alguma coisa a ver com meu pai ou com meu tio Fernando. Eu falava muito mal do Prestes no artigo, pois pichar o grande líder de 35 era um item obrigatório da pauta encomendada pelo DIP. Além disso, remeti os leitores à época das divergências entre o Prestes e a cúpula comunista. Quem sabe minhas críticas foram lidas como demonstração de solidariedade a meu pai, que perdeu o Prestes para o PCB, ou a meus tios, que perderam o PCB para o Prestes? Maurício estava por baixo, sem mandato e sem eleitorado. Paulo era carta fora do baralho, e a memória de seu tempo no secretariado-geral já fora propositalmente enterrada, mas Fernando ainda vivia na Rússia, próximo do Komintern. Sujeito ou não a ciclotimias sifilíticas e fraquejamentos ideológicos, continuava podendo envenenar a relação entre os líderes daqui e os dirigentes de lá, e os daqui não queriam nem pensar na hipótese de vê-lo recuperando prestígio. Tinham motivos para inviabilizar minha entrada e ascensão na hierarquia partidária, imaginando-me um aliado natural do tio Fernando caso ele voltasse a pleitear a direção do partido, ou então o promotor de uma indesejável reconciliação com meu pai. Os dirigentes prestistas seriam bem capazes de pensar que o filho (ou sobrinho) do inimigo jamais seria um amigo.

*

Mal sabiam os comunistas que eu, logo no início dos anos 40, iria romper relações com meu pai. Insistindo em separar-se oficialmente de minha mãe, e impaciente com a sua recusa em colaborar, mesmo depois de tantos anos de bigamia explícita, ele chegara ao cúmulo de, em juízo, acusá-la de ser amante de um primo casado. Era absoluta mentira, até onde sei. De qualquer modo, tive de tomar o partido de minha mãe, como meus outros dois irmãos. Anos mais tarde, ouvi de uma velha amiga dela que, aos olhos de algumas mulheres mais modernas, Olga Werneck de Lacerda passava por uma come e dorme, décadas a fio vivendo às custas da família do marido que não a queria, primeiro pendurada na toga do velho juiz, mais tarde dependendo de favores e educando os filhos graças à caridade das tias, tios e primos. Mas não foi desse jeito que a situação se apresentou para mim. Eu lembro, por exemplo, de quando ela vendeu as joias de família para pagar as mensalidades atrasadas do nosso colégio.

Entre 1939 e 1945, eu tinha pelo menos quatro vidas: a familiar, a de dramaturgo promissor, a de jornalista e a política. Em geral, uma brigando com a outra, e eu tentando me destacar em todas elas ao mesmo tempo. A vida familiar era, digamos assim, o saco de pancada de todas as outras. Eu corria de um lado para outro, ganhando mal e acumulando trabalhos. Meu filho mais velho, nascido bem no dia de Natal, fez dezoito meses em 1941, e meu segundo filho nasceu em 1942 no dia de São João. Batizei-o com o nome de meu avô, Sebastião. Ele jamais conheceu o bisavô, que estava morto havia dezesseis anos, mas cresceu para se tornar extremamente parecido com o velho Sebastião. Dois homens tímidos e sensíveis, porém irritadiços, além de colecionadores inveterados e amantes de ópera.

Em 1940, pedi demissão do *Observador Econômico*. Depois da expulsão do PCB, não tinha mais condições psicológicas de trabalhar lá. Meu estado de espírito oscilava drasticamente, ora para a indignação e o sentimento de ultraje, ora para a melancolia e a amargura. Porque foi o que apareceu, e porque a guerra contra o nazifascismo na Europa já me atraía, mas sabendo que pareceria uma revanche contra os comunistas, aceitei o convite para dirigir a Agência Interamericana de Notícias, montada aqui pelo Departamento de Estado norte-americano, como parte do esforço de guerra e como pressão para o Getúlio aderir ao esforço aliado de uma vez. Esse emprego foi o motivo da segunda briga com o Mário de Andrade, que por patrulhismo ideológico reprovou o que chamaria de a minha "interamericanização", perguntando:

"Não existe o meio do caminho pra você?"

A agência, é verdade, a princípio publicaria apenas a propaganda antinazista vinda pronta dos Estados Unidos. Mas acabou publicando material produzido por mim e outros jornalistas. Assinei reportagens especiais sobre a colonização alemã e a japonesa, denunciando a fidelidade pangermânica em uma e o fanatismo teocrático na outra.

Precisando ganhar mais, a partir de 41 comecei a circular por São Paulo e arranjar trabalhos por lá. Uma bela hora, fiz a mudança da família inteira. Além de escrever dramaturgia para o rádio, tornei-me responsável pelo chatíssimo boletim da Associação Comercial do Estado. Como consolo, arranquei da Associação o financiamento de uma revista que concebi, o *Digesto Econômico*. Para convencê-los a patrocinar meu projeto, fiz sozinho cinco números antecipadamente. Então, em 42, Assis Chateaubriand me levou para trabalhar com ele na Agência Meridional, a unidade telegráfica de sua rede de jornais, os famosos Diários Associados. Tornei-me correspondente em São Paulo.

O Brasil declarou guerra à Alemanha, e resolvi me alistar, porém o Exército não me quis, em parte por eu ter desertado anos antes, em parte porque era, ou tinha fama de ser, comunista. No ano seguinte, briguei com o pessoal da Associação Comercial e trouxe a família de volta para o Rio. Além da Meridional, de início me agarrei em outra boia que apareceu, o posto de redator na agência de publicidade do antigo diretor do *Observador Econômico*. Essa agência tinha a "conta" dos cassinos cariocas, e eu escrevia os anúncios para os shows. Aquele emprego, sim, eu odiava, sobretudo depois que percebi serem meus anúncios um jabá disfarçado, com o qual os cassinos silenciavam na imprensa qualquer oposição ao jogo.

O Chateaubriand então me propôs acumular a Meridional com a secretaria de *O Jornal*, e minha boa posição nos Diários Associados garantiu, por algum tempo, estabilidade para minha família. Até que, em 1945, novamente o DIP me alcançou. Num perfil, ridicularizei um interventor estadual. O Chateaubriand, pressionado pelo governo, me deu a opção de me retratar publicamente ou me retirar. Eu me retirei.

*

Embora estivesse numa fase de muito trabalho e de ainda maior necessidade de dinheiro, escapei da agência na quinta-feira. Diretor da Meridional, eu estava praticamente morando em São Paulo. Depois de um mês longe de Sérgio, Letícia e de nosso segundo filho, que nascera meses antes, eu prometera visitá-los na semana anterior e havia falhado. Então, na primeira chance, fiz a mala e tomei o trem noturno para o Rio. Lá chegando, passei por Copacabana, peguei com minha irmã um presente que tinha encomendado para Letícia e fui para a Central do Brasil, saindo para Vassouras e de lá para Valença.

Cheguei no fim da tarde. Sem anunciar minha presença, abri o portão da casa. O limoeiro estava carregado, o chão coalhado de pitangas. Fui direto para os fundos do terreno, onde tinha certeza de encontrar d. Henriqueta, minha sogra. Lá ficavam seu pomarzinho, seus canteiros e suas fabulosas moitas de primavera. Minha sogra era uma conhecedora de plantas, além de ter mão boa. Lá atrás ficava também seu fabuloso galinheiro, com cujos ovos ela abastecia a própria casa e a das vizinhas mais chegadas. Encontrei-a dando curtos assobios e jogando milho para frangos e galinhas, todos devidamente nomeados:

"Peladinhaaa, comida, minha flor. Crispim! Vem comer, vem. Olha a comida, Pescoço."

O cachorro da casa, um vira-lata mansíssimo cujo nome esqueci, estava dormindo num canto, e mal levantou a cabeça ao distinguir minha voz grossa. Minha sogra virou-se para mim sem surpresa, como se eu vivesse na casa.

"Cadê Letícia? E o Sérgio?"

"No quarto, enfiados no quarto", ela disse.

"E o Bá?"

Ela foi me empurrando em direção à porta lateral, fazendo uma careta engraçada, como se não fosse o caso de eu perguntar por seu marido.

A casa era uma construção rústica, comprida e térrea. O assoalho era de madeira vagabunda, e rangia desesperadamente enquanto andávamos. Do teto, apesar do pé-direito alto e propício, pendiam lustres que, na verdade, não passavam de uma lâmpada encaixada numa simples boca de vidro fosco. As portas eram amarelas, com fechaduras e chaves imensas, mas pequenas maçanetas de louça branca. No quarto da dona da casa, além da cama do casal (Mãe Quêta não admitia marido e mulher dormindo separados), o obrigatório altar com a imagem de Nossa Senhora, cercada de dois jarrinhos com flores sempre frescas.

Um crucifixo no alto da cama. Na cozinha, onde o Juca costumava fumar seu cachimbo enquanto ela cozinhava, havia um fogão a lenha gigantesco, verdadeira massa bruta, de ferro preto, com detalhes dourados nos pés e nos puxadores das comportas para lenha. Uma chaminé ligeiramente torta subia colada à parede.

Minha chegada estava prevista, mesmo assim eu queria causar alguma dose de surpresa, então abafei os passos. Chegando na altura do quarto, por uma fresta da porta, vi Letícia sentada diante da penteadeira, com o rosto duplicado no espelho. Uma beleza autêntica, embora ela mesma nunca se convencesse disso. A toalha de banho ainda suspirava na cama, e o quarto tinha um cheiro delicioso de perfume e pó de maquiagem. Sebastião dormia no berço. Sérgio, sentado no chão, do alto dos seus três ou quatro anos, observava Letícia fixamente. Eu parei no corredor.

"Vai sair, mãe?"

Letícia sorriu e acariciou os cabelos de Sérgio:

"Seu pai é que vai chegar."

Ela decidira passar os primeiros meses após o parto na casa da mãe, uma vez eu estando longe do Rio. Nossa vida familiar sofria com o trabalho na Meridional, sem dúvida. E eu sofria muito. Chegar a Valença era uma epopeia.

Por algumas horas, depois que anunciei minha presença, as preocupações deram uma trégua e aproveitamos a noite. Jantamos e jogamos cartas com Sérgio. Mais tarde, sozinhos no quarto eu e ela, era inevitável falarmos do assunto. Letícia, dramática, começou:

"Quase morri semana passada, sem você..."

Com seus traços naturalmente expressivos, ela parecia uma atriz do cinema italiano dos anos 1940.

"Eu também. Mas foi impossível vir."

"Dependo tanto de você."

"Foi impossível, juro."

"Por quê?"

"Já expliquei. Estava totalmente sem dinheiro, não tinha cara de vir aqui sem trazer algum para as suas necessidades, as do menino, e até para ajudar a sua mãe. Agora eu recebi."

"E sentiu saudades?"

"Meu amor, sem você eu ando devagar, leio devagar, durmo depressa, como depressa, nada me distrai. A vida é um horror!"

Ela fez uma cara:

"Nem a política?"

"Não."

"Sei..."

"Juro, e para provar isso...", abri minha mala e tirei um embrulho de papel celofane, "trouxe um presente para você."

Era um par de sapatos. Para Letícia, comprar calçados era um problema. Morria de vergonha de seu pé direito, e sofria para ir à loja, experimentar os diferentes modelos na frente das vendedoras e outras clientes. Ela disse, alegre, me olhando nos olhos:

"Nem vou ficar triste se não couber."

"Claro que vai caber."

"Foi loucura comprar sem eu experimentar antes."

"Claro que vai caber, é sob medida."

Ela arregalou os olhos e abriu um de seus sorrisos cantantes. Já sentada na cama, enquanto experimentava, perguntou:

"Você sabia o sapateiro onde eu tenho fôrma?"

"Claro que sabia!"

"Aposto que foi sua irmã, Vera, quem disse."

"Ficou bom?"

"Onde você arrumou dinheiro, Carlos?"

"Eu disse que recebi, e veio um aumento. Tudo está melhorando..."

Ela suspirou:

"Muito obrigada. É lindo."

"O que houve?"

"Desculpe voltar ao assunto, mas você não cansa de virar a nossa vida de cabeça para baixo..."

"A vida é que vira, não é culpa minha."

"Por que você tem de ir tão longe arrumar trabalho?"

"O que eu recebia não estava dando..."

"Mas precisava ir morar em São Paulo?"

"No Rio, só havia um jeito de sustentar os meninos: uma pensão do Catete."

"Que exagero..."

"Exagero nenhum, você sabe muito bem. A gente estava sem poder comprar um livro, uma roupa, até sem empregada... A única outra saída era burocratizar o meu trabalho. Mas aí, por questões morais e cívicas, por ser um cidadão ciente dos meus deveres públicos, eu preferia a mais simples, faminta e heroica vagabundagem. Porque a mais arriscada, o protesto é a mais nobre das formas de contribuir para o avanço da sociedade."

Ela me deu um empurrão, com um sorriso melancólico:

"Fala direito, Carlos! Estou falando sério: só o que eu quero é uma vida mais normal. Só o que eu *não* quero é chegar lá em São Paulo e encontrar você mergulhado na política, me deixando sozinha com os meninos."

"Letícia, quem teve a infância e a formação que nós dois tivemos não pode ser rigorosamente equilibrado. Nossa noção de medida, de sensatez, não pode ser a mesma dos outros. Nem com todo o seu realismo feminino você vai conseguir isso."

*

A vida literária teve um ponto alto e vários bons momentos, no fim redundando em valentes fracassos. Durante a temporada paulista, aproximei-me do poeta Paulo Mendes de Almeida, dos críticos Sérgio Milliet e Décio de Almeida Prado, do poeta Vinicius de Moraes e de pintores como Tarsila do Amaral e Cândido Portinari. Alguns conheci com mais intimidade, outros apenas encontrei socialmente, uns eram mais velhos, outros mais moços. Ia muito à Livraria Jaraguá, de Alfredo Mesquita, renovador do teatro paulistano, cuja família perdera o *Estadão* para o Getúlio. Na editora do Alfredo, a Gávea, publiquei *O rio*, em 43, com gravuras de Lívio Abramo e um imenso e intenso prefácio, no qual eu defendia a estrutura fragmentada da peça. Era uma época de boêmia forte, mas três horas de sono eram suficientes para me restabelecer completamente, uma sorte que a natureza me deu. Minha energia de trabalho era tamanha que, quando o Brasil declarou guerra à Alemanha, bati à máquina por trinta e seis horas seguidas, sem dormir, escrevendo artigos para os veículos mais diversos, alguns encomendados, outros que eu esperava colocar. Também já me aconteceu de escrever ao mesmo tempo dois artigos diferentes, em duas máquinas de escrever diferentes, uma ao lado da outra (há testemunhas!).

Também no campo literário a política acabava ocupando o espaço de tudo o mais. Basta ver como foi minha participação no I Congresso de Escritores, a última grande obra do Mário de Andrade, em janeiro de 45. Fiz parte da Comissão para Assuntos Políticos, e nossa Declaração de Princípios, conclamando o país a restabelecer a democracia, logicamente foi censurada pelo DIP, mas ainda assim contribuiu para a pressão que vinha se formando contra o governo desde a entrada do Brasil na guerra.

Duas peças minhas, *Uma bailarina solta no mundo* e *Amapá*, chegaram aos palcos em outubro-novembro de 1945. A primeira foi montada por um grupo de teatro experimental, do mesmo Alfredo Mesquita. Era uma comédia sobre o dono de uma companhia de balé que entrava em crise depois de ter sua principal bailarina seduzida por um empresário de cassino. Enquanto eu ensaiava, Décio de Almeida Prado me pediu outra, para um grupo de teatro universitário. Tendo visitado como jornalista as bases militares aeronavais em todo o Brasil, misturei na história soldados americanos, cujos sonhos eram balés, uma cigana embriagada, que morava num barracão, um fotógrafo civil simplório e um falso piloto da Força Aérea, metido a filósofo, uma nova encarnação do Lucas de *O rio*.

As duas peças fracassaram. O Décio achou a que escrevi para ele jornalística demais, "sem textura para o palco". E o público de *Uma bailarina* assistiu à peça sem esboçar reação alguma, apático. É verdade que o Getúlio havia sido deposto em 29 de outubro, e a peça estreou muito em cima, nem quinze dias depois. Ficar triste seria como o dono da padaria de Hiroshima, no dia em que estourou a bomba, não entender por que ninguém estava aparecendo para comprar pão.

*

Passado o primeiro momento de indignação, eu ainda sonhava com o colo quente do stalinismo, quando, em dezembro de 42, meu tio Fernando voltou da União Soviética. Veio pela Argentina, encontrando-se com os militares comunistas lá exilados desde 35. Dizia trazer a última palavra dos russos sobre como os camaradas deveriam proceder no Brasil em relação à ditadura getulista. A ordem era engolir todo o sofrimento e cerrar fileiras ao lado do governo, em prol do esforço de guerra, sem se reorganizar na clandestinidade. Meu tio foi convincente, apesar da fama controvertida, e chegou de volta ao país abrindo a fila dos exilados. É razoável supor que desejasse reconquistar o poder no PCB, enquanto os militares retornavam com a esperança de serem reintegrados. Faltou combinar com o Getúlio, como se diz, que prendeu a maioria deles e os deixou cumprindo as penas estipuladas em 35.

Procurei meu tio e contei-lhe da minha "expulsão" do PCB. Ele me aconselhou a não me preocupar, desde que eu seguisse a nova cartilha, ou seja, desde que aderisse ao Estado Novo, agora convertido, no plano internacional, em defensor da liberdade. Acreditei no tio Fernando e, durante alguns meses de 43, defendi o apoio ao Getúlio. Num artigo chamado "Os intelectuais e a união nacional", conclamei a todos que esquecessem os agravos para com o governo Vargas. Levei o texto para o Samuel Wainer publicar em *Diretrizes*, achando que, se além da cúpula partidária o artigo me reaproximasse também dos meus colegas, estariam resolvidos os meus problemas.

"Para mim, é questão de sobrevivência", eu disse a ele.

Samuel hesitava, com razão, em dar apoio incondicional ao Getúlio, mas aceitou publicar uma longa entrevista com tio Fernando, apresentando sua tese. Dependendo da reação dos dirigentes, aí, sim, viria o meu artigo. Quando saiu a revista, foi aquela decepção.

Eu e a direção do PCB estávamos mesmo fadados a não nos entender. Quando eles seguiam rigidamente a linha ditada pelo Komintern, eu derrapava; quando eu resolvi segui-la, foram eles que se revoltaram contra Moscou. Tio Fernando exagerou na dose, levando as ordens da Internacional a tal ponto que provocou uma forte reação dos comunistas. Até o Prestes, de dentro da cadeia, conseguiu fazer chegar seu protesto, conclamando os companheiros a recuperar, sim, uma dinâmica mais articulada para o partido. Estava na cara que o Komintern mais uma vez ditava uma postura adequada à conjuntura internacional, não aos interesses do PCB e do Brasil. A veracidade das ordens trazidas por tio Fernando acabou sendo questionada, e acusaram-no de visar apenas a desestabilização da diretoria. Outros ainda o acusaram de fraco, um falso líder incapaz de garantir a obediência dos companheiros. Prestistas e antiprestistas voltavam a esgrimir pelo poder no partido. Novamente derrotado, meu tio ganhou o apelido de "liquidacionista", já que propunha a liquidação espontânea do partido.

Junto com ele, entrei eu pelo cano: a *Diretrizes* recusou o meu artigo, machucando ainda mais minha ligação com os ex--colegas, e dali em diante vivi com a lembrança de ter defendido a aliança com o ditador, erro que escondi ao máximo e, como foi cometido durante um período muito breve, de fato acabou se apagando da minha biografia. Aquela não era a única forma de participar do esforço de guerra. Foi então que perdi meu tio Fernando de vista. Ele sumiu da cidade e ficou anos sem reaparecer. Com a vida me encaminhando para um notório anticomunismo, que chegaria ao auge nos anos 60, talvez estivéssemos condenados a não nos reencontrar.

O último lance na minha vida de satélite comunista, o último desencontro, ocorreu quando, eu já decidido a desobedecer aos dirigentes russos e aos conselhos de meu tio, o Prestes mudou de ideia. Seu telegrama ao Getúlio, escrito na cadeia, em 1943, reconhecendo as "inclinações democráticas" do ditador que o mantinha preso, era o exemplo perfeito de sacrifício pessoal, ou de achatamento da alma individual, em nome da causa. Sobretudo depois que sua guarda-costas e amante, a Olga Benário, grávida de uma filha sua, foi deportada para morrer em mãos nazistas. Muitos viram o gesto do Prestes com certa repulsa, mas sua reconciliação com o Getúlio mostrava serem as ordens de Moscou exatamente as que meu tio trouxera, e que o PCB fora obrigado a engoli-las. Mesmo assim o Getúlio só soltou o Cavaleiro da Esperança quase dois anos depois.

Como a obediência do PCB a Moscou só veio quando eu já voltara para as trincheiras antigetulistas, em tão curto espaço de tempo ficava impossível mudar de posição uma terceira vez. Eu era muito explícito sempre, e muito mais sincero quando rejeitava o Estado Novo. Para citar um exemplo: em Belo Horizonte, na condição de dublê de jornalista e intelectual, num almoço promovido pelo então prefeito, eu discursei para as autoridades locais, suas esposas, bastiões da família mineira, e bem debaixo do nariz da ditadura:

"O número de funcionários públicos em Minas, senhoras e senhores, apesar de grande, não é motivo para que esse estado não conspire contra o governo federal."

Os políticos mineiros, famosos por suas sutilezas, ficaram atordoados. Era ainda 1943, e meu convite público para a revolta pareceu-lhes uma aberração, algo que contrariava as leis da política e o conhecimento que tinham da alma humana. Uma indigestão coletiva se anunciou. De repente, no meio do silêncio total, uma pessoa teve a presença e o senso de humor necessários para rir, e sua gargalhada ecoou no salão-restaurante. Quando olhei, era o prefeito Juscelino Kubitschek.

*

Meu único encontro cara a cara com Getúlio Vargas aconteceu quando a Força Expedicionária Brasileira fazia seus últimos exercícios antes de seguir para o front italiano e tomar parte na Segunda Guerra Mundial. Em 44, portanto. O governo anunciou que o presidente prestigiaria as manobras em Gericinó, o campo de treinamento do Exército, e eu, trabalhando então para *O Jornal*, fui cobrir o evento.

Depois de tantos anos governado por aquele homem, dos meus dezesseis aos trinta anos de idade, vendo-o seduzir tantos e tantos adversários, a curiosidade de vê-lo de perto era enorme. Desde 1930, todos os homens públicos que conheci, ou praticamente todos, passaram pela sua mão alguma vez. Mas a curiosidade vinha temperada de um certo medo: e se ele conseguisse me seduzir também? Tinha fama de ser um homem espirituosíssimo, cheio de charme, e todo mundo conhecia seu talento de estrategista, sua capacidade de prever as situações e as reações de cada um, montando armadilhas políticas perfeitas, ou isolando os adversários.

Para o grande dia, o Exército montou um palanque no campo de treinamento. Decentemente instaladas e protegidas do sol, as autoridades civis e militares puderam assistir às evoluções da artilharia. Quando o exercício acabou, não houve discurso. Getúlio desceu do palanque, acompanhado pela comitiva, e, andando, foi visitar alguns postos de combate. Estava de chapéu-gelô e jaquetão, com um charuto na boca. Nós, jornalistas, fomos atrás, colhendo comentários e ouvindo o que as autoridades conversavam. Ele era fisicamente delicado, além de baixo, com a tez rosada, as mãos pequenas e aveludadas. Passando por um determinado ponto, o comandante das tropas explicou:

"Presidente, aqui é um *foxhole*, onde fica o metralhador, com dois municiadores."

Getúlio avivou a brasa do charuto, diminuindo o passo e

olhando para dentro da toca artificial. Depois parou, intrigado, e perguntou:

"E se o metralhador for atingido, general?"

"Bem, presidente", respondeu o comandante, "nesse caso o primeiro municiador toma o lugar do metralhador e o segundo municiador fica no lugar do primeiro municiador."

Getúlio assentiu, mas não se deu por satisfeito:

"E se o primeiro municiador também for atingido?"

O comandante, já inquieto com a pergunta, respondeu:

"Bom, aí fica o segundo municiador com a metralhadora."

"E se o segundo municiador também for atingido?"

Não deu para ter certeza se o Getúlio estava sendo obtuso de propósito ou se estava gozando do comandante. O general limitou-se a responder:

"Bom, presidente, aí, nessa zona, a guerra acaba."

Voltei de Gericinó decepcionadíssimo. Então aquele era o grande estadista, o ditador implacável, o político de esperteza fenomenal? Essa má primeira impressão contaminou para sempre a imagem que eu tinha do Getúlio, e foi fundamental para eu ter coragem de enfrentá-lo anos depois. Chamam-me derrubador de presidentes. Alguns, exagerados, ora para me culpar, ora para me bajular, chegam a incluir duas vezes seu nome na lista dos presidentes que derrubei. Falso. Da primeira vez, em 45, o trabalho foi coletivo. Os líderes militares que haviam se afastado do governo, e os antigos líderes políticos, que, como meu pai, haviam sido relegados ao ostracismo, foram os verdadeiros responsáveis por sua queda. O desgaste de um tempo excessivamente longo no poder mais a contradição de combater o fascismo lá fora e mantê-lo aqui dentro, ainda que um tom abaixo, prejudicaram a coerência interna do Estado Novo, minando o impacto da sua propaganda e sua rede de apoios, no meio militar, no político e até no popular.

Já o fim da Segunda Guerra significou várias derrotas para o fascismo. A derrota militar, a territorial, a econômica, a política e a humana. De todas elas, contudo, a pior, a que foi realmente definitiva, do ponto de vista histórico, foi a derrota moral. Daí em diante, símiles do totalitarismo de direita continuaram existindo aqui e ali pelo mundo afora, porém nunca mais o fascismo seria visto, pela comunidade internacional, como uma via aceitável para as sociedades do futuro, para a superação dos conflitos inerentes ao capitalismo e ao comunismo.

Ataques contra o Estado Novo começaram a vir de vários lados. A princípio, entrevistas mais corajosas, clamando por eleições em 1946 e por uma nova Constituição, ainda resultavam em ordem de prisão para quem as desse. Com o tempo, reprimi-las todas passou a exigir um recrudescimento da força, e o establishment militar e o núcleo do governo não tinham mais como impor algo assim.

Oficiosamente, no entanto, os opositores continuavam expostos. Num episódio, foi espancado o senador Macedo Soares, ex-getulista, ex-amigo pessoal do irmão do presidente, mas que rompera com os Vargas e agora publicava no jornal que dirigia, e onde eu colaborava, o *Diário Carioca*, artigos contra o Estado Novo. Ministro da Justiça do Governo Provisório, em maio de 37, esse homem decretara a libertação de mais de quatrocentos presos políticos sem acusação formal, entre eles Maurício de Lacerda. Tal decreto ficou conhecido como "a macedada". Desligara-se do governo meses depois, antes do golpe. Em seus textos, produzia imagens luminosas que definiam as situações, por exemplo, quando comparou o ministro da Fazenda a uma locomotiva de manobras; muito grande, muito poderosa, mas que nunca saía do pátio para puxar os vagões adiante.

Uma tarde, o senador estava na Confeitaria Brasileira, na Cinelândia, tomando chá, quando um sujeito muito forte apareceu e começou a insultá-lo aos berros, constrangendo o senador, que tinha fama de homossexual. O senador reagiu e acabou levando a pior. Veio a polícia, e o agressor praticamente fez questão de ser preso. Chegando à delegacia, declarou que não forneceria sua identidade e que não exercia nenhuma profissão, mas vivia às custas do senador, tendo-o agredido por ele haver se recusado a lhe dar mais dinheiro. Diante da veemência de Macedo Soares ao negar toda a história, chamei uns colegas repórteres e o procuramos para saber se nos dava autorização para investigar o caso. Ele nos olhou com seus olhos de coruja, que se escondiam no rosto já meio pequeno em relação ao corpo:

"Toda que vocês quiserem. Vão até o fim."

Eu trouxe dois advogados amigos para acompanhar o inquérito, e logo ficou evidente que o chefe de polícia pretendia abafar o caso. Alegava que sem conhecer a identidade do agressor era impossível investigar, e o sujeito, já interrogado, insistia em não dizer quem era. Mas tinha dado seu endereço, um quarto de pensão para rapazes solteiros na Lapa, e então pressionamos a polícia para que fosse até lá. Fomos juntos, claro, eu, um fotógrafo e os advogados.

Não havia nada de suspeito no apartamento. Nenhum documento pessoal, nenhuma evidência nem a favor nem contra sua história. No armário de roupas, encontramos apenas um terno com a etiqueta de certo alfaiate conhecido, um judeu da rua do Ouvidor, que topava fazer roupa a crédito, motivo pelo qual eu, o Samuel Wainer, o Rubem Braga e outros pobres da época só fazíamos ternos com ele. Levávamos anos pagando, mas o alfaiate era um homem culto, muito dado à leitura, e gostava de nós. Fomos até lá com o terno e perguntamos:

"Você fez essa roupa?"

"Fiz, olha a etiqueta."

"E para quem?"

"Ah, isso é difícil dizer. Eu não sei."

"Mas, olha, o terno está quase novo, você não fez há muito tempo."

Ele fez uma cara de desconfiança:

"Só vendo nos livros."

Aí foi verificar e achou:

"Está aqui."

Não lembro o nome do comprador, mas lembro que a ficha dizia:

"A cobrar no Palácio Guanabara."

Com aquela informação, eu e os advogados fomos novamente ao chefe de polícia. Para nos acompanhar, chamei colegas repórteres.

"É preciso investigar a ligação com o palácio", pleiteou um dos advogados.

O chefe de polícia ficou mudo. Nesse momento, abriu-se uma porta lateral do gabinete e por ela entrou um negro bem-vestido e alto. Ele entrou e ficou, rígido, sem dizer uma palavra. Ninguém sabia quem era. Tinha uma presença forte, porém não demos maior importância.

Nosso porta-voz não se deixou interromper:

"E então, delegado? À luz dessa nova informação, temos de interrogar novamente o homem."

A contragosto, o chefe de polícia mandou que trouxessem o agressor. Era um homem alto, corpulento e bastante determinado. Começamos a interrogá-lo, todo mundo na mesma sala, e um dos nossos advogados era justamente da área criminal, então tentou aos poucos confundi-lo com perguntas rápidas e maliciosas, mas o sujeito não quebrava. Pior: mais de uma vez, olhando bem firme em nossos olhos, deu socos numa das mãos, num evidente gesto de ameaça.

O chefe de polícia assistia a tudo, lívido e mudo. Por quase duas horas, as mesmas perguntas e as mesmas respostas foram feitas dezenas de vezes, até que o sujeito começou a falar. Primeiro, disse o nome, Euclides alguma coisa. Segundo ele, antes de vir para o Rio se prostituir, tinha sido campeão de boxe em Porto Alegre, com o pseudônimo de O Mascarado.

"E há quanto tempo você trabalha no Palácio Guanabara?"

"Nunca trabalhei. Mantenho o que disse: vivo à custa de homens."

"E quem é o seu homem no palácio? Porque está aqui o seu terno e a ordem de cobrança."

Ele ainda resistiu, mas continuamos bombardeando-o com perguntas:

"Quem deu a ordem para você agredir o senador?"
"Quanto você recebeu?"
"Onde você e o mandante se encontraram?"
"Qual o objetivo do atentado?"
Finalmente, depois de horas, ele admitiu:
"Trabalho na guarda pessoal do presidente Getúlio."
A cara do chefe de polícia desabou. Imediatamente, ele pediu a todos que saíssem e disse que iria conversar somente com os advogados. O negro soturno saiu da sala como entrara, sem dizer uma palavra e por uma porta reservada. Eu e os outros repórteres voltamos para a área comum. A conversa, tal qual depois me foi narrada pelos advogados, correu da seguinte forma:
"Há muito tempo que eu sei quem é esse homem", admitiu o chefe. "Eu, evidentemente, frequento o palácio. Mas vocês não podem me pedir que eu passe os muros da residência presidencial. Peço demissão, mas isso não faço. O que eu sugiro é pedir ao delegado o relatório mais duro do mundo contra o sujeito, incriminando-o de tudo que for maneira, e não se fala mais em Palácio Guanabara."
"Bem, delegado, para aceitarmos esse acordo", disseram os advogados, "antes precisamos consultar o senador Macedo Soares."
A partir daí, eles passaram a ter uma agenda diferente da minha. Eu, como jornalista, havia recebido carta branca para ir até o fim. O clima de ameaça em que vivíamos, nós, contrários ao regime, de perigo constante, me empurrava para o confronto. Então pedi a um amigo que trabalhava justamente no DIP para procurar todas as fotos do Getúlio em que ele estava cercado por sua guarda pessoal. O sujeito trouxe várias, mas nada de aparecer a cara do Euclides. Então tive uma ideia:
"E se a gente experimentasse o arquivo do *Correio da Manhã*?"
Subimos para o *Correio*, que funcionava no mesmo prédio, e achamos outro bando de fotografias do presidente. Na época, era obrigatório publicar pelo menos uma foto do Getúlio por dia, para manter sua imagem diante do público, então a Agência Nacional

as distribuía em quantidade. De repente, já alta madrugada, na foto de uma cerimônia qualquer, atrás do presidente, exatamente atrás, estava o Euclides.

No dia seguinte, vencendo a precariedade das técnicas de ampliação, publiquei-a na última página do jornal. Foi um avanço contra o poder sombrio da guarda pessoal do presidente, mas um avanço ainda marginal, menos importante. A guarda continuava sendo vista como muito distante dele; as manifestações de sua brutalidade, como fatos acidentais. O próprio senador Macedo Soares, anos depois, viria a ser de novo ministro do Getúlio, então presidente eleito.

*

Desde os atritos com meu pai, em 1931, Osvaldo Aranha afastara-se inteiramente de qualquer resquício de fascismo. Deixara de ser ministro do Governo Provisório em 34, tornara-se embaixador do Brasil em Washington, convertera-se à democracia, ao liberalismo e, antes da Segunda Guerra Mundial e durante esta, fora uma voz importante na aproximação entre o país e os demais aliados, enfrentando membros da cúpula militar favoráveis à adesão brasileira ao eixo Alemanha-Itália-Japão. Passara a ter uma relação dividida com o Estado Novo, levado pela amizade com Getúlio e pelo ânimo realizador a ocupar cargos prestigiosos no governo, mas frustrado por não ser ungido o sucessor do amigo, e pela evidente distância entre a nossa situação política e a democracia americana que aprendera a admirar. Tendo renunciado ao Ministério das Relações Exteriores um ano antes, em 44, encontrava-se momentaneamente sem cargo no governo, embora continuasse gozando, político e hábil como era, de grande proximidade com o presidente.

Um amigo meu, Luís Camilo Osório, que trabalhara com Osvaldo como bibliotecário do Itamaraty, agora escrevia seus discursos. Mas o Luís e outras noventa e uma pessoas, entre advogados, políticos, médicos e intelectuais, assinaram, em outubro de 1943, o chamado Manifesto dos Mineiros. O documento, na verdade, se você for olhar, era apenas um clamor por eleições, repetindo a bandeira óbvia da oposição. Não lançava nenhuma bandeira nova e tampouco tinha algum novo argumento para defender a velha. Mesmo assim criara o maior rebuliço, e o Getúlio, quando descobriu que um opositor declarado trabalhava no gabinete do melhor amigo, ligou e cobrou que o demitisse.

Segundo a versão que conheço do episódio, o Osvaldo Aranha teria chamado o Luís e dito:

"Você me coloca numa situação muito difícil, porque o Getúlio exige a sua demissão. Agora, veja só como eu fico, tente se colocar na minha posição!"

Então o Luís, com a maior fleuma do mundo, teria respondido: "Bom, ministro, me colocar na sua posição é impossível."

O Osvaldo Aranha olhou para ele, intrigado:
"Como assim, impossível?"
"Eu nunca ficaria na sua posição."
Foi sumariamente demitido, claro.

Eu, nessa época, trabalhava no *Correio da Manhã*. Acabara de chegar do Congresso de Escritores em São Paulo e tinha meu novo círculo de convivência política justamente na casa do Luís Camilo. Foi dele a ideia de fazer uma entrevista explosiva com o José Américo de Almeida. Muitas entrevistas do gênero estavam pipocando, de opositores ou antigos aliados do presidente, todos pedindo a volta da democracia. Aos cinquenta e oito anos, José Américo, potencial candidato da oposição a sucessor do Getúlio, tinha uma longa lista de serviços prestados. Líder tenentista vital para o Nordeste em 30, ministro do Governo Provisório que em alguma medida se opusera ao Getúlio, foi um dos últimos a desafiá-lo eleitoralmente, pouco antes do golpe de 1937. Uma autoridade moral como aquelas que a atual ditadura também reprime, no varejo pela brutalidade física, e no atacado despolitizando as futuras gerações.

"Mas, Luís, você acha que ele topa?"

"Topa. Somos amigos, e seria uma forma de ele purgar o arrependimento por ter pressionado pelas eleições em 1937."

"Ele se arrepende...?"

"Acha que as candidaturas forçadas apressaram a reação autoritária. Tenho certeza que gostaria de oferecer uma compensação ao país."

"E quem vai se arriscar publicando uma coisa dessas?"

"Um problema de cada vez. Jornal para publicar depois a gente arruma."

Entrevistei o José Américo em meados de fevereiro de 45, na varanda de sua casa no Rio. Evocando a decisão do recém-terminado Congresso de Escritores, que incitava os "homens de pensamento" a se posicionar ante os problemas de sua época e de seu povo, o autor de *A bagaceira*, pioneiro do regionalismo em nossa literatura, desancou o governo federal, elencando os entraves em nossa agricultura exportadora, "o cafezal existente, envelhecido, apresenta rendimento mínimo para o custeio elevadíssimo", e o comprometimento da produção algodoeira; em nosso parque industrial, "não renovado, inclusive por imposições oficiais, e que, portanto, não poderá suportar a concorrência da indústria estrangeira, mesmo sob a proteção alfandegária"; na legislação trabalhista, "atrofiada pela burocracia e deformada pela propaganda"; na política, que se dedicava sobretudo a "legalizar poderes vigentes, a manter interventores e demais autoridades políticas, pela consagração de processos eleitorais capazes de coonestar essa transformação aparente"; e na formação das elites políticas, "uma vez que a longa prática do poder, sobretudo de um poder discricionário, vicia os seus elementos políticos e administrativos, incapacitando-os, perante a opinião pública, para uma obra de renovação cívica e material".

E então vinha a discussão sobre quem eram os candidatos para a eleição de 1945. Para o José Américo, só três brasileiros *não* deveriam ser candidatos à Presidência da República: ele próprio e o Armando de Salles Oliveira, contendores em 1937, pois isso dividiria as forças da oposição; e o próprio Getúlio, porque a transformação do ditador em presidente manteria no fogo o caldeirão da política nacional.

"Hoje", disse ele, "precisamos estar unidos e contribuindo para a unificação das forças políticas do Brasil, em benefício da restauração democrática. Não vejo homens, vejo soluções para o país."

Com alguma insistência, consegui fazê-lo falar mais concretamente sobre o assunto, e surgiu a figura do candidato misterioso:

"As forças políticas nacionais já têm um candidato. É um homem cheio de serviços à pátria, representa uma garantia de retidão e de respeito à dignidade do país."

Ainda acrescentou:

"As posições estão ocupadas para a batalha política. Esse terceiro candidato não será recusado por ninguém na oposição, pois com ele temos certeza da vitória."

Feita e editada a entrevista, diante da força do material, o Luís Camilo encontrou relutância dos jornais em publicar. O *Diário de Notícias* concordou em veiculá-la desde que os outros jornais fizessem o mesmo. O *Diário Carioca* ameaçou correr o risco, mas deu para trás. *O Globo* disse que publicaria com modificações, porém essas não foram autorizadas pelo José Américo. No *Correio da Manhã*, o proprietário do jornal, ausente, deixara ao jornalista encarregado de substituí-lo uma carta, dizendo que "a consideração de meus interesses não o deve impedir de adotar atitudes corajosas". O jornal, no entanto, já tinha uma entrevista também bombástica, dada justamente por Maurício de Lacerda, ainda uma liderança de peso no estado do Rio. Ele também clamava pelo restabelecimento do voto, mas, ressalvava, não sem antes conseguir a liberdade de opinião, uma organização político-partidária irrestrita e a anistia aos presos políticos. No mesmo texto, argumentava a favor das relações diplomáticas com a União Soviética, pois era ela "um aliado ao qual, seja como for, estamos nos associando na luta".

Mas o peso relativo de meu pai diminuíra muito, e sua agenda continuava soando radical demais para grande parte da opinião pública, enquanto o prestígio e a base política de José Américo haviam se revelado mais duradouros. O *Correio* decidiu então publicar a entrevista com Maurício de Lacerda primeiro e, dependendo do tamanho da reação do governo, publicar a minha com o líder paraibano.

A entrevista com meu pai saiu no dia 21 de fevereiro. Como não houve repressão e ninguém foi preso, no dia seguinte saiu a do José Américo, ocupando quase toda a última página, a mais importante do jornal. Não havia menção ao meu nome, como forma de proteger o elemento mais vulnerável da história: eu. À noite, os intelectuais da cidade se reuniram em polvorosa na casa do Luís Camilo, e líderes políticos também, entre eles Virgílio de Melo Franco. O Virgílio, descrente, disse:

"Sinto apenas o desafogo de quem dá um grito no deserto."

A entrevista do José Américo também não gerou nenhuma reação de força do governo, mas o processo já em andamento, do qual eu era apenas uma engrenagem menor, ganhou força. *O Globo*, tendo perdido a chance de dar a matéria em primeira mão, conseguiu arrancar do José Américo, numa segunda entrevista, a identidade do candidato da conciliação: o major-brigadeiro Eduardo Gomes, ou simplesmente o Brigadeiro, como passaria a ser conhecido. Sobrevivente do episódio dos Dezoito do Forte, revolucionário de 1924 e 1930, fundador do Correio Aéreo militar, base do Correio Aéreo Nacional, com trajetória administrativa brilhante, incorruptível, comandante da esquadrilha que bombardeara o 3º RI na Intentona Comunista, ele se exonerara de cargos de comando desde a instauração do Estado Novo e, por estar equidistante entre Getúlio e os comunistas, pela força moral como liderança revolucionária de primeira hora, realmente poderia consolidar um apoio amplo na sociedade.

A causa das eleições ganhou as ruas. Aos poucos, o meio militar foi se voltando contra o Getúlio, e o status quo civil se descolando do governo. Ainda em fevereiro de 1945, com um Ato Adicional, o governo promoveu uma reforma liberalizante da Constituição, estabelecendo, entre outras medidas, maior autonomia para estados e municípios, critérios e prazos para marcar a eleição presidencial, e recriando a Câmara dos Deputados, também a ser preenchida nas eleições seguintes. A fundação de partidos políticos, proibidos desde 1937, foi autorizada pelo governo. No início de março, a censura do DIP foi extinta. Getúlio comprometeu-se a estabelecer relações diplomáticas com a União Soviética "num futuro próximo" e prometeu um estudo sobre a questão da anistia.

Após quatro anos afastados, eu e meu pai nos reencontramos em cima dos palanques, no ocaso do Estado Novo. Ele tentando se reerguer como homem público, eu uma estrela em ascensão no jornalismo e na política. Foi no primeiro comício da oposição, no dia 7 de março de 1945. Discursamos debaixo de chuva, em frente ao Teatro Municipal. A Cinelândia, havia quase dez anos o centro da vida cultural da cidade, parou, abarrotada de gente apesar do mau tempo.

Maurício de Lacerda, ao discursar, relembrou a trajetória das revoluções, de 22 até ali, elencou suas posições ao longo do tempo, com uma eloquência retumbante, com os fatos sempre comprovando seus pontos de vista, para o bem ou para o mal, e finalmente chegou às questões do momento:

"A liberdade de imprensa foi conquistada, e não concedida!"

"A ditadura começou a cair pelo centro, aqui no Distrito Federal. Nas periferias do sistema, porém, ainda resiste!"

Após uma ovação fervorosa, ele acusou a polícia pernambucana de ter matado um estudante, quatro dias antes, no Recife, num palanque de comício pró-eleições, e insuflou a multidão:

"Quanto mais forte o calor na alma popular, mais depressa irão derreter os grilhões do fascismo no pulso do Brasil!"

A Cinelândia delirou. No palanque, admiradores o abraçaram. Um jovem pernambucano, manifestando a gratidão de seus conterrâneos, furou a segurança e também se atirou nos braços do meu pai.

Vieram outros discursos, até chegar a minha vez. Modéstia à parte, também agitei a multidão, aclamando a conquista da união nacional em torno do Brigadeiro, "homem de moral inatacável", "herói de 22" etc. etc.

Os comícios se multiplicaram e a oposição continuou crescendo. A volta da Força Expedicionária Brasileira, embalada pela vitória na Europa, criou ainda mais pressão contra o regime. A anistia aos presos políticos foi decretada, incluindo comunistas, integralistas e seus líderes, Prestes e Plínio Salgado. As eleições para a Presidência da República, o Conselho Federal e a Câmara dos Deputados foram convocadas, previstas para o dia 2 de dezembro daquele ano.

As pedras no tabuleiro político se organizaram para as eleições. Nós, da oposição, já estávamos reunidos numa frente, que se oficializou com o nome de União Democrática Nacional, juntando comunistas, socialistas democráticos, os liberais progressistas que haviam apoiado a revolução mas se desencantado com Getúlio, os liberais reacionários, derrubados em 30 e antigetulistas, os signatários do Manifesto dos Mineiros e os intelectuais que tinham participado do I Congresso de Escritores. Era um partido essencialmente urbano, que atingia a classe média, cujo eleitorado era de profissionais liberais (médicos, advogados, engenheiros, professores etc.). A classe média já se formara nos grandes centros, mas não estava distribuída pelo resto do país igualmente, o que era um problema. Essa nova faixa social se batia pela moralização dos costumes políticos e era, digamos, uma projeção no tempo, uma mutação histórica do tenentismo. Ou pelo menos eu via assim. Meu pai tornou-se o presidente da UDN fluminense, com a missão de denunciar a máquina sindical do Estado Novo, que em nossa opinião criava apenas uma ilusão de liberdade no meio operário, enquanto controlava suas lideranças, usando a força ou as verbas do Ministério do Trabalho.

O Prestes saiu da cadeia com a fama de herói já inteiramente constituída, e acrescida, primeiro, da aura de mártir que todo prisioneiro político adquire, e, segundo, da relativa confiabilidade que o governo de Moscou ganhara aos olhos do mundo, graças à participação decisiva do exército russo na Segunda Guerra. Mais uma vez em nome da obediência aos chefões do Komintern, que já pensavam nos termos da Guerra Fria, e tendo em vista a presença de reacionários entre nós, o Cavaleiro da Esperança tratou de afastar a UDN dos comunistas. Getúlio, sempre muito esperto, como havia perdido o apoio dos militares, já predominantemente identificados com a causa democrática, estimulou o racha na oposição. O PCB foi declarado legal em outubro de 1945, e assim pôde lançar um candidato próprio às eleições presidenciais, com um programa partidário moderado. Foi um breve momento áureo na história do partido, quando ele realmente poderia ter fincado raízes no gosto popular.

E de repente, para mim, todos os motivos para ser contra o PCB — os pessoais, os familiares, os ideológicos e os objetivos — começaram a se fundir. Sobretudo a subserviência automática a Moscou, um vício que eu mesmo cultivara até poucos anos antes, então me pareceu um atestado de óbito intelectual e moral. Peguei horror ao Prestes, meu grande ídolo de infância e juventude.

Estendendo a mão aos comunistas, o Getúlio os atraía para a organização do mundo do trabalho criada pelo Estado Novo. Enquanto isso, fazia surgir o Partido Trabalhista Brasileiro, o PTB. Defendendo uma legislação social progressista, e em tese inspirados no trabalhismo inglês, de forma geral os integrantes do PTB não provinham da classe operária, mas da pequena e média burguesia urbana, desvinculada do capital estrangeiro e ligada, notadamente, ao serviço público federal. Sua fidelidade ao Getúlio, porém, estava praticamente garantida pela legislação trabalhista em vigor, cujo poder de manobra sobre os operários era imenso, e pelo filho do Getúlio, Lutero, posto na presidência do partido. Anos depois, ele passaria o bastão para o "filho adotivo", o Jango.

Também estimulado pelo ditador em queda, criou-se o Partido Social Democrático, o PSD, composto pelas clientelas políticas dos grandes produtores rurais, pelos interventores nomeados por Vargas nos estados — fossem eles líderes oligárquicos cooptados ou tenentistas desvirtuados pelo excesso de pragmatismo — e pelos políticos ligados à alta burguesia industrial. O comando no partido ficou para o genro do Getúlio, outro quase filho, Ernâni do Amaral Peixoto. Dono da estrutura mais capilarizada no país, e dos maiores recursos financeiros, o PSD já nasceu guiado por forte sentido de realismo político, propondo-se a ocupar o centro do campo democrático. Deu certo. Ele seria o fiel da balança, o "esteio da democracia", pelos vinte anos seguintes. Seu candidato a presidente naquelas eleições seria o general Eurico Gaspar Dutra, que deixaria o Ministério da Guerra em agosto de 45.

Àquela altura, como o PTB não estava organizado o suficiente para lançar candidatura própria — não tinha presença em todos os estados, clientelas políticas no interior e militantes para além do serviço público federal e do proletariado —, ele se coligou à candidatura Dutra.

Outros partidos também foram surgindo, ou ressurgindo, porém apenas como forças regionais: o Partido Libertador, forte só no Rio Grande do Sul, o Partido Republicano, forte em Minas Gerais, e o Partido Social Progressista, em São Paulo. Surgiu ainda o inexpressivo Partido Ruralista, que, entretanto, foi desses o único a ter candidatura própria.

O Getúlio, com uma atuação verdadeiramente tentacular, estimulava a todos e não apoiava a ninguém. Embora apeado da Presidência, ele tentava, tanto quanto possível, recuperar seus apoios militares e permanecer no Catete. Se alguma força política era realmente estimulada por ele, essa era o chamado queremismo, corruptela do grito "Queremos Getúlio!", que defendia sua permanência no poder pelo menos até uma nova Constituição ser promulgada. Nas festividades relativas ao Primeiro de Maio de 1945, os queremistas haviam demonstrado sua força, e ouvido alegremente o Getúlio defender as realizações de sua ditadura. Lembro de suas palavras exatas:

"A qualquer observador de bom senso, não escapa a evidência do progresso que alcançamos no curto prazo de quinze anos. Éramos, antes de 1930, um país fraco, dividido, ameaçado na sua unidade, retardado cultural e economicamente, e somos hoje uma nação forte e respeitada, desfrutando de crédito e tratada de igual para igual no concerto das potências mundiais!"

Em agosto, o queremismo realizou outro grande comício no largo da Carioca, no Rio de Janeiro. Seria suicídio dar tempo ao Getúlio para ele se fortalecer novamente, pois você não faz uma Constituinte do dia para a noite, e ainda haveria o prazo até a eleição e a posse do futuro mandatário. Era evidente que ele manobrava para se perpetuar no poder e, hábil como era, acabaria conseguindo. Lembrando o golpe que fulminara as eleições oito anos antes, um candidato a deputado do Rio Grande do Norte ficou famoso na ocasião, pela frase:

"Lembrai-vos de 37!"

Graças a reações como essa, o crescimento do queremismo acabou surtindo efeito contrário, e precipitou a queda do Getúlio. Sua renúncia passou a ser exigida pela oposição, como forma de garantir que as eleições de fato ocorressem.

Durante a campanha, o Brigadeiro foi à minha casa para uma reunião. Mesmo eu não sendo propriamente um político, tornara-me um jornalista central na sua estratégia de comunicação e, embora tivesse relações instáveis com meu pai, ele era o presidente do partido no Rio, e parte de seu prestígio recaía sobre mim. Enquanto conversávamos, tocou o telefone, para o Brigadeiro. Do outro lado da linha estava Osvaldo Aranha, propondo uma solução para a crise, em nome do governo. Getúlio se licenciaria até as eleições, mas não teria de renunciar. O Brigadeiro, ligadíssimo ao Osvaldo Aranha desde 30, ficou estatelado, sem saber o que dizer. Telefonou então para um dos nossos constitucionalistas de plantão, e ouviu a resposta taxativa:

"Brigadeiro, nem pensar. Esse homem volta ditador. Se ele se licenciar, volta ditador. Ele tem de sair."

Desligando, o Brigadeiro repetiu o que ouvira e me perguntou: "O que o senhor acha?"

Eu respondi sem piscar:

"Brigadeiro, acho que essa proposta não tem nenhum sentido. Ele vai se licenciar para quem tomar conta? Um amigo dele? Se é para isso, deixa ele lá. Agora, ele tem condições de ficar? Não tem. Os senhores têm condições de obedecer a ele, algum oficial da Aeronáutica tem?"

O Brigadeiro, no fim das contas, recusou a oferta. O Getúlio resistiu até novembro, quando finalmente renunciou, sendo substituído no poder pelo presidente do Supremo Tribunal Federal, que presidiria as eleições com liberdade. O Estado Novo, finalmente, havia terminado.

A GRANDE DECEPÇÃO

Contra o Brigadeiro, nas eleições de 1945, pesavam sua personalidade distante, de ar elevado e elitista, a falta de dotes oratórios e a atitude absolutamente antidemagógica, que simplesmente não dava liga com o eleitor mais popular. Ele falava manso, sem brilho, de modo que sua figura mal combinava com seus grandes feitos. Embora fosse a melhor pessoa, ele não era um bom político, pois não se destacava como articulador e nem como homem de carisma. Para piorar, a classe rica torcia contra sua vitória, e desconfiava das forças oposicionistas mais radicais que estavam debaixo do cobertor antigetulista da UDN. Com isso, faltava dinheiro e sua campanha era uma das mais pobres, talvez só melhor que a dos comunistas.

As dificuldades financeiras eram agravadas por uma regra eleitoral que vinha sendo mantida desde 1932, apesar da tão propalada necessidade de estimular a coesão partidária. A chamada lista aberta, na qual os eleitores são responsáveis por definir a ordem dos candidatos eleitos, tem como efeito colateral um estímulo à disputa entre candidatos de um mesmo partido durante as eleições. Isso custa muito mais caro. E se o seu partido é, como a UDN, um cruzamento de tendências, de oposição ao governo e comparativamente pobre, o problema se multiplica por mil.

Por outro lado, o Brigadeiro era reconhecido como um defensor da liberdade e da democracia no Brasil. No início da campanha eleitoral, era considerado o franco favorito. Sua simples presença no páreo contribuía para que as eleições de fato acontecessem. Algo que inclusive explica, pelo menos em parte, sua escolha como candidato. Não fosse isso, a UDN jamais teria conseguido escolher alguém, pois o partido se ressentia da ausência de líderes que pairassem acima das divergências internas. Tendo sua melhor seiva no tenentismo, não desenvolvera novos líderes civis porque a ditadura não deixara isso acontecer.

O Brigadeiro era ainda um católico fervoroso, o que na época ajudava muito a ganhar eleição, ainda ajuda. Morou a vida inteira com a mãe e a irmã. O fato de nunca ter se casado, porém, provocava certos comentários. Para alguns, era homossexual. Para outros, ficara inutilizado ao sair do Forte de Copacabana em 22, quando levou um tiro na região da virilha. Além de sua patente na Aeronáutica, esse era o motivo perverso de sua associação com o doce brigadeiro, que não leva ovos na receita. No fim das contas, a solteirice jogou a favor, fazendo surgir o lema "Vote no Brigadeiro, ele é bonito e é solteiro!". E lá vinham as senhoras do comitê eleitoral, nos comícios e nas reuniões, com bandejas cheias, equilibrando as pequenas bolas de chocolate confeitado em forminhas de papel verde e amarelo.

Grandes órgãos de comunicação estavam do nosso lado, e ajudaram a minimizar os problemas. Até meados do mês de novembro, enquanto a candidatura udenista crescia, a do principal competidor, o Dutra, não conseguia empolgar o eleitorado varguista. Até porque o ex-ditador, recolhido em São Borja, não declarava seu apoio formal a nenhum dos candidatos, restringindo-se a pedir votos para a legenda à qual se filiara, o PTB. Getúlio, assim, vingava-se do Dutra por haver aceitado sua deposição e, pior, uma candidatura à sua sucessão. Sem o seu apoio explícito e formal, Dutra se virava difundindo uma linha de continuidade que, periclitante num nível pessoal, de fato existia no conjunto das forças políticas que havia apoiado um e agora apoiava o outro.

O meu papel na campanha do Brigadeiro era falar em nome dos estudantes, o que não deixava de ser insólito, porque eu nem completara o terceiro grau, e, aos trinta e um anos, já não tinha idade para ser estudante. Em nossos comícios, falavam quinhentas pessoas, cada qual representando uma ala do partido e dizendo uma coisa diferente. No início falavam todos aqueles próceres políticos desencontrados, e depois, obrigatoriamente, falavam um operário e um estudante. Esses, em geral, quando anunciados à plateia, nem tinham nome:

"Falarão hoje os srs. José Américo de Almeida, o sr. Virgílio de Melo Franco, o sr. Fulano de tal, um estudante e um operário."

Além de combater o continuísmo, precisávamos neutralizar

a "ameaça comunista". O candidato escolhido pelo Prestes, nessa fase branda do PCB, em que ele tentava se cercar de burgueses progressistas, era um engenheiro civil chamado Iedo Fiúza (isso depois de a legenda ser oferecida a um representante da família Guinle, uma das mais ricas e tradicionais do Rio de Janeiro, que nem levou o convite muito a sério). Após a Revolução de 30, o tal engenheiro fora nomeado prefeito de Petrópolis, e depois, nas eleições previstas na Constituição de 34, fora eleito para o cargo em 36, com fama de honestíssimo e capacíssimo. Simultaneamente ocupou, de 34 até o fim do Estado Novo, a diretoria-geral do Departamento Nacional de Estradas de Rodagem. Durante o mandato de prefeito, aproximara-se do então presidente Getúlio Vargas, que passava longas temporadas em Petrópolis, e o Prestes certamente levou isso em consideração quando o escolheu para concorrer. O Fiúza tinha ainda outro grande mérito: comunista ou não, atrairia o voto civil, pois não era nem brigadeiro nem general.

Infelizmente para ele, seu voo maior despertou o ciúme de opositores locais. Certo dia, um primo distante me procurou, como mensageiro do irmão, ex-prefeito de Petrópolis ainda na época do Washington Luís e anticomunista ferrenho:

"Esse pessoal está comendo gambá errado, porque o sujeito é um ladravaz. Além de ser uma porcaria de engenheiro."

E os dois irmãos começaram a me passar informações. O *Diário Carioca*, em que eu trabalhava nesse tempo, adorou. Foi a primeira campanha anticomunista que fiz. Questionei a administração petropolitana do engenheiro, e não foi difícil encontrar defeitos. Incrível como os homens públicos no Brasil, por piores que sejam, dificilmente se desmoralizam por suas deficiências como administradores. Aos olhos do povo, tudo mais é motivo para enxovalhá-los, menos a incompetência. Em seguida, apareceu a roubalheira. O sujeito tinha um patrimônio imobiliário totalmente incompatível com seu dinheiro de família ou seus rendimentos profissionais; era um tal de achar apartamento dele em Copacabana! E as certidões e escrituras davam cabo de qualquer defesa. Escrevi um livro inteiro sobre o homem, intitulado *O rato Fiúza*, sapateando em cima dele e do Prestes:

"Prestes garantiu, jurou de pés juntos, que Fiúza é honesto. Com um rato dessa voracidade a roer-lhe as entranhas, o PCB precisa de DDT."

O Prestes, tentando defender seu candidato, atacou de volta. Num determinado comício, citou meu nome, dizendo:

"Não passa de um jovem político."

Depois, achando pouco o menosprezo, preferiu a desqualificação, e me chamou de "velho gaiato Lacerda". Por fim, me acusou de estar conspirando contra o resultado das eleições (no meu tempo, todo mundo chamava todo mundo de golpista). Contudo os documentos contra o Fiúza eram contundentes demais. Num dado momento, Prestes bem que tentou se livrar do homem, mas era tarde. Desmoralizado o candidato comunista, rachado o voto civilista, os ventos sopraram ainda mais a favor do Brigadeiro.

Enquanto isso o Dutra, quem diria, herói no combate ao Putsch de 38, recebeu o apoio dos integralistas, Plínio Salgado à frente. O Brigadeiro, por sua vez, não perdoava o Dutra desde quando o general apoiara o golpe do Estado Novo. Então bati nele também:

"Votar em Dutra é votar com o fantasma de Adolf Hitler."

Daí pra baixo.

Uma das maiores ironias daquela eleição, exemplo do quão imprevisível é a relação entre os homens e a política, é que, no meio dessa briga de cachorro grande — Dutra, Brigadeiro, Prestes, Plínio Salgado e Getúlio —, um personagem secundaríssimo gerou a fagulha que definiu o resultado do pleito: o paulista Hugo Borghi. Ex-revolucionário em 1932, e então grande empresário do setor algodoeiro, Borghi criara o recém-derrotado queremismo e concorria a deputado pelo PTB paulista.

Após um discurso no Teatro Municipal do Rio de Janeiro, em 19 de novembro de 45, menos de doze dias antes das eleições, perguntaram ao Brigadeiro por que as classes populares teimavam em esperar um pronunciamento do ditador recém-deposto para escolher um candidato. E ele, em vez de analisar o problema, de falar do efeito duradouro da propaganda ditatorial etc., declarou, textualmente, o que no caso é importante:

"Não necessito dos votos dessa malta de desocupados, que apoia um ditador, para eleger-me presidente da República!"

No entender dos cientistas políticos de hoje, essa frase infeliz pode ser lida como "típica do elitismo excludente e preconceituoso da UDN". No entanto, também é verdade que Hugo Borghi adulterou as palavras do Brigadeiro. Indo ao dicionário, ele descobriu que o termo "malta", além de significar "bando", ou, mais pomposamente, "súcia", podia designar também um "grupo de operários que percorrem as linhas férreas levando suas marmitas". A partir daí, saiu afirmando, nas rádios e através de panfletos distribuídos nas ruas, que o Brigadeiro havia dito: "Não preciso do voto dos marmiteiros!".

Pegou na veia do povão. Rapidamente a marmita se tornou o símbolo do desprezo udenista pelos trabalhadores, a marca da campanha do Dutra e do antiudenismo como um todo. Até o Prestes, que àquela altura carregava um candidato moribundo, partiu para o contra-ataque. Assim que a difamação começou, fui ao Brigadeiro e disse:

"O senhor tem que fazer um discurso hoje, desmentindo isso. Mas é *hoje* mesmo!"

Ele não se convenceu:

"O povo brasileiro não é idiota para acreditar numa besteira dessas."

Contrariado, procurei um dos organizadores da campanha. Também ele não teve nenhuma sensibilidade para o fenômeno popular que estava se armando:

"Ninguém vai levar a sério, imagine! E, depois, o Brasil é muito grande. Como é que isso vai virar voto lá no sertão do sertão do sertão?"

"Vocês é que estão subestimando o poder do rádio, o poder da comunicação. Quando a cidade não tem nada, tem pelo menos alguns aparelhos de rádio."

"Besteira..."

"Não é. Ainda mais os operários sendo tão gratos ao Getúlio. Personificam nele as leis trabalhistas e uma porção de outras coisas que não tinham antes e passaram a ter."

"Você sabe muito bem que as leis trabalhistas não foram feitas graças ao Getúlio."

"Sim, mas o povo não sabe, e sente-se grato por elas."

"Continuo achando exagero."

Numa última tentativa, fui ao José Américo, a única outra autoridade moral que, a meus olhos, ombreava com o Brigadeiro. Foi o primeiro a se dar conta do problema:

"Daqui a dez dias haverá o comício de encerramento da campanha, no largo da Carioca. Lá eu respondo. Lá eu acabo com isso."

"Dr. José", insisti, "daqui a dez dias pode ser tarde. O Brasil inteiro estará convencido de que o Brigadeiro de fato despreza o voto do operariado."

Ele também achou que eu estava exagerando, e então pressenti o pior, mas não perdi as esperanças. A vitória do Dutra, um dos maiores fiadores que a ditadura havia tido, era inimaginável. Em poucos dias, porém, nosso candidato começou a afundar. A campanha contra ele surtiu todo o efeito do mundo, mobilizando o eleitorado popular em direção à candidatura de Dutra. Ficou marcada na sua testa, e na do nosso partido, a ferro e fogo, a pecha de elitista. Os petebistas, durante muitos anos, décadas, exploraram a imagem da marmita, tornando-a um símbolo da consciência de classe dos operários.

Como se não bastasse, um segundo fato virou de vez as perspectivas da eleição. Getúlio quebrou o silêncio em São Borja e declarou apoio ao general Dutra. A notícia veio num manifesto, assinado de próprio punho, em 25 de novembro, sete dias antes do pleito. Existe uma versão corrente para essa novidade, e eu tenho outro palpite sobre o que realmente aconteceu.

A versão corrente diz que o Getúlio foi convencido pelo Hugo Borghi, mais uma vez ele, a superar suas mágoas em relação ao

Dutra. O raciocínio do futuro deputado teria sido o seguinte: se a oposição apresentou um candidato militar, da Aeronáutica, justamente para criar um racha nas Forças Armadas, a melhor solução era dar força para a outra candidatura militar, politicamente mais próxima, e assim dividir as tropas e o alto-comando. O Dutra, uma vez na Presidência, devendo ao Getúlio o apoio decisivo, comprometia-se a não exilar o ex-presidente e poderia até mesmo ajudá-lo a voltar ao poder mais adiante. Por fim, um sucessor identificado com o Estado Novo protegeria suas realizações de um desmanche inevitável em caso de vitória da oposição.

Eu não acredito que tenha sido assim. Aposto o jazigo da minha família como, no fundo, Getúlio sempre soube que, na última hora, se houvesse chance de vencer, daria apoio ao Dutra. O PTB, partido ao qual estava filiado, já o fazia antes dele, e ninguém nunca irá me convencer que o Hugo Borghi deu lições de sabedoria política ao Getúlio. O próprio João Goulart, quando nos encontramos no Uruguai, muitos anos depois, confirmou que eu estava certo.

Conseguido o apoio do ex-ditador, logo Hugo Borghi cunhou o outro grande lema da eleição presidencial de 45:

"Ele disse: Vote em Dutra!"

O slogan, tecnicamente maravilhoso, resgatava na cabeça da população a autoridade do ex-ditador, em dimensões quase bíblicas, evocando de forma subliminar todos os avanços que a nossa versão do fascismo rendera ao país. A frase foi imediatamente reproduzida em jornais e panfletos do candidato do PSD e do movimento queremista.

De um jeito ou de outro, é evidente que o Getúlio estava engolindo um sapo danado, como aliás deixou bem claro na própria mensagem de apoio ao Dutra:

"Estarei ao vosso lado e acompanhar-vos-ei até a vitória. Após esta, estarei ainda ao lado do povo e contra o presidente, se não forem cumpridas as promessas do candidato."

*

Dizem que um pedaço do cérebro contém a memória das palavras. Se a retiramos, colocando-a então no cérebro alheio, uma pessoa receberá, por transplante, o repertório que a outra possuía. Em sendo verdade, penso que dentro em breve os tecnocratas poderão manter, como vacas leiteiras, plantéis de inteligência para colocá-los à disposição dos novos-ricos e dos estadistas improvisados. O mundo talvez não tenha tanto a ganhar, afora dinheiro, mas eles farão enorme sucesso nos salões.

Em geral, achamos que é através de metas para o Produto Interno Bruto que se motivará a população; outros, tratam de domesticá-la pelo medo. Não por acaso a juventude, acuada, vai se esconder no misticismo, à procura — na maconha ou no puro sonho, na revolta simplória ou na aparente e submissa alienação — de outro engajamento, outra saída para o beco em que a humanidade se meteu. Os mais velhos, os pais, enquanto isso, estão impregnados pela ideia do êxito a qualquer preço, do processo mecânico de triunfar, de chegar ao topo de uma espécie de pau de sebo universal.

*

O Dutra, com o apoio do Getúlio, obteve 55% dos votos, tornando-se o novo presidente, enquanto o Brigadeiro alcançou 35% e o Iedo Fiúza, 10%. O PSD — e por trás dele parte das forças políticas que supostamente teriam sido depostas com Getúlio (a outra parte estava na retaguarda da UDN) — venceu também nas eleições para a Assembleia Nacional Constituinte, conquistando a maioria nas duas casas. Na Câmara dos Deputados, elegeu sozinho 52,7% do total. No Senado, 61,9%.

Hoje entendo o orgulho da derrota gloriosa. Muitos dos meus correligionários a saboreavam como a um banquete. Menos indignados que eu, menos perplexos, eles enxergaram avanços na democracia brasileira, que, numa dimensão, chamemos assim, vivencial, ganhou competitividade. Se tivéssemos tido um candidato com mais apetite, e tivéssemos feito uma campanha impecável, talvez o resultado fosse outro.

O alistamento foi obrigatório e muito mais eficiente que o de 1933, o que significou um aumento de 329% no eleitorado. Do total da população, 13,4% compareceram para votar. Continuava sendo pouco, mas era muito mais do que na época das oligarquias. Parte desse salto se devia ao fato de a nova lei estender a todas as mulheres a obrigatoriedade do voto, não apenas às funcionárias públicas, além de estabelecer multas para eleitores que não comparecessem. A outra razão foi a prática em larga escala do alistamento compulsório, feito pelos interventores federais nos estados e pelos sindicatos. O Brasil botava o primeiro pé no rol das democracias de massa.

As eleições foram também muito mais limpas do que antes, com tudo supervisionado pela Justiça Eleitoral. Claro que votou muito morto, e claro que os mortos que votavam do lado de lá não votavam no de cá, pois a máquina dos sindicatos e do Ministério do Trabalho estava toda a serviço da situação. De qualquer modo, a diferença no número de votos foi tão grande que nem houve margem para discussão.

A meu ver, no entanto, os motivos de pessimismo com a democracia brasileira eram muito maiores que os de otimismo. O povo recolocara no poder os beneficiários da ditadura; como algo assim podia acontecer? A máquina de propaganda do Estado Novo deixara efeitos de muito longo prazo, que levariam tempo para se desfazer. Consequentemente, o nível de educação política — leia-se "a capacidade de pensar com a própria cabeça" — ainda estava muito longe do desejável num verdadeiro regime democrático.

O avanço recente, a deposição do ditador, havia sido em grande parte ilusório. O Getúlio não caiu, foi convidado a descer. Em vez do exílio, fim comum aos ditadores, ou da cassação de seus direitos políticos, Getúlio nem respondeu a processo judicial pelos crimes cometidos pelo Estado durante seu período no poder. As prisões injustificadas, as torturas, nada disso lhe foi cobrado. Homens como tio Paulo, que enlouqueceu nas prisões do governo, nunca tiveram alguma espécie de comissão da verdade histórica, que a impusesse perante a propaganda oficial. Seu antigo ministro da Guerra virou presidente, e ele próprio se elegeu senador e deputado federal constituinte, puxando consigo uma bancada inteira de petebistas. Para um recém-derrubado, depois de quinze anos no poder, não estava nada mau. Isso instaurou em mim uma trágica percepção da vontade que o povo sente, profunda, embora nem sempre assumida, de entregar seu destino nas mãos de um super-homem.

Mas eu ainda via outros motivos de pessimismo. Se a dissolução da propaganda estado-novista era, na melhor das hipóteses, uma questão de tempo, para mim, aquela eleição representou a estreia de uma nova máquina política, feita sob encomenda para o período democrático, no apagar das luzes da ditadura. A manipulação das eleições, dali em diante, não se daria mais tanto no processo eleitoral propriamente dito, e sim num momento anterior, na arrumação da cena política, graças aos partidos criados antes das eleições de 1945 e ao código eleitoral que as regeu.

Ao ver que o jogo democrático acabaria voltando, mais cedo ou mais tarde, Getúlio se preparou para condicioná-lo a partidos e regras que perpetuassem no poder as forças da ditadura, só que agora por meio das eleições. Surgiram então PSD e PTB, dois partidos criados para representar cada um a sua metade da estrutura dominante. Essa estrutura partidária bipolar era formada por agremiações em tese opostas uma da outra, mas que na prática política eram idênticas. Uns queriam a manutenção de seus privilégios de classe e do capitalismo às custas do Estado; outros, no polo oposto, ocupavam nacos da estrutura burocrática, inchando a máquina já cara e ineficiente e deturpando os usos do dinheiro sindical, do qual mal prestavam contas, embora fosse público. Por serem idênticas nisso, haviam sido planejadas para atuar em pinça, fazendo uma tenaz ideológica eleitoralmente invencível. Nada contra alianças políticas, mas o que tornava a união entre aqueles partidos essencialmente antidemocrática era o fato de ela não se dar com base numa real identificação ideológica, ou num projeto de país semelhante. O cimento da aliança era, pura e simplesmente, o desejo de se perpetuar no poder, apoiados no getulismo de esquerda e de direita, que viciara a população, e apropriando-se da coisa pública, num modelo que agora incorporava a alta hierarquia sindical, mas vinha, no mínimo, desde a Primeira República (ou o Brasil Colônia).

A própria legislação eleitoral favorecia o arranjo. No Poder Executivo, uma estranha fórmula permitia a eleição do presidente de um partido e do vice-presidente de outro. E isso mesmo diante do conflagrado ambiente político do país, o que prejudicava a ação dos governos, no nível programático esquizofrênicos de nascença, e proporcionava um clima recorrente de instabilidade institucional.

Na composição do Legislativo, surgiu a praga do coeficiente eleitoral. Para calculá-lo, pegava-se o total dos votos válidos e dividia-se esse total pelo número de cadeiras disputadas. Assim se obtinha o famigerado coeficiente. Em seguida, dividia-se por ele o total de votos de cada partido. Assim eram apuradas quantas cadeiras o partido teria. Um partido elegia tantas cadeiras quantas vezes atingisse o coeficiente eleitoral. As cadeiras que restassem eram preenchidas pelo partido mais votado no estado. Considerando que o PSD era a legenda mais ramificada pelo Brasil afora, pois justamente tinha como base as oligarquias locais, ele conquistou uma representação distorcida para o alto. Com 43% dos votos, acabou elegendo 53% dos deputados federais. Pior que isso, o sistema permitiu que um monte de gente, mesmo sem ter a quantidade de votos necessária para se eleger, chegasse à Câmara graças à votação de correligionários realmente bons de urna.

O último absurdo da legislação autorizava um mesmo candidato a concorrer em diversos estados e para diferentes cargos ao mesmo tempo. O sujeito ganhava, por exemplo, três cadeiras, duas como deputado e uma como senador, em estados diferentes, escolhia qual desejava ocupar e para as outras duas indicava suplentes que lhe fossem fiéis. Esse artigo da lei beneficiava diretamente o Getúlio, dono de uma popularidade metodicamente construída por todo o país. Ele concorreu ao Senado pelo Rio Grande do Sul e por São Paulo, e para deputado federal em sete estados, fora o Distrito Federal. Foi eleito senador nas duas praças, e deputado constituinte pelo Rio Grande do Sul, São Paulo, Distrito Federal, Rio de Janeiro, Minas Gerais, Paraná e Bahia. Recebeu uma votação consagradora, de cerca de um milhão, cento e cinquenta mil votos, contribuindo de forma decisiva para o fortalecimento do PTB. Com a onipresença do ex-ditador, mais o coeficiente eleitoral, uma bancada inteira do PTB se elegeu.

Maurício de Lacerda, candidato a deputado constituinte, obteve muito mais votos do que alguns adversários do PTB, seus concorrentes diretos no meio sindical, mas ficou de fora graças às novas normas de representação. Foi a última vez na vida que se candidatou a alguma coisa. Sua decepção com a política já vinha de longe, e o mundo sindical evoluíra rumo a um projeto completamente diferente do que o seu socialismo romântico imaginava, muito mais pragmático, domesticado pelo governo, comunistas inclusos, e muito menos receptivo aos arroubos oratórios de um líder da Primeira República.

Outro atingido profundamente com a derrota do Brigadeiro foi Virgílio de Melo Franco, um dos coordenadores da campanha. Quatro ou cinco dias depois de saírem os resultados, fui a seu escritório, no Centro, que havia sido nosso ponto de encontro durante os últimos meses, e encontrei tudo vazio, só ele, sentado, com um caderninho aberto diante de si, no qual rabiscava alguma coisa com a caneta-tinteiro. Não se levantou para me receber, e reparei no seu olhar abatido. Contornei a mesa e cheguei ao seu lado, debruçando-me sobre ele para um abraço. Então bati o olho no tal caderninho, e ali estava anotado tudo que ele possuía — ações da Belgo-Mineira, terrenos não sei onde, apólices disso e daquilo —, só que todos os itens estavam riscados. Era isso que estava fazendo quando entrei, riscando cada item da fortuna pessoal que jogara na campanha.

Minha decepção ficou completa quando me conscientizei de que nosso candidato, no fundo, não tinha vocação para o poder. Era um homem das mais extraordinárias qualidades morais, e muito preocupado com o povo, humanitário, filantropo, altruísta, mas tudo isso vinha inspirado sobretudo pelo sentimento cristão, e não por uma vontade real de exercer o poder. Ele tinha o sentimento do dever, mas não o gosto de conduzir, e talvez não fizesse mesmo um bom governo, e nem fosse muito diferente do Dutra.

Se para nós a derrota foi acachapante, os comunistas obtiveram uma vitória relativa. Apesar de ter a reputação enxovalhada, o engenheiro petropolitano levou seiscentos mil votos. Numa eleição em que o primeiro lugar teve dois milhões, e o segundo um milhão, não era nada mau. Prestes elegeu-se o senador mais votado do Distrito Federal. Era o comunismo criando raízes no gosto do povo, beneficiado pelo voto civilista. Muita gente, mesmo sem ser comunista, tinha por eles uma espécie de solidariedade intelectual.

*

De vez em quando, certos fenômenos históricos exigem que nos reposicionemos em relação a eles. Às vezes somos contra a coisa e passamos a aceitá-la, ou o inverso, e outras vezes ainda continuamos com a mesma posição de antes, mas por motivos diferentes. É o meu caso com o getulismo.

Na juventude, acabei ficando contra o Governo Provisório e o Estado Novo porque eles perseguiam os comunistas e mal disfarçavam a inclinação fascista que davam a tudo no Brasil. Depois, estremecida minha adesão ao comunismo, e tendo o fascismo perdido o glamour, entendi que o Estado Novo na verdade prejudicava o surgimento de uma República moderna, política e economicamente falando. Sem eleições, não se formaram novas lideranças, o mesmo capitalismo para poucos continuou, num discurso liberal com espírito de Velha República. A industrialização que fez foi artificial, recebida como moeda de troca dos Estados Unidos, sem confiar realmente na capacidade de investir e trabalhar do povo brasileiro, e inteiramente dependente do governo. O Estado Novo, para mim, continuava sendo um obstáculo ao progresso real das relações econômicas e no trabalho.

Pode-se dizer que aquilo que eu chamo de a "máquina política getulista", e que segundo a minha visão das coisas sobreviveu ao próprio Getúlio, na verdade não é nada tão nocivo e antidemocrático assim. Seria, antes, uma institucionalização lógica de forças preexistentes na sociedade, que o Getúlio, grande estadista, soube "ler", organizando a montagem de uma estrutura política condizente com a realidade nacional. Nesse caso, de fato, minhas propostas reformistas seriam essencialmente antidemocráticas, na medida em que iriam contra o casamento entre realidade social e estrutura política. Mas eu não concordo com nada disso.

O que eu propunha era, do meu modo, um choque de democracia no país, e não aquele ramerrame que não estava transformando a vida do povo na velocidade que ele precisava, a qual então ia se transformando meio sem lógica, pelos puxões que levava dos países desenvolvidos ou, simplesmente, pela força inercial do passar do tempo. O que eu via diante de mim era um país profundamente carente de politização verdadeira, manobrado aqui por um nacionalismo atrasado, ou pelo menos com data marcada para acabar, no qual o combate ao capital estrangeiro aproximava a plutocracia dos comunistas — que além das estatais, a maioria delas mal administradas e crivadas de favorecidos gulosos, na verdade resultava numa gigantesca reserva de mercado para os mesmos grupos e famílias de sempre, a "turma do Jockey Club", como eu os chamava no Rio. Pelo outro lado, uma República que, devido a seu pecado original, a inspiração fascista, viciara o sindicalismo em representar o povo trabalhador no pior sentido do verbo, como uma reles impostação. O sistema brasileiro estimula os sindicatos a proliferar, criando a ilusão de representação forte, quando na verdade os enfraquece, subdividindo-os excessivamente, e o cidadão acaba vinculado a um sindicato que não faz absolutamente nada por ele, com o qual não tem nenhuma relação, a não ser quando lhe descontam no salário o dinheiro do imposto obrigatório. Em tese as centrais seriam a instância da união, porém elas quase sempre estão mesmo é de olho nos repasses do governo, que depois redistribuirão entre as cúpulas dos seus afiliados, sem que ninguém tenha de prestar conta da bufunfa. Essa capa de democracia se adequava perfeitamente à politização superficial, preguiçosa e comodista do país.

O Brasil é um pouco como o Getúlio. Deixa-se atrair pelo novo, e até encontra coragem suficiente para "bagunçar" o status quo e chegar ao limiar da mudança. Mas então para, precavido, e em vez de abraçá-la francamente, passa a tomar a mudança de canudinho, a tocá-la de luva. Por isso talvez as ditaduras sejam recorrentes aqui: elas servem como pausa de arrumação, para que a mudança ocorra sempre aos poucos, para que a "algaravia" democrática não se aprofunde e perpetue, para que o contraditório, tão estafante e exigente aos nervos, silencie e os deixem fazer as coisas num ritmo mais brando. Ou então porque, uma vez esvaziado o panteão de uma ordem carcomida, o país não consegue conviver com a indefinição, com o vazio, com a alternância no preenchimento do poder, de tão viciado que está. Então inventa um novo dono para ele próprio, um novo demagogo prometendo a salvação, um novo regime de força, cada um a seu modo contribuindo para reafirmar a mensagem profunda de que o desenvolvimento vem primordialmente do Estado, e não do esforço da sociedade.

*

Uma vez eleito, Getúlio escolheu a cadeira de senador pelo Rio Grande do Sul, habilitando-se a tomar parte na Constituinte de 1946. Então ficou esperando o dia da posse. Os líderes da UDN, dispostos a protestar contra sua presença no Parlamento mas sem saber como, convocaram uma reunião com lideranças dos partidos menores na oposição. Eu, enviado ao Congresso pelo *Correio da Manhã*, iniciava a cobertura dos debates constitucionais. Às vésperas da cerimônia, como jornalista militante, participei da reunião.

Naqueles dias, o ex-presidente Artur Bernardes, antigetulista antes mesmo que nós, discursara contra o novo senador, e eu, de passagem, elogiara o discurso num artigo. Quando entrei na sala de reunião de lideranças, ele se virou para mim e disse, com solenidade (só falava solene):

"Gostaria de agradecer-lhe a generosa referência de ontem em seu artigo."

Fiquei estatelado e pensei: "Então eu passo a vida inteira com raiva desse homem e ele agora vem me dizer obrigado? Como deixei isso acontecer?!".

Bernardes olhou para mim:

"Pode sentar-se."

Bastaram essas palavras, ditas naquele tom formal e acompanhadas de gestos hieráticos, para eu, atordoado, sentir sua força de comando. Sentei na hora. Refeito do susto, assisti a discussão sendo aberta.

A maioria udenista sugeriu que se redigisse uma moção de aplauso às Forças Armadas, a ser lida de surpresa, pelo presidente do partido, na sessão conjunta de posse de deputados e senadores. Nela, agradeceriam aos militares por terem derrubado a ditadura e criado as condições de estarem todos ali, um ano depois, eleitos pelo povo. Alguns argumentaram que o Getúlio, desfeiteado, poderia subir na tribuna e dizer que se orgulhava do Estado Novo, que o atual presidente da República o apoiara na época, que membros da UDN haviam sido seus aliados etc. etc. etc. Seria a desmoralização da nossa alfinetada parlamentar. Eles achavam, portanto, que era melhor não brincar com fogo. Todos começaram a falar. No meio da discussão, de repente, ecoaram as seguintes palavras:

"Conheço o Getúlio como a palma da minha mão. Tomado de surpresa, vai reagir feito um coelho. Não terá a menor reação e não saberá o que fazer."

Era o Virgílio, e ele falou com tanta segurança, e sua autoridade dentro do partido era tanta, que ninguém teve coragem de contradizê-lo. Diante disso, caprichamos na provocação, redigindo o texto coletivo ali mesmo. Era um risco calculado, que corríamos escorados em sua análise psicológica do antigo companheiro.

No dia seguinte, iniciada a cerimônia de posse, o então presidente da UDN pediu à mesa diretora para ocupar a tribuna. Lá chegando, anunciou o motivo:

"Senhor presidente, pedi a palavra para propor uma moção de aplauso às Forças Armadas nacionais."

E então leu o texto que havíamos preparado na véspera. No plenário, silêncio total e mal-estar generalizado. Eu, literalmente na tribuna da imprensa, debaixo da tribuna do orador, enxergava o plenário de frente e o Getúlio sentado algumas fileiras adiante, ao lado de um correligionário. Terminada a leitura, o presidente da mesa dirigiu-se aos deputados e senadores:

"Os senhores constituintes que estiverem a favor da moção, queiram levantar-se."

E de onde estava vi, com estes olhos que a terra há de comer — daqui a muito pouco tempo —, vi o Getúlio tão estonteado com a situação que fez menção de se levantar, votando contra si próprio. O correligionário a seu lado, dando-se conta do absurdo, pôs a mão no seu ombro, contendo-o e sentando-o novamente na cadeira.

A começar por esse episódio, a verdade é que a atuação parlamentar do Getúlio foi mais fraca do que seria de esperar, tanto que ele, para não se expor, acabou preferindo o retiro em São Borja. Simplesmente não era feito para o atrito aberto e cotidiano, por inaptidão e inapetência. Aos poucos, os satélites do poder, inclusive os jornalistas, o abandonaram, e falar no Getúlio, durante os primeiros anos do governo Dutra, passou a ser matéria fria. Mesmo a família, cuja vida era completamente urbana, não tinha como ficar muito tempo em São Borja. Data dessa época a unção do Jango como seu herdeiro político. O filho do estancieiro vizinho, trinta e sete anos mais jovem, virou o grande companheiro do ditador aposentado. O Jango herdara a fortuna e a influência do pai, a quem, entretanto, perdera dois anos antes, e assim também achou bem-vinda aquela nova figura paterna.

Quando minha primeira impressão em Gericinó somou-se à triste figura que ele fez no episódio da Constituinte, cristalizei do Getúlio a imagem de um homem muitas vezes perplexo diante de resistências fortes ou inesperadas. Entre os que o conheciam de perto, havia quem o descrevesse como um homem muito fechado, desconfiado e introvertido. Na época, a meu ver, essas reservas todas eram um biombo para uma personalidade no fundo hesitante, incapaz da presença de espírito, da reação imediata, de pensar pela própria cabeça e ignorar as determinantes circunstanciais. Alguém que deixava sempre o sabor dos acontecimentos decidir por ele qual o melhor caminho rumo a um único e permanente objetivo: ficar no poder. Sua liderança era construída, não natural. Calculista, sim, hábil, também, e previdente, mas indecisa. Um líder a prazo, nunca à vista. Ao mesmo tempo — ou talvez por isso mesmo — um homem quase invencível quando conseguia encontrar o ponto fraco dos adversários e destruí-los, ou seduzi-los.

*

Ainda no início do novo governo Dutra, a UDN, convidada a integrá-lo, rachou. Uma ala via na adesão ao governo uma contribuição à estabilidade política, à união nacional, e uma possível influência positiva nos rumos do país, neutralizando por dentro o que restava da máquina getulista. A outra, a da resistência, entendia que não estávamos num momento de união nacional, e sim de esclarecimento nacional. Não podíamos sair de uma unanimidade da ditadura para uma unanimidade pseudodemocrática. A vitória do ex-ministro da Guerra representava a manutenção da máquina ditatorial, quer na área sindical, quer na área econômica, quer na área política. Se ela não fosse desmontada, o Brasil avançaria a passo de cágado, e nós perderíamos não só a eleição já perdida, mas todas as que viessem dali em diante. Mutatis mutandis, a maldição da Primeira República se repetiria. A única solução era manter uma oposição viva e atenta, educando o povo para a democracia.

O partido acabou aderindo ao governo, claro. Alguns por realmente acreditarem estar prestando um serviço ao país, a maioria apenas pelo desejo de estar mais perto do poder. Dois ministros da UDN foram empossados. Com isso, nossa moral oposicionista ficou bastante prejudicada.

Eu adotei a tese da resistência, colocando-me ao lado da minoria, sob a liderança do Virgílio de Melo Franco. Começamos a correr o Brasil, organizando diretórios, mobilizando estudantes, promovendo conferências e debates. Nesse tempo não havia televisão, então a praça pública ainda funcionava muito. Enquanto isso, eu trabalhava no *Correio da Manhã* fazendo a cobertura da Constituinte, com a coluna chamada "Na tribuna da imprensa". Era uma coluna política mas, ao mesmo tempo, muito irônica, quase literária, ao estilo da *Campanha alegre*, do Eça de Queirós e do Ramalho Ortigão.

E motivos de chacota não me faltaram. No artigo 27, por exemplo, a Constituição regulava sobre o imposto predial dos jornalistas (graças ao lobby da minha própria categoria); no artigo 33, previa a ereção (com perdão da má palavra) de uma estátua de Rui Barbosa; no 34, concedia honra ao marechal que liderara nossas tropas na Segunda Guerra, outro caso aberrante de citação nominal na Carta Magna do país, feito que só o Brasil até hoje conseguiu; e por fim, no 35, previa a nomeação de uma comissão de professores, escritores e jornalistas que opinasse "sobre a denominação do idioma nacional".

Boas leis, em compensação, estavam condenadas a ficar no papel, como alguns benefícios trabalhistas, que apareciam na Constituição mas "na forma como a lei determinar", ou seja, só eram garantidos se a lei específica fosse feita, o que muitas vezes nunca foi. Um deles? O direito de greve, para ir direto ao ponto.

Outros casos: a obrigação de gastar 3% da receita tributária em obras sociais voltadas para as vítimas da seca no Nordeste; e mais 3% no desenvolvimento econômico da Amazônia; 1% no aproveitamento econômico do rio São Francisco e afluentes. Nada disso jamais saiu do papel.

O projeto governamental, a manutenção da ordem vigente, ia mais ou menos sendo imposto nas coisas sérias, com a oposição udenista engasgada com os ministérios. A redemocratização se aproveitava das forças progressistas, tal como havia feito a Revolução de 30: utilizava-se delas para depois ir caçar com a matilha dos antigos. Institucionalizou-se o "peleguismo": o peleguismo operário e o peleguismo patronal, burocratas da representação classista. Logo de saída o Dutra suspendeu as eleições sindicais, mantendo as diretorias ligadas ao Ministério do Trabalho.

Um dia, informalmente, perguntei ao ministro:

"Ministro, por que o senhor não tenta acabar com essa máquina sindical e fazer sindicatos autênticos no Brasil?"

Ele respondeu:

"Meu caro, porque todo governo precisa ter sempre um sindicato que lhe passe telegramas de apoio."

A Guerra Fria ainda não tinha começado oficialmente nem lá fora, mas já estava se instalando, inclusive no Brasil, com todos os exageros. Do nosso lado, partidários de maior aproximação com os Estados Unidos, dávamos um beijo patético na mão do general Eisenhower, chefe do Estado-Maior americano durante a Segunda Guerra, em sua visita ao Brasil em julho de 1946. Do lado comunista, o Prestes, quando perguntado de que lado ficaria em caso de guerra entre o Brasil e a Rússia, respondeu sem hesitar: "Do lado da Rússia". E o Jorge Amado, meu velho amigo, aclamava Stálin como o "guia genial dos povos".

No Brasil, porém, ambos os times ideológicos eram atravessados por uma ideologia mais profunda, que permeava toda a cena política: o nacionalismo. Só isso justifica a proposta do monopólio estatal do petróleo — grande bandeira histórica do PSD e do Getúlio — ter sido apresentada por um udenista, enquanto o projeto mandado à Constituinte pelo governo Dutra, e depois renovado pelo Getúlio, admitia a participação do capital estrangeiro. Até o Prestes, no Senado, defendeu o financiamento estrangeiro para a indústria petrolífera nacional, sem mencionar que os recursos, suponho, deveriam vir da União Soviética. Um mérito besta para os udenistas, que prova apenas o quanto os discursos podem se distanciar dos fatos, ou ser apropriados por uns e por outros. Faça-se apenas a seguinte ressalva: na aparência, os partidos precisavam brigar entre si.

Outro fator comum aos quatro principais partidos — PSD, PTB, UDN e PCB — era a corrupção. Havíamos nos transformado numa república de ladrões e de aventureiros, numa espécie de Albânia grandalhona. A piada que corria, sob juras de veracidade, contava de um deputado do Norte, muito decepcionado, dizendo o seguinte:

"Ouvi falar que a tal da Standard Oil comprava parlamentares. Então, chegando no Distrito Federal, me hospedei no Hotel Serrador e fiquei esperando que batessem na porta para me comprar. Até hoje não apareceu ninguém."

Paralelamente à cobertura da Constituinte, e com minhas ferroadas combinatórias de agressividade e ironia, iniciei uma campanha contra nosso carrasco na eleição de 45, o algodoeiro Hugo Borghi. Ele, e só ele, por um capricho dos poderosos, recebera aportes milionários do Banco do Brasil, a título de financiamento da colheita e sustentação do preço do produto. Apelidei-o então de Curuquerê, a maior praga da sua lavoura. Para ridicularizar o movimento queremista, que o Borghi mantinha vivo, semeando o retorno do Getúlio na eleição de 50, inventei o personagem "Rebeco, o ditador inesquecível".

Mas, por sorte, não fiquei só vivendo a mesquinharia cotidiana brasileira. Fui conhecer de perto a mesquinharia das grandes potências. Fui pela primeira vez à Europa, cobrir a Conferência de Paz em Paris. Voltei de lá tendo escrito um livro: *Como foi perdida a paz*. Fui, depois, ao Oriente Médio, para entender o que americanos, ingleses, russos e franceses estavam fazendo por lá. Não consegui, nem eles, nem ninguém. Mas voltei com outro livro: *O Brasil e o mundo árabe*. Nele, posicionava-me contra a partilha da Palestina e a fundação do Estado de Israel daquela forma, embora reconhecesse os direitos dos judeus. Enquanto o Osvaldo Aranha, como chefe da delegação brasileira na onu, presidia a sessão que culminava na efetivação de tudo que eu combatia, e tornava-se um benemérito eterno do Estado judaico, eu peguei fama de antissemita, que só consegui diminuir quando deixei se espalhar o boato de que a abertura da Escola Anne Frank em frente à embaixada alemã havia sido proposital.

*

Letícia, em certos aspectos, morrer é como ir a Paris. Estou como em 1946, na Europa sem você. O que mais me incomoda novamente é ficar sem notícias de casa. E eu me lembro o quanto você se vingou de mim na época, sem responder às minhas cartas e telegramas.

Você só me escreveu uma carta a viagem inteira, de vingança por eu não ter te levado, e uma carta que me entristeceu. Agora, pela última vez, acredite: por mais bela que fosse a cidade, por melhor que seja essa paz e esse silêncio, a mágoa de não estar mostrando também a você estraga consideravelmente tudo o que vejo. Jurei nunca mais viajar sem você. Compreendi então e ainda compreendo a sua mágoa, mas, por favor, não tire conclusões baseada apenas na saudade e no desgosto de não ter vindo. São sentimentos esses muito naturais, mas daí não se segue que seja possível e justo tirar conclusões acerca do amor que temos um pelo outro. A gente se põe a ser muito lógico a respeito do nosso amor, e precisamente isso é que perturba o bem-querer, que é essencialmente ilógico. Como desabafo ilógico e até uma espécie de estrilo, a sua carta de ontem, a sua revolta de hoje e o seu sentimento de traição seriam naturais, mesmo assim, no entanto, continuariam entristecedores, pois me dá muita melancolia, sempre, ver a facilidade com que você se volta contra mim.

Pergunto: como você poderia ter vindo? Se fosse para ficarmos em Paris, ainda seria possível. Mas como eu podia saber que estava prestes a morrer? Em Paris não me faltou dinheiro, mas também não me sobrou, era justo o suficiente para pagar hotel, comer bem e ir ao teatro. Você, com seu silêncio, me colocava na situação de me perguntar a mim mesmo: deveria ter condicionado a minha vinda à dela? Com certeza não teriam mandado a mim, então. Aqui, é a mesma coisa.

Sim, ainda hei de lhe mostrar tudo o que agora estou vendo e as coisas que não vejo porque você não está. Repito: não farei mais nenhuma viagem dessas sem você. Mas essa eu não poderia deixar passar. Como em 46, meu amor, aos trinta e dois anos foi a primeira chance que tive de vir à Europa, e Paris bem valia o curso universitário que não terminei. Sei que você compreende, apenas sente novamente uma tristeza, uma angústia, como eu.

Paris era, então, o Rio de Janeiro com pedigree. Paris dava a impressão de ser uma cidade em que já se morou muito tempo, depois se foi embora, morar noutro lugar, e se voltou. As mulheres eram quase sempre feias, as crianças apanhavam na cara e os velhos eram mais numerosos. Ainda estou, até hoje, inventando Paris. Tenho a certeza de que levaria você até lá e tenho a certeza de que nos reencontraremos aqui, e tomara que sejam mais felizes os tempos. Então você conhecerá, com os teus próprios olhos — que agora lembro tão sérios na minha cabeceira, naquele retrato sério que eu tinha —, a mesma paz que estou conhecendo, e a mesma surpresa que tive quando circulei pelas capitais europeias — livros que andavam, quadros que se mexiam, assassinos de asas, monstros angelicais. Visões e lugares que me edificam e me horrorizam, me civilizam e afugentam.

Nossa separação também me angustia. Mas aqui, pelo menos, tenho consolos. Da Conferência de Paz só podia lhe dizer, e lhe disse, que era ridícula e criminosa. O trabalho me deixava possuído de uma angústia maior do que todas, a de ver o que iria acontecer aos pobres europeus, e a todos nós, e à geração dos nossos filhos. Garanto que não foi uma sensação confortável, ver de perto e entender até demais o mundo que nos estava sendo preparado. A mentalidade de padaria, mesquinha, desconjuntada, cega para as coisas em seu desenvolvimento mais amplo... Em Paris, via-se por dentro, como nos brinquedos quebrados, o funcionamento das grandes potências.

Por meu lado, quando fico longe de você, começo a não ver nenhum dos seus defeitos, e você tem vários, embora muito menos do que eu. Resultado: te vejo perfeita, e sonho com o dia da volta, ou do reencontro. Pois saiba, e digo-o com a mesma franqueza com que te digo que tenho gostado daqui, não houve até agora um dia de paz cadavérica que eu não trocasse por duas horas da nossa lua de mel na chácara. Meu amor, encare com naturalidade o tempo que falta até estarmos juntos. Encontrará o seu marido mais atilado, mais rico de experiência, quem sabe até um pouco mais interessante para você e, por incrível que pareça, mais equipado para a vida.

Minha querida, como eu gostaria de um telegrama de casa!

Estou sem notícias e isso me aflige. Ao mesmo tempo, me alivia, porque naquela viagem de 46 a sua carta foi um mágico tormento, uma espécie de doce amargura. Tão longe e ao mesmo tempo tão perto! Hoje só queria falar do nosso amor, às vezes complicado, revirado e contraditório.

Tratei de procurar a famosa gargantilha que você tanto pedia. Não sabia bem como encontrá-la. Rodei Paris.

A parte mais lamentável de sua única e mísera carta fez sua tristeza aumentar a minha, por ver que você insistia em suspeitas, de tal forma que chegava a nos separar. Aqui, pelo menos, você pode ter certeza de que não estou com outra mulher. Nem por um momento você acredite nisso, ou concluirei que a tua prevenção é maior do que a maior sinceridade minha.

Como te disse, amor não é golpe de vista. Mas, sem ele, o amor é impossível. Tivemos esse primeiro instante, e alguns outros. Vi em você, desde o início, precisamente essa pessoa, talvez única, capaz de encontrar o segredo de tamanha remodelação em minhas reações diante da vida. E se você tiver serenidade para julgar, verá que em muitas e urgentes e definitivas questões você realizou o meu sonho. Tenho a impressão de que te conheço e compreendo como ninguém mais. Se várias vezes parecia não ter essa compreensão, era precisamente porque te amo, e frequentemente o amor não comporta a compreensão, porque é agressivo, "belo, áspero, intratável".

Por causa do meu jeito e gênio, você nunca saberá quanto te amei. Vou mais tranquilo dessa vez, pois a falta de palavras de casa não é indicativa de raiva, pouco-caso ou até de certo alívio de sua parte. A sua incompreensão era a maior de todas, pois a que mais me desnorteava e me tirava o ânimo de enfrentar as outras. Para quê, tudo aquilo que eu vivia? Por que gravatas, por que apartamentos, por que leite Normandia, por que auto-ônibus, por que telefonemas e cinemas e cópias fotostáticas? Por que calçadas? Por que aeroportos? Por que subúrbio? Por que seguros de vida, por que anúncios, por que pílulas, pastilhas, comprimidos iodados?

Eu não podia jurar amor eterno, fidelidade eterna e outras mentiras. Não gastei palavras como "eternidade", que já estavam gastas e não eram dignas de nós. Fiz muito mais do que isso. Daí para um amor como você merecia, como eu desejava ter, já faltava muito pouco: apenas mais convivência nossa e um pouco mais de confiança tua. Aliás, tua desconfiança era natural, sendo eu um antropófago temível, e não um estúpido capaz de te chamar de "sonho moreno" e outras tolices. Digo a meu favor que procurei acordar em você a sua personalidade, que admirava e admiro, procurei fazer com que você se impusesse perante você mesma, e compreendesse o quanto é digna de ser amada. Essa era a minha maneira de gostar. Você diz que o amor moderno é mais difícil. É que eu tinha em você — e tenho em mim — a confiança que você não tem em mim nem em você mesma. Posso estar como um pobre automóvel, sem rodas, sem pneus, sem motor nem carroceria, mas a morte não me deixou menos automóvel-automotriz-autodidata.

Toda vez que você duvidou, ou até renegou o que eu dizia, procurei mostrar o erro. Os que não são antropófagos costumam não ligar para essas coisas, porque no fundo consideram a mulher um objeto, que não deve mesmo pensar, que não tem personalidade... Eu guardo de você uma ideia muito clara, muito digna, para poder esquecer sem mais nem menos as injustiças que você faz. Digno de nós seria amar sem sentir o tempo passando; sem medir, sem contar. Preferi ir construindo o nosso amor com silêncios felizes, com momentos de imensa doçura; momentos que já eram mais do que promessas, eram a própria certeza de continuar.

Minha querida: você não me escreve! Sou obrigado a lamentar o fato de aqui não receber uma só carta tua. Você já devia saber o que isso representa de apreensão, desestímulo, desengraçamento. E sua saúde, como vai? E esse último tratamento no ouvido, será que vai adiantar alguma coisa? Os melhores momentos de repente se convertem em dúvida: que estará acontecendo com eles? Não é dos fatos que eu tenho medo, mas dos fatos tal como os vemos através das nossas reações; as nossas e as dos nossos filhos.

Na própria carta você falava de uma coisa que me aborrecia profundamente, a famosa "ida para São Paulo", a qual você brandia como uma ameaça. Pedi que não a fizesse, disse que você me desapontaria muito. E você cedeu, ou quase. Aquela viagem não lhe trouxe a explicação da natureza do nosso afeto etc., era simplesmente uma tolice pensar que o faria. Era muito fácil para as pessoas que você encontrava fazerem um ar de cômodo interesse por você e estranharem a nossa separação. Que lhes custava? Nada, a não ser o trabalho de ficarem simpáticas a você, que passava a se convencer do que realmente essas pessoas etc. Afinal, você não era propriamente largada do marido a ponto de precisar se refugiar em São Paulo, quando faltava pouco para a minha volta.

Seu estranho silêncio me aborrecia muito. Tive a impressão de estarem de volta as antigas cismas dos tempos de namoro, os desentendimentos bruscos e, pior que tudo, a desastrada mania nossa de aborrecer o outro quando mais se deseja poupá-lo. Com orgulho te digo que nunca mulher nenhuma me foi mais indispensável do que você. Te amo, respeito, desejo e espero aqui como a mais deliciosa namorada, a mais voluntariosa e cabeçuda, a mais eterna visão da minha vida.

Não sei nada de você neste instante, e isso tudo é um desabafo que não posso mais conter. Em resumo, o que eu preciso é de uma certeza, qualquer que ela seja. Não zangue comigo, que estou saudoso e melancólico. Em Paris, ao marcar minha volta, as coisas se acumularam e fiquei atopetado de providências a tomar, de coisas a ver e a comprar. Subitamente, uma sensação horrível me assaltou: "Eu não vi nada"...

*

Com as campanhas de oposição e minha atividade na imprensa, virei uma pessoa realmente conhecida na cidade, e a junção de política e jornalismo, na minha vida, ganhou uma nova estatura. Candidatei-me pela primeira vez em 1946. Minhas opiniões políticas já nasciam públicas por causa da atividade jornalística, e a "ficha corrida" da minha família me sugeria que talvez aquilo estivesse no sangue. Saí para vereador com o grupo da UDN que se chamou Renovação Democrática, ou coisa parecida. Bati o recorde de votação, pela primeira vez: trinta e dois mil votos, quase o triplo do segundo colocado.

A bancada da oposição saiu forte do pleito, inclusive com dezoito vereadores comunistas. Mas como a Câmara de Vereadores do Rio, na época, era a da capital do país, a nossa força relativa pareceu excessiva ao governo. Então o Senado, ao votar o Estatuto do Distrito Federal, usurpou-nos o poder de examinar os vetos do prefeito. Como nas cidades consideradas, por lei, de excepcional importância para a defesa do país, os prefeitos eram indicados pelo governador, e o Rio de Janeiro estava proibido de eleger seu próprio governante, retirar da Câmara o direito de veto era dar todo o poder a um prefeito que nem mesmo fora eleito. Se os representantes do povo do Rio de Janeiro não tinham sequer esse poder, então não tinham mais poder nenhum, e aquela legislatura era uma farsa.

Num discurso, afirmei que a situação justificava o apelido popular da Câmara, Gaiola de Ouro, mas que eu não pretendia ganhar dinheiro sem fazer nada; que o Senado criara uma verdadeira ditadura do presidente da República sobre o carioca. Em seguida, renunciei. Junto comigo renunciaram alguns, e com o tempo vários outros foram saindo. A legislatura acabou de forma melancólica.

Enquanto isso, também no andar de cima o chão cedia sob os pés dos comunistas. Eles estavam para descobrir que, cumprido o papel de dividir as oposições, para a máquina getulista chegava a hora de se desvencilhar deles. Fazendo frente aos sindicatos controlados pelo Ministério do Trabalho e unificados pela Confederação Nacional dos Trabalhadores, vinculada ao PTB, os comunistas haviam criado a Confederação dos Trabalhadores Brasileiros. Ora, ao PTB e ao Getúlio não interessava um concorrente forte junto aos operários. O que explica o fato, aparentemente insólito, de terem sido os trabalhistas, supostamente de esquerda e defensores do operariado, os responsáveis pelo pedido de cassação do PCB. Os comunistas usurparam a base sindical do meu pai nos anos 1920-30; o PTB fez o mesmo com eles em 1946-47, só que com uma truculência muito maior.

O Executivo e o Legislativo aceitaram a pressão, de bom grado, e o Judiciário também, usando as próprias gafes comunistas. Entre elas, a decisiva foi a inclusão, nos estatutos do partido, de uma cláusula de fidelidade à União Soviética. Ora, na Constituição recém-aprovada fora incluído um dispositivo que justamente proibia todos os partidos de estarem vinculados a organizações internacionais. Naqueles tempos de legalidade e moderação, sem novas intentonas, a brecha que o PCB deixou para os adversários residiu numa simples tecnicalidade jurídica. Em maio de 1947, o Tribunal Superior Eleitoral cancelou o registro do partido; em janeiro de 1948, todos os seus parlamentares perderam o mandato. Como prova de que as ideologias nem sempre mandam na história — gostemos ou não —, foi a comissão de juristas da UDN, o partido reacionário (ou não alinhado), que combateu a medida. Meu pai e eu escrevemos artigos a favor do direito à representação dos comunistas. Não por generosidade, ou pelo menos não só. Conheci-os de muito perto e posso dizer que, afora um ou outro período de exceção, é sempre melhor mantê-los debaixo da sua vista. Enquanto os militantes sofrem, a ideologia comunista se beneficia da clandestinidade e da violência imposta contra ela, pois, na condição de vítima, fica absolvida antecipadamente de seus defeitos, que são muitos.

*

Respeito a advocacia como respeito o barro refratário. Mas, se tinha ambos no jornalismo, para que procurá-los fora dele?

Nunca fiz questão, por exemplo, de colecionar selos. Mas queria entender de selos o suficiente para participar da paixão dos colecionadores. Não fazia questão de ter conta num banco estrangeiro, por exemplo, mas queria ir ao estrangeiro todo ano, para esticar as ideias e entender melhor, pela comparação, as teimosas razões de crer que o Brasil haveria de melhorar, *quae sera tamen* ("ainda que tarde", para os íntimos).

Disse-me um operário sueco, certa vez, no seu apartamento de Estocolmo: "O mundo está cheio de gente. Mas muito poucas pessoas". Não saberia explicar passo a passo o que ele estava querendo dizer, mas sei intuir a ambição de ser completo e variado, abrangente e insaciável. Eu procurava um destino extraordinário, capaz de aplacar minha orgânica necessidade de brilhar, minha violenta exigência, comigo mesmo e com todos, minha trágica incapacidade de aceitar o mais ou menos, na terra do mais ou menos. Eu era dos que tudo querem, por isso é que nunca fui ambicioso no sentido vulgar do termo, dos que aspiram a alguma coisa em particular, consagradora e definitiva.

E o jornalismo, mais do que a dramaturgia, revelou-se a profissão perfeita para alguém tão incapaz de se especializar. Anos mais tarde viria a política, porque também se abre para tudo, e ao longo do tempo, de tanto dizer como as coisas deveriam ser feitas, eu me senti na obrigação de ir lá e provar que não estava maluco. Fui da última geração dos autodidatas, que deu lugar à primeira dos tecnocratas.

Até que demorei a me candidatar a um cargo eletivo, por achar impossível conciliar política e jornalismo. Em compensação, quando tive meu próprio jornal, inseri-me na mais pura tradição brasileira da imprensa oposicionista, que vinha dos tempos do Império: bater firme, ser incisivo e arrebatado. Tentava apenas, quando batia, conferir alguma base documental aos meus impropérios. E continuei a atuar desse jeito quando entrei para a política. Curiosamente, ainda assim a *Tribuna da Imprensa* nunca foi propriamente um jornal de partido, até porque o meu partido não tinha um discurso unificado, então não dava para o jornal se pôr a serviço de algo que não existia. Ele acabava verbalizando as minhas opiniões e, com sorte, o discurso de um pedaço do partido. Só que eu não noticiava apenas as divergências do partido com o governo, o adversário externo, mas com os outros pedaços dele mesmo. Ou seja, tornava públicas as crises internas, contribuindo muitas vezes, querendo ou não, para aumentá-las. Nesse sentido, ou eu fragilizava meu partido, ou traía meu jornal. Então, realmente, "conciliar" as duas atividades era difícil. Mas elas nasciam misturadas para mim, e conviviam, em permanente atrito.

Os problemas dessa vida dupla existirão sempre, ainda mais hoje, quando o jornalismo se aproxima da publicidade. Atualmente, é alarmante como os políticos estão cada vez mais pasteurizados, subordinados a consultores de imagem, fazendo discursos que não dizem nada, para a ninguém ofender. Em países com ou sem ditadura. A bem da verdade, isso não acontece apenas na seara política.

Já minha atividade literária foi totalmente sacrificada pela entrada na política. Em parte por falta de tempo, gasto em leituras excessivamente dirigidas, inclusive técnicas, em parte por desajuste com o ambiente e a ideologia predominantes nos meios artísticos. Muitos intelectuais têm contra o jornalismo as mais justificáveis prevenções, e mais ainda contra a política, instâncias de fato apressadas e comprometidas com forças externas. No entanto, é próprio do intelectual desprezar quem o aplaude, e considero meio farisaico esse medo de se sujar entrando no contexto da história. Tocar na sujeira não suja a nossa alma, pelo menos não necessariamente. Além de que tal medo equivale, no meu entender, a se preocupar mais com a própria imagem do que com as causas defendidas.

Também pode ser que o Drummond, meu colega de Congresso de Escritores, estivesse certo ao dizer que eu "morreria por falta de assunto no dia em que o Brasil se endireitasse".

No Brasil, entre 1930 e 45, assistimos a imagem de um ditador sendo construída passo a passo, com método, por um departamento que assumidamente aglutinava as funções de imprensa e propaganda. Foi de uma eficiência exemplar, diga-se, conquistando as duas principais camadas da população, a dos negocistas e a dos que servem de matéria-prima a seus negócios. Mais tarde, de maneira oficiosa, contestando a imprensa real com a imprensa de encomenda, o cartaz do ex-ditador seria reposto. Há quem veja nisso um sinal do desprestígio da imprensa, da decadência do jornal como fator de orientação da opinião pública. Prefiro ver nesse fenômeno precisamente uma prova do prestígio da imprensa junto às camadas mais sugestionáveis, quero dizer, mais vulneráveis, ou à propaganda maciça ou às benesses governamentais. Quantas vezes na vida não tive a sensação de que a nossa imprensa, a duras penas, recuperava um bem que não pretendia usar, a liberdade, enquanto outras vezes parecia não haver recuperado a liberdade senão com o intuito de vulgarizá-la.

*

Meu pai veio aqui para este jazigo em 1959, mas na verdade havia morrido bem antes. Não nos falávamos, e desde sua derrota nas eleições de 45 ele viveu quase quinze anos de ocaso político, até sumir na poeira, ou voltar para ela. Após a redemocratização, recuperou seu cargo de procurador no estado do Rio, indo morar por alguns anos em Petrópolis, para depois aposentar-se na capital.

As narrativas da história do Brasil, da direita e da esquerda, trataram de jogar um manto de silêncio sobre Maurício de Lacerda, logo ele, homem tão barulhento. O que o matou, entretanto, foi mesmo o coração, pois era diabético e hipertenso como meu avô e eu, e como serão meus filhos e netos, muito provavelmente. Para seus contemporâneos, ele passou várias imagens de si mesmo: os getulistas conservadores viam-no como o mais imprudente dos revolucionários civis; os comunistas, como um burguês demagogo, que dividia o operariado dizendo-se socialista embora fosse essencialmente idêntico aos oligarcas que dizia combater; para os trabalhistas, era um inimigo íntimo, que combatia o sindicalismo aliado do governo de dentro do meio sindical; para os seus eleitores fiéis, foi um verdadeiro líder, na luta pelo socialismo democrático. Para alguns historiadores e para os poucos brasileiros que se interessam pela Primeira República, foi o responsável pela introdução das leis trabalhistas na agenda nacional durante os anos 20 e, de 30 a 35, um dos motivos mais fortes para o Governo Provisório fazer alguma coisa a respeito. Por essa linha de raciocínio, as leis do trabalho, consolidadas somente em 1943, teriam se efetivado muito antes a depender dele, e fora uma bandeira da qual Getúlio tinha se apropriado indevidamente.

Amando-o ou odiando-o, Maurício de Lacerda era, sem dúvida, um mau negociador. Na tradição de Silva Jardim e de Clemenceau, seu maior talento eram o debate público e, quando este se via sufocado, nos jornais ou nas urnas, a pregação pelo contra-ataque revolucionário. Acreditava profundamente na capacidade de um povo, pegando em armas, enfrentando fisicamente os desafios históricos, acelerar as transformações necessárias no país. Por isso estava sempre disposto a correr o risco que todas as revoluções sempre correm, o de descambar para a ditadura, justamente por criarem um vácuo de poder e instaurarem o princípio da mobilidade pela força no jogo político. Acabou mais revolucionário que a própria revolução.

Para ser bom negociador, no sentido que usualmente se dá à expressão, um homem deve, antes de tudo, ser capaz de se render aos constrangimentos objetivos que as circunstâncias impõem, sobrepondo-os às convicções individuais. Dessa virtude decorre a paciência para as idas e vindas de toda negociação, a flexibilidade construtiva, a confiabilidade que um negociador precisa ter. Outra aptidão indispensável é uma nítida consciência de sua força relativa, se não perante as outras forças políticas, pelo menos perante os destinos do país. Essa humildade essencial instaura em toda negociação a hipótese, quase uma filosofia de vida, de que a nossa consciência e as nossas convicções não estejam sempre certas. O outro lado pode estar com a razão, ou pelo menos com parte dela.

Mas, na concepção política de meu pai, a constância dos choques na vida de cada um era proporcional à integridade moral da pessoa e, sendo assim, uma atividade política sem choques era uma atividade política sem independência ou corrupta. Segundo vários depoimentos, meu pai, quando negociava, passava o tempo todo a impressão de se julgar mais íntegro que a outra pessoa, algo que atrapalhava qualquer acordo. Não conseguia evitar. Seu idealismo era necessariamente marcado pelo confronto, por uma certa forma de intolerância; e sua cruzada autoidealizadora, muitas vezes, passou por arrogância.

Porque estávamos já distantes, não sei como enxergava o fracasso de sua carreira política, ou se chegou a fazer, na velhice, algum tipo de autocrítica. Seu "excesso de virtude", em vez de torná-lo um construtor, acabou incompatibilizando-o com todos os grupos e tornando-o um solitário, visto como demolidor sistemático, camartelo ambulante, carga explosiva, bola rompedora, a cuja passagem nenhuma parede resistia de pé, tudo em nome da ordem social e política que gostaria de implantar. Autoritário, apesar de socialista democrático? Sem dúvida, porém não mais do que os donos do poder e os outros atores da época.

A posição política na vida de um homem é como um gesto do avô, ou o cheiro do pai? Quem sou eu para falar mal de Maurício de Lacerda? Também achei que a revolução seria diferente, que da minha vez não aconteceria o que sempre acontece. Duas coisas digo a seu favor: pela minha experiência, a maioria dos políticos brasileiros tem, de fato, um conceito excessivamente flexível de integridade; além disso, ele sempre explicitava, em seus discursos ou artigos de jornal, exatamente o que lhe passava na cabeça, expondo-se a tudo que sempre vem junto com semelhante atitude. Pedir-lhe segredo era de uma inutilidade avassaladora. Uma balda fatal em qualquer bom articulador, essa característica, num outro Brasil, poderia ser desejada como *a* grande virtude dos nossos homens públicos.

*

"O Lacerda está aí?"

Isso foi em 47, 48... Era alguém no telefone, ligando para o apartamento de minha irmã, Vera, em Copacabana. Seu marido vinha a ser nosso primo, e por alguns amigos também era chamado de Lacerda. Ele então foi atender, mas a pessoa do outro lado da linha não se identificou e de repente, sem mais nem menos, desligou. Uma, duas, três vezes a mesma coisa. Vera e Odilon acharam aquelas ligações muito estranhas, mas não imaginaram que me dissessem respeito.

Certa manhã houve uma greve de ônibus e lotações. Quando ele começava a longa caminhada de casa até o trabalho, foi abordado na rua por um sujeito simpático, que dirigia um carro com três outros sujeitos dentro. O camarada encostou no meio-fio, parecendo conhecê-lo, e ofereceu-lhe uma carona até o Centro. Péssimo fisionomista (como eu, aliás), e empurrado pela falta generalizada de transporte, Odilon imaginou reconhecê-lo. Um dos passageiros do banco de trás saltou para que entrasse, e ele ficou espremido em meio a dois estranhos.

Mal o automóvel começou a andar, Odilon sentiu um revólver nas costelas. Subitamente, mas sem reagir, entendeu o que estava acontecendo. Fora sequestrado por engano. O alvo era eu. Além de termos o mesmo sobrenome, ele e minha irmã haviam se mudado para o apartamento onde eu e Letícia moráramos até poucos meses antes.

Dentro do carro, o papo entre os sujeitos continuava tratando da greve e seus incômodos, como se o revólver tivesse vida própria e ninguém soubesse de sua existência. Odilon, mudo. O motorista, em vez de seguir para a cidade, pegou um desvio para Santa Teresa. Então meu cunhado, num lance de gênio, fez um aparte:

"A culpa dessas greves é da oposição, que não deixa o governo trabalhar. Outro dia mesmo tive uma briga com meu cunhado, o Carlos Lacerda."

Os quatro homens, subitamente, ficaram em silêncio.

"Ele é um destemperado completo", continuou Odilon. "Querendo ajudar, acaba se tornando um inimigo do povo."

Meu cunhado percebeu que conseguira, pelo menos, deixá-los na dúvida. Aí fechou a diatribe com a informação mais importante:

"Por sorte ele saiu lá de casa e se mudou com a mulher e os filhos para outro lugar..."

Como que por milagre, os sequestradores fingiram se dar conta de que estavam no caminho errado — como se um equívoco entre a baixada litorânea e a montanha fosse possível. Deram meia-volta e a arma que meu cunhado sentia nas costas desapareceu. Ainda tentaram forjar alguma naturalidade, mas o clima dentro do automóvel mudara completamente. Já na praia de Botafogo, encenaram um enguiço no motor do carro e lamentaram que meu cunhado, dali em diante, tivesse de seguir a pé.

A família toda ficou em alerta, claro. Dois dias depois, ao sair de casa, Odilon passou de lotação pelo meu edifício, o Miraí, na avenida Nossa Senhora de Copacabana, que era perto da casa dele. Viu os mesmos homens e o mesmo carro parados na calçada em frente à portaria. Telefonou assim que pôde e me disse para não sair na rua, pois tomaria as providências necessárias.

Eu estava sozinho com minha mulher e meus filhos, e claro que bateu o medo de invadirem o apartamento, de me agredirem na frente de Sérgio e Sebastião, ainda garotos. Morávamos no bloco dos fundos, e nossos gritos mal chegariam às ruas. Telefonei ao diretor do *Diário Carioca*, no qual também colaborava, e pedi-lhe um ato de coragem: que viesse me buscar. Sair de perto de Letícia e dos meninos era a melhor maneira de protegê-los. Supostamente, com o movimento de Copacabana, os capangas não teriam como me atacar no meio da rua.

Odilon, enquanto isso, foi para o escritório do Virgílio de Melo Franco, que juntou lá dois udenistas advogados e avisou os jornais, para que tentassem fotografar os homens. Nem precisou, novamente demos sorte. Um vizinho meu, dono da loja de flores que havia no piso térreo do Miraí e cujas vitrines davam para a rua, por acaso conhecia um dos perseguidores. Ao vê-lo, nosso amigo foi até o carro, para um cumprimento amigável, e perguntou:

"O que você está fazendo por aqui?"

E o sujeito, convicto da impunidade, respondeu:

"Estou acampanando."

Embora ele vestisse roupas civis, nosso amigo sabia que era agente da Polícia Especial, e não só não estranhou a resposta como concluiu que, naquele prédio, só podia ser eu o acampanado. Então se despediu, voltou para a loja e ligou lá em casa, dando a identidade do capanga, que eu prontamente retransmiti ao Odilon.

Meia hora depois, toca a campainha. Era o diretor do *Diário Carioca*, finalmente. Subiu para me buscar e desceu comigo. Saímos olhando os capangas bem nos olhos, firmes, como se não estivéssemos morrendo de medo. Eles, impotentes, ficaram assistindo enquanto fugíamos.

Odilon e os advogados, conhecendo a identidade de um deles, apresentaram queixa à polícia. Foi aberto um "rigoroso inquérito", que não conseguiu obter sequer as fotos dos integrantes da PE. Alegadamente, porque a unidade era secreta, muito embora usasse fardas e quepe vermelho.

O principal suspeito de ser o mandante do sequestro passou a ser o prefeito nomeado do Distrito Federal, o general Mendes de Moraes, que controlava a Polícia Especial e a quem eu apelidara de Mussolini de Moraes. Minha campanha contra ele começara ainda na Câmara dos Vereadores, quando da extinção do direito legislativo ao veto, mas àquela altura eu varejava sua administração inteira, atrás de falcatruas para denunciar, e combatia sobretudo, pelos jornais e pelo rádio, a construção do Maracanã, seu grande trunfo demagógico, uma obra faraônica, nada prioritária, e propícia às maiores piruetas em matéria de orçamento.

Em 1948, ao voltar do Oriente Médio, com petróleo na cabeça, encontrei o presidente Dutra propondo ao país a existência, no financiamento da Petrobras, de pequenos investidores privados, minoritários, nacionais e estrangeiros. Os partidários do monopólio nacional se organizaram, fundando um instituto sobre o assunto e colocando na presidência o ex-diretor do Conselho Nacional na matéria, um general. Eles inventaram o slogan "O petróleo é nosso!". Eu contra-ataquei, defendendo o estatuto proposto pelo Dutra. E chamei para o debate o jornal do instituto, a *Folha do Povo*, ou "Rolha do Povo", *à votre guise*. Denunciei a articulação entre o empresariado protecionista e os comunistas, já realinhados ao estatismo, acusei o general de haver prendido Monteiro Lobato quando tentou prospectar petróleo, acusei a classe jornalística de ser vendida ao comunismo, fiz o diabo.

A campanha contra a administração municipal também ia encrespando. Fui chamado de "inimigo do esporte". O prefeito tentou me atrair para um debate sobre as favelas do Rio, mas achei que estava era tentando me silenciar, ou me desmoralizar, e redobrei a intensidade das críticas.

No dia 16 de abril, chegando à Rádio Mayrink Veiga, no Centro, de cujos estúdios eu desancava diariamente o general Mendes de Moraes, fui cercado por quatro homens logo que desci do carro. Um deles me agarrou pelo pescoço e os outros pelos braços e pernas. Ficaram tentando me puxar para dentro de um carro, então empurrei um deles com um pontapé no peito e tentei bater com a cabeça de um na do outro. Enquanto lutávamos, eles me xingavam e eu gritava por socorro, mas deram tiros para o alto, afastando as testemunhas. Levei três coronhadas na testa, logo acima do olho esquerdo, ficando meio grogue, e comecei a sangrar.

"Isto é para você aprender a não atacar o Exército!"

Nesse momento surgiu o pessoal da rádio, que ouvira os meus gritos e os tiros. Os capangas se assustaram, entraram no carro e saíram em disparada. Sangrando, e naquele estado de nervos que se pode imaginar, voltei para o estúdio e denunciei o atentado. D. Olga, minha velha mãe, que me ouvia todos os dias, estava na casa dela, intrigada com o atraso do programa, quando finalmente entrei no ar e dei a notícia. Quase morreu do coração.

Letícia, que me acompanhara a uma recepção diplomática, de onde havia saído para ir à rádio e voltar, demorou até receber a notícia. Quando soube, foi logo para casa. Já me encontrou sendo ajudado por nossos filhos, trocando o curativo. O sangue pingava do olho no copo d'água que os meninos tinham me trazido. Meu rosto, devido ao inchaço e aos hematomas, estava deformado. Minutos depois, com a cabeça já envolta em bandagens, lembrei do meu pai na mesma situação.

Fui para o hospital, onde se constatou que, além dos arranhões, cortes e sangramentos, tive um traumatismo de íris, ficando impossibilitado de escrever por alguns dias. Mesmo assim, saí de lá para a redação do *Correio da Manhã*, e ditei minha coluna. Possuído. Ali encontrei meu meio-irmão, Maurício Caminha, também jornalista, que me deu um caloroso aperto de mão. Trocamos um olhar que resgatou dores antigas. Ele era fisicamente muito parecido com meu pai...

O presidente Dutra, que uma coisa se diga por ele, cumpria sempre a Constituição. Vivia perguntando: "Está no livrinho?". Empenhou a própria honra no esclarecimento do meu caso. Mas como o suspeito maior era o prefeito, a investigação travou. Quatro dias depois do crime, a polícia sequer havia me chamado para depor. Cobrei a promessa do presidente. Eu o provocava num artigo, dizendo que seus subordinados tinham uma estranha maneira de resgatar a honra por ele empenhada.

Dois dos homens acabaram identificados, ambos da Guarda Municipal. Não lembro seus nomes, mas os apelidos eram inesquecíveis: Canguru e Rosa Branca. Nenhum deles foi preso.

TIRO NO PÉ

Eu me converti ao catolicismo em meados de 48, assumidamente como compensação pelo vazio de esperança que o comunismo deixou. Também impressionado com o atentado defronte à rádio. Não apenas a sensação da fragilidade da vida, mas a confirmação de que o apoio popular podia produzir regimes criminosos e todo-poderosos me deixou carente de algum tipo de esperança, por abstrata que fosse. O medo de desesperar das criaturas, de ser dominado pelas desilusões, sempre fez com que eu me apegasse a novas ilusões. Então voltei sozinho, "com os pés sangrando" (usei essa imagem em alguns discursos!) para a casa de Deus. Dois intelectuais católicos, os amigos Alceu Amoroso Lima e Gustavo Corção, foram meus incentivadores na conversão, que exigiu uma árdua negociação interior. Tornei-me um praticante meticuloso por certo tempo, depois a rotina do jornalismo e da política me transformou num frequentador esporádico das igrejas e num observador errático dos rituais, porém nunca mais deixei de crer numa dimensão metafísica, que mais tarde se transformou em minha queda para o espiritismo. Como se vê, eu tinha razão.

No fim daquele ano, denunciei a concessão dada pelo governo para a exploração de refinarias de petróleo. Intitulei o artigo "Um grupo aguando o Brasil". Eu sustentava que ou se abria uma concorrência pública para isso ou se faziam refinarias estatais. Mas, do jeito que havia sido, com o governo simplesmente pegando duas ou três famílias e dizendo: "Toma aí, vocês vão enriquecer", era uma coisa completamente absurda e maluca. Nem botar dinheiro do próprio bolso os felizardos teriam de botar, serviriam apenas de fachada nacionalista para o dinheiro das petrolíferas multinacionais. E para quem me acusa de incoerente, essa posição eu mantive, mesmo quando o Jango, muitos anos depois, estatizou as refinarias. Do jeito que a coisa tinha sido feita, estatizar era uma solução mais honesta, embora muito ruim por outros motivos.

Acontece que o dono do *Correio da Manhã* vinha a ser amigo de infância de uma das famílias ungidas pelo governo, e censurou meu segundo artigo sobre o assunto. Nunca havia feito isso antes, e até me queria ainda no jornal, mas eu já estava numa posição em que pegava mal aceitar algo assim. Tive de pedir as contas, ficando na seguinte situação: renunciara ao mandato de vereador, me afastara da maioria da UDN e agora estava sem trabalho fixo e com mulher e dois filhos para sustentar. Embora muito lidos, meus artigos criavam dificuldades para os jornais onde saíam, dado o seu conteúdo e a sua ênfase, e a tendência era eu ter o mesmo tipo de problema se quisesse continuar a publicá-los em outro lugar. Abrir meu próprio jornal, portanto, não foi propriamente uma opção, foi quase uma necessidade.

Pedi ao *Correio* que me cedesse o nome da coluna e batizei o novo jornal de *Tribuna da Imprensa*. Um grupo de amigos me ajudou a lançar ações à subscrição pública, a mil cruzeiros cada uma, pagos à prestação. Eram três mil e quatrocentos acionistas, com a grande maioria comprando apenas uma ação. O Juscelino, então deputado federal e morando perto de mim, em Copacabana, comprou vinte ações do meu jornal. Um jogador de futebol, parece que famoso, Bigode, comprou uma. O dono dos cinemas Luiz Severiano Ribeiro era o maior acionista, com quinhentas ações.

Com o capital realizado, comprei um prédio, o número 98 na rua do Lavradio, no Centro. Com um empréstimo no Crédito Real, onde um amigo era diretor e dando como garantia o prédio recém-comprado, arrumei uma rotativa meio capenga, a nossa "máquina de moer cana". Eu tinha dinheiro para pagar um único fotógrafo e nenhum automóvel para os meus repórteres. O primeiro número saiu no dia 27 de dezembro de 1949, sob a emoção e o choro de alguns funcionários. A emoção era genuína, já o choro, na maioria dos casos, era provocado pelo fumacê da oficina, pois naquele dia o fornecimento de eletricidade falhou, e a caldeira da rotativa teve de ser esquentada a lenha.

Enquanto eu ia começando a transformar o jornal em alguma coisa, já ficara óbvio qual o grande erro do governo Dutra: a dissipação das reservas que o Brasil havia acumulado durante a Segunda Guerra, pelo fornecimento de matéria-prima, mão de obra barata e bases militares às potências aliadas. A Guerra Fria se iniciara com os aliados tentando empurrar tudo que tinham de bom e tudo que tinham de ruim para os países de sua zona de influência. E o Brasil, por seus próprios erros incapaz de enfrentar a pressão externa, latiu nacionalismo e mordeu como um cachorrinho. Importamos tudo dos americanos e ingleses, desde empresas ferroviárias obsoletas até a última palavra em ioiôs. Para piorar, a inflação ganhou força.

Partes da UDN e partes do PSD, juntas no governo, tentaram em vão articular um candidato comum para a sucessão presidencial de 1950. Seria a maneira menos traumática de desmontar a dobradinha getulista (pois entre UDN e PTB a aliança era quase impossível). Mas o governador de Minas, que era da UDN, apresentou um nome indigesto, ou insosso, para certos setores do partido e para os outros partidos que tentávamos atrair, como o Partido Social Paulista, de Ademar de Barros. Para mim, especificamente, era indigesto, pois o indicado vinha a ser o ex-ministro da Justiça do governo Artur Bernardes, Afonso Pena Jr., que tanto fez meu pai e meus tios padecerem na cadeia. Muito a contragosto, primeiramente aceitei a indicação. Num artigo, entretanto, acusei o presidente Dutra de havê-la insuflado para atrapalhar a aliança com a UDN e "criminosamente ficar no governo". As negociações em torno desse nome, já difíceis, acabaram abortadas pela própria cúpula da UDN, em seu trágico erro de forçar a segunda candidatura do brigadeiro Eduardo Gomes, novamente por falta de união em torno de qualquer outro nome.

Na *Tribuna*, acusei a UDN de tornar-se "impermeável às classes trabalhadoras", e desafiei a diretoria do partido. Como se julgavam "donos do Brigadeiro", que fossem capazes de transformá-lo num candidato competitivo e revolucionário, defensor de amplas reformas de base, inclusive a reforma agrária (claro que há reformas agrárias e reformas agrárias...). O PSD apresentou outra figura de menor expressão, Cristiano Machado. Para ele, num artigo, criei o epíteto de "o homem mais timorato do Brasil". Getúlio, saindo de São Borja, recusou-se a apoiar qualquer uma das candidaturas já colocadas, e apresentou-se como candidato do PTB e do PSP. Tinha recebido sinal verde dos militares, eles aceitariam sua eleição. A imagem de pai dos pobres estava intacta. Enquanto a oposição era formada por velhas lideranças políticas, usando as mesmas técnicas da Primeira República, mal conseguindo se comunicar com o povo, o ex-ditador partira havia tempos para a moderna comunicação de massas, e sua máquina política estava quase pronta para funcionar outra vez.

*

Em maio de 1950, denunciei um escândalo envolvendo o presidente do Serviço Social do Comércio, o Sesc, do Distrito Federal. O sujeito era candidato a senador pelo PTB e vinha a ser o maior fornecedor da Aeronáutica. Vendia brim cáqui para os uniformes militares, botinas, lonas, meias e tudo mais. O que denunciei era na verdade uma suspeita, a de o chefe do departamento de compras da Aeronáutica, um coronel, estar atuando como testa de ferro do presidente do Sesc, favorecendo-o em todas as licitações. A matéria saiu numa quinta-feira.

Eu, nos domingos em que não estava trabalhando, ia à missa com a família. Três dias depois da publicação, portanto, ao sair da igreja, deixei Letícia numa farmácia e fui com os meninos para nosso apartamento na rua Tonelero. Sérgio tinha onze anos e Sebastião, sete. O prédio tinha dez andares, e eu morava no décimo. Entramos no elevador junto com dois homens e outro garoto, filho de um vizinho. No oitavo andar, o menino desceu. O elevador então foi direto para o décimo, e estranhei os homens ainda estarem ali. Abri a porta, deixando meus filhos passarem.

"O senhor é o Carlos Lacerda?", perguntou um dos desconhecidos.

"Exatamente."

Um deles segurou meu braço com força, outro tentou fechar a porta do elevador comigo dentro. Puxei um deles para fora e começamos a brigar no vestíbulo, diante dos meus filhos. Eu caí e passei a receber chutes e socos no rosto. Sérgio, quando me viu no chão, entrou na briga. Sebastião desceu correndo as escadas até o oitavo andar, indo pedir socorro na casa do garoto que subira conosco. O pai dele, um senador, chamou imediatamente a radiopatrulha e foi me acudir dois andares acima. Quando chegou, meus agressores estavam fugindo pelo elevador de serviço. Eu estava doído, até machucado, mas muito menos que da primeira vez. As investigações acabariam provando que meus dois agressores faziam parte do mesmo grupo que me surrara em 1948. Um deles era o próprio coronel que eu acusara, e ele estivera com o presidente do Sesc minutos antes de se dirigir à rua Tonelero. Da corrupção, entretanto, jamais consegui uma prova conclusiva.

*

"E então, Letícia, você foi ao médico?"
"Fui..."
"E o que ele disse?"
"Que o problema não é na garganta."
"Mas como não é na garganta? Onde é, então?"
"Ele não sabe exatamente. Mas confia que os remédios farão efeito."
"Mas que remédios, se ele não sabe o que você tem?"
"É uma gripe forte, ele disse. E mais uma inflamação no ouvido."
"De novo?"
"Pois é."
"Mas ele fez exames? Vai agravar sua perda auditiva?"
"Ele acha que não."
"Mas ele apurou direito? Aposto que não apurou! Incrível, realmente inacreditável, cada médico que você arranja! Assumir a responsabilidade de tratar você assim, no escuro! Vou *agora* ligar para o Mauricinho. Ele, te examinando, saberá dizer alguma coisa."

"Carlos, me desculpe, mas não quero que o seu irmão seja meu médico. É desconfortável para mim e para ele. O Mauricinho não é o único formado em medicina nesse mundo."

"Mas não é por ele ser meu irmão, Nega, só o que eu quero é um médico que dê uma opinião concreta sobre os males do paciente. Apenas isso, e isso o Mauricinho dá. Eu, absolutamente, não estou disposto a tolerar o tratamento desse médico que você arranjou."

*

Claro que, em 1950, o Getúlio não teria condições de impor outra vez um Estado Novo. Mesmo assim, parecia evidente que sua volta reabria a crise contornada em 1945, mas de modo algum resolvida: a crise entre o país manipulado pela máquina do governo e o país, digamos, que ansiava por uma democracia mais efetiva.

Um dos que mais tentaram me convencer do contrário, na época, foi justamente o idealizador do mito Getúlio, o Lourival Fontes. O Lourival havia sido um fascista convicto, por formação e filosofia política, a ponto de ter em casa retratos com dedicatória do Mussolini e de haver fundado um órgão de propaganda chamado *Hierarquia*, não por acaso o mesmo nome da revista fascista italiana. Apesar disso, agora que tudo acabara, o Lourival podia ser um sujeito muito simpático, e nesse tempo convivemos bastante. Eu alugava uma casa na serra e o Lourival aparecia lá para jogarmos biriba com nossas respectivas. Ele era casado com a poetisa e jornalista Adalgisa Nery. Tentou me convencer de todo jeito que o Getúlio era "uma personalidade convertida à democracia". Falava por si mesmo, suponho, e projetava-se no antigo chefe. Segundo o Lourival, na medida em que eu me batia pelo mesmo voto popular, era uma contradição combater o Getúlio só porque ele tinha sido ditador no passado; dizia que não havia o menor perigo de uma volta à ditadura, nem condições no país para isso.

Eu contra-argumentava, mencionando a formação caudilhesca e positivista do Getúlio, julgando-o mesmo incompatível com a democracia, por seu projeto de país e por sua inclinação atávica a permanecer no poder, talvez não propriamente devido à ganância, mas pela necessidade psicológica de estar sempre no controle da situação.

O meu apoio ao Brigadeiro naquelas eleições foi, digamos, tortuoso. De início, não existiu de todo. Convidado a me candidatar a deputado, recusei-me a fazê-lo enquanto em nossa chapa figurassem "elementos que não estavam à altura da confiança do nosso eleitorado". Não que me referisse a ele, pelo contrário. Mas dizer isso já era inconveniente por si só. Àquela altura, eu já não era visto como um político muito sensato. Para culminar, denunciei outra grande loucura do partido: a aliança com o Partido da Representação Popular, do Plínio Salgado. "O senhor revive, assim, o integralismo", lembro de escrever ao Brigadeiro, numa carta aberta que publiquei na *Tribuna*. E acrescentei: "Torna-se ainda um segundo candidato de extrema direita, pois sua candidatura e a de Cristiano Machado redundam idênticas".

O Brigadeiro, em resposta, passou a boicotar meus repórteres, aleijando minha cobertura das eleições. Mas, ao contrário de 45, era evidente que iria perder. A UDN era um partido que pegava o voto da classe média urbana, com apoio apenas de pequenas dissidências das classes abastadas de um lado e das populares de outro, mas isso não era suficiente para quebrar a engrenagem política erguida contra ela. A presença da esquerda democrática no partido, da qual nasceria o Partido Socialista, não dava um voto ao Brigadeiro, a não ser o de meia dúzia de intelectuais, porém afugentava os ricos. Daí seu pacto com os integralistas, já que desprezara o PSD.

Foi então que escrevi acusando aquelas eleições de serem as mais corruptas da história, com tudo programado para levar o ex--ditador ao poder. Ela reunia todos os males: o uso indiscriminado do rádio para a propaganda insidiosa, o emprego desvairado do dinheiro dos cofres públicos e do jogo, a falta de fidelidade entre candidatos municipais, estaduais e a presidente de um mesmo partido. Era preciso reformar a legislação eleitoral. Flertei com a ideia de uma Constituinte específica para isso, convocada formalmente e integrada apenas por juristas de notório saber, com a independência técnica de um Supremo Tribunal Federal. Mas a ideia não pegou de primeira. Se Vargas fosse eleito, como muitos ainda lembram que eu disse, a Presidência lhe deveria ser negada; se tomasse posse, deveríamos recorrer à revolução para impedi-lo de governar.

A maioria das pessoas considera o aumento do número de votantes, por si só, uma chancela de legitimidade no resultado de uma eleição. Eu não, se as regras estipuladas forem capazes de manipulá-los. Sem dúvida, ter mais eleitores pode ser um progresso, mas a passagem da democracia quase abstrata, com baixo índice de participação, como no Império e na Primeira República, para a real democracia de massa, a meu ver, não era motivo para não continuarmos a aperfeiçoar a coisa.

Quando a derrota era iminente, tomei posição ao lado da UDN, no artigo "Com o Brigadeiro apesar de tudo". Claro que Getúlio e o PTB ganharam a eleição presidencial de lavada, um milhão e quinhentos mil votos na nossa frente. Cristiano Machado foi deixado a pé pelo próprio partido, que apoiou em massa o ex-ditador, dando origem ao tal verbo "cristianizar", sinônimo político de esvaziar a candidatura de alguém.

Um pessoal da UDN, inconformado, ainda tentou o artifício jurídico de impedir a posse do Getúlio, alegando que ele não tivera a maioria absoluta dos votos, embora tivesse alcançado 48,7%. Eu, para consumo externo, apoiei a ideia, mas, no íntimo, sabia que era causa perdida. Quem mandou a gente escolher o candidato errado?

No dia 31 de janeiro de 1951, o ex-ditador estava de volta, eleito pelo povo. Embora relativamente distanciado dos líderes militares históricos, claro que o Getúlio pôs no Ministério da Guerra homens de sua confiança. Ganhou força no alto-comando, no governo, e manteve no país o discurso nacionalista, a favor de maior independência em nossa política externa, que era por extensão um discurso antiamericano, uma vez que os Estados Unidos eram nossos aliados, digamos, tradicionais, a começar pela geografia, que, como disse Bismarck, é o único fator imutável na história dos povos.

No meio sindical, onde os trabalhadores ameaçavam reagir contra a estrutura estado-novista ainda de pé, o segundo governo Getúlio precisou reapertar os parafusos. Nessa tarefa, o braço direito do presidente foi o seu discípulo do exílio, o jovem amigo das noites de chimarrão, João Goulart, que se elegeu deputado federal em 1950. Em 1952, usando sua influência de líder petebista junto aos sindicatos, o Jango conteve a insatisfação dos trabalhadores e as greves, que eclodiam a despeito de todas as cercas do curral. No ano seguinte, seria feito ministro do Trabalho. O novo getulismo, ainda estatista, patrimonialista e antiamericanista, agora usava o PTB como ponte para o apoio nos partidos mais ou menos comunistas. Dessa vez, ao contrário da curta legalidade consentida de 1945-48, as duas correntes realmente se fundiriam.

Um segundo aspecto preocupante na atuação do Jango era sua proximidade com o Perón, outro ex-ditador que voltara eleito pelo povo. As viagens do ministro à Argentina eram ostensivas, assumidas. Um circuito maior foi se fechando para mim: a máquina sindical, o nacionalismo exacerbado e o antiamericanismo, a aproximação com o peronismo... Um Estado Novo não dava mais; agora, um populismo de fundo ditatorial, escorado na memória indelével de um homem que ficou quinze anos no poder, nas alianças estratégicas com outros regimes de força do continente, isso era perfeitamente possível. Quem me chamava de paranoico na época, por imaginar uma aliança continental de ditaduras, agora, com os boatos sobre a Operação Condor, que o passar do tempo fatalmente irá comprovar, pode ver que o projeto é exequível, sim. Meus artigos na *Tribuna* foram expondo os riscos à medida que a ameaça ia crescendo.

Pouco depois de o Jango ser empossado no ministério, o irmão de um correligionário udenista, atuante entre as federações de indústrias e os políticos em geral, o que hoje chamamos de lobista, chegou para mim e perguntou:

"Você era capaz de uma conversa com o Jango Goulart?"

Marcamos o encontro no apartamento do sujeito, também morador de Copacabana. Frente a frente com o ministro, adotei a clássica estratégia napoleônica: *"J'attaque, puis je vois"*.

"Dr. João Goulart, há uma coisa que me espanta e para a qual gostaria de ter uma resposta. Passamos pela cadeia, muitos pelo exílio, houve gente torturada e, apesar disso, acreditamos numa saída democrática para o Brasil. O senhor era um rapaz de São Borja, filho de um vizinho do dr. Getúlio, foi fazer um curso de direito em Porto Alegre, ganhou de presente o mandato de deputado, nunca apresentou um projeto importante para os trabalhadores, nunca fez um discurso importante para a nação, agora é ministro do Trabalho da mesma forma, por obra e graça do Espírito Santo. Ora, se há uma pessoa no Brasil que deveria ser grata ao processo democrático, essa pessoa é o senhor, porque a democracia só o cumulou de benesses e o senhor está fazendo uma carreira triunfal sem o menor esforço. Como é que se explica então que o senhor seja peronista?"

Ele parou, fixando os olhos em mim. Então riu, realmente gargalhou, e disse, com o maior espírito esportivo:

"Eu não sou peronista. Sou amigo do general Perón; ele manda me buscarem de avião na minha estância para conversar comigo. Até acho que faz um grande bem ao povo argentino, mas não sou um peronista. E, ao contrário do que o senhor possa pensar, acredito no processo democrático. Acabamos de ter uma prova de que ele funciona, com a vitória do dr. Getúlio Vargas. O senhor é que parece não acreditar."

Embora mais relaxado com sua aparência, o Jango era tão simpático quanto o Juscelino. Chegava a ser caloroso. Na minha contabilidade interior, dei por perdido o primeiro round. Precisava ir à forra no segundo:

"Não acredito mesmo, porque a vitória do dr. Getúlio Vargas não é democrática, a vitória do dr. Getúlio Vargas é a vitória da máquina que a ditadura montou. O senhor, da mesma forma, não preside sindicatos democráticos. Qual o sindicato que o senhor dirige, como ministro do Trabalho, no qual tenha havido uma eleição democrática? O senhor preside um movimento de pelegos; o senhor chama a isso de democracia?"

O Jango, de novo, nem se abalou:

"É a democracia possível no Brasil."

*

Sem o DIP todo-poderoso, Getúlio precisara de outro canal de comunicação direta com o povo. Desde o lançamento de sua candidatura havia elegido como seu maior apoio na imprensa o Samuel Wainer, meu antigo amigo e companheiro de oposição comunista ao Estado Novo. Samuel o entrevistara para os Diários Associados quando a volta do Getúlio ainda enfrentava resistências no meio político e nas faixas mais conscientizadas da população. Em 1951, a amizade entre os dois propiciou a criação de todo um grupo de imprensa, encabeçado pelo jornal *Última Hora* mas que reunia várias rádios, uma editora, semanários e diários pelo Brasil — Rio de Janeiro, São Paulo, Porto Alegre, Belo Horizonte, Recife, Salvador. Capitalizado, o *Última Hora* pagava os salários mais altos do mercado, arrebanhando os melhores colaboradores, fotógrafos e técnicos, fornecendo, pelo mesmo preço que os concorrentes vendiam seus jornais bem mais modestos, um suplemento colorido todo dia. Tudo isso, somado ao talento do Samuel, tornava a concorrência insuperável.

Pouco tempo depois, um repórter novo na *Tribuna* chegou com o furo: entrevistara certo corregedor do Banco do Brasil, posto para auditar a holding do grupo, a Érica. Segundo esse corregedor, havia suspeitas de carreação irregular de dinheiro público em benefício do grupo. Publicamos a entrevista com destaque. Se a auditoria encontrasse mesmo alguma irregularidade, seria a prova do dumping imposto pelo governo na imprensa.

No dia seguinte à publicação da entrevista, para nossa surpresa, o *Última Hora* publicou um desmentido do próprio corregedor. Dei um arrocho no meu repórter, que não apenas jurou a veracidade da matéria, mas escreveu outra. No terceiro dia, quando a publicamos, ele percebeu que estava sendo seguido. Preocupado com a família, decidiu voltar para casa. Todos se ofereceram a escoltá-lo, mas o novato recusou, com medo de um grupo maior acirrar os ânimos perto da esposa e dos filhos. Oferecemos hospedagem, e ele recusou também. Ao sair da nossa redação, foi direto para a do *Última Hora*.

Na manhã seguinte, bem cedo, um dos meus jornalistas, com o exemplar do concorrente na mão, entrou na minha sala, pálido, e disse:

"Estamos acabados."

Na primeira página, um desmentido cabal das duas matérias, assinado pelo próprio novato, me acusava de tê-lo pessoalmente obrigado a inventar a história. Segundo ele, o financiamento do grupo advinha do dinheiro investido por amigos de Samuel, homens de grande fortuna como o conde Matarazzo, em São Paulo, e o banqueiro Walther Moreira Salles, no Rio, entre vários outros. Se a falsidade da minha notícia se comprovasse, ou mesmo se eu não desmentisse o desmentido, seria difícil a *Tribuna da Imprensa* escapar da desmoralização, que dirá eu. Nossa única chance era provar que a auditoria no grupo *Última Hora*, se não era verdadeira, se fora apenas uma armadilha contra nós, agora deveria ser feita, sim, e com máximo rigor. Começamos a divulgar uma série de fatos e documentos, além de meras suspeitas também, sobre as formas de financiamento do grupo. Aos poucos, ligações com o governo foram aparecendo. O problema não era o *Última Hora* tomar empréstimos, eu mesmo pegara um para a *Tribuna*, ou o fato de tomá-los no Banco do Brasil. O problema eram as condições que regulavam tais empréstimos: ilimitado financiamento estatal, sem garantias proporcionais, com verbas até de fundos agrícolas que jamais poderiam ser usados num caso desses, em troca de propaganda do governo disfarçada e do achatamento da imprensa independente.

Ainda no início da briga, a *Tribuna da Imprensa* ganhou do *Última Hora* o apelido de Lanterninha, porque a nossa circulação era pequena e só tínhamos prejuízos. Em resposta, torci o apelido a meu favor. Aproveitei uma frase de são Mateus — "Os que acendem uma lanterna não a colocam debaixo do banco e sim bem alta, para iluminar a todos que estão na casa" — e fiz da lanterna o símbolo do jornal, estampando-o diariamente no alto da primeira página. Estava devolvida a canelada.

Os grandes veículos da imprensa, como *O Globo* e os Diários Associados, atingidos pelo dumping, interessados no bem do país ou na salvação dos seus negócios, ou nos dois, me abriram o rádio e a TV. Com espaço na mídia, documentos comprobatórios, ou indicativos da veracidade das acusações, mais minha facilidade para espalhar indignação, a campanha despertou apoios de todos os lados. Até os comunistas, postos na ilegalidade, sendo comidos nas bases pelo sindicalismo governamental e opondo-se à política externa pró-capitalismo, ficaram do meu lado dessa vez. A circulação da *Tribuna* subiu que foi uma beleza, no único momento lucrativo de sua história.

Paralelamente, publiquei por dias a fio documentos sobre uma ampla rede de corrupção policial. Acabei na cadeia, e a base legal para o mandado de prisão foi a Lei de Segurança Nacional de 1938, ainda em vigor. No discurso que fiz ao sair, logo depois, aleguei estar "honrado por ser preso graças a uma lei fascista do Estado Novo".

A campanha contra o *Última Hora* não cessou, investigando o financiamento de cada um de seus jornais e rádios, em cada estado do país. Os indícios se acumulavam. Em Minas, encontramos o dedo do então governador, o ex-prefeito Juscelino Kubitschek, em empréstimos saídos de três bancos ligados ao Estado, sem garantias e com pagamento sob a forma de publicidade. O mesmo Juscelino que era acionista da *Tribuna da Imprensa*. Eu e a UDN nos reaproximamos, com seus deputados e senadores levando o escândalo para dentro do Congresso, a partir do material que eu havia apurado e graças ao barulho que eu fazia. Com tanta pressão, o governo — dizem que por sugestão do Samuel — decidiu aceitar a CPI exigida pela oposição, e mais uma. A primeira investigaria o *Última Hora* e o Banco do Brasil; a outra, de contrapeso, escarafuncharia a vida financeira de todas as empresas jornalísticas do país, e suas relações com instituições financeiras e estatais. Ambas seriam dominadas por representantes da maioria governista, e presididas por um ex-fundador da UDN, atual deputado do Partido Trabalhista Nacional. Sobrou apenas um cargo para a representação udenista.

Certo dia, nos estúdios da TV Tupi, no ar e ao vivo, atendi ao telefonema de um espectador, de quem ouvi a seguinte pergunta:

"Aonde é que o senhor quer chegar com essa campanha, falando o tempo todo em *Última Hora*? Isso é uma disputa entre jornais, no fundo é uma luta comercial entre jornais, onde é que o senhor quer chegar com tudo isso?"

Esse era um entendimento que o governo adoraria ver disseminado na população. No reflexo, me arrependi de ter inventado de atender a telefonemas do público ao vivo. Como explicar algo assim, ou melhor, como ir além dessa explicação óbvia? Por sorte eu também havia pedido à produção para ter sempre no estúdio um quadro-negro. Então fui até ele e desenhei um sol, cercado de satélites. Lá embaixo, fiz um satélite pequenininho e escrevi *Última Hora*, e disse:

"Eu estou aqui."

Ao próximo satélite, mais perto do sol, chamei de Érica.

"Daqui vou passar para cá."

Ao seguinte, dei o nome de Banco do Brasil.

"Daqui, para cá."

Ao penúltimo, chamei de Ministério da Fazenda.

"Depois, para cá."

Então apontei o centro daquele sistema solar.

"Até chegar aqui."
Cravei o giz no sol e escrevi:
"Getúlio Vargas."

*

Pouco antes de morrer, li sobre uma obscura dinastia árabe, entronada havia décadas pelas mesmas potências europeias que traçaram no mapa o território de seu país, e ao longo de quatro gerações dona de poder absoluto naquela determinada faixa de deserto. Perpetuara-se no poder promovendo uma concentração de renda absurda e explorando a miséria social da economia petrolífera. Até que, há coisa de uns cinco anos, chegou um novo herdeiro, formado nas melhores universidades do mundo e, a julgar pela renúncia pacífica do pai em seu favor, já um político de talento. Esse novo herdeiro, mesmo sem desmontar a monarquia teocrática, promoveu reformas que vinham tendo grande sucesso. Diversificou a economia, criando empregos e oportunidades para os que não se encaixavam na exploração de óleo, a maioria silenciosa; instituiu liberdade de culto; concedeu igualdade civil às mulheres, estimulando sua presença no mercado de trabalho; investiu na educação pública; inaugurou mecanismos de distribuição de renda; enfim, o sujeito revolucionou, para melhor e sem um único tiro, a vida do seu povo. Um homem que se preparou e soube esperar o momento de mudar o regime na essência, ainda que, na aparência, ele continue atrasado.

É incômodo constatar que, às vezes, um regime fechado pode promover o bem-estar de um povo com muito mais eficácia do que um aberto, e que, portanto, a realidade política é muito mais complicada do que gostamos de imaginar. Ou que as idiossincrasias humanas podem, para o bem ou para o mal, se sobrepor a quaisquer regras institucionais. E também não posso, em sã consciência, por tudo que vi enquanto era vivo, afirmar que a democracia seja um regime infalível. Ela possui contradições; praticamente exige concessões exageradas e com frequência se dilui em remanchos insuportáveis, sobretudo no Brasil, onde, quando não há uma crise ou uma eleição em curso, a política ganha uma monotonia exasperante, considerada a pequenez do modo como a praticam. A situação da maioria dos países que desde a Segunda Guerra Mundial optaram pela via democrática — e isso inclui o Brasil, apesar de suas gaguejadas militares — demonstra cabalmente que um regime aberto não é nem de longe garantia de um verdadeiro desenvolvimento nacional.

A democracia, a bem da verdade, nem é propriamente um regime, um edifício jurídico estático e por isso dono de alguma forma de solidez essencial. Pelo contrário, ela deve ser um processo de constante aperfeiçoamento. A permeabilidade essencial da democracia, a flexibilidade, presente na maioria delas em maior ou menor grau, é o que interessa. A história de toda nação é um cavalo desembestado, uma explosão de força natural que cada povo deve tentar conduzir na direção do bem coletivo, e estar com as rédeas na mão é fundamental para ter alguma chance de consegui-lo. Assim, não é preciso dar a sorte rara que a tal monarquia árabe deu, quando chegou ao trono o príncipe esclarecido, que espontaneamente dividiu com a sociedade parte de seus privilégios.

Há, entretanto, uma regra da ciência política absolutista, vinda dos grandes monarcas europeus dos séculos XVI e XVII, que continua valendo para qualquer democracia, ou mesmo para qualquer regime. Segundo os antigos manuais da boa governança, quando o trono, a cabeça da vida política, é por algum motivo corrompido, logo todo o corpo social acaba apodrecendo, numa sequência de acontecimentos que, como o destino dos heróis trágicos, ganha vida própria e não pode ser interrompida sem a queda, muitas vezes também a morte, do soberano corrupto.

Tanto para os absolutistas de outrora quanto para nós, soi-disant democratas de hoje, o conceito de corrupção pode ter várias dimensões. Antes, se o rei havia chegado ao trono desrespeitando a linha sucessória, isso era uma forma de corrupção; outra era se ele, uma vez lá chegado, se voltava contra seu povo, por exemplo, castigando-o com impostos excessivos; e uma terceira, caso fabricasse aventuras militares de circunstância, unificando as armas em torno de si para espantar/confundir a oposição.

No nosso caso, também a corrupção tinha vários sentidos, a começar pelo mais literal, prosaico e — infelizmente para o país — cotidiano, qual seja, a malversação das verbas públicas. Nesse aspecto, o Brasil me parecia estar num processo de corrupção tão acelerado quanto o dessa carcaça em que existi. Eu acreditava então, e ainda acredito, mesmo depois de morto e enterrado, no chamado "moralismo udenista". Por mais pejorativo que soe, por mais injusto que eu tenha sido com muita gente, os rigores que preguei sempre me pareceram obrigações morais inescapáveis, e não algo com que o homem público pudesse negociar, passíveis de ser relativizados. Eis uma área em que o máximo e o mínimo são iguais, nunca algo a nós indiferente, nessa ou naquela figura, como se certas pessoas tivessem uma licença especial para agir, obtida em troca de serviços prestados ao bem coletivo.

Por mais corrupção que houvesse no país, ela nunca parecia chegar ao limite de si mesma. Sempre havia novos esquemas, novos grupos drenando dinheiro dos ministérios, dos bancos dos governos, das estatais, das autarquias, dos institutos etc. Sempre havia essa ou aquela família sendo escandalosamente beneficiada em seus negócios por ser próxima do presidente A ou B.

Por tudo isso, meu segundo espanto, algo que nunca entendi: o menosprezo que muitos, de um lado e de outro do espectro político, sentiam pelo combate à corrupção. Não consigo ver tal combate como apenas uma retórica oposicionista vazia, um elemento fomentador de crises inócuas, um obstáculo recorrente à normalidade política, ao funcionamento tranquilo das instituições. O preço da minha insistência foi ser para muitos um denuncista reles, demagógico, movido apenas por interesses próprios.

Talvez chegue o dia em que o uso indevido do dinheiro público não comprometa tanto o avanço do Brasil, e possa assim ser visto como menos daninho, exigindo menos ênfase dos homens de oposição. A prosperidade seria um colchão contra a roubalheira. Ou talvez alguma geração de políticos consiga, no futuro, redefinir sem traumas, sem denúncias pelos jornais e campanhas pelo rádio e televisão, os valores éticos dos homens públicos, impregnando todo o ambiente com o apego incondicional à honra e à honestidade. Por osmose, por transmissão de pensamento, por exemplo pessoal, sei lá eu. Talvez ainda uma real independência dos poderes dará, a quem tem o dever constitucional de punir os culpados do alto escalão, os grandes corruptores, a coragem e os meios para fazê-lo, inspirando um "medo saudável", regenerador da prática pública. Talvez o Brasil se livre da corrupção de uma forma que mesmo nesse meu exercício de futurologismo eu não esteja conseguindo adivinhar qual será. Torço para que tenham razão aqueles que menosprezam a retórica política do combate à corrupção. O meu jeito, convenhamos, quase nunca deu certo e, quando deu, nunca teve efeitos duradouros.

*

Ao encerrarem seus trabalhos, em novembro de 1953, as CPIS encontraram irregularidades nos empréstimos governamentais do grupo *Última Hora* e no de várias outras empresas jornalísticas. E se todo mundo fazia, então ninguém tinha culpa individual, o jeito era reformar o sistema. Como isso sempre leva tempo, por enquanto nada deveria ser feito. Samuel Wainer foi inocentado das acusações de favorecimento ilícito, concorrência desleal e insolvência. Getúlio, por sua vez, continuou à frente de um exército de jornalistas.

Já em 1954, decidi concorrer a deputado federal. Estava com o prestígio em alta na UDN. A derrota no Parlamento não me fizera cessar as acusações, e continuei aproveitando ao máximo toda a efervescência da campanha. Tornei-me realmente popular.

A politização do país, com as eleições gerais muito próximas e as presidenciais de 55 na cabeça de todos, ia deixando os ânimos completamente alterados. Abaixo-assinados contra o governo, escândalos de corrupção em outros órgãos federais, eu denunciando que o Samuel Wainer nascera no estrangeiro e, portanto, pela lei, não poderia dirigir um órgão de imprensa no Brasil, o governo apelando para o populismo total, ao dobrar o salário mínimo do dia para a noite, menos para os militares, o protesto formal dos coronéis de todas as Forças Armadas, a queda do ministro da Guerra, a do ministro do Trabalho, tudo era assunto para meus artigos e minhas falas no rádio e na TV. Num discurso, apontei os "principais crimes" de Vargas: o pacto secreto com Perón, gastos inflacionários e corruptores da opinião pública e o dumping da imprensa. Chamei Vargas de "monstro", seu filho Lutero de "degenerado", e assim por diante. Os estudantes, no Rio e em São Paulo, cantavam:

Lacerda, Lacerda,
Vamos fazer revolução!
Getúlio, fora do Catete,
Para a nossa salvação!

Do outro lado, eu era antibrasileiro, destruidor sistemático, golpista, personalista, jornalista marrom e aventureiro. Em jornais como O Radical e A Gazeta, era comum que se pregasse abertamente a violência física contra mim. Eu era muito insolente, provocava o povo, ligava a situação local com a nacional, um pouco em todos os lugares ao mesmo tempo, e surgiu o mito da invencibilidade, do "corpo fechado". Muita gente ia aos comícios onde eu estaria apenas para ver se aquilo dava ou não em assassinato.

Assim se criou o clima por trás de um incidente ocorrido em março, no Bife de Ouro, restaurante do Copacabana Palace, aonde eu fora almoçar com dois deputados udenistas e um rapaz pernambucano, conhecido de um deles. De repente, no meio do meu bife, posta-se diante de mim um rapaz e começa a me lançar uma série de insultos. Ele está acompanhado de outro homem, mais tarde identificado como integrante da Casa Militar presidencial. Eu olhei para o rapaz meio perplexo e, num primeiro momento, sinceramente, não o reconheci, não entendi o motivo daquilo. Ele então me deu um ultimato:

"Levante-se para apanhar, seu canalha."

Picado pela raiva, identifiquei-o como um filho do Osvaldo Aranha, Euclides, ou Kika Aranha. Num artigo recente, eu chamara seu pai, então o ministro da Fazenda, de "mistificador, mentiroso e ladrão". Para mim, na época, Osvaldo ainda ajudava Samuel Wainer a adiar os pagamentos da dívida da Érica com o Banco do Brasil. Parece que eu estava errado e, àquela altura, o círculo íntimo do poder já ia se distanciando do aliado no meio jornalístico, forçado pelas circunstâncias. Mas eu não sabia disso, e o Kika estava ali para tirar satisfações.

Fiquei ainda alguns instantes sem me mexer, esperando que fosse embora, suponho, e achando o desafio absurdo. Como continuou ali, perguntei:

"Ué, você está falando sério?"

O Kika se debruçou sobre a nossa mesa:

"Você está com medo, covarde?"

Com mais essa, fui obrigado a pelo menos me levantar. De surpresa, ele me deu um soco na cara, e meus óculos pularam longe. Mesmo sendo grande, eu era mau lutador e tinha sempre esse ponto fraco, os óculos. O sujeito da Casa Militar emendou com um soco na minha testa. Então o Kika Aranha deu dois passos para trás e puxou um revólver. Umas turistas americanas, hospedadas no hotel, ficaram fascinadas com a cena, sentindo-se num *saloon* de faroeste, prestes a assistir a um daqueles duelos de morte ou uma daquelas brigas que sempre terminam em mesas de pernas para o ar, cadeiras partidas e garrafas de bebida estilhaçadas.

Diante do clima político que vivíamos, eu também passara a andar armado, com um revolverzinho 38 de cano curto, para tiros à queima-roupa, que passava despercebido no bolso da calça. Minha lembrança é que hesitei em puxá-lo, mas já ouvi essa mesma história sendo contada como se eu tivesse puxado a arma primeiro. Lembro isso porque a esposa do Kika se aproximou dele, tentando tirá-lo dali. Estava grávida e, por um momento, caso eu sacasse, antevi uma tragédia, conosco trocando tiros e uma mulher grávida no meio. Um dos deputados que estavam comigo me cochichou que sairia sorrateiramente e telefonaria ao Osvaldo Aranha, para que viesse segurar o filho. E lá se foi, seguido pelo outro. Nunca mais voltaram e não deram telefonema nenhum! O Kika gritou com a esposa para que saísse de perto, e ela saiu. Vários fregueses conhecidos no restaurante já o cercavam, desestimulando-o a puxar briga. Mas como ele estava armado, mantinham distância.

Os amigos do Kika deram um bote sobre ele e o agarraram. Ou fui eu? Sei que ele ficou vociferando insultos contra mim, enquanto era arrastado para o outro lado do restaurante. Vi uma arma no chão e achei que a minha tivesse caído. Quando a enfiei no bolso da calça e já encontrei uma, entendi que era a do Kika. Então reparei no rapaz pernambucano, ainda ali comigo.

"Acho melhor você ir embora. Ainda pode complicar."

"Eu não saio daqui."

A essa altura, dois frequentadores do restaurante, conhecidos meus e dos Aranha, se aproximaram:

"Olha, Carlos, os amigos do Osvaldo foram à casa dele e estão vindo todos para cá. É melhor você ir embora, porque isso pode acabar numa carnificina."

Respondi na maior irritação, pelo desaforo e pela dor no supercílio:

"Embora coisa nenhuma! Não acabei de comer, o agredido fui eu, e ainda preciso encontrar meus óculos..."

Os dois voltaram a parlamentar do lado de lá, cercados de gente. Chamei um garçom e coloquei o revólver do Kika na bandeja:

"Leva essa porcaria daqui!"

Os dois amigos em comum vieram de novo:

"O Euclides aceitou sair por um lado se você, quando terminar o almoço, sair pelo outro."

"De acordo."

Deus sabe como acabei aquele bife. Uma equimose já se formara no meu olho. Mas consegui encontrar os óculos, todo empenado e com uma lente quebrada.

Diante de episódios como esse, a redação da *Tribuna da Imprensa* vivia um estado de permanente alerta. Vários repórteres que trabalhavam nas denúncias contra o *Última Hora* sentiam-se ameaçados. Um deles, cujo apelido era Cri-Cri, todos os dias, ao chegar à redação, colocava um revólver sobre a mesa. O colega vizinho, com a mesma regularidade, aconselhava:

"Menino, não brinca com isso."

Outro repórter, o Hermano, sujeito excitado e redator eufórico, com uma quedinha para o alarmismo, anunciou algumas vezes, com estranha mistura de ironia e temor verdadeiro:

"Estão organizando um quebra-quebra. É preciso defender o jornal, a canalha está se organizando!"

Começava então a agitação. Eu saía da minha sala, alguns examinavam seus revólveres. Nas oficinas, os gráficos armavam-se com pedaços de madeira, enquanto os repórteres iam para a rua, na incômoda missão de olheiros. Como que por encanto, as invasões do Hermano não se materializavam nunca, e as armas voltavam para o fundo das gavetas. Mas nem tudo era fantasia persecutória, prova disso eram os políticos e amigos que, nas horas de real turbulência, se dirigiam para a redação, oferecendo-lhe uma defesa "institucional".

Ainda no princípio daquele ano de 1954, quatro oficiais da Aeronáutica, de braço dado com suas esposas ou namoradas, me abordaram na saída de um dos programas na TV. Um pouco espantado, perguntei:

"O que os senhores desejam?"

Um deles se adiantou, um rapaz moreno, de boa cara:

"Servimos na Diretoria de Rotas Aéreas. Temos ouvido seus

programas. Estamos muito impressionados com seus argumentos, com os documentos do Banco do Brasil que o senhor tem trazido à tona. Diante das ameaças que tem sofrido, concluímos que não deve ficar sozinho."

"Muito gentil de sua parte", respondi. "Fico muito honrado. Mas, concretamente, o que isso quer dizer?"

"Se lhe acontecer alguma coisa, será apenas mais um jornalista morto no Brasil, e tudo continua como está, para pior. Então queríamos pedir licença para lhe fazer companhia. Representamos um grupo de quinze a vinte oficiais. O senhor andando sempre com um de nós, se nos acontecer alguma coisa, será um acontecimento de maior gravidade, pelo simples fato de estarmos fardados."

"Mas em que circunstâncias eu contaria com os senhores?"

"O dia inteiro, sete dias por semana. Organizaríamos um revezamento."

Continuei achando a situação meio estranha, e hesitei.

"Cada um ajuda como pode", disse o porta-voz do grupo. "Não temos a possibilidade disciplinar, nem os elementos que o senhor tem para transmitir isso tudo ao país. Mas temos a condição de militares para dar cobertura à sua ação e garantir que tenha consequências."

Aqueles jovens oficiais da Aeronáutica eram brigadeiristas, claro, como 99% da corporação, mas exatamente aquela campanha ia politizando-os além disso. Aceitei a oferta. Os quatro fixaram então uma série de procedimentos a fim de me proteger: definiram as escalas, decidiram que, ao me deixar e me buscar em casa, o carro deveria subir até o alto da rampa de pedras portuguesas que vinha da rua, contornando o canteiro e passando junto à portaria do edifício, pois assim o corpo do automóvel me serviria de escudo; e combinaram estar sempre armados com uma 45, calibre exclusivo das Forças Armadas, que, nos momentos de embarque e desembarque, os mais perigosos e nos quais eu estaria mais vulnerável, ficaria obrigatoriamente no colo deles, e com a bala na agulha.

Em fins de maio, foi apresentado pela UDN o pedido de impeachment do presidente, natimorto diante da maioria do governo no Congresso. Enquanto eu circulava com meus "seguranças", um repórter do jornal *A Noite*, que até era favorável ao governo mas se vira forçado pelas circunstâncias a tratar dos escândalos, foi espancado brutalmente por um policial civil de apelido autoexplicativo: Coice de Mula. Dois outros policiais haviam contribuído no massacre, que acontecera sob o olhar de um comissário da 2ª DP, da rua Hilário de Gouveia, a mesma de onde, em 1935, chegavam ao meu esconderijo os gritos das sessões de tortura. O Coice de Mula eu conhecia. Depois de ter sido surrado na porta da Rádio Mayrink Veiga, seis anos antes, justamente ele fora destacado pela polícia para fazer a minha proteção. O tal jornalista ficou onze dias entre a vida e a morte. A cobertura diária que fiz de sua agonia e o terno preto que usei em seu velório me renderam o apelido de Corvo, dado pelos comunistas, que ficaram subitamente irritados porque dessa vez o morto não era um operário, e portanto material para a exploração deles. Mas foi o *Última Hora* quem deitou e rolou com o apelido, que me perseguiu até o fim. Bem que tentei revertê-lo a meu favor. Respondi aos comunistas, e ao *Última Hora*, alegando que, no poema do Edgar Allan Poe, o corvo é um mensageiro auspicioso, daí viver repetindo: "Nunca mais". Não colava muito, mas insisti e fingi adotar o apelido. Só exatos dez anos depois, em Portugal, descobri a melhor maneira de justificá-lo. Lá, ganhei de presente um corvo, chamado Vicente, batizado assim em referência ao conto de Miguel Torga, no qual um desses pássaros se rebela contra o dilúvio e, enfrentando a ira divina, dá um grito e abandona a arca de Noé.

O jornalista afinal morreu e seu enterro, no dia 23 de maio, parou a cidade. Aquela morte era uma repetição do tratamento que o Estado Novo dera aos jornalistas e opositores. A vítima tornou-se um símbolo da revolta contra a impunidade, as roubalheiras e o autoritarismo. O povo exigiu a ausência da Polícia Civil nas ruas, e só a Militar acompanhou o cortejo. Os cinemas fizeram um minuto de silêncio. A multidão saiu do prédio de *A Noite*, na praça Mauá, seguiu até a sede da Associação Brasileira de Imprensa, no Castelo, e, de lá, veio para esse mesmo cemitério onde estou. As pessoas, durante todo o trajeto, cantaram o Hino da Proclamação da República:

Liberdade! Liberdade!
Abre as asas sobre nós...

À beira do caixão, houve discursos, transmitidos pelo rádio em cadeia nacional.

No dia 4 de julho, eu e os outros dois candidatos da UDN fomos de lancha fazer um comício em Paquetá, a ilhota perdida na baía de Guanabara. A lancha era de um primo do major Borges, um dos meus "seguranças" da Aeronáutica, que aquele dia trouxera a esposa, Glória. Ao nos aproximarmos do cais, fogos de artifício começaram a espocar. Ouvimos aplausos e gritos de boas-vindas. O marinheiro ia dirigindo a embarcação em ponto morto, mas percebeu que o impulso tomado seria insuficiente para chegar ao cais, e engatou novamente, dando uma pequena arrancada para a frente. Nesse momento, a esposa do Borges viu um objeto não identificado bater na borda da lancha e cair dentro d'água. Seguiu-se um estouro abafado, e uma grande marola balançou todos nós. Depois de atracarmos, quando já nos dirigíamos ao local do comício, o marinheiro veio correndo avisar que a lancha estava afundando. O Borges e outro major presente ordenaram que se encalhasse a embarcação nas pedras, onde constatamos um enorme rombo no casco. Concluímos que o objeto não identificado visto por Glória era uma banana de dinamite, que só errara o alvo graças ao súbito arranque do motor.

Eu continuava andando com meu revólver no bolso da calça, mas, falando assim, até parece que estaria apto a, se necessário, reagir. Na verdade, eu mal sabia atirar.

*

Construir, propriamente, é com o pedreiro. As comparações maldosas, segundo as quais um governante constrói estradas, enquanto o jornalista apenas aponta o preço exorbitante do asfalto licitado, a meu ver não procedem. O simples bom senso mostra que, ao assim agir, o jornalista está realmente promovendo a construção de duas estradas pelo preço de uma. Diz o senso comum que o jornalista equivale aos ouvidos do interesse público, e aos olhos também, cabendo a ele ver sem cessar, e dizer incessantemente o que vê. Infelizmente, em outras horas — ai de nós — somos até o nariz da sociedade!

Existe, admito, uma demagogia da desordem, mas em concorrência com ela existe a demagogia da ordem aparente, da ordem podre por dentro. Eu acredito ser possível construir destruindo; assim como se pode destruir com o próprio vocabulário, os gestos e toda a mímica da construção. Eu acreditava na controvérsia, para mim tão valiosa ao futuro do país quanto o ferro, o petróleo e a energia elétrica.

Em Vassouras, no século XIX, um desavisado pediu ao barão do café que lhe emprestasse dinheiro para fundar um jornal. E o barão respondeu:

"O dinheiro eu dou, mas para o senhor *não* fundar o seu jornal."

O cidadão politizado, que não receia perder um poder que não tem, mas cujas opiniões divergem todo santo dia das que vê nos jornais, também pode se incomodar. Balzac, movido pelo horror à revolução, que os jornais então açulavam, escreveu que "se a imprensa não existisse seria preciso não inventá-la".

O primeiro segredo do bom jornalismo está, a meu ver, em levar muito a sério fatos cotidianos, ao mesmo tempo sem perder a perspectiva da relativa desimportância de tais fatos em face do tempo. E foi para tornar esses fatos acessíveis à compreensão de um número apreciável de pessoas, fixando-os num momento da sua trajetória, conferindo certa permanência à sua transitoriedade, que o jornalismo desenvolveu outro de seus segredos: a arte de simplificar. A simplificação que é o jornalismo, eis precisamente o que o torna ao mesmo tempo um gênero difícil e medíocre.

Muitos defendem, ainda, que a profissão de jornalista é para os moços, adequada apenas a um certo momento da vida, mas que é preciso deixá-la antes de se perder inteiramente a espontaneidade do olhar. Caso contrário, o sujeito acaba dominado por uma forma aguda do cansaço, um ceticismo generalizado, que é a única verdadeira aposentadoria da profissão. Se é novidade, não é verdade. Se é verdade, não é novidade.

E se o jornalista vê de tudo, que dirá o político.

Os três mandamentos do bom jornalismo sempre foram:

1º Obtenha a notícia;
2º Conte a verdade;
3º Não seja cacete.

*

Meu avô era dado a acessos de fúria, contra a sua vontade. Meu pai e eu tínhamos um temperamento francamente marcial. Na medida em que fui incapaz de corrigir esse traço de comportamento, grande como era o prejuízo que causava à minha paz e à dos que estavam à minha volta, só me resta acreditar que havia, sim, determinismos biológicos insuperáveis para eu ser como era, um especialista em sentir raiva. Também não está errado acreditar que os determinismos do corpo podem ser intensificados pelo meio. Eu estava cercado pelos dois lados.

Alguma teoria humoral poderia me dizer, de uma vez por todas, se fui um temperamento sanguíneo ou colérico? Os coléricos são tidos como pessoas muito ativas, otimistas e dinâmicas. Líderes natos, são trabalhadores, perseverantes, não têm medo de assumir riscos e enfrentar desafios. Em contrapartida, são extremamente agitados e impulsivos, com tendências ao egoísmo, à arrogância e à insensibilidade. Já os sanguíneos também se destacam no grupo, são entusiasmados, comunicativos, produtivos, indisciplinados, igualmente impulsivos, e com inclinações ao egocentrismo.

De melancólico eu ainda podia ter um pouco, mas de fleumático nem uma gota, isso com certeza.

*

No início do mês de agosto de 1954, na noite do dia 4, para ser mais exato, fiz uma palestra no Externato São José, na Tijuca. Estavam comigo meu filho mais velho, na época com quinze anos, e um dos meus protetores da Aeronáutica, o Rubens Vaz. A rigor, era para estar comigo um de seus colegas, que, entretanto, recebera ordens de fazer um voo na manhã seguinte, então pedira ao amigo que o substituísse. O Vaz, naquela noite, iria levar o filho de três anos e a esposa ao Hospital da Aeronáutica, onde o garoto seria operado das amídalas, mas combinou fazer isso depois da palestra para assim poder me acompanhar.

Com as eleições presidenciais cada vez mais próximas — dessa vez eu me candidatando a deputado federal —, a UDN tinha optado por uma campanha diferente, que fugia dos tradicionais comícios em praças públicas, aos quais planejamos recorrer só na última hora. Inventamos os "comícios em casa", apresentando nossas propostas na residência de correligionários, para os amigos, vizinhos, homens e mulheres. Além desses comícios, havia, claro, muitas viagens, muitos convites para debates com estudantes, sindicalistas e grupos específicos, como aquele do Externato São José.

Quando acabou, onze e pouco da noite, fui cercado por um pessoal querendo falar comigo, me cumprimentar, prometer seu voto etc. Levei um tempo no rescaldo da palestra. Então eu e meu filho entramos no automóvel do major Vaz, que saiu em direção a Copacabana. Ele nos deixaria em casa e depois seguiria para o Leblon, onde morava.

Eu havia mudado para o número 180 da rua Tonelero, o edifício Albervânia, mistura de Alberto e Vânia, em homenagem aos filhos do construtor, segundo me explicou o porteiro. Para chegar da rua à portaria, subia-se a rampa de pedras portuguesas, como eu disse, e uma escada de uns poucos degraus. A portaria, toda art déco copacabanense, era iluminada por um lustre grande e tinha portas altas, amplas, de vidro e ferro trabalhado, circundadas por um batente largo de granito vermelho. Nos fundos, o prédio dava para o morro do Papagaio, de mata cerrada, que divide Copacabana da Lagoa. Meu apartamento era o 1003. Havíamos feito muitas amizades no prédio, nossos filhos também. Entre udenistas e pessedistas fervorosos, e alguns trabalhistas, certamente, víamos os meninos trocarem roupas de índio e caubói, e colocarem para correr seus cavalinhos, em pistas trêmulas, movimentadas por manivelas e pela euforia da torcida.

No 1004, morava o dr. Dreux, a esposa e seus quatro filhos, a família-modelo do prédio; no nono andar, uma família do Espírito Santo, fanáticos por aipim cozido com açúcar; no 901, um jovem oficial da Marinha, cuja filha seria irmã de leite da minha filha, ambas nascidas naquele ano de 54, e cujo espadim de aspirante a mãe orgulhosa certa vez fez questão de me mostrar; no 804, a família de um poderoso senador maranhense, dono dos jornais *Diário de S. Luís* e *A Tarde*, egresso do PSD mas que, em 1950, concorrera à Presidência contra o Getúlio, por um partido menor; no 803, morava um casal de semblante austero, educado e solidário; no 801, um coronel e deputado gaúcho, Osório Tuyuty, pai de muitos filhos, todos com nomes indígenas — Potira, Maiara, Aimbirê etc.; no 802, o advogado que estudava à noite, talvez o único ainda acordado àquela hora; o empresário casado com a mulher linda, que não conseguia engravidar mas era idolatrada pelos meninos do prédio, e que, logo depois de finalmente ter uma menina, sofreu um infarto fulminante; o escultor italiano, pai de um maestro famoso, compositor de trilhas sonoras para o cinema nacional; o pediatra que mais tarde viria a ser meu secretário de Saúde, com sua mulher jogadora de bridge e os três filhos; o brigadeiro Vasco Seco... o adido militar argentino, futuro ditador que terminaria assassinado pelos Montoneros... as meninas das pernas bonitas e os donos da loja Saddy Sedas, na rua do Ouvidor.

O major Vaz encostou o automóvel na beira da calçada, em frente ao meu prédio. Ficamos conversando mais um pouco, dentro do carro. Nós dois na frente, meu filho no banco de trás. O major, sempre muito calmo, com as mãos apoiadas no volante, me recomendava pela enésima vez:

"Você está exagerando nos ataques. Menos exaltação fará mais efeito."

O Vaz era o pacifista entre os oficiais que me protegiam.

"Se eu não for violento", respondi, "não terá efeito."

Saltamos do carro, e ele veio se despedir. Vendo-o preocupado, disse:

"Vocês estão se arriscando muito. Talvez fosse melhor não me acompanharem. Eu estou na guerra, na luta."

Ele não respondeu, e resolvi encerrar a conversa:

"Amanhã tenho um dia cheio, e você também..."

"É a minha vez de voar."

"Então boa noite, descanse. Depois conversamos."

Como era tarde, havia pouca gente na rua. Eu e meu filho seguimos em direção à portaria iluminada. Antes de alcançá-la, vasculhei os bolsos e procurei a chave da porta da rua. Cadê? Eu perdera de novo... A portaria, àquela hora, meia-noite e tanto, certamente já estava trancada.

Encontrei a chave da garagem, o que me tirou do trajeto costumeiro e desviou da portaria principal. O major Vaz, enquanto isso, olhava para mim em pé no meio-fio, próximo ao carro, esperando eu entrar. Cheguei à entrada lateral dos automóveis e encontrei sua porta pantográfica já sendo aberta pelo garagista. Quando me voltei para um último gesto de despedida, vi do outro lado da rua um mulato saindo de trás dos carros estacionados, com o chapéu caído sobre os olhos, e atravessando para a nossa calçada. Com ele havia outro homem, mas este não atravessou e caminhou rumo à Hilário de Gouveia. O sujeito de chapéu, então, fez uma coisa esquisita: chegou a uns três metros do nosso carro, debaixo de uma árvore, e parou. Foi uma fração de segundo, o suficiente para eu perceber que algo estava errado e fixar meu olhar em sua direção. Ele assumiu uma postura meio encolhida, quase agachada, e abriu o paletó. De lá puxou a arma e atirou em mim.

Como estava escuro, só vi um fogo saindo da mão dele e ouvi o barulho. O Vaz, que estava a ponto de entrar no carro, já abrindo a porta, se virou assustado. Tentei alcançar o revólver no bolso da calça, mas Sérgio, meu filho de quinze anos, apavorado, se agarrou justamente à minha perna, tolhendo-me os movimentos. Desesperado, empurrei-o para trás do muro que havia junto à porta da garagem, mas ele voltou a se agarrar em mim. Enquanto isso, ouvi mais um estampido, e mais um, o que me deu a impressão de o segundo homem, do outro lado da rua, também ter começado a atirar. Olhei novamente na direção do primeiro assassino e do carro, o Vaz tinha sumido. Mais um tiro foi disparado, e senti um negócio no pé esquerdo, mistura de dor e peso. Olhei de relance e vi sangue começando a brotar pelos cordões do sapato.

Arrastei meu filho comigo e entrei na garagem, meio mancando, meio correndo. Um rastro de sangue ficou pelo caminho. O garagista sumiu. Gritei por socorro e mandei meu filho ficar ali. Subi uma escadinha, cheguei à portaria principal e saí novamente, agora pela porta da frente, com o revólver na mão. O pistoleiro tinha corrido em direção à rua Paula Freitas, uma esquina mais longe. Atirei três ou quatro vezes. A distância, a escuridão, o pouco alcance da arma e, sobretudo, a minha completa falta de mira, deixaram meus tiros todos tortos. Perdi o assassino. O homem que permanecera do outro lado da rua fugiu a pé, passando em frente à delegacia de Copacabana. Ela ficava a menos de cem metros do meu edifício, mas não esboçou nenhuma reação ao tiroteio.

Vi de repente um corpo caído atrás do nosso carro. Três colegas jornalistas do *Diário Carioca*, que vinham da redação, chegaram correndo pela calçada. Um deles morava no edifício número 186, ao lado do meu, e também estava sendo deixado em casa. Haviam testemunhado o tiroteio, a meia distância. Fui até o corpo e encontrei o Vaz agonizando, com um buraco de bala no peito e outro nas costas.

Na rua Paula Freitas havia a casa de um comandante da Guarda Municipal, sempre vigiada por um de seus homens. Em outra omissão suspeita naquela noite, o policial que faria a segurança tinha faltado ao serviço, alegando estar doente. Para substituí-lo, viera um soldado muito mais inexperiente, habituado a fazer somente a ronda noturna em praças públicas e prédios municipais. Ouvindo o tiroteio, esse valente guardinha decidiu ir andando até a minha rua e ver o que estava acontecendo. O que viu foi o pistoleiro correndo em sua direção, de arma em punho. Pensando tratar-se de um assaltante, ele gritou:

"Para! Para senão atiro!"

O pistoleiro usou as últimas duas balas. O guarda caiu no chão, com um tiro na coxa, e o assassino, ultrapassando-o, alcançou na esquina um táxi preto com o motor ligado, o carro da fuga. Mesmo caído, o guardinha se superou e, dos três disparos que fez em direção ao táxi, já acelerando pela avenida, acertou dois.

Segundo o inquérito, o pistoleiro atirou em mim, atirou no Vaz e atirou em mim de novo. Contrariou um pouco o figurino, que manda todo pistoleiro, quando a vítima tem um segurança, atirar primeiro no segurança, neutralizando o contra-ataque, e só depois no alvo principal. Talvez porque, quando iniciou o ataque, o Vaz estivesse quase dentro do carro. Em compensação, quando atirou no major, foi de uma trágica eficiência. Com o primeiro tiro, provocou lesões no coração. Enquanto o corpo do Vaz rodopiava e começava a tombar, disparou outra vez, na diagonal, arrebentando-lhe o pulmão esquerdo, o fígado e o rim direito, o que acelerou a queda e provocou uma hemorragia interna fatal. Mais tarde, olhando o pistoleiro, ninguém imaginaria sua periculosidade. O Alcino era um mulatinho rigorosamente inexpressivo, sem nenhum traço de maldade no rosto. Um sujeito que poderia, tranquilamente, ser o famoso vendedor de amendoim.

Meus tiros acertaram, duas vezes, um muro distante, e uma terceira bala foi se alojar na biblioteca do barão de Saavedra, que morava na esquina onde havia ficado o carro da fuga.

Dizem que sobrevivi apenas porque o Alcino estava acostumado a usar calibre .38, mas, para missão tão importante, deram-lhe uma arma calibre .45, melhor, porém mais pesada, o que teria inclinado para baixo a angulação do disparo, daí ter acertado no meu pé. A direção do tiro, contudo, estava certa, e a bala que acertou na perna do guarda, disparada em movimento, mostra que ele era bom. Dizem também que o fato de eu ter esquecido a chave da portaria foi uma sorte imensa. Se tivesse subido a escadinha que levava à entrada principal, minha silhueta teria se destacado contra a luz da portaria, enquanto a rua estava toda escura. Então seria um tiro ao pombo, como se diz, porque ficaria muito mais fácil me acertar, mesmo do outro lado da rua. Quando tomei a direção da porta da garagem, obriguei o Alcino a atravessar a rua e começar o tiroteio de perto.

O papel do segundo homem no ataque nunca ficou explicado. Ele assistira a tudo de uma esquina, do outro lado da rua, e depois fugira andando. Eu com certeza o vi junto do pistoleiro, antes de tudo começar. Fora fiscalizar sua competência? Ou estava lá para eliminá-lo assim que cumprisse a missão? Muitos acreditam que desistiu de participar, ao ver o alvo saindo da boa posição de tiro.

Os três jornalistas do *Diário Carioca* haviam estado tão perto do assassino que meu filho, por engano, supôs que o carro deles participasse do atentado. Então, por incrível que pareça, num primeiro momento pedi socorro a homens que, até onde eu sabia, podiam ser cúmplices do criminoso. Gritei-lhes que socorressem o Vaz.

Se o major estivesse armado, poderia estar vivo hoje. Se o pistoleiro fosse o cadáver, no entanto, as pistas do caso teriam desaparecido e a história do Brasil teria sido outra. Os buracos de bala na lataria do carro da fuga, feitos pelo guarda municipal, foram o começo de toda a investigação.

Também é verdade que o Vaz cometeu todas as imprudências do mundo aquela noite. A primeira, menos grave, foi não subir a rampa e não me deixar na beira da escadinha que levava à portaria, assim me obrigando a caminhar, exposto, por alguns metros. Outra, mais grave, foi não estar com a arma no momento do meu desembarque, como mandava o esquema de segurança combinado entre ele e seus amigos oficiais. Talvez a pressa em voltar para junto do filho e da esposa tenha gerado a displicência, ou talvez tenha se descuidado justamente por ser, de todos nós, o mais moderado, o menos indignado. Sua terceira e última imprudência, a mais grave de todas, foi ao mesmo tempo sua impressionante demonstração de coragem pessoal. Ouvindo os tiros, ele havia dado meia-volta e corrido totalmente desarmado para cima do pistoleiro.

Em mim, o tiro entrou pela borda esquerda do pé e saiu pelo outro lado, fazendo a fratura exposta de um osso chamado escafoide. Apesar da violência dessa fratura, a fricção da bala, pela velocidade e pelo calor, perfurou e cauterizou ao mesmo tempo, por isso o sangramento foi relativamente pequeno. Naquela época, quando o Miguel Couto sequer tinha um ortopedista de plantão, o que se punha nas fraturas era um aparelho provisório, uma tala de papelão. Depois, garantida a assepsia da ferida, fui engessado.

Mesmo aquela tragédia, contudo, teve detalhes pitorescos:

— Por um inexplicável lapso coletivo, ninguém lembrava o nome das pessoas que efetivamente me levaram para o hospital. Lembro que havia um argentino no grupo que me botou dentro de um carro desconhecido, e só. Eram pessoas da vizinhança que nunca mais me procuraram.

— Se fui levado por elas, o Vaz, agonizante, foi levado pelo jornalista vizinho e seus colegas. Mas ninguém se lembrou de ajudar o heroico guardinha municipal, que ficou sangrando na calçada ainda um tempo (eu nem sequer vi que o homem existia, pois antes de ele ser atingido estava muito escuro, e depois ele caiu atrás dos carros estacionados do outro lado da rua, ocultando-se completamente à minha visão).

— No hospital, quase junto comigo, chegou outro camarada com um tiro na coxa, baleado enquanto tentava roubar um carro. Vendo a mim ferido e o hospital já repleto de autoridades civis e militares, ele, muito nervoso, falava bem alto para todo mundo ouvir: "Eu sou ladrão, mas só ladrão! Não tenho nada a ver com isso! Não participei de nenhum atentado!".

*

No dia seguinte ao atentado, bem cedo pela manhã, dezenas de oficiais se espalharam pela cidade, metodicamente visitando todas as oficinas de lanternagem. Os tiros do guarda Sálvio Romero eram a única pista inicial. Identificando-se e exibindo suas 45, os oficiais deixavam os mecânicos apavorados com as consequências caso não avisassem a Diretoria de Rotas Aéreas, na qual o Vaz trabalhava, do aparecimento de um táxi negro com dois furos de bala na traseira. O taxista leu sobre a morte do major nos jornais, e a cada oficina que visitava era avisado da passagem e da disposição dos oficiais. Aos poucos, entrou em pânico. Um dia depois, se entregou. Em seu depoimento, admitiu que fazia ponto defronte ao Palácio do Catete. Segundo ele, dois membros da guarda pessoal do presidente haviam lhe apontado suas armas e o coagiram a tomar parte numa "missão especial".

"E como você sabia serem elementos da guarda pessoal?", perguntou o interrogador da Aeronáutica.

"São fregueses frequentes. E eu cortava o cabelo de um deles, quando ainda trabalhava de barbeiro no salão ali perto."

"E por que você ficou esperando com o motor ligado, não podia ter fugido?"

"Fugir como?", irritou-se o taxista. "Se no dia seguinte eu iria estar no ponto de novo? Sou conhecido ali."

Daí em diante, como se sabe, um aparelho judiciário inteiro, imposto pela Aeronáutica, arrebatou da polícia e do ministro da Justiça, Tancredo Neves, a condução das investigações. O ministro, inclusive, foi acusado pelos majores da Aeronáutica de ter propositalmente facilitado a fuga de um dos pistoleiros. Inexoravelmente, o crime chegou até dentro do palácio presidencial. Claro que antes de essa descoberta se tornar incontestável houve todo tipo de resistência, a ponto de, num primeiro momento, a investigação tentar incriminar a vítima. Segundo essa hipótese, o major descobrira um caso meu com sua esposa; teríamos discutido na rua quando ele me confrontou, e eu mesmo o matara. Meu garagista foi preso e intimidado a confirmar essa versão. Também houve quem dissesse que eu forjei o tiro no pé, alegando que não se engessa ferimento à bala. Outros juraram que eu me autoinfligi o fatídico tiro. Por fim, houve a tentativa de sequestro da esposa do major Borges, fracassada por um milagre. Era o último suspiro do submundo getulista, no desespero tentando conter as investigações.

Por tudo que se apurou, com 99% de certeza pode-se dizer que não foi o Getúlio quem deu a ordem para o meu assassinato. Quando conversou com o oficial responsável pelo inquérito policial-militar, no dia 8 de agosto, ele pareceu genuinamente surpreso:

"Isso é incrível, é de estarrecer, é um mar de lama."

Acho mesmo que só depois, já com as paredes se fechando à sua volta, ele soube quem, dentro do seu círculo mais íntimo, havia sido o responsável por aquela burrada colossal. Tenho meu palpite, mas os esforços para identificar o mandante chegaram no máximo ao Gregório Fortunato. Foi quando reconheci o negro soturno que, em 1945, na delegacia, assistira ao interrogatório do homem que espancara o senador Macedo Soares. A guarda pessoal, então, foi desmanchada.

Gregório era homem de força do presidente desde os tempos do Estado Novo, e acompanhara o Getúlio no seu exílio voluntário em São Borja, entre 1946 e 1950. Tinha duzentos e oitenta homens sob seu comando, pagos com dinheiro da polícia do Sesi, do Ministério do Trabalho e até da Rádio Nacional, sendo que setenta e seis soldados serviam ao seu redor. Mas dizer isso ainda é dizer pouco. Quando as investigações bateram nos arquivos do chefe da guarda, descobrimos sua real dimensão. Os documentos encontrados eram uma revelação mesmo para mim, por mais obsessivo caçador de falcatruas e amplificador de improbidades que eu fosse. Iam desde bajulações as mais variadas, vindas de deputados, senadores, grandes empresários, ministros de Estado e até líderes udenistas!, as pessoas mais íntimas do regime, até pedidos de favores, empregos, indultos, lobbies para favorecimentos em licitações, e pistolões os mais diversos, endereçados ao "Querido tenente Gregório". Ele funcionava como um secretário-geral do governo, digamos assim, para não dizer um ministro da Casa Civil. Os políticos e aspones que gravitavam em torno do poder, dos quatro cantos do país, usando-o como acesso ao presidente, forneciam-lhe mulheres, dinheiro, vantagens, condecorações, enfim, aquele cardápio básico da política brasileira da época. Getúlio não era, propriamente, desonesto, mas era capaz de permitir as piores falcatruas se fossem úteis à sua permanência no poder. E à sua volta o desmando era completo. Encontramos recibos provando que o simples chefe da guarda, o homem obscuro para a maioria de nós, comprara a fazenda de um filho do presidente da República e era sócio de outro filho numa empresa de engenharia.

Descobrimos até de onde saíra o dinheiro para o matador. O Gregório recebera havia pouco uma propina gorda de um empresário japonês, quinhentos mil cruzeiros, como agradecimento por tê-lo ajudado a obter um empréstimo no Banco do Brasil. Estava combinado que a propina seria para cobrir os custos de campanha de um candidato a deputado estadual por São Paulo, mas o Gregório, o Anjo Negro (e nem fui eu o inventor do apelido), pegou uma parte para contratar minha morte.

Eu morri com a suspeita de que ainda havia alguém acima dele, mas nunca pude comprovar isso. Alguém da família, que antes da tragédia estava todos os dias nas colunas sociais, que tinha fama de beberrão e briguento, mas depois se recolheu para sempre. A Aeronáutica foi a primeira a pedir a renúncia do presidente. A Marinha logo aderiu, e um almirante foi destacado para transmitir a mensagem ao Getúlio, cara a cara. O líder do governo no Senado, ao defender o presidente na tribuna, teve uma diarreia, tamanha era a pressão. Alguns quebra-quebras contra o governo foram registrados na capital federal e em outras capitais. Finalmente, nosso trabalho de conscientização do povo, começado desde o governo Dutra, em comícios nas praças públicas ou improvisados na casa das pessoas, parecia estar dando frutos.

No dia seguinte, os jornais de oposição diziam que o líder da minoria no Parlamento fora sondado por membros do governo quanto à possibilidade de se decretar um estado de sítio. Espalhada a notícia, o governo apressou-se a negar manobras nesse sentido. Mas, como nós, ele também se mexia. Enquanto fingia menosprezar as manifestações que ocorriam pelo país afora, as emissoras de rádio eram censuradas e um radialista foi preso, por transmitir boletins direto do Palácio do Catete. Sindicalistas tornaram público um abaixo-assinado, manifestando apoio ao presidente e alertando sobre um golpe da direita. Espalhou-se o boato de que o vice-presidente, o primeiro na linha de sucessão, não era aceito por setores econômicos poderosos. Além disso, por ele ser historicamente um opositor do Getúlio — a tal contradição que já mencionei —, o partido do presidente afirmou que não o aceitaria no poder. A praga de 1946. Diante do impasse, o vice propôs ao Getúlio, publicamente, que renunciassem ambos, abrindo espaço para a convocação imediata de novas eleições. A proposta não foi aceita.

Um líder parlamentarista, na sessão do dia 23 de agosto, tomou a palavra e instou o Congresso, diante de uma crise de contornos imprevistos pela Constituição, a anunciar o fim do governo. Ficou falando sozinho, porque todo mundo sabia que faltava a palavra sempre decisiva nessas horas: a do Exército. Era a única força armada ainda hesitante, porém a única efetivamente capaz de respaldar outro governo. Mas estava dividida, antes precisava se decidir. Bem que tentei ajudar...

*

Como todo homem muito hábil, estrategista e com o dom de levar as pessoas a fazerem o que ele quer, ou de forçá-las a isso, e como todo homem muito poderoso, nesse sentido do poder absoluto, eu acredito que o Getúlio fosse, no fundo, além de muito misterioso, também muito solitário. Não tinha amigos, nem inimigos. Conhecia o homem brasileiro no que tinha de melhor e pior, da elite ao povão. Corria uma frase, que nem sei se efetivamente ele disse:

"Os Vargas não perdoam, mas esquecem."

Ninguém conseguir entendê-lo significa, é legítimo deduzir, que ninguém o conhecia realmente. Mesmo os mais próximos sofriam para obter um retrato coerente de sua personalidade.

Ouvi uma vez a seguinte história: no 1º de janeiro de 1944, já no fim do Estado Novo, um industrial foi convidado para almoçar no palácio com a família Vargas, o presidente, sua esposa, d. Darci, e sua filha Alzira. O Getúlio, na noite do réveillon, fora ao Teatro Recreio e passara a meia-noite assistindo a uma revista de rebolado com o ajudante de ordens. Isso, mesmo hoje, seria um negócio meio estranho. Imagine, por exemplo, o Geisel num rebolado na passagem do dia 31. Naquela época também era meio insólito e não combinava com o Getúlio, porque o populismo era elevado, nunca rasteiro. Mas enfim, segundo o industrial, em dado momento do almoço, a Alzira repreendeu o pai:

"Pegou muito mal esse negócio do senhor passar ontem o réveillon no Teatro Recreio."

Olhando para ela com os olhos mais frios do mundo, ele teria respondido:

"Acho que pegaria muito pior, minha filha, se soubessem que no dia do Natal eu jantei sozinho."

Homens próximos a ele sugerem outro lado, ainda mais doloroso, de sua personalidade. Segundo seus próprios aliados, às vésperas da Revolução de 30, diante da possibilidade de uma derrota, ele sempre dizia:

"Se eu perder, me mato."

Dois anos mais tarde, foi Assis Chateaubriand quem teria ouvido:

"Se São Paulo entrar numa guerra civil, o perigo que eu corro é que, se eu perder, me mato!"

Não tenho motivos para supor que esses episódios sejam falsos. Mas o Getúlio podia estar apenas usando uma força de expressão, muito comum aliás, agora distorcida pelo desfecho posterior.

Mas tive muito tempo para entender, e admitir, que suas perguntas descabidas ao comandante da artilharia, lá atrás em 1944, sua falta de talento parlamentar, sua aparente fragilidade física e psicológica, eram a outra face de um homem que raramente se deixava pegar desprevenido, um homem de uma tenacidade mental impressionante, que possuía a marca da determinação excepcional, da inteligência estratégica, do desejo de controle absoluto, e tudo isso o tornava capaz de se aferrar visceralmente ao que desejava conservar, fosse uma trincheira ou um certo modelo político. Ele tinha sempre a última palavra.

*

Enquanto eu era governador da Guanabara, já nos anos 60, houve uma rebelião no presídio da rua Frei Caneca, um dos maiores do estado. As causas foram as de sempre: superlotação, tráfico de drogas e armas, guerra de quadrilhas, um corpo de carcereiros dividido entre os que obedeciam ao regulamento cruel e aqueles que odiavam o diretor ainda mais do que os detentos, péssima qualidade na alimentação e violência por parte do diretor. Do total de mil e duzentos presos, setecentos se amotinaram e controlavam dois dos quatro pavilhões. Desde o início da revolta, o diretor escapara milagrosamente de virar refém, um preso fora morto a facadas e o chefe de uma das quadrilhas fora torturado, morrendo com um golpe no pescoço. Cheguei às dez e meia da noite, encontrando contingentes da Polícia Civil, Militar e do Exército prontos para invadir. O diretor do presídio vinha pressionando-os para que entrassem de uma vez, porém uma ordem contrária tinha chegado da Secretaria de Segurança, que temia um banho de sangue. Mesmo assim, seis bombas de gás lacrimogêneo já haviam sido lançadas sobre os amotinados, e os guardas estavam armados de metralhadoras e granadas. Os presos, do outro lado dos muros, reagiam balançando facas, revólveres e objetos cortantes os mais variados, enquanto gritavam:

"Queremos comida! Queremos comida!"

Num impulso, resolvi negociar pessoalmente com eles. Quando entrei no grande pátio, sem nenhuma escolta, encontrei-os batucando, pulando e sambando em torno de uma enorme fogueira, em cujas labaredas ardiam pedaços de móveis destruídos e colchões. Eles não acreditaram que eu era eu, o governador em pessoa, demonstrando uma sensatez maior que a minha. Inicialmente, recusaram-se a negociar. De repente, do meio da escuridão e esgueirando-se por entre os corpos que rodeavam o fogo, surgiu Gregório Fortunato. Anos depois do atentado na rua Tonelero, eu o reconheci imediatamente, e ele a mim. Estava preso desde então, e quem poderia adivinhar o que lhe passava pela cabeça, tendo uma chance inédita, quase miraculosa, de se vingar?

Como um autêntico Anjo Negro, vagaroso e soturno, ele foi até os líderes da rebelião. Imediatamente, o clima mudou. Acreditando que eu era mesmo quem dizia ser, deixaram-me subir num caixote a fim de discursar para os presos. Comecei a falar o mais alto possível. Prometi rever as condições carcerárias, investigar os abusos etc. De onde estava, eu via o Gregório chamando os presos, para que não só os líderes me ouvissem.

*

O médico Miguel Pereira dizia que, em matéria de saúde, "o Brasil é um grande hospital". Politicamente, acho que também é.

Pelo menos foi, nos dias que precederam o suicídio do Getúlio. A população toda teve febre alta. O nível inédito de consciência política talvez tenha lhe causado uma inflamação. Manifestos e abaixo-assinados a favor da renúncia pipocaram em vários segmentos da sociedade: advogados, engenheiros, médicos, estudantes, organizações filantrópicas etc. Cidadãos isolados e anônimos também se mobilizaram, enviando telegramas às autoridades militares, conclamando-as a colocar um ponto final na crise.

No dia 23 de agosto, os estudantes se reuniram defronte à Faculdade de Direito, em São Paulo, onde àquela altura minha fama como jornalista atingira o mesmo nível que já possuía no Rio. Aproximadamente mil pessoas abriram a passeata, tendo à frente as bandeiras do estado e do Brasil. Carregavam faixas: "O corpo discente e o corpo docente contra os indecentes"; entoavam bordões de protesto: "É chegada a hora de pôr o Getúlio pra fora"; e assim foram atraindo adesões por onde passavam, acompanhadas à distância pelos investigadores do Departamento de Ordem Política e Social. Já eram quatro mil quando atravessaram a praça da Sé e chegaram ao viaduto do Chá. Uma mulher, aos gritos, defendeu o presidente. Logo foi cercada pelos estudantes e recebeu uns tapas na cabeça. Com certeza teria apanhado mais se os investigadores que vigiavam a passeata não intercedessem. Adiante, em meio a vaias, cartazes do governador pró-Getúlio foram arrancados dos postes e muros.

Já com cinco mil pessoas, a passeata chegou à sede do quartel-general da IV Zona Aérea. Num comício improvisado, oradores enalteceram a Aeronáutica, primeira arma favorável à renúncia do presidente, homenageando também o brigadeiro Eduardo Gomes, líder da oposição, e o major falecido no atentado. Retomando a marcha, a multidão alcançou o Palácio dos Campos Elíseos, residência oficial do governador, e pediu em coro que ele se pronunciasse. Eram já oito da noite. O governador apareceu e, brilhantemente, disse que confiava nas Forças Armadas para resolverem a crise.

Lá pelas nove da noite, três mil pessoas ainda marchavam. Aproximando-se da sede do PTB estadual, os manifestantes romperam em insultos, xingamentos, gestos ameaçadores. Pessoas que estavam lá dentro saíram armadas e acompanhadas de policiais à paisana. Provocaram os estudantes, gritando: "Viva Getúlio!", e por um momento a radicalização e a pancadaria, talvez uma ou duas mortes, pareceram inevitáveis. Na última hora, os estudantes mais exaltados foram contidos pelos colegas e pelos empurrões dos policiais. A passeata seguiu rumo à praça Júlio Mesquita. Os petebistas e os populares pró-governo foram atrás, agora eles próprios armando o clima de violência. Por sorte, chegaram mais carros de polícia e apareceu um ônibus inteiro com investigadores do Dops. A passeata regressou ao largo de São Francisco, onde enfim se dispersou.

A renúncia do presidente estava madura. Correu o boato de que a decisão fora tomada mas ainda não tornada pública. Aguardava-se o anúncio para qualquer momento. Na noite daquele mesmo 23 de agosto, eu e minha mulher fomos comemorar com amigos e colegas de partido. Horas mais tarde, já na madrugada do dia 24, no Rio, a última reunião do ministério teve lugar no Palácio do Catete. Um pequeno grupo de homens, trancados numa sala, deveria ser capaz de relatar, com menos discrepâncias, o fato histórico. A verdade é que seus depoimentos, colhidos por jornalistas, cientistas sociais e profissionais da história oral, simplesmente não batem. A irredutível subjetividade humana operou seu milagre. Nas grandes linhas, concordavam apenas que Getúlio ouvira dos ministros as condições impostas pela oposição e pelo povo. Ouvira, também, que seus apoios políticos e militares estavam evaporando. Ao terminar de escutá-los, o experiente chefe de Estado perguntou o que achavam que deveria fazer. Como tergiversassem, ou se omitissem, ele disse:

"Se os senhores não decidem, eu vou decidir. Minhas recomendações são no sentido de que a ordem seja mantida, resguardada a tranquilidade do povo brasileiro e respeitada a Constituição. Mas, se os insubordinados quiserem me impor a violência, daqui levarão apenas o meu cadáver."

Ao sair do salão, Getúlio recebeu abraços de solidariedade da família e dos amigos mais íntimos, presentes no palácio para ficar a seu lado. Então se recolheu.

Quando raiou o dia, na redação da *Tribuna*, muito agito e todo mundo trabalhando às pressas para fechar a edição o mais cedo possível, com a manchete da renúncia. No meio do alvoroço, tocou o telefone. Um dos jornalistas atendeu e, de repente, gritou mais alto, com emoção:

"O homem se matou!"

Todo mundo no ato parou de falar, de mexer, acho que até de respirar.

"Getúlio deu um tiro no peito."

Eu tinha virado a noite em plena boêmia cívica quando a notícia chegou. Nem lembro como, se por um convidado da festa ou por telefone, mas lembro que o sentimento geral foi de tragédia humana. Algo parecido com pena, mas que não tinha nenhuma conotação de superioridade da nossa parte, era somente o choque de ver alguém sofrer o suficiente para fazer o que ele fez. E havia, para nosso espanto, uma grandeza no gesto. De qualquer maneira, foi um desfecho inesperado, pelo menos para quem não convivia com ele.

Eu, de gesso e bengala, imediatamente tratei de ficar sóbrio e fui à casa do vice-presidente Café Filho, oferecer o meu apoio, pois ele teria de sentar na poltrona presidencial, àquela altura transformada num formigueiro devorador. Um repórter da *Tribuna* me seguia, documentando cada passo. Ainda antes de ir para casa, parei com Letícia na igreja do Colégio Santo Inácio, onde fui fotografado rezando pelo Getúlio.

Poucas horas depois, saímos com a manchete: "Suicidou-se Getúlio Vargas". Embaixo dela, três pequenas imagens, a do Getúlio, a do vice, ainda de pijama, recebendo-me em sua casa, e a de um tanque do Exército, demonstrando estarem as tropas dispostas para fazer cumprir a Constituição. Nas oficinas da *Tribuna*, os primeiros exemplares dessa edição histórica foram assinados por todos os jornalistas, e cada um levou o seu de recordação. No exemplar que me coube, um gaiato, além de assinar, escreveu:

"Quando for presidente, não me suicidarei."

DEBAIXO DA TERRA

GETÚLIO, CLEMENCEAU E EU

Nas primeiras horas do dia 24 de agosto, uma caminhonete do Instituto Médico Legal chegou ao palácio presidencial para fazer o exame cadavérico. A imprensa inteira já estava por lá. Da caminhonete saltou o diretor do IML, que supervisionaria pessoalmente os trabalhos, e os dois médicos-legistas encarregados de fazer a autópsia, embora não houvesse dúvida sobre a causa mortis.

A notícia ia se espalhando e a população começava a se juntar defronte ao Catete. Em poucas horas, debaixo do sol bastante forte, dezenas de milhares de pessoas se reuniram, e logo centenas de milhares. Brasileiros de todas as classes, de ambos os sexos e todas as faixas etárias, vindos dos cantos mais longínquos da cidade. Duas filas foram organizadas pelas sentinelas da residência presidencial, do lado de lá das grades. Imensas, elas nasciam junto aos portões e ganhavam as ruas vizinhas, uma indo até o largo da Glória, a outra até o largo do Machado. Políticos e autoridades chegavam em grandes carros com motorista, eram os únicos autorizados a entrar.

A carta-testamento era lida pelas rádios com uma entonação grave, quase bíblica, sob um fundo de música sacra. Getúlio, o Senhor, renasceria no final do suplício. Passei o dia em telefonemas a rádios e jornais, tentando conter o clima de mistificação. A vitória escorria pelos meus dedos, e tanto apelo emocional, a meu ver, provocaria uma revolta coletiva. No mínimo, deixaria o vice-presidente numa situação ainda mais difícil — como você substitui Deus?

Dentro do palácio, todos aguardavam o velório começar. Nos cômodos reservados, a família e o cerimonial da Presidência tomavam as últimas decisões. O corpo de Getúlio seria velado no salão nobre, com visitação pública da uma da tarde até a manhã seguinte. Depois disso, iria de avião para São Borja, onde seria velado por mais um dia. Na manhã do dia 26, sairia em cortejo rumo ao cemitério daquela cidade.

Tendo em vista as quarenta e oito horas previstas até o enterro, e para que Getúlio não desse uma de patriarca karamazoviano, foi preciso embalsamar o corpo. Dois modeladores, um da Escola de Belas Artes e outro do IML, também chegaram ao palácio aquela manhã, incumbidos de fazer a máscara mortuária. Em sua última imagem, Getúlio está sério, com o canto da boca ligeiramente caído. Completara setenta e dois anos alguns meses antes, e a pele na região das maçãs do rosto já não tinha a mesma firmeza e elasticidade. Também seu nariz estava um pouco mais adunco. Nas pálpebras, como ao lado dos olhos, as rugas eram nítidas. Nada que alterasse essencialmente sua expressão, mas com as ênfases do tempo perfeitamente registradas no molde de gesso.

Só por volta do meio-dia começou o processo de embalsamamento. Um milhão de pessoas nas imediações do Catete. Manhã, tarde e noite. Dessa multidão, apenas cem mil conseguiram visitar o corpo. O povo se apertou, sentindo calor, fome, tristeza e desespero. Mais de dois mil desmaios e várias ocorrências cardíacas, vinte delas graves, sobrecarregaram o posto médico do palácio e a unidade de emergência ali montada. Oito médicos, oito enfermeiros e mais um assistente não deram conta. Pelo menos um óbito foi registrado, por infarto fulminante. Ao longo do dia, quinze médicos e vários enfermeiros reforçaram a unidade. Também o estoque de remédios não aguentou a demanda, sobretudo daqueles destinados a complicações cardíacas, pressão alta e distúrbios psicomotores. O chefe do posto precisou montar e gerenciar um fluxo constante de ambulâncias, indo e vindo dos hospitais da cidade, levando pacientes para onde houvesse leitos e trazendo medicamentos.

O povo, mais ou menos a cada quinze minutos, exigia em coro: "Queremos ver Getúlio! Queremos ver Getúlio!"

Os alto-falantes pediam calma, avisando que o velório público estava atrasado. Conseguiam algum tempo de paz, mas logo os protestos recomeçavam.

O suicídio do presidente, é claro, não repercutiu apenas na capital federal. Por todo o Brasil ocorreram mobilizações públicas semelhantes. O ambiente político e popular, que até a véspera estava inteiro contra Getúlio, virou como o tempo. Em Salvador, houve consternação nas ruas, a Assembleia Legislativa suspendeu suas sessões e foram decretados três dias de luto. Em Feira de Santana, um oftalmologista famoso na cidade morreu de comoção súbita no meio do povo. Em Recife, foi um trabalhador, José Florentino da Silva, de cinquenta e quatro anos. O Movimento Popular Autonomista fez uma proclamação pró-Getúlio. Em Vitória, o governador, muito próximo ao falecido presidente — o único do país a, na pior hora da crise, apenas alguns dias antes, ter enviado um telegrama público de solidariedade —, ficou tão abatido diante da tragédia que não conseguiu se pronunciar. Em Natal, houve protestos públicos e uma agitação dolorosa. Em Belém, um busto de Vargas foi circundado de velas e houve manifestações contra a UDN. Em Teresina, o governador decretou luto no estado. Em Belo Horizonte, muita gente, sobretudo operários, saiu às ruas para expressar sua tristeza. Quando rasgaram faixas e cartazes de candidatos udenistas, as brigas começaram e a polícia teve de intervir. O consulado dos Estados Unidos foi depredado. No vale do Anhangabaú, em São Paulo, a sirene do *Última Hora* tocou às nove da manhã, informando que seu líder havia morrido. O prédio foi logo cercado pelos populares, ansiosos por mais informações, muitos vindo com fitas verde-amarelas presas ao peito. Até as dez da noite, edições extras continuaram saindo, e centenas de milhares de exemplares do jornal foram vendidos. Quando as primeiras turmas de operários seguiam para o almoço, começaram as manifestações nas portas das fábricas. Das mocinhas das fiações até os metalúrgicos mais broncos, todo mundo chorava. Os operários dirigiram-se a seus sindicatos, prestando homenagem ao presidente. Caravanas de carros e caminhões já partiam em direção ao Rio de Janeiro, compostas por paulistanos e por delegações do interior que passavam a caminho do velório. Aqui e ali brotavam pequenos comícios contra nós, udenistas e imperialistas americanos, os inimigos do Brasil.

A primeira passeata organizada começou à uma da tarde, partindo do Sindicato dos Metalúrgicos e dos diretórios distritais do PTB. Por onde passava, no centro de São Paulo, ia depredando as vidraças de restaurantes, cinemas e estabelecimentos comerciais. Era uma avalanche, uma força desproporcional, atropelando tudo o que via pela frente. O rosto de Getúlio, multiplicado em cartazes e retratos, vinha junto. Defronte à sede do PTB, trabalhadores com faixas e cartazes fizeram um comício. Às seis horas, um comício ainda maior se formou na praça da Sé:

"Getúlio foi morto pelos inimigos do país!"

À noite, ao passar no largo de São Francisco, um grupo de manifestantes, vendo as portas da Faculdade de Direito ainda abertas, apedrejou a fachada do edifício, notório centro de resistência antigetulista. Um popular foi espancado, supostamente por membros da UDN. Claro que havia um lugar especial reservado para mim no plantel dos judas nacionais. Muito embora, um dia antes, eu fosse o herói contra a degradação das instituições, a vítima do poder criminoso infiltrado na República. Os jornais do dia 24 diziam que eu me refugiara num cruzador, o *Barroso*, e depois na embaixada dos Estados Unidos, com medo da multidão. Não foi verdade, mas bem que poderia ter sido. Em Aracaju, certo candidato a vereador, durante um comício do PTB, foi linchado por não me responsabilizar pelo suicídio do presidente. Em Recife, outro político quase morreu ao me defender.

No Rio, a Assembleia Legislativa decretou luto oficial por oito dias. O governo federal também decretou oito dias de luto e cancelou os festejos do Dia do Soldado, marcados para a manhã seguinte. A Câmara dos Deputados fez uma sessão em homenagem a Getúlio, com discursos sobre o presidente, de membros do PSD, do PTB e até de dois udenistas. A sessão terminou com a bandeira sendo posta a meio pau e o luto dominando o plenário e os corredores. No Senado, os trabalhos terminaram suspensos, depois que uma comissão foi designada para representar a Câmara Alta no velório e no enterro. Na Câmara dos Vereadores, a temperatura esquentou. Um correligionário do presidente não fez por menos:

"Getúlio Vargas não se suicidou. Getúlio Vargas foi assassinado pela corja udenista. Mas a vingança está aí, e saberemos vingá-lo!"

A bancada da UDN se retirou do plenário, em protesto, mas o regimento parlamentar não prevaleceu no resto da cidade. Brigas estouraram em todos os bairros. Exemplares dos jornais antigetulistas — *O Globo, Tribuna da Imprensa, O Mundo* — foram incendiados pela multidão. Carros da radiopatrulha, da Polícia Militar e da Polícia do Exército tentavam conter o povo, mas ele interrompera o fluxo dos automóveis, deixando a capital paralisada. Num confronto, alguns acabaram atingidos por estilhaços de granadas. Líderes operários ameaçaram uma greve geral. O Dops prendeu dezenas de sindicalistas.

Em Niterói e São Gonçalo, muita gente ouviu a notícia pelo rádio e não acreditou. Não houve expediente nas repartições públicas. Faixas de candidatos da UDN foram arrancadas dos postes e das portas dos diretórios. Muitas residências, sindicatos e edifícios públicos penduraram bandeiras do Brasil nas janelas. As lanchas da frota Carioca e da frota Barreto, que faziam o transporte aquaviário na baía de Guanabara, navegavam de lá pra cá com a bandeira em funeral. Um negociante de São Gonçalo, ao saber do acontecido, chegou ao extremo de imitar o presidente e dar um tiro no peito. Levado ao pronto-socorro municipal, foi atendido e, por sorte, sobreviveu. Além dele, mais de trezentas pessoas aglomeravam-se na emergência, todas acometidas de ataques nervosos.

*

Por volta das cinco da tarde, ou seja, com quase quatro horas de atraso, o corpo finalmente estava pronto para descer ao salão nobre do Palácio do Catete. No esquife, de terno preto, as mãos cruzadas e com a placidez da maquiagem cadavérica, Getúlio estava pronto para sua longa despedida.

Deputados, senadores, generais, professores e juízes já se aglomeravam com suas famílias no salão nobre do palácio presidencial. Muita gente, sem conseguir espaço, refugiara-se nas varandas próximas e nos corredores. Os repórteres tentavam circular e ouvir as autoridades, enquanto os fotógrafos trepavam em escadas e cadeiras para erguer suas lentes acima do mar de cabeças. O calor massacrava políticos de todas as tendências, fazendo-os derreter sob ternos pretos de lã.

O caixão despontou às cinco e meia, com Lutero Vargas à frente. Muito pálido, transfigurado e calmo, como se a dor o levasse para longe de tudo. Ao lado do caixão vinha o irmão de Getúlio, Benjamim, que logo passou mal e saiu (mais um grão de areia...). Ao ver o cortejo, o salão inteiro se agitou e todos começaram a cantar o Hino Nacional. Lutero abriu caminho pela multidão, com os amigos tentando protegê-lo dos avanços e empurrões inevitáveis. Levou trinta minutos até os soldados do palácio conterem o alvoroço, organizando o fluxo de gente em volta do esquife. No meio de tanta agitação, a escada de um dos fotógrafos levou um esbarrão e balançou. O sujeito, para recuperar o equilíbrio, se pendurou no lustre, que não aguentou o peso e desabaram os três — escada, fotógrafo e lustre — numa cena de comédia-pastelão.

Do lado de fora do palácio, apesar das horas de espera debaixo do sol, ninguém foi embora e ninguém iria por toda a noite. Mulheres e homens chegaram a ficar oito, dez, até doze horas em pé. Os mais devotos oravam e choravam, outros dormiam nos canteiros, outros comiam pipoca, todos fazendo fila para ver o presidente.

As autoridades então abriram o velório: Amaral Peixoto, genro e governador do estado do Rio de Janeiro; Juscelino, governador de Minas; Tancredo Neves, ministro da Justiça; além de outros ministros, generais, correligionários e familiares. Quando terminaram, veio o povo. Getúlio foi sendo coberto de flores e mensagens. Admiradores anônimos beijavam o esquife:

"Caminha para a eternidade, chefe. Continuaremos a sua luta."

Os desmaios e os gestos extremos se repetiram junto ao corpo. A dada altura, um homem agarrou-se ao caixão, gritando:

"Me leva, Getúlio!"

Naquele mesmo dia, os jornais já falavam de um homem preso em frente à sede da *Tribuna*, por ter exigido aos gritos:

"Queremos a cabeça de Lacerda!"

*

"Tu és água, e à água voltarás", dizia o anúncio de um novo processo, surgido pouco antes da minha morte, para se desfazer de restos mortais. Consiste em dissolver o cadáver numa solução química à base de hidróxido de potássio, uma substância similar à soda cáustica, muito usada em produtos de limpeza. E assim eu e meus semelhantes seríamos "faxinados", "lavados" da existência corpórea, como manchas de sujeira e gordura dissolvidas por um detergente. O nome técnico do processo é hidrólise alcalina, o nome popular, biocremação. Começa com o morto sendo colocado numa cápsula de aço inoxidável, que por sua vez fica dentro da chamada máquina crematória, hermeticamente fechada e pressurizada. Então um fluido aquecido a cento e oitenta graus, com 5% da tal substância alcalina e o resto de água, é despejado dentro da cápsula, submergindo o corpo inteiramente. Em três horas, ele está dissolvido, restando apenas os ossos, que são lavados, secos e triturados num pó fino. Essas "cinzas" são entregues às famílias. Um último detalhe meio sórdido, física e moralmente, é que o líquido restante, onde boiam os aminoácidos e proteínas do falecido, pode ser filtrado e reaproveitado, na irrigação de jardins, por exemplo.

Li que existe uma comunidade americana campeã do método, mas tinha de ser uma cidade louca o bastante para, sendo na Flórida, chamar-se São Petersburgo. Os fabricantes dizem que o processo gasta menos gás — 85% a menos do que a tradicional cremação a fogo —, e produz muito menos componentes tóxicos — do dióxido de carbono, o principal poluente da atmosfera, uns 35% a menos, e dos outros, como mercúrio, uns 30%. Uns hippies preocupados com o meio ambiente estão acreditando e fazem a maior defesa do processo. Mas hippies ricos, claro, pois a biocremação ainda é cara; uns dois mil dólares por cabeça, corpo e membros.

A biocremação não é oferecida no Brasil. Aqui, em nossos miraculosos anos 1970, quando precisamos retardar a putrefação de alguém, injetamos nas veias ainda abertas da pessoa um produto químico, conservante e desinfetante, que dá ao corpo uma aparência serena, corada, desinchada, e evita o extravasamento de líquidos.

*

Até nos edifícios residenciais da cidade, entre vizinhos, getulistas provocavam lacerdistas e vice-versa. Passaram o dia hostilizando-se pelos elevadores, lançando-se desaforos e xingamentos através das paredes.

Na redação da *Tribuna da Imprensa*, onde eu por segurança não podia ficar, o rebuliço foi grande. Máquinas, muitas vozes ao mesmo tempo e cigarros acesos, cuja fumaça era o subproduto da energia gasta na cobertura dos fatos. O velório de Getúlio estava acontecendo, e os telefones não paravam. Alguns visitantes até ajudavam a atendê-los. Nossos repórteres, em disparada, subiam e desciam as escadas que levavam à rua, ou ligavam de algum ponto da cidade, avisando sobre o fechamento do comércio, passeatas, arruaças etc. Um funcionário administrativo do jornal, que acabava de chegar da praça Tiradentes, contou, esbaforido, ter visto um grupo de agitadores se aproximando:

"Estão a um passo daqui!"

"E o que estavam gritando?"

"Morra Lacerda!"

A redação tinha uma única porta de saída, dando justamente para a frente do prédio.

"Por lá não dá mais tempo", avisou o funcionário.

Realmente já se podiam ouvir os gritos lá fora, cada vez mais próximos. Um dos redatores assumiu o comando da situação. Sua primeira providência foi bloquear as portas com bobinas de papel. Então, sacrificando a edição do dia seguinte, organizou por telefone uma saída de emergência pelo *Correio da Manhã*, cujo prédio dava fundos para o nosso. Para chegar até o outro lado, por cima dos telhados, usou-se uma escada de pedreiro. Apenas um grupo pequeno decidiu ficar, como última defesa da *Tribuna*.

Quando os agitadores chegaram em frente ao prédio, aglomerando-se na calçada, viram que nossa bandeira do Brasil não estava a meio pau, e ficaram ainda mais furiosos. Pela primeira vez, as famosas invasões do Hermano estiveram prestes a se concretizar. A proteção policial só chegou no dia seguinte...

*

Fazendo campanha dez anos depois da crise de agosto de 54, para uma eleição presidencial que acabou não acontecendo, fui discursar no Rio Grande do Sul, epicentro do getulismo. Sucederam-se ameaças de atentado, de quebra-quebra e muitos boatos de que a Polícia Militar, por ordem do próprio governador Brizola, iria desmanchar o comício. Meus anfitriões, os abnegados udenistas locais, haviam atraído algum público. Para quando saíssemos da sede do partido e seguíssemos a pé até o local do evento, providenciaram um time de seguranças fortões. Enquanto eu caminhava, puxando conversa com o público e me oferecendo como candidato, os sujeitos procuravam evitar que as pessoas chegassem perto demais, me pegando, me abraçando. No meio do trajeto, senti um puxão na manga do paletó. Virei-me e encontrei um velhinho logo atrás de mim. Era um antigo chefe político, que me fora apresentado no escritório da UDN.

"Sabe quem tem elogiado muito o senhor?", ele perguntou.

"Não, coronel, quem?"

"O Getúlio."

Eu não entendi.

"Getúlio? Qual Getúlio?"

"Ora, o Getúlio Vargas. O senhor não sabe que eu e ele fomos muito amigos?"

Nessa hora, dois rapazes da segurança intervieram, gentilmente encaminhando o coronel para outro ponto da comitiva.

Um deles rodopiou o dedo em volta da orelha, indicando que o velhinho estava senil...

*

Às cinco da manhã do dia 25, já se aproximando a hora da partida para São Borja, as filas para ver o corpo de Getúlio voltaram a crescer dentro e fora do palácio. Às sete chegou o momento de encerrar o velório no Rio. O número de desmaios alcançou novo pico, as comoções ocorriam cinco ou seis de uma vez; a multidão era tanta que só uma hora e meia mais tarde o caixão conseguiu deixar o palácio, por uma porta lateral; saiu numa carreta, empurrada por políticos e militares, em direção ao Aeroporto Santos Dumont. Ao lado do caixão ia d. Darci, Lutero, Benjamim, Alzira, d. Jandira Vargas, Manuel Vargas, outros parentes e amigos. O cortejo era aberto por motociclistas do Exército, um batalhão de guardas caminhava ao lado e aproximadamente quinhentas mil pessoas comprimiam-se em volta e na retaguarda, seguindo-o pela avenida Beira-Mar. Muitos se precipitavam para beijar o esquife. Uns gritavam:

"Viva Vargas! Viva o presidente!"

Outros protestavam:

"Na véspera, os que o depuseram falavam em nome do povo, mas as ruas estavam vazias. Agora o povo apareceu, veio chorar a morte do líder!"

Outros, ainda mais exaltados, cumpriam o percurso fazendo ameaças:

"Morte aos inimigos da pátria!"

Um homem acabou atropelado pela carreta fúnebre, como naquela procissão hindu na qual os fiéis, por devoção ao deus da guerra, se atiram sob as rodas da carruagem sacrificial. Tendo o tórax comprimido, o sujeito fraturou várias costelas, mas sobreviveu.

A procissão chegando ao quartel da III Zona Aérea, um cordão de isolamento, composto por uma tropa da Polícia do Exército e outra da Aeronáutica, conteve o povo à distância. O esquife, ainda na carreta, entrou no quartel militar. Um avião das Aerolíneas Cruzeiro do Sul já o aguardava na pista.

A organização do velório, entretanto, não previra um pequeno detalhe: de onde estava, o povo não enxergava o avião, e obviamente todos queriam vê-lo decolar. De repente, se formando sem qualquer espécie de liderança organizada, uma onda humana rompeu o cordão de isolamento e foi até as grades que separam o quartel da rua. Houve um instante de apreensão, mas, enxergando o avião, contentada e respeitosa, a onda parou, com lágrimas em todos os rostos. Uma das autoridades militares presentes, aliviada, exclamou:

"Que povo maravilhoso é o brasileiro!"

Uma esquadrilha de aviões a jato sobrevoou o Aeroporto Santos Dumont, em formação triangular. Respondendo ao urro das turbinas, milhares de lenços brancos se agitaram. A primeira pessoa a entrar no avião presidencial foi d. Darci, depois o caixão foi alçado a bordo. Em seguida entraram Lutero e seu irmão Manuel, Jango e Alzira. Enquanto a aeronave taxiava, os lenços voltaram a se agitar do lado de cá das grades. Pela última vez recrudesceu o número de desmaios e ataques de choro convulso. Faltando pouco para as dez da manhã, o avião decolou.

Próximo dali, a Polícia Militar apreendia um automóvel da Rádio Continental, por estar incitando a revolta na multidão, mas os verdadeiros agitadores, os radialistas, conseguiram escapar, e os soldados detiveram somente o motorista e um técnico. Na Cinelândia, populares acabaram brigando e sendo presos; por todo o centro da cidade foram registrados incidentes semelhantes — o dilema nacional precisava ser respondido com uma última descarga de emoção. O escritório de um candidato a vereador, correligionário meu que assinara o pedido de impeachment contra Getúlio, foi cercado pela turba e teve as propagandas arrancadas dos muros e das janelas térreas. Um carro da radiopatrulha chegou em disparada pela rua lateral, mas a situação piorou, pois na viatura encontrava-se um comissário de polícia famoso pelo temperamento arbitrário e pelos métodos violentos. Assim, os guardas não só não conseguiram segurar a multidão como acabaram atacados por ela, o tal comissário apanhou e o automóvel foi abandonado no meio da rua, emborcado, fumegando como um gigantesco pedaço de carvão. Terminado o serviço na polícia, os populares subiram ao escritório do candidato e reduziram tudo a pó.

Desguarnecida na véspera, no dia 25 de agosto a sede da *Tribuna da Imprensa* recebeu do poder público alguma segurança, com a rua do Lavradio interditada em nosso trecho. A embaixada dos Estados Unidos e uma rádio de oposição, na avenida Rio Branco, também foram cercadas por PMs. Na praça Floriano Peixoto, um busto em bronze do Getúlio foi colocado num pedestal, sobre a inscrição do famoso último bilhete — "À sanha dos meus inimigos, deixo o legado de minha morte etc. etc.". Mais longe dali, São Gonçalo novamente homenageava o getulismo com a morte de um cidadão, o operário Roque de Souza Rangel, de vinte e um anos. Em São Paulo, durante os choques entre cidadãos e entre eles e os policiais, restava o saldo de vários carros da radiopatrulha atingidos por pedradas e estilhaços de granadas. Foi internado em estado gravíssimo outro operário, José Simões Neto, de vinte e cinco anos, com uma bala no abdômen. A situação pelo Brasil afora acalmou novamente apenas às onze da manhã, menos pela ação da polícia que pela exaustão natural dos instintos destrutivos, e quase duas horas depois de o avião com o corpo ter decolado rumo a São Borja.

Em outro avião seguiu todo o ministério e os principais aliados do governo no meio político e empresarial. Chegaram por volta das três da tarde, lá encontrando nova multidão à espera do presidente morto. Além das autoridades municipais e estaduais, o povo gaúcho também fizera sua peregrinação, usando todos os meios de transporte, vindo de todos os pontos do estado. O corpo, no fim do dia, foi instalado no salão nobre da prefeitura, onde o velório virou a noite, como no Distrito Federal. Getúlio foi enterrado na manhã seguinte, numa cerimônia completa, com direito ao

Jango lendo a carta-testamento — que, hoje se sabe, não foi escrita pelo ex-ditador — e ao Osvaldo Aranha fazendo um longo discurso, baseado no recurso retórico de a todo momento se dirigir diretamente ao falecido: "*Getúlio*, tu fizeste isso e aquilo", "*Getúlio*, tu foste o maior dentre todos nós", "*Getúlio*, tu nos deste a consciência do Brasil". Lembro de achar bonita apenas uma passagem, quando ele dizia ao morto que "se houvesse um processo para a cristalização da lágrima, seu túmulo não seria de mármore". Vargas foi enterrado junto ao pai, como Clemenceau.

*

Antes da morte de Getúlio, meu pai, meus tios e meu avô haviam sumido do universo político brasileiro, mas eu ainda sentia a presença deles. Depois, como que evaporaram, feito gases eliminados pela composição química de um novo ambiente.

Há quem diga que até os quarenta anos o homem tem força para esticar os elásticos que o prendem às suas origens, abrindo novos caminhos. Quando chega aos quarenta, seu ímpeto começa a arrefecer, e então ou ele rompe de vez com os antigos elásticos ou a força retrátil irá puxá-lo impiedosamente de volta a suas origens. Eu acrescentaria que todo mundo sempre acha que rompeu... Agora, reencontro meus antepassados nessas caixinhas de metal, enfileiradas numa reentrância da câmara mortuária. O que eles sabem de mim, hoje?

Um primo certa vez pontificou: "Os Lacerda são uma família de homens muito parecidos e mulheres muito diferentes". Será? Nos anos 20, fui tenentista feito meu pai; nos anos 30, comunista feito meus tios; por eliminação, liberal como meu avô a partir dos anos 40. No plano das ideias, fui mudando, mas no desempenho continuava preso a modelos que iam envelhecendo. Sem perceber que o Cruzeiro do Sul sempre se move, embora pareça estar parado. Eu não entendia como um país, mesmo quando você o vê retroceder, anda para a frente.

Depois de adulto me contaram que o ascetismo de meu avô Sebastião não o impediu de ter, sim, outra mulher. Visitava-a regularmente e teve até uma filha com ela, a qual, entretanto, não reconheceu e jamais trouxe para o nosso convívio. Tal mulher, se foi ao enterro dele, não fez questão de aparecer. Como seria a Pequetita rediviva?

Meu pai morreu um ano antes de eu me eleger governador da Guanabara, sem que meus netos sequer ouvissem falar dele.

Meu tio Fernando desapareceu para sempre depois de o PC ter sido posto na ilegalidade, em 46. Passados uns dois anos, meu filho do meio ouviu a campainha dos fundos tocar e, ao atender, deparou-se com um vendedor todo amarrotado, carregando uma grande mala de couro gasto, cheia até a boca de utensílios domésticos:

"Sou seu tio-avô Fernando. Você é o Sebastião?"

O menino contava que o homem não o deixou chamar nenhum adulto, e depois foi embora sem explicação. Eu nunca soube o que pensar dessa história... Um vendedor desse tipo, quase um mascate, já era algo raro na época, ainda mais em edifícios, e meu filho era muito pequeno, não havia ninguém por perto... podia perfeitamente estar inventando. Para todos os efeitos, tio Fernando reapareceu mesmo em 57, já morto e trazido por uma viúva nova, segundo a qual ele pedira para ser enterrado no São João Batista.

Da segunda geração, quem mais resistiu à atração deste jazigo foi tio Paulo, talvez por ser demente. Meu pai cuidou dele até morrer, em 1959, mas meu tio ainda viveu até 67, realmente não sei como. Feito o irmão, reapareceu para mim apenas depois de morto.

Agora, dez anos passados...

LACERDINHAS

Ali no alpendre, a presença silenciosa irradia tensão. Nada ofegante, apenas alerta, na expectativa de alguma coisa que está para acontecer. Ao aproximarem-se da luz, as gotas de chuva brilham sobre o pelo negro, mais escuro que tudo. Não é somente um cão, é uma fera, um inimigo que saiu do escuro e veio atrás de mim, sem pressa, implacável. Desço uma espécie de corredor, ou estreito vestíbulo, que liga com a cozinha. O cão procura entrar pela porta entreaberta, e então todo o pavor desencadeado do fundo da memória, do começo dos tempos, se apossa de mim e bato a porta. O compressor da geladeira parece funcionar aceleradamente. Abro-a e encontro carne. Pego uma faca e ao cortá-la sobe da tábua, na mesa, o cheiro acre da massa crua e fria, que se expande em minha mão. Lá fora, a noite e o nevoeiro são ainda mais gelados. Somente estão aquecidos os olhos do animal, que cintilam na fresta da porta. Junto à frincha, o focinho reflete a luz, à espreita. Atiro o primeiro naco de carne por cima do parapeito. Ele o agarra no ar e mastiga furiosamente. O segundo cai sem querer no canteiro das plantas. O cão salta o parapeito e cata a carne entre as folhas recendentes dos pés de hortelã, cujo perfume sobe da terra e me restitui uma única certeza de tranquilidade.

A fera mastiga convulsivamente. O pelo lhe modela o corpo imenso e flexível, como uma capa elegante. As gotas de chuva, penduradas nas pontas do pelo negro, fazem uma corola prateada que a coleira de metal niquelado realça. O focinho esguio se contorce enquanto mastiga a carne, e em cima dele estão acesos dois olhos castanhos, brilhantes, sem divisões de cor, que não sei se suplicam ou se exigem, pois até aqui não me permito avaliar o que pretende ou do que é capaz aquele animal. Seus olhos são gemas brilhantes num corpo macio e movediço.

Atiro-lhe novo pedaço de carne. Silencioso, ele o devora como se fosse um mero tributo que lhe dou. Não vejo nem sinal de gratidão na criatura faminta, que aos poucos consome tudo. De quem será? De onde veio? Nunca foi visto por ali. É bem tratado mas está magro, desbarrigado, deve ter caminhado muito. Como veio parar ali, sob a luz do alpendre? No dorso e na cauda, as pontas do pelo negro concentram as gotas de chuva, enquanto no resto do corpo elas escorrem e o deixam nu e negro e impermeável.

Corto os últimos pedaços de carne e decido me aproximar. O animal salta do muro ao pátio, depois que malogra o esforço para pular de volta o parapeito do canteiro do alpendre. Ele vem atrás de mim, com o olhar fixo na carne que lhe ofereço. No último momento antes do bote, rosna e assusta minha mão, que, autônoma, se encolhe e deixa cair o tributo da fera. O cão negro se abaixa e me espera caminhar para trás, uns poucos e cautelosos passos, quando então se põe a comer.

Exigente, vigilante, o cão evita o canil e não responde aos latidos dos outros cachorros, alertas no meio da noite. Ele parece detestar a companhia de seus iguais... Sem pressa, sem arrogância, bate em orgulhosa retirada. O cão silencioso se mistura com a noite, como quem preserva sua iniciativa, negro em negro desfeito.

O cão negro é sinistro, é belo, tem o fascínio das aparições.

*

Elas estão nas encostas úmidas da Serra do Mar, nos recantos de Petrópolis, nas bordas da via Anhanguera, entre São Paulo e Campinas, nos começos da via Anchieta e nas derradeiras matas do norte do Paraná. Foram notadas bem cedo pelos viajantes, em 1819, quando ainda faltavam três anos para nossa independência. De lá para cá, só na Guanabara, foram registradas vinte e uma espécies, localizadas na serra do Mendanha, no Recreio dos Bandeirantes, no morro da Saudade, no Corcovado, na avenida Niemeyer e na pedra da Gávea.

Medem de quatro a seis metros, possuindo uma copa baixa e arredondada. Dão flor até em solos mais pobres, mas aí não passam de arbusto. Seu tronco é curto e ramificado, revestido por uma casca fina, quase lisa e esbranquiçada. Suas folhas são verdes na face superior e sem cor nas nervuras da face inferior.

É uma árvore que cresce rápido. Produz grande quantidade de sementes, a serem colhidas diretamente da árvore, quando tem início a abertura espontânea de seus pseudofrutos, ou "infrutescências", como dizem os especialistas. Para saber se já estão abrindo, devem-se balançar os ramos da quaresmeira. Se uma nuvem de minúsculas sementes cair, estão prontas. Em seguida, as sementes devem ser deixadas para secar ao sol, assim completando a abertura e a liberação. Suas flores duram muito pouco, mas abrem-se tantas que a floração pode durar até dois meses. Estão sempre morrendo e sempre nascendo, como a própria árvore. Por isso é um símbolo da ressurreição, e por isso é uma planta típica do Brasil. Na mata, em liberdade, duram mais e, antes de morrer, se multiplicam. Para crescer nos jardins, têm exigências: terra arenosa e úmida, um pouco de adubo, limpeza anual dos galhos secos e olhos atentos para os recados que der.

Sua madeira é especialmente sensível ao ataque de insetos, por isso não serve para móveis ou peças de transporte de carga, nem sequer tem uso medicinal. É usada para coisas descartáveis; pequenas obras de construção civil, cabos de vassoura, caixotaria, lenha e carvão. A quaresmeira não serve sequer para marcar, como o nome indicaria, pelo roxo de suas flores, o tempo do feriado religioso. Oficialmente, a Quaresma cristã é o período de quarenta dias que antecede a Páscoa. Daí o nome — quaresma, ou quaresmeira —, que vem do latim e significa "quadragésima". Começa na Quarta-Feira de Cinzas e vai até a Sexta-Feira Santa, quando Jesus e seus doze apóstolos sentaram para a ceia. No domingo, Jesus ressuscita.

A Quaresma deveria, em tese, ser um período reservado à reflexão e à conversão espiritual, a busca da equivalência entre os eventos ocorridos em nossas vidas e a expansão de nossas almas. Durante cerca de quatro séculos, o papa benzia rosas de ouro no domingo da Quaresma, enviando-as a princesas católicas de todo o mundo. Não sei se ainda o faz, duvido. Eu não faria.

Mas o nome não bate muito rigorosamente com o tempo da

sua floração. A natureza, felizmente, não é tão certinha quanto a teologia, e algumas quaresmeiras podem florescer também entre junho e agosto, outras, entre novembro e fevereiro.

O cristianismo fez até mesmo da cor roxa de suas flores um símbolo de penitência. Mas, de novo, a natureza se rebela, pois, dependendo da espécie, as flores podem ser mais rosa do que roxas, e há uma espécie que vai mudando de cor, do branco ao rosa, como que sinalizando aos polinizadores quais flores ainda estão abertas à visitação. Nesses casos, o mais correto seria chamá-las de manacá-da-serra.

Na simbologia cristã, o número 4 simboliza o universo material. Os zeros que o seguem significam o tempo de nossa vida na terra, suas provações e dificuldades. Na Bíblia, são relatados os quarenta dias do dilúvio, os quarenta anos de peregrinação do povo judeu pelo deserto, os quarenta dias de Moisés e de Elias na montanha, os quarenta dias que Jesus passou no deserto antes de começar sua "vida pública", os quatrocentos anos que durou a estada dos judeus no Egito etc. etc. Sempre momentos que antecedem fatos importantes, dirigindo o coração para uma transformação positiva que vai acontecer.

*

É mentira que unhas e cabelos continuem crescendo após a morte. Nossos sentidos nos enganam. Parecem ter crescido, quando na verdade é o encolhimento, por desidratação, da pele, do couro cabeludo e das cutículas. O corpo vai se tornando pastoso, isso sim, e meu terno preto, camisa e meias estão indo no embalo, integrando-se à fervilhante atividade fisiológica. São duas e meia da madrugada, do dia 25 de maio de 1977.

Há treze milhões de anos, no primeiro microssegundo após o Big Bang, a matéria venceu a antimatéria, criando uma sopa disforme de partículas. Sementes de galáxias e outros fenômenos estelares boiaram no espaço, num processo de infinita recombinação, formando as intrincadas estruturas do cosmos. Os detritos projetados pela grande explosão inicial até hoje se afastam do centro, e assim o universo se expande. Como um balão de gás sendo enchido, inflando rumo a uma silhueta bojuda, ele afasta os elementos que contém, deixando planetas, estrelas e galáxias mais distantes uns dos outros. A sensação da morte é estar ligado a tudo isso.

Olhando para o alto, durante sessenta e três anos, o que eu via era um belo quadro. Reluzente, porém silencioso e estático. Agora ouço nitidamente a sinfonia dos cristais celestes. É um adágio delicadíssimo e infinito. Agora sinto com clareza o movimento dos astros. O Cruzeiro do Sul caminha em direção ao polo, e se hoje é exclusivo do nosso hemisfério, no ano 3000 a.C. era visto da Inglaterra! Ele assistiu à construção de Stonehenge, o misterioso círculo de pedras, com cinco metros de altura cada uma e quase cem de diâmetro, precisamente alinhado ao pôr do sol do último dia de inverno e às fases da Lua. Dentro do círculo, bancos de pedra e um santuário de madeira; do lado de fora, cinquenta e seis furos com restos de seres humanos cremados. Possível base de estudos astronômicos? Local ritualístico no preparo de poções mágicas? O que os druidas aprontavam ali?

Se o deslocamento do Cruzeiro é imperceptível para os vivos, outras mudanças ocorridas desde que se pôs a caminho foram bem mais nítidas: a agricultura se espalhou pela Eurásia e, em mil anos, a população mundial dobrou, de sete para catorze milhões (menos que a São Paulo atual); Ur, a fabulosa cidade-estado suméria, progrediu rumo ao esplendor, como sede das habitações mais esplêndidas da Mesopotâmia. Potes, cântaros, urnas, ânforas e vasos fazem hoje a delícia dos arqueólogos, mas as tabuinhas de barro, com rabiscos meio malucos, levam os paleógrafos ao êxtase quase tão religioso quanto o dos antigos sacerdotes em seus palácios.

Enquanto o Cruzeiro descia no firmamento, a humanidade viveu a era do bronze e a da escrita. Alguém ia perder tempo acompanhando no céu a trajetória do símbolo de uma religião que ainda nem tinha sido inventada?

Cem anos depois de Jesus viver e morrer por nós, o Cruzeiro do Sul já podia ser visto de Jerusalém, cidade mítica, suntuosa, milenarmente invadida, espoliada e enriquecida pelas culturas babilônica, persa e helênica. Onde se ergueram palácios, muralhas, cisternas, aquedutos, torres maciças, residências monumentais, com alicerces de pedra de centenas de quilos e tetos abobadados. Lá se encontravam as mais encantadoras aristocratas e prostitutas, e apesar da nova religião, ainda perseguida, continuavam a acontecer as curas miraculosas no tanque de Betesda.

Hoje, vigésimo sétimo ano da segunda metade do século xx, o Cruzeiro do Sul está exatamente sobre a minha cabeça. Posso ouvi-lo daqui, tão próximo quanto a vida das bactérias e dos vermes em meu corpo.

*

O Brasil ainda não existe, é uma ficção dolorosa que vive de nostálgicos pressentimentos e generosas antecipações. O Brasil é um vasto império, cujas colônias estão dentro de suas fronteiras. O Brasil renasce dos escombros das próprias esperanças. Aprendemos a civilização na base da decoreba, e ela apenas toca a nossa pele. O que se vive por aqui, a meu ver, foi e é um grande laboratório de democracia. Mal sabia eu que a grandeza tumultuária da minha geração, sobre as cinzas da grandeza patriarcal, ao mesmo tempo que era inconformismo, era tradição.

Com a morte de Getúlio, o dilema do Brasil começou a ser (ou pelo menos eu achava que era): adiar ou não as eleições para fazer uma reforma séria na vida política nacional? Tínhamos a chance de encarar a vida de frente, a chance de aprimorar a democracia para além do simples ato de votar. Crise a gente tem para melhorar, não para esperar que ela passe, deixando tudo como estava. Novamente propus uma reforma política radical, feita por uma Constituinte de especialistas, a única maneira que eu via capaz de acabar com as distorções e os favorecimentos eleitorais, impedindo a manipulação das eleições e o encastelamento dos mesmos grupos no poder. Minha reputação de golpista, antes apenas esboçada, se consolidou. O termo "regime de exceção" — que usei para designar o governo que ocuparia o poder até o fim da Constituinte e a convocação das eleições sob novas regras — não foi dos mais bem acolhidos, como diria uma amiga minha, com alma de aristocrata inglesa e a rainha dos eufemismos. No Brasil, nada mais difícil do que fazer os políticos alterarem as regras que os colocaram "lá". E muito mais fácil do que politizar a sociedade, envolvendo-a na discussão das reformas necessárias, era eleger um salvador da pátria e seguir adiante fingindo que estava tudo ótimo.

Essa polêmica foi uma suíte de 1945 e uma avant-première de 64, pois, é verdade, o interregno que eu propunha criava o risco da ditadura militar. Quem garantiria que, feita a Constituinte, eles devolveriam pacificamente o controle da situação? Getúlio subiu, ficou e caiu do poder em 45 por ação dos militares, seu sucessor era um militar, que derrotou outro militar nas eleições. Nas duas eleições seguintes, 1950 e 54, a oposição insistiu em candidatos militares. Perdeu, mas a eficácia da segunda eleição foi decidida por um golpe militar preventivo, a favor do vencedor. O militar que deu o golpe preventivo foi candidato à sucessão em 60. Em 64, o Exército liderou a derrubada do presidente, apoiado pela maioria dos políticos (eu inclusive) e da população. Às vezes os militares eram progressistas; outras, reacionários. Podiam entrar em cena por conta própria, ou ser chamados pelas lideranças civis, da situação e da oposição. Vinham, venciam e saíam; ou então ficavam para supervisionar os trabalhos. Em 64, cansados da incapacidade do regime civil de se autorreformar, decidiram ficar de vez no poder. Deu no que deu.

O Brasil hoje é um mar de políticos fantasiados de revolucionários e revolucionários fantasiados de políticos. A revolução de 64 é uma aranha drogada, que não conseguiu fazer uma teia geométrica e se perdeu num desenho disparatado, assimétrico e delirante. Desde 1930 pode-se dizer que as revoluções não sabem ganhar; quando passam do sacrifício ao triunfo, atiram fora as vitórias. Agora eu vejo que a revolução a fazer é sobretudo na ordem da inteligência.

Quando a atual ditadura acabar, essa dos líderes cujos filhos tinham a mim como ídolo, os militares irão se recolher, tendo queimado todo o crédito junto à população e esgotado seu papel histórico na política brasileira. Se para sempre, não sei. Como diria o bêbado de comício: Serááááá?

Quando a atual ditadura acabar, a máquina oligárquico-sindical pós-1945, baseada na aliança dos opostos e no estrangulamento da classe média, de tão bem montada, voltará a funcionar por si só. As oligarquias e os caciques políticos continuarão a dominar todos os governos, para os quais um tímido reformismo já será esforço incomensurável. Os trabalhistas, o sindicalismo castrado, terão fatias do governo como prêmio de consolação. Não sei quanto tempo demorará, mas a parceria irá se recompor. A visão política do brasileiro está profundamente condicionada. Ou um dia virá outro Jango, pelo voto ou por acidente, e em vez de oligárquico-sindical a máquina será de novo temporariamente invertida. Tudo parecerá muito bonito, mas na essência a cultura política do país continuará a mesma; tacanha, descrente do poder produtivo da sociedade, personalista, estatizante, patrimonialista e extremamente corrupta. O Brasil continuará no voo de galinha, e a classe média, desprezada pelos de cima, por ser imitação deles próprios, e desprezada pelos de baixo, por conservadorismo, continuará espremida pelos dois lados, muito embora seu fortalecimento seja a melhor e mais inevitável consequência da distribuição de renda.

*

Em outubro de 1954 foram realizadas as eleições gerais para o Senado, a Câmara e as Assembleias estaduais. Poucos meses após a multidão exigir minha cabeça em praça pública, e já defendendo a causa do adiamento das eleições presidenciais, fui eleito deputado federal pelo Rio de Janeiro, pela segunda vez com votação recorde.

Entre contragolpe e golpe, as eleições de 55 acabaram prevalecendo. O azarão nas primárias do PSD ganhou a legenda pelas bases, tirando o doce da boca dos grandes chefes, e em seguida, para garantir a vitória, reconstituiu a tenaz getulista, aliando-se ao PTB. Até o *Última Hora* ele ressuscitou.

Era um tipo raro: deu um sonho de modernidade ao país, deixando a conta para as gerações seguintes; um ex-urologista sempre sorridente, quem diria?; um verdadeiro democrata, que me vedava o acesso à TV e às rádios e tentou cassar meu mandato; um político ardilosíssimo e a pessoa mais simpática do mundo.

*

Durante o meu governo, no início dos anos 1960, os fícus da cidade do Rio foram invadidos por um tipo minúsculo de vespa da Ásia Oriental. Como chegaram aqui, nunca ninguém soube. Acontece que os fícus eram, e são ainda, uma árvore muito comum no Rio, sobretudo nos subúrbios, pois dão boa sombra. A praga, portanto, se alastrou rápido.

Quando jovens, os insetos são amarelados, mas depois escurecem. Na variação que atacou o Rio, os adultos eram pretos como um grão de pólvora. Mediam apenas de 0,5 a dois ou três milímetros, num corpo estreito. Seu último segmento abdominal era na forma de tubo, por onde expeliam o veneno e os ovos. Tinham dois pares de asas, todas franjadas, muito bonitas. Em repouso, ficavam longitudinais ao corpo. Em ação, nem era possível vê-las, tal a rapidez com que batiam.

Quem passasse perto de uma árvore infectada, ainda mais se estivesse com roupas de cor clara, amarelo em especial, ficava imediatamente coberto de pontinhos pretos. Então havia gente desesperada, tocando fogo em suas árvores, ou podando-as de qualquer jeito, inclusive com risco para a população. E inutilmente, pois assim que os primeiros brotos saíam os insetos infestavam a árvore novamente. São difíceis de matar porque para reproduzir não se alojam no tronco, ou nos galhos, e sim nas folhas. Expelem uns pontinhos amarelos, os ovos, e as folhas se enrolam e fecham. Está pronto o berçário de uma nova geração.

Os lacerdinhas entomológicos não tinham ferrão. Agora, quando caíam nos olhos, secretavam nada mais, nada menos do que ácido cianídrico, o mesmo usado na Primeira Guerra Mundial como arma química e nas câmaras de gás americanas. Ardia feito o diabo!

Os lacerdinhas tiravam a seiva das árvores — e de algumas plantas (atacaram muitos hibiscos, por exemplo) — graças a um aparelho bucal estranho, de uma única mandíbula, que nasce do lado esquerdo e se move para a direita feito um gancho serrilhado, empurrando a "comida" para a boca.

O carioca deu meu nome aos insetos porque eu era tão chato quanto eles. Entrava no olho do povo e ardia, impossível de matar. Não fiquei chateado, a ideia era essa mesmo.

"À sanha dos meus inimigos", deixo a receita do defensivo agrícola a ser usado em caso de nova infestação:

Calda sulfocálcica a 32 graus B .... 150 g
Água .... 10 litros
Sulfato de nicotina .... 10 cc

AGRADECIMENTOS

A Paulo Werneck e Flávio Moura. Heloísa Jahn e Marta Garcia. Matinas Suzuki e Luiz Schwarcz. Maria Cristina Lacerda e Sebastião Lacerda.

    Jorge Caldeira e Sergio Goes. Samuel Titan Jr. Cristina Zahar e Mariana Zahar. Marieta de Moraes Ferreira e Dora Rocha. Edgar Flexa Ribeiro e Lúcia Hipólito. Maria Lúcia Rangel. Humberto Werneck. Ana Lima Cecílio e Paulo Roberto Pires. Fernando Carneiro. Luiz Garcia e Vera Flexa Ribeiro. Felipe Lacerda. Maria Isabel Lacerda.

Aos autores das obras consultadas, que nem sempre pude citar, mas sem as quais este livro não existiria.

A Mayumi, Clara e Lena.